HEYNE
BÜCHER

D1866064

Von Rosemary Rogers
ist als Heyne-Taschenbuch erschienen:

Jasmine · Band 01/6155

ROSEMARY ROGERS

GEFANGENE DER LIEBE

Roman

Deutsche Erstveröffentlichung

WILHELM HEYNE VERLAG
MÜNCHEN

HEYNE ALLGEMEINE REIHE
Nr. 01/6536

Titel der amerikanischen Originalausgabe
SURRENDER TO LOVE
Deutsche Übersetzung von Albrecht Pabst

6. Auflage

Copyright © 1982 by Rosemary Rogers, Inc.
Copyright © der deutschen Übersetzung 1985
by Wilhelm Heyne Verlag GmbH & Co. KG, München
Printed in Germany 1992
Umschlagfoto: Avon Books/Schlück
Umschlaggestaltung: Atelier Ingrid Schütz, München
Gesamtherstellung: Ebner Ulm

ISBN 3-453-02118-5

Der jüngsten Frau in meiner Familie,
meiner Enkelin Reina – und allen Frauen,
die versuchen, sich selbst zu finden;
und den Männern, die stark genug sind,
um uns zu verstehen und uns zu helfen.

TEIL 1

1. Kapitel

Die Hitze in Colombo, der Hauptstadt der britischen Kronkolonie Ceylon, war an diesem heißen Augustnachmittag besonders drückend. Während ihr Wagen gerade über eine neugepflasterte Straße dahinholperte, öffnete Alexa Howard heimlich einen weiteren Knopf an ihrem Kleid und war froh, daß Tante Harriet offenbar eingeschlafen war und es nicht bemerkte.

Und wenn schon, Alexa wäre es egal gewesen! Es ist einfach lächerlich, dachte sie aufmüpfig, als sie spürte, wie ihr gar nicht damenhaft der Schweiß herabrann, von Frauen zu erwarten, in so einem heißen, tropischen Klima englische Sitten beizubehalten. Viel besser paßten sich die eingeborenen Singhalesenfrauen diesen Temperaturen an, indem sie sich einfach ein Stück Baumwollstoff zweimal um die Taille wickelten und an der Hüfte verknoteten, so daß es bis knapp zu den Knöcheln reichte. Natürlich, wenn Alexa allein in ihrem eigenen Zimmer zu Hause war, trug auch sie nichts anderes. Aber jetzt war sie hier in Colombo – viel zu weit und viel zu lange weg von der verhältnismäßigen Kühle des Hügellandes, und eingezwängt in ein Korsett aus Stahl und Fischbein, das ihr ins Fleisch schnitt, sowie in zahlreiche drückend heiße Unterröcke unter einem Kleid, das sie eigentlich vom Hals bis zu den Handgelenken verhüllen sollte.

Das harte Getrappel von Pferdehufen auf jeder Seite des Wagens weckte in Alexa den Wunsch, die Reise lieber auf dem Pferderücken gemacht zu haben, weil sie dann praktische Hosen statt dieses unmöglichen Kleides hätte tragen können. Sie kannte die beiden jungen Offiziere, die sich freiwillig erboten hatten, sie auf dieser Reise zu begleiten; beide wußten natürlich, daß sie ihnen im Reiten und Schießen überlegen war. Hatte sie das nicht erst vor drei Wochen bei der Bärenjagd dort auf den Horton Plains bewiesen? Wie kühl war es damals gewesen! Sie erinnerte sich noch an das Gefühl des frischen Windes in ihrem Gesicht und an die zunehmende Erregung, die während der Jagd immer anstieg – an das Gefühl der Gefahr, das einem unter die Haut ging. Warum war sie nicht als Mann auf die Welt gekommen statt ihres Bruders Frederick, der es haßte, sich schmutzig zu machen, und beim Anblick von Blut blaß wurde, der lieber Bücher las und stundenlang Klavier spielen konnte.

Und was weiß Freddy denn schon davon, wie man eine Kaffeeplantage führt? Alexa begann sich mit dem neu erworbenen Hut energisch Wind zuzufächeln. Schließlich bin ich es doch, die Papa vertritt, wenn er weg muß; ich kann die Hauptbücher führen und mit den Aufsehern in ihrer eigenen Sprache reden und – sie respektieren mich, obwohl ich eine Frau bin.

»Ich wünsch dir eine wirklich schöne Zeit, mein Kind«, hatte Mama gesagt. »Und versuch zu lächeln, statt deine Stirn zu runzeln. Es war doch so nett von dem Gouverneur und Mrs. Mackenzie, dich einzuladen, bei ihnen im Queen's House zu wohnen – wirklich eine Ehre. Wer weiß, vielleicht triffst du sogar irgendeinen jungen Mann, der dort Dienst tut, und...« Aber gerade in diesem Augenblick hatte Freddy nach Mama gerufen, und sie war nach einem kurzen Kuß davongelaufen.

Vielleicht auch gut, dachte Alexa jetzt. Manchmal mußte sie sich fast auf die Zunge beißen, um nicht vehement zu widersprechen, vor allem, wenn die Rede auf ›geeignete‹ Männer kam. Denn das war auch etwas, was sie ärgerte. Warum nahm man einfach an, daß es jeder Frau nur darum gehen mußte, sich irgendeinen Mann zu ›schnappen‹ und sich zu verheiraten? Und doch endete es meistens so, oder man wurde eine Gouvernante oder eine ungeliebte arme Verwandte, die sich immer im Hintergrund hielt, sich im Schatten verstecken mußte – ewig dankbar, ewig sich zurückhaltend. Alexa fächelte sich noch energischer zu.

»Ich werde es anders machen! Ich lasse mich nicht zu solchen Alternativen zwingen! Ich werde einen Ausweg finden!« Alexa erinnerte sich, diese Worte gesagt zu haben, wie heiß sie aus ihr hervorgesprudelt waren; aber sie erinnerte sich noch viel klarer an die kühle, gemessene Stimme, mit der ihre Tante sie beantwortet hatte.

»Meine liebe Alexandra, ich kann nur hoffen, daß ich dir nicht nur eine Bildung ermöglicht habe, die die meisten jungen Frauen deines Alters nicht erhalten konnten, sondern daß ich dich auch gelehrt habe, praktisch zu sein. Logisch und vernünftig im Denken, wenn du es lieber so willst. Jedenfalls bin ich sicher, daß du intelligent genug bist, um dir klarzumachen, daß es gewisse unvermeidliche Dinge im Leben gibt, die akzeptiert werden müssen, ob wir das nun wollen oder nicht, meine Liebe. Du bist als Frau geboren – und du hast keine andere Alternative.«

Was war das, dieses Unvermeidliche, eine Frau zu sein? Heiß war die Empörung in ihr aufgestiegen.

»Aber warum läßt man mir dann so viel Freiheit, wenn ich sie eines Tages doch nur wieder aufgeben soll?« Alexa weinte niemals, aber diese Worte waren ein Aufschrei der Verzweiflung. »Du weißt doch, daß Freddy keine Ahnung hat, wie man eine Plantage führt, und er kümmert sich auch gar nicht darum, es je zu lernen. Ich könnte ihm doch helfen, oder? Ich könnte...«

»Ja, du könntest ihm zur Seite stehen, bis er sich eine Frau nimmt, die dich hassen und aus dem Hause weisen wird. Ja, aus ihrem Haus, Alexa, auch wenn du die meiste Zeit deines Lebens dort gelebt hast. Freddy wird die Plantage erben, und wenn er heiratet, dann wird es das Haus seiner Frau sein, und nicht deins.«

Das war es also, was Tante Harriet mit ›praktisch‹ und ›logisch denken‹ gemeint hatte.

»Es hat Frauen in der Geschichte gegeben, meine Liebe, die klug und weise genug waren, um über ihre Männer ganze Länder und Königreiche zu regieren. Vergiß das nicht.« So etwas Seltsames hatte Tante Harriet gesagt.

»Dort vorne ist das Haupttor, wir werden bald im Queen's House sein!« Einer der Begleiter hatte sich von seinem Pferd gebeugt, um der jungen Frau, die er gewöhnlich ›Alex‹ nannte, lächelnd zuzuwinken. Doch als Antwort runzelte sie die Stirn. »Es wird dort kühler sein. Die Brisen von der See, Sie wissen schon. Und morgen bekomme ich dafür einen Tanz mit Ihnen, nicht wahr?« Aber als er sah, daß Alexas Augen drohend schmaler wurden, zwinkerte er ihr nur kurz zu und richtete sich dann wieder auf.

»Hat dieser junge Mann gesagt, daß wir gleich ankommen werden? Großer Gott, ich kann mir gar nicht vorstellen, daß ich trotz dieses ganzen Geratters so fest geschlafen habe! Hoffentlich wird es dort kühler sein, ich habe schon fast vergessen, wie heiß Colombo sein kann.«

Alexa fiel eine scharfzüngige Bemerkung ein, die sie aber unterdrückte. Dafür schossen Blitze aus ihren schiefergrauen Augen, die jetzt fast schwarz wirkten, doch ihre Stimme blieb sanft. »Wenn es nach mir gegangen wäre, ich hätte Mrs. Mackenzie gebeten, heute abend einen Maskenball zu geben, dann hätte ich wenigstens als Singhalesin erscheinen können, und mir wäre kühler.«

Harriet spürte, wie angespannt das junge Mädchen war, und war klug genug, nur mit den Schultern zu zucken und kurz zu sagen: »Ich bin aber doch sicher, daß das Ballkleid, mit dem Sir John dich überraschen möchte, so außergewöhnlich sein wird, daß du jeder anderen Frau im Saal den Rang ablaufen wirst. Er hat wirklich einen ausgezeichneten Geschmack!«

Bei der Erwähnung ihres Nennonkels, einem der besten Freunde ihres Vaters, verlor Alexa etwas von ihrem Groll, obwohl gerade ihm an diesem Ball zu ihrem achtzehnten Geburtstag viel gelegen war.

Immerhin hatte ihr Sir John ihr erstes Pferd geschenkt und sie reiten gelehrt. Sir John hatte ihr gezeigt, wie man schießt, selbst mit den schweren Elefantenbüchsen. Und Sir John war für sie immer noch umweht vom Pulverdampf der Schlachten, in denen er gekämpft und die er überlebt hatte.

Und nur ihrem Sir John hatte Alexa erst vor wenigen Monaten anvertraut, sie habe das Gefühl, in allen diesen Schlachten selbst mitgekämpft zu haben.

Er hatte sie nicht ausgelacht – daran erinnerte sie sich gut. »Nun ja, mein Kind, ich habe sehr lange Zeit in Indien gelebt, wie du weißt, und die Hindus dort glauben, daß die Seelen geboren und wiedergeboren werden. Immer von neuem. Und daß es Menschen gibt, die sich an ihr früheres Leben erinnern können. Vielleicht stimmt es sogar, wer weiß? Ich habe mich oft selbst darüber gewundert.«

Harriet wußte natürlich nichts von alledem. Seufzend sagte sie: »Jetzt bin ich wirklich müde. Die ganze lange Reise und dann dieser Klimawechsel. Ich freue mich so auf ein kühles Bad, das kann ich dir sagen!« Mit Erleichterung sah sie, wie Alexa ihren so ungeliebten Hut aufsetzte und dessen Bänder unter ihrem Kinn zu einer Schleife knüpfte.

»So, meine Damen, jetzt sind wir endlich da!«

Der Wagen war zum Halten gekommen, und einer der beiden jungen Offiziere war schnell genug abgestiegen, um ihnen den Wagenschlag zu öffnen; Harriet holte tief Luft und nahm erst die Schultern zurück, bevor sie seine Hand ergriff. Auch Alexa hinter ihr hatte Atem geholt und hielt ihn jetzt an, bis sie ruhig genug war, um wieder auszuatmen. Yoga. Auch das hatte sie von Sir John gelernt. Und es war schon beruhigend zu wissen, daß er da sein würde, um ihr durch diese ganze Prüfung zu helfen.

Harriet stellte erleichtert fest, daß auf Alexas Gesicht jetzt ein schwaches Lächeln zu sehen war.

Lady Mackenzie, die dem ganzen Unternehmen gegenüber eher skeptisch gewesen war und nur der Bitte ihres Mannes entsprochen hatte, Sir John Travers einen Gefallen zu tun, fühlte sich ebenfalls etwas erleichtert. Schließlich war diese junge Frau doch sehr charmant und schien auch gute Manieren zu haben – was ihr wieder einmal bewies, wie wenig man auf den Klatsch hören sollte, den neidische ältere Frauen mit Töchtern in diesem Alter verbreiteten. Nein, sie konnte an dieser jungen, durchaus feminin wirkenden Person durchaus nichts Männliches entdecken, während diese gerade einen kurzen, altmodischen Knicks machte, um sich für die Ehre zu bedanken, die man ihr hatte zukommen lassen.

2. Kapitel

Als sie endlich in ihren großen Zimmern waren und die Tür sich auch hinter dem letzten eilfertigen Dienstboten geschlossen hatte, kam Alexa wieder zur Ruhe. Ihr Gesicht schmerzte vor Anstrengung, ständig lächeln zu müssen. Gott sei Dank durften sich jetzt alle für den restlichen Nachmittag ausruhen, und sie konnte ihr enges Musselinkleid ausziehen, sowie alle fünf Unterröcke und das Korsett, an dem sie fast erstickt wäre.

»Ach, endlich! Habe ich mich diesmal standesgemäß verhalten? Diese ganze Heuchelei hätte ich keine Minute, keine Sekunde länger ausgehalten! Fast wäre ich erstickt, wenn ich...«

Harriet war an diese Ausbrüche schon gewohnt und hob nur die Augenbraue. »Meine liebe Alexa, die Zeit, in der du deine kindischen Launen gehabt hast, ist doch wohl vorbei. Ich muß sagen, daß ich stolz auf dich war, und daß du sicher allem, was Sir John dem Gouverneur und seiner Frau über dich erzählt hat, Ehre gemacht hast. Du wirst doch diese Menschen jetzt nicht vor den Kopf stoßen, nur weil du dich gehenlassen möchtest, das will ich doch hoffen.«

Alexa stand einen Augenblick wie versteinert da. Aber dann, zu Harriets Erleichterung, gaben die schon erhobenen Schultern wieder nach und die schlanken Finger, die sich in das Kleid gekrallt hatten, lösten sich.

Keine Niederlage, warnte Harriet sich selbst. Bei Alexa, die im Sternzeichen des Löwen geboren war, würde es niemals das Zugeständnis einer Niederlage geben, höchstens das eines vorübergehenden Rückzugs. Rasch ging sie auf Alexa zu.

»Ein so wunderschönes Kleid brauchst du nicht gleich zu zerreißen, schließlich ist es aus allerfeinstem Stoff, und teuer dazu. Ich glaube nicht, daß ich jetzt eine der Dienerinnen holen muß, oder? Wenn du stillhältst, dann helfe ich dir diesmal selber aus den Kleidern. Und vergiß nicht, wenn du die Geduld verlierst, ist es genauso, als würdest du deinen Kopf verlieren oder deinen Vorteil, wenn du in irgendeinem

Wettkampf stehst. Meinst du, du könntest es dir leisten, auf einer Jagd plötzlich aufzuhören zu denken und deinen Gefühlen freien Lauf zu lassen?«

»Ich – ich glaube, daß ich das noch nie so gesehen habe«, gab Alexa mit hängendem Kopf zu. »Einen kühlen Kopf behalten... Eine Jagd – läuft es etwa darauf hinaus für mich? Aber wer ist denn die Beute, Tante Harriet? Der passsende Mann, den ich mit meinen weiblichen Listen erobern soll? Oder ich selbst etwa?«

Vielleicht war es der zynische Ton oder ein Anflug von Verzweiflung in Alexas Stimme, die Harriet dazu veranlaßte, betont schroff darauf zu antworten. »Mein liebes Kind, ich hoffe, dich mit meiner Predigt nicht im Glauben gelassen zu haben, daß du hier den Wölfen ausgesetzt wirst. Du mußt nicht glauben, daß du jetzt sofort einen Mann suchen mußt, noch daß dir jetzt die letzte Möglichkeit dazu geboten wird. Ich wollte dich nur darauf hinweisen, daß du dir endlich bewußt werden solltest, eine schöne und feminine junge Frau zu sein, zu der sich die Männer hingezogen fühlen, und eben nicht eine Schwester oder ein Kumpel bist, wie dich einige der jungen Offiziere dort drüben offenbar sehen.«

Und zum ersten Mal stieß Alexa nicht jedes Kleidungsstück mit den Füßen von sich und unterdrückte dabei einen derben Fluch, den Harriet immer zu überhören versucht hatte. Wie eine Statue stand sie da und ließ sich schweigend das fest geschnürte Korsett lösen.

Für einen Augenblick klang Alexas Stimme etwas bedrückt, bis sie sich aufrichtete und, mit dem Rücken immer noch zu Harriet gewandt, sagte: »Nun gut, ich nehme an, daß du diese Reise ebensowenig gern gemacht hast wie ich, Tante Harriet, vor allem da Freddy krank ist und Mama sich so aufregt und niemand da ist, der Papa bei den Büchern helfen kann und dafür sorgt, daß er genug ißt, und wahrscheinlich wurde ich eben auch verwöhnt und durfte mich austoben – und ich habe die ganze Zeit nur an mich gedacht, ohne eine Spur von Verantwortung für andere Menschen. Während alle anderen um mich herum, wie du, Tante Harriet...«

Alexa drehte sich abrupt um, wobei sie all ihre Kleider an sich preßte. »Wir alle nehmen dich, wie du bist. Aber was ist mit dir? Warum hast du nie geheiratet? Hast du es denn nie gewollt?«

Harriet hatte Alexa gelehrt, immer aufrichtig zu sein, die Wahrheit zu sagen und die Konsequenzen auf sich zu nehmen, wie hoch der Preis dafür auch sein mochte. Aber jetzt, wie konnte sie, ohne ihr Gesicht allzusehr zu verlieren, dieser Kindfrau etwas anderes geben als eine direkte Antwort auf eine so direkte Frage?

Und mit einer seltsam schwerfälligen Stimme hörte sich Harriet sagen: »Der Mann, den ich zu lieben glaubte, verliebte sich in eine andere und heiratete sie. Und ich... ich habe mich mit der zweiten Wahl nie zufriedengegeben. Und damit genug für heute. Auch alte Erinnerungen können weh tun, das wirst du eines Tages noch selber an dir merken.«

Als sie das Zimmer verließ, war ihr Rücken genauso unbeugsam gerade wie der von Alexa zuvor. Erst als sie in ihrem Zimmer allein war und die Vorhänge zugezogen hatte, gab sie ihren Gefühlen nach, warf sich aufs Bett und ließ den Tränen freien Lauf.

Alexa starrte immer noch auf die fest zugezogenen Vorhänge, die sie wie eine Mauer fernhielten und es ihr verboten, ihre Tante zu trösten, um ihre eigenen Schuldgefühle loszuwerden. Die Tränen, die auch sie starrköpfig zurückgehalten hatte, rannen jetzt warm über ihr Gesicht, aber Alexa versuchte nicht, sie wegzuwischen. Sie weinte eigentlich nie, und dann nur, wenn sie allein war. Tränen waren für sie eine Strafe, oder auch eine Erleichterung, und jetzt waren sie willkommen. Morgen würde sie dafür Tante Harriet glücklich und stolz auf sie machen – auch wenn sie die Anstrengung fast umbrachte! Wie die plötzlichen tropischen Gewitter, die in Ceylon so häufig waren – sie dauerten nie allzulang –, war Alexas Tränenflut bald versiegt und ließen sie mit einem Gefühl der Leere und Schwäche zurück, als könnten ihre Beine sie nicht länger tragen. Sie ließ die zusammengeknüllten Kleidungsstücke einfach fallen und streckte sich wie eine Katze, ihre Arme über dem Kopf, soweit sie reichen konnten, bis sie das leise Knacken in den Schultern hörte, das ihr immer Erleichterung verschaffte, wenn sie müde oder angespannt war. Jetzt aber war sie so entspannt, daß ihr kaum noch genügend Kraft blieb, um ihren Körper zwischen die kühlen Baumwolltücher zu legen und ihr Gesicht gegen das Kissen zu drücken, bevor sie einschlief.

Als Harriet eine oder zwei Stunden später hereinkam, schüttelte sie den Kopf, als sie auf Alexas schlafendes Gesicht hinuntersah, das noch von Tränenspuren gezeichnet war. Automatisch beugte sie sich zu ihr und zog die Decke über die nackten Schultern des Mädchens. Wie elastisch war man doch als junger Mensch! Bald würde Alexa aufwachen, lachen und bester Laune sein und eifrig wieder alles in Ordnung bringen wollen. Diese Stimmung würde dann für ein bis zwei Tage anhalten, aber wer wußte schon, was dann kam?

Das sanfte Schlagen einer entfernten Uhr erinnerte Harriet daran, daß das Abendessen, zu dem sie alle geladen waren, in etwa zwei Stunden beginnen würde, doch sie wollte Alexa nicht wecken.

Sie ließ Diener kommen. Am Kopfende der Schlafenden wurden eine Schale mit frischem Obst und eine Karaffe mit abgekochtem und gefiltertem Wasser aufgestellt. Harriet ließ noch einen zufriedenen Blick über das Ganze gleiten und beschloß dann, noch schnell ein Bad zu nehmen.

Während sie später, angetan mit einem purpurroten Seidengewand, auf jeder Seite von einem Diener begleitet, die Treppe hinunterstieg, freute sie sich auf einen Abend mit angenehmer Unterhaltung und sicher einem kleinen interessanten Klatsch, während man die Männer ihrem Portwein und ihren Zigarren überließ.

Als das leise Sprechen und Lachen von Männern und Frauen aus einem der Räume gedämpft zu ihr herüberklang, war sie noch zufriedener, Alexa schlafend zurückgelassen zu haben. Es würden vielleicht zwanzig Gäste sein, vielleicht auch mehr, und alle würden vor Neugier fast umkommen. Nun gut, und jetzt werden sie eben auf morgen warten, dachte Harriet bei sich, morgen werden wir es ihnen zeigen, Alexa und ich!

3. Kapitel

Die Glockenschläge einer Uhr ließen Alexa plötzlich hochschrecken. Zwölf. Auch ohne mitzuzählen, wußte sie irgendwie, wie spät es war. Plötzlich war sie hellwach, ihr war heiß und sie hatte Durst. Auch die junge Dienerin, die neben ihr gesessen hatte, schreckte hoch. Obwohl Alexa sich sonst der Eingeborenensprache bediente und sich durchaus nicht herrschsüchtig gab, konnte sie ihre Wünsche doch sehr unmißverständlich zum Ausdruck bringen.

»Ich habe Durst. Ich hätte gerne ein wenig Wein. Kein Obst, ich bin nicht hungrig. Und dann möchte ich ein Bad.«

»Ein... ein Bad, jetzt, Missy? Mit heißem Wasser, das wir nach oben bringen sollen?« Selbst in dem schwachen Licht der beiden Kerzen konnte Alexa erkennen, wie entsetzt das junge Mädchen war.

»Nein, auf keinen Fall heißes Wasser. Kann man hier denn nirgends baden? Wo geht denn ihr zum Baden hin? Im Hügelland...«

Für die Singhalesen war es nur natürlich, mindestens einmal jeden Tag zu baden, manchmal auch mehrmals, wenn es besonders heiß war. An einer Quelle, in einem Fluß oder unter einem Wasserfall. Alexa sah fragend zu der hübschen jungen Frau hin, die etwa in ihrem Alter sein mußte, und wiederholte ihre Frage auf Singhalesisch.

Jetzt hatte das Mädchen sie verstanden und schüttelte ihren Kopf, als sie zu erklären versuchte: »Doch nicht hier, Missy. Hier gibt es nur diese Badewannen und den Teich des Gouverneurs. Aber in dem Teich ist Wasser aus dem Meer, kein Süßwasser. Und der jetzige Gouverneur und seine Frau benutzen den Teich überhaupt nicht.«

Alexa warf das Bettuch zur Seite und schwang ihre Beine

aus dem Bett, dann streckte sie sich und tat so, als würde sie nicht das Erstaunen auf dem Gesicht des jungen Mädchens bemerken, das sicher noch nie eine ›englische Missy‹ nackt gesehen hatte. »Das klingt sehr einladend, jedenfalls für mich«, sagte sie erfreut. »Und während ich ein bißchen Wein trinke, mußt du mir alles über diesen Teich erzählen. Ist er ganz abgeschlossen? Ist er sehr nah beim Haus? Und wie lange brauchen wir bis dorthin?«

Menika begriff, worum es ging, auch wenn ihr manches an den Weißen unverständlich blieb. Sie wußte nur allzugut, warum ihre Haut viel heller war als diejenige ihrer Mutter, und warum ihre Augen braun waren und nicht schwarz. Sie wußte auch, warum ihr Vater offenbar tot war. Manchmal fragte sie sich, welcher Gouverneur denn nun ihr Vater war, aber dann verwarf sie den Gedanken wieder. Sie hatte das Leben schon seit langem verstanden und gelernt, Gutes und Böses entgegenzunehmen. In ihrem Herzen war sie Buddhistin, obwohl sie wie ihre Mutter und alle übrigen Dienstboten so tun mußte, als habe sie den christlichen Glauben angenommen, um ihre Stellung nicht zu verlieren.

Wenn sie die Gäste des Gouverneurs bediente, führte Menika lediglich deren Anweisungen aus und beantwortete deren Fragen so kurz wie möglich, aber noch nie war sie einem Gast begegnet, der ihre eigene Sprache sprach, oder der sich nicht schämte, nackt vor einer Dienerin zu stehen, Wein zu trinken und zu fragen, was es über den Teich des Gouverneurs zu erzählen gab.

»Oh, hast du das für mich ausgepackt? Ich danke dir! Ich muß etwas Kühles finden zum Anziehen...« Aus einer ihrer nach Sandelholz duftenden Schubladen nahm Alexa ihre bequemste Kleidung – das schmale Brusttuch und den Hüftumhang der singhalesischen Bauersfrauen.

Alexa ging zu den geöffneten Fenstern und blickte hinaus, dann fragte sie über die Schulter zurück: »Ist heute die Nacht des Vollmonds?«

»Es ist die Nacht nach dem Poya, wie die Buddhisten die Nacht des Vollmonds nennen.«

»Meine Amme ist Buddhistin, und ich bin einige Male mit

ihr am Poya-Tag zum Tempel gegangen«, erzählte Alexa lächelnd. »In unserem Tempel wird eine Kobra gehalten, die ausgerechnet Milch mag!« Und dann sagte sie, ganz unerwartet für Menika: »Aber ein voller Mond in einer so hellen Nacht wie heute bedeutet natürlich, daß wir unseren Weg zu diesem Badeteich ganz einfach finden werden, meinst du nicht auch?« Und fügte geduldig hinzu, als sie den Ausdruck des Entsetzens auf Menikas bis dahin ausdruckslosem Gesicht bemerkte: »Der Teich des Gouverneurs, von dem du mir erzählt hast.«

»Die Missy macht sicher einen Scherz?«

»Einen Scherz? Auf keinen Fall! Ich möchte jetzt in dem Mondlicht schwimmen, ohne etwas anzuhaben, wie eine Heidin! Und ich kann schwimmen – wirklich sehr gut –, du brauchst also keine Angst zu haben, daß ich ertrinke und man dir die Schuld dafür gibt. Und dann...« Alexa seufzte, »meinst du nicht, es wäre besser, solange wir unter uns sind, daß du aufhörst, mich Missy zu nennen und statt dessen Alex oder Alexa zu mir sagst? Jedenfalls habe ich beschlossen, mit oder ohne deine Hilfe dort hinzugehen. Aber ich verspreche dir, daß ich sehr vorsichtig sein werde, damit du nicht in Schwierigkeiten kommst.«

»Sie sollten mich nicht um so etwas bitten. Wenn die andere Lady aufwacht, wird sie sehr wütend sein und mir die Schuld geben! Und es ist auch nicht ganz ungefährlich, dort allein zu schwimmen. Colombo ist voll von Dieben und bösen Männern, die vielleicht denken, wenn sie sehen, daß Sie nicht wie eine englische Lady angezogen sind...«

»Aber wir werden uns doch nicht von einem Bösewicht im Garten von Queen's House einen Schrecken einjagen lassen? Ich erinnere mich, überall uniformierte Wächter gesehen zu haben, als wir gestern ankamen.« Alexas Stimme hatte schmeichelnd geklungen, jetzt begann sie Menika zu necken. »Ach, gib doch einmal nach, Menika. Bist du denn nie in Versuchung gewesen, etwas Verbotenes zu tun? Hast du denn keinen besonderen Freund, den du heimlich triffst? Ich bin sicher, daß du weißt, wie wir es vermeiden können, den Wächtern zu begegnen, die jetzt entweder alle schlafen oder Karten spielen. Und ich werde barfuß gehen und ganz leise sein, das verspreche ich dir. Schau, ich nehme sogar meine kleine Pistole mit, sollten wir einer Schlange begegnen – jeder Art! Und ich kann sie auch benutzen. Ich treffe immer.«

Menika blieb eigentlich keine Wahl. Alleine konnte sie diese ungewöhnliche junge Engländerin nicht gehen lassen, denn wenn ihr etwas zustoßen würde, dann würde man Menika die ganze Schuld geben.

Menika war zwar noch unschlüssig, aber Alexa spürte schon, daß sie gewonnen hatte und lächelte ihr zu, während ihre Finger ungeduldig durch die dichten Haare der Dienerin glitten, und sagte: »Komm, laß uns schnell gehen. Ich verspreche dir auch, daß es nicht lange dauern wird. Und was meine Tante betrifft, ich weiß, daß sie bis morgen früh fest schlafen wird. Wahrscheinlich hat sie wieder ein Kopfwehpulver genommen, wie immer, wenn sie müde ist und durchschlafen will.«

Menika gab nach und neigte den Kopf. »Wenn Sie es wirklich wollen, dann ist es wohl besser, ich führe Sie auf dem einfachsten und sichersten Weg dorthin. Es gibt eine Hintertreppe, die nur für Diener ist und sie ist sehr schmal – Sie müssen aufpassen. Und es gibt einen geheimen Weg. Ich bin ihn selber nie gegangen, aber meine Mutter, die viele Jahre lang dort gearbeitet hat, hat ihn mir einmal gezeigt. An diesem Weg sind keine Wächter, auch nicht am Badeteich. Das hat ein früherer Gouverneur so angeordnet...« Menika benutzte ihre Muttersprache und fühlte sich dabei viel wohler. Jetzt sagte sie rasch: »Aber bitte, von jetzt an müssen wir sehr leise sein. Die Wächter sind ganz in der Nähe.«

Während sie auf bloßen Füßen rasch durch das taufrische Gras lief, hätte Alexa am liebsten laut herausgelacht. Nun zwängten sie sich zwischen hohen Hecken hindurch und folgten einem Pfad, der fast ganz mit Gras bewachsen war, so daß man ihn kaum noch erkennen konnte.

Nach einer Weile zeigte Menika plötzlich nach vorn. »Dort ist es. Der Teich ist nicht künstlich, sondern er stammt vom Meer, das Wasser kommt hier durch eine schmale Öffnung, und man kann sehr geschützt darin baden. An dieser Stelle hier gehen sogar Steinstufen in den Teich. Aber er ist sehr tief, hat man mir gesagt.«

»Wie schön! Und ganz genau unter dem Mond! Willst du nicht auch hereinkommen? Ich kann dir zeigen, wie man auf dem Wasser schwimmt, wenn du Vertrauen zu mir hast.«

»Nein... nein!« Menika machte einen erschrockenen Schritt zurück. »Schwimmen kann ich nicht, und vor dem Wasser habe ich Angst. Bitte, könnten wir nicht doch wieder zum Haus zurückkehren? Das Wasser sieht so schwarz aus, wo der Mond es nicht berührt, und es bewegt sich, als würde es atmen.«

»Also, ich gehe hinein. Wahrscheinlich ist dies sowieso die letzte Gelegenheit für mich, im Freien zu schwimmen, unter dem Himmel, ohne all die vielen Kleider, die ich von jetzt ab offenbar tragen soll. Oh, wie ich die Kleider hasse, und alles, was man mit ihnen sein soll! Unterdrückung – Heuchelei – Schwindel!« Alexa sprach fast zu sich selbst, während sie das schmale Brusttuch fallen ließ und den leichten Knoten löste, der ihren improvisierten Rock über ihren Hüften zusammenhielt. So stand sie jetzt im Mondschein da wie eine nackte griechische, aus Marmor gemeißelte Göttin. Dann sagte sie nachlässig: »Bist du sicher, daß es tief ist?« und sprang, ohne auf eine Antwort zu warten, mit einem Kopfsprung hinein.

»Oh! Einfach wunderbar! Und so schön warm dazu. Komm doch auch, Menika. Wag es doch ein einziges Mal! Ich kann schwimmen, und ich verspreche dir, mich um dich zu kümmern.« Aber das Mädchen schüttelte nur den Kopf und trat zurück, wobei sie aufgeregt hinter sich blickte.

»Bitte, wenn es Ihnen nichts ausmacht, will ich hier auf Sie warten und aufpassen.« Alexa mochte noch so sehr bitten, sie blieb dabei: »Ich werde hier auf Sie warten und Sie zurückführen, wenn Sie fertig sind.«

Als sie schließlich sah, wie Alexa hin und her schwamm, manchmal untertauchte wie ein Fisch und dann wieder hochkam, um ihre langen, seltsam gefärbten Haare nach hinten zu schütteln, beschloß Menika, sich in den Schatten der Bäume zurückzuziehen und ein wenig auszuruhen. Immerhin war sie seit fünf Uhr am Morgen auf den Beinen gewesen und war nun wirklich müde.

Die arme Kleine, dachte Alexa. Vielleicht sollte sie ihr eigensüchtiges Vergnügen um Menikas willen doch abkürzen. Aber dann, als sie draußen ein Schiff vor Anker liegen sah, weit außerhalb des Riffs, beschloß sie, das wunderbare Gefühl der Freiheit auszukosten, das jetzt in ihren Adern pulste. Noch nie hatte sie so etwas Verwegenes getan. In einer Mondnacht völlig nackt im privaten Teich des Gouverneurs zu schwimmen. Und wenn auch der Gouverneur auf diese Idee kommen sollte? Sie mußte an sich halten, um nicht laut herauszulachen. Sicher nicht der sehr ehrenwerte James Alexander Stewart Mackenzie, dieser sicher nicht!

4. Kapitel

Wie sanft war das Meer heute nacht, kaum eine Welle durchbrach seine glatte, wiegende Oberfläche; und wie hell schien der Mond, der sich hier unten in Millionen winziger Silberscherben zersplitterte, die auf der leichten Dünung tanzten. Eine zauberhafte, verzauberte Nacht, in der der Mond wie eine schöne Fee jeden geheimnisvollen und verborgenen Wunsch für kurze, kostbare Stunden verwirklichen konnte. Alexa wußte, daß sich Harriet darüber ärgern und ihr sagen würde, sie solle rational denken. Lernen, praktischer zu sein. Aber wie haßte sie dieses Wort! Ach, diese Nacht galt nur der Fantasie... war nur eine Fantasie.

Magisch angezogen vom strahlenden Licht dieses Mondes kam es ihr vor, als könne sie ganz darin verschwinden und unsichtbar werden. Feenmärchen kamen ihr in den Sinn, aus vergangenen Kindheitstagen, die ihre Mutter ihr und ihrem Bruder vorgelesen hatte. Sie träumte von Prinzen und Prinzessinnen mit langem goldenem Haar, das über die Burgmauern herabfiel, von feuerspeienden Drachen, von heidnischen Opferriten, von Andromeda, die auf ihren Perseus wartete. Alles war verzaubert...

Während sie so träumend auf dem Wasser lag, spürte Alexa plötzlich eine andere, fast erregte Bewegung des Wassers neben sich. Eine plötzliche Welle, der es gelungen war, ihren Weg durch die schmale Öffnung hindurch in diese winzige Bucht zu finden? Oder war etwas ins Wasser gefallen? Nein, sie hatte wohl nur geträumt. Was hatte sie denn erwartet, etwa ein Seeungeheuer? Da war doch nichts und niemand als nur die arme schlafende Menika und sie selbst. Ärgerlich über sich, schloß Alexa für einen Augenblick die Augen vor der silbernen Helligkeit, deren Widerschein überall zu ihr herglänzte, und begann, sich im Wasser aufzurichten, während sie die störenden, nassen und auf der Haut klebenden Haarsträhnen von den Augen schob. Genug der Fantasie!

Und dann, kaum hatte sie dies gedacht, blieb Alexa fast das Herz stehen, als sie etwas berührte. Tang etwa? Dann spürte sie das höchst befremdende Gefühl, daß etwas unter Wasser an ihrer Haut entlangstrich, von ihren Waden bis zu ihren Schenkeln hinauf. Doch nicht etwa ein Hai? Nein, nur irgendein großer Fisch, der irgendwie seinen Weg durch die schmale Öffnung hier hereingefunden haben mußte, oder doch nicht? Plötzlich ohne Kraft, sich noch zu bewegen, fühlte sich Alexa unter Wasser sinken, um sofort keuchend wieder hochzukommen. Hilflos und ohne es für möglich halten zu können, spürte sie, wie sie im Wasser nach hinten bewegt wurde, bis ihr Rücken schmerzhaft an eine rauhe Felsenstelle stieß, offenbar die steinernen Stufen, die hier in den Fels gehauen worden waren. Immer noch war sie völlig unfähig, zu sprechen, vor allem nachdem sie versehentlich eine große Menge Salzwasser geschluckt hatte; noch konnte sie keinen klaren Gedanken fassen, bis sie eine eindeutig menschliche Stimme hörte, die nach einer kaum unterdrückten Belustigung klang.

»Soso! Da habe ich mir wohl eine Seejungfrau geholt! Oder eine Seehexe? Eine Tochter vom alten Neptun etwa?«

Es war auch, wie Alexa zu spät, aber um so eindeutiger bemerkte, ein Paar menschliche Hände, die sie fest und eigentlich viel zu intim in diesem Augenblick um die Taille hielten. Und wenn sie nicht höchst undamenhaft keuchen und prusten würde, dann hätte sie jetzt mit Sicherheit ein derbes Schimpfwort aus der Kasernensprache gebraucht, das sie von dem einen oder anderen der jungen Offiziere gehört hatte. Verdammt noch mal, dachte sie; warum muß mir nur mein verdammtes Haar immer so beschissen vor den Augen kleben? Wie oft hatte sie sich danach gesehnt, es abschneiden zu dürfen! Energisch warf sie den Kopf zurück – und sah sich einem Gesicht gegenüber, das viel zu nah vor ihrem war – ein Gesicht, das sie kaum erkennen konnte, weil es den Mond im Rücken hatte.

Bis zu dieser Nacht war Alexa bestimmt nicht abergläubisch gewesen, aber jetzt erinnerte sie sich plötzlich an frühere Fantasien. Ein Mann – und sie wußte instinktiv, daß er genauso nackt war wie sie selbst –, der aus dem Meer emporgestiegen war – so schien es jedenfalls. Hatte sie durch irgendeinen Zufall etwa einen bösen Geist aus dem Untergrund beschworen? Poseidon? Nein, Luzifer selbst, es war kein Märchenprinz! Sie konnte ihn nur als Umriß gegen den mondhellen Himmel und das Wasser erkennen... den archetypischen Mann, so heidnisch und so primitiv wie die Nacht selbst. Alexa war wie gebannt; und nie zuvor war ihr die Bedeutung dieses Wortes so bewußt geworden. Es war ihr, als habe sie sich dem Mond zum Opfer angeboten, als sie vorhin auf ihrem Rücken schwamm, und als sei es nun angenommen worden und sie sei verloren. Selbst ihre Stimme konnte sie nicht wiederfinden, während sie in das Dunkel eines Gesichts starrte, das sie nicht erkennen konnte.

»Ich hab' mich nie gefragt, ob Seejungfrauen sprechen können oder nicht... Vielleicht ganz gut, daß sie es nicht tun. Seid ihr deshalb so verführerisch?«

Die Stimme des Mannes klang rauh, weil er Zeit gehabt hatte, sich ihr Gesicht im Mondschein genau anzusehen, und weil er nicht einmal sich selbst gegenüber die Gefühle zugeben wollte, die in ihm entstanden. Das Gesicht war einfach anders, es könnte wirklich zu einem mythischen Wesen

gehören, einer Seejungfrau etwa oder einer Sirene. Nasses Haar sieht immer dunkel aus, aber dieses Haar schien im Licht aufzuschimmern, wo immer die Strahlen des Mondes es beschienen. Ausdrucksvolle schwarze Brauen hoben sich gegen das blasse Oval ihres Gesichtes ab, und erst ihre Augen! Der Mond spiegelte sich in ihnen, aber waren sie schwarz? Dunkelgrau? Er spürte instinktiv, daß es Augen waren, in denen niemand, selbst bei Tageslicht, lesen konnte.

Zweimal hatte er sie angesprochen, und sie hatte nicht geantwortet – sie starrte ihn nur weiter an mit diesen seltsamen dunklen und silbrigen Hexenaugen. Ob sie kein Englisch verstand? Vielleicht war sie eine hübsche eurasische Mätresse des Gouverneurs oder von einem der englischen Offiziere? Jedenfalls war es ihm nicht in den Sinn gekommen, dieses arme Mädchen so zu erschrecken, als er beschlossen hatte, heute nacht hier zu schwimmen. Aber er hatte sie gesehen und kaum seinen Augen getraut. Eine nackte heidnische Gottheit unter dem Mond.

Fast unbewußt war sein Blick auf ihre halbgeöffneten Lippen gefallen, und er bemerkte, wie schön sie geformt waren. Verführerische Lippen. Ohne nachzudenken, küßte er sie aus einer plötzlichen Eingebung heraus, wobei seine Hände von ihrer Taille zu ihren Schultern glitten, um ihren Körper näher zu seinem zu bringen. Er wollte ihre Lippen schmekken, ihren Mund, den Druck ihrer hohen, spitzen Brüste gegen seinen Körper spüren, während sie sich auf und ab wiegten wie das Meer. Er wollte noch viel mehr als das, das sagten ihm seine Lenden; aber es gefiel ihm nicht, jetzt an Vergewaltigung zu denken, er genoß statt dessen das Verführen und das langsame Entstehen eines Begehrens, das dann auch beiderseitig sein sollte – die lange, träge Lust der Liebe.

Seine gefangene Meerjungfrau hatte, wie er schon entdeckt hatte, zwei lange schlanke Beine statt eines Schwanzes. Und er küßte sie zuerst sanft, genoß den salzigen Geschmack, der von ihr ausging, das schwache, erwidernde Zittern, das er unter seinem suchenden Mund spürte und dann unter seinen Händen. Er fühlte, daß sie wie ein scheues, nur halbgezähmtes Tier war, das in Panik geraten forteilen oder sich verzweifelt freikämpfen würde, wenn er jetzt zu schnell war. Aber, bei Gott, sie hatte den süßesten, verführerischsten vollkommenen Körper, den er sich vorstellen konnte; und als ihr Mund ihm schließlich nachgab und ihr Kopf auf seinen Armen nach hinten fiel, konnte er sich nur noch mit Mühe beherrschen.

Alexa war noch in einem Trancezustand. Ein traumartiges Gefühl der Unwirklichkeit hatte sich ihrer bemächtigt, während sie sich im tiefsten Herzen fragte, ob es ihr Schicksal sei, für immer in dem silberglitzernden Zauber des Mondes gefangen zu bleiben, während seltsame Empfindungen, die sie nie zuvor verspürt hatte, ihr den Rücken hinauf und hinunter liefen, bevor sie sich in ihrem ganzen Körper verteilten; auf unerklärliche Weise wurde sie immer schwächer. Sie war nie von einem Mann geküßt worden, hatte sich das auch nie gewünscht, und doch geschah es nun, und sie genoß es! Selbst jetzt, während sie seine Hände fühlte, die ihren Körper liebkosten, sie überall berührten, wie um sie zu entdecken, als würde die leiseste Berührung der Finger auf ihrer Haut auch ihre Sinne erwecken – und Gefühle entstehen ließ, von denen sie bisher nichts geahnt hatte, die sie atemlos werden ließen und unfähig, noch länger wahrzunehmen, was um sie herum geschah.

Sie hörte ihn etwas in ihr Ohr flüstern, als seine Lippen ihren Mund verließen und sich auf einen Weg brennender Küsse dorthin begaben: »Ich will dich haben, Seehexe. Silbermondfrau. Aber das weißt du doch, oder nicht?«

Er wollte sie ›haben‹? Was meinte er nur damit? Wollte er sie etwa in die Tiefen des Meeres entführen oder von wo er sonst gekommen sein mochte? Wer war er überhaupt, was war er? Und was war es, was sie auch wissen sollte? Mit einer plötzlichen übermenschlichen Anstrengung riß sie sich los und tauchte in das Wasser zurück, schwamm mit kräftigen Zügen davon und versuchte gleichzeitig ihre Gedanken wieder zu sammeln. Mondfrau hatte er sie genannt. Mondverrückt, mondsüchtig, das hätte wohl besser gepaßt...

Als sie wieder hochkam, um Luft zu holen, und sich das nasse Haar aus dem Gesicht geschleudert hatte, sah sich Alexa wieder ihm gegenüber. Ohne es zu wissen, kokettierte sie mit ihm – von der unschuldigen Verspieltheit eines Mondkindes aus hatte sie jetzt begonnen, ihn absichtsvoll zu necken. Die zynische Ader dieses Mannes sagte ihm, daß sie ein berechnendes Spiel mit ihm trieb. Aber die Tatsache blieb, daß sie hier war wie eine Fantasiefigur, die zu Fleisch und Blut geworden war – eine nackte Nymphe, deren Schultern wie Silber im Licht des sinkenden Mondes glitzerten –, und er war der sterbliche Mann, der hier rein zufällig auf sie gestoßen war, überwältigt von dem Begehren nach ihr, wie sie wahrscheinlich nur allzugut wußte!

Alexa konnte immer noch nicht genau erkennen, wie dieser Mann aussah, nur soviel, daß er eine dunkle Hautfarbe hatte. Man hatte sie ja schon so viel gelehrt vom Umgang mit anderen, und sie hatte schon so viel darüber gelesen, aber niemand hatte sie darauf vorbereitet, wie sie mit einem fremden Mann in einer Mondnacht ganz allein umzugehen habe, der noch dazu wie sie selbst kein einziges Kleidungsstück am Leibe trug.

Alexa mußte plötzlich laut herauslachen. Wegen ihrer angespannten Nerven vielleicht ebenso wie wegen der mißlichen Situation, in der sie sich befand. Er aber lachte nicht. Und als er jetzt antwortete, klang seine Stimme eher, als knirsche er mit den Zähnen:

»Finden Sie das etwa zum Lachen?«

»Ich bin aufgeregt! Ich lache immer, wenn ich aufgeregt bin. Und das alles scheint doch überhaupt nicht wirklich zu sein...«

Sie spürte plötzlich, wie sich sein Körper anspannte – zum Angriff? Und sie brach mitten im Satz ab, um in panischer Angst wieder zu den Steinstufen zu schwimmen. Aber wie sie schon befürchtet hatte, war er bereits vor ihr dort, um ihr den Weg zur Sicherheit zu versperren. Lächerlich! Sie, Alexa Howard, war noch nie so feige gewesen, um vor einer Gefahr davonzulaufen, und natürlich hatte sie auch jetzt keine Angst! Und doch, als sie spürte, wie er seinen Arm um sie legte, konnte sie nicht das plötzliche Zittern verhindern, das ihr unter die Haut lief.

Als würden sie einfach eine höfliche Unterhaltung miteinander führen, sagte er beiläufig, seinen Kopf zu ihr hingeneigt: »Was ist, Nixe? Woran hast du auf einmal gedacht? Hast du überhaupt gedacht oder – berechnet?«

»Berechnet? Was soll das denn heißen?« Ärgerlich versuchte Alexa seinen Arm abzuschütteln, als sie hinzufügte: »Es ist wirklich völlig egal, mir geht es nur darum, daß Sie in meinen Privatbereich eingedrungen sind und jetzt...«

»Wirklich?« Bei seiner schleppenden Art zu sprechen, sträubten sich ihr unwillkürlich die Nackenhaare, während er sarkastisch fortfuhr: »Aber Sie müssen doch verstehen, daß ich selbst mit einem privaten Bereich gerechnet habe, als ich herkam heute nacht, und ich weiß zufällig, daß Sie nicht die Gattin des Gouverneurs sind, noch die Gattin des stellvertretenden Gouverneurs. Ich kann mir wirklich nicht vorstellen, daß Sie überhaupt die Gattin irgendeines der sehr ehrenwerten britischen Gentlemen sind, die ich hier getroffen habe... So kühn zu sein, im hellen Mondschein zum Schwimmen herzukommen, ohne etwas am Körper zu haben! Ich muß mich wirklich wundern über dich, du süße Seenixe...«

»Oh!« Alexa spürte, wie ihr die Hitze ins Gesicht stieg, und war froh, daß er es nicht merken konnte. Es war einfach unerträglich und absolut nicht eines Gentleman würdig, so etwas überhaupt zu erwähnen. Sie saß ohnehin schon eine Stufe unterhalb von ihm und rutschte jetzt noch tiefer ins Wasser, bis ihre Schultern wohltuend davon bedeckt waren; aber als sie hörte, wie er sich leise lachend über ihre Strategie lustig machte, hätte sie ihm am liebsten die Augen ausgekratzt. Sie nahm sich aber mit Mühe zusammen und sagte scharf: »Da ich immerhin ein Gast im Queen's House bin, muß ich davon ausgehen, daß Sie hier eingedrungen sind. Und wenn Sie auch nur eine Spur von Höflichkeit im Leibe hätten, dann würden Sie mich jetzt sofort allein lassen! Wirklich, ich kann mir nicht einmal vorstellen, daß Sie überhaupt Engländer sind! Wo kommen Sie eigentlich her? Ich bin sicher, daß Sie kein Recht haben, hier zu sein, und es wäre wirklich klug von Ihnen, zu gehen, bevor...«

Das kurze Lachen, mit dem er ihre halbe Drohung quittierte, gefiel ihr überhaupt nicht.

»Bevor... Was? Wollen Sie etwa die Wächter rufen und ihnen zeigen, wie Sie hier aussehen? Ein Gast im Queen's House? Ich hatte Sie für eine Mätresse von einem dieser Offiziere gehalten, sicher nicht von Seiner Exzellenz dem Gouverneur selbst, weil ihm seine Frau das verbieten würde; aber Sie gehören wahrscheinlich zu einem der älteren Offiziere, sonst wären Sie sicher nicht alleine hier draußen, habe ich recht?«

»Sie sind ein ganz gemeiner Schuft!« brach es aus Alexa heraus.

»Ein Sittenstrolch, meinen Sie das? Nun gut, Sie halten mich nicht für einen Gentleman, sondern für einen Wüstling, meine kleine Nixe, aber Sie sind eben auch keine Lady! Ich finde, Sie sind kokett und heuchlerisch.«

»Das ist eine Lüge!« brauste Alexa auf.

»Wirklich? Warum beweist du es dann nicht, kleine Lügnerin? Oder suchst du die Sicherheit hinter den Mauern der Konvention und der Todsünde?« Seine Stimme, die zunächst trügerisch sanft geklungen hatte, wurde plötzlich fauchend wie die eines Tieres, und sie erschrak. Aber bevor sie noch weiterdenken konnte, umfingen sie wieder seine Arme; und er begann sie zu küssen, während er sie hilflos gefangenhielt. Nur waren seine Küsse diesmal nicht mehr so sanft, da er ihre halbartikulierten Proteste mit seinem harten Mund erstickte. Sie waren wild und fordernd, diese Küsse; und als sie sich wütend freizukämpfen versuchte, mußte sie entdecken, daß er viel stärker als sie war – und dann, was noch viel schrecklicher war, daß ihr Körper auf unerklärliche Weise in Wirklichkeit gar nicht entkommen wollte.

Er berührte sie überall, auch wenn sie noch so sehr zappelte und sich wand, um freizukommen. Und ihre ganze bisherige Erziehung hatte Alexa nicht darauf vorbereitet, wie sie mit dem heftigen und fast überwältigenden Aufruhr von Emotionen und Empfindungen fertig werden sollte, die durch jede Ader ihres Körpers strömten und alle vernünftigen, alle praktischen Befehle ihres Verstandes zwecklos werden ließen. Sie hörte sich stöhnen und spürte die Schauer, die ihren ganzen Körper schüttelten, während ein winziger Teil ihres Denkens, der seltsamerweise davon unberührt geblieben war, wirklich Gefallen fand an all den neuen Empfindungen, die plötzlich mit der Kraft eines Vulkans in ihr hervorbrachen. Was geschah da mit ihr? Was sollte das Ganze bedeuten? Wie konnte sie es nur zulassen, daß die Sinne sich über Kopf und Verstand hinwegsetzten, bis ihr Denken nur noch zu einem unbestimmten Nadelstich geworden war?

Alexa war so sehr ihren Gefühlen hingegeben, daß sie kaum bemerkte, wie sie beide langsam das Wasser verlassen hatten, die Steinstufen hinaufgeklettert waren und jetzt auf dem taunassen Gras standen.

Fast unbewußt nagten Alexas kleine weiße Zähne an ihrer Unterlippe, und ihre Augen wurden zu gefährlich schmalen Schlitzen – ein Zeichen, das Tante Harriet stets besonders vorsichtig werden ließ, und das ihn jetzt intuitiv spüren ließ, daß sie dieses Spiel nicht länger fortsetzen würde.

Ach, verdammt! dachte er ärgerlich, wäre er doch nur vorsichtiger mit ihr gewesen. Dabei hätte er sich am liebsten wie ein Wilder auf sie gestürzt, sie ohne zu denken in die Arme genommen, sie sich gefügig gemacht, sie geküßt, bis sie geschwiegen hätte, und diesen wunderschönen Körper gestreichelt, der wie polierter Marmor in dem Mondlicht glänzte. Sie wild gemacht, so wild wie er selbst war, obwohl er instinktiv spürte, daß es jetzt zu spät dafür war. Verdammt!

»Ich muß jetzt gehen, bevor man mich vermißt...«, sagte Alexa. Wo war nur Menika? Hatte sie sich nicht gerade hier schlafen gelegt, unter der großen Hecke? Wo war sie nur hingegangen? Hatte sie alles mit angesehen?

»Soll ich Sie nicht lieber begleiten? So eine junge schöne Frau kann doch nie sicher sein, ob ihr in einer solchen Nacht nicht irgendein Ungeheuer über den Weg läuft!«

»Danke für das Angebot; aber ich habe eine Pistole bei

mir«, sagte Alexa kühl. »Und jeder, der mich kennt, weiß, daß ich ausgezeichnet schießen kann.«

Sie wünschte sich jetzt, er würde sie nicht so genau betrachten, während sie versuchte, das Brusttuch um ihre Taille zu knoten und gleichzeitig in einer Hand die Pistole hielt, die sie hastig aus ihrem zusammengelegten Schal genommen hatte.

»Sind Sie sicher, daß Sie keine Hilfe brauchen oder einen Begleiter? Natürlich nur, wenn da kein eifersüchtiger Ehemann oder Liebhaber ist, der auf Sie wartet...?«

»Jetzt aber genug!« sagte Alexa wütend und richtete die Pistole auf ihn, fest entschlossen, sofort abzudrücken. »Was ich tue und wohin ich gehe, geht Sie nichts an; und da Sie hier eindeutig der Eindringling sind, gehen Sie gefälligst dorthin, wo Sie hergekommen sind!«

Mit schleppender, fast gleichgültiger Stimme sagte er: »Das werde ich sowieso tun, nachdem Sie ja so gut auf sich selbst aufpassen können. Gute Nacht, süße Mondhexe. Oder soll ich guten Morgen sagen? Sie sollten sich wirklich beeilen, bevor man Leute ausschickt, um sie zu suchen.«

Sie hätte es geradezu genossen, jetzt auf ihn abzudrükken, wenn er sie auch nur im geringsten provoziert hätte. »Ach, hauen Sie doch ab! Ich hoffe, Sie ertrinken!«

»Sie sind wirklich ein verdammtes kleines Aas. Machen Sie sich keine Sorgen, ich bin ein guter Schwimmer, und mein Schiff ist näher, als es aussieht. Adiós!«

Jetzt hätte sie schießen mögen, aber er war rasch verschwunden, sie hörte noch, wie er mit einem Sprung ins Wasser glitt. Ohne zu wollen, sah sie ihm nach. Doch er blieb unsichtbar, und sie fragte sich schon, ob er an einer seichten Stelle hineingesprungen wäre und jetzt vielleicht unterging...?

Dann aber hörte sie einen leisen Pfiff und sah ihn, schon weit draußen, wie er ihr kurz mit einem Arm zuwinkte und dann zu dem entfernt liegenden Schiff weiterschwamm, das sie schon vorher bemerkt hatte.

Also nichts anderes als ein einfacher Seemann, mit einer anderen Frau in jedem Hafen, ohne jeden Zweifel! Und Gott sei Dank werde ich ihn nie wiedersehen, dachte Alexa schuldbewußt, ohne sich an ihre eigene Schwachheit erinnern zu wollen. Schließlich war es ja auch ihre Schuld, sich diesen ganzen Fantasiegebilden hingegeben zu haben, da wurde man eben leicht ein Opfer seiner Träume. Praktisch denken – wie recht hast du doch, Tante Harriet.

Trotz all ihrer Gewissensbisse sah sich Alexa unwillkürlich doch noch einmal um – nicht mehr als mit einem kurzen Blick über die Schulter. Der Mond stand schon niedrig und färbte sich langsam golden. Auf dem Meer konnte sie nichts mehr erkennen.

Als sei sie ein Geist, erschien Menika plötzlich aus dem Nichts, als Alexa sich gerade wieder umwandte.

»Ich habe hier auf die Missy gewartet, wo das Mondlicht mir nicht in die Augen sticht. Bitte, wir müssen jetzt unbedingt schnell machen!«

Es wird jetzt klüger und sicherer sein, keine Fragen zu stellen, dachte Alexa, als sie schweigend dem Mädchen folgte. Auch nicht an sich selbst.

5. Kapitel

Schweigend, jede mit ihren eigenen Gedanken beschäftigt, erreichten die beiden jungen Frauen, die einander bis auf ihr etwa gleiches Alter so unähnlich waren, die Sicherheit von Alexas Zimmer, ohne entdeckt worden zu sein.

Alexa hatte sich schon ganz fest vorgenommen, daß überhaupt nichts passiert war. Sie hatte die ganze Nacht durchgeschlafen, während Menika bei ihr wachte, und wenn sie bisweilen geträumt hatte… nun, Träume waren ja nur der Ausdruck einer etwas überhitzten Vorstellungskraft und bedeuteten überhaupt nichts.

Als Tante Harriet nach einem früh und allein eingenommenen Frühstück wieder zurückkehrte, war sie überrascht, daß ihre Nichte immer noch fest schlief. Das Bettuch bedeckte sie kaum bis zu den Hüften. Wirklich, dachte Harriet verärgert, ich muß es ihr einmal in aller Deutlichkeit sagen, daß junge Damen nicht nackt schlafen. Alexa besaß doch vier wunderschöne Nachthemden, und keines von ihnen hatte sie je getragen. Was mußten denn die Bediensteten davon halten? Aber jetzt war es wirklich höchste Zeit zum Aufstehen. Harriet beugte sich über sie und schüttelte sie kräftig an der Schulter.

»Alexa! Schnell aufgestanden, bevor sie das Frühstück bringen, das ich für dich machen ließ.«

Schlaftrunken setzte sich Alexa auf, da sie merkte, daß Tante Harriet nicht länger warten würde. Sich die Augen reibend, erinnerte sie sich daran, etwas sehr Schönes geträumt zu haben, nur wußte sie nicht mehr genau, was es gewesen war. Warum mußte sie nur so früh aufstehen?

»Hier, zieh das an, aber schnell! Mrs. Mackenzie hatte mir angeboten, dir ein eigenes Dienstmädchen zu schicken, aber das mußte ich ablehnen, weil du die schlechte Angewohnheit hast, in deinem Zimmer herumzulaufen, ohne etwas anzuziehen. Und du mußt schon verstehen, meine Liebe, daß andere Leute kaum Verständnis für solche Gewohnheiten aufbringen werden. Schließlich ist es nicht einmal unter Eheleuten...!« Harriet schnitt sich selbst das Wort ab, aber nicht schnell genug, denn Alexa hatte schon ihren Kopf nach hinten geworfen und sie neugierig angeschaut.

»Willst du damit wirklich sagen, daß Leute, die miteinander verheiratet sind und vielleicht auch noch Kinder haben, sich nicht unbekleidet sehen? Also, ich finde, wenn man nicht nackt und frei miteinander sein kann, dann ist das eine höchst barbarische Sitte und...« Nun war es an Alexa, ihren Redestrom zu unterbrechen und bei der Erinnerung zu erröten, die sie so vollkommen aus ihrem Denken verbannen wollte und die jetzt so überaus klar und unangenehm wieder zurückkehrte.

»Ich hoffe auch wirklich, daß du jetzt rot wirst!« schnaubte Harriet sie an. »Und daß du es nie wagst, solche Ansichten in einer vornehmen Umgebung von dir zu geben! Aber...« Harriet seufzte plötzlich schwer. »Ich habe es nie für richtig gehalten, daß Frauen übermäßig beschützt und unwissend gehalten werden sollen, und nur deshalb habe ich so frei mit dir gesprochen und dich gewisse Bücher lesen lassen, die man zwar zur Literatur zählt, aber für Damen doch nicht so ganz geeignet sind.«

»Tante Harriet, ich...«

»Ich hoffe doch, meine liebe Alexa, daß ich dich nicht ganz falsch erzogen habe. Du bist heute achtzehn geworden und immer noch mehr als ein halbes Kind in gewisser Hinsicht, aber ich wollte immer, daß du deine Augen aufgemacht hast, wenn du eine Frau wirst.«

Alexa umarmte ihre Tante ganz fest. »Ich bin so froh und glücklich, daß ich so geworden bin, und daß meine Augen geöffnet sind. Obwohl ich ja manchmal aus der Haut fahre und häßliche Sachen sage, mußt du mir glauben, daß ich dich nie enttäuschen werde, vor allem nicht in der Öffentlichkeit. Mir tun diese armen Frauen so leid, die nichts anderes gelernt haben, als ein bißchen mit Wasserfarben zu malen oder auf dem Klavier herumzuklimpern, und nicht in der Lage sind, ein intelligentes Gespräch mit Männern über Politik oder die Jagd oder Pferde führen zu können.«

Harriet mußte bei diesen Worten ein Lächeln unterdrükken, obwohl sie mit ihrer üblichen Schroffheit sagte: »Na gut, ich hoffe, du äußerst dich mit etwas weniger Offenheit als sonst über das Thema der Pferdezucht und beteiligst dich nicht an Diskussionen über Politik oder Religion. Jetzt aber raus mit dir und wasch dein Gesicht mit kaltem Wasser. Deine Augen sind ja ganz verschwollen.«

Kurz darauf erschien Alexa, sich mit einem Handtuch das Gesicht reibend, und ihre schiefergrauen Augen blitzten in einer Weise, die Harriet verdächtig vorkam. »Meinst du übrigens, daß ich eine gute Partie finden werde? Es muß doch eigentlich eine interessante Erfahrung sein, einen Liebhaber zu haben, auch wenn ich mich schließlich nicht dazu entscheiden würde, ihn zu heiraten. Aber ich glaube, ich muß doch erst einmal lernen, wie man so richtig kokettiert, auch wenn ich dabei nur herausfinden möchte, ob ich mir die Männer zu Sklaven machen kann oder nicht.«

»Alexandra!« Der warnende Unterton in Harriets Stimme

war nicht zu überhören, aber Alexa lachte nur, während sie aus dem Handtuch einen Turban formte.

»Mach dir keine Sorgen, Tante Harriet. Da ich einen ganz passablen Verstand besitze, habe ich beschlossen, deinem Rat zu folgen und meine weiblichen Listen zum größtmöglichen Vorteil einzusetzen.« Schweigend besah sie sich ihr Gesicht im Spiegel.

»Ich glaube, ich werde nie eine besondere Schönheit werden, oder?« sagte Alexa halblaut. »Jedenfalls keine von der üblichen Art, mit einem kleinen Rosenknospenmund und einem Gesicht wie eine Porzellanpuppe, der man keinerlei Gefühl anmerken kann.«

»Manchmal ist es ganz gut, seine Gefühle nicht allzusehr zu zeigen«, sagte Harriet leise, aber Alexa war zu sehr mit der Beurteilung ihres Aussehens beschäftigt, um zuzuhören.

Harriet sah jetzt zu ihr hin und sagte sachverständig: »Jedenfalls hast du ein durchaus apartes Gesicht, meine Liebe, was für mich fast ebensoviel bedeutet wie ein faszinierendes. Du hast weiße gleichmäßige Zähne und ein attraktives Lächeln, sehr hübsche hohe Backenknochen und eine recht ungewöhnliche Haarfarbe. Doch ich glaube, das reicht wirklich, damit dir das alles nicht in den Kopf steigt.«

»Das wird es nie, Tante Harriet! Aber du hast mir das größte Kompliment gemacht, wenn du mein Gesicht apart nennst. Sehe ich wirklich so aus? Dann kann ich ja eigentlich ganz beruhigt sein, immerhin bekomme ich keine Sommersprossen. Aber...«

»Genug jetzt!« sagte Harriet endgültig. »Es gibt noch viel zu tun, bis wir dich zur Ballkönigin herausgeputzt haben.«

An ihr Ballkleid wurde jetzt letzte Hand angelegt. Harriet hielt ein Schmuckstück nach dem anderen an Alexas Hals, um zu entscheiden, welches am besten zu ihr passen würde.

Der Abendwind wehte leise Töne ferner Musik herein. »Wir sind doch nicht zu spät dran?« fragte Alexa mit leiser Stimme.

»Natürlich nicht. Die Musikanten stimmen nur ihre Instrumente.«

Alexa besah sich wieder im Spiegel, und es war ihr fast gleichgültig, ob sie jetzt noch ein Schmuckstück tragen würde oder nicht. Das Ballkleid, das ihr liebster Onkel John sozusagen hergezaubert hatte, war wirklich für eine Märchenprinzessin geschaffen. Apart. Würden sie wirklich meinen, daß sie apart sei? Die allerneueste Mode in Europa, hatte Onkel John ihr mit einem Augenzwinkern zugeflüstert. Und es war eigens für sie von dem größten Modeschöpfer in Paris geschaffen worden – ganz in Weiß und Gold.

»Hier! Jetzt habe ich endlich das richtige für dich gefunden. Diese schöne goldene Halskette deiner Mutter paßt ganz genau zu dem Armband, das sie dir an deinem siebzehnten Geburtstag geschenkt hat. Alexa, wieso trägst du eigentlich nicht dein Armband? Ich weiß, daß ich dich daran erinnert habe, bevor wir abfuhren. Ich könnte schwören, daß du es gestern noch getragen hast. Ach, meine Liebe – dieses Zimmer ist eine einzige Unordnung...«

Harriet war viel zu aufgeregt und zu besorgt, um zu bemerken, wie blaß Alexa plötzlich trotz der roten Rosenblätter geworden war, mit denen ihre Wangen so eifrig eingerieben worden waren, um ihnen etwas Farbe zu geben. Das Armband! Sie hatte es doch nie abgenommen, und sie konnte sich genau daran erinnern, wie es in dem Mondlicht aufgeblitzt war.

Aber wann hatte sie es denn nur verloren?

»Ich werde es sicher wiederfinden, ich glaube, ich hatte es noch vor dem Baden...«, stotterte sie.

Zu ihrer Erleichterung schnitt ihr die Tante das Wort ab. »Ach was, es ist jetzt viel zu spät, um noch lange zu suchen. Wir müssen uns beeilen. Komm her, ich binde dir dieses Goldband um das Handgelenk, das muß jetzt reichen.«

Mit einem letzten kritischen Blick musterte sie das Mädchen, bevor sie sagte: »So, ich glaube, du bist jetzt fertig. Hier, nimm deinen Seidenschal, vielleicht kannst du ihn brauchen – und vergiß nicht, den Kopf immer oben zu halten!«

Es bestand kein Grund zur Aufregung. Sie brauchte nur daran zu denken, was ihr Sir John zuvor gesagt hatte: »Mut.

Was du für ein Hindernis gehalten hast, mußt du als Herausforderung sehen, dann wird es auch bezwingbar sein.«

»Wie reizend Sie ausschauen, meine Liebe, und was für ein wunderhübsches Ballkleid! Alle werden Sie darum beneiden; aber das braucht Sie überhaupt nicht zu kümmern, wissen Sie?«

Fast hätte Alexa vergessen, der Frau des Gouverneurs für dieses freundliche Kompliment mit einem Knicks zu danken.

»Du siehst in diesem Kleid genauso bezaubernd aus, wie ich es mir immer vorgestellt habe, Alexa.« Sir John küßte leicht ihre kühle Wange, während er ihre eisigen Hände beruhigend drückte und ihr zuflüsterte: »Und vergiß nicht, du hast einen Verstand, der deiner Schönheit gleicht; du kannst deiner selbst ganz sicher sein, du hast allen Grund dazu.«

Da sie der Ehrengast war, wurde Alexa rechts vom Gouverneur gesetzt, aber das machte ihr nichts aus, weil Sir John wieder rechts von ihr saß. Und sie hatte wirklich den Eindruck, der Sehr Ehrenwerte James Alexander Stewart Mackenzie sei ein netter Mann.

Im Laufe des Abends wurde Alexas Lächeln immer echter. Jetzt konnte man sogar ihr Grübchen sehen. Während Sir John sie sich genauer betrachtete – sie hörte gerade lachend einer trockenen Anekdote zu, die der Gouverneur zum besten gab –, bedauerte er es, daß sie wohl nicht wußte, wie attraktiv sie war – diese junge Frau, deren Heranwachsen er begleitet hatte. Sie war schlank und athletisch wie eine junge Amazone, und es war so schade, daß Frauenkleider in seiner Zeit dazu bestimmt waren, jede natürliche Kurve und Linie des weiblichen Körpers zu verhüllen und zu verstecken. Wirklich, der Gedanke, daß dieser freie, kühne Geist seiner kleinen Alexa eines Tages von den Gitterstäben und Korsetts der Konvention eingeengt und gefangengehalten wurde, also durch das, was man modern nannte, schien ihm unerträglich. Konnte er nicht etwas dafür tun? Eine Herausforderung, das war es doch, was er jetzt in seinem Leben brauchte, nachdem der ganze Reichtum, den er in all den Jahren nur aus Spaß und Abenteuerlust aufgebaut hatte, ihm weder Gesundheit noch Glück kaufen konnte. Eine Herausforderung... ein Anreiz... eine Rettung etwa? Und warum eigentlich nicht?

Ja, warum eigentlich nicht?

»Onkel John? Jetzt habe ich die ganze Zeit gesprochen, genauso, wie du es mir gesagt hast. Aber du hast kein einziges Wort gehört, oder doch? War das alles etwa zu dumm, zu oberflächlich? Oder einfach zu langweilig, um dich zu interessieren?«

Sir John tätschelte ihr leicht den Arm. »Keineswegs, meine Liebe, keineswegs! Ich habe nur eine Menge Dinge im Kopf, das ist alles. Und natürlich habe ich auch an dich gedacht, das ist schon richtig. Aber ich sehe, daß Mrs. Mackenzie ein Zeichen gibt, daß die Damen sich jetzt zurückziehen mögen; wir reden später weiter, ja?«

Wirklich erhoben sich jetzt alle Damen, Stühle knarrten und Röcke raschelten, und auch Alexa mußte sich wohl oder übel anschließen.

Im großen Wohnzimmer des Hauses trafen sie sich wieder, und Alexa saß zu ihrem Erstaunen zwischen der Gattin des Gouverneurs und einer milchgesichtigen Blondine etwa ihres Alters, die bis zum Hals in Rüschen gekleidet schien.

Charlotte Langford hatte in England eine Akademie für junge Damen besucht, bis ihre gewichtige Mutter beschlossen hatte, es sei jetzt Zeit, sich einen passenden Ehemann zu suchen. Und hier in Ceylon, wo es ohnehin nicht viele blonde und blauäugige Mädchen gab, hätte sie unter den besten Junggesellen wählen können – vorausgesetzt natürlich, daß die Mama mit der Wahl einverstanden war.

Ihre Mama hatte überhaupt sehr entschiedene Ansichten über alles, und Charlotte hatte sich immer von ihr führen lassen. Aber hinsichtlich Miß Howard war sie nicht ganz so eindeutig wie sonst.

»Also denke daran, Charlotte, wenn du ihr vorgestellt wirst, daß du Abstand hältst und einen ›christlichen‹ Standpunkt einnimmst, du verstehst doch, was ich meine?«

»Ja, natürlich! Mama!«

»Gut! Ich möchte nämlich nicht, daß du herablassend gegenüber einer jungen Frau bist, die nie das Glück hatte, nach England zurückzukehren, das arme Kind. Wer weiß, wie sie erzogen wurde? Aber wenn Sir John Travers ihr Gönner ist, dann muß ich doch wohl annehmen, daß sie immerhin vorzeigbar ist...«

»Ja, Mama. Aber ich fürchte, ich habe nicht ganz verstanden, ob ich mich nun mit Miß Howard anfreunden soll oder nicht.«

»Du lieber Himmel, Charlotte! Hörst du mir denn nie zu? Wenn sie vom Gouverneur und seiner Frau und auch von Sir John akzeptiert wurde, dann weiß ich nicht, warum du nicht wenigstens ihre Bekanntschaft machen sollst. Ich möchte nur nicht, wie soll ich es sagen – daß du dich von ihr beeinflussen läßt. Ob Miß Howard eine passende Freundin für dich ist, das mußt du schon selbst herausfinden.«

»Ja, natürlich, Mama!«

Charlotte hatte schon seit langem gemerkt, daß das Leben sehr viel angenehmer war, wenn sie ›ja‹ zu ihrer Mama sagte. Sogar Papa tat das, und er war immerhin Oberst und gewöhnt, Befehle zu geben. Aber jetzt saß sie genau neben dieser Miß Howard; was erwartete ihre Mutter von ihr? Die scheinbar so selbstbewußte und elegant gekleidete junge Frau, die sich so lebendig mit Sir John Travers und dem Gouverneur Mackenzie unterhalten hatte, konnte doch kaum dieselbe Person sein, die, wie die Klatschdamen landauf, landab es wissen wollten, sich wie ein Mann kleidete und in Gesellschaft der jungen Offiziere, die in der Nähe stationiert waren, auf die Jagd ging?

Plötzlich drehte sich Alexa zum Erstaunen von Charlotte zu ihr um, mit einem strahlenden Lächeln, das aber aufgesetzt war. »Es tut mir leid, daß ich unhöflich war! Aber ich mache eine solche offizielle Gesellschaft zum ersten Mal mit und weiß noch nicht, was hier ›korrektes‹ Verhalten bedeutet und was nicht – ich hoffe also, Sie verzeihen mir, wenn ich mich Ihnen selber vorstelle. Ich heiße Alexandra Howard, und Sie...?«

Charlotte war so verblüfft, daß ihr der Mund vor Erstaunen offenblieb, so unerwartet und unkonventionell angesprochen zu werden, und unwillkürlich sandte sie einen fast flehentlichen Blick zu ihrer Mama, bevor es ihr gelang zu stottern: »Ich... ach, ich will doch hoffen, daß Sie nicht denken... da wir aber schon nebeneinander sitzen, hätte ich natürlich auch von mir aus... also, ich bin Miß Langford, mein Vater ist Oberst Jack Langford. Dort drüben sitzt meine Mama. Ich hatte mich schon die ganze Zeit darauf gefreut, Sie kennenzulernen, Miß Howard, nachdem wir alle so viel von Ihnen gehört haben.«

»Wirklich? Und was haben Sie über mich gehört?« Unter ihren geraden dunklen Augenbrauen starrten Alexas Sturmwolkenaugen mit unbeugsamer Direktheit in Charlotte Langfords errötendes Gesicht, während diese wieder anfing zu stottern und ihre Wangen sich blutrot färbten.

»Ich hoffe doch, Sie glauben nicht, daß ich gemeint habe... Aber all die jungen Offiziere, die hierher versetzt wurden, bewundern so sehr Ihren Mut und Ihre Kühnheit, Sie verstehen doch, und wie gut Sie reiten und schießen können.«

»Wie schmeichelhaft«, sagte Alexa beiläufig, wobei ihr unangenehm auffiel, daß Miß Langford wirklich häßliche gelbe Zähne hatte und wäßrige blaue Augen, die sie immer schloß, wenn Alexa sie anblickte. Wie sehr sie diesen Klatsch haßte, und die Klatschmäuler dazu!

6. Kapitel

Mit Erleichterung hatte Alexa den Vorschlag ihrer Gastgeberin entgegengenommen, einige der Damen würden vielleicht die Gelegenheit wahrnehmen, sich in den ruhigeren Räumen des Hauses etwas auszuruhen und für den Abend frisch zu machen.

Als sie nun zusammen mit Tante Harriet die Treppe hinabschritt, befiel sie ein Gefühl, das sie sonst hatte, bevor sie ihr Pferd über ein besonders schwieriges Hindernis setzte. Aber sie würde die Herausforderung annehmen. Ihr gehörte diese Nacht, dafür würde sie schon sorgen – kein anderer konnte ihr zuvorkommen.

Sie sieht so stattlich und so selbstsicher aus wie eine junge Königin, meine kleine Alexa, dachte Sir John Travers, als er sie am Fuße der marmornen Steintreppe erwartete. »Ah... Ich wußte doch, wenn ich nur geduldig genug sein würde, hätte ich das Glück, die beiden Damen in den Ballraum begleiten zu dürfen, wo Ihre Ankunft sicher schon mit Spannung erwartet wird. Meine liebe Alexa, Mrs. Mackenzie ist schon sehr von dir eingenommen. Sie möchte dich gerne denen vorstellen, die später gekommen sind. Aber wenigstens einen Tanz wirst du doch für deinen alten Onkel John übriglassen, nicht wahr?«

Alexa sank doch etwas der Mut, als sie nun gemeinsam in den schon vollen Raum eintraten, wo das Gespräch für einen Augenblick verstummte, während sich neugierige Blikke auf sie richteten. Sie war froh, daß Sir John ihr eine Frage gestellt hatte, und halblaut flüsterte sie ihm zu: »Wie gerne würde ich die meisten Tänze mit dir tanzen, vor allem den ersten Walzer, wenn du nicht schon andere Verpflichtungen hast, etwa mit Mrs. Mackenzie oder...«

»Aber, meine Liebe, weißt du denn nicht, daß heute abend du die wichtigste Frau bist? So viele junge Männer werden mit dir tanzen wollen, vielleicht änderst du noch einmal deine Meinung wegen des ersten Walzers.«

»Warum denn? Die meisten jungen Männer, die ich kenne, sind doch einfach dumm, und ich möchte doch viel lieber die Möglichkeit haben, mit dir zu reden, während wir tanzen!«

Inzwischen waren sie bis dorthin gelangt, wo der Gouverneur und seine Gattin standen. Harriet zog sich zusammen mit Sir John taktvoll zurück, während Mrs. Mackenzie lächelnd Alexas Hand nahm und ihr freundlich sagte: »Denken Sie jetzt nur nicht, ich wüßte nicht mehr, wie lange ich selber gebraucht habe, bis ich mich an solche Gesellschaften gewöhnt habe, als ich in Ihrem Alter war. Nehmen Sie sich nur genügend Zeit dazu. Sie können mit jedem der jungen Männer tanzen, der Sie dazu auffordert, sofern er Ihre Tante oder mich zuvor um Erlaubnis gebeten hat – und natürlich nur, sofern Sie meinen, gerne mit ihm tanzen zu wollen. Andernfalls wird Ihnen immer eine Entschuldigung einfallen. Müdigkeit oder Durst oder was Ihnen sonst als erstes in den Kopf kommt. Sie werden bald genau wissen, was Sie zu sagen haben. Aber jetzt kommen Sie mit mir, Sie brauchen wirklich nicht schüchtern zu sein, denn schließlich sind hier alle ganz verwirrt, wie blendend Sie aussehen, meine Liebe.«

Plötzlich blieb die Gouverneursgattin so unvermittelt stehen, daß Alexa fast auf sie geprallt wäre. »Ah! Und hier ist ein Gentleman, den Sie kennenlernen müssen, denn seine Mutter und ich haben einmal dieselbe Schule besucht, und sein Vater war ein Freund meines verstorbenen Gatten, Admiral Hood. Darf ich Ihnen, Miß Howard, Charles Lawrence vorstellen, Viscount Deering? Sie sind doch Viscount, nicht wahr, Charles? Nun, dies ist Miß Alexandra Howard, und abgesehen davon, daß sie ein ungewöhnlich schönes Mädchen ist, ist sie auch eine Erbin. Da brauchen Sie nicht zu erröten, meine Liebe, denn Charles weiß genau, daß ich immer sehr geradeheraus bin. Ich kenne ihn ja schon von seiner frühesten Jugend an. Da darf ich schon ein bißchen familiär sein. Nun, Charles? Hast du deine Stimme verloren, und deine guten Manieren dazu?«

Alexa konnte nicht verhindern, daß ihre Wangen vor Verlegenheit heiß wurden. Nur mit größter Mühe gelang es ihr, ein gewisses Maß an Haltung zu bewahren. Ganz offensichtlich war aber der junge Mann, dem sie soeben vorgestellt worden war, genauso verlegen wie sie, denn auch sein Gesicht hatte sich gerötet, bevor er sich galant über ihre Hand gebeugt hatte, um sie an seine Lippen zu führen.

»Ein Vergnügen, Miß Howard. Ich gestehe, daß ich mich schon sehr darauf gefreut habe, Ihre Bekanntschaft zu machen. Jeder hier ist voll Bewunderung für Sie.«

»Aber bitte! Das klingt ja sehr schmeichelhaft, doch Sie dürfen mich nicht in Verlegenheit bringen, indem Sie so etwas sagen.«

War das wirklich ihre eigene Stimme, mit der ihr abgedroschene Phrasen so glatt über die Lippen gingen? Während dieses kurzen Gesprächs war es Alexa aber doch gelungen, Lord Charles hinter ihren geziert niedergeschlagenen Augenlidern genau zu betrachten, und sie hatte ebenso bemerkt, daß er auch sie ansah.

Sein kastanienbraunes Haar war auf der einen Seite glatt gescheitelt, sein Gesicht war gerötet und gesund. Er war vielleicht eine Handbreit größer als sie, schlank gebaut und von dem richtigen Schneider einwandfrei gekleidet, wie sogar sie mit einem Blick erkennen konnte. Und er sah wirklich nett aus – hübsch und stattlich –, vor allem wenn er sie anlächelte, als gäbe es schon ein geheimes Einverständnis zwischen ihnen.

»Nachdem ich das beneidenswerte Privileg erhalten habe, Ihnen vorgestellt zu werden, Miß Howard, frage ich mich, ob es Ihnen zu anmaßend erscheinen würde, wenn ich Sie um die Ehre eines Tanzes bitten dürfte?«

War es richtig, seine Aufforderung anzunehmen, so schnell nachdem sie sich kennengelernt hatten? Alexas fragender Blick traf auf ein freundliches Nicken der Gouverneursgattin, und sie war in der Lage, den jungen Mann mit ihrem eigenen Lächeln zu belohnen und antwortete: »Ich werde mich sehr freuen, mit Ihnen zu tanzen – vor allem, da Sie der erste Gentleman sind, der mich um einen Tanz gebeten hat.«

Sie ist wirklich bezaubernd, dachte Lord Charles, als er eifrig sagte: »Einen Walzer?«

Ihr verführerisches Grübchen und ihre blitzenden weißen Zähne sagten ihm, daß sie einverstanden war. Sie zögerte einen Augenblick und sagte dann: »Gerne, aber nicht den ersten Walzer, den habe ich meinem Onkel versprochen.«

»Dann also den zweiten...?« Als sie darauf leicht mit dem Kopf nickte, blickte Lord Charles in ihre undurchdringlichen dunklen Augen und murmelte inbrünstig: »Ich werde jede Sekunde bis dahin zählen, Miß Howard!« Zu seinem Erstaunen bemerkte er, daß er diesmal genau das gemeint hatte, was er sagte.

»Gut also, wir müssen jetzt weiter, Alexandra und ich.«

Alexa fing noch einen langen warmen Blick von Charles auf, unter dem sie eigentlich hätte erröten müssen, der aber nur ihre Stimmung hob. Ihre Augen hatten zu leuchten begonnen und ihre Wangen glühten; selbst Harriet war von dieser Verwandlung überrascht. Und jetzt war diese neue Alexa Howard auf einmal von einem ganzen Rudel junger Männer umringt, die sich fast schon miteinander stritten, weil jeder von ihnen mit ihr tanzen wollte. War Alexa vielleicht doch eine ganz andere Frau?

Wie glücklich schien Alexa doch, und während sie dahintanzte, ließ der junge Viscount keinen Blick von ihr. Ich sollte mich wirklich mit ihr freuen, dachte Harriet. Zumal alle Mamas mit ihren heiratsfähigen Töchtern jetzt hier sitzen und mit den Zähnen knirschen – vor allem diese schreckliche Klatschbase, Mrs. Langford.

»Ich brauche dich wohl nicht zu fragen, ob du deinen ersten Ball genießt«, sagte Sir John Travers, indem er seine junge Partnerin anlächelte, während sie miteinander Walzer tanzten. »Ich glaube, ich kann die neidischen Blicke fühlen, die in diesem Augenblick hinter meinem Rücken auf mich gerichtet sind. Ist dir bewußt, meine Liebe, daß du sie alle im Sturm erobert hast? Von jetzt ab wirst du dir deine Zeit sehr genau einteilen müssen, nur noch soundsoviel Minuten für jeden deiner vielen Verehrer!«

»Ach, Onkel John, hör doch damit auf, mich zu necken, dafür kennst du mich doch zu gut...«

Noch lange nachdem er Alexa auf ihren Platz neben Tante Harriet zurückgeleitet hatte, wo sie fast augenblicklich von einem eifrigen jungen Hauptmann der Dragoner aufgefordert worden war, verfolgte Sir John Travers ihre Gestalt und erinnerte sich an das erste Mal, als er das dünne Kind gesehen hatte, das sie damals gewesen war, und an die seltsame Weise, in der er sich seitdem zu ihr hingezogen fühlte. Ihre nackten braunen Beine waren von den Dornen und scharfen Blättern des Berggrases ganz zerkratzt gewesen, aber trotzdem ritt sie ohne Sattel auf einem wilden Pony, das sie sich selbst gezähmt hatte; ein fast arroganter Triumph war von diesem kleinen wilden Wesen ausgegangen, obwohl sie doch gewußt haben mußte, welche Strafe sie erwartete, weil sie ihr Kleid auf beiden Seiten aufgerissen hatte, um rittlings auf dem Pferd zu sitzen. Damals war er für sie eingetreten und hatte sie dann mit Zuchtpferden und Satteln bekannt gemacht.

Alexa war es nicht entgangen, daß Sir John und ihre Tante sich in einem offenbar sehr ernsthaften Gespräch befanden. Zunächst glaubte sie, Tante Harriet sei über irgend etwas im Zweifel, weil sie die Stirn runzelte und ihren Kopf schüttelte; dann aber hatte sie begonnen, auf etwas resignierte Weise mit dem Kopf zu nicken, was nur bedeuten konnte, daß Onkel John ihr von einem aufregenden Plan erzählt haben mußte. Worum ging es? Es war doch klar, daß es sie betraf. Das konnte Alexa daraus schließen, daß die beiden so oft in ihre Richtung schauten, und sie war nach und nach so neugierig geworden, daß sie kaum noch der gestelzten Konversation folgen konnte, mit der Hauptmann Burton sie langweilte. Zumindest hatte sie sehr schnell gelernt, daß von ihr nicht mehr erwartet wurde, als einfach zuzuhören und zu lächeln oder ihre Augen hin und wieder zu senken, während sie atemlos sinnlose Wörter wie ›oh!‹ oder ›wirklich?‹ oder ›bitte, reden Sie doch weiter!‹ murmelte, auch wenn sie von dem, was ihr Partner ihr zumutete, überaus gelangweilt war. Lügen und Verstellung waren die Basis dieser neuen Gesellschaft, in der sie sich wiederfand, und Aufrichtigkeit würde sie nur zu einem Außenseiter machen. Aber wie seltsam war das doch – und wie paradox –, als Kind dazu erzogen worden zu sein, immer die Wahrheit zu sagen, gleichgültig, was es koste, Unaufrichtigkeit und Schwindeleien aber zu verachten. Dann jedoch wurde man in die Welt der Erwachsenen geworfen, wo gerade diese Haltung von einem erwartet wurde, wenn man als ›Erwachsener‹ gelten wollte – und wo jeder etwas vorspiegelte und es auch noch ernst nahm.

Nachdem Hauptmann Burton Alexa widerwillig an ihren Platz zurückgeführt hatte, der soeben von Sir John freigeworden war, erzählte sie Tante Harriet, was sie eben gedacht hatte. »Das Ganze ist doch ein entsetzliches Spiel, nicht wahr? Wenn man aber erst einmal die Regeln gelernt hat, dann ist es schon fast zu leicht und macht eigentlich kaum noch Spaß – jedenfalls dann nicht, wenn man die Handlungen jedes einzelnen voraussehen kann und ihn mit seinen eigenen Waffen schlägt! Und jeder Mann, mit dem ich bis jetzt getanzt habe – natürlich mit Ausnahme von Onkel John –, war so durchschaubar und so langweilig! Jeder verhielt sich nach demselben Muster.«

»Hah!« schnaubte Harriet angewidert. »Jetzt bist du also schon gelangweilt und blasiert, obwohl noch nicht einmal der halbe Abend vorüber ist. Wenn ich dir einen Rat geben kann, mein Fräulein, dann werde ein bißchen bescheidener, statt daß dir alles in den Kopf steigt. Und wie soll es etwa aussehen, wenn du auf einen völlig undurchschaubaren Mann triffst, der zu keinem vorgeschriebenen Muster paßt? Schließlich gibt es Männer, die – nun ja – Schurken sind. Männer, die die höchsten Stationen des Lebens erreicht haben und all die richtigen Wörter zu benutzen wissen und sich zum Schein an die Etikette und Konventionen halten; die darüber hinaus von ihren Freunden bewundert und hochangesehen werden.«

Alexas Augen weiteten sich, doch dann zuckte sie nur etwas ungeduldig mit den Schultern und sagte: »Ich glaube nicht, so naiv zu sein, daß ich nicht einen Schurken erkennen würde, wenn ich einen treffe. Und wenn, dann bin ich doch gerade heute abend besonders gut geschützt, nicht wahr? Und ich bin Gott sei Dank ein bißchen vernünftiger als die meisten dieser armen affektierten Geschöpfe hier im Raum, so daß ich mir kaum vorstellen kann...«

»Und wie vernünftig glaubst du denken zu können, wenn du verliebt bist?« Harriets Stimme klang ätzend. »Ja – verliebt. Wahnsinnig und unsinnig verliebt in einen Mann. Glücklich, wenn er dir zulächelt und kommt, um dich zu sehen. Verzweifelt unglücklich, wenn er eine andere anlacht oder du ihn tagelang nicht zu sehen bekommst. Und was dann? Nein, meine Liebe, schüttle nur nicht so entschieden den Kopf, denn dir kann es gerade genausogut passieren wie jeder anderen. Und mach nur nicht den Fehler, zu meinen, du wärst das einzige weibliche Wesen, das auf wunderbare Weise von dieser Krankheit verschont bliebe – denn anders kann man das kaum nennen.«

Alexas Stimme klang fast überrascht, als sie sagte: »Tante Harriet...!« Als sie dann aber zufällig den Blick von Lord Charles auffing, konnte sie ihre Tante mit einem strahlenden Lächeln ansehen, bevor sie fortfuhr: »Du kannst versichert sein, daß auch nicht die geringste Gefahr besteht, ich könnte mich verlieben, das kannst du mir glauben. Das wäre ja wohl die größte Dummheit – die freiwillige Sklavin irgend so eines dümmlichen, pompösen Mannes zu werden und mein eigenes Glück von seinem Lächeln oder seinem Stirnrunzeln abhängig zu machen – niemals! Viel lieber wäre es mir anders herum, mir einen Mann zum Sklaven zu machen – ihn dazu bringen, sich in mich zu verlieben, ganz verrückt nach mir zu sein...« Ein Blick zu Charles sagte ihr, daß er immer noch auf sie wartete. Bisher hatte er nur mit der Gattin des Gouverneurs getanzt.

Harriet fragte jetzt: »Hast du schon daran gedacht, daß wir übermorgen nach Hause zurückfahren wollten?«

»Wollten?«

»Ja, wirklich, das hast du aber schnell begriffen.«

Harriet warf Alexa einen Blick zu, der diese schweigen ließ. »Sir John hat sich überlegt, daß du dich vielleicht darüber freuen würdest, eine oder zwei Wochen in Colombo als Gast in seinem Hause zu verbringen. Er dachte, du könntest diese Zeit dazu benutzen, um, wie er sich ausdrückte, die Spreu etwas vom Weizen zu scheiden, jedenfalls was die vielen Männer betrifft, die dich jetzt kennengelernt haben. So ein Aufenthalt könnte eine äußerst nützliche Erfahrung werden, und zwar für alle Beteiligten«, endete sie bedeutungsvoll.

Aber Alexas Augen glänzten schon vor lauter Aufregung und Vorfreude. »Ach, wie sehr liebe ich meinen Onkel John, und wie nett und verständnisvoll ist er doch! Meinst du, ich werde noch oft zu Bällen und Festen eingeladen? Und wenn ja, wird Papa doch sicher nichts gegen eine Ausgabe für noch zwei oder drei andere Ballkleider haben, meinst du nicht? Ich bin sicher, daß es hier in Colombo ausgezeichnete Schneider geben muß... Was glaubst du, wie lange wir bleiben können?«

»Alexa!« Harriet schüttelte ihren Kopf, um die Wortflut einzudämmen. »Du mußt schon verstehen, daß es gar nicht in Frage kommen kann, daß ich länger hierbleibe, als wir ursprünglich geplant haben.«

»Aber...«

»Doch wenn du meinst, daß du ohne Begleiterin sein kannst, dann irrst du dich! Wie du weißt, wohnen die Langfords zur Zeit in dem Gästehaus von Sir John, und ich bin ganz sicher, daß Mrs. Langford mehr als geeignet ist, um als Begleiterin und Ratgeberin zu fungieren, während ihre Tochter Charlotte...«

»O nein! Nicht die Langfords! Ausgerechnet die! Dieser dünnlippige Drachen, der mich von oben bis unten anschaut, nur um etwas an mir auszusetzen und dann darüber zu klatschen. Und diese Leisetreterin von Tochter, mit all ihren Anspielungen, dieser sirupsüßen Stimme, während sie mich die ganze Zeit beobachtet, ob auch gehörig Blut fließt. Also, wie ich dir vorhin schon gesagt habe, kann ich einfach nicht...«

Harriet erwiderte scharf: »Nun, meine Liebe, dann erinnere dich auch an das, was ich dir darauf geantwortet habe. Ich kann dir nur so viel sagen, daß, wenn du in Colombo bleiben willst, du dich mit den Langfords abfinden mußt, oder aber du lehnst Sir Johns Angebot ab und kommst statt dessen mit mir nach Hause. Vielleicht findest du dann auf der Plantage irgendeinen netten jungen Pflanzer.«

Alexa hatte während der ganzen Zeit an ihrer Unterlippe genagt, ein Zeichen dafür, daß sie sich zu einer Entscheidung durchrang. Verstockt sagte sie: »Aber warum denn die Langfords! Könnte es denn nicht irgend jemand anders sein?«

»Also, meine Liebe, wenn du versuchen kannst, die Situation einmal ganz objektiv zu sehen, dann könntest du sie vielleicht für eine Art Test halten, was meinst du?«

»Einen Test? Ich kann mir das nicht vorstellen...« Harriet

begegnete Alexas recht mißtrauischem Blick mit einem bewußt ungeduldigen Kopfschütteln.

»Sicher bist du vernünftig genug, um zu verstehen, daß nicht jeder, den du triffst, dich mag oder von dir gemocht wird. Und doch müssen wir auch zu diesen Menschen höflich sein. Mit anderen Worten, du könntest die Zeit in Colombo dazu benutzen, einmal zu sehen, wie gut du dich beherrschen kannst. Wie klug du mit Menschen umgehen kannst, die dir nicht liegen. Aber vielleicht bist du noch gar nicht bereit dafür?«

Harriet konnte sehen, wie ihre Worte auf Alexa wirkten und wie deren lebhaftes, ausdrucksvolles Gesicht sich zunehmend zu verhärten schien. Hinter dem Schutz ihres Fächers fügte sie leise und wie verbissen hinzu: »Versteh doch, meine liebe Alexa, und du mußt es einfach verstehen, wenn du überlegen und trotzdem ganz du selbst bleiben willst – die größte Aufgabe besteht darin, eine Kontrolle über all die emotionalen Schwächen zu erlangen, mit denen die Menschheit geschlagen ist: Zorn, Haß, falsches Mitleid und – Verbohrtheit. Das ist nur ein anderer Ausdruck für den jämmerlichen Zustand des Verliebtseins. Aber wenn du genug Charakterstärke besitzt, um einer solchen Schwäche zu widerstehen, dann wirst du alles erreichen, was du je erreichen willst, weil du immer im Vorteil sein wirst!« Mit einem tiefen, eher unregelmäßigen Atemzug setzte sich Harriet zurück und nahm wieder ihre normale, fast abweisende Haltung ein.

Sie hörte eine leise, aber feste Stimme neben sich, die kaum noch als Alexas wiederzuerkennen war: »Ich danke dir, Tante Harriet, daß du mich an alles erinnert hast. Jetzt brauche ich mich wirklich nicht länger vor irgend jemandem oder irgend etwas zu fürchten, und du mußt dir keine Sorgen mehr um mich machen. Ich werde jetzt sehr gut allein vorankommen!«

7. Kapitel

»Miß Howard – entschuldigen Sie bitte – aber ich glaube, dies ist unser Tanz?«

»Ja, aber natürlich. Der zweite Walzer. Ich habe ihn gewiß nicht vergessen.«

»Bitte halten Sie mich nicht für aufdringlich, Miß Howard, aber ich habe wirklich jede Minute bis zu diesem Augenblick gezählt.«

»Ich muß jetzt glauben, daß Sie mit mir flirten, Lord Charles.«

»Ich gebe zu, daß ich es versucht habe. Ist es Ihnen sehr unangenehm?«

»Nein – nein, ich glaube nicht. Vor allem, weil Sie zu mir so aufrichtig gewesen sind. Ich wünschte mir das überhaupt von allen Menschen, mit denen ich zusammenkomme. Sie nicht?«

Ihre unerwartete Antwort hatte ihn überrascht, und Lord Charles zögerte einige Augenblicke, bevor er erwiderte: »Ich glaube ja. Ich habe mir oft gewünscht, es wäre so. Wir leben nun einmal mit anderen Menschen zusammen, die nicht genauso denken und die Aufrichtigkeit als Schwäche oder auch nur Dummheit auslegen könnten – wie soll man sich verhalten? Aber wir sind jetzt viel zu ernsthaft geworden. Bitte erzählen Sie mir was von sich, Miß Howard. Wo Sie wohnen, was Sie gerne tun...«

»Ach, ich fürchte, ich habe ein nur zu behütetes Leben hier in Ceylon geführt und bin noch gar nicht herumgekommen. Ich glaube kaum, daß ein langweiliger Bericht über das stille Dasein auf einer Kaffeeplantage in einer entfernten Provinz, weit weg von Colombo, Sie überhaupt interessieren könnte, vor allem, weil Ihr Leben im Vergleich dazu sicher viel abwechslungsreicher und aufregender sein muß. Sind Sie viel gereist und haben Sie viele Abenteuer erlebt? Ist das Leben hier sehr rückständig im Vergleich zu dem in England und Europa? Ach – ich hoffe, es macht Ihnen nichts aus, wenn ich Ihnen so viele Fragen stelle.«

Charles fand diese außergewöhnliche junge Frau einfach

bezaubernd, wie sie so leicht in seinem Arm tanzte. Außergewöhnlich – ja, das war sie, und mehr als das. Ein Schatz, den er niemals geglaubt hätte finden zu können, schon gar nicht in dieser kleinen abgelegenen Kronkolonie. Anders war sie, und selbstsicher. Aber auch geistreich; das hatte er sofort hinter ihrem damenhaften Verhalten gespürt. Er hatte einmal eine kleine Stute besessen, deren glänzendes Fell ihn jetzt an Miß Alexandra Howards Haar erinnerte. Ganz sanft und nachgiebig war sie gewesen, aber wenn ihr Reiter so unvorsichtig war, sie nicht fest am Zügel zu halten, dann begann sie plötzlich eigene Wege zu gehen. War man schon glücklich genug, ein so seltenes Wesen zu finden, dann mußte man es sich nehmen, bevor es ein anderer tat – und es zähmen.

Lord Charles maskierte seine Gedanken mit einem gewinnenden Lächeln, als er sagte: »Welcher Mann spricht nicht gern von sich? Obwohl, ich warne Sie, das noch viele Tänze dauern wird, um die ich Sie dann bitten muß. Vorausgesetzt natürlich, ich langweile Sie nicht zu schnell! Abenteuer – die hatte ich nicht , aber wenn es Sie wirklich interessiert, dann sollten Sie meinen Vetter fragen, auf dessen Suche ich den weiten Weg bis Nordamerika gemacht habe, um ihn schließlich in einer der früheren spanischen Kolonien zu finden. Seit einigen Jahren gehört dieses Gebiet offenbar zu Mexiko. Klingt das zu verwirrend für Sie?«

»Nein, überhaupt nicht!« sagte Alexa mit einem Schütteln ihres Kopfes und einem Grübchenlächeln. »Aber Sie haben mich jetzt wirklich fasziniert, weil ich schon immer viel über Amerika wissen wollte.«

»Nun gut, aber Sie müssen mir versprechen, es mir sofort zu sagen, wenn ich anfange, Sie zu langweilen...«, fuhr Lord Charles in demselben Ton fort, mit dem er begonnen hatte. »Die Natur, das Klima, überhaupt alles ist dort viel großartiger und überwältigender als hier. Und vieles ist ganz anders – von den wilden Indianerhorden ganz abgesehen. Aber da ich nun einmal nicht von Gefahr und Abenteuern lebe, wie mein Vetter, muß ich zugeben, daß ich mich am Ende doch entschieden habe, in das zivilisierte Europa zurückzukehren. Abenteuer kann ich Ihnen also nur aus zweiter Hand erzählen. Hoffentlich enttäuscht Sie das nicht.«

»Natürlich nicht!« antwortete Alexa rasch. Sie warf ihm ein Lächeln zu, bevor sie leichthin meinte: »Ich würde sagen, daß es ja ganz gut und schön ist, von Abenteuern zu lesen und zu hören, aber in ständiger Gefahr zu leben, muß doch etwas ganz anderes sein, was ich mir gar nicht aufregend vorstellen kann. Ich hoffe, daß Ihr Vetter in einem sicheren Teil von Kalifornien lebt, oder?«

»Ja, stellen Sie sich vor, ich habe Nicholas überredet, mit mir nach England zu kommen, und Sie werden ihn sicher noch kennenlernen heute abend. Er macht gerade einen Spaziergang mit dem Gouverneur, mit dem er sich offenbar sehr angeregt unterhält. Ich bin sehr gespannt, was die Londoner Gesellschaft aus ihm machen wird!« Lord Charles lachte kurz auf, bevor er fortfuhr: »Er kann natürlich auch sehr höflich sein, wenn er will, und ist auch schon in Europa gewesen. Aber als wir diesmal in London zusammen waren...« Lord Charles brach plötzlich ab, da er gemerkt hatte, daß der Tanz zu Ende war.

Kleine Gruppen von Tischen und Stühlen waren inzwischen auf breiten überdachten Terrassen aufgestellt worden, von denen aus man die üppigen Gärten bewundern konnte. Überall waren schöne farbige Laternen aufgehängt, die das Weiche der dunklen duftenden Nacht betonten und eine Atmosphäre der Vertraulichkeit schufen. In die scharlachrote und weiße Livree des Queen's House gekleidete Diener trugen Silbertabletts herbei, auf denen hochstielige Gläser standen, die mit gekühltem Champagner oder Weißwein gefüllt waren, und kaum hatte ein Gast sein Glas geleert, wurde ihm schon wieder ein gefülltes von einem der stets aufmerksamen Diener angeboten. Auch Lord Charles und Alexa hatten sich dorthin begeben.

»Mögen Sie Champagner?« fragte Lord Charles, nachdem er selbst einige Schlucke aus dem ersten Glas genommen hatte.

»Ich liebe vor allem seine Trockenheit! Das Prickelnde, auch wenn man sich erst daran gewöhnen muß.«

Als Alexa ein zweites Glas geleert hatte und ein drittes in der Hand hielt, fragte sie sich, wie sie auf einmal mit Charles hier draußen stand, am Rande der Terrasse, an das polierte Holzgeländer gelehnt. In ihrem weißgoldenen Ballkleid hob sie sich um so deutlicher wie eine glänzende Erscheinung gegen die schwarzen Bäume und den dunklen, sternenübersäten Nachthimmel ab.

Wie gern würde Lord Charles sie jetzt in seine Arme nehmen und küssen, obwohl er genau wußte, daß er dies nicht wagen durfte, jetzt noch nicht. Ein ungewohntes Stottern war in Charles' Stimme zu hören, als er sagte: »Miß Howard, ich bin mir zwar durchaus bewußt, daß wir uns erst seit wenigen Stunden kennen, und Sie dürfen versichert sein, daß ich mir über die Gebräuche und Konventionen durchaus im klaren bin. Aber ich habe mich so gerne mit Ihnen unterhalten und, ja, was ich sagen wollte, das war, wenn unser Schiff noch ein paar Tage in Colombo bleiben sollte, würde ich es mir zur Ehre anrechnen, Ihnen meine Aufwartung zu machen. Sie erwähnten doch, daß Sie bei Sir John Travers in seiner Residenz wohnen würden, nicht wahr? Natürlich würde ich erst seine Erlaubnis einholen, sowie diejenige Ihrer Tante; aber wenn Sie nichts dagegen hätten, daß wir uns wiedersehen, dann würde ich dies wirklich sehr gerne tun!«

»Wenigstens bist du vernünftig genug gewesen, zurückzukommen, bevor deine Abwesenheit aufgefallen wäre. Denke daran, daß man nie auffallen darf.«

Harriet fächelte sich heftig frische Luft zu, während ihr scharfer Blick Alexa musterte, die ganz sittsam wieder auf ihrem Platz saß, nachdem sie der junge Viscount verlassen hatte, um ihr frisches Obst und Sahne zu bringen. Schließlich sieht sie nicht so aus, dachte Harriet, als sei sie geküßt worden; und ihr Ballkleid ist auch noch ordentlich, ohne Weinflecken oder dergleichen. »Und wie kommst du jetzt darauf, etwas essen zu wollen, wenn der Tanz doch gleich weitergeht?«

Alexa schenkte Harriet ein schelmisches Lächeln. »Zweieinhalb Gläser Champagner, fürchte ich! Ich bin zwar überhaupt nicht hungrig nach diesem großen Abendessen, aber ich hörte, es sei sehr unvernünftig, soviel Champagner zu trinken.«

»Champagner! Nein, du hast wirklich davon getrunken – ich habe mir noch nie etwas daraus gemacht. Sag mir, bist du jetzt beschwipst? Ist dein Gesicht unnatürlich heiß? Du siehst ziemlich rot aus...«

»Ach bitte, Tante Harriet!« Alexa konnte die Ungeduld in ihrer Stimme nicht unterdrücken. »Ich habe dir doch die Wahrheit erzählt, und du erinnerst mich den ganzen Abend daran, daß ich jetzt eine erwachsene Frau und kein Kind mehr bin. Ich fühle mich nicht beschwipst, und wenn mein Gesicht gerötet ist...« Sie brach ab, als sie sah, daß Harriet ihren Knöchel mit dem Fuß rieb. Und als sie wieder aufblickte, sah sie Lord Charles herankommen, in Begleitung zweier Diener und eines anderen Mannes, den sie nicht kannte. Den Viscount Deering hatte sie für groß gehalten, aber dieser Mann war noch um mindestens eine weitere Handbreit größer und hatte breitere Schultern. Sein Abendanzug paßte ihm so gut, daß er offensichtlich für ihn gemacht worden war – lange, enganliegende Hosen, die zu der schwarzen doppelreihigen Jacke paßten, deren Ausschnitt eine reichbestickte Weste aus Satinbrokat freigab, die in vielen roten, goldenen und dunkelgrünen Tönen gearbeitet war; ein geheimnisvoll leuchtendes Dunkelgrün, das genau zu seinen Augen zu passen schien, die unter schwarzen Wimpern hervorsahen. Tieraugen, kam es Alexa plötzlich in den Sinn. Wie etwas, das sie aus der Dunkelheit der Nacht bei einem Lagerfeuer angeglüht haben mochte. Überhaupt schien etwas Gefährliches und fast Barbarisches an ihm zu sein, das sie zwar fühlen, aber zunächst nicht ganz verstehen konnte. Ein sonnengebräuntes Gesicht, das so dunkel war wie das eines Eingeborenen, mit schwarzen lockigen Koteletten, die von den Schläfen bis zum Kiefer reichten und fast etwas Ausschweifendes hatten, wodurch die eher herben Flächen seines Gesichts nur noch betont wurden. Obwohl er recht selbstsicher daherkam, war er auf eine seltsam undefinierbare Weise doch anders. Wie ein primitiver Stammesfürst aus undenklichen Zeiten, dem es gefallen hatte, sich mit moderner Kleidung zu maskieren, zumindest so lange, wie er dazu Lust hatte.

Alexa merkte sofort, daß sie ihn nicht mochte, daß sie vor allem die unverschämte Art haßte, mit der sein Blick über sie schweifte, ohne sie anzusehen. Fast fühlte sie seine Augen auf ihrem Mund, ihrem Busen, ihrem... Und jetzt konnte sie nicht einmal vermeiden, daß sich ihre Wangen röteten, während sie wütend dachte, daß dieser Mann ein gemeiner Kerl sein müsse, und daher äußerst erstaunt war, daß sich der liebenswürdige Lord Charles mit einer solchen Person überhaupt zusammentat.

Viscount Deering war inzwischen dabei, sie und ihre Tante seinem Vetter Nicholas vorzustellen. Nicholas de la Guerra. Seltsam, ein spanischer Nachname, obwohl doch die Mutter Spanierin gewesen war, wie Lord Charles ihr erzählt hatte.

»Die Howards leben auf einer großen Kaffeeplantage im Herzen von Ceylon, die höher gelegen ist und damit kühler, wie ich gehört habe.«

»Aber ich nehme doch an, daß Colombo, trotz der Hitze und Feuchtigkeit, durchaus seine Vorzüge haben muß. Kommen Sie oft hierher, Miß Howard?«

Plötzlich merkte Alexa, wie sich ihre Hände unter den Falten ihres Rockes verkrampften, wobei ihre anfängliche Unruhe zu einem häßlichen Verdacht wurde, der immer mehr zunahm. Seine Stimme, mit diesem zynischen Klang, der jedes so betont höfliche Wort zu unterstreichen schien. Sie wurde das Gefühl nicht los, sie schon einmal gehört zu haben. Dieses... o lieber Gott, bitte nicht!

»Nein!« Alexa war das Wort ungewollt und viel zu abrupt entschlüpft, da der Viscount sie plötzlich erstaunt ansah. »Das heißt« – ergänzte sie rasch – »wir sind nur sehr selten in Colombo. Oder nicht, Tante Harriet? Diesmal doch nur, weil... Natürlich war es nett, daß uns der Gouverneur und Mrs. Mackenzie...«

Was ist eigentlich los mit dem Mädchen? fragte sich Harriet ärgerlich. Den ganzen Abend über hat sie sich so gut aufgeführt, und jetzt beginnt sie plötzlich zu stottern wie ein Schulmädchen. Sicher war es der Champagner!

»Wir sind erst gestern angekommen«, warf Harriet sanft ein, bevor Alexa noch etwas sagen konnte. »Es ist ja wirklich eine lange Reise, vor allem weil wir schon vor Morgengrauen aufstehen mußten. Meine arme Nichte war so erschöpft, als wir ankamen, daß ich sie sofort ins Bett schicken mußte.«

»So? Aber auch wir sind erst gestern angekommen!« rief Lord Charles aus.

»Ja«, fügte sein Begleiter hinzu, »wir mußten aber draußen vor der Bucht Anker werfen. Wenn eine der Damen gestern nacht wach genug gewesen wäre, um einen Spaziergang im Mondschein zu machen, dann hätten Sie sicher unsere Lichter von weitem sehen können.«

Während sie dieser leicht schleppenden Stimme zuhörte, fühlte Alexa langsam Ekel und Abscheu in sich hochsteigen. Wie unsagbar gemein und niedrig er doch war! Natürlich wollte er ihr klarmachen, daß er sie wiedererkannt hatte. Jetzt wollte er sich an ihren Gefühlen weiden, das grausame Spiel immer weitertreiben, bis sie ihre Haltung, ihren Stolz und ihren Mut verloren hätte.

»Ich fürchte, daß sowohl meine Nichte als auch ich sehr fest geschlafen haben, bis der Mond aufging.« Gott sei Dank, Tante Harriet!

Mit einem dankbaren Lächeln zu Lord Charles hin, das seinen Begleiter ausschloß, begann sie sich etwas von der aufgetürmten Obstschale zu nehmen, die vor ihr stand.

»Sind sie mit allem zufrieden, Miß Howard?«

»Es ist genau das, was ich mir den ganzen Abend gewünscht habe, und ich bin Ihnen für Ihre Liebenswürdigkeit wirklich sehr dankbar.«

Er gab ihr ein erleichtertes Lächeln zur Antwort. Sie war in den letzten Minuten so still gewesen, daß er sich schon unsicher gefragt hatte, ob er sie in irgendeiner Weise gekränkt habe, vielleicht weil er ihr seinen Vetter ohne ihre Zustimmung vorgestellt hatte? Allerdings war Nicholas auch ziemlich erdrückend, wenn man ihn das erste Mal erlebte. Aber diesmal hatte Nicholas ihm lachend versprochen, sich entweder anständig zu verhalten oder rechtzeitig zu gehen, wenn ihm das zu anstrengend würde.

Manchmal – vielleicht sogar meistens – verstand Charles seinen Vetter überhaupt nicht, obwohl sie sich doch gewissermaßen angefreundet hatten. Aber sie blieben einander doch sehr verschieden, vor allem weil Charles wirklich zivilisiert war – das Höfliche lag ihm im Blut –, während Nicholas nur gute Manieren hatte, wenn es ihm paßte, und er sich in keiner Weise durch Gebräuche oder Konventionen gebunden fühlte. Heute abend nun war Charles recht zufrieden mit ihm, schließlich hatte er sogar ein lebhaftes Gespräch mit der älteren Miß Howard angeknüpft, was für Nicholas ganz ungewöhnlich war.

Lord Charles nahm diese Chance wahr und fragte mit leiser Stimme: »Halten Sie mich für zu anmaßend, wenn ich Sie noch einmal um die Ehre eines Tanzes bitte? Natürlich nur, wenn Sie nicht schon alle vergeben haben...«

Alexa schob den goldgeränderten Teller von sich und beschloß, ihre ganze Aufmerksamkeit Lord Charles zu widmen, während sie seinen sogenannten Vetter ignorierte.

Sie wußte, daß sie nicht zu oft mit demselben Herrn tanzen durfte, um nicht aufzufallen – wie oft hatte Tante Harriet ihr das eingeschärft! Und doch mußte sie aus der fast fühlbaren körperlichen Anwesenheit dieses Mannes fliehen, dessen harte grüne Augen mit einem einzigen blitzartigen Blick durch sie hindurchzusehen schienen – durch alles, was sie am Leib trug, bis auf ihre warme Haut, die er in der letzten Nacht so vertraut berührt hatte und mit einer solchen Sicherheit, daß sie für einige Augenblicke wirklich den Eindruck gehabt hatte, alles, was er tat, sei natürlich und in Ordnung. O Gott! Wenn sie nur daran dachte, wie nah sie ihrer vollständigen Erniedrigung gewesen war.

8. *Kapitel*

Mit einem entschuldigenden Lächeln zu der mit steinernem Gesicht dasitzenden Miß Harriet Howard hin erklärte Lord Charles, er sei leider gezwungen, das Fest etwas früher zu verlassen, als er gehofft hatte, um auf das Schiff zurückzukehren. Er müsse dort das Entladen gewisser persönlicher Gegenstände überwachen und sei deshalb so freimütig, Miß Howard kurz nach ihrem letzten Tanz schon wieder anzusprechen. »Mrs. Mackenzie war liebenswürdig genug, mich einzuladen, hierzubleiben, bis die Schäden an unserem Schiff instandgesetzt sein würden.«

Ohne ihre Tante anzusehen, beantwortete Alexa seinen fast bittenden Blick mit einem Lächeln und wollte ihm gerade die Hand zum Dank hinreichen, als er plötzlich mit einer Verbeugung und einer gemurmelten Entschuldigung zur Seite wich. Der Gouverneur, ausgerechnet! Wie hatte sie es nur vergessen können, daß sie den fünften Walzer ihrem Gastgeber versprochen hatte? Ihre Tante Harriet hätte ihr das nie verziehen!

»Nun, junge Dame? Ich hoffe, Sie haben doch nicht etwa unseren Tanz vergessen? Sie sind ja nun wirklich die Ballkönigin heute abend, und ich hatte schon befürchtet, daß so ein kecker Jüngling noch schneller gewesen sein könnte als ich.«

Seine Exzellenz, der Gouverneur, so entdeckte Alexa aufs neue, war ein gebildeter Humanist und schien Gefallen daran zu finden, sie auf ihre Lateinkenntnisse hin zu prüfen; aber es zeigte sich schon bald, daß sein Walzertanz so steif und unbeholfen war wie seine Ausdrucksweise. Der arme Mann. Mit Mühe hatte er sie eine oder zwei Runden im Saal geführt.

»Ich habe mir oft gewünscht, meine eigenen Töchter wären mehr am Lernen und Lesen interessiert, aber meine Frau sagt, daß dies nicht mehr als wesentlicher Teil der Bildung einer jungen Frau angesehen wird. Schade! Sie sind mehr daran interessiert, die neuesten Tanzschritte kennenzulernen, und natürlich junge Männer! Aber obwohl ich inzwischen alt geworden bin, weiß ich doch noch, was es bedeutet, jung zu sein. Und weil Sie jung sind und hübsch dazu, bin ich sicher, daß Sie diesen Walzer viel lieber mit einem jungen Mann tanzen würden, der Sie so richtig herumwirbelt. Habe ich nicht recht? Und deshalb habe ich eine Überraschung für Sie. Ein netter Kerl, der zu spät angekommen ist, um das Glück zu haben, Sie früher um einen Tanz zu bitten. Ein wirklich netter Junge, sonst würde ich das nicht tun. Ich habe eine Stunde oder länger mit ihm über Gärten und verschiedene Pflanzen gesprochen und dabei festgestellt, daß er eine ganze Menge weiß. Sie wissen ja, daß die Gärtnerei mein Hobby ist. Aber ich bin sicher, daß er Sie viel besser durch einen Walzer führen kann als ich; und als ich meine Frau fragte, was sie davon hielt, meinte sie, es sei nichts Schlimmes daran, zumal der junge Mann zugab, er sei sehr von Ihnen eingenommen, seit er Sie gesehen hat.«

Die plötzliche Gesprächigkeit des Gouverneurs verwirrte Alexa erheblich, vor allem, weil er keinen Takt halten konnte, während er sich auf das Sprechen konzentrierte, so daß sie jetzt versuchen mußte, mit seinem etwas exzentrischen Schritt mitzuhalten.

»Ich nehme an, daß Sie schon einander vorgestellt wurden? Jedenfalls wünsche ich Ihnen noch viel Spaß!« Plötzlich tanzte sie nicht mehr mit dem Gouverneur. Aus wohlmeinender Galanterie überließ er sie jetzt einem anderen Partner.

Alexas Herz begann so stark zu klopfen, daß sie zunächst gar nicht wußte, wie ihr geschah, oder wie es kam, daß sie plötzlich gedreht wurde, wie eine Ballerina aus Porzellan auf einer Spieluhr – daß sie einen Walzer tanzte, aber mit *ihm*. Dem einzigen aller Männer, dem sie am liebsten nie wieder begegnet wäre.

Nur der feste Druck seiner Hand gegen ihr Kreuz zwang sie, im Takt zur Musik zu bleiben.

»Ich darf Ihnen versichern, Miß Howard, daß Sie keinen Grund haben, mich wie ein erschrecktes Kaninchen anzusehen, das plötzlich in der Falle sitzt. Was glauben Sie wohl, was ich hier vor allen diesen Leuten mit Ihnen tun werde,

Sie entehren etwa? Oder diesen schlanken weißen Hals umdrehen, aus Enttäuschung darüber, daß es mir gestern abend nicht gelungen ist?« Der seidenweiche, sarkastische Ton seiner Stimme sank zu einem gefährlichen Grollen herab, trotz seiner trügerischen Sanftheit, bevor er etwas ungeduldiger fortfuhr: »Was ist denn um Himmels willen mit Ihnen los? Gestern abend fürchteten Sie doch auch nicht, mir Ihre Instinkte und Ihre Gefühle zu zeigen. Sogar dieser plötzliche Wutausbruch, als Sie mich mit Ihrer kleinen Pistole erschießen wollten, war irgendwie echt. Aber heute abend...« Seine Augen wurden boshaft schmal, während sein Blick mit einer bewußt beleidigenden Langsamkeit ihren ganzen Körper hinab- und wieder hinaufglitt, bevor er sanft sagte: »Oder sind es nur die engen Korsetts und die vielen Unterröcke, die Sie so einengen? Wäre es Ihnen lieber, ich würde Sie befreien, und Ihnen diese Kleidungsstükke eines nach dem anderen abnehmen?«

Alexa merkte, daß sie offenbar die Luft angehalten hatte, als sie sich jetzt keuchend ausatmen hörte, zusammen mit der aufgestauten Wut, die ihre Stimme zittern ließ, als sie schließlich in der Lage war, ihn anzusprechen.

»Sie...! Wie können Sie es nur wagen, mich in dieser Weise anzusprechen! Oder sich mir aufzudrängen durch... durch Betrug und Tricks gegenüber anderen Menschen, die zu ehrlich und... und zu anständig sind, um Ihre Schlechtigkeit zu erkennen? Kein Gentleman würde so etwas tun! Oh, ich wünschte, ich hätte Sie umgebracht! Wenn ich heute abend eine Pistole bei mir hätte... Ich kann Ihnen versichern, daß ich ein ausgezeichneter Schütze bin, und ich würde Sie bestimmt nicht verfehlen!«

»Ich habe die Erfahrung gemacht, Mondhexe, daß man sein Ziel am besten dadurch nicht verfehlt, daß man ganz ruhig bleibt, vor allem, wenn man sich in einer mißlichen Lage befindet. Und ich sollte Ihnen vielleicht auch raten, Ihr Stottern unter Kontrolle zu bekommen. Bei manchen Leuten deutet dies ja auf einen recht kleinen Wortschatz hin, wissen Sie? Natürlich nur dann, wenn sie sich Gedanken darüber machen, was andere von ihnen halten würden. Und da ist noch etwas – wenn Sie Ihre Lippen so leicht geöffnet lassen wie jetzt im Augenblick, möchte ich Sie doch warnen, daß die meisten Männer, selbst wenn es Gentlemen sind, das große Bedürfnis haben werden, Sie zu küssen, und sich sogar vorstellen könnten, daß Sie dies auch wünschen, vor allem wenn Ihre Wangen so reizend gerötet sind, was auf eine gewisse Erregung zurückzuführen ist.«

»Ohhh!«

»Entschuldigung. Hatten Sie etwas sagen wollen, Miß Howard?«

»Sie sind der allergemeinste, der abscheulichste Schuft! Sie sind... Oh, mir fehlen einfach die Worte, um Sie Scheusal zu beschreiben! Und wenn ich auch nur irgendeine Waffe bei mir hätte, würde ich Sie ohne weiteres umbringen!«

»Davon bin ich fest überzeugt! Aber was würden dann all diese netten, anständigen Leute von Ihnen denken? Was für eine Geschichte wollen Sie denen denn erzählen, ohne sich dabei selbst bloßzustellen?« Über ihren giftigen Wutausbruch schien er sich nur zu amüsieren; wie ein kleines Kätzchen behandelte er sie, mit dem er ganz nach Belieben spielen konnte.

Da sie seine Taktik etwas zu spät erkannt hatte, zwang sich Alexa, tief Luft zu holen, und sagte dann mit ruhigerer Stimme: »Also gut. Wollen Sie mir nicht endlich sagen, warum Sie mich hergelockt haben? Was haben Sie vor? Wenn es Erpressung ist, ich habe noch kein eigenes Geld und auch keinen wertvollen Schmuck, sondern nur solchen, der einen Wert für mich besitzt.« Und als sie sich von seinem plötzlichen Schweigen ermutigt fühlte, fügte sie mit festerer Stimme hinzu: »Jedenfalls, wie schlecht und häßlich Sie auch immer von mir reden würden, glaube ich, Señor de la Guerra, daß die Leute hier eher mir als Ihnen Glauben schenken würden; vor allem weil ich beweisen kann, wenn ich das müßte, daß ich nicht... daß ich noch...«

Wie konnte sich seine Stimme ändern! Jetzt, als er sie unterbrach, klang sie wieder so trügerisch sanft. »Bitte erlauben Sie mir, Miß Howard, Sie aus der Verlegenheit zu erlösen, es laut zu sagen. Sie waren doch gerade im Begriff, die richtigen Worte zu finden, um klarzumachen, daß Sie noch eine Jungfrau sind? Wie erstaunlich! Sie möchten sich Ihre – äh – Tugend für den glücklichen Mann bewahren, der Sie gesetzlich heiraten wird, und dann... Aber machen Sie sich keine Gedanken. Ich glaube, ich sollte Ihre Charakterstärke respektieren, wie Sie das verdienen. Ich bitte sie demütigst um Vergebung, keusche Diana, daß ich Ihre Reinheit auch nur für einen einzigen Augenblick in Frage gestellt habe! Und als Pfand für meine Reue habe ich Ihnen ein Geschenk anzubieten. Ein kleines Schmuckstück, das Sie vielleicht gerne wieder zurück hätten, ohne daß andere Leute erfahren müßten, wo Sie es verloren haben, oder wie es in meinen Besitz gelangt ist.«

»Ich weiß nicht, worauf Sie jetzt wieder hinauswollen, jedenfalls gebe ich Ihnen keinen Pfifferling mehr für Ihre dummen Drohungen und Anspielungen!« fauchte Alexa wütend. »Und wenn Sie mich nicht unverzüglich zu meiner Tante zurückbringen...«

»Bevor ich Ihnen Ihr schönes goldenes Armband zurückgebe? Oder haben Sie es noch gar nicht vermißt? Ich sah es am Boden des Teiches glitzern, als zufällig ein Mondstrahl darauf schien. Das war, nachdem Ihre gefährlich aussehende Pistole mich davon abhielt, Sie noch länger zu verführen. Und da ich manchmal leider die Neigung habe, etwas sentimental zu werden, beschloß ich, es als Andenken meines Zusammenseins mit einer Meerjungfrau in einer mondhellen Nacht zu behalten. Zufällig habe ich es gerade bei mir. Aber vielleicht ist es für Sie gar nicht besonders wichtig, ob Sie es zurückerhalten oder nicht?«

Mit leiser, halberstickter Stimme stieß Alexa hervor: »Sie sind noch viel gemeiner als eine... eine Schlange, eine Viper! Sie sind niederträchtig! Und absolut skrupellos oder... oder gewissenlos! Ich wünschte...«

»Seien Sie vorsichtig mit dem, was Sie sich wünschen, es könnte wahr werden!« Sein falsches Lächeln schien leicht verkniffen. »Ich glaube, ich habe das vor langer Zeit einmal gelesen oder gehört. Aber – wie leicht Sie doch tanzen, Miß Howard. Es ist ein solches Vergnügen, Sie zu führen! Und meinen Sie nicht auch, daß es hier draußen viel kühler ist, wo wir die Sterne sehen können und den Mond, wie er langsam im Meer versinkt? Sie wissen doch, daß Sie immer um Hilfe rufen können, wenn ich eine falsche Bewegung mache. Und Sie werden sich noch sicherer fühlen, wenn ich Ihnen verspreche, keinen Angriff mehr auf Ihre geliebte Tugend vorzunehmen.«

»Nein – ich fühle mich in Ihrer Gegenwart nicht sicherer hier draußen, Señor de la Guerra, nicht sicherer, wie wenn ich mit einem Tiger in einem Käfig eingeschlossen wäre. Aber bei Tieren weiß man wenigstens, woran man ist! Sie dagegen haben mich den ganzen Abend mit Ihren Anspielungen und versteckten Drohungen hingehalten, und ich frage mich, warum eigentlich? Sie haben mich praktisch gezwungen, Ihnen hier heraus zu folgen, um mir ein Goldarmband zurückzugeben, das meiner Mutter viel mehr bedeutet als mir. Warum? Ich verstehe weder Sie noch die Motive für Ihre Grausamkeit, noch...«

Alexa hatte ihr Gesicht abgewendet, um blind in die Nacht hinauszustarren, während sie so wütend sprach; jetzt aber war sie sprachlos vor Überraschung, als sie spürte, daß er den Arm nach ihr ausstreckte und mit einem Finger leicht über ihre Wange strich.

»Arme verängstigte kleine Jungfrau! Du weißt wirklich nichts vom Leben, oder? Du bist ein Produkt deiner Erziehung und deiner Umgebung, glaube ich, auch wenn du kühn genug bist, dich hin und wieder in Gefahr zu begeben. Aber was machst du nur mit diesen Emotionen, die viel tiefer gehen als die oberflächlichen Gefühle, die du zur Schau trägst? Hast du dich nie gefragt, arme kleine verlorene Wassernixe, was du wirklich möchtest oder begehrst; ganz abgesehen von dem, was man dir eingeredet hat? Hast du gedacht, daß du irgendeine Todsünde begangen hast, weil du es genossen hast, wie ich deinen Körper berührt habe und dir das Gefühl gab, als wolltest du das noch öfter spüren und erleben? Ist das der einzige Grund, warum du mich jetzt so sehr haßt und fürchtest? Meinst du wirklich in deinem tiefsten Herzen, daß das, was zufällig zwischen uns geschah –

zwei Fremde, die sich nackt in einer mondverzauberten Nacht treffen –, nicht natürlich und normal war, sondern etwas Schlechtes und Sündhaftes? Gott im Himmel! Muß denn die nackte Wahrheit ständig durch Ausflüchte und schöne Worte bemäntelt werden, damit die andern weiter heucheln können?«

Er war schon drauf und dran, sich von ihr abzuwenden, als Alexa plötzlich herumwirbelte, um ihn voll anzusehen – wie ein gestelltes Tier. Mit aufgerissenen schwarzen Augen blickte sie ihn wütend an. Sie erinnerte ihn in diesem Augenblick an eine gestellte Füchsin – ganz Augen, Klauen und Zähne; und wirklich schienen die wütenden Schwingungen, die er fast fühlen konnte, wie sie von ihrem angespannten Körper ausgingen, völlig animalisch zu sein. Eine richtige Füchsin! Der Eindruck wurde noch verstärkt durch das etwas spitze Gesicht mit den hohen Backenknochen und die Art, wie ihr dichtes Haar von ihren Schläfen abstand und in kleinen reizenden Löckchen herabhing.

»Wie können Sie Heuchler es wagen, mich auf Ehrlichkeit und Wahrhaftigkeit hin anzusprechen und auf das, was natürlich ist? Ich glaube, Sie haben nur zu gut gelernt, wie man bestimmte Wörter und Sätze verwendet, um Ihr Ziel zu erreichen und die Dinge so lange zu verdrehen, bis... Also, es ist mir völlig egal, was Sie noch zu sagen haben, oder wie sehr Sie mich verspotten, weil ich... oh! Vielleicht bin ich so naiv und dumm, wie Sie dies angedeutet haben, aber jetzt haben Sie mir die Augen geöffnet. Sie sind nichts anderes als ein ganz abscheulicher Wüstling!«

»Ich muß akzeptieren, daß Wüstling, vor allem in diesem besonderen Ton gesprochen, eindeutig scharf klingt! Aber wenn Sie wirklich beleidigend klingen wollen, warum versuchen Sie es dann nicht zum Beispiel mit ›Schweinehund‹ oder sogar...«

»Ich möchte jetzt wirklich nichts mehr hören!« unterbrach ihn Alexa scharf, während sie tapfer versuchte, ihre wütende Stimmung aufrechtzuerhalten. »Der einzige Grund, warum ich überhaupt noch hier draußen bin, ist... Ach, es ist mir egal! Wenn Sie nicht anständig genug sind, mir das

Armband meiner Mutter zurückzugeben, dann bleibt mir nichts anderes übrig, als es für gestohlen anzusehen, und zwar von Ihnen. Und wenn Sie mich nicht sofort zurückbringen, dann werde ich durchaus in der Lage sein, den Weg allein zu finden!«

»Natürlich. Bitte entschuldigen Sie. Sie wünschen das Armband Ihrer Mutter zurück, das einen so großen Gefühlswert für Sie hat. Keine Sorge, Sie erhalten es zurück, sobald ich... Ach, hier ist es ja.«

Die meisten der Kerzen, die die vielen farbigen Lampions zum Leuchten gebracht hatten, waren inzwischen heruntergebrannt, aber wie zum Ausgleich schien jetzt das goldgelbe Licht des sinkenden Mondes zu ihnen herüber, als suche es einen Platz, wo es sich in der ruhelosen See verbergen konnte.

Steif zwang sich Alexa zu sagen: »Danke. Und ich glaube, es war wohl etwas unhöflich von mir, Ihnen nicht vorher zu sagen, wie dankbar ich bin, daß Sie...« Hinter ihren verlegen gestammelten Worten entstand plötzlich das Bild eines Körpers, der in das schwarze Wasser glitt und nach fast allzu langer Zeit durch eine mondsilberne Oberfläche wieder auftauchte. Ein erhobener Arm, der sie zu grüßen schien. Er mußte ihr Armband hochgehalten haben!

»Ihre Finger fühlen sich eiskalt an, Miß Howard!« Die rauhe Ungeduld in seiner Stimme ließ sie erstarren, auch als er hinzufügte: »Ich mache Ihnen den Verschluß fest zu. Ich nehme an, daß das sonst Ihre Dienerin tut, nur sollte sie das nächste Mal etwas besser dabei aufpassen.«

Als ihr kostbares Armband wieder sicher an ihrem Handgelenk befestigt war, fühlte sich Alexa sichtlich erleichtert, so daß sie spitz sagte: »Ich brauche keine Dienerin dazu und bin auch nicht so hilflos, mir so ein Armband nicht selbst anzulegen! Außerdem habe ich nicht viel Schmuck!«

»Nein? Ist das aber schade! Obwohl ich sicher bin, wenn Sie alle Regeln richtig befolgen, dann werden Sie sich einen reichen Ehemann einfangen, der Ihnen jeden Luxus schenken wird, den Sie sich wünschen.«

»Einfangen? So ein häßliches Wort! Und warum soll ich

mir überhaupt einen Ehemann einfangen? Ich glaube, es gibt mehr als genug Männer, die mich haben wollen, unter denen ich mir einen wählen kann, wenn es soweit ist!«

»Ah! Endlich etwas Aufrichtiges!« Alexa konnte fast spüren, wie sich eine schwarze Augenbraue herablassend hob. »Das ist sehr weise von dir, Mondjungfrau, ihnen das Einfangen zu überlassen, ohne sich selbst zu früh festzulegen. Außerdem wird dadurch der Preis gesteigert, auch wenn das etwas roh klingen mag.«

»Ja, es klingt roh.« Alexa konnte ihre Zunge nicht länger im Zaum halten, so daß sie die letzte Beschimpfung, die er sie gelehrt hatte, schon fast ausspuckte. »Sie sind... verdammt, Sie Schweinehund!«

»Sie haben wirklich eine schnelle Auffassungsgabe, das muß ich Ihnen lassen«, sagte er mit ärgerlich schleppender Stimme. »Und kommen Sie nur nicht mit Ihren spitzen Krallen, denn ich bin schneller als Sie, und Sie werden schon gemerkt haben, daß ich nicht Ihr üblicher höflicher Gentleman bin – ich habe auch nicht allzuviel Skrupel.«

»Das festzustellen hatte ich schon genug Gelegenheit.« Alexa atmete tief und versuchte dabei, so eisig wie möglich zu wirken, obwohl ihre Stimme immer noch leicht schwankte. »Und Sie sind außerdem noch grausam. Wenn ich Ihnen für einen Abend genug geboten habe, dann möchte ich jetzt bitte zu meiner Tante zurückbegleitet werden. Ich fühle mich nicht wohl – und in Ihrer Gesellschaft schon gar nicht.«

»Nein? Aber, wenn ich schon ein Schweinehund bin, warum soll mir das dann noch etwas ausmachen?« Plötzlich schlug der spöttische Ton seiner Stimme in Barschheit um: »Und deshalb, du kleines jungfräuliches Aas, will ich meinen Lohn dafür, daß ich dir dieses kostbare Armband zurückgegeben habe, bevor ich dich wieder bei deiner Aufsichtstante abliefere.«

Ohne Warnung hatte er sie grob an den Schultern gefaßt; seine Finger drückten ihr ins Fleisch, während er sie nach hinten gegen das Geländer zurückbog, so daß Alexa fürchtete, er werde sie in zwei Stücke zerbrechen. Dann aber fielen seine Lippen über die ihren her mit dem Ungestüm, mit dem ein Adler seine Beute greift, wobei er ihren Atem ebenso abschnitt wie ihr Denken.

War es nur der Schrecken, der sie stillhalten ließ nach ihrem ersten, beschämenderweise kurzen Versuch, sich loszureißen? Alexa spürte, wie ihr Kopf hilflos nach hinten gegen seinen Arm fiel, während er ihre Lippen auseinanderdrückte, um in ihren Mund einzudringen, und fast instinktiv hob sie ihre Arme, eigentlich um mit ihren Fäusten auf ihn einzuschlagen, bevor sie – dasselbe hatte sie ja schon einmal erlebt – von einem Gefühl ergriffen wurde. Diesem erschreckenden, hilflosen Gefühl, als würden alle ihre Knochen schmelzen und zusammenfließen, so daß sie kaum noch stehen konnte und sich an ihm festhalten mußte, um nicht zu fallen. Hitze – plötzlich wurde sie davon durchflutet, und ihr Gesicht, ihre Brüste, ihr ganzer Körper begann zu brennen und zu prickeln, als habe sie ein Fieber, das ihr die Gedanken nahm und sie unfähig machte, sowohl ihm als auch ihren eigenen schlimmsten Instinkten zu widerstehen. Sie spürte die wogende Bewegung der Muskeln in seinem Rücken selbst unter dem Jackett, das er trug, und erinnerte sich, ohne dabei Scham zu empfinden, wie er nackt ausgesehen hatte – das Gefühl seines Fleisches unter ihren Händen. Und jetzt berührten ihre Finger sein Haar, wollten es ganz von sich aus spüren. Und sie war auch zu keinem Gedanken fähig, als er seine Finger zärtlich und neckend von ihrer Schläfe herab und ihren Nacken entlangstrich – und sogar noch weiter hinunter, um ihre Brüste zu berühren, als würden sie durch den Stoff ihres Kleides hindurchbrennen.

Warum waren ihr überhaupt so viele Kleider im Wege? Alexa, oder vielmehr ihr Körper bemerkte plötzlich, daß sie sich das Gefühl seiner Finger auf ihrer Haut wünschte. Sie kam sich vor wie eine Fackel, die plötzlich entflammt worden war und nun hell brannte; und doch verstand sie gleichzeitig nicht, warum sie so empfand. Wohin würden diese Gefühle sie führen? fragte sie sich, während sich ihr Körper begierig und fast leidenschaftlich gegen seinen lehnte und das leise Rauschen des Meeres in ihren Ohren das Geräusch ihres Atmens war, von ihm und von ihr, während er sie hielt und sie eher noch mehr an sich drückte, bis Alexa fast spüren konnte, wie sie in ihm dahinschmolz. Schmelzen – sich auflösen...

Es war schließlich Nicholas, der sich aus der Umarmung löste; sie hatte ihre Arme so fest um seinen Hals geschlungen, daß er sich nur mit Mühe befreien konnte und sich innerlich verfluchte, einem so wilden, irrationalen Impuls nachgegeben zu haben. Verdammt noch mal! Wenigstens er war doch alt genug, um es besser zu wissen und an die möglichen Konsequenzen zu denken. Und wenn jetzt jemand auf die Terrasse gekommen wäre? Schließlich, und das war unfair genug, hätte ihr Ruf darunter gelitten, und er hatte weder Veranlassung noch Grund dazu, ihr das anzutun. Sie sah ihn wie betäubt an, mit großen verständnislosen Augen, ihr Mund... Aber es war besser, sie nicht weiter so anzusehen, warnte sich Nicholas. Sie war leidenschaftlich und sicher auch bereit, das hatte er schon gemerkt; es tat ihm irgendwie leid, daß er sie sich nicht genommen hatte. Am Ende würde sie ja doch irgend so einen plumpen Dummkopf heiraten, der nicht begriff, was für einen Schatz er da hatte.

Arme, hübsche, unschuldige Alexa! Eine Mischung aus Mitleid und Bedauern machte seine Stimme ungewöhnlich sanft, als er ihr Gesicht und ihre zarten Lippen mit einem Finger berührte.

»Verdammt, ich glaube, ich sollte dir doch sagen, wie leid es mir tut, daß ich mich so gehenließ. Aber das wäre eben doch geheuchelt, weil ich es sehr schön fand, dich zu küssen, und es wäre noch schöner gewesen, dich zu lieben, kleine Mondjungfrau. Aber einen Skandal wollte ich doch nicht inszenzieren, denn so skrupellos, wie du mich findest, bin ich nicht.«

»Hören Sie auf! Hören Sie auf, mit mir wie mit einem Kind zu sprechen! Ja, Sie sind ein Heuchler der übelsten Sorte, Señor de la Guerra, und ich wünschte... ich wünschte...« Alexas unsichere Stimme wurde plötzlich hitzig und warnte ihn, zu schweigen. »Ich will jetzt absolut nichts mehr hören. Bringen Sie mich sofort zu meiner Tante zurück!«

9. Kapitel

Nicholas de la Guerra war ein gemeiner, abscheulicher Wüstling der übelsten Sorte, und er hatte es beinahe fertiggebracht, ihr das ganze aufregende Ereignis ihres Geburtstagsballes zu verderben. Gott sei Dank hat er das Weite gesucht, nachdem ich ihm gehörig meine Meinung gesagt habe, dachte Alexa. Sie hätte sich sehnlichst gewünscht, ihm mit den schärfsten Worten zu erklären, wie sehr sie ihn verabscheute und verachtete. Wie sehr sie schon die Erinnerung daran ekelte, daß er ihre Verlegenheit und Angst vor einem Skandal derart schamlos ausgenutzt hatte. Es lohnte sich natürlich nicht, noch weiter an ihn zu denken, und da sie glücklicherweise damit rechnen konnte, ihn nie wiederzusehen, mußte sie jetzt wirklich lernen, ihn ganz aus ihrer Erinnerung zu verbannen. Manche Dinge gehörten nun einmal der Vergangenheit an, und das war gut so.

Mit rotem Gesicht stand Alexa vor dem Spiegel und betrachtete sich sehr kritisch. Sie trug ihr neues dunkelgrünes Reitkostüm. Die Farbe sagte ihr zwar nicht besonders zu, aber Onkel John, der ihr bei der Auswahl des Materials und des Schnitts behilflich gewesen war, hatte betont, wie gut es ihr stehe und vor allem zu ihren Haaren passe.

Wie sehr sie sich über diesen Nicholas ärgerte! Nur er war daran schuld, daß sie zu lange auf der Terrasse geblieben war und nun Tante Harriet so viele Versprechungen hatte geben müssen. Sonst hätte diese darauf bestanden, wie unverantwortlich sie noch sei und eben doch noch nicht wisse, was sich schickte, und sie am nächsten Tag wieder mit nach Hause genommen.

»Aber wir haben uns doch nur unterhalten. Über Kalifornien und wie dort das Leben ist!«

»Ach was! Ich weiß ganz genau, daß er dir diese Entschuldigung angeboten hat, aber laß mich eines klarstellen, meine Liebe, daß ich keine Entschuldigungen oder Ausflüchte annehme. Und wenn auch ich mich mit ihm angeregt unterhalten habe, so war es doch hier vor allen Leuten, und nicht draußen auf der Terrasse, ganz alleine, in der Nacht.«

Schließlich hatte Sir John es erreicht, Harriet zu überreden, etwas nachzugeben. Seine Argumente erfuhr sie zwar nie, aber sie kam sich wie eine Verbrecherin vor, und das machte sie besonders wütend.

Immer noch ärgerlich über sich selbst und ihre Gedanken, setzte sie sich jetzt einen Hut auf und rückte ihn vor dem Spiegel zurecht. Jetzt konnte sie nur hoffen, daß sie Lord Charles gefiel.

»Oh, Alexa!« Wütend drehte sich Alexa mit zusammengezogenen dunklen Augenbrauen um; aber Charlotte Langford schien es nie zu merken, daß sie störte, wenn sie ohne sich anzumelden einfach in Alexas Zimmer platzte. »Er ist da! Der Viscount Deering, meine ich. Und auf einem fabelhaften Pferd! Findest du es nicht aufregend, daß er gerade mit uns ausreiten will? Wie neidisch müssen die ganzen Frauen in Colombo sein, da bin ich sicher!«

»Wirklich? Meinst du?« antwortete Alexa eisig, während sie sich wieder dem Spiegel zuwandte, um ihren Hut sicher auf ihrem hochgekämmten Haar zu befestigen und dann zurücktrat, um ihre ganze Erscheinung zu begutachten.

»Aber natürlich werden wir beneidet und für glücklich gehalten. Du glaubst ja gar nicht, wieviel die Leute in einer Stadt wie Colombo reden. Ein Viscount – der uns bittet, mit ihm öffentlich auszureiten! Und vor allem nach den vielen Aufmerksamkeiten, die wir in den letzten Tagen von ihm bekommen haben, seine Besuche...«

Fast zähneknirschend sagte Alexa: »Und ich glaube, wenn Lord Charles schon so freundlich und aufmerksam zu uns ist, sollten wir ihn nicht länger warten lassen.«

Und so ritten sie aus, zu dritt. Alexas Stimmung hob es nicht gerade, daß Charlotte Langford wirklich jedesmal dabeisein mußte. Aber ihre gefürchtete Mama sorgte schon dafür, daß Charlotte stets mit ihnen zusammen war, ob im Salon, auf der Terrasse oder jetzt zu Pferd. Sie sorgte dafür, daß ihre Unterhaltung stets förmlich und gestelzt blieb. Es war wirklich schwer, sich einigermaßen intelligent zu unterhalten, wenn Charlotte, der es an Takt und Sensibilität fehlte, jede kleine Pause mit einem Kommentar über das fortdauernd gute Wetter oder den Basar unterbrach, auf dem ihre Mutter Geld für Waisenkinder gesammelt hatte.

Charlotte war ihr aufgezwungen worden, und nicht nur das. Die beiden einheimischen Jünglinge, die hinter ihnen ritten, ließen das Ganze wie einen begleiteten Ausritt erscheinen, aber so war es wahrlich nicht gemeint! Lord Charles hatte *sie* gebeten, mit ihm auszureiten, ohne einen anderen Namen zu erwähnen. Wie erstaunt war er dann gewesen und wie gut hatte er seine Überraschung mit den üblichen höflichen Worten überdeckt.

Warum gilt es nur als höflich, unaufrichtig zu sein, gerade besonders nett zu jemandem zu sein, den man im Grunde verachtet und nicht mag? Warum wird nie von uns erwartet, daß wir ganz ehrlich und aufrichtig zueinander sind? Ich werde es niemals verstehen – und schon gar nicht, warum ich mich derart anpassen muß, was ich doch am allermeisten verachte.

In diesem Moment riß sie Lord Charles' Stimme aus ihren Gedanken. »Sagen Sie, Miß Howard, ich hatte eben eine grandiose Idee, das heißt – wenn es Ihnen nichts ausmacht...« Als sie ihn überrascht ansah, lachte er ihr fast verschwörerisch zu. Während sie so lange in Gedanken war, hatte Alexa gar nicht gemerkt, daß der Weg schmaler geworden und Charles es klugerweise gelungen war, neben ihr herzureiten. Mit einem Glitzern in seinen ausdrucksvollen braunen Augen sagte er: »Finden Sie nicht, daß es eine gute Gelegenheit wäre, wenn wir unser Französisch und Italienisch miteinander etwas auffrischen würden? Sie haben doch einmal erwähnt, daß Sie nicht oft die Möglichkeit haben, in diesen Sprachen zu sprechen, um darin fließend zu bleiben, und weil ich dasselbe Problem habe, kam mir dieser Gedanke. Wie finden Sie ihn?«

Charlotte hatte gerade vor zwei Tagen verächtlich bemerkt, ihre Mama habe ihr versichert, daß Englisch überall in Europa von den besseren Leuten gesprochen würde und daß es daher völlig unnötig sei, fremde Sprachen zu lernen. Lord Charles war wirklich erfinderisch, und der Gedanke gefiel Alexa außerordentlich.

»Ich finde es ausgezeichnet! Ich würde mich wirklich freuen, mein Französisch und Italienisch etwas mehr zu üben; Sie müssen mir nur versprechen, alle meine Fehler zu verbessern.«

Wie anders sie doch aussieht, wenn sie lacht, mit diesem bezaubernden Grübchen, dachte Lord Charles. Wenn er doch nur genügend Zeit hätte, mit ihr zusammen zu sein, ohne diese ständigen aufmerksamen Aufpasser, die sie immer umgaben...! In den letzten Nächten hatte er nur noch von ihr geträumt und sich, während er nicht schlief, alles vorgestellt, was er mit ihr teilen und mit ihr anstellen würde. Sie alles lehren, ihr alles zeigen. Ihre jungfräulichen Sinne wecken und sie Schritt für Schritt zu Leidenschaft und Sinnlichkeit führen. Verdammt, sie schien eine Verheißung und eine Herausforderung zugleich zu sein, für die es sich durchaus lohnen würde, hierzubleiben, wenn nur sein dunkelhäutiger Vetter Nicholas nicht so sehr darauf bestehen würde, in zwei Tagen abzufahren, und ihn nicht ständig daran erinnern würde, daß seine Eltern ihn Weihnachten zu Hause erwarteten. Ach, zum Teufel mit Nicholas, diesem kühlen berechnenden Zyniker, der so verächtlich von menschlichen Emotionen und Gefühlen sprach, als seien es nur Schwächen, die es gar nicht geben dürfte. Er selbst würde sich lieber ganz dem Gefühl und Impuls überlassen und einfach genießen!

Ja, den Impulsen nachgeben, das war es doch! Und damit ließ Lord Charles seiner Zunge freien Lauf in der Hoffnung, Alexa werde ihm seine Impulsivität nicht später vorwerfen. Er beschloß, mit Französisch zu beginnen, wechselte dann aber rasch auf Italienisch über, als er sich daran erinnerte, daß Französisch eigentlich doch schon zu modisch geworden war.

»Ich hoffe, daß meine kleine List Sie nicht allzusehr verärgert hat«, sagte er. »Aber wenn Sie wüßten, wie gerne ich mich mit Ihnen unterhalten und viel mehr Zeit mit Ihnen allein verbracht hätte, ohne... das heißt... Ich hatte mich so sehr darauf gefreut, Sie kennenzulernen und besser zu verstehen. Glauben Sie mir bitte, Miß Howard, ich bin durchaus nicht auf den Mund gefallen wie ein Schuljunge. Wäre es wirklich nicht zuviel verlangt, wenn ich Sie um diesen kleinen Gefallen bitte?«

Worauf wollte Lord Charles denn nur hinaus, daß er sich derart schwertat? Etwas ungeduldig, aber doch mit strahlendem Lächeln, antwortete ihm Alexa, er habe durchaus ihre Erlaubnis, ganz offen mit ihr zu sprechen, weil ihr Aufrichtigkeit und Direktheit tausendmal lieber seien als die höfliche Unaufrichtigkeit, die die meisten Menschen zur Schau trugen. »Ist denn das, was Sie mir sagen wollen, so furchtbar schlimm?«

»Ja, für mich schon. Und vor allem, seit ich Sie kennengelernt habe. Es ist für mich fast unerträglich, daß wir schon in zwei Tagen nach England abreisen sollen, nachdem ich nicht einmal die Möglichkeit hatte, mit Ihnen zu sprechen und Sie so oft zu sehen, wie ich es mir vorgestellt hatte. Ich bewundere und respektiere Sie und wünsche mir... Ach, vielleicht können Sie mir am besten glauben, wenn ich Ihnen sage, daß meine Gefühle aufrichtig sind. Und daß ich alles dafür geben würde, könnte ich mich nur einige Augenblicke ganz allein mit Ihnen unterhalten. Ich hoffe doch, Sie sind jetzt nicht böse auf mich?«

Leider mußte Charlotte, die ihrem Gespräch zunehmend frustriert zugehört hatte, gerade in diesem Augenblick von hinten herbeikommen und sich darüber beklagen, es sei einfach nicht fair, miteinander Geheimnisse auszutauschen und die anderen davon auszuschließen. Etwas dümmlich fügte sie hinzu: »Natürlich sagt Mama immer, man sollte wenigstens versuchen, sich ein paar französische Wörter zu merken, die sich in die englische Sprache eingeschlichen haben; aber...«, und mit einem verlegenen Kichern: »Sie sagt auch, da gebe es Bücher, die im Ausland auch noch als Literatur verkauft würden, aber nichts für eine Lady sind. Damit habe ich natürlich nicht gemeint...«

»Oh, aber ich bin sicher, daß ich Mrs. Langfords verständliche Sorge durchaus nachfühlen kann, und sie hat natürlich völlig recht.« Auch wenn ihr mehr danach war, mit den Zähnen zu knirschen, klang Alexas Stimme doch sehr sanft.

»Schließlich bin ich sicher, daß eine Mutter immer am besten weiß, was ihre Tochter lesen sollte.«

Charlotte sagte nichts darauf, und Lord Charles hüstelte ein wenig verlegen. Schließlich hat er Sinn für Humor, dachte sie. Und er ist gleichzeitig ein Gentleman. Ein so völliger Gegensatz zu seinem ungehobelten Vetter aus Kalifornien, diesem pantheräugigen Abenteurer, der weder Manieren noch Skrupel hatte und es zweifellos nicht verdiente, in eine vornehme Gesellschaft aufgenommen zu werden. Lord Charles andererseits war unterhaltsam, höflich und aufrichtig; und was konnte überhaupt so Schlimmes daran sein, ihn zu treffen und ihn für wenige Minuten allein zu sprechen? Schließlich war er nicht so ein Schurke, der sie ohne Warnung zu einer ungewollten Umarmung zwingen würde. Jedenfalls habe ich zu Lord Charles Vertrauen, und es klingt eher wie ein verwegenes Abenteuer und eine Herausforderung, dachte Alexa trotzig, als sie sich später an ihr rasches Versprechen erinnerte, sich mit ihm auf dem privaten Sandstrand unterhalb des Gartens von Sir John zu treffen. Er hatte ihr ja sein feierliches Ehrenwort gegeben, daß sie sich in seiner Gesellschaft völlig sicher fühlen könne. Und außerdem würde es Spaß machen, gewisse Dinge zu vereinbaren, gerade unter den dummen Nasen der anderen; vor allem von Charlotte, die sich für den Rest des Rittes mit rotem Gesicht wieder nach hinten verzogen hatte. Es ist mir wirklich völlig egal, was Charlotte oder Mrs. Langford denken, sagte sich Alexa entschlossen. Sie würde plötzlich Kopfschmerzen vorschützen und sich früher zurückziehen heute abend, und dann... Lord Charles hatte gesagt, er müsse sie etwas sehr Wichtiges fragen. Wollte er ihr einen Antrag machen? Und wenn er es tat, wie sollte sie sich dann verhalten? Das alles war sehr aufregend und half ihr, andere und weniger schöne Gedanken aus ihrem Kopf zu verdrängen.

10. Kapitel

Alexa war endlich wieder in ihrem Schlafzimmer, das ihr wie ein abgeschlossenes Heiligtum vorkam, obwohl sie sich mehrere Minuten lang mit dem Rücken gegen die Tür lehnen mußte, die sie soeben zugeschlagen hatte, bevor sie wieder Atem holen konnte. Diese verdammten engen Korsetts, die sie tragen mußte, um elegant zu sein... Und dann diese absolut lächerliche Frau, die sie an einen alten Geier erinnerte, den es nach Aas gelüstete!

Während sich Alexa ihre Konfrontation mit Mrs. Langford ins Gedächtnis rief, begann sie wieder, sich vor Wut zu schütteln, und die nervöse Dienerin, die ihr der Butler geschickt hatte, um ihr beim Auskleiden zu helfen, wurde nur noch aufgeregter. Charlotte, dachte Alexa, ist wirklich nur ein häßliches kleines Klatschmaul, das nicht gerne ignoriert werden möchte, abgesehen davon, daß es seiner Mutter nur nachplappert. Mrs. Langford dagegen...! Alexas Lippen kräuselten sich höchst unangenehm, als sie daran dachte, wie herablassend und heuchlerisch Mrs. Langford geredet hatte, nur um Miß Howard zurückzusetzen, während sie Miß Charlotte Langford als Beispiel lobte, dem sie eigentlich zu folgen hätte. Bruchstücke dieses Gesprächs kamen Alexa jetzt wieder in den Sinn, zusammen mit dem Bild in ihrem Geist, wie Charlotte mit gebeugtem Kopf neben ihrer Mutter sittsam dasaß.

»Meine liebe Miß Howard. Obwohl ich bisher gezögert habe, zwingt mich mein Pflichtgefühl doch, es jetzt auszusprechen, und ich hoffe, Sie nehmen einen gutgemeinten Rat von einer Mutter an, deren Tochter in etwa Ihrem Alter ist. Ein paar passende Worte der Vorsicht von einem älteren und reiferen Menschen, der es gewohnt ist, sich in der Gesellschaft zu bewegen und noch viel klarer die Gefahren und Irrtümer sieht, die den zu Unerfahrenen und den so Ungestümen erwarten. Die Führung der Jüngeren ist doch so notwendig, dies und eine ständige, liebende Aufsicht...«

Während Alexa fast ungläubig zuhörte, hatte sich Mrs. Langford immer mehr hineingeredet, bis sie eine lange Pause machen mußte, um Luft zu holen. Alexa dachte: Jetzt wird sie mir sicher so eine geheiligte Phrase an den Kopf werfen!

»Und schließlich sagt das Sprichwort ›Doppelt genäht hält besser‹. Die liebe Charlotte hat genau diese Worte auf ein Deckchen für mich gestickt, als sie knapp sechs Jahre alt war, und ich habe es heute noch, natürlich eingerahmt.«

»Es tut mir leid, Mrs. Langford, aber ich verstehe wirklich nicht, was Ihr Lieblingsmotto mit mir zu tun hat, da ich das, was getan werden muß, meist sehr schnell tue, um damit fertig zu sein. Ich versuche nicht zu verschieben, was unumgänglich ist. Deshalb verstehe ich nicht ganz...«

Mrs. Langford wuchs bei diesen Worten sichtlich und ihr Gesicht bekam rote Flecken. Sie warf Alexa einen vernichtenden Blick zu.

Sie begann zu reden, aber sie sagte nichts Neues. Es ging ihr immer wieder darum, daß die Älteren die Jüngeren vor Gefahren schützen müßten, natürlich Gefahren, denen gerade Frauen ausgesetzt waren. Es war für Alexa so unerträglich geworden, daß sie aufsprang, sobald Mrs. Langford wieder einmal eine Pause machte, um Atem zu holen. Dieses schreckliche, dieses pedantische Weib! Sie mußte sich jetzt bewegen, irgend etwas mit ihren Händen tun, sonst... sonst...! Wie gut, daß Velu, der Butler, gerade in diesem Augenblick hereingekommen war und ein kleines Tablett mit einer Flasche Sherry und einigen Gläsern auf den Tisch gestellt hatte. Das war es, was sie brauchte, um ihre Nerven zu beruhigen. Mit großen Schritten lief Alexa durchs Zimmer, sehr undamenhaft, das wußte sie, bevor sie über die Schulter sagte: »Will jemand Sherry?« Als sie nur erschrockenes Keuchen zur Antwort bekam, zuckte sie kurz mit den Achseln und goß sich ein Glas Sherry ein, drehte sich dann um und hob trotzig ihr Glas mit gespielter Unbekümmertheit. »Also dann, *à votre santé!* Oder, ins Englische übersetzt, auf Ihre Gesundheit! Mmm! Ein ganz ausgezeichneter Sherry, und die Damen sollten ihn wirklich versuchen.«

Inzwischen hatte sich Mrs. Langford genügend erholt, um mit halberstickter Stimme zu sagen: »Sherry! Das ist doch so ein berauschendes Getränk, nicht wahr? Und glauben Sie nur nicht, ich hätte nicht bemerkt, wie Sie beim Abendessen aus Ihrem Weinglas tranken, junge Frau! Nur aus christlicher Duldsamkeit heraus habe ich an mich gehalten, Sie nicht bei Tisch darauf hinzuweisen. Aber jetzt muß meine Charlotte mit ansehen, wie eine junge Frau in zartem Alter sich kühn und verwegen einem Getränk hingibt, das sogar unter Männern als Sucht gilt! Ach, Miß Howard, wie sehr bemitleide ich Ihre armen Eltern!«

»Ach, wirklich, Mrs. Langford? Ich werde es ihnen sagen, verlassen Sie sich darauf.« Der Sherry, den sie in ihrer Wut viel zu schnell getrunken hatte, wärmte ihren Hals wie flüssiges Gold und stärkte ihren Geist mit so viel Energie, daß sie in aller Ruhe sagen konnte: »Aber abgesehen von der Tatsache, daß ich hin und wieder ein Glas Sherry genieße, welche anderen schockierenden Verbrechen habe ich denn begangen? Sagen Sie es mir bitte ganz offen, denn Aufrichtigkeit geht mir über alles.« Noch ein Schluck, und Alexa war in der Lage, ganz gefaßt und beinahe erfreut in Charlottes gaffendes Gesicht zu schauen, bevor sie mit spöttischer Sorge sagte: »Oder kommt es daher, weil ich die arme Charlotte ganz ungewollt dadurch verwirrte, daß ich mit Lord Charles Italienisch geübt habe? Dann solltest du es ihm allerdings sagen, Charlotte. Immerhin wird Lord Charles morgen nach England zurückkehren, so daß Sie...«

Charlottes gekränkter Aufschrei ging in Mrs. Langfords lauter Stimme unter, die jetzt schrill wurde: »Was, Sie freches Weibsstück! Und da habe ich wirklich meine arme Tochter ermutigt, auf Sie zuzugehen und sich mit Ihnen anzufreunden! Ich danke Gott, daß sie nicht unter Ihren Einfluß geraten ist in dieser kurzen Zeit! So eine junge Frau – sicher viel zu jung, um sich in allen Süchten auszukennen... doch nicht etwa ein zweites Glas Sherry?«

»Ja, doch! Es ist wirklich ein ausgezeichneter Sherry.« Während Mrs. Langford aufgeregt in ihrer Handtasche wühlte, um ihr Riechfläschchen zu finden, da sie fast ohnmächtig wurde, fuhr Alexa fort: »Aber Mrs. Langford, Sie sollten doch eigentlich wissen, daß es in den höchsten gesellschaftlichen Kreisen überall in Europa zum guten Ton gehört, daß eine Lady auch Wein oder Sherry zu sich nimmt. Jedenfalls hat Onkel John mir dies erzählt, und ich bin sicher, daß er Bescheid weiß. Ich habe von ihm und Lord Charles auch erfahren, daß sogar die Queen hin und wieder Wein oder Champagner trinkt. Aber vielleicht ist das nicht meine einzige Sucht in ihren Augen? Haben Sie vielleicht noch andere Süchte entdecken können, für die ich Rechenschaft ablegen muß?«

Nachdem sie ihre Rede beendet hatte, hob Alexa ihr kleines Sherryglas an die Lippen und trank es ganz langsam aus, die dunklen Brauen fragend hochgezogen. Das war der Augenblick gewesen, in dem Mrs. Langford sich fast vergessen hatte, als es aus ihr herausbrach: »Was, Sie wagen es, unsere engelgleiche junge Königin als Beispiel anzuführen – eine Entschuldigung für Ihr eigenes... Und was haben Sie, bitte, vor, wenn Lord Charles gegangen ist – und Sie mit dem Ruf zurückgelassen hat, dem Gentleman zu viel Intimität geboten zu haben? Ach, es ist zu spät, Miß Howard, vor der Wahrheit einen Bückling zu machen, fürchte ich! Denn der Ruf einer Frau folgt ihr überall hin, und wenn sie es erst einmal erlaubt hat... Vorsicht! Denn Sie werden feststellen, wenn es erst einmal bekanntgeworden ist, daß jeder andere Mann – es schaudert mich direkt, es auszusprechen – das gleiche von Ihnen erwartet!«

Alexa leerte ihr Glas zum zweiten Mal und setzte es dann so hart auf, daß Charlotte mit einem leisen Schrei aufsprang. Alexa stellte sich unmittelbar vor Mrs. Langford. In ihrem fast katzenartigen Gehen und ihrer Herausforderung mußte etwas gewesen sein, das selbst diese dickfällige Dame zum plötzlichen Schweigen brachte.

»Und was meinen Sie mit ›das gleiche‹? Sie werden verstehen, Mrs. Langford, daß mir trotz meines freien Verhaltens und der sogenannten Intimitäten, die ich Herren gegenüber angeblich einräume, einige Dinge bisher unbekannt geblieben sind. Ich bin aber sicher, daß Sie, Madam, mit ihrer zweifellos weltläufigen Erfahrung in diesen Dingen, mich hierin unterweisen können!«

Es war wohl für alle Anwesenden ein glücklicher Zufall, daß Velu in diesem Augenblick das Zimmer betrat, während Mrs. Langford immer noch nach Luft schnappte wie ein Fisch und ihre Tochter einem hysterischen Ausbruch nahe war.

»Komm, Charlotte! Und ich kann Ihnen versichern, Miß Howard, daß ich Sir John sprechen werde, sobald es geht.«

»Das hatte ich auch gehofft, Madam! Denn dann kann er mir die genaue Bedeutung einiger der Ausdrücke erklären, die Sie verwendet haben!«

Wütend wendete sich Alexa jetzt von dem Spiegel ab, um ihr grünes Lieblingskleid zu suchen. Als sie es gefunden hatte, zog sie es über den einfachen Unterrock, den sie trug. Kein Korsett und keine Streben, um ihr den Atem abzuschnüren. Und wenn Lord Charles sie nicht so mochte, wie sie wirklich war, dann ging sie seine Meinung auch nichts mehr an.

Ein Blick auf ihre kleine Uhr sagte Alexa, sie habe sich schon länger aufgehalten, als sie es vorgehabt hatte, aber wenn sie einen Teil des Weges rennen würde... Sie blieb noch einmal kurz vor dem Spiegel stehen, um einen letzten Blick auf sich zu werfen, und dann, aus einem plötzlichen und fast trotzigen Impuls heraus, löste sie ihre Frisur und schüttelte sich das Haar herunter, das bis zur Taille herabfiel.

Das junge Mädchen, das hier barfuß durch eine Nacht lief, die von Millionen Sternen und blinkenden Glühwürmchen erhellt wurde, ihre dünnen Sandalen sorglos in einer Hand tragend, während ihr langes Haar bei jedem Schritt zwischen ihren Schultern hin und her schwang, war eine ganz andere Alexa als die modisch gekleidete und frisierte Miß Howard, die Lord Charles gewöhnlich zu sehen bekam. Heute nacht sah sie eher aus wie eine halbwilde Zigeunerin, wie sie so rasch und geräuschlos dahinlief. Sie genoß dieses plötzliche, fast unbesonnene Gefühl von Freiheit, das sie erfüllte, für die sich diese ganze wilde Eskapade lohnte, selbst wenn er beschlossen hätte, nicht auf sie zu warten. Sie hatte wieder ihr Gefühl zurückerlangt, nur sich selbst zu gehören

– allem und jedem ins Gesicht sehen und es bewältigen zu können – und es machte ihr einen riesigen Spaß!

Nachdem sie den ganzen Weg gelaufen war, auch die Abkürzungen benutzt hatte, die ihr von früheren Gelegenheiten her in Erinnerung waren, erreichte Alexa den kleinen Hain von Kokospalmen, der den Strand umsäumte, und war außer Atem, so daß sie gezwungen war, eine oder zwei Minuten stillzustehen. Offenbar hatte sie vergessen, wie lange es dauerte, um vom Haus bis zum Strand zu kommen, selbst wenn man den schmalen Zickzackweg benutzte, der sich zwischen den Bäumen und Büschen hindurchwand.

Jetzt lehnte sie mit dem Rücken gegen einen Baum und schüttelte ihren Kopf ungeduldig, um ihre eigenen Gedanken zu verscheuchen. Es war kein anderes Geräusch zu hören als das Rascheln der Blätter über ihr, wenn sie vom leichten Windstoß einer Seebrise bewegt wurden, und das endlose sanfte Seufzen der Meereswellen, die auf den festen gelben Sand aufliefen und wieder zurückflossen. Natürlich war er nicht mehr da und wartete. Vielleicht glaubte er, daß sie das Haus gar nicht hätte verlassen können. Schließlich kannte er sie noch nicht gut genug, um zu wissen, daß Alexa Howard ein Versprechen auch hielt, wenn sie es gegeben hatte.

Na, auch gut, dann hatte sie die Nacht und das Meer ganz für sich allein! Alexa legte die Hände in den Nacken und hob ihr schweres Haar. Dann griff sie in ihre Tasche, um das grüne Samtband herauszuholen, das sie gerade noch eingesteckt hatte. Nicht sehr geschickt band sie die Haare zurück, aber ganz allein, hier in der Nacht, war sie damit zufrieden. Am liebsten würde sie jetzt weit ins Wasser hineinwaten, den Strand entlanglaufen und mit den Wellen spielen, wie sie es als Kind getan hatte. Warum eigentlich nicht? Nur mußte sie erst ganz sicher gehen, daß Lord Charles nicht doch noch auf sie wartete.

Ihre weichen Ledersandalen in einer Hand, hob sie ihr Kleid bis über die Waden und verließ dann die schützende Dunkelheit der Kokospalmen, um leichtfüßig über den feuchten Sand zu laufen, wobei einzelne Wellen ihr immer wieder um die Fersen spülten. Wenn sie aufs Meer hinaussah, erblickte sie nur die winzigen flackernden Lichter einheimischer Fischerboote.

Wie wunderschön war doch die Nacht! Und so viele verschiedene Düfte konnte man hier am Meer einatmen und genießen, während der nächtliche Himmel sich scheinbar endlos und ohne die Grenzen der dunklen Berge erstreckte. Fast ohne es zu merken, war Alexa langsamer geworden und blieb dann stehen, während sie zu dem dunklen Horizont hinblickte. Ihr Horizont – so weit sie überhaupt sehen konnte.

Plötzlich erinnerte sie sich wieder daran, weshalb sie hierhergekommen war. Sie hatte Lord Charles versprochen, ihn bei der ›Seemauer‹, wie sie es nannte, zu treffen – einem hohen Steinwall, der die Grenze des Landsitzes von Sir John Travers markierte und bis hinunter zum Meer reichte, um einen Teil des Strandes für seinen eigenen Gebrauch abzugrenzen.

Jetzt lief sie dorthin zurück, und der Wall schien ihr viel höher zu sein, als sie ihn in Erinnerung hatte; er hob sich fast drohend gegen den sternenübersäten Himmel ab. Ach Gott, der arme Mann! Warum hatte sie statt dessen nicht ein kleines Boot vorgeschlagen? Wenn er keine Leiter mitbrachte! Plötzlich nervös und ihrer selbst unsicher geworden, mußte Alexa fast hysterisch bei dem Gedanken einer Leiter auflachen. Als ob sie eine Entführung planten! Und natürlich war er nicht auf der anderen Seite des Walls.

Doch dann stieß sie einen leisen, aber langen Pfiff aus. Wenn Lord Charles wirklich noch da war und es hören würde, wäre er sicher intelligent genug, um zu verstehen, daß sie ihn rief. Oder würde er es für einen Nachtvogel halten? Kurz darauf wiederholte Alexa den Pfiff, dem sie diesmal einen kurzen Triller hinzufügte. Aus keinem erklärbaren Grund war sie plötzlich unruhig geworden und fast entschlossen, ihr Abenteuer zu beenden und nach Hause zurückzukehren. Sie hatte schon ihre Röcke hochgerafft, um sich auf den Weg zu machen, als sie die Antwort bekam, die sie nicht mehr erwartet hatte. Nur war es weder ein eindeutiger Pfiff noch ein Vogelruf, sondern etwas anderes, das ihr einen Schauer über den Rücken jagte und sie für Augenblikke erstarren ließ. Der Ruf einer Eule! Und jetzt kam er wieder, diesmal viel näher, aber es konnte natürlich keine Eule sein, da sie genau wußte, daß in der Nähe keine Bäume standen. Es klang so unheimlich! Kein Wunder, daß die Eingeborenen sie den Teufelsvogel nannten, Alexa kam sich fast abergläubisch vor. Aber im nächsten Augenblick ärgerte sie sich über sich selbst, so dumm darauf zu reagieren. Schließlich war der Ruf einer Eule ein ganz normaler Klang bei Nacht, und zweifellos hatte er ihn aus diesem Grund gewählt.

Sie wollte es gerade wagen, leise zu rufen, als ein Geräusch sie veranlaßte, ihren Kopf nach oben zu heben; und im selben Augenblick sah sie eine dunkle Gestalt, die sich vom Kamm des Walles abhob und herabsprang, um mit einem dumpfen Geräusch vor ihren Füßen auf dem Sand zu landen.

»Oh!« Alexa konnte es nicht unterdrücken, vor Überraschung zu keuchen, obwohl sie gleichzeitig versuchte, dieses Zeichen ihrer Schwäche mit einem Redefluß zu verbergen, der gar nicht zu ihr paßte. »Wie ist Ihnen denn das geglückt? Ich hatte ganz vergessen, daß dieser Wall so gebaut wurde, daß man ihn praktisch nicht überklettern kann. Und es tut mir wirklich leid, so spät erst herzukommen, aber es war schwieriger als ich dachte, von zu Hause wegzukommen. Ich hätte ihnen jedenfalls nicht die geringste Schuld gegeben, wenn Sie vom vielen Warten müde gewesen und gegangen wären. Und ich weiß immer noch nicht genau, ob dieses Treffen wirklich vernünftig ist, Sie verstehen doch. Sie haben mich so erschreckt, jetzt sagen Sie doch endlich etwas, sonst muß ich immer weiterreden. Sie… ohh!«

Plötzlich, und geradezu schockierend unerwartet, wurde Alexas Redefluß mitten in einem erstaunten Ausruf unterbrochen, als sie sich plötzlich viel zu fest umarmt fühlte und er begann, sie zum Schweigen zu küssen – und sehr energisch dazu. Wie konnte er es wagen? Und vor allem, nachdem er ihr solche feierlichen Versprechungen gegeben hatte, begann er gleich als erstes, ihr Vertrauen in sein Wort als Gentleman schamlos auszunützen!

Mit berechtigter Entrüstung begann Alexa sich gegen den fast schmerzenden Druck seiner Arme aufzubäumen und zu befreien, wobei seine Küsse gegen ihre zusammengebissenen Zähne ihre Lippen verletzten, bis sie bluteten. Was glaubte er eigentlich, wen er da vor sich hatte? Etwa so ein schüchternes Dorfmädchen, das sich durch die rohe Aufmerksamkeit eines jungen Lords geschmeichelt fühlt? Zurückschlagen konnte sie, das würde er bald genug feststellen, und zwar zu seinem Schaden!

Es war ihm gelungen, allein durch sein unerwartetes Vorgehen, ihre beiden Hände zwischen ihren Körpern festzuhalten, aber jetzt, als Alexa sich in ein tobendes Tier verwandelt hatte und mit ihren bloßen Füßen wütend gegen seine Schienbeine schlug und dann ihren Körper nach hinten bog und ihren Kopf wild von einer Seite zur anderen schüttelte, konnte sie eine Hand freibekommen. Dieser verdammte Lügner! Jetzt würde sie es ihm zeigen! Wie eine tobende Wildkatze kratzte Alexa ihm mit ihren Nägeln tiefe Wunden ins Fleisch und wünschte nur, es wären scharfe Messer.

Alexa war überhaupt nicht sie selbst in diesem Augenblick – nicht die Alexa Howard, die sich wie eine Lady benehmen konnte, wenn sie mußte –, sondern ein ganz primitives Wesen, das seine Zähne und Klauen einsetzte, um zu töten oder zu verstümmeln. Und als er schließlich seinen Kopf für einen Augenblick hob, um ihr etwas zu sagen, spuckte sie ihm mit einem Zischen ins Gesicht, das ihn wirklich an eine Katze erinnerte. Verdammt! Irgend etwas mußte mit ihr geschehen, und zwar schnell, bevor sie ihn überwältigte.

Alexa hatte begonnen, wild nach ihm zu treten, als sie plötzlich – zu unerwartet für sie, um ihr Gleichgewicht zu halten – fühlte, daß sie frei war; im nächsten Augenblick fiel sie nach hinten auf den festen Sand, mit so viel Wucht, daß es ihr die Sprache für einen Augenblick verschlug. Als sie hochblickte, sah sie eine dunkle drohende Gestalt über sich und versuchte, sich wieder aufrecht hinzusetzen, ohne zu merken, daß sie laut keuchte.

»Um Himmels willen! Sie können sich doch nicht verletzt haben, wenn Sie hier auf den Sand fallen. Sie hätten noch etwas Schlimmeres verdient, Sie kleine Höllenkatze, mit Ihren Klauen und Zähnen! Ich hab mich wirklich gefragt, warum, zum Teufel, ich hierhergekommen bin und eine gute Stunde gewartet habe, nur um sicherzugehen, daß Sie... Und was haben Sie jetzt, zum Teufel?«

»Oh! Ohh!« Nachdem der erste Schock vergangen war und die Wut sie wieder überfiel, war Alexa unfähig, etwas Zusammenhängendes zu sagen, während ihr Verstand noch dabei war, das aufzunehmen, was sie soeben entdeckt hatte. Das war ja gar nicht der Viscount Deering, sondern *er!* Der Spanier – dieses schwarze zynische Scheusal, ausgerechnet er! Warum hatte sie das nicht gleich gemerkt?

Und jetzt, nachdem er sie so scheinheilig ritterlich bemitleidet hatte, hatte er auch noch die Stirn, zu heucheln, wie besorgt er um sie sei, ja, er hielt ihr sogar die Hand hin, während er in diesem schleppenden Tonfall sagte, den sie so verabscheute:

»Ich bin sicher, daß Ihnen gar nichts fehlt, außer ein paar wohlverdienten Schrammen, Sie kleine Füchsin! Kommen Sie. Versuchen Sie mal aufzustehen.«

Noch bevor sie die Möglichkeit hatte zu widersprechen, fühlte sich Alexa auf ihre Füße gehoben, wobei ihre Wut sofort wieder zunahm, als Nicholas de la Guerra es wagte, hinzuzufügen, sie brauche nicht so dazustehen, sondern solle sich den Sand abwischen und einmal den Mund halten und zuhören.

Alexa sah rot vor Wut und sprang ihn wieder an, die Finger zu Krallen gebogen, wobei sie jetzt nach seinen Augen zielte – nach diesem verhaßten Gesicht, das ihr nur allzugut in Erinnerung war. Wäre er nicht so groß gewesen oder wären seine Instinkte nicht so geschärft, dann hätte sie auch seine Augen gefunden, statt seines Halses, wo sie die Schlagader nur um weniges verfehlte.

Nicholas' Reflexe waren immer schnell gewesen, und sein bisheriges Leben hatte davon abgehangen, wie präzis seine Nerven und Sinne aufeinander abgestimmt waren. Hätte er aber nicht auch eine gewisse Kontrolle über seine reflexartige Reaktion auf jeden plötzlichen Angriff entwickelt, dann hätte er sie ohne weiteres töten können, wie er schon früher getötet hatte. Schließlich gelang es ihm, sie an einem Handgelenk zu fassen, während er spürte, wie ihre Nägel ihm den Hals aufkratzten.

Jetzt war er selbst in Wut geraten und drehte das schmale Handgelenk scharf nach hinten, so daß sie vor Schmerz aufschrie. Dann packte er ihr anderes Handgelenk, als sie versuchte, mit ihren Nägeln wieder auf ihn loszugehen.

»Sie, Sie! Lassen Sie mich los! Ich bring Sie um! Ich...! Ich...«

»Ja, das würdest du, du gottverdammte Höllenkatze!«

Rasch und schmerzhaft drückte er ihr beide Handgelenke hinter den Rücken, während er mit zusammengebissenen Zähnen auf sie einsprach und dabei fühlte, wie ihm das warme Blut am Hals herunterlief in sein zerrissenes Hemd: »Sei jetzt endlich still und hör mir mal zu! Oder soll ich dir die Arme umdrehen, damit du endlich Ruhe gibst? Du kannst sicher sein, daß es mir nicht das geringste ausmacht, wenn du mich dazu zwingst!«

»Ist mir egal. Ist mir egal, ist das klar?« Sie war so wütend und frustriert, daß sie kaum die Worte hervorbrachte; ihre Stimme klang erstickt und heiser. »Ich werde niemals... Sie können mich umbringen, wenn Sie wollen, aber ich werde niemals Ihrer, Ihrer Brutalität nachgeben! Und ich höre Ihnen auch nicht zu. Ich lasse mich von Ihnen nicht dazu zwingen, zu...«

»Verdammt noch mal, Sie hysterisches Stück. Meinen Sie, ich müßte mir meine Frauen mit Gewalt nehmen? Oder daß ein geraubter Kuß schon gleich eine Vergewaltigung bedeutet? Vielleicht sind das Ihre bisherigen Erfahrungen, aber in diesem Fall wäre es eine Schmeichelei für Sie, Miß Howard!«

Ihre Antwort auf seine sarkastische Bemerkung bestand darin, schrill zu kreischen, was ihn erst erstaunte und dann wütend machte. Da sie aber schon ziemlich erschöpft war, war der Schrei nicht laut genug, um weit gehört zu werden. Er befürchtete aber, sie würde jetzt ihre ganze Kraft und

Energie zusammennehmen, um noch viel lauter zu schreien, und damit die Bewohner in den umliegenden Häusern wecken und die Dienerschaft ebenfalls.

Alexa hatte schon ihren Mund geöffnet, um genau das zu tun, was er befürchtet hatte, als Nicholas in bewußt schneidendem Ton sagte: »Wenn Sie es wieder darauf abgesehen haben, daß ich Sie küsse, bis Sie still sind, dann kann ich Ihnen nur sagen, daß Sie diesmal kein Glück damit haben werden.«

Sein Trick hatte gewirkt. Statt eines neuen Schreies sprudelte sie wütend heraus: »Was? Ich soll es darauf abgesehen haben? Das ist eine bodenlose Gemeinheit!«

Den kleinen Vorteil ausnützend, den er so gewonnen hatte, sagte er schleppend: »Das Problem ist wohl, meine Liebe, daß ich nicht Charles bin und nicht so leicht auf Äußerlichkeiten und flatternde Augenlider hereinfalle. Frauen wie Sie habe ich schon viele kennengelernt – voll von Tricks, um einen Mann aufs Eis zu locken und dann abzusegeln, aber immer in Reichweite bleiben. Bis sie schließlich genau das bekommen, was sie haben wollten.«

Sein verächtlicher Ton ließ Alexas eigene Stimme höher steigen, als sie fast ungläubig wiederholte: »Tricks? Frauen meiner Art? Wollen Sie damit etwa sagen, daß ich versucht habe, Lord Charles hierherzulocken, um, um...«

»Sie haben seine eindeutige Verliebtheit schamlos ausgenützt, als Sie ihm vorschlugen, sich hier so romantisch unter den Sternen zu treffen, oder nicht? Und wenn Sie ihn erst einmal dazu gebracht haben, ihn zu küssen, dann wäre der arme Charles in die Hände einer richtigen Schlange geraten. Maßlos beschimpft, Ihre sogenannte Tugend leidenschaftlich verteidigend. Eine Szene. Ein recht unangenehmer Skandal. Und was hatten Sie sich davon erhofft? Geld, um darüber still zu schweigen? Sie haben doch nicht etwa gehofft, ihn zu heiraten, denn bei aller Verliebtheit, er wäre nie so weit gegangen, daran zu denken, Sie zu heiraten! Oder wollten Sie sich mit weniger abspeisen lassen?«

11. Kapitel

Noch lange nachdem er diese kalten, verächtlichen Worte in einem Ton geäußert hatte, der für sie schlimmer war als ein Schlag ins Gesicht, hallten sie in Alexas Kopf wider.

»Was wollten Sie denn von ihm? Geld? Er hätte natürlich nie daran gedacht, Sie zu heiraten. Wollten Sie sich mit weniger abspeisen lassen?«

Nein – nein! Aber Lord Charles war nicht gekommen. Er hatte statt dessen seinen zynischen, grausam anmaßenden Vetter geschickt, um ihr klarzumachen, daß, großer Gott, also das hatten sie von ihr gedacht!

»Lassen Sie mich los.«

Sie war überraschend schweigsam und still in seinem Griff geworden, wobei ihr Gesicht im Licht der Sterne wie eine bleiche Maske wirkte, mit leeren Öffnungen für die Augen. So schweigsam, daß Nicholas wider Willen Gewissensbisse spürte, bei ihrer Verurteilung so weit gegangen zu sein. Ein verdammtes Weib, daß sie ihn so anstarrte, als würde jetzt ihr Blut fließen!

»Ich bat Sie, mich loszulassen, Señor de la Guerra.« Ihre Stimme war zu einem Flüstern herabgesunken, und Nicholas sah sie finster und mißtrauisch an, jetzt wütend über sich selbst, daß er überhaupt Schuldgefühle hatte.

Absichtlich schroff sagte er: »Sie loslassen? Warum eigentlich? Damit Sie mir die Augen auskratzen? Diese scharfen Nägel sind ganz schön gefährlich und sollten eigentlich geschnitten werden.«

»Ja, da können Sie sicher sein, ich werde Ihnen die Augen auskratzen!« brach es aus Alexa heraus, während sie ihren Kopf trotzig hochwarf. Und dann, zu ihrem größten Schrekken, spürte Alexa, wie es geschah. Wie von der blinden Wut, die sie zuvor ergriffen hatte, wurde sie jetzt überrollt und überschwemmt von einer Flut von Tränen, die aus ihrer Tiefe mit einer solchen Macht herausquollen, daß sie unfähig war, ihnen Einhalt zu gebieten.

Sie weinte so wild und so laut wie ein zorniges Kind; mit weit geöffnetem Mund, während sie versuchte, ihre unzusammenhängenden Anschuldigungen zwischen langen, tiefen Seufzern herauszuschreien, die ihren ganzen Körper schüttelten. Tränen strömten ihr aus den Augen und sogar aus ihrer Nase; erschrocken und fasziniert zugleich starrte Nicholas sie an, er hatte noch nie etwas Ähnliches gesehen.

Dies waren offensichtlich keine künstlichen Frauentränen, die sorgfältig berechnet waren, um das Herz eines Mannes zu erweichen oder seinen Geldbeutel lockerer zu machen. Ihr ganzer Körper bebte und vibrierte unter der Heftigkeit ihres Weinens, als wäre sie ein kleines Boot, das hilflos den stürmischen Wellen ausgeliefert war; und selbst nachdem er sie losgelassen hatte und zurückgewichen war, versuchte sie nicht, wie wohl die meisten Frauen, sich die Nase zu wischen oder die Augen zu reiben. Nur das nicht, um Himmels willen! Sie blieb einfach stehen und rieb fast unbewußt ihre Handgelenke, während ihr Körper vor und zurück schwang und ihre lauten Seufzer zu einem immer lauteren Wehklagen wurden, wie er grimmig bemerkte.

Sollte sie doch der Teufel holen! Was war bloß in sie gefahren? Und warum versuchte sie nicht, sich wieder unter Kontrolle zu bekommen? Jetzt verhielt sie sich wie ein zorniges Kind, das seinen Ausweg in einem Wutanfall sucht, weil es nicht bekommen, was es gewollt hatte – das war es! Jetzt erinnerte er sich an das verzogene Kind eines seiner Freunde, das geradeso geschrien und sich auf den Boden geworfen hatte, um dort mit Füßen und Fäusten um sich zu schlagen. Und Nicholas dachte nicht daran, sich das jetzt gefallen zu lassen.

Mit zusammengebissenen Zähnen packte er sie grob an den Schultern und schüttelte sie, während er knurrte: »Hören Sie sofort mit diesem verdammten Geheul auf, verstanden? Mit Wutausbrüchen erreichen Sie bei mir überhaupt nichts, das kann ich Ihnen sagen! Nehmen Sie sich zusammen und seien Sie still, sonst mache ich es mit Ihnen wie mit allen hysterischen Weibern!«

»Ahh, ahh!« Verdammt, dachte er wütend, fängt sie schon wieder an? »Ahh, ich kann... ich kann nicht aufhören!« wimmerte Alexa keuchend, wobei ihre Stimme so gefährlich hoch geworden war, daß Nicholas ihre Schultern losließ und sich mit den Fingern durchs Haar fuhr, während er sie grimmig anstarrte und im Innern wünschte, er hätte ihr wirklich den Hals umgedreht. Aber was sollte er jetzt tun? Ihr ins Gesicht schlagen? Es wäre ihm ein Vergnügen gewesen, wenn er nicht das unangenehme Gefühl gehabt hätte, daß sie dann nur noch lauter schreien würde. Wenn er doch nur einen Eimer mit kaltem Wasser bei der Hand gehabt hätte, das wäre jetzt genau das richtige, wie bei dem Kleinen, da hatte er es ebenso gemacht, und es hatte Wunder gewirkt.

Kaltes Wasser, verdammt, jetzt war bei ihm die Grenze erreicht. Er blickte sich kurz um, dann packte er sie und hob sie auf, so unsanft, als wäre sie ein Lumpenbündel, und trug sie mit fünf großen Schritten zum Meer und hinein bis fast zur Hüfte, ohne an seine neuen Lederstiefel oder seine teuer geschneiderten Hosen zu denken. Und dann, ohne ein Wort zu sagen, blickte er noch einmal aufs Wasser, um sicherzugehen, daß es auch tief genug sei, bevor er sie hineinfallen ließ.

Das dürfte sie abkühlen und der kleinen Wildkatze außerdem noch eine Lektion erteilen! Nicholas drehte sich um und lief zum Strand zurück. Es war ihm wirklich gleichgültig, was mit ihr jetzt geschah – ob sie unterging oder an der Oberfläche blieb. Sollte sie doch alle miteinander der Teufel holen – Charles und seine ängstlichen überbesorgten Eltern! Verdammt noch mal, Charles war doch kein so unerfahrener Junge mehr und brauchte durchaus nicht seinen Schutz. Ärgerlich darüber, daß er sich nicht an sein früheres Vorhaben gehalten hatte, sich nicht in Angelegenheiten zwischen Charles und Miß Howard einzumischen, wurde seine Laune noch schlechter durch das quietschende Geräusch seiner mit Wasser gefüllten Stiefel, das mit jedem Schritt entstand. Natürlich unbrauchbar geworden, genauso wie seine neuen Hosen und sein feines Leinenhemd, das ihm seine letzte Geliebte geschenkt hatte.

Er blieb stehen und sah an sich hinunter, als er wieder festen Boden unter den Füßen hatte. Mit einem obszönen spanischen Fluch machte er sich Luft und wiederholte ihn schon beim nächsten Schritt. Er wollte nun einmal nicht, daß es jedesmal platschte, wenn er den Fuß aufsetzte, verdammt noch mal! Seine Zähne knirschten, als er daran dachte, daß diese Stiefel aus dem feinsten und weichsten Leder gemacht waren, das es überhaupt gab, und von einem in ganz Europa bekannten Schuhmachermeister handgenäht worden waren; es waren seine Lieblingsstiefel, um die er von allen seinen Freunden beneidet wurde. Seine Hose, sein Hemd und seine Geliebte konnten ohne weiteres ersetzt werden, aber nicht die Stiefel! Mit finsterem Gesicht setzte sich Nicholas in den Sand und begann seine Stiefel auszuziehen, was ihm aber in ihrem nassen Zustand nur mit großer Mühe gelang. Fluchend zog und drehte er an seinem Fuß herum und hatte nicht die geringste Lust, sich auf das plätschernde Geräusch einzulassen, das er jetzt zusammen mit einem Prusten und Keuchen hörte. Nachdem es ihm gelungen war, wenigstens einen Stiefel abzustreifen, drehte ihn Nicholas um und sah fluchend zu, wie das Wasser herauslief. Verdammtes Weibsstück! Nur sie war daran schuld! Die tiefen Wunden, die ihre Nägel in seinem Rücken und an seinem Hals hinterlassen hatten, begannen jetzt sehr zu schmerzen, und soviel er wußte, konnte er davon eine Blutvergiftung bekommen und sterben.

Während er noch versuchte, seinen anderen Stiefel loszuwerden und seinen wütenden und mißmutigen Gedanken dabei freien Lauf ließ, blickte Nicholas plötzlich hoch und die Erscheinung, die er vor sich sah, unterbrach sein Denken und seine Bewegungen. Fasziniert starrte er in dieser Haltung das seltsame Objekt an, das von spielenden Wellen auf den Strand gespült zu sein schien. Ein Haufen schmutziges, nasses Strandgut! Nein, eher ein halbersäuftes Kätzchen! Jedenfalls war keine Ähnlichkeit mehr zwischen diesem bedauernswerten Wesen und dem temperamentvollen Mannweib, das er soeben ins Meer geworfen hatte.

Alexa wußte nicht, wie sie jetzt aussah, immerhin hatte sie große Mengen Salzwasser geschluckt, bevor sie prustend wieder an die Oberfläche gekommen war, um erst dann zu merken, daß sie eigentlich stehen konnte. Mit größter Mühe war es ihr gelungen, trotz des Auf und Ab der Wellen wieder an den Strand zu kommen. Und jetzt wünschte sie sich nichts anderes, als irgendwo trocken zu werden. Sie war so müde und erschöpft, daß es ihr gleichgültig war, wie sie aussah. Ihr Haar hing ihr wirr über das Gesicht und die Schultern, das traurig aussehende Samtband war ganz darin verwickelt; das ihr so gut stehende grüne Kleid war überhaupt nicht wiederzuerkennen. Sowohl das Kleid als auch der einzige Unterrock, den Alexa sich heute nacht zugestanden hatte, waren recht durchsichtig geworden und betonten verräterisch jede Kurve und Vertiefung ihres geschmeidigen jungen Körpers, wobei sie eine Schulter und eine Brust entblößten.

Schlafwandlerisch stieg Alexa Schritt für Schritt die leichte Erhebung des Strandes hinauf, während er ihr zusah, ohne sich vom Fleck zu rühren. Nicholas merkte plötzlich, daß seine Wut verflogen war und er am liebsten laut herausgelacht hätte. Ein wandelndes Strandgut, von der Flut herangeschwemmt. Er konnte sich ein Grinsen nicht verkneifen, während er wartete, bis sie näher herankam. Nach und nach verschwand aber seine vergnügliche Stimmung, und seine Augen wurden schmaler, während er Alexa in allen Einzelheiten aus größerer Nähe betrachtete. Er hatte sich auf seine Ellbogen zurückgelehnt und beobachtete jetzt die absichtslose Anmut ihres Körpers – von ihren schlanken Fesseln und nackten Beinen bis zur Kurve ihrer Hüften, die die natürliche Schmalheit ihrer Taille betonten. Und ihre Brüste waren fest und standen hoch.

Jetzt war sie ganz nahe bei Nicholas und ließ sich auf ihre Knie fallen, wobei ihre Augen in dem Sternenlicht aufglänzten, als sei auch sie in den Bann der plötzlichen Leidenschaft zwischen ihnen gezogen worden. Ihre Haut schimmerte hell, nicht nur, weil sie vom Salzwasser naß war, sondern weil der glimmerhaltige Sand, der sie fast überall bedeckte, auch das schwächste Sternenlicht reflektierte.

Es juckte ihn in den Fingern, ihr das Kleid ganz herunterzureißen, und als Nicholas die Hand nach ihr ausstreckte, begann sie, mit leiser, heiserer Stimme zu sprechen.

»Ich, ich glaube, daß ich sehr krank bin!«

Sich für einen Augenblick vergessend, fluchte Nicholas auf Spanisch. Er rollte sich gerade noch rechtzeitig zur Seite und aus dem Weg, während sich ihre Schultern aufbäumten und ihr Körper das viele Wasser wieder von sich gab, das sie zuvor geschluckt hatte.

Danach blieb Alexa kaum noch genügend Kraft, um sich auf den leicht abfallenden Strand noch ein wenig hochzuziehen, bis sie zusammenbrach und wie ohnmächtig liegenblieb. Sie hatte alles vergessen, was gewesen war und was sie so bedrängt hatte. Auch ihn. Jetzt nahm sie nur noch das Geräusch der Wellen wahr und wollte sich weder bewegen noch denken. Einschlafen, in ihrem eigenen Bett zu Hause aufwachen und mit Erleichterung feststellen, daß alles ein Alptraum gewesen war.

Aber es war kein Alptraum. Plötzlich hörte sie eine trockene Stimme, die ihr auf unangenehme Weise bekannt war, sagen: »Ich hoffe, ich bin nicht als Gespenst in Ihren jungfräulichen Träumen vorgekommen, Miß Howard?«

»Ich... Was...? Was wollen Sie eigentlich?« Wie nach einem dumpfen Aufschlag kehrte ihr Geist plötzlich wieder in die Wirklichkeit zurück und erblickte dieses eine verhaßte Gesicht, das sie nie wieder zu sehen gehofft hatte. Grausam, ja verhaßt! Dieser Spanier, wie ihn sein Vetter lachend nannte, hatte sie noch vor wenigen Augenblicken fast ertränkt. Was hatte er jetzt vor mit ihr?

Sie war sich noch kaum bewußt, daß er sie schon wieder in dem gleichen trockenen Ton anredete wie zuvor: »Es wäre wohl gut, wenn Sie sich das Gesicht abwischen würden, um nicht für ein hergelaufenes Straßenmädchen gehalten zu werden, wenn Sie wieder nach Hause zurückkommen. Das heißt...« Alexa spürte, wie ihr Gesicht vor Demütigung zu brennen begann, während seine Blicke in höchst eindeutiger Weise über sie glitten, bevor er langsam fortfuhr: »Wenn Sie das überhaupt wollen. Ich hoffe doch sehr, daß Sie nicht die Dummheit begangen und irgendeine Nachricht zurückgelassen haben. Sie planten, mit Viscount Deering durchzubrennen?«

»Wie kommen Sie darauf, mir so etwas Absurdes zuzutrauen? Ob Sie es nun glauben oder nicht, ich wollte mit Lord Charles nur sprechen, das war alles. Und ich bin nicht... nicht... Oh!« Fast atemlos vor Empörung und Erschöpfung formten sich ihre Worte zu einem wütenden Protestschrei, als etwas in der Art, wie seine Augen sie anzuschauen schienen, sie bewußt werden ließ, wie sie aussah. Während sie, allerdings erfolglos, ihr Kleid an der Schulter heraufzuziehen versuchte, keuchte sie: »Sie, Sie gefühlloses Biest! Sie Schuft! Haben Sie denn überhaupt kein Gewissen? Das alles ist Ihre Schuld! Oh!« Alexa blieb sprachlos vor Wut, als sie merkte, daß er in ein stummes Lachen ausbrach.

»Hören Sie auf, hören Sie auf!« platzte sie heraus. »Sie haben mich in diese unmögliche Lage gebracht, und jetzt lachen Sie mich aus. Sagen Sie mir gefälligst, wie ich dieser Mrs. Langford erklären soll, wie ich in diesen Zustand geraten bin, ohne daß es zu einem Skandal kommt.«

Sie sah, wie er mit den Schultern zuckte, bevor er unfreundlich und gelangweilt meinte: »Ich glaube, meine Liebe, wenn es Ihnen gelungen ist, unbemerkt das Haus zu verlassen, werden Sie auch in der Lage sein, genauso zurückzukehren. Warum erklären Sie den Leuten nicht, Sie hätten noch ein Bad im Meer genommen? Schließlich tragen Sie jetzt mehr auf dem Leib als damals in der Mondnacht, oder nicht? Da ist es Ihnen doch auch geglückt.« Noch bevor ihn Alexa unterbrechen konnte, fuhr er fort: »Ich bin überzeugt, Miß Howard, daß Sie klug genug sind, um sich auch jetzt etwas einfallen zu lassen. Und wenn Sie gestatten, werde ich mich jetzt zurückziehen.«

»Sie haben mein Lieblingskleid kaputtgemacht – und Sie haben absichtlich versucht, mich zu ertränken, Sie Mörder!«

Er wollte gerade aufstehen und schlug sich den Sand von den Händen, blieb dann aber doch sitzen und sagte mit einem gefährlichen Unterton in der Stimme: »Und Sie sind schuld, daß meine Stiefel beim Teufel sind, die sicher zehnmal mehr wert waren als ein altmodischer Fetzen!«

»Ein Fetzen! Was weiß ein Barbar wie Sie von Mode?« Als er schwieg, fuhr Alexa wütend fort: »Und wo ist Ihr Vetter, frage ich Sie! Ist das eine Art, um ein privates Gespräch zu bitten und sein Ehrenwort als Gentleman zu geben, und dann Sie an seiner Stelle herzuschicken? Da haben Sie beide ein böses Spiel getrieben, Señor, denn für die Empfindsamkeit einer Frau sind Ihre Manieren zu grob. Und da haben Sie einmal von Aufrichtigkeit und Direktheit gesprochen!«

Seine Stimme schnitt ihre Anklagerede ab wie ein Schwerthieb, so daß sie widerwillig schwieg. »Genug, Miß Howard! Es reicht mir jetzt, und ich werde Ihnen etwas sagen: Als ich den armen Charles verließ, war er völlig betrunken und schnarchte laut! In der Offiziersmesse wurde eine Party gefeiert, zu der wir beide eingeladen waren, und ich muß zugeben, daß ich ihm zuredete, mehr zu trinken, als er vertrug. Und dann ließ ich ihn aufs Schiff zurücktragen und gab ihm noch einen Abendtrunk, um seinen Schlaf bis zum Nachmittag zu verlängern. Bis dahin werden wir längst wieder auf See sein.«

Ohne sich um Alexas wütendes Keuchen zu kümmern fuhr er ironisch fort: »Und da Sie es fertiggebracht haben, mich auf Aufrichtigkeit hin anzusprechen, Miß Howard – oder soll ich Sie Alexa nennen, nachdem wir uns so nahe gekommen sind? –, bemerkte ich, daß mir genügend Zeit zur Verfügung stand, und es wäre doch sehr schade gewesen, Sie hier unten alleine warten zu lassen, mit Ihrem angstvoll besorgten Herzchen in diesem schönen Busen.«

Wie Nicholas schon geahnt hatte, als er begann, ihre Wut wieder anzustacheln, sprang sie ihn wie ein tollgewordener Berglöwe an, fauchend und die Klauen zeigend, auch ihre Zähne, als sie herausspuckte: »Sie gemeiner... Teufel! Mit welchem Recht...«

Ruhig und darauf gefaßt, gelang es Nicholas diesmal, sie an den Handgelenken zu packen und trotz ihres Zappelns nach hinten zu beugen, wobei er sich mit dem Gewicht seines Körpers so über sie legte, daß sie sich nicht befreien konnte, sondern zuhören mußte, was er ihr zu sagen hatte. Ohne auf ihr Keuchen und ihre wilden Kopfbewegungen einzugehen, sagte er mit zusammengebissenen Zähnen: »Mit welchem Recht, sagen Sie? Vergessen Sie doch nicht, daß Charles und ich verwandt sind und uns in den letzten Monaten sehr gut kennengelernt haben. Wie habe ich wohl erfahren, wann und wo ihr beiden euch treffen wolltet?« Immer noch hielt er ihre Arme über ihrem Kopf fest, als er plötzlich spürte, wie alle ihre Glieder steif wurden, und er schroff fortfuhr: »Sie erwarten Aufrichtigkeit von mir, nicht wahr? Vielleicht sollten Sie endlich lernen, daß die Wahrheit nicht immer angenehm klingt, und es doppelt schwerfällt, sie zu schlucken. Aber wenn es ein Trost für Sie ist, Charles war wirklich ziemlich verliebt in Sie – bis zu einer gewissen Verblendung, wie ich Ihnen sicher schon gesagt habe. Aber Sie müssen auch verstehen, daß Charles, wie viele andere junge Männer, sich ziemlich oft verliebt, und zwar, wie mich seine Eltern gewarnt haben, meistens in die unpassendsten Frauen.« Während er sprach, hatte Alexa ihren wütenden Widerstand aufgegeben, aber jetzt spürte Nicholas den Beginn einer neuen Attacke und sagte: »Tun Sie nicht so, als seien Sie gekränkt! Vielleicht wußten Sie wirklich nicht, welche Pläne Charles mit Ihnen hatte. Wußten Sie es, Alexa? Oder hielten Sie es für ein großes Abenteuer, auf dem Pferderücken weggetragen und in ein Schiff nach England geschmuggelt zu werden? Hat er Ihnen versprochen, Sie modisch zu kleiden und mt Schmuck zu überhäufen, um vor seinen Freunden mit Ihnen angeben zu können? Nun? War das Ihr Ehrgeiz? Jetzt sind Sie dran, aufrichtig zu sein, denke ich – das heißt, wenn Sie zu so etwas überhaupt fähig sind.«

Mit kalter Stimme antwortete sie: »Hören Sie doch auf, mich ständig zu beschimpfen. Ich hatte natürlich keine Ahnung, daß Lord Charles mich heimlich mitnehmen wollte, und ich hätte es auch abgelehnt. Ich hätte darauf bestanden, daß er mit meinem Vater und meinem Onkel John darüber redet, die mich am allerbesten kennen. Im Grunde fühle ich mich aber noch gar nicht bereit, zu heiraten, obwohl Tante Harriet anderer Ansicht ist. Und was habe ich jetzt wieder gesagt, daß Sie mich so häßlich auslachen?«

»Mein Gott! Lache ich? Wahrscheinlich passen alle Ihre Schimpfworte eben doch auf mich, und als Skeptiker kann ich mir kaum vorstellen, daß Sie nicht verstanden haben, was ich meinte, als ich... Oder machen Sie sich jetzt über mich lustig? Sie würden doch bis zum Tode kämpfen, um sich Ihre Tugend zu bewahren. Wo haben Sie denn heute nacht Ihre Pistole gelassen?«

»Ich habe doch keine Tasche in diesem Kleid, und sie war auch nicht geladen!« Alexa hätte sich auf die Zunge beißen mögen, daß ihr diese Worte so unbedacht entschlüpft waren, denn er lachte jetzt genauso häßlich wie zuvor. Bissig sagte sie: »Wenn Sie mit ihrem dummen Lachen endlich fertig sind, dann lassen Sie mich gefälligst los. Meine Handgelenke tun weh, und Sie sind so schwer, daß ich kaum atmen kann!«

»Ach, süße Alexa, jetzt verletzen Sie aber meine Gefühle. Soll es mir leid tun, daß ich auf Ihnen liege? Ihr schöner Körper ist so ein süßes Kissen, und ich könnte noch stundenlang hier liegen, was übrigens auch Charles am liebsten getan hätte.«

»Hören Sie doch endlich auf, so heuchlerisch mit mir zu reden! Ich verstehe überhaupt nicht, was Sie sagen, und ersticke gleich!« Ihre Stimme klang gereizt und sie war wachsam. Was hatte er jetzt mit ihr vor? Sie war sich bewußt, daß sie ihm völlig ausgeliefert war.

»Sie verstehen überhaupt nichts, sagen Sie? Dann sollte ich wohl noch direkter werden, damit es keine weiteren Mißverständnisse gibt. Sehen Sie, meine Liebe, Charles wollte Sie nie zur Frau haben. In seinen Kreisen werden die Ehefrauen nämlich sorgfältig unter den richtigen Familien ausgesucht, im allgemeinen mit dem Ziel, Stammhalter zur Welt zu bringen, die den Titel tragen. Aber daneben gibt es auch Mätressen. Von seinen Freunden wird ein Mann wegen der Schönheit und Eleganz der Mätresse bewundert, die er sich hält, und ich nehme an, daß eine Mätresse in gewisser Weise von ihrem Herrn ganz besonders geschätzt wird, bis er ihrer überdrüssig ist oder sie sich entschließt, die Weide zu wechseln. Habe ich mich diesmal klar genug ausgedrückt?« Obwohl Alexa so heftig mit dem Kopf schüttelte, schien er darauf aus zu sein, sie ohne Rücksicht auf ihren Zustand noch weiter zu quälen. Sie mußte sich anhören, wie er schroff, mit einem spöttischen Unterton, zu ihr sagte: »Sie sehen doch so hübsch aus und haben eine bezaubernde Figur, so daß ich es Charles durchaus nicht verdenken kann, daß er Sie nach London mitnehmen wollte! Mit etwas Schliff in dieser Großstadt hätten Sie bald eine Auswahl reicher Gönner an der Hand, sofern Sie nicht so naiv sind zu glauben, einer von ihnen würde Sie heiraten. Aber mit Ihrem Köpfchen würden Sie schon etwas erreichen. Sie haben Charles davon überzeugt, daß Sie noch unberührt sind, und er liebt es, Frauen zu entjungfern.«

»O bitte! Sie haben wirklich genug gesagt!« flüsterte Alexa gequält und wendete ihren Kopf zur Seite, damit er nicht die Tränen in ihren Augen sehen sollte.

»Wirklich? Vielleicht haben Sie recht, Worte sind manchmal recht überflüssig, wenn man seine Zeit auf viel hübschere Weise verbringen könnte.« Obwohl seine Stimme jetzt weicher und fast neckend geklungen hatte, wurde Alexa plötzlich von einem unverständlichen Schrecken erfaßt, als sie spürte, wie er versuchte, so auf ihr zu liegen, daß sie ihn richtig fühlen konnte. Es war ihr, als würde sein Körper den ihren völlig bedecken und besitzen. O Gott – nach allem, was er gesagt und angedeutet hatte, mußte sie jetzt auch noch diese Demütigung hinnehmen, behandelt zu werden wie eine…

»Nein… nicht!« stöhnte Alexa, bevor sie genügend Kraft gesammelt hatte, um mit wilder Entschlossenheit zu sagen: »Wenn Sie mich nicht auf der Stelle loslassen, schwöre ich, daß ich Sie anzeigen werde! Ich werde meinem Onkel sagen – und auch dem Gouverneur, wenn es sein muß –, daß Sie mich hierhergelockt haben, um mich zu verführen! Es wird jedermann einleuchten, wie sehr ich Ihnen widerstanden habe! Und ich werde außerdem sagen, wie Sie versucht haben, mich zu ertränken, um mich gefügig zu machen.«

»Vorher oder nachher?« Die Frage klang gedehnt, fast neugierig, und verblüffte Alexa so, daß sie stotterte.

»Was? Was meinen Sie?«

»Soll ich Sie ertränkt haben, bevor ich Sie verführte, oder nachher? Und wie wollen Sie erklären, noch am Leben zu sein, um dieses mitleiderregende Märchen zu erzählen?« Dann schüttelte er den Kopf und sagte herablassend: »Ich wundere mich, daß Ihnen nichts Besseres einfällt. Bis jetzt hatte ich nämlich den Eindruck, Sie seien eine sehr findige junge Frau, die es durchaus gewohnt ist, nachts einmal alleine auszugehen, während andere Frauen schon beim Gedanken daran ohnmächtig würden. Fällt Ihnen denn nichts Dramatischeres ein? Etwa, daß ich mich seit unserem ersten Treffen in dem Mondbadeteich so in Sie verliebt habe, daß ich heute abend dafür gesorgt habe, Charles Stelle einzunehmen, um...« Er neigte den Kopf und seine Lippen strichen ganz leicht über die ihren hin, bevor er mit weicher Stimme fortfuhr: »Um Sie wieder zu küssen und herauszufinden, ob Ihre Lippen immer noch so weich sind, wie ich sie in Erinnerung hatte, und...«

»Nein!« Alexas verzweifeltes Flüstern ging unter in der Liebkosung seiner Lippen, die zahllose Küsse auf ihren zitternden Mund tupften, leicht wie der Flügel eines Schmetterlings, erst auf ihre Oberlippe, dann auf die untere, dann zu den Mundwinkeln und wieder zurück – während er flüsterte: »Und um herauszufinden, ob ich dich immer noch begehre, süße Alexa, wie in dieser ersten Nacht, und der zweiten, und dich immer noch so unwiderstehlich und begehrenswert finde. Und wenn du jetzt nicht aufhörst, dich so unter mir zu winden, dann kann ich für die Folgen nicht mehr einstehen.«

»Bitte, Sie dürfen nicht! Sie sind... Lassen Sie mich los... Ich will nicht!« Warum mußte er sie nur immer weiter küssen? Nicht nur ihren Mund, sondern auch die Spitze ihrer Nase, ihr Kinn, ihre feuchten Wangen. Dann wieder zu ihrem Mund zurück, der schließlich mit einem Kuß zum Schweigen gebracht wurde, der nicht mehr hingetupft, sondern fest und fordernd war.

Ich bin verloren! rief eine Stimme tief in ihrem Herzen. Ach, es ist zu spät, ich kann mir nicht mehr helfen. »Begehren«, hatte er gesagt, was meinte er nur damit? Was war das nur für ein seltsames, hilfloses Gefühl in ihr? Sie merkte erst, daß ihre Handgelenke wieder frei waren, als sie begann, ihre schmerzenden Arme zu heben, um sie um seinen Hals zu legen. Stärker als das andere war jetzt das warme, erregende Gefühl, das ihren Atem kurz werden und ihr Herz schneller schlagen ließ, während seine Hände ihren Körper berührten – jede Bewegung zu einer anhaltenden Liebkosung wurde.

»O Gott, du wilde Meerhexe, wie sehr ich dich liebe!« Mit ungeduldigen Händen hatte er ihre Brüste entblößt, und seine Stimme klang fast wie eine Beschwörung, bevor er seinen Kopf neigte, um ihre Brustspitzen zu küssen, bis Alexa fühlte, sie könne es nicht länger aushalten – und es auch nicht aushalten, wenn er jetzt aufhören würde. »Willst du mich jetzt auch haben, kleiner Wildfang?« Alexa achtete kaum darauf, was er sagte, als sie seine warm liebkosenden Finger auf ihrem Bein spürte, während er ihr nasses Kleid hochzog, um dann sehr sanft und langsam ihren Schenkel vom Knie nach oben zu streicheln. Sie sollte ihn jetzt zum Aufhören bringen, aber das wollte sie nicht mehr. »Ich will, daß du mich genauso begehrst wie ich, genauso heiß! Verstehst du, was ich sage? Kannst du es?«

Aber Nicholas verschloß ihr wieder den Mund mit seinen Küssen, während er spürte, wie ihr Körper begann, sich zu biegen und zu schütteln; mit aller Macht klammerte sie sich jetzt stöhnend an ihn. Sie wollte schreien, sie wollte, daß er sie immer weiter dort berührte, in dieser besonderen Weise. Sie spürte seine Zunge in ihrem Mund, während er sie küßte, und gleichzeitig seinen Finger, wie er sehr langsam und vorsichtig in sie eindrang.

Ganz ihren Gefühlen und der plötzlichen Hitze ausgeliefert, die ihren ganzen Körper überflutete, bot Alexa keinen Widerstand und sprach auch nicht. Ihr kurzes Unbehagen war rasch abgeklungen, und jetzt bog sie ihre Hüften fast fordernd zu seiner Hand hin. Ihr Kopf hing nach hinten, während ihr ganzer Körper erstarrte und von innen heraus zu schwingen schien, ihre Empfindungen in immer stärkeren Wellen wuchsen und intensiver wurden. Keuchende, unzusammenhängende Laute drangen aus ihrer Kehle.

Was für ein widerspruchsvolles Wesen ist sie doch, dachte Nicholas. Ganz rasende Furie in einem Augenblick, dann wild und leidenschaftlich im nächsten. Jetzt hing sie an ihm und drückte ihren Körper so einladend gegen den seinen, wie sie vorher nach ihm geschlagen und ihn gekratzt hatte; ihre Schenkel öffneten sich leicht, um ihm den Weg freizumachen, und er empfand sie wie eine knospende Blüte in seiner Hand. Endlich war sie für ihn bereit – und wie sehr hatte er sie begehrt! Er war jetzt wild auf sie, wollte sie unbedingt nehmen. Dann aber fühlte sein tastender Finger ein unerwartetes Hindernis für alle weiteren Genüßlichkeiten. Und wenn er kurzen Prozeß mit ihrer Jungfräulichkeit machte? Warum eigentlich nicht, um Himmels willen? Sie war heißblütig und leidenschaftlich und bereit, und wenn er es heute nacht nicht tat, dann würde es bald ein anderer Mann tun. Warum sollte er sie nicht nehmen, solange sie beide einander wollten?

12. Kapitel

Auch danach hielt Alexa ihre Augen fest geschlossen, während sie das Gefühl einer köstlichen, befriedigten Mattigkeit genoß, so daß sie sich so leicht wie eine Feder fühlte – immer noch schwebend. Warum hatte sie sich so gegen ihre Instinkte gewehrt, die ihr doch einen solchen Genuß geschenkt hatten? Ein Gefühl, das sie nie beschreiben könnte, oder eigentlich eine Unzahl von Empfindungen, die sie alle gleichzeitig spürte, wie sie hinein- und hinausströmten. Schließlich wußte sie jetzt, was es bedeutete, zu ›begehren‹ und zu ›lieben‹. Ich fühle mich glücklich, entdeckte Alexa und begann zu lächeln und dann aus reiner Freude und Leichtherzigkeit laut zu lachen.

»Na? Was hast du jetzt schon wieder?«

Verwundert darüber, daß seine Stimme fast mürrisch klang, öffnete Alexa zwinkernd die Augen und drehte sich langsam auf die Seite, wo er auf dem Rücken lag, die Arme unter dem Kopf gekreuzt, die Stirn in Falten. »Und was ist mit dir los, wenn ich fragen darf?« flüsterte sie mit einer heiseren, unbewußt koketten Stimme, während sie mit einem Finger neckend über seine nackte Brust fuhr. Aber statt zu antworten, schob er ihre Hand fort.

Erstaunt sah Alexa zu ihm hinüber. »Hätte ich dich nicht berühren dürfen? Ich wollte doch nur...«

»Alexa! Verdammt!« Seine Stimme klang so schroff, als er sich ungeduldig auf die Seite drehte und, den Kopf auf seinen Arm gestützt, fast ärgerlich sagte: »Du mußt zweifellos noch lernen, daß auch die Selbstbeherrschung ihre Grenzen hat. Und meine Grenze ist mit Sicherheit erreicht! Verstehst du mich?«

»Aber – ich wollte nicht, daß du dich wieder über mich ärgerst, sondern dir nur zeigen, wie wunderbar glücklich ich mich auf einmal fühle. Sei doch bitte nicht böse! Wenn du mir sagst, was ich falsch gemacht habe, dann werde ich es sicher nicht wieder tun.«

»Jetzt sei endlich still und hör mir einmal zu!« Der entschiedene Ton in seiner Stimme ließ sie verstummen, so daß sie ihn mit großen Augen ansah, während Nicholas tief Luft holte, um sich wieder zu beruhigen, und dann sagte: »Tut mir leid. Verdammt, es ist wirklich nicht deine Schuld, daß ich mich so beschissen fühle! Es hat nichts damit zu tun, wie du warst, obwohl du irgendwie der Anlaß zu allem gewesen bist. Nein, sei jetzt still und hör mich an. Die Nächte sind manchmal einfach zu kurz, und ich muß auf mein Schiff zurück, bevor die Ebbe einsetzt. Und obwohl es mir nicht liegt, lange Reden zu halten, habe ich aus einem unerklärlichen Grund das Gefühl, es sei meine Pflicht, dich zu warnen...« Er fluchte leise. »Mein Gott! Ich rede schon genauso wie dein Onkel oder deine Mrs. Langford, glaube ich! Aber nachdem ich sowieso schon zuviel gesagt habe, muß ich auch alles sagen.«

Ihr ganzes neugefundenes Glück erschien ihr auf einmal so flüchtig wie die Nebel, die nur für Augenblicke in den Bergen hingen, bevor die unbarmherzige Sonne sie auflöste. Nur ein kleiner Schmerz war in ihr zurückgeblieben, den sie aber niemals zeigen würde. Fast tonlos sagte sie: »Ja, sprich bitte weiter. Auch wenn es vielleicht weh tut.«

»Ich wollte nur sagen, daß jeder Mann anders ist. Und daß nur wenige Männer zögern würden, sich zu nehmen, was ihnen offenbar angeboten wird. Verdammt, du wirst hoffentlich bald genug lernen, daß zwischen unschuldig und naiv ein Unterschied besteht und daß Gentlemen bei einer jungen Frau, die ohne weiteres bereit ist, sich mit ihnen an einem verschwiegenen Ort heimlich zu treffen, keine Jungfräulichkeit erwarten und sie auch nicht achten.« Nicholas wünschte sich im stillen weit weg von diesem Platz, statt ihr jetzt eine moralische Vorlesung zu halten. Mit zusammengebissenen Zähnen fuhr er fort: »Wenn du dir einen Ehemann und Respekt wünschst, dann möchte ich dir doch raten, dich an die Regeln zu halten, die unsere Gesellschaft sich gegeben hat. Denn so unfair es auch scheinen mag und sicher auch ist, werden diese Regeln gerade von Männern nur allzuleicht gebrochen oder umgangen oder ignoriert. Noch eindeutiger gesagt, ein Akt gegenseitiger Leidenschaft läßt einen Mann in der Achtung seiner Freunde nur steigen, wenn er damit angibt, aber die Frau hat ihren guten Ruf verloren. Verstehst du, was ich dir erklären möchte?«

»Ich glaube, du hast dich verständlich gemacht – mehr als eindeutig, ich danke dir.« Alexa fuhr sich über die Lippen, die sich steif und kalt anfühlten, bevor sie etwas sagen wollte.

Nicholas hatte sich mit einem Ruck aufgerichtet. Er saß jetzt mit dem Rücken zu ihr und versuchte, scheinbar ohne sich um sie zu kümmern, seinen zweiten Stiefel vom Fuß zu ziehen.

»Aber du hast mir doch vorher gesagt, daß es wichtiger sei, ganz natürlich zu sein, als sich an die Regeln anderer Leute zu halten.«

Fast unwillig sah er mit ausdruckslosen Augen auf sie herab: »Noch eine Lektion für dich, fürchte ich. Einer leichtgläubigen Frau werden Männer fast alles sagen und versprechen, um zu bekommen, was sie von ihr haben wollen, ohne auch nur ein Wort ernst zu nehmen. Sieh zu, meine süße Alexa, daß du in Zukunft keinen an dich heranläßt und deine Jungfräulichkeit bis zu deiner Hochzeit aufhebst. Männer wollen nun einmal jungfräuliche Bräute, so lächerlich das auch sein mag!«

Während er in einem schleppenden Ton sprach, hatte er seine nassen Hosen bis unter die Knie hochgekrempelt und sah jetzt wie ein spanischer Seeräuber aus, als er sich wortlos umwandte, um zu gehen.

Endlich fand Alexa ihre Stimme wieder, als sie sich mühsam aufrichtete: »Warte doch! Verdammter Kerl!« Er blieb wirklich stehen – seine Schultern strafften sich, bevor er den Kopf zu ihr wandte. Ohne viel zu überlegen, sagte sie: »Warum... nur um meine Reinheit zu bewahren? Ich dachte... ich dachte, daß ohnehin nichts Unberührtes mehr an mir sei. Warum hast du mich dann...«

Grimmig wartete er, bis sie zögernd aufhörte zu sprechen, um dann mit ätzender Stimme zu erwidern: »Meine liebste Wassernymphe, wenn ich nicht entdeckt hätte, daß du noch eine unberührte Jungfrau bist, dann wäre ich sicher viel weiter gegangen, glaube mir das! Aber ich habe mir seit langem vorgenommen, so etwas nicht mehr zu tun. Nein, du kannst sicher sein, daß du immer noch ganz unberührt und rein bist. Jetzt aber ist es Zeit für mich, wieder auf mein Schiff zu gehen.«

Während er noch mit ihr sprach, fühlte Alexa ihre Beine so schwach werden, daß sie auf die Knie fiel; und nachdem er sie jetzt mit der Andeutung einer höflichen Verbeugung verlassen hatte, war alles plötzlich sehr still um sie geworden.

Der Mond hing dicht über dem Horizont, die Flut begann zu steigen. Wie spät war es wohl? Oder noch schlimmer, wie früh schon? Sie wußte nur eines: Um ungesehen wieder in ihr Zimmer zurückzukommen, mußte sie sofort aufbrechen und den ganzen Weg zurück laufen.

Entschlossen, mit zusammengebissenen Zähnen, stand sie auf und schüttelte den Sand aus ihrem feuchten Kleid, soweit das möglich war. Wie eine Vogelscheuche kam sie sich vor. Immerhin hatte er ihr das Kleid heruntergerissen, und nicht nur das! Aber daran durfte sie jetzt nicht denken. Sie mußte sich nun ganz darauf konzentrieren, den Rückweg zu finden und sich eine Entschuldigung auszudenken, falls man sie bemerken würde. Vielleicht konnte sie sagen, daß sie durch den Streit mit Mrs. Langford so in Verzweiflung geraten sei, daß sie ins Wasser hatte gehen wollen. Aber was wäre das für ein Triumph für Mrs. Langford! Keine gute Ausrede also, aber etwas Besseres fiel ihr im Augenblick nicht ein.

Während sie sich mit diesen Gedanken befaßte, hatten ihre Füße fast instinktiv den Abkürzungsweg wiedergefunden, und sie lief nun so geräuschlos und leichtfüßig wie möglich, um keine Tiere aufzuschrecken. Nach einer Weile ging sie langsamer, um wieder Atem zu holen, und war beruhigt, daß weder sorgenvoll nach ihr gerufen noch mit Fakkeln gesucht wurde. Noch wenige Meter, dann würde sie die Umrisse des Hauses erkennen, und dann wäre alles vorbei.

Sie ging jetzt langsamer, aber trotz der optimistischen Gedanken waren ihre Nerven doch bis aufs Äußerste gespannt. Als der Weg eine scharfe Biegung machte, prallte sie fast auf eine dunkle Gestalt, die wie aus dem Nichts gekommen auf einmal dastand, und konnte ein leises, überraschtes »Oh!« nicht unterdrücken, als sie Sir Johns drängendes Flüstern erkannte und fühlte, wie seine Hand warnend ihren Arm ergriff.

»Alexa, still! Tut mir leid, dich so erschreckt zu haben, aber ich konnte nicht anders. Ich mußte dich aufhalten, bevor du zum Haus kommst, meine Liebe.«

»Ach!« Diesmal klang es fast schuldbewußt.

»Es ist nur wegen dieser verdammten Langford, die sich in alles einmischt, und ihrer Tochter. Ich kann diese Schnüffelei ohnehin nicht ausstehen! Es geht darum, daß Charlotte ihrer Mama gesagt hat, sie könne nicht einschlafen, bevor sie sich nicht bei dir entschuldigt hätte. Sie ging also in dein Zimmer, sagte sie, um nachzusehen, ob du schon schläfst, und... also, meine Liebe, den Rest kannst du dir ja denken.«

Sir Johns genauem Bericht entnahm Alexa, daß Mrs. Langford beschlossen hatte, in Alexas Zimmer auf sie zu warten, »um das Flittchen abzufangen, wenn es sich wieder zurückschleicht«, so hatte es Velu jedenfalls erzählt, der solche Dinge wörtlich wiedergeben konnte, auch wenn er nicht immer ihren Sinn verstand. Es war auch Velu gewesen, der Sir John im Garten angetroffen und ihm alles genau erzählt hatte.

»Ach, Onkel John! Es tut mir so sehr leid, vor allem, daß ich dir Sorgen bereitet habe.«

Sir John räusperte sich, bevor er sich noch einmal überlegte, ob er es sagen solle, und ließ dann die Katze aus dem Sack: »Genaugenommen habe ich mich nicht darüber gewundert, von Velu zu hören, daß du nach dem Streit mit den Langfords weggelaufen bist. Ganz klar, daß du frische Luft schnappen wolltest. Ich dachte aber, du wolltest es vielleicht auch mit jemandem besprechen, und da ich dich am Strand vermutete, bin ich dir dorthin gefolgt. Nur für den Fall, daß... Ich meinte natürlich nicht, mich einmischen zu dürfen, mich aufzudrängen...«

Alexa konnte es nicht vermeiden, vor Schreck tief Luft zu holen, bevor sie flüsterte: »Dann – dann hast du also alles... Du hast alles gesehen? Alles?«

»Wollte nicht den Voyeur spielen, meine Liebe. So ungeschickt es klingen mag, ich wollte wirklich nur sichergehen... ja, sichergehen, daß du nicht gezwungen wirst, verdammt noch mal!«

Alexa fühlte, wie ihr Gesicht abwechselnd heiß und kalt wurde. Er hat sie gesehen! Ihre Bereitwilligkeit – alles. Er hatte gesehen, wie sie auf dem Sand gelegen hatte, mit hochgezogenen Röcken und bloßen Brüsten; verloren in dieser schamlosen, selbstvergessenen Ekstase, die sie an nichts mehr denken ließ, auch nicht an die Folgen! Alles hätte sie ihm gewährt – alles, was er mit ihr hätte tun wollen. Sie hätte sich von ihm mitnehmen lassen, wohin er sie genommen hätte.

»Wie sehr mußt du mich verachten. Ich weiß ja, daß ich kein Kind mehr bin und einfach sagen kann: Ich hab an nichts gedacht. Ich bin eben zu rasch, zu ungestüm, ich glaube, ich hätte mich wirklich ertränken sollen! Das hatte ich auch Mrs. Langford sagen wollen, wenn sie mich gefunden hätte. Ach, ich glaube, ich hätte alles aushalten können, nur nicht, daß du schlecht von mir denkst und von mir enttäuscht bist.«

»Also jetzt hör bloß auf, so zu reden, hörst du?« So scharf hatte Sir John noch nie mit ihr gesprochen. »Verdammt noch mal, du mußt doch nicht vor lauter Gewissensbisse auf die Knie gehen! Und nachdem ich dich die ganze Zeit gelehrt habe, selbst zu denken, sollte ich jetzt auf einmal kehrtmachen und dich deswegen verachten? Was? Oder dir die Schuld geben, daß du jung bist, und ein Mensch, und ungestüm? Du bist doch, weiß Gott, ganz anders aufgewachsen als diese da« – er machte eine Kopfbewegung zum Haus hinüber – »und zwar Gott sei Dank. Aber weil du Verstand hast, meine Liebe, benutze ihn zu etwas Besserem, als zu sogenannten Entschuldigungen, denn fast ertrunken zu sein, das bringt dir nichts, das weißt du ganz genau!« Widerwillig schüttelte er den Kopf. »Kein Mensch glaubt dir, daß du in den letzten drei oder vier Stunden versucht hast, dich zu ertränken, nicht einmal Mrs. Langford.«

Alexa wurde rot und war froh, daß es Sir John nicht sehen konnte. »Das habe ich auch gar nicht erwartet, nur dachte ich, weil ich derart durchnäßt bin, war das die einzige Erklärung.«

Plötzlich wurde Sir John ungewöhnlich ernsthaft, fast feierlich, als er ihre beiden kalten Hände erfaßte und sagte:

»Meine liebe Alexa, wir kennen uns jetzt schon so lange, nicht wahr? Als ich dich das erste Mal sah, warst du, glaube ich, sieben oder acht, das weiß ich nicht mehr so genau.«

»Es kommt mir vor, als würden wir uns schon immer kennen!« sagte Alexa leidenschaftlich, indem sie seine beiden Hände drückte. »Und du bist mein bester Freund auf der ganzen Welt – der einzige Mensch, mit dem ich wirklich über alles sprechen kann.«

»Glaubst du, du könntest mir vertrauen, Alexa? Ganz und gar?«

»Aber das weißt du doch! Ich verstehe nur nicht, warum...«

»Ich weiß, daß du es nicht verstehst, meine Liebe. Jedenfalls jetzt noch nicht. Aber ich verspreche dir, daß wir miteinander reden werden, wenn wir diese Mrs. Langford hinter uns haben. Im Augenblick bitte ich dich – und hoffe –, daß du mir genug vertraust, um absolut sicher zu sein, daß ich nur tue, was zum besten für dich ist. Am wichtigsten ist, daß du geschützt bist, wenn diese Nacht irgendwelche Folgen haben sollte. Weder wird dein guter Name noch der deiner Eltern beschmutzt werden. Jedenfalls wirst du für nichts zur Rechenschaft gezogen, das mußt du wissen! Ich habe dich ohnehin zu meiner Erbin eingesetzt. Das wollte ich dir noch sagen, bevor wir nach Hause zurückkehren. Und was hältst du jetzt davon, den Stier bei den Hörnern zu packen, um das Ganze rasch hinter dir zu haben?«

»Aber – aber Onkel John, ich verstehe noch nicht ganz. Was soll ich denn nur Mrs. Langford sagen?«

»Du brauchst gar nichts zu sagen. Es reicht, wenn du ein bißchen rot wirst. Und wenn das nicht geht, dann schaust du einfach auf den Boden und zupfst an deinen Kleidern. Dieser Trick klappt ganz gut. Aber das Reden überlaß ruhig mir und zeige nicht, daß du schockiert oder überrascht über das bist, was ich Mrs. Langford sagen will, ja? Allen Klatschmäulern muß der Mund gestopft werden. Nicht einmal sie wird es wagen, ein häßliches Wort zu sagen. Die einzige Lösung, meine Liebe, also komm mit!«

TEIL 2

13. Kapitel

Alexas Röcke aus schwarzem Taft, die unter ihrer festgeschnürten Taille von sechs gestärkten Unterröcken getragen wurden, raschelten bei jedem Schritt, selbst wenn sie stand oder saß. Jetzt schaute sie auf die Erscheinung in ihrem Spiegel, und es war, als beobachte sie eine Fremde, die nur wenig Ähnlichkeit mit der Alexa hatte, die früher einmal lächelnd und mit lustigen Augen zurückgeblickt hatte. Sie sah sich einer düster gekleideten Frau gegenüber, mit einem verzerrt wirkenden, blassen Gesicht und schiefergrauen Augen, die sehr groß und ausdruckslos wirkten. Die fest zusammengepreßten blutlosen Lippen schienen nie ein Lachen gelernt zu haben. Nur die kecken dunklen Striche ihrer Augenbrauen gehörten jener anderen Alexa, die ihr Haar übrigens nie so streng getragen hätte – ganz aus dem Gesicht zurückgekämmt und in der Mitte gescheitelt, mit fest geflochtenen Zöpfen, die zu einem schweren Knoten im Nacken verschlungen waren.

Also, ich bin das jedenfalls nicht, dachte sie unwillkürlich, bevor auch dieser Gedanke unter eine feste Kontrolle geriet. Dieses Ich, das noch vor einer Woche gelebt hatte, existierte nicht mehr; es war von einem zynischen, wild blickenden Fremdling unwiderruflich verändert worden, der für kurze Zeit in ihr Leben getreten war.

Plötzlich mußte Alexa die Augen schließen und sich an ihrem Frisiertisch festhalten. Wie konnte nur innerhalb von wenigen Stunden eine solche Veränderung mit ihr vorgehen? Sie war von innen heraus wie gefühllos geworden, bewegte sich und aß, ohne etwas zu schmecken, und schlief, wenn man es ihr sagte. Sogar ihre Beziehungen zu den Personen, die ihr besonders nahestanden, schienen sich verändert zu haben, so daß sie manchmal den Eindruck hatte zu träumen und nicht aufwachen zu können. Alexa erinnerte sich daran, was für ein Gesicht Mrs. Langford gemacht hatte, als Sir John sie in jener Nacht nach Hause brachte.

»So, haben Sie sie endlich gefunden. Sie wissen ja gar nicht, was für Sorgen Charlotte und ich uns gemacht haben, wie langsam die Stunden vorübergingen. Wir konnten ja nicht eine Minute schlafen! – Oh!« Mrs. Langford keuchte, als sie Alexa in ihrem Zustand sah, wobei sie mit der Hand zum Hals fuhr, als ersticke sie. »Du lieber Himmel! Ich traue ja meinen Augen nicht – nein!«

Seitdem hatte sich Alexa sehr fremd gefühlt, als kämen alle Stimmen von weit her und hätten nichts mit ihr zu tun. Aber auf keinen Fall wäre sie vor Mrs. Langford ohnmächtig zu Boden gesunken.

Tief atmend, genau wie damals, so erinnerte sie sich, sank die junge schwarz gekleidete Frau auf den Hocker vor dem Frisiertisch und versuchte mit geschlossenen Augen, sich an das zu erinnern, was damals gesagt worden war. »Kompromittiert« – an dieses Wort erinnerte sie sich sehr gut und an das, was es zu bedeuten schien. Onkel – ach nein, jetzt muß sie sich wirklich bemühen, ihn Sir John zu nennen – hatte erklärt, daß er und Alexa zusammen am Strand spazierengegangen seien und von der Zukunft geredet hätten. Erzählte er wenigstens einen Teil der Wahrheit? Aber sie erinnerte sich nur, daß Mrs. Langford giftig und ärgerlich ausgesehen und sie dann auf beide Backen geküßt hatte, um ihr alles Gute zu wünschen.

»Ich glaube, Alexandra hat jetzt genug hinter sich und ist müde, sie sollte sofort ins Bett gehen. Danach können wir unser kleines Gespräch ja miteinander fortsetzen, nicht wahr, Mrs. Langford? Ich weiß ja, daß ich mich auf Sie verlassen kann, und ich würde mich freuen, wenn Oberst Langford den Brautführer bei der Hochzeit machen würde – wenn Alexandra ihre Meinung nicht bis dahin ändert. Sie wissen ja, ein Vorrecht der Frauen!«

Auf das, was dann noch folgte, hatte sie nicht mehr gehört. Nach einem warmen Bad und viel heißem Tee war sie erleichtert gewesen, keine Verantwortung übernehmen zu müssen. Im Moment konnte sie der Anstrengung entfliehen, Dinge zu erklären, darüber nachzudenken, sich an etwas zu erinnern, das sie viel lieber vergessen würde. Noch ganz die alte Alexa, deren Launen sich voneinander unterschieden wie Sonne und Schatten und die ohne weiteres alles aus ihrem Bewußtsein verbannen konnte, was ihr nicht angenehm war, um es durch etwas anderes und Neues zu ersetzen. Warum konnte denn nicht alles so unverändert bleiben in diesem verzauberten Garten, in dem sie bisher gelebt und sich so wohl gefühlt hatte? Warum mußte so ein Märchenprinz kommen, um die schützenden Hecken einzureißen, warum nur durfte sie nicht länger so verzaubert hinter ihnen leben? Denn als die Mauern einstürzten, war sie unvorbereitet und hilflos gewesen, und viel zu leicht verletzbar.

Alexa drückte sich die Fäuste gegen die Schläfen, als wolle sie jedes Geräusch und jeden Gedanken hinauspressen. Aber wie soll man nur aufhören zu denken?

Sie erinnerte sich wieder, wie sie mit Sir John behaglich in dessen Bibliothek gesessen hatte, mit einem Glas Cognac in der Hand. Noch hatte sie seine Worte nicht ernstgenommen, sondern nur als einen Trick aufgefaßt, um sie und ihren guten Ruf vor Mrs. Langfords scharfer Zunge zu retten. Bis es Sir John gelungen war, ihr auf die schonendste Weise beizubringen, in welch gefährliche und mißliche Lage sie geraten könne, wenn er sich jetzt nicht vor sie stellte.

»Aber du hast mir doch so oft erzählt, wie gern du immer Junggeselle geblieben bist und niemals heiraten würdest! Wie kann ich denn jetzt akzeptieren, daß du es doch tust, nur weil ich so gedankenlos gewesen bin?«

»Aber, meine Liebe, ich würde doch nicht im Traum von dir erwarten, daß du deine Jugend und Schönheit und Lebensfähigkeit für so einen alten Knacker wie mich opferst. Nur geht es jetzt zunächst um etwas anderes. Ich will dir zwar nicht einreden, daß man so leicht schwanger wird, wie manche das behaupten. Aber wenn es doch geschehen sein sollte, dann sollten wir uns auf möglichst romantische Weise davonmachen, verstehst du jetzt?«

Stotternd und stammelnd versuchte Alexa, ihm seinen Vorschlag und sein Opfer auszureden. Wie sollte sie ihm nur erklären, daß sie noch Jungfrau war? Aber war sie es wirklich noch? »Männer versuchen alles, um...«, hatte er ihr einmal gesagt.

Fast schroff brachte er sie jetzt zum Schweigen.

»Meine liebe Alexa, ich will, daß du weißt – also, um es geradeheraus zu sagen, wenn wir verheiratet sind, dann geht es mir nicht um diese sogenannten ehelichen Rechte. Und du brauchst dir auch keine Gedanken darüber zu machen, immer mit mir leben zu müssen. Hör zu! Die verdammten Ärzte sagten mir, daß ich nur noch ein Jahr zu leben habe – achtzehn Monate, wenn ich Glück habe und gut auf mich aufpasse. Immerhin wärst du dann eine sehr reiche junge Witwe. Dann kannst du dir das Beste aussuchen, leben wie du willst und tun, was du magst.«

Aussuchen, hatte er gesagt. Über die Bedeutung dieses Wortes hatte sie absolut nicht nachdenken wollen, es war ihr nur darum gegangen, ihm nicht zu zeigen, wie tief sie das alles aufwühlte. Aber jetzt, jetzt konnte sie es erkennen: das sichere, solide Fundament ihres Lebens hatte begonnen einzustürzen, und nichts würde mehr so sein wie früher. Niemals! Ihr blieb nur noch die Möglichkeit, sich etwas auszusuchen, aber was, bei so viel Möglichkeiten?

»Alexa!« Tante Harriets Stimme klang ungeduldig, und ihre schwarzen Lederstiefel knarrten auf dem gewachsten Holzboden des Flurs. »Ich hoffe, daß du in ein paar Minuten unten bist. Es sind schon alle hier.«

Glücklicherweise war Harriet sofort weitergegangen, anstatt die Tür zu öffnen und zu sehen, wie Alexa in den Spiegel starrte.

Mit Mühe nahm Alexa ihre Fäuste von den schmerzenden Schläfen und wischte sich die feuchten Handflächen an ihrem schwarzen Kleid ab, das bis zum Hals zugeknöpft war. Immer war ihr gesagt worden, daß Schwarz keine Farbe für junge Frauen sei. Und sie hatte Schwarz auch verabscheut, weil es sie an die Aasgeier erinnerte, die auf den Bäumen vor ihrem Zimmer hockten und mit schwarzen Augen zu ihr herübersahen. Aber heute schien diese Farbe zu ihrer Stimmung zu passen, und es war ja auch die Farbe der Trauer.

Der sonst so sonnige und helle Raum im unteren Stockwerk, in dem sich ihre Mutter am liebsten aufhielt, wirkte jetzt ganz anders mit seinen fest verschlossenen Läden und dem schwarzen Krepp über den weiß-goldenen Möbeln aus England.

»Nur die Familie und die engsten Freunde. So will es dein Vater.« Tante Harriet hatte, kompetent wie immer, die Dinge in die Hand genommen und für alles gesorgt, als ihre kleine private Welt um alle herum zusammengebrochen war. Alexas Vater saß mit gebeugten Schultern und stumpfem Blick neben ihr, sie hatte ihn seit gestern nicht gesehen, und jetzt nahm er überhaupt keine Notiz von ihr. Wie ein trauriger Fremder hatte er den Platz ihres scherzenden, vertraulichen Papas eingenommen, an den sie sich erinnerte.

Es war eine Totenmesse, kein Begräbnis. In diesem heißen Klima konnte man nicht so lange warten, bis alle Freunde und Verwandten angereist waren, um von den Toten im offenen Sarg Abschied zu nehmen. Man hatte ihre Mutter schon begraben, bevor Alexa mit der Postkutsche eingetroffen und wie betäubt zu Hause angekommen war. Auf dem Friedhof dann war sie zu den zwei Gräbern geführt worden, auf denen noch die frische Erde lag, mit den sterblichen Überresten von Victorine und Frederick Howard.

Masern, hatte Harriet gesagt. »Ausgerechnet Masern! Erst eine fiebrige Erkältung, und dann – deine Mama hat nie gesagt, daß sie noch nie Masern hatte, und hatte natürlich darauf bestanden, Tag und Nacht aufzubleiben, um den armen Freddy zu pflegen. Mein Bruder Martin und ich hatten es als Kinder, und wir sind nie darauf gekommen, daß sie keine Masern bekam. Wahrscheinlich war sie einfach nicht mehr widerstandsfähig genug nach den vielen schlaflosen Nächten und dem wenigen Essen, und als ich schließlich die Dinge in die Hand nahm, bekam sie Hirnhautentzündung. Wie hätten wir uns das nur vorstellen können? Ich habe dich nicht kommen lassen, weil du noch keine Masern gehabt hast und es nichts genützt hätte, wenn wir noch einen weiteren Patienten gehabt hätten.« Ja, das war sie wieder, die starke, immer praktische Harriet.

Alexas Nacken und ihre Schultern schmerzten, ebenso ihre verkrampften Finger. Solche Schmerzen halfen ihr manchmal, aber jetzt spürte sie, daß ihr Herz zu Eis geworden war. Vielleicht ging es ihrem Vater genauso, während er mit leeren Augen auf sein Gebetbuch starrte und sich seine Lippen automatisch bewegten, wenn es Zeit dafür war. Sie hatte bemerkt, wie sehr seine Finger zitterten und seine Augen rot waren, und einen Augenblick lang hätte sie ihm am liebsten die Arme um den Hals geworfen und ihr Gesicht an seine Schulter gedrückt, die immer so stark und zuverlässig gewesen war, während sich das Eis in ihrem Innern langsam in Tränen auflöste. Aber da er sie nicht einmal zu sehen oder zu bemerken schien, hatte sie sich nicht gerührt, sondern verstand plötzlich auf eine neue, schmerzhaft erwachsene Weise, daß er selbst Schutz vor seiner Isolierung suchte, die er sich gegenüber der unerträglichen Realität auferlegt hatte.

»Er wird dich jetzt mehr als je zuvor brauchen, Alexa«, hatte Harriet ihr gesagt. »Vor allem, wenn er wieder klarer denken kann. Bis dahin werden wir uns selber helfen müssen. Ich bin froh, daß ich mich auf dich verlassen kann!«

Nun erwartete Tante Harriet von ihr also Ausgeglichenheit und Stärke. Aber war es wirklich Stärke, wenn sie jetzt nicht zusammenbrach? Vielleicht bestand echte Stärke darin, sich von allem Unangenehmen fernzuhalten; oder etwa darin, mit Erfolg eine Haltung vorzugeben?

»Meine Liebe, ich reise ab, sobald die Kutsche vorgefahren ist. Vielleicht solltest du hinaufgehen, um dich etwas hinzulegen?«

Alexa merkte nicht, wie sie leicht auf den Füßen schwankte, bevor sie Sir Johns besorgte Stimme hörte und spürte, wie seine feste Hand sie am Ellbogen hielt. Er war mit ihr von Colombo hergefahren und hatte alle notwendigen Maßnahmen getroffen, nachdem Harriet ihnen alles berichtet hatte. Während der ganzen Zeit hatte er nicht versucht, sie zum Reden zu bringen, war aber ein stets aufmerksamer Zuhörer gewesen und hatte sich dabei auf kurze Kommentare und Antworten beschränkt. Ihr lieber, wunderbarer, verständnisvoller Onkel John, ihr bester Freund.

»Ich muß mich wirklich nicht hinlegen, noch nicht. Und wenn du jetzt schon fahren mußt, dann werde ich dich natürlich zur Kutsche begleiten.« Alexa versuchte ihre Stimme klar und fröhlich klingen zu lassen, obwohl sein scharfer Blick ihr sagte, daß er ihr diese Stimmung durchaus nicht abnahm. Ging er denn schon davon aus, daß sie verlobt waren? Die Vorstellung erschien ihr so unwirklich und unglaubhaft zu sein wie alles andere, was vor kurzem geschehen war. Und jetzt konnte natürlich überhaupt keine Rede davon sein, vor allem keine offizielle Bekanntgabe. Er hatte diese Idee ja nur gehabt, um sie vor den Folgen ihrer eigenen Dummheit, ihrer unverzeihlichen Schwäche zu schützen. Sogar Tante Harriet hatte zugegeben, daß sie hier gebraucht wurde, und ihr Papa brauchte sie am allermeisten.

Als Alexa ihren Onkel verabschiedete, umarmte sie ihn ganz natürlich, wie immer, und sagte wie gewöhnlich, mit einem Kuß auf dessen Wange: »Du kommst doch bald wieder, nicht? Versprichst du mir das?«

»Natürlich verspreche ich das. Aber, Alexa, ich möchte, daß du mir auch etwas versprichst.«

Sie sah ihn leicht erstaunt an, und ihre dunklen Augenbrauen zogen sich zusammen, da er ihr plötzlich so ernsthaft erschien, und er sagte rasch, um möglichst unbeschwert zu klingen: »Du brauchst deswegen nicht die Stirn zu runzeln, meine Liebe. Nur versprich mir – als deinem besten Freund auf der Welt, wenn du mich noch dafür hältst –, daß du mir sofort eine Nachricht schickst, wenn du einen Freund brauchst. Oder sonst etwas. Verstehst du? Das wird doch nicht schwer zu halten sein, oder?«

Während sie in das kühle Haus mit seinen holzgetäfelten Wänden und leicht nach Wachs duftenden Böden zurückkehrte, mußte Alexa einen Augenblick innehalten, um ihre Augen an den plötzlichen Kontrast zu dem gleißenden Sonnenlicht zu gewöhnen, der draußen geherrscht hatte. Jetzt waren sie alle weg, wie still das Haus doch plötzlich war!

»Alexa? Ach, da bist du ja. Hast du alle verabschiedet? Es ist so viel zu tun, und ich brauche dringend deine Hilfe.« Tante Harriets Stimme brachte wieder alle Dinge ins Lot und riß auch Alexa aus ihren Träumen, um sie in die Wirklichkeit zurückzuholen.

»Wo ist denn Papa? Ich kann mir gar nicht vorstellen, daß ich seit meiner Rückkehr noch nicht mit ihm gesprochen habe. Und ihn bis heute morgen auch nicht gesehen habe.«

Ihre impulsiven Worte lösten bei Harriet einen ungeduldigen Seufzer aus. »Ich weiß das, meine Liebe. Aber dies ist eines der Dinge, über die ich mit dir sprechen muß. Nur gibt es jetzt im Haus genug zu tun, Anweisungen müssen gegeben werden, Rechnungen müssen geprüft werden. Ich komme einfach nicht mehr durch.«

Starrköpfig antwortete Alexa: »Aber was ist mit Papa? Jetzt muß er doch sicher alles tun, um auf andere Gedanken zu kommen. Ach, ich verstehe nur zu gut, wie verloren er sich vorkommen muß, weil ich mich genauso fühle. Vielleicht können wir miteinander über das alles reden, er und ich. Tante Harriet, meinst du nicht auch, es würde ihm helfen, wenn er reden würde? Wenn er merken würde, daß wir noch einander haben?«

»Alexa, bitte. Ich weiß genau, was du meinst, aber wir sind alle dermaßen angespannt, daß keiner von uns mehr er selbst ist. Versuch doch zu verstehen, daß jeder auf seine Weise diese Trauer bewältigen muß.«

14. Kapitel

Es gab mehr als genug zu tun, entdeckte Alexa schon bald, um sie den ganzen Tag über so sehr in Anspruch zu nehmen, daß ihr für trübe Gedanken weder Zeit noch Gelegenheit blieb. Begonnen hatte es schon an jenem ersten Nachmittag, als Harriet die Tür zu Papas kleinem Büro geöffnet und zunächst nur sprachlos gestikuliert hatte, bis Alexa schockartig selbst erkannte, wie es darin aussah.

Der sonst immer so sauber aufgeräumte Schreibtisch war mit Papieren übersät, Rechnungsbücher lagen offen da, Briefe türmten sich, und die hölzernen Aktenschränke standen weit offen, während einige der Ordner wild auf dem Boden herumlagen.

»Jetzt verstehst du vielleicht besser, wie schwierig die Zeiten hier gewesen sind«, weckte Harriets Stimme Alexa aus ihrer sprachlosen Bestürzung. »Ich jedenfalls kenne mich mit Zahlen überhaupt nicht aus, das weißt du; und seit deine Mama krank war, war Martin einfach nicht mehr er selbst. Nachdem jetzt die Erntezeit kommt, weiß ich einfach nicht, wie wir die letzten vierzehn Tage überstanden hätten, wenn Letty Dearborn nicht so nett gewesen wäre, uns ihren eigenen Vorarbeiter herzuschicken, um auszuhelfen! Natürlich muß sie sich auch um ihre eigene Kaffeeplantage kümmern, und deshalb braucht sie ihn auch wieder. Ich denke, wenn wir beide die Dinge untereinander aufteilen, die zu tun sind, dann schaffen wir wenigstens das Nötigste, bis Martin wieder soweit ist. Du mußt dir klarmachen, daß dein Vater deine Mama geradezu abgöttisch geliebt hat. Und deshalb dauert es wohl auch so lange bei ihm. Martin war ja immer so sensibel! Als unsere Eltern starben, fürchtete ich schon, er würde sich nie davon erholen. Aber das Leben geht eben doch weiter und wir können nicht die Seiten wieder zurückblättern oder ändern, was auf ihnen geschrieben steht. Vielleicht wirst du dich eines Tages noch daran erinnern, Alexa. Vor allem, weil dein eigenes Leben gerade anfängt und du bald lernen wirst, daß Fehler nur den einen Sinn haben, daß man aus ihnen lernt und sie nicht wiederholt, wenn du intelligent genug bist, um dir das klarzumachen. Alexa, sieh mich an!«

Während des Aufräumens war Alexa in eigene Gedanken versunken gewesen und sah jetzt fast unwillig in das Gesicht ihrer Tante, die gerade hereingekommen war.

»Ich wollte dich eigentlich nur daran erinnern, daß wir heute abend wahrscheinlich Gäste haben werden – Letty Dearborn und ihr neuester Vorarbeiter, der junge Mann, der bei uns ausgeholfen hat. Er ist wohl Portugiese, wenn ich sie richtig verstanden habe. Jedenfalls habe ich den Dienern schon gesagt, sie sollten zwei Gästezimmer vorbereiten.«

Tante Harriets bewußt unverbindliche Ausdrucksweise erinnerte Alexa sofort an die vielen Gerüchte, die sie über Mrs. Dearborn und die lange Reihe junger, gutaussehender Vorarbeiter gehört hatte, die auf ihrer Plantage waren, seit ihr Mann von einem wilden Elefanten getötet worden war. Und Mrs. Dearborn hatte allen Pessimisten und Klatschmäulern zum Trotz die große Kaffeeplantage mit Gewinn weitergeführt und war gegenüber allem völlig indifferent geblieben, was man sich über sie erzählte. Sie war eine hochgewachsene Frau, die ihr Haar kurz geschnitten trug und manchmal sogar eine Zigarre rauchte. Obwohl man sie für exzentrisch und ziemlich emanzipiert hielt, galt sie als eine gutmütige Frau, die alles für ihre Nachbarn tun würde, sofern sie diese mochte. Und obwohl die jungen Vorarbeiter kamen und gingen, erinnerte sich Alexa daran, Mrs. Dearborn mehrmals getroffen und auch gemocht zu haben, seit sie am Essen der Erwachsenen teilnehmen durfte.

Tante Harriet schien auf eine Antwort von ihr zu warten, bemerkte Alexa. Mit aufgesetzter Fröhlichkeit sagte sie: »Das wird eine nette Abwechslung sein, wieder Gäste zu haben, meinst du nicht? Ich fand Mrs. Dearborn immer sehr nett. Ist ihr Vorarbeiter auch so ein netter Mensch?«

»Fast zu nett, möchte ich sagen. Jedenfalls weiß er, was er will. Letty Dearborn sagte mir, er sei in Südamerika aufgewachsen, wo man den Kaffee ja sehr erfolgreich anbaut.« Harriet wandte sich brüsk zum Gehen: »Ich lasse dir jedenfalls mal Tee und Gebäck hereinbringen. Und schau nicht mehr so lang in diese Bücher, wenn du nicht mit Zwanzig schon eine Brille tragen willst.«

Sobald sich die Tür hinter ihr geschlossen hatte, seufzte Alexa auf und wandte sich wieder ihren Ordnern und Papieren zu. Wie gut, daß Zahlen ihr keine Mühe machten und daß sie ihrem Vater schon oft dabei geholfen hatte. Wie gut auch, daß sie durch diese Arbeit von allen Gedanken abgehalten wurde. Es ging um Geld, Bankauszüge waren darunter, aus England bekam Papa jedes Vierteljahr eine recht hohe Summe überwiesen – offenbar wurde dieses Geld zur Seite gelegt für Freddys Ausbildung. »Natürlich wirst jetzt du das alles erben«, hatte Harriet ihr erst gestern gesagt. Die Plantage, das Haus mit allen Möbeln, das Geld. Jetzt war sie also eine Erbin und brauchte nicht mehr nach einem reichen Ehemann Ausschau zu halten, um von ihm unterhalten zu werden. Jetzt konnte sie zu Hause bleiben und ihren Vater unterstützen und alles würde fast wie gewöhnlich weitergehen. Mama war fortgegangen, und auch der arme kleine Freddy, der nicht lange genug gelebt hatte, um das Leben zu genießen, und nur wegen dieser doppelten Tragödie war sie jetzt...

Alexa waren Tränen in die Augen gestiegen, als jetzt die Tür aufging und ein Diener den Tee und kleine Kuchen brachte. Kurze Zeit darauf schaute Harriet herein und nickte befriedigt, als sie sah, daß Alexa sich von beidem genommen hatte.

»Gut! Und vergiß nicht, dir genügend Zeit zu lassen, um zu baden und dich zum Abendessen umzuziehen. Es gibt Ochsenschwanzsuppe als etwas Besonderes, dann Curryhuhn und Fleisch. Zum Nachtisch einen Auflauf, den mag Letty Dearborn am liebsten.«

»Ich bin froh, daß sie kommt. Du weißt ja, daß ich sie mag, und ich möchte sie nach vielem fragen. Morgen früh würde ich ganz gerne ausreiten und sie wenigstens auf der Heimfahrt begleiten. Sag bitte Muttu, er soll das Pferd herrichten.«

Alexa hatte bei diesen Worten nur kurz von ihren Büchern hochgeblickt. Ohne sich dessen bewußt zu werden, hatte sie leicht, aber auch autoritär gesprochen, und Harriet zog die Augenbrauen hoch, nachdem sie die Tür hinter sich geschlossen hatte. Aha! So rasch hatte sie nicht damit gerechnet, trotz all ihrer Vorhaltungen und Ermahnungen, aber bewußt oder nicht, hatte Alexa schon begonnen, eigene Entscheidungen zu fällen, Anweisungen zu geben und fraglos zu erwarten, daß sie befolgt würden. Macht, ja, das Mädchen hatte sich das wohl noch nicht richtig klargemacht – alle Möglichkeiten standen jetzt ihr zur Verfügung und waren nicht mehr ihrem kränklichen, überbehüteten kleinen Bruder vorbehalten. Dieser arme, sanfte, schwache und kleine Freddy, der in jeder Hinsicht Victorines Kind war, nach Aussehen und Veranlagung so ganz die Mutter. Die hübsche, dumme Victorine, deren einziges Talent darin bestanden hatte, mit ihren großen Augen und ihrer Hilflosigkeit Männer anzuziehen, die sie beschützen und verhätscheln wollten. Genauso wie sie es mit Freddy gemacht hatte, dem Sohn, nach dem sie sich immer gesehnt hatte. Schwachheit, die wieder neue Schwachheit hegte und ermutigte, etwas anderes war es nicht gewesen. Sie aber hatte Alexa zu ihrem eigenen Kind gemacht, mehr als sie je Victorines Kind gewesen war. Stark, eigenwillig, intelligent, mit einem Verstand, zu dessen Entwicklung sie, Harriet Howard, beigetragen hatte. Alexa war das Kind ihres Vaters und Harriets Kind, und daß es so geworden war, war keine Rache, denn Rache wäre einfach zu kleinlich gewesen. Gerechtigkeit, das war es!

Harriet schüttelte ihre verhaßten Röcke aus und nahm die Schultern zurück, bevor sie die Treppe hinaufging, um bei Martin hineinzusehen und sicherzugehen, daß er etwas von dem Gebäck gegessen hatte, das sie ihm hatte bringen lassen. Danach würde sie dann ein geeignetes Kleid für Alexa für heute abend aussuchen und dafür sorgen, daß es gebügelt und auf ihr Bett gelegt würde, wenn das Mädchen heraufkam.

Wirklich mußte Harriet ihre Nichte daran erinnern, wieviel Uhr es schon geworden war und daß die Gäste in Kürze eintreffen würden.

»Ist es schon so spät?« Alexa bewegte ihre schmerzenden Schultern nach beiden Seiten und sah auf ihre mit Tinte befleckten Finger. »Ich glaube, ich gehe jetzt hinauf, Tante Harriet.«

»Dein Bad ist vorbereitet, und ich habe schon ein passendes Kleid für dich bügeln lassen. Trödle also bitte nicht mehr herum.«

»Passend?« murmelte Alexa mit einer Grimasse, so daß Harriet schnaufte.

»Ja, wirklich! Oder hast du vergessen, daß auch Leute auf dem Lande sich im allgemeinen umziehen, wenn sie Gäste erwarten? Du hast dich in letzter Zeit nicht mehr sehr um deine Kleidung und dein Aussehen gekümmert; das solltest du nun wieder tun. Ich dachte, daß dein dunkelgrünes Samtkleid gerade richtig wäre, weil es im Lampenlicht fast schwarz aussieht. Es dürfte dir auch sehr gut passen, denn seit du nicht mehr regelmäßig ißt, siehst du ganz mager aus.«

Sah sie wirklich mager aus? Alexa sah verdrießlich und kritisch in den Spiegel, während ihre brummige Dienerin an den Bändern zerrte, um ihr Korsett zu verschnüren. Unsinn! Es stimmte zwar, daß sie etwas Gewicht verloren hatte, aber ihrem Gesicht konnte man es noch nicht ansehen. Jedenfalls paßte ihr das grüne Samtkleid jetzt ausgezeichnet, während es vorher eine Spur zu eng gewesen war.

Obwohl sie sich selbst verspottete, weil sie so viel auf ihr äußeres Ansehen gab, sah sie sich doch aus allen Winkeln prüfend an, bevor sie die Treppe hinabstieg. Sie hoffte, nicht allzu spät zu erscheinen, da sie von Tante Harriet gehört hatte, die arme Letty Dearborn sei in letzter Zeit recht empfindlich geworden, was ihre Wertschätzung betraf.

»Und hier ist endlich Alexandra. Sicher werden Sie sie verändert finden seit dem letzten Mal.«

Als Alexa fast aus Gewohnheit einen kleinen höflichen Knicks machte, spürte sie, wie Mrs. Dearborn ihre Hand fest ergriff und drückte, bevor sie sie wieder losließ. »Meine Liebe«, sagte sie mit einer rauhen, fast männlichen Stimme, »Sie sind ja eine bezaubernde Schönheit geworden! Finden Sie nicht auch, Paulo?«

Der junge Mann, der jetzt aufstand, lächelte Alexa fast schüchtern an, als er sich höflich verbeugte. In seiner tiefen, angenehmen Stimme war nur ein ganz leichter Akzent zu hören. »Ich fühle mich sehr geehrt, Ihre Bekanntschaft zu machen, Miß Howard.«

»Na also. Ich wußte doch, daß Sie beide sich mögen werden.« Letty Dearborn lachte laut, fast heiser, während sie mit glitzernden Augen Alexa bedeutungsvoll zublinzelte.

»Habe ich es Ihnen nicht gesagt, Paulo? Er ist nämlich ein wirklicher Schatz. Ich weiß nicht, was ich ohne ihn machen würde.«

Später, als Sherry gereicht wurde und man begonnen hatte, sich zu unterhalten, hatte Alexa Gelegenheit, Mrs. Dearborns neuesten Vorarbeiter unter dem Schutz ihrer Augenwimpern genauer anzusehen, wenn er nicht gerade zu ihr schaute. Es war ein recht sympathischer Mann, das hatte sie schon festgestellt; gut gebaut, mittelgroß und muskulös. Er hatte braune, leicht gewellte Haare und braune Augen, die aus bestimmten Winkeln einen grünen Schimmer zeigten. Tatsächlich hatten seine Augen und seine braune Hautfarbe sie unangenehm berührt, als sie ins Zimmer gekommen war. Aber der Senhor da Rocha, der von Portugiesen abstammte und in Brasilien geboren war, hatte nicht nur gute Manieren, sondern war eindeutig ein Gentleman. Sein Vater besaß eine große Kaffeeplantage in Südamerika, und Alexa entdeckte bald, daß er über den Anbau und die Ernte des Kaffees sehr gut Bescheid wußte.

Tante Harriet war absichtlich in den Hintergrund getreten, nachdem Alexa hereingekommen war, um ihr die Rolle der Gastgeberin zu überlassen. Und nachdem Alexa, etwas kühn wie ihr schien, zwei Gläser Sherry getrunken hatte, fiel ihr diese Aufgabe auch nicht mehr schwer. Als schließlich zu Tisch gebeten wurde, unterhielten sich alle schon so gut, als seien sie seit Jahren miteinander befreundet.

Tante Harriet hatte an alles gedacht und für alles gesorgt, von dem silbernen Besteck bis zur Anordnung der Kristallweingläser neben jedem silbergeränderten Teller. Und Alexa zweifelte nicht daran, daß auch das Küchenpersonal genaue Instruktionen darüber erhalten hatte, wie jedes Gericht zu bereiten und zu servieren war. Es gab noch so viele Dinge, die sie zu lernen hatte, wenn sie jetzt öfter die Gastgeberin spielen sollte.

»Aber wo ist denn Martin? Sag mir doch nicht, daß du ihn immer noch dort hinten in der Ecke Trübsal blasen läßt. Mein Gott, Harriet. Ich dachte, wenigstens dir wäre es gelungen, ihn wieder da herauszuholen. Das Leben muß doch weitergehen, trotz allem, oder nicht? Und mit dem Tod müssen wir uns abfinden, bevor wir an der Reihe sind!«

Letty Dearborn nimmt wirklich kein Blatt vor den Mund, worum es sich auch handelt, dachte Alexa während der ersten Sekunde eisiger Stille, die darauf folgte. Sogar Tante Harriet schien nicht die richtige Antwort parat zu haben, so daß Alexa sich fast schon verpflichtet fühlte, etwas zu sagen.

»Ich fürchte, Papa ist immer noch viel zu sehr...« Sie zögerte, wie sie den Zustand ihres Vaters am besten beschreiben sollte, und spürte erschrocken, wie ihr plötzlich Stimme und Atem wegblieben.

»Du fürchtest, Papa ist was? Wie schön, Letty, daß Sie da sind, daß man sich immer auf Sie verlassen kann. Auf gar keinen Fall hätte ich darauf verzichtet, mit Ihnen zu essen. Tut mir leid, daß ich zu spät komme. Aber der verdammte Bengel hatte meinen Anzug nicht rechtzeitig fertig gehabt.«

Papa? Steif drehte sich Alexas Kopf, als sei sie eine hölzerne Marionette geworden. Es war wirklich Papa, aber irgendwie sah er ganz anders aus. Sein Dinnerjackett schien ungebügelt zu sein, und er sah aus, als wolle er sich einen Bart wachsen lassen, wie so viele Männer in letzter Zeit, seit es Mode geworden war. Und er hatte so sehr abgenommen! Sein Abendanzug, der ihm sonst so gut paßte, schien von seiner gebeugten Gestalt herabzuhängen, und seine Augen waren noch immer rot gerändert, wie sie ihn das letzte Mal gesehen hatte. Aber, dachte Alexa, was ist das alles schon, wenn er sich überhaupt aufgerafft hat und gekommen ist?

»Martin! Aber – das ist ja...« Alexa hatte Tante Harriet noch nie zuvor stottern hören. Und im nächsten Augenblick fühlte sie sich unaussprechlich dankbar gegenüber Letty Dearborn, die laut lachend etwas durchs Zimmer rief und damit allen Zeit gab, sich von dieser plötzlichen Überraschung zu erholen.

»Na also, da sind Sie ja endlich, Martin. Ich hatte mich schon nach Ihnen erkundigt! Sie wissen ja, daß bald Erntezeit ist, und da haben wir Sie ganz besonders vermißt!«

Aus ihren Augenwinkeln bemerkte Alexa, wie die verwirrten Diener hin und her liefen, um noch ein Gedeck für ihren Vater an seinem üblichen Platz aufzutragen. Er schien sich zwar darüber zu ärgern, unterließ es aber, die Diener vor den Gästen zurechtzuweisen. Dann jedoch sagte er mit gereizter Stimme zu einem der Boys: »Ja, ja! Natürlich kannst du den Wein bringen. Aber bring mir auch ein Glas Brandy, wenn die Damen mir das nachsehen. Ich brauche jetzt etwas Warmes, da ist Brandy gerade richtig. Finden Sie nicht auch, Mr....? Sind wir uns schon begegnet? Letty, Sie haben uns noch nicht vorgestellt.«

»Das tut mir wirklich leid, Martin. Aber Sie wissen doch, daß ich manchmal meinen Kopf verliere. Dies ist Paulo da Rocha, mein neuer Vorarbeiter. Er stammt aus Brasilien, wo sein Vater eine sehr große Kaffeeplantage besitzt.«

»Sehr erfreut, Sir.«

Aber, dachte Alexa plötzlich..., Papa scheint ja betrunken zu sein! Ziemlich betrunken sogar. Sie saß an seiner Seite und konnte den fast betäubenden Alkoholgeruch in seinem Atem deutlich riechen. Und obwohl sie in diesem Augenblick es nicht wagte, zu Tante Harriet hinüberzusehen, war ihr bewußt, daß ihre Tante es natürlich auch bemerkt haben mußte. Sie dürfte schon die ganze Zeit gewußt haben, daß er sich in seinem Zimmer eingeschlossen hatte, um zu trinken und zu vergessen, der arme Papa!

»Nun, Martin, und was halten Sie von den Preisen, die uns geboten werden?«

»Wie bitte? Entschuldigen Sie, aber ich habe den Eindruck, daß ich in der letzten Zeit etwas vergeßlich geworden bin, werde wohl alt. Victorine sagt mir immer...« Und dann, als müsse er sich anstrengen, suchten seine Augen Alexas blaß gewordenes Gesicht. Seine Stimme klang verwundert, fast klagend. »Aber meine Liebe, warum sitzt du denn *dort?* Du weißt doch, daß du immer oben sitzt, wenn wir Gäste haben – oder haben sie auch vergessen, für dich zu decken? Ich verstehe gar nicht, was in die geraten ist! Boy!« Unbeholfen stand er auf und streckte ihr die Hand hin, und auch Alexa erhob sich mechanisch, während sie das plötzliche Schweigen spürte, das immer länger andauerte, während sie nicht mehr in der Lage war zu denken. Jetzt fuhr er den

Boy an: »Du bist doch schon lange genug da, um zu wissen, was sich gehört. Trag sofort ein Gedeck für die Lady auf, verstanden?« Dann fügte er mit seinem früheren lustigen Lachen und einem entschuldigenden Achselzucken murmelnd hinzu: »Tut mir leid, Letty. Manchmal muß man eben energisch werden. Aber jetzt will ich doch noch etwas über die letzten Preise erfahren. Verstehe gar nicht, warum mir die Zahlen ganz entfallen sind.«

Alexas Hände waren eiskalt geworden, und sogar ihre Lippen fühlten sich gefroren an, so daß sie sich nur mit Mühe bewegen konnte. Nur ihre Beine schienen von allein zu gehen, während Papa sie mit altmodischer Galanterie auf den Platz ihrer Mutter führte, am Tischende, und den schweren Stuhl für sie zurechtschob.

»So, meine Liebe. Jetzt sitzt du an deinem richtigen Platz.«

Es gelang ihr nichts anderes, als leicht ihren Kopf zu neigen. Vielleicht lächelte sie, aber daran konnte sie sich später nicht mehr erinnern. Plötzlich meinte sie, dies alles sei ein Alptraum. Was sollte sie jetzt sagen oder tun? Was wurde von ihr erwartet?

Wieder einmal war Alexa Letty gegenüber dankbar, die sofort eine frische Unterhaltung begann, nachdem Papa an seinen Platz zurückgekehrt war. Schließlich riskierte Alexa einen Blick zu Harriet hinüber, die so leichenblaß dasaß, wie sie selbst ausgesehen haben mußte, doch beobachtete Harriet jetzt ihren Bruder und sah nicht zu Alexa hinüber.

Die Diener hatten kaum den Sinn dessen begriffen, was geschehen war, verstanden aber, daß jetzt Alexa auf dem Platz ihrer früheren Herrin saß und erwarteten nun von ihr die vielen kleinen Zeichen, um die Speisen auf- und abzutragen und den Wein einzuschenken. Alexa bemerkte zu ihrer Erleichterung, daß ihr diese Rolle nicht schwerfiel. Es gelang ihr jedenfalls besser, als zu essen – obwohl sie immer wieder einmal versuchte, die Gabel mit einem Bissen zum Mund zu führen.

Das Abendessen war Alexa noch nie so lang erschienen, vor allem, weil sie dessen Ende so sehr herbeisehnte. Aber wie würde es enden? Es war ihr immerhin nicht entgangen, wie oft ihr Vater ein Zeichen gegeben hatte, sein Glas wieder zu füllen. Wahrscheinlich würde er noch auf seinem Stuhl einschlafen. Doch es gelang ihm, wach zu bleiben und sich am Gespräch zu beteiligen; Alexa sah aber, daß der letzte Akt dieses tragischen Abends noch auf sie wartete.

»Meine Liebe?« Papa schaute sie jetzt mit diesem fragenden Blick an, aber was bedeutete er? O Gott, was sollte sie nun tun, was mußte sie nun tun? Endlich fing sie Tante Harriets Blick auf und den sprechenden, fast bittenden Ausdruck ihrer Augen, der sie zu einem Lächeln zwang, so daß sie tief Atem holte und sagte, was ihre Mutter bei so vielen Gelegenheiten gesagt hatte: »Erlauben die Herren, daß wir uns zurückziehen?« Ohne es vermeiden zu können, klang ihre Stimme gepreßt und zittrig, selbst in ihren eigenen Ohren. Ihre Nerven waren zum Zerreißen gespannt, als sie hörte, wie Papa dieselben Worte sagte, die er immer verwendete, verbunden mit dem gewohnten freundlichen Lächeln.

»Mit Bedauern, meine Liebe. Mit Bedauern.«

Jetzt erhoben sich die beiden Herren höflich (Papa schwankte leicht hin und her), und die Damen konnten schließlich den Tisch verlassen. Alexa hatte nie zuvor eine solche Dankbarkeit und Erleichterung gegenüber einer Sitte verspürt, die sie bisher zutiefst verachtet hatte.

15. Kapitel

Schließlich bedurfte es der gemeinsamen Anstrengung von Senhor da Rocha und zwei Dienern, um Martin Howard die Treppe hinauf ins Bett zu bringen, nachdem ihn der Brandy schließlich überwältigt hatte und er mit dem Kopf schlafend auf den Eßtisch gesunken war. Später sagte Alexa zu Tante Harriet, wie sehr sie Letty Dearborn dafür dankbar sei, kein Aufheben von dem Abend gemacht zu haben.

Harriet, die von dem Verhalten ihres Bruders an jenem Abend viel erschütterter war, als sie je zugegeben hätte, antwortete schärfer, als es ihre Absicht war: »Also, ich bin sicher, daß ich niemals gesagt habe, Letty Dearborn sei eine Klatschbase oder dergleichen, sondern ein hilfreicher Mensch und guter Nachbar. Aber du brauchst auch keine Heilige aus ihr zu machen. Wir haben alle unsere Fehler, meine liebe Alexa, und Letty hat sie auch.«

»Wenn du mit Fehlern meinst«, erwiderte Alexa zornig, »mich an die häßlichen Gerüchte erinnern zu müssen, die von neidischen und unzufriedenen Weibern in Umlauf gesetzt werden, dann muß ich dir sagen, daß ich mich einen Dreck darum schere, selbst wenn es stimmt, daß sie mit Liebhabern zusammenlebt; schließlich ist das ihr eigenes, persönliches Leben, und niemand geht das etwas an! Es ist mir auch egal, ob Paulo da Rocha ihr Liebhaber ist oder nicht. Er ist ein Gentleman, und er ist ebenfalls nett und intelligent und – und ich mag ihn wirklich sehr und habe mich sehr gut mit ihm unterhalten.«

»Alexa!« Harriet wollte sie warnend unterbrechen, aber Alexa fuhr trotzig fort: »Und ich kann dir außerdem sagen, Tante Harriet, daß ich Mrs. Dearborns Einladung bereits angenommen habe, nächste Woche zu ihr zum Essen zu kommen und selbstverständlich auch dort zu übernachten!«

»So, hast du das?« gab Harriet scharf zurück. »Ha! Jetzt sticht dich also der Hafer, und du willst beweisen, wie unabhängig du bist, ja? Also gut, ich will dir zuliebe hoffen, daß du klug genug bist, um zu verstehen, daß zwischen Freiheit und Freizügigkeit ein großer Unterschied besteht. Und ich will weiter hoffen, daß nicht der Gedanke an diesen jungen portugiesischen Senhor der wahre Grund für deinen plötzlichen Freiheitsdrang ist!« Während sich rote Flecken auf Alexas Wangen ausbreiteten und sich ihre Lippen zusammenpreßten, zog Harriet ihre Augenbrauen hoch, bevor sie sarkastisch sagte: »Ich bin mir durchaus bewußt, wie wenig du von Klatsch hältst und von denen, die ihn verbreiten; ich muß aber hoffen, daß du auch intelligent genug bist, um dir klarzumachen, daß andere Leute nicht unbedingt derselben Auffassung sind. Schließlich hast du mit deiner raschen Verteidigung deiner neuen Freundin Mrs. Dearborn selber zugegeben, daß es solche Gerüchte gibt, oder nicht? Also, ob du es nun willst oder nicht, die Leute werden nun einmal reden und flüstern und häßliche Anspielungen machen, die ihnen von anderen geglaubt werden.«

Alexa konnte sich nicht länger zurückhalten, wütend brach es aus ihr heraus: »Aber was geht es mich an, wenn andere Leute, die mir gleichgültig sind, die Wahrheit zu Lügen verdrehen.«

»Wenn sich dein Zorn etwas gelegt hat, wirst du hoffentlich verstehen, daß auch du selbst versuchst, der Wahrheit absichtlich zu entgehen, Alexa. Oder bestimmten unausweichlichen Fakten, um es anders zu sagen.« Harriets Stimme klang kalt, und ihr Gesicht wurde hart, als sie fortfuhr: »Wenn dir schon unsere Gefühle – von deinem Papa und mir – gleichgültig sind, dann denke wenigstens an Sir John. Du würdest ihn dem Gelächter preisgeben – hast du je daran gedacht? Ein älterer Mann mit einer jungen Braut, die sich eindeutig für einen viel jüngeren Mann interessiert, kurz nachdem sie sich verlobt haben? Deine Mrs. Langford würde Kapital daraus schlagen, da bin ich ganz sicher!«

Als sie sah, wie das Blut aus Alexas Gesicht wich, während sie sich auf die Lippe biß, ging Harriet schnaubend und mit steifem Rücken zur Tür, um sich mit der Hand auf der Türklinke noch einmal umzudrehen und zu ihrem letzten Schlag auszuholen:

»An deiner Stelle wäre ich so ehrlich und würde Sir John gegenüber fair sein. Ich würde einen taktvollen Grund finden, die Verlobung zu lösen. Gute Nacht!«

Wie konnte Tante Harriet nur so unfair sein, alle möglichen Behauptungen aufzustellen, nur weil sie erwähnt hatte, daß sie Paulo da Rocha mochte und gern mit ihm zusammen gewesen war? Und dann in so schneidendem und herablassendem Ton mit ihr zu reden, als hielte sie es für selbstverständlich, daß Alexa... Nein. Es hatte wirklich so geklungen, als hätte sie bereits etwas Schreckliches getan, um von der Gesellschaft ausgestoßen zu werden, und Schande und Unglück über sich und ihre Lieben gebracht habe.

Alexa setzte sich auf die Kante ihres Bettes und begann, ihr noch verwirrtes Haar zu flechten, während sie versuchte, sich das Gesicht des jungen Senhor da Rocha vorzustellen. Er und Letty Dearborn hatten in benachbarten Zimmern geschlafen, die nur durch eine Tür getrennt waren. Hatten sie sie verschlossen? War die Tür inzwischen leise aufgeschlossen worden? Seltsame, an Mißtrauen grenzende Gedanken gaben ihr ein unbehagliches Gefühl. Heute nacht wollte sie an überhaupt nichts mehr denken, nicht einmal an ihren armen, unglücklichen Papa, der zuviel hatte trinken müssen, um seine trüben Gedanken zu verscheuchen.

In ihrer üblichen verständnisvollen Art hatte Letty Dearborn Alexa geholfen, ihren Vater besser zu verstehen, als sie am nächsten Morgen fortritten. Taktvoll war Paulo da Rocha etwas zurückgeblieben, als Letty, die neben Alexa ritt, sich zu ihr herüberbeugte und mit einer weich klingenden Stimme sagte: »Du wirst vielleicht verstehen, meine Liebe, daß es manchmal leichter fällt, gewisse Gedanken zu verdrängen, die einfach zu schmerzhaft sind. Tiefe Wunden brauchen ihre Zeit, um zu heilen, und manche Menschen tun sich dabei schwerer als andere. Aber die Zeit heilt Wunden.« Sie setzte sich wieder aufrecht, lachte dann und sagte mit einem Augenzwinkern zu Alexa hin: »Wenn ich in meinem Alter von Zeit spreche, dann kommt mir nur in den Sinn, die Blumen zu pflücken, solange sie blühen!« Lachend wandte sie sich um und rief: »He, Paulo?«

Als Alexa später zurückritt, mit Muttu in respektvollem Abstand hinter ihr, war sie noch dankbarer, daß Letty Dearborn ihr geholfen hatte, das seltsame Verhalten ihres Vaters zu verstehen. Schließlich hatte er ja nicht sie gesehen, sondern Mama, und deshalb hatte er auch so seltsam geschaut. Ich darf einfach nicht mehr soviel an mich denken, sagte sich Alexa mit fester Stimme. Ich muß alles tun, damit Papa wieder auf die Beine kommt; ich werde niemals mehr aus dem Haus gehen, solange er mich braucht.

Zeit, hatte Letty Dearborn gesagt. Geduld und Verständnis, fügte Alexa für sich selbst hinzu. An diese Worte und an ihre eigene Entschlossenheit sollte sie noch an diesem Nachmittag denken, als sie im Büro ihres Vaters über seinen Büchern saß. Plötzlich stand er vor ihr.

Für einen Augenblick erstarrte Alexa aus einer unerklärlichen Furcht, die sie aber rasch verdrängte, als er lächelnd sagte: »Da bist du also, meine kleine ernsthafte Alexa. Wieder über die Bücher gebeugt, wie immer, ja? Mit den Zahlen kennst du dich ja wirklich gut aus. Ich muß zugeben, du bist mir eine große Hilfe! Mein liebes Kind, du versuchst immer, dich nützlich zu machen, nicht wahr?« Er schaut so müde und traurig aus, dachte Alexa schmerzhaft, aber diesmal sieht er wirklich mich.

»Papa? Ach, Papa, Tante Harriet und ich haben unser Bestes getan, aber wir brauchen doch auch deine Kraft!«

Als sie aufzustehen versuchte, spürte sie den Druck seiner Hand auf ihrer Schulter und blieb sitzen, während er wie abwesend erwiderte:

»Kraft? Lieb von dir, das zu sagen, aber ich habe mich eigentlich nie sehr kräftig gefühlt. Nicht wie deine Tante Harriet. Vor Kanonenkugeln habe ich zwar nie Angst gehabt, aber da gibt es andere Dinge.« Ziellos wanderte er in dem kleinen Raum auf und ab, die Hände in den Taschen seiner alten Jacke vergraben, mit hängenden Schultern. »Harriet hat mir immer gesagt, ich sei nicht in der Lage, der Wirklichkeit ins Gesicht zu sehen. Wahrscheinlich hat sie recht, wie immer.«

»Aber Papa, so darfst du jetzt nicht denken. Ich liebe dich, und du brauchst mir gegenüber nichts zu erklären oder zu rechtfertigen.«

»Ja...« Er tätschelte ihr den Kopf, wie er es früher immer getan hatte, als sie viel jünger gewesen war. »Du bist sehr lieb, mein Kind. Hilfst mir sehr, aber ich fürchte, ich bin noch nicht soweit, mein Kopf dreht sich manchmal. Vielleicht bald? Harriet sagte mir, ich solle mich wieder mit der Arbeit beschäftigen. Schon eine sehr tatkräftige Frau, meine Schwester, sehr energisch, und immer da, wenn man sie braucht. Deine Mama...«

Er war plötzlich stehengeblieben, und Alexa verschlug es den Atem, als sie sah, wie sein Mund sich tonlos bewegte. Sollte sie jetzt rasch etwas sagen, um seine Gedanken abzulenken?

»Ach ja, das hätte ich fast vergessen. Ich habe ihr noch etwas versprochen, kurz bevor sie damals anfing, im Fieber zu reden. Aber, was soll's, ich kann nicht immer trübsinnig sein, da hat Harriet schon recht, wenn man so viele schöne Erinnerungen hat wie ich. Also hier – bevor ich es wieder vergesse –, sie hat mich gebeten, dir diesen Schlüssel zu geben, mein Kind. Er ist für die alte Truhe, die sie noch aus ihrer Kinderzeit hatte. Mit Andenken. Gepreßte Blumen, vielleicht ein paar Poesiealben, Kleider, von denen sie sich nicht trennen konnte, ihre Kinderschuhe...« Seine Stimme zitterte, und er räusperte sich laut. »Na, jedenfalls wollte sie, daß es jetzt dir gehört. Ihre einzige Erbschaft, hat sie gesagt. Du kannst natürlich damit anfangen, was du willst, aber vielleicht... vielleicht macht es dir nichts aus...«

»Ja, Papa?« Alexa fühlte ein plötzliches Stechen in ihren Augen, und ihre Kehle schnürte sich schmerzhaft zusammen, so daß ihre Stimme fast krächzend klang. Nein, warnte sie sich ernsthaft, das wäre jetzt das Schlimmste, wenn ich jetzt anfangen würde zu weinen.

Er räusperte sich von neuem und sagte dann fast bittend: »Vielleicht an einem Abend, beim Dinner – natürlich wenn wir ganz unter uns sind – würde ich mich wirklich sehr freuen, wenn du etwas von ihr anziehen würdest. Ich mag nicht die häßliche Art, wie sich Frauen heutzutage kleiden. Sie sah immer so reizend aus in diesem klassisch einfachen griechischen Stil. Aber jetzt lasse ich dich wieder allein mit deinen Zahlen, ja? Ich denke, ich gehe nach oben und lege mich ein bißchen hin. Vielleicht hilft mir das.«

Alexa hielt den noch warmen kleinen silberfarbenen Schlüssel in ihrer kalten Hand. Das also war der Schlüssel zu Mamas Geheimnissen? Lieblingskleider und Schuhe, gepreßte Blumen? Ob sie je ein Tagebuch geführt hatte? Hatte sie auch einmal albern gekichert und von Rittern in schimmernder Rüstung geträumt? Mama war doch immer *Mama* gewesen, und bis jetzt hatte sie sich nie vorgestellt, ihre Mutter sei einmal so alt gewesen wie sie selbst, mit all den Unsicherheiten und Fragen zum Leben und den Gefühlen. Ob sie je das gleiche erschreckende überwältigende Gefühl hatte, für alles verloren zu sein, und dabei ein seltsames unerklärliches Bedürfnis nach... nach...

Von ihrer Kindheit oder Jungmädchenzeit hatte sie eigentlich nie gesprochen, auch nicht von dem, was sie vor ihrer Heirat mit Papa erlebt hatte, kam es Alexa plötzlich. Richtige Gespräche hatte sie mit Mama selten geführt, weil sie wegen Rat und Hilfe immer zu Tante Harriet ging, die auch ihre Erziehung übernommen und die Entscheidungen getroffen hatte. Eigentlich kenne ich Mama noch gar nicht richtig, dachte Alexa plötzlich, während ihr wieder die Tränen in die Augen stiegen; dann aber holte sie tief Luft und steckte den kleinen Schlüssel in die Tasche ihres Kleides.

Später, wenn sie mehr Zeit hätte, würde sie sich einmal Mamas Truhe ansehen. »Verbrenne alles, mein Liebe!« Das würde Harriet bestimmt zu ihr sagen in ihrer üblichen entschiedenen Art. »Halt nicht an so krankhaften Dingen fest!« Tante Harriet brachte keine Geduld auf für das, was sie als ›dummes, sentimentales Gewäsch‹ abtat. Aber die wenigen Schätze von Mama gehörten jetzt ihr, damit konnte sie tun, was sie wollte. Nein, wegen der Truhe würde sie überhaupt nichts zu Tante Harriet sagen.

Warum sollte sie auch?

Alexa hatte zwar nicht vorgehabt, etwas, das ihr so wichtig war, für mehr als ein oder zwei Tage zu verschieben, aber jetzt kam die Erntezeit näher und es gab sehr viel mehr als sonst zu tun und zu beaufsichtigen. Jeden Tag mußte abgerechnet werden, und die Kulis mußten bezahlt und überwacht werden, damit sie ihre Arbeit richtig taten. Jeder Kaffeebusch mußte täglich sorgfältig untersucht werden, bis die Kaffeekirschen dunkelrot geworden waren, um dann sofort geerntet zu werden. Und dann kam die langwierige Verarbeitung, das Herauslösen der Kerne, die Fermentierzeit und das Waschen – bis die Kaffeebohnen schließlich getrocknet und verpackt werden konnten, um nach Colombo verschickt zu werden. Papa hatte auch weiterhin seine guten und seine schlechten Tage, und sowohl Alexa als auch Harriet waren so beschäftigt, daß sie immer nur das tun konnten, was jeweils am wichtigsten war. Schließlich vergaß sie den Schlüssel und welche Bedeutung er für sie hatte, während die Zeit nur so dahinflog.

»Ich habe doch recht gehört, daß Sir John Travers nächste Woche herkommen wollte, oder nicht?« sagte Harriet eines Morgens beim Frühstück, und fügte mit etwas schärferem Ton hinzu: »Du kannst ja machen, was du für richtig hältst, aber wenn er nur deshalb herkommt, um mit deinem Papa über die Hochzeit zu sprechen, dann wirst du hoffentlich daran denken, daß sich dein Vater sicher noch nicht so wohl fühlt, um auch noch deinen Verlust verkraften zu können, jedenfalls nicht jetzt.«

»Das weiß ich auch«, sagte Alexa abgespannt und sah dabei von ihrem Frühstücksteller hoch. Sie hatte keine Lust, sich mit Tante Harriet zu streiten. »Der arme Papa! Natürlich denke ich nicht im Traum daran, ihn zu verlassen, solange er mich braucht. Ich habe Sir John bereits alles in einem Brief erklärt, den Muttu gestern zur Post mitgenommen hat.«

Der arme Papa! Auch er schien den Schlüssel vergessen zu haben, ebenso wie seinen so zögernd geäußerten Wunsch, sie möge einmal ein Kleid ihrer Mutter zum Abendessen anziehen.

Dachte sie aber einmal an den Schlüssel, dann sagte sie sich rasch, es sei besser, damit noch etwas zu warten.

Je mehr die Zeit verging, desto eher würden die Wunden geheilt sein. Vielleicht war es das, was sie alle so nötig brauchten.

16. Kapitel

»So, du hast dich also wirklich entschlossen zu gehen? Dann möchte ich nur raten, einen klaren Kopf zu behalten, meine Liebe. Ich würde selbst mitkommen, wenn ich mich bei dem Gedanken wohl fühlen würde, deinen Papa in seinem Zustand allein zu lassen.«

»Tante Harriet«, seufzte Alexa ungeduldig, »du weißt ganz genau, daß ich die Einladung von Mrs. Dearborn schon zweimal verschoben habe und daß es einfach unmöglich wäre, es ein drittes Mal zu tun. Außerdem kommen Muttu und auch meine Dienerin als Aufpasser mit, und ich habe doch versprochen, sehr vernünftig zu sein. Meine Güte, wenn ich zum Jagen ausgeritten bin, dann hast du dich nie so aufgeführt.«

»Du weißt ganz genau, daß es hier einen Unterschied gibt«, sagte Harriet kurz, bevor sie seufzte und resigniert meinte: »Ach, geh nur. Ich hoffe wenigstens, daß du bis morgen abend vor Einbruch der Dunkelheit wieder zurück bist.«

So mürrisch Tante Harriet auch geklungen hatte, Alexa würde sich diesen Abend nicht verderben lassen. Immerhin war es ihr erster Besuch. Ihr erster Schritt in die Unabhängigkeit.

Zu Alexas geheimer Erleichterung war sie der einzige Gast. Nachdem sie ohnehin gehofft hatte, nicht allzuviel Nachbarn oder junge Offiziere dort anzutreffen, kam ihr dies sehr entgegen, und bald fühlte sie sich sehr wohl und entspannt bei Letty Dearborn und Senhor da Rocha.

»Mögen Sie Curry? Bei mir ist er schon fast zur Sucht geworden, fürchte ich. Aber es gibt auch Hühnerklein mit gekochtem Gemüse, für alle Fälle.« Die Grimasse, die ihre Gastgeberin machte, als sie das Hühnerklein erwähnte, ließ Alexa laut auflachen.

»Nach drei Gläsern Sherry und jetzt Wein kommt es für mich kaum noch darauf an, was ich esse, solange es nicht Hühnerklein und gekochtes Gemüse ist.«

»Ah! Hörst du, Paulo? Eine Frau nach meinem eigenen schwarzen Herzen. Habe ich es dir nicht gesagt? Sie gleicht kein bißchen diesen affektierten, abgeschmackten Wesen, die nur falsch lächeln und häßliche Geschichten herumtratschen – nicht wahr, meine Liebe? Und jetzt behaupten sie auch noch, daß Paulo das Ergebnis einer Indiskretion meines verstorbenen Mannes sei. Was wissen die schon! Samuel war viel älter als ich, und der Arme konnte nicht... Na gut, vergessen wir das. Über die Toten nur Gutes, heißt es ja. Seine eurasische Freundin hielt er irgendwo versteckt, weil alle seine Freunde es auch so machten, aber er konnte eben keine Kinder zeugen! Doch solange er lebte, habe ich ihn nie betrogen. Jedenfalls sagte ich Paulo: warte, bis Alexa Howard kommt. Sie ist anders, unabhängig. Sie hat ihren eigenen Kopf. Meine Haut ist ja inzwischen so dick wie die eines Elefanten, aber ich bin froh, daß Sie sich gegen jeden Zwang gewehrt haben. Ich mag Sie nämlich sehr, meine Liebe, das wissen Sie.«

Während des Essens machte es Letty Dearborns zwanglose und unmittelbare Art zu sprechen Alexa leicht, sich selbst frei und ungezwungen zu geben, nicht nur gegenüber Letty, sondern auch Paulo gegenüber.

Schon bald waren sie dazu übergegangen, sich beim Vornamen anzureden und zu duzen. »Du hast doch nichts dagegen?«

Nein, ich habe überhaupt nichts dagegen, dachte Alexa, während sie es genoß, mit ihren beiden neuen Freunden nach dem Essen noch dazusitzen, anstatt sich zurückzuziehen. Jetzt zündete sich Letty eine Zigarre an, nachdem sie für alle Cognac hatte auftragen lassen.

»Noch so eine blöde Sitte!« sagte sie. »Als ob man nicht in der Lage sei zu rauchen, nur weil man eine Frau ist. Trotzdem würde ich dir nicht gerade eine Zigarre empfehlen, meine Liebe. Da würde dir ganz schön übel werden!«

So saßen sie noch stundenlang am Tisch, während Alexa vorsichtig an ihrem Cognacglas nippte und der Zigarrenrauch sich langsam im Zimmer verbreitete. Paulo erzählte von seinem Leben in Brasilien und dem Einfluß Portugals in diesem Land, und Letty berichtete von ihren Erlebnissen, die sie hatte, als sie nach dem Tod ihres Mannes die Plantage übernehmen mußte.

Dann plötzlich war Letty aufgestanden und umarmte sie in einer Duftwolke. »Ich weiß genau, wann ich genug habe und es Zeit ist, hinaufzugehen und mich auszuschlafen. Aber deshalb braucht ihr beiden jungen Leute euch nicht den Abend verderben zu lassen, nicht wahr? Laß dich doch von Paulo ein bißchen durch den neuen Rosengarten führen, solange der Mond noch am Himmel steht. Erst gestern war noch Vollmond, nicht wahr, Paulo? Also dann, gute Nacht, meine Lieben.«

Nachdem Letty ihnen beiden einen Kuß gegeben hatte und mit der Andeutung eines Grußes abgezogen war, fühlte sich Alexa ziemlich verwirrt und unsicher darüber, wie sie sich jetzt verhalten solle, als sie Paulo leise sagen hörte: »Möchtest du draußen ein bißchen spazierengehen, oder macht es dir etwas aus, mit mir allein zu sein?«

»Ich...« Alexas Blick traf seine ernsthaft forschenden Augen und zuckte plötzlich lächelnd mit den Schultern, während sie ihm ihre Hand hinhielt. »Warum sollte es mir etwas ausmachen, allein mit dir zu sein, nachdem wir jetzt Freunde geworden sind?«

Als sie jetzt nach draußen traten, lag eine ganz andere Welt vor ihnen als das in orangefarbenes Lampenlicht getauchte Eßzimmer. Eine verzauberte Märchenwelt, in silbernes Licht getaucht, das schwarze Schatten warf; feuchte Erdgerüche, die sich mit den schweren Düften der Blumenbeete vermischten, und armdicke Schlingpflanzen, die von hohen Bäumen hingen. Vielleicht, dachte Alexa, muß ich jetzt ganz einfach mit einem Mann in diese Nacht hinausgehen, dem ich vertrauen kann und der meine Unwissenheit und meine unerfahrenen Gefühle nicht ausnützt. Vielleicht mußte sie sich ganz einfach selbst beweisen, daß sie sich geändert hatte und stärker geworden war – daß sie nicht länger ein schwaches, hilfloses Wesen war, das seinen Verstand von seinen Gefühlen bestimmen und sich vom heimtückischen Schein einer in Mondlicht getauchten tropischen Nacht verführen ließ.

Als habe er etwas von ihren geheimen Gedanken erraten, hatte Paulo da Rocha sein leichtes Gespräch fortgesetzt, während sie langsam über den unregelmäßig verlaufenden Pfad gingen, der zu einem kleinen Sommerhaus in der Mitte des Rosengartens führte. Er erzählte aus seiner Kindheit und von seinen Schwestern, die schon mit fünfzehn Jahren verheiratet waren. »Und jetzt – Luisa ist erst zwanzig – sind sie alle drei wie alte Frauen, sie sehen sogar so aus. Scharfzüngig und nörglerisch, mit nichts anderem im Sinn als Kinder und Dienstmädchen und anderem Hauskram. Zuerst hatten sie mir sehr leid getan, wie sie so wie Vieh an Männer verkauft wurden, die sie kaum gesehen hatten und nicht kannten. Noch vor ihrer Hochzeitsnacht hatte Luisa bitterlich geweint, aber schon ein oder zwei Tage danach gab sie schon an mit ihren vielen Hochzeitsgeschenken, dem großen neuen Haus und dem Personal, über das sie jetzt befehlen konnte.«

»Oh!« rief Alexa verwundert und empört zugleich. »Ich könnte das niemals! Wenn ich mir nur vorstelle, daß deine Schwestern überhaupt keine Wahl hatten, dann können sie doch überhaupt nicht glücklich geworden sein. Manchmal hasse ich es sogar, eine Frau zu sein und dermaßen eingeschränkt zu werden. Du kannst wirklich froh sein, daß du als Mann auf die Welt gekommen bist, weißt du!«

»Ach, aber du hast keine Vorstellung, wie unsere Familien in Brasilien sind. Auch für die Söhne werden die Ehen sehr, sehr früh festgelegt, fast während sie noch in der Wiege liegen. Und als dritter Sohn meines Vaters hatte ich nur die Aussicht, ein Mädchen mit einer ungewöhnlichen großen Aussteuer zu heiraten. Nur – meine zukünftige Braut war so fett und häßlich, wie sie reich war, und mein Vater hatte sie für mich ausgesucht, als ich noch nicht vierzehn war!«

Paulo lachte kurz auf, als er mit den Achseln zuckte und zu Alexa hinübersah, mit einem halb bitteren und halb humorvollen Lächeln um den Mund, bevor er mit leichterer Stimme fortfuhr: »Also, um es kurz zu machen, ich beschloß, mir von meinem Vater etwas Geld geben zu lassen, und lief damit fort, bevor man davon anfing, ernsthaft von unserer Verlobung zu reden. Ich suchte also Abenteuer und Glück in einem, als ich ein Schiff nach Australien nahm.«

»Aber…«

»Ja, auf den Grund, warum ich hier gelandet bin, kann ich nicht gerade stolz sein. Auf dem Schiff war es mir so langweilig geworden, daß ich anfing zu spielen und einen großen Teil meiner Überfahrt verspielte. Das Geld reichte also nur noch bis hierher nach Ceylon. Nette Menschen empfahlen mir, hier Arbeit zu suchen, da ich etwas vom Kaffeeanbau verstand. Und wie du siehst, hatte ich Glück, weil Letty gerade zu dieser Zeit in Colombo war, und jetzt bin ich hier!«

»Letty ist wirklich eine ganz wunderbare und außergewöhnliche Frau«, sagte Alexa. »Ich schätze sie ganz besonders, aber weiß sie denn, daß du auf deinem Weg nach Australien bist und nicht für immer hierbleiben willst?«

»Nun, ich glaube nicht, daß sie das sehr aufregen würde. Ich war immer sehr aufrichtig zu ihr und sie zu mir. Ich habe zugesagt, ihr mindestens bis zum Ende der Saison zu helfen, und sie bezahlt mich wirklich sehr gut. Aber sag mir doch...« Er war plötzlich still geworden, ganz überraschend für Alexa. »Hast du selber vor, in absehbarer Zeit zu heiraten?«

»Ich...« Während Alexa sich bemühte, genauso aufrichtig wie er zu sein, merkte sie, daß sie stotterte. »Ich weiß es wirklich nicht. Ja, ich habe da beim Essen davon erwähnt. Aber es ist alles sehr schwierig. Ich habe ihn immer ›Onkel‹ John genannt, und jeder weiß das. Und dann ist ja auch Papa da, der mich jetzt so verzweifelt braucht, und Tante Harriet und die Plantage und – Onkel John hatte nur angeboten, mich zu heiraten, weil er mich vor solchen Klatschtanten wie diese unmögliche Mrs. Langford schützen wollte! Er sagte, es würde eine – eine Ehe nur dem Namen nach, und ich würde ohnehin in jedem Fall seine Erbin. Aber er ist krank, auch wenn er das nicht zeigt, und die Ärzte haben ihm gesagt, daß er bald sterben wird. Und – ach, du weißt gar nicht, wie gut und nett er immer zu mir gewesen ist, seit ich mich überhaupt erinnern kann! Wenn er jemanden brauchen würde, der sich um ihn kümmert und bei ihm ist, wenn es für ihn eine Hilfe wäre, daß ich etwas für ihn tue... ach, ich weiß wirklich nicht, was ich machen soll!«

Noch lange nachdem Paolo sie auf ihr Zimmer zurückgebracht und ihr an der Tür zum Abschied die Hand geküßt hatte, lag Alexa wach im Bett, während ihre Gedanken unaufhörlich in ihrem Kopf kreisten. Wieviel hatten sie miteinander geredet, sie und Paulo. Und wie offenherzig. Mehr als zwei Stunden mußten es gewesen sein.

»Ein Teil von Lettys Schönheit besteht darin, daß sie alles

versteht und nichts verdammt. Ja, wir lieben uns, Letty und ich, aber nur dann, wenn wir beide das Gefühl haben. Und so widerspruchsvoll ist das gar nicht, weil Letty wirklich eine sehr schöne Frau ist und auch sehr viel zu geben hat. Sie ist eben Mutter und Freundin und Kurtisane in einem, auch wenn du vielleicht noch nicht ganz verstehen kannst, was ich damit meine. Ich sehe nämlich, daß du noch nicht ganz bereit bist, mit Freude zu geben, statt mit Schuldgefühlen; lachend, während du liebst. Ach, entschuldige bitte, Alexa, manchmal rede ich wirklich zuviel.«

Aber was hatte Paulo ihr damit sagen wollen? Sie hatte ihn so sehr danach fragen wollen, aber eine plötzliche Furcht, er könnte sie dumm und naiv finden, hatte sie zurückgehalten. Und dann hatte er das Gespräch auf andere und sichere Themen gelenkt. Nicht ein einziges Mal hatte er auch nur angedeutet, etwa mit ihr ins Bett zu gehen, obwohl sie irgendwie wußte, ohne recht zu wissen warum, daß er es wohl ganz gern getan hätte. Immerhin war ihm bekannt, daß sie wußte, Letty würde so etwas nichts ausmachen, weil sie weder eifersüchtig noch besitzergreifend war und nicht einmal im Traum daran denken würde, Fragen zu stellen. Aber hatte er ihr dann nicht gesagt, sie sei noch nicht bereit? Wie sehr sich Paulo doch von dem anderen unterschied!

Nicholas. Der spanische Vetter. Es war ihr schon gelungen, seinen Nachnamen zu vergessen, obwohl sie sich noch an allzu viele Dinge von ihm erinnerte. Seine Art zu gehen – das Dschungelgrün seiner Augen, das sich gegen seine sonnengebräunte Haut abhob, und sein Lächeln, das im Grunde gar kein Lächeln war. Seine schleppende Sprache und sein dichtes dunkles Haar. Sie erinnerte sich sogar an seine Haut und die Art, wie sich seine Muskeln darunter bewegten. Vor allem aber erinnerte sie sich noch daran, was sie doch für immer hatte vergessen wollen. Die Art, wie er sie überall geküßt und berührt hatte, auf eine so teuflische Weise, daß sie ihren Verstand und ihren Willen schon ganz aufgegeben hatte.

Guter Gott – warum mußte sie nur so unerhört lebendig an dies alles denken? Ruhelos bewegte sie sich im Bett und

zog jetzt das dünne Baumwollaken über ihren Kopf, um sich vor den silbernen Mondstrahlen zu schützen, die durch ein halboffenes Fenster eindrangen. Auch damals war es das Mondlicht gewesen... Und diesmal hatte es wieder diese Wende im Gespräch mit Paulo gegeben. Aber wenn es ihr schon gelang, nicht an *ihn* zu denken, warum mußten denn nur solche Träume sie manchmal in der Nacht verfolgen?

Ich hasse ihn! Oh, ich verachte ihn, wiederholte sie im Geist wie eine vertraute Litanei, bis sie sich in der Dunkelheit seufzen hörte und schließlich dachte: Ja, ich hasse ihn – aber ich begehre ihn auch. Ich will alles, was er getan hat, um mich fühlen und... Oh, am allermeisten möchte ich selber diejenige sein, die sich umdreht und weggeht, ohne noch einmal zurückzusehen! Sie war froh, daß die jetzt in ihr aufsteigende Wut alle übrigen Gedanken verscheuchte. Vielleicht werde ich eines Tages die Chance dazu haben! Eines Tages, wenn ich genug gelernt haben werde.

17. Kapitel

»Ich muß dir sagen, daß ich recht erleichtert bin, daß du so rechtzeitig zurück bist. Dein Vater war ziemlich ärgerlich, als er erfuhr, daß ich dich alleine habe ziehen lassen. Vielleicht solltest du dich bemühen, heute abend besonders nett zu ihm zu sein. Du weißt, daß er sich daran gewöhnt hat, uns beide am Tisch zu sehen, wenn er herunterkommt.«

»Ja, ich weiß«, sagte Alexa gleichmütig, während Muttu ihr vom Pferd half. »Meinst du, ich soll jetzt gleich hingehen und ihn begrüßen?«

»Du solltest inzwischen mitbekommen haben, daß er zu dieser Zeit gewöhnlich schläft«, sagte Harriet streng. »Und ihm zuliebe sollten wir wirklich versuchen, uns in den nächsten Monaten an ein gewisses Gleichmaß zu halten. Du hast doch hoffentlich keine weiteren Einladungen zum Dinner angenommen, oder?«

Nie zuvor war es Alexa bewußter geworden, wie herrisch

Tante Harriet manchmal sein konnte. Vielleicht war es ihr auch nur deshalb nicht aufgefallen, weil sie sich nie lange genug von ihrer Tante entfernt hatte. Warum war nur alles plötzlich so anders geworden? Sie war jetzt reizbar und kritisch gegenüber Dingen, die sie bisher als selbstverständlich angesehen hatte. Nun aber spürte sie, daß die Freiheit, von der ihr Tante Harriet immer erzählt hatte, im Grunde gar keine richtige Freiheit war. Es bedeutete vielmehr, in zunehmendem Maß Verantwortung zu übernehmen, die schließlich immer mehr Besitz von ihr ergriff, bis schließlich nicht mehr sie die Plantage führen, sondern ganz unter die Herrschaft dieser Arbeit geraten würde.

»Ich sehe dich also zum Frühstück«, hatte Harriet am Schluß gesagt. »Zweifellos wirst du dich noch umziehen und ein bißchen hinlegen wollen.« Harriet hatte also wieder begonnen, ihr zu sagen, was sie zu tun hatte, hatte sie wieder an ihren Tagesablauf und ihre Pflichten erinnert. Mit zusammengezogenen dunklen Augenbrauen überlegte Alexa, welche Folgen es haben würde, sowohl dem Frühstück als auch Tante Harriets unvermeidlicher Fragerei zu entgehen. Sie würde sich entschuldigen lassen, sie sei nicht hungrig, oder zu müde, oder habe Kopfschmerzen. Sie hatte einfach keine Lust, Bericht zu erstatten und sich ihre Aufgaben diktieren zu lassen. Fast zerstreut öffnete Alexa das lackierte Schmuckkästchen, um ihre Granatohrringe herauszuholen. Und als sie den Deckel hob, lag obenauf der kleine Schlüssel, den sie hineingesteckt und schon vergessen hatte – der ihre Kindheitsandenken enthielt und heimliche, jugendliche Träume – Victorine Howards einzige Erbschaft an ihre Tochter. Fast unwillkürlich nahm sie ihn in die Hand. Jetzt, während sie sich stark fühlte, war vielleicht die beste Zeit gekommen, um sich einmal alles anzusehen und auszusortieren. Mit einem Gefühl der Trennung von Harriet hatte sie plötzlich das impulsive Bedürfnis, Mama besser zu verstehen und mehr über sie zu erfahren.

Seltsam, wie klar ihr plötzlich Mamas Zimmer wieder ins Gedächtnis kam, jede Einzelheit davon, als würde sie ein

Bild vor sich sehen. In diesem Zimmer war Mama gestorben, in dem Bett mit seinen hübschen Decken und weichen Laken, die immer leicht nach Veilchen und Mama dufteten. Manchmal hatte sie Freddy zu sich ins Bett genommen, Alexa aber nie, weil sie immer viel zu unruhig schlafe, hatte Tante Harriet gesagt. Ohne weiter nachzudenken, drehte ihre Hand den Messingknopf an der Tür, und sie wunderte sich, wie leicht sich diese öffnen ließ.

Barfuß trat sie über die Schwelle und zwang sich, herumzusehen. Halb hatte sie erwartet, von den wohlbekannten Düften empfangen zu werden, aber jetzt kräuselte sich ihre Nase wegen des starken Desinfektionsgeruchs. Auf dem Bett lag nur eine Matratze, die von einem dünnen Baumwolltuch bedeckt war; keine hübschen Überzüge waren zu sehen und keine zierlichen Seidenkissen, die den Eindruck erweckt hätten, den Tante Harriet ›frivol‹ nannte. Keine duftigen Vorhänge hingen an den Fenstern, kein fröhlich gemusterter Teppich lag auf dem Boden. Das Zimmer war jetzt völlig anders, als habe noch nie jemand darin gewohnt, wie eines ihrer vielen Gästezimmer.

Eine Zeitlang war Alexa einfach dagestanden, in Gedanken versunken, als Harriets Stimme sie plötzlich zusammenzucken ließ.

»Darf ich wissen, was du jetzt schon wieder vorhast? Erst kannst du nicht zum Frühstück kommen, weil du nach deinem langen Ritt zu müde bist und dich ausruhen mußt, und jetzt stehst du hier herum und steckst deine neugierige Nase in alles mögliche!«

»Das ist nicht alles mögliche, das ist das wenige, das meiner Mutter noch gehört hat, alles, was sie mir hinterlassen hat. Mit neugierigem Herumschnüffeln hat das absolut nichts zu tun, liebe Tante!« Der erschrockene Gesichtsausdruck auf Harriets Gesicht ermutigte Alexa, im selben kalten und unnahbaren Ton fortzufahren: »Immerhin hat Papa mir den Schlüssel zu dem alten Koffer meiner Mutter gegeben und mir gesagt, es sei der Wunsch von Mama, daß ich damit tun könne, was ich wolle. Unter diesen Umständen wirst du mir wohl verzeihen, daß ich nicht auch noch dich um Erlaubnis gebeten habe, um das Zimmer meiner Mutter zu betreten und nach etwas zu suchen, das jetzt mir gehört.«

»Harriet, was ist denn los? Ich hörte laute Stimmen. Ah. Hast du es also endlich gefunden, meine Liebe, daran hätte ich denken sollen. Du solltest es ja bekommen, niemand sonst. Hab' es ja Victorine versprochen. Harriet, was hast du denn mit ihr gemacht? Sie aus ihrem eigenen Zimmer gewiesen?«

Als Papa leicht schwankend in der Tür stand, um in den Raum hineinzublinzeln, zog sich seine Stirn erst in erstaunte, dann in verdrießliche Falten. Harriet legte ihm die Hand auf den Arm und sagte rasch: »Still, Martin! Du erinnerst dich doch daran, daß der Arzt gesagt hat, ich soll alles entfernen und verbrennen, um zu vermeiden, daß noch andere von uns angesteckt werden. Wie Alexa, die in der Kindheit keine Masern gehabt hat!«

»Ach so...«

Seine Schultern fielen wieder herab, und sein Blick richtete sich in die Ferne, als er sich zum Gehen umwandte. Harriet sah Alexa wütend an und zischte leise: »Siehst du jetzt, wie leicht er sich aufregt? Nun wird er wahrscheinlich vergessen...« Sie brach ab, als ihr Bruder noch mal hereinkam und mit einem fast rührenden Lächeln zu Alexa sagte:

»Ach, da irrt sich aber meine Schwester. Es gibt doch Dinge, die ich nicht vergesse, nicht wahr, meine Liebe? Ein Versprechen, zum Beispiel. Du warst doch damit einverstanden, einmal eines der schönen Kleider von deiner Mama zum Abendessen anzuziehen, erinnerst du dich? Das blaßgrüne, mein Lieblingskleid! Mit den kleinen bronzefarbenen Hausschuhen, die sie immer dazu getragen hat, und dem bestickten Schal, der dazu paßte. Als sie zum ersten Mal damit ausging, hat mich wohl jeder andere Mann beneidet! Du erinnerst dich doch, Harriet, nicht wahr? Du warst doch an dem Abend auch mit uns?«

»Du weißt ganz genau, daß die Vergangenheit für mich vergangen ist, Martin. Ich bin aber sicher, wenn Alexa dir so etwas versprochen hat, daß sie dir heute abend diese Freude machen wird, nachdem sie ja jetzt gefunden hat, was sie suchte.« Zu Alexa gewandt, sagte Harriet ausdruckslos: »Ich werde einen der Diener nach oben schicken, um den Koffer in dein Zimmer bringen zu lassen, soll ich? Dann hast du es leichter damit. Und dann sollten wir uns wohl alle vor dem Mittagessen noch etwas hinlegen, meinst du nicht auch, Alexa?«

Trotz des schroffen, fast ätzenden Tones in ihrer Stimme bemerkte Alexa, daß Harriets Gesicht plötzlich grau und eingefallen und alt auszusehen begann; sie schluckte also die Worte hinunter, die ihr auf der Zunge gelegen hatten, und sagte spitz: »Ja, natürlich, Tante Harriet.«

Nachdem ihr Vater gegangen war, fügte Alexa hinzu: »Aber verstehst du denn nicht, daß alles nur noch schlimmer wird, wenn ich eines von Mamas Kleidern anziehe? Und richtig versprochen habe ich es auch gar nicht. Nur habe ich nichts darauf gesagt, als er es mir vorschlug.«

»Also, wenn du wirklich gehofft hast, er würde es vergessen, dann hättest du sicher länger damit warten sollen, dich um die Erbschaft deiner Mutter zu kümmern. Wir können nur hoffen, daß das Ganze nicht zu einer Büchse der Pandora wird.« Harriets steinernes Gesicht paßte jetzt gut zu ihrer ausdruckslosen Stimme: »Wenn Martin meint, du hättest ihm das versprochen, dann wird es wohl das Beste sein, ihm diesen Gefallen zu tun. Er würde sich sonst nur ärgern. Zufällig verstehe ich meinen Bruder viel besser als du, meine liebe Alexa, das habe ich dir schon gesagt. Ich lasse also die Truhe in dein Zimmer bringen, und wenn du das grüne Kleid findest, dann werde ich der Dienerin sagen, sie soll es bis heute abend bügeln. Wenn du willst, komme ich etwas früher herauf und mache dir dein Haar. Deine Mutter hat es ja nie schneiden lassen, auch wenn es die letzte Mode war, und ich erinnere mich, daß ich ihr ziemlich häufig dabei geholfen habe.«

Die abgestaubte Truhe war daraufhin in Alexas Zimmer gebracht worden. Aber jetzt, nachdem sie den Schlüssel in das rostige Vorhängeschloß gesteckt hatte, fühlte sich Alexa seltsam gehemmt, ihn umzudrehen. Die Büchse der Pandora, hatte Harriet tückisch angedeutet. Sie versuchte sich noch einmal an das Gespräch von eben zu erinnern. Als der Diener die Truhe hereinbrachte, hatte Harriet fast freundlich zu ihr gesagt: »So, hier sind wir ja damit. Soll sie dort unter dem Fenster abgestellt werden, wo es hell genug ist, damit du besser sehen kannst, was du tust, meine Liebe?« Und dann, als sie wieder allein waren, hatte sie mit ihrer üblichen schroffen Stimme gefragt: »Soll ich dir beim Auspacken helfen? Die Kleider müssen ja schrecklich verdrückt und faltig sein. Man muß sie ausschütteln und dann aufhängen.«

»Vielen Dank für dein Angebot, Tante Harriet, aber ich glaube nicht, daß ich jetzt gleich alles auspacken werde. Und etwas muß ich dir doch noch sagen, gleich jetzt, noch bevor wir zum Essen gehen. Du hast mich doch immer daran erinnert, praktisch und logisch zu sein, die – Realitäten des Lebens zu sehen, wie du es nennst, nicht wahr?«

»Na los, heraus damit.«

»Ich meine, wenn ich schon Mamas Platz einnehmen und dieses Lieblingskleid tragen soll, um Papas Herzenswunsch zu erfüllen, dann kann ich doch nicht einfach stillsitzen und ihn denken lassen, ich sei seine Frau! Meinst du nicht auch, daß er um seinet- und meinetwillen endlich anfangen muß, mich als seine Tochter zu sehen, als Alexa, und nicht als seine Victorine? Du weißt, daß ich nichts in der Welt tun würde, um Papa zu verletzen, dafür liebe ich ihn doch viel zu sehr! Aber er muß wieder sehen und leben, was *ist;* wir dürfen ihm nicht weiter erlauben, so zu tun, als ob! Du verstehst mich doch, oder? Tante Harriet?« Alexa streckte ihre Hand bittend aus und berührte das steinerne Gesicht ihrer Tante.

»Nachdem du mehr als deutlich gesagt hast, wozu du dich entschlossen hast, ist es völlig gleichgültig, ob ich das gutheiße oder nicht. Tu was du willst und was du für richtig hältst, Alexa. Die Verantwortung liegt bei dir.«

Verantwortung. Dieses Wort erinnerte Alexa an ihre Pflicht in diesem unmittelbaren Augenblick. Kein weiteres Hinausschieben.

Nachdem sie mehrere Lagen vergilbtes Seidenpapier weggenommen hatte, entdeckte Alexa zunächst ein weißes

Musselinkleid mit fleckigen Silberspangen und einer kleinen Schleppe. Mamas Hochzeitskleid? Während sie dann die anderen Stücke sorgfältig beiseite legte, stieg ihr ein ganz leichter Veilchenduft in die Nase. Wie seltsam, daß Düfte sich so lange halten konnten! Nun erschien ein weiteres Musselinkleid, etwas einfacher geschnitten als das erste, mit kleinen roten und gelben Rosenzweigen auf einem hellrosa Hintergrund. Und zwei weitere Schuhpaare – rosa Seidenslipper und weiche Kinderstiefel – sowie ein in Leder gebundener Gedichtband, in einen Seidenschal gewickelt. Obwohl sie sich wegen ihrer Neugier schämte, klappte Alexa doch kurz den Deckel auf: »An meine einzige und große Liebe, von dem einen, dessen Herz dir auf immer gehört...« Die hingekritzelten Worte waren kaum lesbar, und die einzige Initiale am Fuß der Seite, die wie ein M aussah, hätte ebensogut jeder andere Buchstabe des Alphabets sein können. Die Eintragung war vom Jahre 1819 – zwei Jahre, bevor ich geboren wurde, dachte Alexa; sie wickelte das kleine Buch sorgfältig wieder ein und steckte es weg, dann nahm sie statt dessen ein Notizbuch heraus. Rasch sah sie es durch. Es waren vergilbte Ausschnitte aus alten Zeitungen, die von Kämpfen berichteten und Listen der Toten enthielten. Einige gepreßte Blumen und Herbstblätter. Einige Seiten waren noch leer, also war Mama das Ausschneiden und Einkleben wohl sattgeworden! Der Krieg zwischen Griechenland und der Türkei – Lord Byron – er war damals der Modedichter gewesen und auch der Verfasser der Gedichte, die sie gerade in der Hand hatte.

Ungeduldig schloß sie das Notizbuch, legte es wieder hinein und nahm eine Mappe mit Kohle- und Tuscheskizzen heraus. Ach, hier war ja Papa, noch recht jugendlich, trotz des großen Schnurrbarts und der hochgeschlossenen Uniform. Auch Mama selbst – so hübsch und jung, mit einem leichten Lächeln auf den Lippen, das genauso ein Grübchen wie bei Alexa erkennen ließ, und ihr von einem Stirnband gehaltenes Haar. Es folgten Skizzen anderer Leute, die Alexa nicht kannte, dann aber fand sie eine von Tante Harriet und dachte, wie schön sie doch einmal gewesen sein mußte.

Kurze schwarze Locken umrahmten ihr Gesicht fast herausfordernd, und ein offenes Lachen zeigte ihre weißen Zähne. Ein hoher Kragen umrahmte einen schlanken Hals. Wie war es nur möglich, daß diese so glücklich lächelnde junge Frau zu der Harriet geworden war, die sie kannte? Verbittert, mißtrauisch, die stets aufeinandergepreßten Lippen an den Mundwinkeln herabgezogen, wie traurig! Rasch nahm sie die letzte Skizze zur Hand und sah sich einem ungewöhnlichen sympathischen jungen Mann gegenüber – einem Offizier, von seinem Uniformkragen her zu urteilen. Sauber rasiert, mit lockigen kurzen Haaren im Stil der Zeit. Seine eindringlichen Augen schienen unter geraden, stark ausgeprägten Augenbrauen direkt in die ihren zu sehen, und seine festen Lippen lächelten fast. Das Gesicht nahm Alexas Aufmerksamkeit ganz gefangen, und sie wunderte sich fast etwas ärgerlich, wie es dazu kam, daß sie in diesen so regelmäßigen Zügen etwas Bekanntes zu entdecken glaubte. Natürlich unmöglich! Als sie das dünn gestrichelte Datum in einer Ecke der Skizze entdeckte, schüttelte Alexa ihren Kopf. »1798–1821.« Armer sympathischer junger Offizier! Du hast nur so kurze Zeit gelebt.

All das ist schon sehr lange her, und ich darf jetzt nicht sentimental werden, hielt sich Alexa vor. Indem sie die Skizzenmappe entschlossen zur Seite legte, nahm sie auch mehrere Päckchen mit Briefen in die Hand und legte sie dazu. Jetzt kam endlich auch das hellgrüne Kleid zum Vorschein mit einem passenden Seidenunterrock, beides unter einigen Modejournalen aus derselben Zeit. Auch die bronzefarbenen Slipper lagen hier und das zierlich bestickte Täschchen, das so gut dazu paßte, steckte daneben. Alexa entdeckte ein in Seidenpapier eingewickeltes breites Band in dunklerem Grün, das mit einem kupfer- und goldfarbenen Faden bestickt war und Mamas dunkle Locken herrlich betont haben mußte an jenem Abend, an den sich Papa so gut erinnerte.

Für diesen Nachmittag habe ich genug gesehen, sagte sich Alexa. Ein andermal werde ich mir den Rest anschauen. Sie ließ nur das grüne Kleid draußen und was dazu gehörte und steckte alles übrige wieder in die Truhe, bevor sie den Deckel zumachte. Dann, nach einem kurzen Zögern, verschloß sie die Truhe wieder.

18. Kapitel

»So, da bin ich, Papa! Und wie sehe ich in Mamas Kleid aus? Meine Güte, ich hatte gar keine Ahnung, daß mir das so viel Spaß machen würde!«

Mit einer erzwungenen Fröhlichkeit, die sie durchaus nicht verspürte, machte Alexa eine kleine Pirouette vor ihm und war erleichtert, als sie Harriet sagen hörte: »Kannst du dir vorstellen, daß Victorines Kleid, sogar ihre Schuhe, Alexandra so passen, als seien sie für sie gemacht?«

»Alexandra? Ja natürlich! Wie lieb von dir, daß du mich darauf hinweist. Du bist ja immer so ein gutes, rücksichtsvolles Kind gewesen, nicht wahr? Du erinnerst mich an sie – dich nicht auch, Harriet? Und vor allem heute nacht. Sie war ja etwa so alt wie du, glaube ich – als sie dieses Kleid zum ersten Mal trug. Stimmt das nicht, Harriet?«

»Ja, wirklich, ich glaube auch!«

Gott sei Dank zeigte sich Tante Harriet hilfreich und hielt sich an die Vereinbarung des unausgesprochenen Waffenstillstands, den sie zuvor miteinander geschlossen hatten, als Harriet Alexas Haar aufsteckte.

Jetzt saßen sie zu Tisch, und ihre Tante begann ein leichtes Gespräch über dies und jenes und auch über die Ernte. »Alexa und ich waren der Meinung, daß wir bei dem guten Wetter noch einige Kulis in diesem Monat einstellen sollten.«

»Ja, ja, Papa!« fiel Alexa eifrig ein. »Ich glaube, daß all die Kaffeekirschen jetzt gleichzeitig reif geworden sind, was ja ganz ungewöhnlich ist, das weißt du doch. Und Paulo hat mir erzählt, daß in Brasilien…«

»Paulo? Und wer, bitte, ist dieser Paulo, den du so gut zu kennen scheinst, daß du ihn so einfach beim Vornamen nennst?«

Überrascht von Papas Stirnrunzeln und dem ungewohnt ärgerlichen Ton seiner Stimme, begann Alexa zu stottern. »Aber – Papa! Du darfst doch nicht denken... Wir sind doch nur Freunde und – sonst nichts! Und ich meine überhaupt nicht...«

»Harriet? Ich erwarte von dir, daß du mich aufklärst und mir sagst, was diese ungewohnte Intimität bedeuten soll! Mit welcher Art von Freiheit – oder soll ich lieber Freizügigkeit sagen? – hast du eine unschuldig und unerfahrene junge Frau, die deiner Obhut anvertraut wurde, in Berührung kommen lassen, während ich krank war?«

»Papa, bitte! Du mußt mir glauben, wenn ich den Vornamen eines Mannes erwähne, dann bedeutet das noch nicht, daß ich vertraut mit ihm bin! Und Tante Harriet hat überhaupt keine Schuld, weil ich nichts Unrechtes getan habe, das verspreche ich dir! Paulo da Rocha – Senhor da Rocha, wenn du willst – ist ein Gentleman und hat mir nichts anderes angeboten als Freundschaft, das ist alles. Die gleiche Art von Freundschaft, wie ich sie gegenüber Letty – das heißt Mrs. Dearborn, Papa – fühle. Du weißt, daß ich kein Kind mehr bin und daß ich nur den einen Wunsch habe, daß du mir vertraust!«

»Du wirst dich erinnern, Martin, daß ich dir erzählt habe, Alexa sei zu Dearborns zum Abendessen gegangen und daß Muttu und ihre Dienerin sie begleitet haben«, sagte Harriet mit unbewegter Stimme, bevor sie etwas energischer fortfuhr: »Und du hast nichts dazu gesagt, als ich dich um deine Meinung dazu bat – nur deinen Kopf geschüttelt, als habe dies nichts für dich zu bedeuten!«

Papa tat so, als hätte Tante Harriet überhaupt nichts gesagt, bemerkte Alexa. Er trank sein Glas Brandy aus und gab ein ungeduldiges Zeichen, es wieder füllen zu lassen, bevor er mit Stirnrunzeln bemerkte: »Letty, sagtest du? Meinst du etwa diese Dearborn-Frau, die ihr Haar färbt und jede Saison einen neuen jungen Kerl einstellt?«

»Papa!« Alexa konnte ihren erschrockenen Ausruf nicht unterdrücken. »Wie kannst du nur? Und ich habe immer gedacht, daß du Letty Dearborn magst! Das erste Mal, als du seit Wochen wieder mit uns gegessen hast, das war doch an dem Abend, als sie da war. Und ich hatte den Eindruck, daß du auch Senhor da Rocha gemocht hast.«

»Zu Nachbarn muß man höflich sein, meine Liebe. Aber das hat nichts damit zu tun. Ja, ja! Du kannst mein Glas wieder füllen; und laß die Flasche gleich hier stehen, wenn du schon dabei bist! Untüchtig! Wir hätten die Boys besser erziehen sollen, nicht wahr, Harriet?«

Mit ausdruckslosen Augen blickte Martin Howard von seinem Glas auf. »Du solltest verdammt gut verstehen, was ich meine, liebe Schwester! Letty Dearborn ist eine kluge Geschäftsfrau und versteht auch genug von Kaffeepflanzungen. Nachbarin, habe ich gesagt. Da gibt es eben Konventionen, da muß man höflich sein! Aber es ist mir unvorstellbar, daß eine Frau aus meinem Hause mit ihr auf einer, sagen wir persönlichen Ebene zusammenkommt. Ich muß mich schon sehr über dich wundern und wie du deine Pflichten wahrnimmst, Harriet!«

»Es tut mir leid, Papa. Und wenn du mich jetzt auf mein Zimmer schicken willst, dann werde ich gerne gehen.« Indem sie ungeschickt ihren Stuhl zurückschob, sprang Alexa auf, hochrot im Gesicht und mit Augen wie ein blitzendes Gewitter. »Und es tut mir auch leid, wenn ich euch den Abend verdorben habe, aber ich – ich kann es einfach nicht ertragen, wenn über gute Freunde so schlecht gesprochen wird! Meine Freunde und auch deine, Papa, auch wenn du zu krank warst, um dich daran zu erinnern! Denn während deine anderen, so honorigen, heuchlerischen Freunde dir nur gut zugeredet haben, war Letty Dearborn die einzige, die etwas getan hat, um uns zu helfen! Als ich in Colombo war und Tante Harriet nicht mehr aus und ein wußte, hat uns Letty ihren eigenen Vorarbeiter geschickt. Und wahrscheinlich hätten wir in diesem Jahr überhaupt keinen Kaffee auf den Markt bringen können, wenn sie uns nicht so unterstützt hätte! Papa, das mußt du einfach verstehen!«

Trotzig stand Alexa da, obwohl ihr die Knie wankten, nachdem sie diese explosive Rede gehalten hatte. Zu ihrer Verwunderung sagte Papa überhaupt nichts, sah sie nur kurz mit halboffenem Mund an und trank dann sein Glas aus.

Schließlich war es Harriet, die die angespannte Stille unterbrach, als sie nüchtern erklärte: »Gut jetzt! Nachdem du das losgeworden bist und nicht in Ungnade auf dein Zimmer geschickt wurdest, könntest du dich wohl ebensogut wieder setzen!«

Alexa setzte sich etwas verdrossen wieder auf ihren Stuhl, und die Mahlzeit wurde fast schweigsam fortgesetzt, als sei überhaupt nichts vorgefallen. Alexa sah beharrlich auf ihren Teller, ihr Gesicht war immer noch leicht gerötet. Vielleicht hatte sie Papa zu hart angesprochen, aber er war im Unrecht gewesen und hatte von Letty in einem derart herablassenden Ton gesprochen.

»Alexa, wenn du endlich damit fertig bist, mit deinem Fisch herumzuspielen, dann können wir vielleicht zum Braten übergehen. Willst du ihn tranchieren, Martin?«

»Natürlich. Ich kann so einen guten Braten doch nicht diesem Koch ausliefern!«

Er handelt wenigstens so, als sei er noch nüchtern, dachte Alexa erleichtert, als er den saftigen Braten genauso gekonnt wie früher zerlegte.

»Also, Harriet, du magst dein Fleisch doch lieber durchgebraten, nicht wahr? Zwei Scheiben?« Als Alexa seinen fragenden Blick auffing, durchlief sie ein Gefühl der Zuneigung, das mit Reue gemischt war, weil er ihr ihren Ausbruch wohl verziehen hatte.

Mit einem kleinen Lächeln sagte sie rasch: »Bitte so roh wie möglich, Papa, das mag ich am liebsten. Und bitte nur eine einzige ganz dünne Scheibe.«

»Wieso roh? Ich dachte, du kannst rohes Fleisch nicht ausstehen, nicht einmal sehen!«

»Aber ich habe doch immer...«, begann Alexa, als sie plötzlich still wurde. Es war Mama gewesen, die kein rohes Fleisch essen konnte und immer um das Bratenende gebeten hatte.

Während sie bestürzt aufsah und nach Worten suchte, sagte Papa gütig: »Du mußt nicht meinen, daß du dich zu dem rohen Fleisch zwingen mußt, nur weil die anderen dich necken. Da hast du es – dein Lieblingsstück vom Braten, wie immer!«

Alexa schwieg, als der Diener ihr den goldgeränderten Teller mit dem Fleischstück hinstellte. Wenn Papa erst etwas gegessen hätte, würde er sicher wieder so sein wie früher.

»Also? Wir sollten anfangen, bevor diese herrliche Mahlzeit kalt geworden ist. Ah, wirklich sehr gut! Ich muß dem Koch sagen, daß er sich diesmal übertroffen hat. Aber, meine Liebe! Magst du dieses schöne Stück Fleisch nicht? Möchtest du lieber eine Scheibe vom anderen Ende des Bratens?«

Alexa hatte gerade den Mund geöffnet, um schnell zu erklären, daß sie mit ihrem Braten durchaus zufrieden sei, doch dann schwieg sie plötzlich und holte tief Luft, bevor sie so normal wie möglich sagte: »Es ist wirklich ein sehr schönes Stück Fleisch, Papa, und gerade dünn genug; aber ich hatte gehofft, du würdest dich daran erinnern, daß ich meinen Braten so wenig durchgebraten wie möglich mag, genauso wie du.«

»Aber das verstehe ich nicht!« sagte Papa mit nörgelnder Stimme, indem er Messer und Gabel hinlegte und mit zusammengezogenen Augenbrauen verwirrt zu Harriet hinblickte, als suche er ihre Unterstützung. »Harriet, das kannst du doch bestätigen, oder nicht? Hat Victorine nicht gerade immer das Endstück haben wollen? Ich bin mir doch ganz sicher.«

»Aber, Papa – Papa, schau mich doch bitte an! ich bin doch nicht meine Mama!« Ohne auf Harriets warnenden Gesichtsausdruck zu achten, stand Alexa auf und rannte zu ihm hin: »Ich habe doch nur eines von Mamas alten Kleidern angezogen, um dir einen Gefallen zu tun, Papa, aber ich bin doch nicht – Victorine. Du siehst jetzt Alexa vor dir, und ich bin nicht deine Frau, mein liebster Papa, sondern deine Tochter. Ich weiß, daß du das verstehst!«

»Wie? Was? Victorine...?« Mit verwunderten Augen blickte Papa hoch, und Alexa sah, wie sein Mund arbeitete.

»Alexa! Papa, sieh mich doch bitte an! Ich bin deine Tochter, Papa!«

»Tochter?« Er sah von ihr zu Harriet hinüber, seine Stimme klang ungeduldig und gereizt. »Ich habe gar keine Tochter, nicht wahr, Harriet? Eine Totgeburt, haben sie mir gesagt. Alle beide. Meine arme Victorine...«

Seltsamerweise richtete Harriet jetzt ihren ärgerlichen Tadel an Alexa und nicht an ihren Bruder, indem sie herausplatzte: »Meinst du nicht, daß es jetzt reicht für heute abend? Sei doch um Gottes willen still und laß ihn in Ruhe!«

Aber nun war es zu spät, um sie davon abzuhalten, das zu sagen, was sie für notwendig hielt. Um Papas willen und um ihretwillen, dachte Alexa eigensinnig, während sie sich an der Armlehne seines Stuhls festhielt und weitersprach, als hätte sie ihre Tante nicht gehört.

»Du mußt mir zuhören, Papa, und versuchen zu verstehen, daß ich es nur getan habe, weil ich dich so sehr liebe. O Papa! Ich bin doch die Tochter deiner Victorine, siehst du das nicht? Ich bin ein Teil von ihr, deshalb siehst du sie in mir. Und du hast mich ebensowenig verloren, wie du Mama in Wirklichkeit verloren hast, weil sie immer bei uns ist und mit uns in unseren Erinnerungen lebt, verstehst du? Obwohl Mama gehen mußte, hat sie mich doch zurückgelassen, um für dich zu sorgen und dich zu trösten – wenn du mich das tun läßt. Aber du mußt mich als die sehen, die ich bin, Papa! Ich bin die Tochter meiner Mutter, nicht meine Mutter!«

»Dich sehen? Sehen? Ach ja... Ich glaube, die Augen. Es sind ja nicht Victorines Augen. Victorines schönes Ballkleid, aber – aber du bist die Tochter meiner Victorine, nicht wahr? Also gut! Ein Teil von ihr. Natürlich! Sie würde mich ja nicht ganz alleine lassen. Ich hätte daran denken sollen. Sie mußte ja wegen des kleinen Freddy gehen. Aber ich fühle sie eben manchmal so nah! Fühle sie. Manchmal meine ich, ihre Stimme zu hören.«

»Papa!«

Plötzlich klopfte ihr Papa leicht auf die Hand. »Ja. Danke dir, meine Liebe, daß du mir geholfen hast. Natürlich. Victorines Tochter. Ihr Fleisch und Blut. Trost und Stütze. Verzeih mir bitte! – Und jetzt, jetzt sollten wir unserem guten

Braten wirklich alle Ehre antun, meint ihr nicht auch? Laß deinen Teller zurückbringen, meine Liebe, und dann werde ich dir eine Scheibe geben, die so roh ist, wie du sie haben willst!«

19. Kapitel

Nach dieser Nacht mußte sogar Harriet zugeben, daß Papa begonnen hatte, sich wohler zu fühlen, und wieder der wurde, der er früher gewesen war. Er bemühte sich nun, zeitig genug aufzustehen, um morgens auszureiten und sich auf der Plantage umzusehen, und kam jeden Abend rechtzeitig zum Essen zurück und konnte sich recht vernünftig über alle Geschäftsangelegenheiten unterhalten. Manchmal gab er sich sogar Mühe, humorvoll zu sein und Alexa zu necken, vor allem wenn er sie in seinem Büro hinter den Büchern vorfand. Er klopfte ihr dann leicht auf den Arm oder die Wange, als wolle er ihr zeigen, daß er sie jetzt wahrnahm. Er gewöhnte sich an, sich von Alexa den Tee einschenken zu lassen, nachdem er von seinem Morgenritt zurück war.

Alexa merkte kaum, daß sie in eine Art täglicher Routine verfiel. Jetzt war es ihr zur Pflicht geworden, Papa zu trösten und ihm zur Seite zu stehen, wie sie es ihm versprochen hatte. Auch Tante Harriet erinnerte Alexa daran, wenn sie einmal begann, ruhelos zu werden und davon sprach, nach Kandy zu fahren oder mit einigen ihrer alten Freunde auf die Jagd zu gehen.

»Vielleicht, wenn sich hier alles wieder etwas normalisiert hat und wir mehr Zeit für uns selber haben«, sagte Harriet in solchen Fällen etwas vage.

Vielleicht... Vielleicht? Während ein Tag auf den anderen folgte, einer wie der andere, quälend langsam, wurde Alexa bewußt, daß dieses nebulöse ›Vielleicht‹ alles war, worauf sie hinleben konnte. Nach ihrem morgendlichen Ausritt mit Papa – wobei sie jetzt als Lady im Damensitz auf dem Sattel saß – gingen sie beide die Treppe hinauf, um sich umzuziehen; anschließend lief sie rasch hinunter in das Frühstückszimmer, um sich hinter den kleinen Tisch mit seinem silbernen Teegeschirr zu setzen und Tee für Papa und Tante Harriet einzuschenken. Danach kamen die Geschäftsbücher dran und dann das Frühstück. Ihr Nachmittagsschlaf – selbst wenn sie sich nicht wirklich hinlegte, sondern versuchte, statt dessen ein Buch zu lesen. Und dann...

Wenn sie sich dabei ertappte, darüber nachzudenken, mußte Alexa sich selbst sagen: »Halt jetzt. Ich darf einfach nicht so denken!« Vielleicht war sie so unruhig wegen der Hitze? Immerhin war September Erntezeit und einer der heißesten Monate des Jahres.

Papa brauchte sie, und sie hatte ihm versprochen, ihn nicht zu verlassen. Aber was war mit ihr? Wer kümmerte sich um ihr Leben, um ihre Freunde? Würde sie je wieder sich selbst gehören? Wie eine Gefangene lief Alexa in ihrem Zimmer von der Tür zum Fenster und wieder zurück, während ihre Gedanken mit ihren Emotionen kämpften. Sie versuchte sich zu beruhigen, als sei wirklich nur diese Hitze an allem schuld. Und sie hatte immerhin versucht, nicht viel Aufhebens davon zu machen, als Letty und Paulo vor ein paar Tagen zum Abendessen gekommen waren. Papa hatte sich sehr um eine leichte Konversation bemüht, die er an beide Gäste richtete. Aber alle hatten sich etwas steif dabei gefühlt, wie höfliche Fremde, die nicht recht warm miteinander wurden. Und als Alexa von Letty eingeladen wurde, doch bald wieder einmal zu ihr zu kommen, hatte Papa für sie geantwortet und gesagt, er könne sie jetzt nicht entbehren. Vielleicht später einmal.

Und die beiden jungen Offiziere, war das wirklich erst knapp drei Monate her? Papa hatte die beiden höflich eingeladen, abzusteigen und in den Schatten der Veranda zu kommen, ihnen aber nichts zum Sitzen angeboten. Und als einer von ihnen stotternd nach Alexa gefragt hatte, ob Alexa – Verzeihung, Miß Howard – vielleicht wieder einmal mit ihnen ausreiten oder auf die Jagd gehen würde, hatte Papa dies freundlich, aber entschieden abgelehnt. »Wirklich sehr nett von Ihnen, daran zu denken. Aber Sie werden sicher verstehen, vor allem wenn Sie selbst Schwestern haben, daß ich es nicht zulassen kann, daß eine junge Lady ohne richtige Begleitung ausgeht, wie sie das vielleicht in jüngeren Jahren gemacht hat, nicht wahr?« Und dann, nachdem die beiden stotternd abgezogen waren, hatte Papa ihr freundlich auf die Wange geklopft und sie so seltsam angelächelt.

»So, meine Liebe. Bist du nicht erleichtert, daß ich dir diese lästigen Kerle vom Leib gehalten habe? Auf die Jagd! Das ist ja viel zu gefährlich, zweifellos nicht die geeignete Tätigkeit für eine junge Lady!«

Er hat nur Angst, mich zu verlieren, sagte sie sich immer wieder, wobei sie ihre aufsteigende Ablehnung mit Mitleid zu dämpfen versuchte. Er gab ihr zwar das Gefühl, beschützt zu sein und gemocht zu werden, aber er hielt sie eben auch – gefangen! Bei diesem Wort blieb sie plötzlich stehen und biß sich wieder auf die Lippe. Wie ein Vogel kam sie sich plötzlich vor, dem man die Flügel gestutzt hatte, damit er nicht weit fliegen könne. Ihre Tage wurden mit freundlicher Entschiedenheit für sie geplant, ihre Zeit wurde ihr zugemessen. Aber war es denn fair, überhaupt so etwas zu denken? Sollte sie sich nicht dafür schämen?

»Alexa?«

Auf bloßen Füßen wandte sie sich um und wunderte sich, warum ihr Herz plötzlich so stark zu klopfen begann.

»Ja, Papa. Hier bin ich.«

»Ich habe dich doch nicht aufgeweckt, oder, meine Liebe?«

»Nein, natürlich nicht. Es ist viel zu heiß, um zu schlafen.« Für einen kurzen Augenblick war ihr, als haßte sie ihren Vater.

»Ja, ich spüre diese Hitze selbst! Ich dachte, du hättest vielleicht gerne einen Krug mit kaltem Wasser, soll ich ihn dir bringen lassen? Aber – meine Liebe! Du hast ja gar nichts Richtiges an! Und deine Fenster stehen ja weit offen! Ich meine, wenn einer dieser verdammten Kulis herschaut...«

Alexa antwortete ungeduldig: »Oh, Papa! Du weißt ganz genau, daß die Kulis jetzt alle irgendwo im Schatten liegen, und meine Fenster sind viel zu hoch, als daß mich jemand sehen könnte. Wenn ich noch mehr anziehe, dann bekomme ich bestimmt einen Hitzschlag.«

»Hitzschlag? Aber mein liebstes Kind, fühlst du dich nicht wohl? Bist du krank, oder schwach? Ja, ja, die Hitze – vielleicht sollte ich sofort nach Harriet schicken.« Er war vor Angst und Sorge blaß geworden.

»Natürlich bin ich weder krank noch schwach! Ich wollte ja nur sagen, daß es ganz einfach heiß ist.«

Sie hatte sich so viele Gedanken wegen Papa gemacht, und jetzt machte er sich ihretwegen Gedanken. Doch das war doch nur natürlich, oder nicht? Er war eben Vater, der sich um sie sorgte, sie liebte – aber weil er sie nicht verlieren wollte, das war alles.

Alexa warf sich auf ihr Bett und drückte sich die Finger gegen die Schläfen, wobei sie sich nur auf ihr Atmen konzentrierte, bis die Dienerin hereinkam, um sie an die Teezeit zu erinnern. Sie wurde bereits erwartet.

Obwohl ihr gar nicht danach war, machte sie sich doch frisch und schlüpfte in ein hellgelbes Kleid aus Baumwollbatist, dessen Rock mit Volants und Lochstickereien besetzt war. Jetzt fühlte sie sich endlich wohler.

Erleichtert stellte Alexa fest, daß es auf der schattigen Veranda nicht ganz so heiß war wie oben in ihrem Zimmer. Und nachdem Tee eingeschenkt und leichtes Gebäck herumgereicht worden war, wurde es auch ihr wieder leichter ums Herz. Die Gespräche waren harmlos und unverfänglich und drehten sich meistens um den Garten und das Pflanzen der neuen Rosen.

»Vielleicht könnten wir auch einen kleinen Fischteich anlegen – natürlich irgendwo im Schatten. Mit einem kleinen Springbrunen, wenn das zu machen wäre.«

»Aber was hält Alexa davon?« wandte sich Papa an sie mit einem nachsichtigen Lächeln. »Schließlich ist das jetzt dein Haus, und die Gärten sind jetzt deine Sache. Alles hier gehört nun dir, meine Liebe, genauso wie du hierher gehörst – nicht, Harriet? Natürlich mußt du mir auch sagen, wenn du irgend etwas im Haus verändern willst, etwa neue Möbel für dein Zimmer? Neue Vorhänge – ja, wir können es uns leisten, meine Liebe, also brauchst du nicht so besorgt dreinzuschauen!«

»Aber du bist doch schon mehr als großzügig, Papa. Wenn ich nur daran denke, was all die schönen neuen Kleider gekostet haben müssen, die ich nach Colombo mitgenommen habe! Wenn du weiter so verschwenderisch bist, dann wird mich mein Ehemann, wenn ich heirate, sicher für viel zu verwöhnt halten!«

Alexa hatte es leichthin gesagt, mit einem neckenden Lächeln, ohne auch nur entfernt auf den Gedanken zu kommen, daß ihre so unschuldig gesprochenen Worte einen wahren Sturm aus heiterem Himmel entfesseln würden.

»Heiraten, sagtest du? Wann willst du denn heiraten? Was höre ich da von dir? Wie kommst du nur auf solche Gedanken? Du brauchst mich gar nicht so schuldbewußt anzuschauen, nachdem die Katze jetzt aus dem Sack ist! Wo ist er? Mit wem hast du dich heimlich getroffen? Bei Gott, wenn ich seinen Namen erfahre...«

Wie vom Donner gerührt, war Alexa unfähig, etwas zu sagen oder sich zu bewegen, selbst als sie spürte, wie er sie mit beiden Händen grob an den Schultern packte und schüttelte und sie mit harter Stimme anfuhr.

»Jetzt will ich endlich die Wahrheit wissen! Was hast du ihm alles gestattet, sag es mir! Welche Freiheiten hast du ihm gegönnt, oder hat er sie sich genommen? Antworte mir! Oder macht dich deine Schuld stumm? Hat er – dieser Mann, den du offenbar heiraten willst – hat er dich etwa schon entehrt? Hast du noch deine Unschuld bewahrt? Bei Gott, antworte mir jetzt!«

Alexa kam etwa im gleichen Augenblick wieder zur Besinnung, als sie Harriet mit scharfer Stimme ausrufen hörte: »Martin, hör sofort mit diesem Unsinn auf!«

Indem sie alle Kräfte zusammennahm, sprang Alexa von ihrem Stuhl auf und riß sich gleichzeitig von ihm los. »Ich habe nicht... Oh, aber du hast einfach kein Recht, kein Recht...«

»Martin! Um Himmels willen, bist du denn völlig übergeschnappt? Du weißt doch ganz genau, daß Alexa seit über einer Woche das Haus nicht mehr verlassen hat!«

Harriet hatte fast zur gleichen Zeit wie sie gesprochen, aber jetzt fuhr Alexa mit gepreßter Stimme fort: »Papa, wie kannst du es wagen! Es ist mir in diesem Moment gleichgültig, ob du mein Vater bist, weil du auch dann kein Recht hättest, mich zu beschuldigen und mir die schmutzigsten Unterstellungen zu machen, ohne daß es dazu irgendeinen Anlaß geben würde! Oh!«

Ihr hübsches gelbes Kleid war an der Schulter zerrissen, und sie fühlte sich innerlich und äußerlich verletzt. Alles in der Welt würde sie hergeben, wenn sie sich umdrehen und weglaufen könnte, immer weiter weg, wenn sie nur gewußt hätte, wohin. Jetzt aber beobachtete sie ihn mit einem feindseligen Blick, wie sie einen Fremden beobachten würde, selbst als sein Mund sich tonlos bewegte und seine Augen sich mit Tränen füllten. Seltsamerweise fühlte sie in diesem Augenblick keinerlei Mitleid.

»Aber du hast doch von Heiraten gesprochen! Ehemann, hast du gesagt, genauso, als wäre schon alles fest verabredet! Oder hast du mich nur eifersüchtig machen wollen? Was ist los, meine Liebe? Versprich mir, daß es niemanden gibt. Bist du schon mit einem Mann zusammengewesen? Etwa mit diesem schmierigen Ausländer, der mit Letty Dearborn ins Bett geht – du hast ihn doch beim Vornamen genannt...«

»Bitte...!« Erst mußte sie ihren Atem unter Kontrolle bekommen, bevor sie überhaupt in der Lage war, in ruhigerem Ton weiterzusprechen:

»Wenn es dir schwerfällt zu glauben, daß ich immer noch eine Jungfrau bin, und wenn dir mein Wort nicht genügt, dann kannst du mich meinetwegen von einem Arzt untersuchen lassen. Ich bin mir durchaus bewußt, daß du gesetzlich berechtigt bist, mich sogar einer solchen Entwürdigung auszusetzen.«

»Meine Liebe – aber nein! Sieh mich doch nicht so an! Ich würde nie – du weißt doch, daß ich das überhaupt nicht so gemeint habe, nicht wahr? Nur als ich dich so leichthin von

Heiraten und einem Ehemann sprechen hörte, als hättest du dir schon einen ausgesucht. Aber wenn du mich nur hast necken wollen. Und du hast dich wirklich noch von keinem Mann berühren lassen? Meine liebe Alexa, wie solltest du auch wissen können, wie manche Männer in Wirklichkeit sind? Treulos... Lügner... Frag Harriet, sie weiß es! Nicht wahr, Schwester?«

»Martin, ich bitte dich!«

»Alexa, bitte verstehe und verzeihe mir, daß ich an dir gezweifelt habe, ja? Verstehe bitte, daß ich dich nur schützen und davor bewahren wollte, von den Händen böser Menschen beschmutzt zu werden! Du kannst alles haben, wirklich alles, was du dir wünschst, hier, wo du sicher bist und wo man auf dich achtgeben kann. Du liebst mich doch, oder nicht? Du hast es doch gesagt, nicht wahr, Harriet? Bitte, sei mir nicht böse – du weißt, daß ich es gut mit dir meine! Soll ich dir einen hübschen Ring kaufen, damit du wieder lachst? Oder eine Brosche? Du kannst mir sagen, was du dir wünschst, und ich werde es dir schenken – damit du wieder glücklich bist!«

»Ich möchte nur... Papa, wenn du meinst, was du sagst, dann habe ich nur einen Wunsch, nämlich Freiheit. Das Recht, meine eigenen Freunde auszusuchen – und auch dein Vertrauen zu haben.«

»Freiheit? Eigene Freunde? Verstehe ich nicht! Du meinst doch nicht etwa Männer, oder? Du kennst sie einfach nicht, und du wirst mir eines Tages noch dafür dankbar sein, daß ich dich vor dem Schmerz bewahrt habe – der Scham, die zusammen mit der Reue und Enttäuschung kommt. Ach, meine arme Victorine! Sie hätte dir das besser sagen können – sie hätte dich warnen können! Aber ich habe sie immer geliebt, das weißt du. Damit habe ich nie aufgehört; ich wäre unter allen Bedingungen bei ihr geblieben. Und sie hat mich nie eifersüchtig gemacht und mir nie Grund dafür gegeben. Du würdest das auch nicht tun, nicht wahr, Alexa? Wir haben doch nur noch einander, du und ich, das weißt du. Alexa – nein. Geh nicht weg von mir!«

»Würdest du mich jetzt bitte entschuldigen? Du siehst

doch, daß mein Ärmel zerrissen ist und... und jetzt muß ich nach oben gehen und mich umziehen.« Alexa hatte das Gefühl, sie sei zu Eis erstarrt, selbst das Blut in ihren Adern.

20. Kapitel

Warum mußte dieser Alptraum nur immer und immer weitergehen? Warum konnte sie sich nicht dazu zwingen, aufzuwachen? Alexa lehnte zitternd mit ihrem Rücken gegen die Tür ihres Zimmers.

Was sollte das alles bedeuten? Aber wollte sie es überhaupt so genau wissen? War es nicht letzten Endes besser, sich einzureden, daß gar nichts geschehen war? Ihre Atemzüge klangen wie Schluchzen. O Gott. Ihre schlimmsten Vorstellungen waren also wahr geworden: er – sie war kaum in der Lage, ihn noch länger Vater zu nennen – wollte sie nicht gehen lassen. »Wir haben doch nur einander, du und ich.« Er wollte sie beschützen, vor – Entehrung. »Rein und unschuldig.« Sie von allen Männern fernhalten, außer ihm selbst. Fast hätte Alexa über ihre eigene naive Dummheit gelacht. Warum hatte sie denn nicht früher gemerkt, daß etwas nicht stimmte? Er hatte doch nicht seinen Verstand wiedergewonnen, wie Harriet und sie gehofft und gedacht hatten. Vielmehr war er immer tiefer in etwas geraten, das nur Wahnsinn sein konnte. Wenn er sie bisher manchmal für ihre Mutter gehalten hatte, betrachtete er sie jetzt als ein Geschenk von seiner Victorine.

Oh, ich muß weg, ich muß weg, hörte sie eine verzweifelte Stimme in sich rufen. Aber wohin und zu wem sollte sie gehen? Zu Letty? Dann würde sie ihre Freundin nur in Schwierigkeiten bringen, und Papa würde ohnehin denken, sie sei zu Paulo gelaufen. Und wenn sie sich ein Pferd satteln ließ und nach Kandy ritt, was würde sie dort anfangen, zumal ohne eigenes Geld? Oder... Bei dem Gedanken, der Alexa jetzt kam, schien sich etwas in ihrem Geist zu klären. Sir John! Der liebe, liebe Onkel John, der ihr echte Freiheit ohne

Bedingungen angeboten hatte. Er würde ihr helfen können. Warum in aller Welt hatte sie ihm nur diesen Brief geschickt, um ihn auszuladen?

Nie zuvor hatte Alexa ihre Zimmertür verschlossen, aber jetzt tat sie es, bevor sie sich an ihren kleinen Schreibtisch setzte. Ihre Feder kratzte auf dem Papier, und ihre sonst so klare Handschrift war kaum wiederzuerkennen, aber das machte jetzt nichts. Er würde es schon verstehen und sofort zu ihr kommen. Weiter als bis dahin mochte sie in diesem Augenblick nicht denken. Muttu würde ohnehin mit dem Koch nach Kandy fahren, um Lebensmittel für die nächste Woche einzukaufen, und er mochte sie sehr, das wußte sie; also würde er auch dafür sorgen, daß der Brief rasch weiterbefördert wurde. Vor allem wenn ihm nach seiner Rückkehr ein Lohn winkte.

»Bitte komm sofort, wenn du es möglich machen kannst. Ich kann dir nicht erklären, was mich zu diesem kurzen Brief veranlaßt, aber du kennst mich sicher gut genug, um...«

»Alexa? Alexa, warum hast du denn deine Tür verschlossen?« Tante Harriet klang atemlos vom Treppensteigen und verärgert dazu. Alexa schlug das Herz plötzlich bis zum Hals.

Aber schon im nächsten Augenblick hatte sie sich so weit beruhigt, daß sie hinausrufen konnte, sie wolle eine Weile allein bleiben, um sich zu beruhigen. Sie spürte förmlich, wie Tante Harriet erst zögerte, doch dann sagte sie: »Also gut, meine Liebe. Aber ich hatte vor dem Essen noch kurz mit dir sprechen wollen, und du wirst sicher auch einiges auf dem Herzen haben.«

»Ja – vielleicht. Aber erst, wenn ich mich etwas erholt habe.«

Mit einem Aufseufzen wandte sich Alexa wieder ihrem Brief zu, um ihn zu beenden. Erst nachdem sie ihn adressiert und verschlossen und unter ihre Matratze geschoben hatte, fiel ihr ein, daß sie kein Geld für das Porto hatte. Nach dem, was vorgefallen war, konnte sie auch kaum darum bitten.

Alexa begann sich den Kopf zu zerbrechen. Die Diener? Nein! Das würde auffallen. Harriets Haushaltsgeld? Aber das wäre Diebstahl, und wenn man sie erwischen würde – nein! Vielleicht hatte sie doch noch etwas Kleingeld in ihren Kleidern oder Schubladen? Alexa wühlte alles durch, fand aber nur ein paar Pennies.

Dann kam ihr plötzlich der rettende Gedanke. Sie selbst hatte zwar nichts, aber da war doch – die Truhe! Mamas blaue Truhe! Und Mama hatte immer etwas Kleingeld gehabt, in jedem ihrer Täschchen war etwas, daran erinnerte sie sich noch genau.

Vorsichtig steckte sie den Schlüssel in die Truhe und schloß sie auf. Gleich oben sah sie ein Täschchen liegen. Sie zog das Lederband auf und nahm alles heraus. Ein Taschentuch – ihr eigenes. Eine kleine emaillierte Schnupftabakdose. Hatte Mama wirklich so etwas benutzt? Ein seidenes besticktes Taschentuch... Aber halt! Es war an einem Ende verknotet. Als Alexa den Knoten löste, fiel ein schwerer goldener Ring in ihren Schoß. Es war der Siegelring eines Mannes. Das Wappen kannte sie nicht, es war mit winzigen Diamanten besetzt, die so angeordnet waren, daß sie auf dem goldenen Hintergrund ein Schild bildeten. Zweifellos ein sehr teurer Ring, aber was machte er jetzt bei den Sachen ihrer Mutter? War dies etwa die Erbschaft, die sie gemeint hatte? Doch selbst ein goldener Ring mit Diamanten konnte ihr im Augenblick nicht weiterhelfen, dachte Alexa ärgerlich. Sie verknotete den Ring wieder in das Taschentuch und schüttete dann den Inhalt des Täschchens auf den Teppich. Ach ja, hier waren ja doch ein paar Münzen! Allerdings nur englische, aber das dürfte keine Schwierigkeiten machen. Silberne Schillinge, noch einige Pennies und hier – ein echter Schatz – eine goldene Guinee! Alexa tat die Münzen zur Seite und packte alles in die Tasche zurück, einschließlich eines zusammengefalteten Stücks Pergamentpapier, das ganz unten gelegen war. Wie amtlich es aussah, und doch war es so oft zusammengefaltet worden, daß es ganz zerknittert war.

Trotz ihrer Eile zögerte Alexa jetzt. Dann aber, ohne recht zu wissen, warum, begann sie, das Papier auseinanderzufalten. Die Ränder waren schon ganz vergilbt. Sie hielt es näher an die Lampe.

»Heiratsurkunde«, las sie. Die Heiratsurkunde ihrer Mutter etwa? »Victorine Angélique Bouvard, siebzehn Jahre alt.« Erst siebzehn? Das muß doch ein Fehler gewesen sein. Und hier stand ja überhaupt nicht Papas Name! Hatte sich etwa der Beamte geirrt, vielleicht nicht richtig hingehört. Alexa las von neuem. »Gavin Edward Dameron, zweiundzwanzig Jahre alt.« Aber wieso sollte das ein Fehler sein, wenn hier unten zwei Unterschriften standen? Und diese Untersshriften der beiden Trauzeugen, eine von ihnen – ja, das war ja schon wieder eine Überraschung! – war doch eindeutig die Unterschrift von Sir John!

Alexa setzte sich zurück, und das Gefühl schien in ihr abzusterben. Im Januar achtzehnhunderteinundzwanzig hatte ihre Mutter geheiratet – aber nicht Martin Howard, ihren Papa, sondern einen völlig anderen, dessen Namen sie nie zuvor gehört hatte. Gavin Edward Dameron. Und dieses zerknitterte Stück Papier, das sie in der Hand hielt, hatte die beiden zu Mann und Frau gemacht. Und im August achtzehnhunderteinundzwanzig hatte Victorine eine Tochter zur Welt gebracht, die Alexandra Victoria genannt worden war. Nicht Dameron, sondern Howard. Aber wie war das nur möglich?

Gavin Edward Dameron. Alexa erinnerte sich an den unleserlichen Anfangsbuchstaben auf der Vorderseite des Gedichtbändchens. War es nicht ein G gewesen? Fast unwillkürlich wühlten Alexas Hände in der Truhe, bis sie das Buch fand, das Alexa jetzt wieder aufschlug. »An meine einzige und große Liebe, von dem einen, dessen Herz dir auf immer gehört!« Leidenschaftlich und schwungvoll, von Gavin mit eigener Hand hingekritzelte Gefühle. War das ihr...? Obwohl sie innerlich zögerte, zwang sie sich doch, den Gedanken zu Ende zu führen und auszusprechen. War das ihr Vater? Jetzt kamen ihr plötzlich Andeutungen in den Sinn, die sie bisher nicht verstanden hatte: »Tochter? Ich habe keine Tochter. Totgeboren – alle beide.«

»Victorine! Mein Gott, wie sehr ich sie geliebt habe. Ich hätte sie unter allen Bedingungen genommen.«

Was hatte Martin Howard damit gemeint? War doch er ihr

Vater? Wenn Gavin Dameron in irgendeinem Krieg oder durch einen tragischen Unfall ums Leben gekommen war, schon bald nach ihrer Heirat, dann hätte sich ihre Mutter ohne weiteres an Martin Howard gewendet haben können, um Trost und Unterstützung bei demjenigen zu finden, der »sie immer geliebt hatte«.

Ich muß es herausbekommen, dachte Alexa verbissen. Ich werde nicht eher Ruhe finden, bis ich alles weiß. Jetzt verstand sie auch Harriets Warnung vor der »Büchse Pandoras« und die seltsam aufmerksame Art, mit der Harriet Alexas Gesicht geprüft hatte. Offenbar hatte sie befürchtet, Alexa könne etwas gefunden haben. Aber warum wollten sie ihr nur die Wahrheit vorenthalten?

Mit einem verschlagenen Gesichtsausdruck, der gar nicht zu ihrer Art paßte, faltete Alexa das kostbare Dokument vorsichtig zusammen und steckte es in die Tasche zurück, um dann die Truhe wieder zu verschließen. Sie sollten es jetzt noch nicht wissen. Und für ihren eigenen Seelenfrieden mußte sie nun herausfinden, wessen Tochter sie in Wirklichkeit war.

»Alexa, meine Liebe, warum schließt du mich denn aus? Habe ich dir nicht erklärt, warum ich dir alle diese Dinge gesagt habe? Doch nur weil du mir soviel wert bist. Du bist mir doch nicht länger böse, oder? Bitte, meine Liebste...«

Alexa spürte, wie ihr ein Schauder den Rücken hinablief, und sie mußte ihre Augen fest schließen, bevor sie in der Lage war, dieser flehenden Stimme zu antworten: »Ich – ich bin noch nicht angezogen. Du hast mein neues Kleid zerrissen, das weißt du doch.«

»Aber du kannst zwei neue Kleider haben – oder auch drei, wenn du willst. Du weißt doch, wie sehr es mir leid tut, und daß ich alles, was ich sagte, nicht so gemeint habe. Bist du auch allein, meine Liebe? Zieh nur die Vorhänge fest genug zu. Du mußt nicht so hart zu mir sein, meine kleine Victorine.«

Das macht mich noch ganz krank! O Gott, ich weiß doch, daß er betrunken ist, wenn ich ihn so reden höre, aber ich kann es einfach nicht länger aushalten!

»Martin!« Oh – dachte Alexa – Gott sei Dank, daß Tante Harriet gekommen ist! »Martin, was bildest du dir eigentlich ein dort oben? Komm jetzt sofort herunter.«

»Ich muß doch mit ihr reden, Harriet. Sie ärgert sich über mich. Aber das darf nicht so bleiben – Victorine blieb nie lange ärgerlich! Sie ist doch sonst ganz wie meine Victorine. Victorine hat sie mir doch anvertraut, oder? Ich sollte aufpassen, daß Alexa nicht auf falsche Wege geriet. Frauen sind doch so – schwach!«

»Du kannst mir alles über die Schwachheit der Frauen erzählen, wenn du wieder unten bist. Inzwischen laß Alexa in Ruhe, damit sie sich anziehen kann. Du kommst doch herunter, Alexa, nicht wahr?«

»Ja – ich danke dir, Tante Harriet. Wir werden uns später unterhalten.«

Durch die Tür hörte sie noch ein aufbegehrendes Gemurmel, das in Harriets scharfer, jetzt gebieterischer Stimme unterging. Und während Alexa den Atem anhielt, entfernten sich die Schritte, und schließlich schlug eine Tür zu.

Erst dann wich alle Spannung aus ihrem Körper, und Alexa fiel ohnmächtig in sich zusammen wie eine Stoffpuppe.

21. Kapitel

Träume waren schon immer ein angenehmer Weg, um aus der Wirklichkeit zu fliehen, wie Feenmärchen, an die man als Kind so gerne glaubte; und in allen gab es schön geschmückte Prinzessinnen und hübsche Prinzen. Und in den Träumen, genau wie in den Feenmärchen, lebte jeder glücklich weiter und immer weiter. Warum nur konnten sich Träume nicht länger halten als die Nebelreste über den Hügelwäldern, die sich auflösten, wenn man nur genauer hinsah? Warum schienen nur Alpträume nie zu enden und so beharrlich zu sein? Träume wiederholten sich so selten, aber Alpträume kamen immer wieder.

In allen Alpträumen kamen bei Alexa Türen vor. Dunkle

lange Flure und dann Türen. Stimmen hinter den Türen – sie riefen, schrien, zankten sich.

Alexa öffnete jetzt ihre sicher verriegelte Tür und ging barfuß über die Holzbretter des Korridors, vorbei an Harriets Zimmer und dann an Freddys, an dem leeren Raum, den ihre Mutter bewohnt hatte, bis zum Ende des Ganges.

Wie in ihren Alpträumen spürte sie unter ihren Fußsohlen die dünnen, ausgetretenen Kokosmatten und sah den schmalen gelben Lichtspalt unter der Tür. Plötzlich hielten die deutlich hörbaren Stimmen dahinter sie fest. Still und bewegungslos.

»Martin, um Himmels willen, komm doch wieder zur Vernunft! Sie ist Victorines Tochter, nicht Victorine! Sie hält dich doch für ihren Vater!«

»Sei doch vorsichtig, Harriet, sei vorsichtig mit dem, was du sagst! Victorines Tochter – ein Teil meiner Victorine, alles was mir von meiner einzigen Liebe geblieben ist. Aber nicht meine Tochter, liebe Schwester, das weißt du doch noch genau. Gavins Tochter! Du erinnerst dich doch an den alten schönen Gavin, nicht wahr? Er war so darauf aus, dich zu heiraten, und du hast ihn zappeln lassen, obwohl ich dich warnte. Du warst deiner und seiner so sicher, daß er sogar zu meiner Victorine gehen durfte. Weißt du eigentlich, daß du dich damals wie eine Kupplerin verhalten hast, Harriet?«

»Martin, es bringt uns nichts, die tote Vergangenheit immer wieder von neuem hervorzuholen. Tot, lieber Bruder, wie Victorine.«

»Nein! Verstehst du? Nein! Sie hat mir versprochen, mich nie zu verlassen. Sie hat mich geliebt – ja, weil sie wußte, wie geduldig ich sein konnte, wie zärtlich. Als sie merkte, wie sehr ich sie liebte, da begann sie auch mich zu lieben! Hat dich das eifersüchtig gemacht, Harriet? Hast du meine Victorine deshalb so gehaßt? Gavin war nicht ihre Schuld. Sondern deine! Sie war so unschuldig. Du hast es zugelassen, daß Gavin meinen reinen kleinen Tempel verführte, und du warst so verdammt mit Blindheit geschlagen, daß du nicht gemerkt hast, was unter deiner Nase passierte, bis es zu spät war!«

»Verlier jetzt nicht die Beherrschung, Martin. Victorine ist fort, und die Vergangenheit ist mit ihr gegangen. Alexa...«

»Alexa? Ach ja – meine kleine Victorine. Noch unverdorben. Noch unberührt. Das ist sie doch, oder? Du hast doch gut auf sie aufgepaßt in Colombo? Du hast keinen Mann in ihre Nähe kommen lassen, oder? Bist du mit ihr allein geblieben?«

»Martin, merkst du denn nicht, daß du diese unnatürliche Zwangsvorstellung vergessen mußt? Ich kann nicht zulassen –«

»Zulassen, sagst du? Und ›unnatürlich‹? Alexa ist doch gar nicht meine Tochter, nicht einmal mein Name steht auf ihrem Geburtsschein als Vater, nicht wahr? Du hast mir gar nichts zu sagen! Verstehst du?«

Schritt für Schritt wich Alexa von der Tür weg, die Hände auf die Ohren gepreßt, um nichts mehr hören zu müssen. Sie blickte den Korridor hinunter und sah ihre Dienerin. Ja, die würde sie jetzt bei sich behalten. »Rasch!« sagte sie zu der alten Frau. »Bring so schnell wie möglich deine Schlafmatte herauf in mein Zimmer. Ja, sofort!« Sie muß hier die ganze Nacht über bleiben. Denn wenn er wiederkam – und sie mit dieser flehenden Stimme ›kleine Victorine‹ nannte...

Aber es war nur Harriets Stimme, die sie bat zu öffnen. »Alexa, es gibt gewisse Dinge, die du jetzt noch nicht verstehst, aber wenn du mir genügend vertraust, dann werde ich dir alles erklären, ohne daß du mir allzu viele Fragen stellst.«

»Ich hab' vor seiner Tür gestanden, als ihr miteinander gesprochen habt. Deshalb glaube ich, jetzt einiges zu verstehen. Ich muß weg.«

Aber Harriet war noch nicht fertig: »Ich hatte befürchtet, dies würde... Während der letzten paar Tage war ich... Letty Dearborn...«

»Letty?«

»Ja. Ich glaube, sie hatte angefangen, sich zu wundern. Hat ihm offenbar geschrieben. Immerhin wohnt er jetzt bei ihr, anstatt, wie üblich, direkt zu uns zu kommen.

»Er? Ich weiß gar nicht, wen du meinst!«

»Sir John Travers. Jedenfalls ist er jetzt bei Letty. Er will morgen kommen. Und schon lieber er als... Wenigstens bin ich sicher, daß er gut zu dir sein wird. Und du kannst dann alles haben, was du dir wünschst, als Lady Travers.«

»Lady Travers? Lady Travers! Madam!«

Alexa richtete sich plötzlich im Bett auf und sah hoch. Nach und nach fiel der Alptraum von ihr ab.

»Madam? Ich hätte sie nicht geweckt, wenn Sie mir nicht gesagt hätten, um elf Uhr...«

Jetzt erst erkannte Alexa wieder die Wirklichkeit um sich herum, Gott sei Dank. Sie war tatsächlich allem entkommen, und nun war sie Lady Travers; sie saß in ihrem Bett und trug ein seidenes Nachthemd und streckte ihre Arme über den Kopf, während sie in das besorgte Gesicht ihrer Dienerin lachte.

»War das wieder einer Ihrer bösen Alpträume, Madam?«

Bridget war jetzt etwas über drei Monate bei ihr, lange genug, um zu wissen, daß ihre Herrin manchmal unter Alpträumen litt, bei denen sie sich im Schlaf herumwarf und laut aufstöhnte. Die arme Lady. Dabei war sie noch so jung, und hatte doch einen Mann geheiratet, der so alt war, daß er ihr Vater hätte sein können. Sie schienen aber immer überglücklich zu sein, zumindest wenn sie beisammen waren; es gab immer etwas, worüber sie miteinander sprechen konnten, obwohl sie nicht das Bett und nicht einmal das Zimmer miteinander teilten. Aber das geht mich nichts an, sagte sich Bridget immer wieder. Nur eines wußte sie: wenn man die junge Lady nicht damals aus Indien ›gerettet‹ hätte, dann wüßte wohl nur Gott, wie das alles geendet hätte.

»Ach, bin ich glücklich, aufzuwachen und zu wissen, daß dies alles wahr ist!« Alexa blickte sich in dem Zimmer um mit den mit hellem Brokat bespannten Wänden und auserlesenen Möbeln und den riesigen Fenstern, die auf einen kleinen Balkon mit schmiedeeisernem Geländer gingen. Eine sanfte Brise wehte herein, und der Duft des Frühstücks stieg ihr in die Nase. Kaffee und Croissants. Sie war in Paris!

»Wissen Sie, ob Sir John schon auf ist, Bridget?« Lady Travers klang recht atemlos, während Bridget Mühe hatte, ihr das Korsett richtig zuzuschnüren. Wie sehr sie es haßte!

»Er war schon vor Ihnen auf, Madam. Mr. Bowles sagte mir, er erwarte Seine Lordschaft zum Essen zurück.«

»Nun gut, dann werde ich mein Kleid jetzt nicht anziehen, sonst sieht es nur zerdrückt aus, wenn wir später ausgehen.«

Nachdem sie Bridget weggeschickt hatte, setzte sich Alexa an das Tischchen mit seinem Tintenglas und Briefpapier. Ja, in solchen Briefen und Papieren waren die Geheimnisse beschlossen gewesen, die sich jetzt nach so viel Jahren gelüftet hatten.

»Sein Name stand auf der Liste der toten Engländer. Lord Gavin Edward Dameron, Viscount Dare. Und da stand sie nun, halbtot vor Schmerz und Trauer, und da warst du, ein kleines Kind, nur ein paar Monate alt. Es gab niemanden, der sich um euch gekümmert hätte. Vielleicht wäre es anders gewesen, wenn du ein Junge und möglicher Erbe gewesen wärst... Martin hat aber Victorine schon immer geliebt – und den Rest der Geschichte kennst du ja inzwischen. Später erfuhren wir dann, daß er nur für tot gehalten worden war, in Wirklichkeit aber in Gefangenschaft kam; daß er noch lebte und nach England zurückkehrte – das war mehr als zwei Jahre danach, inzwischen hatten Martin und Victorine schon geheiratet, und ein weiteres Kind war unterwegs. Es kam aber tot zur Welt. Bigamie. Ein Skandal. Doch Victorine hatte alles überstanden und war glücklich mit meinem Bruder. Und dann kam ja immer noch das Geld aus England, jeden Monat. Solange wir nicht nach England zurückkehrten – dies war die einzige Bedingung, unter der sie das Geld annahm, und es kommt ja auch jetzt noch. Aber sieh mich doch jetzt nicht so an, meine Liebe, du mußt doch zugeben, daß diese Entwicklung für dich gar nicht so schlimm gewesen ist. Jedenfalls habe ich mich um deine Erziehung gekümmert, und wenn du das alles nicht erfahren hättest, dann wäre es auch kein großer Schaden für dich gewesen. Nur vor etwas möchte ich dich warnen, meine Liebe. Sei sehr vorsichtig mit der alten Marquise. Du wirst jetzt darüber lachen, wenn ich es dir sage, aber sie ist eine böse Frau, die absolut skrupellos ist, wenn es darum geht, was sie für ›die Familie‹ am besten hält. Söhne, Töchter, Neffen, einfach jeder. Sie läßt keinerlei Skandal zu, wenn es um ihre Familienangehörigen geht.«

Nachdem sie von diesem Abschnitt ihrer Vergangenheit nun weit genug entfernt war, tat ihr Harriet leid. Die arme Tante Harriet, die immer gut zu ihr gewesen war und die jetzt ihr Leben in der Verbannung beschließen würde.

»Gibt es irgendeinen Nachweis über meine Geburt?« Wortlos und für Alexa unerwartet hatte Harriet ihren Geburtsschein aus der eigenen Briefschatulle hervorgeholt.

»Da hast du ihn. Nach deiner Geburt war deine Mutter so krank, daß sie sich um all das nicht kümmern konnte, also habe ich ihn an mich genommen. Sie hat mich nie wieder danach gefragt. Was den Trauschein betrifft, den wird er wahrscheinlich selbst behalten haben.«

Daß sie den Trauschein doch noch in jener Nacht in der Truhe gefunden hatte, hatte sie Harriet nie erzählt.

Sir John war am nächsten Tag herübergeritten. Alexa hatte ihn nie danach gefragt, was sich zwischen den beiden Männern abgespielt hatte. Es hatte aber niemand etwas dagegen, daß sie und Sir John schon am Abend darauf in aller Stille in Kandy getraut wurden, mit Letty und Paulo als Trauzeugen.

»Nun, verloren in dem Land der Träume, meine Liebe? Ich hatte erwartet, daß du angezogen bist und wütend auf und ab gehst, weil ich mich verspätet habe.«

»Ach, ich wollte mich selbst nicht sehr beeilen, wie du siehst.«

Alexa sprang auf und umarmte ihren Mann, wobei sie ihr Gesicht zu einem Kuß hob. Wie sehr sie ihn doch mochte – ihren liebsten und besten Freund – und wieviel sie ihm verdankte. Es schien, als habe er sie zu einer Prinzessin gemacht. Aber zu einer weisen Prinzessin, unter dem Schutz ihres nachsichtigen Märchenkönigs, der sie jeden Tag etwas Neues lehrte. Und heute würde sie einen Einkaufsbummel durch Paris machen, wo jetzt Frühling war.

»Und wenn ich erst meine neue Garderobe habe, dann möchte ich dieses Kleid Bridget schenken, obwohl es noch schön ist und ich es sehr gerne mag – jedenfalls heute.«

Mit einem Anflug kindlicher Überschwenglichkeit warf Alexa ihre Arme hoch und drehte sich im Walzerschritt durch das Zimmer, bevor sie wieder vor dem Spiegel stand, um ihre gerüschte Seidenmütze aufzusetzen. In den nächsten Tagen, sagte sie schweigend ihrem Spiegelbild, werde ich Paris genießen und all die neuen Dinge, die es hier zu sehen gibt. Später würde dann genug Zeit sein, um noch einmal das kleine Päckchen mit Briefen zu lesen, das mit einem blauen Band verschnürt war und ihr offenbart hatte, daß ihre Mama auch noch eine Schwester besaß, die vielleicht noch am Leben war. Und später würde sie auch sehr sorgfältig darüber nachdenken, was sie nach ihrer Rückkehr nach England tun würde, wo sie als die rechtmäßige Tochter von Gavin Edward Dameron geboren war – sie, die Marquise von Newbury.

TEIL 3

22. Kapitel

»Wenn die Zeit für mich gekommen sein wird, dich zu verlassen, meine Liebe, dann wirst du ausgestattet sein mit den Kenntnissen aller Künste und Fertigkeiten. Aber, so gut gerüstet du auch sein magst, ist dir auch schon klar, wie und mit welchen Zielen du dies alles einsetzen willst?«

Alexa hatte auf das blaue Mittelmeer hinausgesehen, doch jetzt fuhr sie schnell herum, um ihren Ehemann anzusehen.

»Bitte nicht! Du weißt ganz genau, daß ich nicht daran erinnert werden will. Vor allem nicht an einem solchen Tag wie diesem.« Dann aber, mit einer plötzlichen Besorgnis, fragte sie: »Du fühlst dich doch nicht krank, oder? Hast du Schmerzen? Du hast mir doch versprochen, es mir zu sagen.«

»Aber meine Liebe, ich versichere dir, daß ich mich genauso fühle wie immer und dich nicht beunruhigen wollte. Offensichtlich konnte ich nur meine Neugier nicht ganz zügeln, wenn du das einem alten Mann verzeihen magst, dem es eigentlich nicht zusteht, sich in fremde Angelegenheiten einzumischen.«

»Dann solltest du aber auch wissen, daß ich solche Fragen grundsätzlich nicht beantworte.« So ernsthaft, wie ihre Antwort klang, hatte es Alexa nicht gemeint, und während sie jetzt auf dem niedrigen, mit Samt bezogenen Hocker neben ihm saß und ihren Kopf an ihn lehnte, fuhr sie fort: »Wahrscheinlich hast du mich nur deswegen gefragt, weil du mich vorsichtig daran erinnern wolltest, daß ich selbst Fragen stellen soll. Ja, ich glaube schon zu wissen, was ich will – nicht etwa, um mich zu rächen, sondern weil es mir eine Genugtuung ist, daß sie mich nicht einfach unter den Teppich kehren oder verschwinden lassen können!«

Lächelnd sah sie zu ihm auf. »Vielleicht brauche ich aber doch einen Advocatus Diaboli, weil ich in dem Schachspiel, das ich plane, keinen falschen Zug machen möchte.«

»In solchen Schachspielen haben Menschen schon oft ihr Leben verloren, meine Liebe, ich hoffe, daß du das nie vergißt. Wenn du dabei die rote Königin bist, dann ist die alte Marquise – Großmutter oder nicht – eben die schwarze. Sie hat nicht nur sehr viele Jahre lang Erfahrung in diesem Spiel gesammelt, sie ist es auch gewohnt, zu gewinnen! Wenn du deine Pläne wirklich durchsetzen willst, dann mußt du wenigstens drei Dinge im Auge behalten. Du darfst nie deinen Gegner unterschätzen, du darfst nie deine Konzentration verlieren, und du darfst niemals Vertrauen schenken; vor allem denen nicht, die dir schmeicheln oder dir ihre Hilfe gegen deinen Gegner anbieten. Im übrigen denke ich, ist dein junger Geist viel zu schnell und wendig für mich. Ich werde noch eine Weile hier in der Sonne sitzen müssen, um an alle Einwände zu denken, die ich dir vorhalten muß.« Während er ihr übers Haar strich, das unter seinen Händen zum Leben zu erwachen schien, spürte Sir John, wie Alexa sich schon auf seine Einwände vorbereitete. Mit einer zärtlichen Geste, die er so sehr an ihr mochte, nahm Alexa plötzlich seine Hand und küßte sie, um dann seine Handfläche gegen ihre Wange zu drücken.

Nachdenklich schwiegen sie eine Weile miteinander.

»Denkst du immer noch an all die Gefahren, denen ich mich aussetze?« Das neckende Lachen in ihrer Stimme ließ auch ihn lächeln.

»Nun gut, zum einen wirst du ganz einfach Geduld lernen müssen. Ja, ich denke immer noch darüber nach. Und wenn ich dabei meine Augen schließe, dann nur, weil ich so wirklich besser denken kann.«

»Bevor du weiterdenkst, darf ich dich noch etwas fragen? Meinst du, daß dein Anwalt wirklich die Schwester meiner Mutter finden wird? Also meine richtige Tante. Wie grausam und unfair, daß Harriet diese ganzen Briefe meiner armen Mama vorenthalten hat, die wirklich geglaubt haben muß, ihre eigene Schwester habe sie vergessen!«

»Du darfst nicht ungerecht sein, meine kluge Alexa. Harriet konnte es einfach nicht riskieren, daß deine Tante Solange durchblicken lassen würde, daß dein wirklicher Vater noch am Leben ist, mit allen daraus sich ergebenden Folgen. Da sie offensichtlich so pragmatisch ist wie ich, tat sie, was sie ganz einfach für richtig hielt. Und du kannst Harriet nicht gut vorwerfen, sie habe dir die Tatsachen verheimlicht, ohne mir denselben Vorwurf zu machen. Nimmst du es mir übel, Alexa?«

Mit gedämpfter Stimme sagte sie: »Nein. Du weißt natürlich, daß ich dir überhaupt nie etwas vorwerfen kann. Aber du hast recht, ich muß es lernen, gerecht zu sein und mich nicht von Emotionen mitreißen zu lassen.«

Schon halb eingeschlafen, erinnerte sich Sir John an die von ihr gestellte Frage und sagte plötzlich: »Ich werde wirklich alt! Du hast mich doch nach deiner Tante Solange gefragt, nicht wahr? Nun gut, Jarvis ist ein tüchtiger Kerl. Sehr gescheit, und vor allem, er hat überall Beziehungen. Zur Unterwelt, zur Halbwelt und ebenso zu den höchsten Kreisen. Ich bin überzeugt, wenn diese Tante Solange noch lebt, dann wird Edwin Jarvis sie finden.«

»Ich hoffe es sehr! Mmm! Wie wunderbar warm ist es hier draußen. Ich bin so froh, daß dein Freund, dieser Graf, uns seine Villa zur Verfügung gestellt hat. Hättest du etwas dagegen, wenn ich mich auch etwas anstrenge, um nachzudenken?«

Da seine Antwort in einem leichten Grunzen und gleich darauf in einem Schnarchton ausfiel, klopfte ihm Alexa zärtlich aufs Knie, bevor sie aufstand und zu der warmen Steinwand zurückging, von wo aus sie aufs Meer und die bis zur Küste abfallenden Hügel blicken konnte. Winzige Fischerboote tanzten auf den Wellen und setzten mit ihren bunten Segeln Farbtupfer auf die blauen, glitzernden Wellen. Weiter hinten konnte sie die hohen Masten einiger Schiffe erkennen, die im Hafen vor Anker lagen. Die leisen Klänge einer Mandoline drangen zu ihr herauf, zu denen eine helle Tenorstimme von unerwiderter Liebe und Eifersucht und Leidenschaft sang. Trotz des neapolitanischen Dialektes konnte sie das meiste verstehen. Leidenschaft! dachte Alexa, während sich ihre Augen wie zum Schutz gegen die sinkende Sonne leicht schlossen. Ich möchte nur wissen, ob es das war, was ich damals in dieser Nacht gespürt habe? Leidenschaft entstand nur allzu leicht, hatte sie gelernt. Und wenn die Waffen der Verführung gegen Männer eingesetzt wurden, dann konnte man sie vor Begehren zur Raserei bringen. Ein Blick hinter gesenkten Augenwimpern, ein neckendes Lächeln. Eine ›zufällige‹ Berührung, ein Seufzer mit halboffenen Lippen. Einladung und dann Abweisung, gefolgt von neuer Einladung. Das war die Art zu flirten. Aber es gab noch andere Mittel und Wege, um Männer zu Sklaven zu machen. Sie waren von den großen Kurtisanen der Welt ausgeübt und perfektioniert worden, die sich ihre Liebhaber aussuchen und ihren Preis bestimmen konnten, die stolze Männer dazu brachten, ihretwegen Duelle auszutragen.

Wie warm war doch die langsam sinkende Sonne! Und wie süß klangen die klagenden Lieder des Sängers zu ihr herauf! Alexa wandte der Sonne und dem blauweißen Glitzern des Meeres den Rücken zu, um auch ihre Schultern von den warmen Strahlen streicheln zu lassen, aber die Worte des unbekannten Sängers drangen immer weiter in ihre Gedanken ein und bewegten sie. Ein Liebesspiel sollte immer von Musik begleitet werden, hatte man ihr gesagt. Und es gab unendliche, zahllose Arten, auf die man lieben konnte, obwohl dieses Wort doch nichts anderes bedeutete als das Erwecken und Erregen der Sinne bis zu einem bestimmten Grad; es sollte auch einige Männer geben, hatte sie gehört, die dafür härtere und gröbere Ausdrücke verwendeten. Sie hatte noch viel mehr gelernt, denn alle ihre ›Lehrer‹ in diesen besonderen Dingen galten als die besten und die gesuchtesten Kurtisanen der Länder, die sie bisher besucht hatten. So hatte es ein bestimmtes, elegant eingerichtetes Haus in Kalkutta gegeben, das nur von indischen Fürsten und reichen Engländern aufgesucht wurde, und dessen talentierte Bewohner aus fast allen östlichen Ländern stammten. Sie alle waren jung und schön gewesen; und abgesehen von ihrer Ausbildung in den Tänzen und der Musik ihres Heimatlandes war jede von ihnen für etwas Besonderes berühmt.

Nachdem ihr Schiff die Passagiere aufgenommen hatte, die nach England zurückkehren wollten, waren sie in vielen Häfen gewesen und hatten viele Städte besucht – Mauritius, Madagaskar, Kapstadt, und schließlich Le Havre und Paris. Überall hatte es etwas Neues zu lernen gegeben, vor allem in Paris, wo sie zwei Wochen lang geblieben waren. Die berühmteste Halbweltdame in Paris, eine schlanke, elegant angezogene Frau Anfang Dreißig, zählte Könige und Prinzen zu ihren Liebhabern und war für ihren außergewöhnlichen Geschmack bekannt. Für Alexa fühlte sie sich besonders eingenommen, und so hatte diese von Leonie gelernt, wie wichtig Subtilität war und wie man sich ein Bild von jedem Mann machen mußte – indem man seine Gewohnheiten kennenlernte, was er mochte und nicht mochte, nicht nur im Schlafzimmer, sondern auch in der Wahl seiner Zigarren oder Kleider, oder was er aß. Auch mußte man alles wissen über die besten Weine und deren Jahrgänge, wie man eine elegante Tafel deckte und wie man als Gastgeberin in einem zwanglosen Zirkel auftrat, der ebensogut aus königlichen Hoheiten bestehen konnte wie aus den vornehmsten Adelstiteln Europas. Ebenso mußte man Bescheid wissen über gutes Essen, Kunst und Einrichtungen, ganz zu schweigen von der Fähigkeit, sich verständig und kenntnisreich über jedes Thema zu unterhalten, von der Politik und internationalen Intrigen bis zur großen Musik und Literatur.

»Kurz gesagt, du darfst es dir einfach nicht erlauben – wie soll ich es ausdrücken? – abzustumpfen, vielleicht. Schal zu werden, wie der Zigarrenrauch von gestern abend. Du hast ja die Menschen gesehen, die mich hier besuchen. Manchmal ist es ein Salon, wo jedes Thema frei und offen diskutiert werden kann. Und ich weiß von allem etwas, meine Liebe, weil ich es zu meinem Beruf gemacht habe – das ist ein gutes Wort dafür, nicht wahr? Wenn ich mit einem Liebhaber zusammen bin, dann werde ich fast zu seinem Spiegelbild. Lädt er seine Freunde zum Essen ein, dann weiß er eben, daß alles genau stimmen wird, von der Mahlzeit selbst bis zu den Weinen und Zigarren und der Musik, die ich an dem Abend spielen lasse. Ich kenne all seine Wünsche und Bedürfnisse nicht nur, ich sehe sie voraus. Verstehst du jetzt, was ich damit sagen will?«

Manche Männer wünschten sich eine Tigerin, einige eine verführerische Sirene, andere eine Odaliske aus dem Harem. Alexa hatte ihr Wissen nicht nur aus den Gesprächen mit diesen Frauen, sondern auch von ihren oft lebensvollen Darstellungen der Liebeskünste und aus der Lektüre gewisser Privatausgaben von Büchern über dasselbe Thema, in denen auch schön kolorierte und sorgfältig gezeichnete Abbildungen enthalten waren. Keine der Frauen schämte sich wegen ihres Berufs, vielmehr waren sie stolz darauf, die höchstmögliche Stufe erreicht zu haben.

Von Paris aus waren sie dann weiter nach Lissabon und nach Cádiz gereist, dann zu seinem Alterssitz in Neapel, wo sie beide für eine Woche oder auch länger in der Sonne sitzen und sich ausruhen konnten, bevor sie Rom und den Vatikan besuchten. Und von dort würde es weitergehen nach London, aber nur wenn sie selbst es wollte.

Mit geschlossenen Augen und den noch warmen Sonnenstrahlen auf ihrem Gesicht beugte sich Alexa über das Steingeländer. Ach, wenn sie doch nur ihren Körper ganz der Sonne hingeben könnte, um zu spüren, wie ihre verführerische Wärme tief in ihre Haut eindrang, um sie braun und golden werden zu lassen wie die Haut der Dorffrauen, die sie manchmal auf ihren Ritten in Ceylon dabei überrascht hatte, wie sie unter einem kleinen Wasserfall kichernd badeten. Deren schwarzes langes Haar hatte sich naß an ihre Körper geschmiegt, bis zur Taille hinunter. Und ihr eigenes Haar? Ohne weiterzudenken zog Alexa die wenigen Nadeln heraus, mit denen sie ihr Haar hinten zusammengesteckt hatte, und ließ es über die Brüstung vornüber fallen. Wenn es nicht schon so spät am Nachmittag gewesen wäre, dann hätte sie ihrem Wunsch vielleicht nachgegeben, alle ihre Kleider auszuziehen und sich nackt darauf zu legen. Und immer noch nackt die marmorne Treppe hinunterzulaufen und in den Teich zu springen, dessen Wasser von einem Gebirgsbach hierher geleitet wurde.

»Ich möchte doch hoffen, liebe Alexa, daß du nicht ausprobierst, wie man im Stehen einschläft?«

Sie öffnete die Augen, richtete sich auf und streckte die Arme weit von sich. »Ich hab' mir gerade vorgestellt, ich würde jetzt dem Sonnengott geopfert und wünschte mir, ich könnte mich von allen meinen Kleidern befreien!«

Sir John lachte kurz auf. »Du kannst und solltest alles tun, was du dir wünschst, meine Liebe, solange du mich heute abend nur zum Dinner begleitest. Aber wenn du meinen alten Ohren etwas Gutes tun willst, dann wirf diesem armen jungen Mann dort eine Blume oder sonst etwas hinunter, um ihn endlich stumm vor Glück zu machen.«

23. Kapitel

Später sprach Alexa von diesen langsamen, träge dahinfließenden Tagen in Neapel als von ihrer ›goldenen Zeit‹, als sie nackt in der Sonne lag, ihr Körper von Sesamöl glänzte, bis ihre Haut fast so bronzefarben war wie ihr Haar, durch das sie ein Goldband gezogen hatte. Sie und Sir John luden niemanden ein, sahen niemanden und redeten sehr viel miteinander.

»Also, ich glaube, daß sie Sir John wirklich liebt«, sagte Bridget zu Mr. Bowles, als dieser ihr galant den Arm gereicht hatte, um mit ihr durch den Garten zu spazieren. »Ich meine nur«, fuhr sie fort, »weil sie doch so jung und hübsch ist, daß die Sache vielleicht zwischen den Familien abgesprochen wurde. Jedenfalls scheinen sie sich sehr gut miteinandner zu verstehen.«

»Ja, das glaube ich auch«, stimmte Mr. Bowles nach einer kurzen Pause zu. Als sie am Ende des ziemlich überwachsenen Rosengartens angekommen waren, wendete er sich fast majestätisch um und ging langsam den Weg mit der etwas enttäuschten Bridget zurück. »Dennoch«, fügte er nach einer weiteren Pause hinzu, während der er sich betont räusperte, »dennoch, Miß Culligan, finde ich, daß ein gewisses Maß an Zurückhaltung vielleicht angebracht wäre. Diese Fischer singen ihre Lieder wirklich sehr laut! Und die Gärtner tragen ständig diese großen Tonvasen vom Garten in den Hof und wieder zurück, ohne sich von mir fortschicken zu lassen.«

»Oh! Sie meinen also, wenn die Madame schwimmt, um sich von der heißen Sonne abzukühlen? Ich glaube, sie weiß recht gut, was da vor sich geht, aber sie kümmert sich nicht darum, und Sir John auch nicht, also dachte ich immer, das ginge nur die beiden etwas an. Meinen Sie nicht auch, Mr. Bowles?«

»Ich kann nur sagen«, antwortete er frostig, »daß ich meinerseits froh bin, morgen nach Rom abfahren zu können. Wie ich höre, sind die Leute dort doch etwas zivilisierter.«

Dieses dumme, gefühllose Geschöpf! hatte er gerade gedacht, als zu seiner weiteren Verärgerung laut an dem Holztor geklopft wurde, an dem sie eben beide vorbeigekommen waren. »Wer kann denn das nur sein, so ein Lärm am späten Nachmittag? Hoffentlich nicht wieder dieser Fischer mit so einem häßlichen Seetier, das nur Arme und Beine hat.«

»Am vorderen Eingang?« fragte Bridget erschrocken, »das würde der doch niemals wagen. Vielleicht ist es der Graf, der wieder nach Hause kommt?«

Als dem Klopfen am Tor laute und eindeutig betrunkene Stimmen folgten, die immer gröber zu werden drohten, löste Mr. Bowles seinen Arm von Bridget.

»Miß Culligan, entschuldigen Sie bitte. Da der Pförtner wieder einmal zu schlafen scheint, ist es wohl meine Sache, dafür zu sorgen, daß wir hier nicht gestört werden.«

Er ließ Bridget mit runden Augen und offenem Mund dastehen und ging mit entschlossenem Schritt auf das massive Holztor zu, das unter den Schlägen und Tritten schon zu wanken begann.

»Kein Grund zur Gewalt, Gentleman – oder was immer Sie sein mögen! Ich bin schon da.« Als Mr. Bowles' Bemerkung zu einem plötzlichen Schweigen außerhalb des Tors führte, nickte er zufrieden und schob den langen und schweren Metallriegel zurück.

Sofort und ohne die geringsten Anzeichen von Höflichkeit (wie sich Mr. Bowles später ausdrückte) drangen zwei lachende junge Männer ein, die offensichtlich angeheitert waren, gefolgt von einem dritten, etwas älteren Mann mit einem dunklen scharfgeschnittenen Gesicht und einem finsteren Blick, den man leicht für einen der Einheimischen hätte halten können, obwohl er dafür zu gut angezogen war. Dem überraschten Mr. Bowles gegenüber verzog er nur den Mund und zuckte etwas resigniert mit den breiten Schultern, während seine aufgeregten Begleiter sich gegenseitig zu überschreien versuchten und dem armen Mr. Bowles die Fragen und Anweisungen nur so um den Kopf flogen.

»Na so was! Seit wann hat Damiano denn einen englischen Pförtner? Auch wenn er sich nicht wie ein Pförtner anzieht, das muß ich ihm noch sagen.«

»Ich bin noch mit Damiano zur Schule gegangen. Hab' ihm versprochen, ihn mal zu besuchen. Wollte ihm unseren Freund vorstellen – noch ein Viscount. Wir sind ja alle Viscounts! Sie sind doch auch ein Viscount, nicht wahr, Alter?«

»Der erwartet doch keine Höflichkeit von uns. Weißt du, wo es lang geht?«

»Ich dachte, wir überraschen ihn. Sie brauchen uns nicht anzumelden. Kümmern Sie sich um unsere Pferde?« Das Goldstück, das Mr. Bowles hingeworfen wurde, prallte an seiner Brust ab und fiel in den Staub.

Als dieser seine Stimme endlich wiedergefunden hatte, um zu sagen: »Darf ich den Herrschaften bitte erklären, daß ein Irrtum vorliegt«, liefen die beiden jüngeren Gentlemen bereits über den leicht ansteigenden Grashügel zu den Treppenstufen, die zu der Terrasse führten.

»Aber meine Herrschaften! Ein Irrtum...« Er war ihnen gefolgt, als er bemerkte, daß sie plötzlich stehengeblieben waren und zu Bridget hinblickten, die ihnen überraschend schnell vorausgelaufen war und dabei ihre Schürze in den Händen hielt.

»Gar nicht Damianos Typ, oder?«

»Dienstmädchen vielleicht. Aber sieht sie nicht auch ganz englisch aus?«

»Reg dich nicht auf, vielleicht hat der alte Herr Gäste oder irgendwelche Verwandten.«

Jetzt wandte sich Mr. Bowles dem dritten Gentleman zu, den er schon fast vergessen hatte, um ihm erleichtert zu sagen: »Sir! Es tut mir leid, mein Herr. Ich darf Sie bitten – dies ist nicht der Wohnsitz irgendeines...«

»Es ist nicht der Wohnsitz des Conte de Menotto, obwohl man überall sein Familienwappen sieht?«

In seiner Verzweiflung überhörte Mr. Bowles den leicht sarkastischen Unterton, während er seine Hände rang und stotterte: »Aber... aber der Graf wohnt zur Zeit nicht hier. Er hat diese Villa an Sir John Travers vermietet, und an Lady Travers, die absolut nicht gestört werden möchte.«

»Sagten Sie Travers? Etwa aus Colombo, in Ceylon?«

»Ja, durchaus richtig, mein Herr. Und wenn ich Sie jetzt bitten darf, mein Herr, so freundlich zu sein, um...«

In diesem Augenblick wurde Bowles unterbrochen, da der mit fremdem Akzent sprechende Gentleman sehr laut und energisch zu rufen und zu schimpfen begann, so daß die beiden jungen Herren jetzt ihren Schritt verlangsamten und sich offenbar zusammennahmen. Sie kehrten beide mit roten Gesichtern zurück und sahen sich überhaupt recht ähnlich.

»Nun? Offenbar war euer Besuch so kurz, daß ich mich eurem Freund gar nicht vorstellen konnte.«

»Ich... wir... tut mir leid, alter Knabe, aber ich dachte –«

»Wir haben wohl was falsch gemacht, nicht wahr, Roger? Hab' natürlich niemanden gesehen.«

»Nein! Nein, es war das – das Dienstmädchen. Sie sagte uns, Damiano hätte das Haus für den ganzen Monat vermietet. Ich glaube, wir sollten jetzt wieder gehen.«

»Ja, das sollten wir wirklich. Bitte entschuldigen Sie uns bei Ihrer Herrschaft.«

Ich weiß nicht, woher er kommt, aber ein Engländer ist er nicht, dachte Mr. Bowles, während er das Tor hinter den dreien verriegelte. Und vertrauen würde ich ihm auch nicht, selbst wenn er sich wie ein Gentleman anzieht. Zuerst war er höflich, aber dann klang seine Stimme plötzlich wie ein scharfes Messer. Der Mann ist gefährlich.

Warum waren die beiden Männer nur so rasch zurückgekommen? Ob Bridget ihnen etwas gesagt hat? fragte sich Mr. Bowles verwundert, bis ihm eine andere Möglichkeit in den Sinn kam, die ihn schaudern ließ, vor allem, wenn er daran dachte, wie er es seinem Herrn später beibringen müsse.

»Bridget war wirklich eine Heldin. Du hättest sehen sollen, wie schnell sie die Treppe hinaufrannte und ihre Schürze über mich warf.«

»Bravo, Bridget!«

Alexa war länger in ihrem duftenden Bad geblieben als gewöhnlich, und um die Verspätung wieder gutzumachen, beendete sie jetzt ihre Abendtoilette in Sir Johns Zimmer, um sich gleichzeitig mit ihm unterhalten zu können. Jetzt wandte sie sich vom Spiegel ab und sah ihn mit ihren klaren Augen an.

»Bist du ärgerlich? Du mußt es mir immer sagen, wenn du es bist. Meinst du, ich habe dir Schande gemacht? Die beiden haben sich am Ende wirklich selber geschämt; und sie haben mir versprochen – ihr Ehrenwort –, niemandem etwas davon zu sagen. Sie schienen mir wirklich sehr harmlose und ziemlich alberne junge Männer zu sein.«

»Ich glaube, ich habe ihre Namen wiedererkannt«, sagte Sir John mit einem Augenblinzeln, das sie aufatmen ließ. »Und deine Beschreibung wird schon stimmen, nur war ich weder ärgerlich noch entehrt. Mach nur weiter mit deiner amüsanten Geschichte. Ich bin ja richtig fasziniert! Also? Deine brave Bridget hat mit ihrer Schürze deinen Anstand gerettet, während du wie üblich in der Sonne geschlafen hast. Und dann?«

Alexa hatte inzwischen zu lachen begonnen. »So einen wunderbaren und verständnisvollen Freund wie dich verdiene ich ja gar nicht. Ach, ich liebe dich so sehr.«

Mit leichter Stimme erzählte sie die kleine Episode zu Ende, so daß sie wirklich lustig klang. Als sie plötzlich von

Bridget geweckt wurde und ihr ausgerechnet eine Schürze übergeworfen worden war, hatte sie zunächst überhaupt nichts begriffen, bis sie sah, wie da zwei junge, einander ganz gleich aussehende Männer standen und sie mit großen Augen anstarrten. Wütend, aber innerlich lachend über deren Dümmlichkeit, hatte sie sie verjagt. Entschuldigungen stotternd und hochrot im Gesicht waren sie davongerannt, und sie hatte noch gehört, wie das Tor hinter ihnen zuschlug. Aber für sie war es doch wieder eine Lektion gewesen, gab Alexa zu. »Meinst du, es könnte unangenehm werden, wenn wir uns einmal gesellschaftlich wieder begegnen?«

»Meine Liebe, du brauchst dir überhaupt keine Sorgen zu machen. Ich glaube, daß du durchaus in der Lage bist, mit solchen Leuten fertig zu werden – du kannst sogar so tun, als hättest du sie nie gesehen.«

»Natürlich. Ach, wie froh bin ich doch, daß wir morgen nach Rom weiterfahren.«

Für den Rest des Abends bemühte sich Sir John, so heiter und sorglos zu erscheinen, wie sie sich jetzt schon fühlte, obwohl er sich im stillen immer noch mit all dem beschäftigte, was Bowles ihm mit mißbilligendem Blick anvertraut hatte.

Sir John hatte zwar einen Verdacht, aber es müßte schon ein besonders unglücklicher Zufall sein, wenn er zutraf. Und Alexas letzten Abend in Neapel wollte er auch nicht mit seinen Vorahnungen verderben.

Beim Abendessen sorgte er dafür, daß sich das Gespräch auf leichter Ebene bewegte. Vielleicht irrte er sich wirklich in der Annahme, der dritte Mann könne derjenige gewesen sein, von dem ihm Alexa früher einmal erzählt hatte. Und nachdem sie ihm genügend vertraut hatte, sagte sie ihm so ziemlich alles, was zwischen ihr und diesem anderen vorgefallen war.

24. Kapitel

Endlich in Rom! Zerfallene Mauern und Paläste neben Marmordenkmälern. Und eine Piazza neben der anderen mit ihren kühlen Brunnen und Fontänen. Sonnenheiße Tage und warme Nächte und Musik, immer und überall. Rom war eine Stadt des Fühlens – eher eine Erfahrung als eine Reihe von Sehenswürdigkeiten. Sie waren erst drei Tage in Rom, aber Alexa glaubte schon, daß sie hier immer leben könnte.

Sie wohnten in der Villa eines ungeheuer alten italienischen Grafen und seiner erheblich jüngeren englischen Frau Perdita, beide Freunde von Sir John; und Perdita hatte Alexa schon überall hingeführt, wo es etwas zu sehen gab.

»Jetzt hast du das Kolosseum und den Circus Maximus und die Sixtinische Kapelle bewundert – ganz zu schweigen von den Katakomben und den berühmten Caracallabädern. Aber, meine Liebe, möchtest du nicht auch etwas von dem modernen Rom sehen?«

Giusto, Perditas Mann, war in ein politisches Gespräch mit Sir John vertieft, als er jetzt plötzlich mit hoher Stimme auflachte. »Aha! Siehst du, wie gut ich meine Perdita kenne? Ich habe mich schon gefragt, wie lange es dauern würde, um das Thema aufs Tapet zu bringen.« Wieder lachte er, als er Alexas verwundertes Gesicht sah, und erklärte mit freundlicher Stimme: »Der Venustempel, meine Liebe. Und er trägt diesen Namen auch zu Recht, denke ich. Sehr exklusiv – sehr diskret. In der Regel besuchen wir dort unsere Freundin Orlanda mindestens einmal in der Woche.«

Da Alexa nur noch überraschter war, zwinkerte der Graf ihr zu und sagte: »Aber Sie müssen sich von Perdita alles beschreiben lassen, weil sie das viel besser kann als ich.«

»Natürlich kann ich das.« In Perditas Augen war ein lüsternes Funkeln, als sie sich näher an Alexa lehnte. »Ich habe nämlich selber dort gearbeitet, bis mein liebster kleiner Giusto darauf bestand, es sei Zeit, daß wir eine etwas vornehmere Fassade errichteten. Als die Franzosen hier waren, war es ja nicht weiter schlimm, aber die Engländer – mein Gott, sind die spießig geworden! Jedenfalls trage ich jetzt immer einen Mantel, wenn ich dorthin gehe, und einen Hut mit einem Schleier oder sogar eine Maske. Das tun übrigens die meisten heute, sogar die Männer!«

Als Alexa noch immer ziemlich erstaunt schaute, erklärte Perdita: »Ich kann dir versprechen, daß der Venustempel wirklich einzigartig ist. Zum einen wirst du hier nicht diese üblichen Hausmädchen finden. Einige der jungen Damen kommen nämlich aus den besten Familien in Europa – entlaufene Klosterschülerinnen, unglückliche Ehefrauen, geschiedene Frauen usw. Sie sind sehr dezent angezogen, sehr zurückhaltend und sprechen meistens mehrere Sprachen, außerdem beherrschen sie noch andere Künste und Fertigkeiten. Und sie alle genießen sehr, was sie tun. Hast du einmal von den Priesterinnen der Aphrodite gelesen?«

»Ach, es geht doch nichts über eine so wunderschöne römische Nacht!« sagte Perdita, als das Gespann des Grafen vor einem hohen Torbogen hielt, der mit einem spitzenbesetzten Eisentor verschlossen war, auf dem gegen einen dunkelblauen Hintergrund eine goldglänzende Nachbildung von Botticellis Venus zu sehen war. Als einer der Diener mit dem riesigen silbernen Schlüssel das Tor für sie öffnete, erschienen sofort zwei handfeste Männer in blauer und goldener Livree mit einer Fackel in der Hand, um sie über einen kleinen offenen Hof mit einem Springbrunnen in der Mitte zu führen, bis sie den von zwei mächtigen Marmorsäulen flankierten Eingang erreichten, auf dessen schwarzer Tür die gleiche goldene Venus dargestellt war.

Das könnte durchaus der Palazzo einer adligen italienischen Familie sein, dachte Alexa, als sie die Eingangshalle betraten, deren weißer Marmorfußboden mit orientalischen Teppichen bedeckt war und die von einem großen Kristallleuchter erhellt wurde. Und wirklich, Madame Orlanda – dunkelhaarig, schlank und außerordentlich gut gekleidet – konnte man sich durchaus als Gastgeberin vorstellen, die ihre Gäste zu einem Maskenball begrüßte. Es waren auch noch einige andere Personen anwesend, doch auch sie trugen Mantel und Maske und schienen zu wissen, wohin sie zu gehen hatten. Jedenfalls bemerkte Alexa weder Neugierde noch indiskrete Blicke, als Madame Orlanda sie die Treppe hinauf in ihr Privatzimmer führte, um ihnen eine Erfrischung zu reichen, während sie ihren Gästen etwas von den exotischen Genüssen und dem kurzweiligen Zeitvertreib erzählte, der allen im Venuspalast Anwesenden geboten wurde.

Als sie die Treppe hinaufgegangen und es sich in dem Zimmer gemütlich gemacht hatten, bemerkte Alexa etwas unbehaglich, daß Sir John plötzlich müde und abgespannt wirkte. Von ihrer Besorgnis wollte er aber nichts wissen, sondern meinte, ein Schluck vom besten Cognac, der hier zu haben sei, würde für sein Wohlsein völlig genügen.

»Danach kann ich mich ja zu einem Schläfchen hinlegen, wie sonst auch. Mit so aktiven jungen Leuten wie Giusto komme ich einfach nicht mehr mit!«

Der Graf, der mindestens fünfzehn Jahre älter war als Sir John, lachte dabei hell auf, während Madame Orlanda Sir John anbot, es sich in ihrem eigenen Zimmer bequem zu machen und ihn mit einem zwinkernden Blick selbst dorthin führte.

Fast unmittelbar danach setzte der Graf sein Weinglas ab, und nach einer flüchtig gemurmelten Entschuldigung erhob er sich mit der Miene eines Mannes, der genau weiß, wo er hin will und was er haben möchte.

Als sich die Tür hinter ihm schloß, hob Perdita ihr Glas zu Alexa hin und sagte mit einem Lächeln und leichten Achselzucken: »Auf dein Wohl, meine Liebe! Und auf neue Erfahrungen.«

Mit offenem Blick musterte sie die junge Frau in ihrem flammenfarbigen Kleid, während der schwarze Samtmantel ihr jetzt von den Schultern glitt. »Du bist sehr schön, Alexa«, sagte sie mit sanfterer Stimme. »Vor allem aber in diesem Kleid. Und bei jeder Bewegung, die du machst, erscheinen wieder neue Farben!«

Als Alexa ihr Glas mit einem zurückhaltend höflichen Lächeln hob, seufzte Perdita auf. »Aber – sag mir, du magst doch lieber Männer, oder nicht? Meistens weiß ich das genau. Trotzdem, bist du nicht einmal neugierig darauf gewesen, wie es wäre, mit einer Frau zusammenzusein?«

»Nein«, antwortete Alexa offen. Die versteckte Anspielung in Perditas Frage hatte sie nicht schockiert; sie war in den vergangenen Monaten des öfteren von anderen Frauen angesprochen worden. »Wahrscheinlich hängt das damit zusammen, daß es nur noch wenige Dinge für mich gibt, auf die ich neugierig bin, seit meine Erziehung anfing, wie Sir John das genannt hat. Und ich habe das gemacht, um zu lernen, mich zu schützen und zu verteidigen.«

Perdita setzte ihr Glas scharf ab, stand auf und ging zu Alexa hinüber, der sie mit einem seltsamen, fast mitleidigen Lächeln über das Gesicht strich. »Ach? meine Liebe, meinst du nicht, daß wir uns alle am liebsten gegen unsere Gefühle schützen würden? Aber Emotionen entstehen ja so schnell und treffen uns immer unvorbereitet, wie ein plötzlicher Windstoß an einem warmen Sommertag. Sei lieber vorsichtig, ich möchte doch nicht hoffen, daß du schon zur Zynikerin geworden bist.«

Alexa hätte gern widersprochen, wenn nicht in diesem Augenblick Orlanda zurückgekommen wäre mit der Nachricht, Sir John fühle sich wohl und sei inzwischen eingeschlafen.

»Nun gut«, sagte Perdita mit einem boshaften Lächeln, während sie ihren Mantel enger um sich zog, »ich für meinen Teil werde jedenfalls heute abend finden, wonach mir der Sinn steht. Amüsier dich gut, meine Liebe. Da ist doch wohl nichts Schlimmes dabei, oder?«

Alexa war etwas verärgert, daß man sie so sich selbst überließ, obwohl Orlanda sehr nett zu ihr war und weder ungeduldig noch herablassend wirkte, als sie sich ein Glas Sherry eingoß und Alexa fragte, ob Perdita ihr irgend etwas über den Venustempel erzählt habe.

»Nur daß es etwas ganz Einzigartiges sein soll. Aber ich hoffe, Sie fühlen sich deshalb nicht verpflichtet, Ihre Zeit für mich zu opfern.«

»O nein! Ich tue nichts, was ich als Zeitverlust ansehen würde. Und da ich immer aufrichtig bin, genau wie Ihr

Mann mir sagte, daß auch Sie es sind, hätten Sie etwas dagegen, wenn ich Ihnen sage, daß ich faszinierende Dinge von Ihnen gehört habe?«

Nachdem Alexa ihr dies mit einem leichten Lächeln und Kopfschütteln beantwortet hatte, fuhr Orlanda fort: »Sehr gut! Dann lassen Sie uns kurz hier sitzen bleiben, während ich Ihnen einiges über dieses Haus erzähle. Sie müssen nämlich von Anfang an verstehen, daß wir hier nur Freude bieten und sonst nichts. Fragen werden hier nicht gestellt, und die einzigen Grenzen sind die selbst auferlegten – nicht durch unsere Gäste, sondern durch die jungen Damen, die ihnen zu Gefallen sind. Ich kann es natürlich nicht zulassen, daß etwa einem unwilligen Partner etwas aufgezwungen wird, verstehen Sie? Diejenigen, die den Venustempel besuchen und immer wiederkommen, tun dies, weil sie hier immer Neues und Erregendes entdecken. Die Sinne werden geweckt, und man fühlt viel intensiver. Und da die meisten unserer Gäste und viele der jungen Damen dabei lieber eine Maske tragen, fühlen sie sich auch frei dabei. Verstehen Sie?«

Alexa hatte schon lange verstanden, vor allem als Orlanda sie mit einem verschmitzten Lächeln in ihr eigenes Schlafzimmer geführt hatte, das fast ganz von einem mächtigen Bett ausgefüllt war, von dessen Baldachin seidene Vorhänge herabhingen.

»Kommen Sie. Ich verspreche Ihnen, daß Sie sich nicht langweilen werden.« Durch eine Schiebetür neben Orlandas Bett betraten sie einen schmalen dunklen Korridor, der mit dicken Teppichen ausgelegt war und an dessen Wänden schwere, schalldämpfende Wandbehänge hingen, die sich wie Samt anfühlten. Das einzige schwache Licht wurde von kleinen roten Öllämpchen verbreitet, die in Abständen in kleinen Nischen flackerten, sowie von schmalen Lichtstrahlen, die direkt aus der Wand zu kommen schienen.

»Die meisten meiner Gäste machen allerdings lieber selbst mit, anstatt das Ganze nur zu beobachten«, flüsterte Orlanda. »Und in diesen Korridor bringe ich nur sehr selten jemanden, eigentlich nur meine besten Freunde.« Noch bevor

Alexa etwas darauf erwidern konnte, lenkte Orlanda ihre Aufmerksamkeit auf eine der winzigen Öffnungen in der Wand. »Der hier spielt gerne den türkischen Sultan, umgeben von seinen Odalisken, und er bezahlt jede von ihnen wirklich gut.«

Ein fetter Mann mit einer Dominomaske, die sein ganzes Gesicht bis auf seine Augen verhüllte, saß nackt und mit gekreuzten Beinen auf einem Stoß Kissen, umgeben von fünf jungen Frauen, deren Kleider so durchsichtig waren wie die dünnen Gesichtsschleier, die sie trugen. Eine von ihnen fütterte ihn mit Weintrauben aus einer silbernen Schale, während eine andere ihn aus einem verzierten Weinkelch nippen ließ. Eine dritte spielte eine Melodie auf einem seltsamen Instrument und sang ihm dabei mit anzüglichem Lächeln und Bewegungen ihrer Hüften zu, während ihn die anderen beiden streichelten und küßten.

»Er besucht uns ziemlich regelmäßig«, flüsterte Orlanda, bevor sie weiterging. »Und viele andere auch – Männer und Frauen –, die es sich leisten können, meine Preise für die Erfüllung ihrer heimlichen Fantasien zu bezahlen. Wie Sie sehen konnten, werden sie durch die Masken ganz sie selbst, paradox, nicht wahr?« Orlandas schmale Schultern hoben sich ausdrucksvoll. »Aber wie Sie schon bemerkt haben werden, läßt sich auf diese Weise nur ein kleiner Ausschnitt der menschlichen Natur wahrnehmen. Wenn ich mir das gleiche auf der Bühne eines Theaters oder der Oper vorstelle – was für ein Unterschied!«

Während sich Alexa bemühte, Orlandas Geflüster zu folgen, wunderte sie sich doch immer mehr darüber, warum sie, die hier völlig fremd war, ohne Fragen und Vorbehalte in das Vertrauen ihrer Gastgeberin gezogen wurde.

»Doch hier kommt jetzt etwas, das ich Ihnen unbedingt zeigen wollte. Ich ziehe diesen Vorhang zurück, aber Sie können beruhigt sein, weder Sie noch ich sind von der anderen Seite her zu erkennen. Jetzt sehen Sie mein kleines Theater und können die Aufführung genießen, die hier heute abend stattfindet. In diesen Raum bringen meine jungen Damen die Männer, die sie sich selbst auswählen, Adlige oder

– Kutscher. Und dabei gehen sie davon aus, daß, sofern ich oder irgendeiner meiner persönlichen Gäste – ah!« Orlandas weiches Lachen deutete unendliche Möglichkeiten an, bevor sie fortfuhr: »Wenn Sie sich zu den beiden auf dem Bett gesellen wollen, dann habe ich natürlich nichts dagegen! Ich verspreche Ihnen sogar, daß niemand zusieht, nicht einmal ich!«

Noch während sie dieses aufreizende Angebot machte, öffnete Orlanda den Vorhang mit einem kurzen Ziehen an der Samtschnur. Ein großer, mit lauter Spiegeln besetzter Raum wurde sichtbar, in dessen Ecken Kristalleuchter an goldenen Ketten von der Decke hingen. Der ganze Raum wurde beherrscht von einem einzigen Möbelstück – einem so großen Bett, daß ohne weiteres drei Paare auf seinen austernfarbenen samtigen Decken Platz gefunden hätten.

Unwillkürlich hatten sich Alexas Finger ineinander verkrampft, während sich ihre Augen weiteten. Das war ja wirklich, als würde man durch ein Schaufenster blicken, nur mit dem Unterschied, daß hier keine Kleiderpuppen zu sehen waren, sondern...

Beide waren nackt und trugen keine Maske; sie saßen einander gegenüber, der sonnengebräunte Rücken des Mannes zum Spiegel hin, in den die junge Frau hineinsah. Sie war wirklich schön und neigte sich jetzt etwas vor, während ihre vollen roten Lippen leicht geöffnet waren und ihr silberblondes Haar gerade nur soviel von ihren Brüsten bedeckte, daß sie in dieser Stellung nur noch aufreizender wirkte. Sie forderte seine Finger geradezu heraus, einige der herabhängenden Haare zärtlich beiseite zu streicheln, um zu den verborgenen hochroten Spitzen zu gelangen, die leicht zu zukken schienen, während die Frau jetzt begann, schneller zu atmen. Ihre Hände umklammerten seine Schultern, während sie ihm etwas zuflüsterte und ihren Körper plötzlich gegen den ihres dunkelhaarigen Partners drückte, wobei sie ihre elfenbeinfarbenen Beine spreizte und ihm fest um die Hüften legte.

»Sie ist immer hungrig und ungeduldig, diese Maddalena!« flüsterte Orlanda Alexa zu, als der Mann die junge Frau an den Schultern faßte und sie nach hinten drückte, während sie ihn immer noch umarmte und jetzt ihre Hüften bewegte und sich ihm entgegenbog, um Stoß auf Gegenstoß folgen zu lassen.

Alexa spürte, wie ihr Gesicht heiß wurde, ihr eigener Atem sich beschleunigte und ihr Herz stärker zu schlagen begann. Das Bett war zur Arena geworden, wo die beiden jetzt in immer neuen Stellungen zueinander fanden, spielend, wie junge Tiere. Und als die Frau schließlich ihren Körper schlaff über den seinen fallen ließ, war Alexa klar, was sie intuitiv schon zu Anfang geahnt hatte: eine ungute Faszination hielt sie hier gefesselt, um dieses ganze obszöne Ritual einer selbstvergessenen Lasterhaftigkeit mitanzusehen.

Zischend holte sie Luft, während die wütendsten Gedanken in ihrem Geist aufeinanderprallten. Wüstling! Hurenbock! Abschaum! Verdorbenes, liederliches, heuchlerisches Schwein! Allein schon der Gedanke daran, daß dieses infame Tier, das sich da mit Huren abgab, versucht hatte, die naive Unschuldige zu verführen, die sie damals noch gewesen war. Daß seine Hände ihr eigenes Fleisch berührt hatten, mit derselben bedenkenlosen Intimität und denselben berechnenden Zärtlichkeiten, die er seinen bezahlten Dirnen zukommen ließ! Wenn sie nicht so gut gelernt hätte, ihre Emotionen zu beherrschen, dann würde sie jetzt nichts daran hindern…

»Aber meine Liebe! Ich habe ja gar nicht geahnt, daß Sie von meinem kleinen Theater so gefesselt sein würden. Oder hat einer der Künstler Sie etwa ganz besonders berührt?« Die eher spaßhaft geäußerte Frage Orlandas drang in Alexas finstere Gedanken ein und brachten sie in die Wirklichkeit, aber auch zur Vorsicht zurück. Noch kostete es sie eine gewisse Anstrengung, sich von dem zerwühlten Bett und seiner jetzt liebessatten Bewohner zu lösen. Bevor Alexa aber noch einen überzeugenden Grund für ihre Ablehnung gefunden hatte, fuhr Orlanda auch schon mit einem schelmischen Lächeln fort: »Wenn Sie deswegen zögern, was Sie eben gesehen haben, dann kann ich Sie mit völliger Gewißheit beruhigen, daß er sich vor – vor der letzten Erfüllung zurückgehalten hat. Ich kenne nur sehr wenige Männer, die dazu imstande sind, und ich möchte Sie warnen: wenn Sie so einen Mann finden, werden Sie entweder sehr glücklich sein oder aber zutiefst unglücklich! Aber jetzt, nachdem Maddalena so ganz befriedigt daliegt, wollen Sie nicht ihren Platz einnehmen? Ich meine doch, daß es jetzt für Sie keinen Grund mehr geben sollte, sich hier bei uns schüchtern zu fühlen.«

Alexa war es inzwischen gelungen, wenigstens den Anschein ihrer sonstigen Reserviertheit zurückzugewinnen. Während sie dem hell erleuchteten Raum bewußt den Rükken zukehrte, sagte sie mit schneidender Stimme: »Oh, ich bin weit davon entfernt, mich schüchtern zu fühlen, aber ich bin sicher, daß er zu diesen unglücklichen Männern gehört, die zwar Frauen ein gewisses Maß an Lust zu schenken, aber nicht in der Lage sind, ihre eigene Befriedigung zu erlangen. Die armen Teufel, wie frustrierend muß das doch für sie sein!«

»Meinen Sie wirklich?« fragte Orlanda, durchaus nicht überzeugt davon, zuckte aber geichzeitig leicht mit den Schultern, als sei es ohnehin unwichtig. »Aber vielleicht kann ich Ihnen etwas anderes zeigen, das Ihnen eher zusagt?«

»Nun, ich glaube, ich sollte mich zunächst einmal um meinen Mann kümmern, bevor ich wieder an mein eigenes Amusement denke«, erwiderte Alexa rasch, in der Hoffnung, es habe nicht allzu scheinheilig geklungen. Obwohl sie am liebsten so schnell wie möglich davongelaufen wäre, zwang sie sich doch, so langsam wegzugehen, daß Orlanda glauben konnte, sie verlasse nur ungern dieses Fantasietheater.

»Ich muß zugeben, daß Ihre Idee mit dem Spiegel, durch den man nur von einer Seite sehen kann, ganz andere Aussichten ermöglicht«, sagte Alexa schließlich, als sie wieder in Orlandas opulentem Schlafzimmer angelangt waren. »Und es war wirklich sehr liebenswürdig von Ihnen, mir so viel Vertrauen zu schenken.«

Orlanda stand vor einem Spiegel, strich sich über die Haare und legte etwas Rouge auf. »Meine Liebe«, sagte sie über die Schulter hinweg zu Alexa, »Ihr Lob dafür steht mir gar nicht zu, ich verdanke diese Idee einer meiner besten Freundinnen. Haben Sie schon von Madame Olivier gehört?«

Die harmlos klingende Frage war so plötzlich gestellt worden, daß Alexa überrascht die dunklen Augenbrauen zusammenzog und dann antwortte: »Nicht daß ich wüßte. Kenne ich sie denn?«

Orlanda stand noch immer vor dem Spiegel, obwohl sie schon fertig war, und beobachtete jetzt Alexa; dann sagte sie mit demselben unverfänglichen Ton in ihrer Stimme: »Ich habe mich nur gefragt, wissen Sie. Vor allem, nachdem mir in letzter Zeit selbst so viele Fragen gestellt wurden.«

Sie zuckte mit einer Schulter, dann wandte sie sich um und sah Alexa ins Gesicht.

»Rechtsanwälte!« sagte sie verächtlich und rümpfte leicht die Nase. »Warum soll ich Rechtsanwälten überhaupt etwas erzählen? Vor allem, wenn man mir sagt, man sei auf der Suche nach einer meiner besten und engsten Freundinnen? Ich vertraue kaum jemandem, und Anwälten am allerwenigsten. Aber wenn Sir John – ja, Ihr Mann – mir solche Fragen stellt, dann muß ich mich schon wundern. Und zwar darüber, warum man nach so vielen Jahren auf einmal so darauf versessen ist, Solange Bouvard zu finden.«

25. Kapitel

Nachdem sich Alexas Gedanken an diese so überraschenden und neuen Erfahrungen gewöhnt hatten, wunderte sie sich immer wieder darüber, wie sie es verhindert hatte, in ein hysterisches Lachen auszubrechen, als Orlanda ihr schließlich alles erklärt hatte. Solange Bouvard, die lange verloren geglaubte Tante Solange, die sie so gerne hatte finden wollen, war jetzt unter dem Namen Madame Olivier bekannt und in ganz Europa dafür berüchtigt, zwei der teuersten und exklusivsten Freudenhäuser in London zu betreiben. Welch feine Ironie! Und das um so mehr, weil Alexa ausgerechnet in einem römischen Bordell zum ersten Mal erfuhr, was aus der Schwester ihrer Mutter geworden war.

Sie mußte wohl sehr verständnislos ausgesehen haben, weil Orlanda mit einem ungeduldigen Kopfschütteln sie noch weiter aufgeklärt hatte.

»Woher soll ich denn wissen, was Ihnen schon von den anderen beiden erzählt wurde? Von Martin Howard, der immer hinter Victorine hergewesen war, und seiner Schwester Harriet, die vorgab, Victorines und Solanges Freundin zu sein, während sie doch vor Eifersucht und Haß ganz krank wurde, weil gerade der um sie warb, der dann mit Victorine durchgegangen ist. Sie hätten ihr Gesicht sehen sollen, als sie von der Entführung hörte, wie Solange und ich es damals sahen. ›Sei vorsichtig‹, warnte ich Solange später. ›Sie wird dich für alles verantwortlich machen, und jetzt haßt sie dich!‹ Später stellte sich dann heraus, daß ich recht hatte, nachdem der plötzlich von den Toten wieder auferstanden war – jedenfalls hatten wir alle in London diesen Eindruck. Damals war ich ja schon mit meinem ersten Grafen in Italien, sonst hätte ich sie noch einmal davor gewarnt. Meine arme Solange hatte eine Schwäche für gutaussehende Männer, und in Gavin Dameron hatte sie sich verliebt, sogar nachdem sie wußte, daß er hinter ihrer jüngeren Schwester her war.«

Während sie noch sprach, hatte sich Orlanda eine dünne Zigarre angezündet. Dann sagte sie seufzend. »Ja«, wobei ihre Augen gedankenvoll auf Alexas ernstem Gesicht ruhten, »wenn ich dort gewesen wäre, dann hätte ich meine Freundin daran erinnert, sehr, sehr vorsichtig zu sein, um nicht die Aufmerksamkeit der Hexe zu erregen, wie wir die Marquise Adelina nannten. Eine sehr böse Frau. Und eine, vor der auch Sie sich sehr in acht nehmen müssen.«

Hinter all dem steckte noch viel mehr, als Orlanda zunächst berichtet hatte, und als sie schließlich geendet hatte, war es Alexa durchaus nicht mehr zum Lachen zumute. Durch diesen höchst seltsamen Zufall hatte sie mehr erfahren, als ihr recht gewesen war. Jetzt fragte sie sich traurig, ob es für sie nicht besser gewesen sei, als natürliche Tochter von Martin Howard geboren zu werden, statt aus diesem entarteten Geschlecht zu stammen. Die Mutter ihres Vaters war eine völlig amoralische und skrupellose Frau, die zu allem fähig war, die Menschen aus dem Wege räumte, die sie störten, als wären es lästige Fliegen; die sogar so weit gehen konnte, die gesetzliche Frau ihres Sohnes mit der Drohung der Bigamie sicher aus dem Weg zu schaffen, damit dieser eine Zweitehe mit der Tochter eines Grafen eingehen konnte, von der er schon drei Töchter hatte. Und was Gavin Dameron selbst betraf, brachte es Alexa nicht mehr über sich, ihn als ihren Vater zu bezeichnen. Was mußte das nur für ein Mann gewesen sein, der gewissenlos eine jung mit ihm verheiratete Frau mit einer kleinen Tochter verstieß, sich von ihr für tot halten ließ, um dann innerhalb von zwei Jahren eine andere zu ›heiraten‹, die ihm seine Mutter ausgesucht hatte? Und es gab noch viel Schlimmeres, wenn das überhaupt möglich war und sie Orlanda glauben konnte.

Als Orlanda ihre Erzählung unterbrach, um sich eine weitere Zigarre anzuzünden, sah sie Alexa mit erhobenen Brauen an, als wolle sie sie zu Fragen ermuntern. Aber diese blieb stumm.

»Meine Liebe, ich hoffe doch, daß ich nicht zuviel gesagt habe. Aber wenn Sie planen, nach England zurückzukehren, wo Sie mit allen diesen Leuten zusammentreffen können, dann wäre es besser, wenn Sie Bescheid wüßten. Meinen Sie nicht auch?«

»Sagen Sie mir bitte alles. Es sind doch offenbar meine Halbschwestern, so seltsam das sein mag! Wissen Sie noch etwas über sie oder wie sie sind? Sie müssen doch noch recht jung sein, die Armen!« Ihr Gesicht wurde plötzlich hart. »Und er, der Marquis von Newbury? Was ist jetzt mit ihm?« Als Alexa merkte, daß ihre plötzlich herausgesprudelten Fragen nicht gleich beantwortet wurden, sondern Orlanda sich nach vorne beugte, um ihr auch eine Zigarre anzubieten, zögerte sie nur einen Augenblick, bevor sie sie annahm, obwohl sie nie zuvor geraucht hatte.

Alexa war froh, sich für einige Augenblicke auf etwas anderes konzentrieren zu können, als Orlanda ziemlich abrupt fortfuhr: »Sie müssen nicht meinen, daß ich Ihren Fragen ausweiche. Ich werde Ihnen so viel sagen, wie ich weiß, ohne einen Vertrauensbruch zu begehen. Aber für heute abend wird es genug sein, denke ich. Sie brauchen viel Zeit, um über das alles nachzudenken, was Sie erfahren haben. Außerdem...« Orlanda lehnte sich zurück mit einem verschmitzten Lächeln und machte mit ihrer Zigarre eine Geste zu Alexa hin, die an ihrem Rauch schon fast erstickte. »Vielleicht brauche auch ich Zeit, um über das nachzudenken, was ich heute abend über Sie erfahren habe.« Als sie Alexas verwunderten Blick auffing, lachte sie. »Überrascht Sie das? Ach, meine Liebe, wenn man erst einmal in meiner Position ist, dann hat man gelernt, Menschen zu beobachten. Und um ein solches Haus wie dieses hier zu führen, muß ich Frauen und ihre Gefühle genausogut oder noch besser verstehen als Männer.« Sie drückte ihre Zigarre in einer silbernen Aschenschale aus und stand auf.

»Bitte...« Orlanda war schon auf dem Wege zur Tür und wandte sich jetzt um, während Alexa versuchte, mit gleichmäßiger Stimme zu sagen: »Nachdem Sie so freundlich waren, ganz offen und aufrichtig zu mir zu sein, möchte ich Sie gerne noch eins fragen« – nach einem kurzen Zögern zwang sich Alexa fortzufahren – »auf welche Weise habe ich mich selbst verraten? Ich habe mich sehr angestrengt, meine Gefühle nicht offen zu zeigen, und meinte auch, Erfolg gehabt zu haben. Habe ich mich da sehr geirrt?«

Einen Augenblick lang sah Orlanda sie fest an, um dann mit einem leichten Lächeln und einem Achselzucken zu sagen: »Ich denke, Sie wissen, meine Liebe, daß ich mich nur auf das bezogen habe, was ich glaubte, bei Ihnen zu spüren. Sind Sie sicher, daß ich es laut sagen soll?«

Alexas Augen wanderten unruhig hin und her, und sie biß sich auf die Lippe. Dann aber hob sie keck den Kopf. »Ja, ich bin durchaus sicher, von Ihnen hören zu wollen, was Sie bei mir gespürt haben, abgesehen von einer vielleicht lüsternen Neugierde. Immerhin habe ich ähnliche Vorstellungen schon oft gesehen.«

»Ah?« sagte Orlanda sanft. »Und – wenn Sie mir die Offenheit verzeihen, um die Sie mich gebeten haben – haben Sie bei solchen Gelegenheiten immer gewünscht, Sie wären die Frau, die geliebt wird?« Ohne auf die in Alexas Gesicht aufsteigende Röte einzugehen, fuhr Orlanda erbarmungslos fort: »Was ich mit Sicherheit gespürt habe, meine Liebe, war, daß Sie heute abend gerne Maddalena gewesen wären. Sie wollten, daß der Mann dasselbe mit Ihnen machen sollte, was er mit ihr tat.«

Alexas Gesicht wurde erst rot, dann weiß, und ihre Finger klammerten sich an die Stuhllehne, als sei diese ein Rettungsring, der sie vor dem Ertrinken bewahren könnte. Sie war vollkommen sprachlos, während ihr ein Schauder durch den Körper lief. Wie war es nur möglich, daß ihre dunkelsten, verborgensten Gedanken so leicht gelesen werden konnten? Und, o Gott, nachdem sie jetzt ans Tageslicht gebracht worden waren, konnte sie nicht leugnen, daß Orlanda mit jedem Wort die Wahrheit getroffen hatte.

Orlandas Verhalten änderte sich fast unmerklich, als sie mit forschendem Ton in der Stimme sagte: »Sie haben sein Gesicht gesehen. Wissen Sie, wer er ist und aus welchen Kreisen er kommt? Ah, jetzt bin ich aber wirklich neugierig!«

Als wäre sie plötzlich von einem Zauber befreit, stotterte Alexa: »Krei.., Kreise? Ich weiß nicht...«

»Vielleicht wissen Sie es wirklich nicht.« Orlanda lachte plötzlich freudlos auf. »Ja, meine Liebe, da Sie nun einmal Solanges Nichte sind, werde ich diesmal eine meiner striktesten Regeln überschreiten. Als ich von ›Kreisen‹ sprach, meinte ich familiäre Kreise. Und zwar auf Ihrer väterlichen Seite. Nun also, Maddalenas Gast heute abend war niemand anderes als der Erbe Ihres Vaters, der künftige Marquis von Newbury. Obwohl er jetzt natürlich noch Viscount Embry heißt. Lord Nicholas Dameron, Viscount Embry, um Ihnen seinen vollen Namen zu nennen. Und er ist noch dazu ein wirklich gutaussehender Mann. Wenn ich mir vorstelle, Sie hätten die Rolle von Maddalena eingenommen...«

Alexa hörte nicht mehr hin. Als diese so leicht hingesprochenen Worte sie erreichten, begann das Blut in ihren Schläfen so laut zu pochen, daß sie davon fast taub wurde. Von Anfang an hatte er sie also angelogen und absichtlich betrogen, sich selbst auch noch einen falschen Namen gegeben! Und weshalb? Konnte er noch vor ihr gewußt haben, wessen Kind sie war und wie verunsichert gewisse Leute allein durch ihre Existenz sein würden, vor allem wenn sie die Wahrheit über ihre Vorfahren erfahren und eines Tages in England ihre Rechte beanspruchen würde? Jetzt verstand sie auf einmal, warum er sie daran gehindert hatte, sich mit Lord Charles zu treffen.

Ihr plötzliches Auflachen war mit so bitterer Wut gemischt, daß Orlanda zurückwich, um Alexa befremdet anzusehen, die jetzt mit geballten Fäusten jedes Wort unterstrich. »O Gott, wie sehr ich sie alle hasse und verachte! Gott sei Dank trage ich nicht länger diesen Namen! Diese Damerons – mit ihrer Arroganz, diesem falschen Stolz und dieser verdammten Heuchelei! Aber wenn ich mit denen fertig bin, dann wird ihnen jeder Stolz und jede Arroganz vergangen sein – das schwöre ich!«

Ihre Stimme war zwar leiser geworden, aber jetzt schwang eine Härte mit, die nie zuvor dagewesen war. »Sie werden Lady Travers nicht so einfach aus dem Weg schaffen können, wie meine arme Mutter und meine Tante und Gott weiß, wen sonst noch, der die Pläne dieser alten Hexe durchkreuzt hat. So haben Sie sie doch genannt, oder? Ah? Vielleicht bin ich meiner Großmutter gar nicht so unähnlich, um sie mit ihren eigenen Waffen zu schlagen! Was meinen Sie, meine kluge Freundin? Und werden Sie mich mit Rat und Tat unterstützen?«

»Sie wollen also meine Hilfe und meine Unterstützung? Hm...« Dann sah sie Alexa lange an, bevor sie sagte: »Erlauben Sie mir eine offene Frage: Wie weit werden Sie letzten Endes gehen, um Ihr Ziel zu erreichen?«

26. Kapitel

Die Zwillinge, wie die beiden Viscounts von ihren Bekannten genannt wurden, waren meist in irgendeinen Disput verwickelt, oder sie fielen sich gegenseitig ins Wort, weil sie schon wußten, was der andere sagen würde.

»Das war dieselbe! Das weiß ich genau.«

»Aber sie war doch ganz bedeckt! Du hast doch gar nichts sehen können.«

»Aber die Haarfarbe, das mußt du zugeben. Außerdem die Hände. Das sehe ich immer. Sie trug doch denselben Ring! Mit einem Rubin, glaube ich. Sehr ungewöhnlich!«

»Trotzdem bin ich nicht überzeugt davon! Denk doch mal nach. Dort würde doch keine Lady hingehen. Außerdem ist das hier Rom, und wir haben sie in Neapel gesehen. Nein, nein, alter Junge. Du hast dich geirrt.«

»Aber wenn ich dir doch sage...«

»Es überzeugt mich einfach nicht, Miles. Es ist einfach nicht der Typ gewesen, obwohl...«

Die Zwillinge saßen auf der schattigen Terrasse, von der aus man einen riesigen Ziergarten überblicken konnte, und waren höchst überrascht, daß jetzt Viscount Embry langsam die Stufen zu ihnen emporkam.

»Ich muß wohl um Entschuldigung bitten, daß ich dieses angeregte Gespräch unterbreche?« sagte Viscount Embry schleppend. »Ich habe da unten in der Sonne geschlafen, das hat mir wohl nicht gutgetan. Dabei habe ich Ihr Gespräch gehört, das mich auf einmal interessiert hat. Eine ungewöhnliche Haarfarbe, sagten Sie, Miles? Hände – oder nein, es war ein Finger, nicht wahr? Mit einem ungewöhnlichen Rubinring? Und Sie erwähnten doch auch Ihren Freund, den Conte di Menotto, nicht wahr? War das nicht der, in dessen Villa in Neapel wir eingedrungen sind, um dann aber nur so ein Dienstmädchen anzutreffen – oder war es vielleicht die Lady selbst? Ich glaube, meine Erinnerung läßt mich manchmal im Stich.«

»Ach, es tut uns leid, daß wir Sie geweckt haben, Embry! Wir hatten natürlich keine Ahnung, daß Sie da unten schlafen.« Viscount Selby sprach rasch und warf seinem Bruder gleichzeitig einen bedeutsamen Blick zu.

»Ja, natürlich. Aber nachdem ich glücklicherweise vor den Folgen meiner Unvorsichtigkeit bewahrt wurde, in dieser heißen Sonne einzuschlafen, sollte den römischen Göttern doch ein Opfer gebracht werden! Oder noch besser, einer Göttin. Venus vielleicht? Ich meine, ich hätte gelesen, daß man ihren Tempel mindestens einmal in der Woche besuchen sollte, um seinen Dank abzustatten oder einen Streit beizulegen.«

Mit diesen Worten verließ er sie wieder und schlenderte langsam zum Haus hinüber. Er war plötzlich mißlaunig geworden, wütend über sich selbst und auch ärgerlich darüber, daß er ein paar zusammenhanglose Sätze im Halbschlaf mitgehört hatte. Um Himmels willen! Nur wegen diesem Vorfall damals in Neapel und dem rein zufälligen Erfahren, daß Sir John Travers aus Colombo die Villa gemietet hatte, die seine betrunkenen beiden Begleiter unbedingt hatten besuchen wollen... Das konnte ihm doch wirklich gleichgültig sein! Nicht einmal, wenn durch einen noch seltsameren und völlig unwahrscheinlichen Zufall derselbe Sir John Travers die junge Frau geheiratet hatte, die ihn als ›Onkel‹ bezeichnete. Mit lobenswerter Selbstbeherrschung hatte er diese Tatsache ganz ins Unbewußte verdrängt. Dumm genug von ihm, verblüfft zu sein bei dem Gedanken, die von ihm so rücksichtsvoll behandelte Meerjungfrau sei in wenigen Monaten erst zur Ehefrau und dann zur Hure geworden. Natürlich war ihm bekannt, daß der Venustempel dafür berühmt war, von Ladies besucht zu werden, die entweder gelangweilt oder rastlos oder mit alten Männern verheiratet waren und die sich jetzt aus reiner Lust an der Freude prostituierten. Und welcher Mann, den man hier einließ, tat das nicht auch? Und wenn die Venuspriesterin mit bronzefarbenen Haaren, die er zufällig kurz gesehen hatte, wirklich die Seehexe war, die er in einer Mondnacht für kurze Zeit gefangen hatte, konnte ihm das ja auch egal sein. Er wunderte sich sogar, sich gar nicht mehr an sie erinnern zu können, auch nicht an die Farbe ihrer Haare.

Zum Teufel mit ihr, egal, wo sie war oder was sie geworden war! Dann aber, wenige Schritte vor der Eingangstür, wurde dieser ärgerliche Gedanke durch einen anderen aufgefangen. Und wenn sie doch hier war, wenn sie eine dieser gelangweilten Frauen war, die sich nach Aufregung sehnten? Jetzt würde es keinen Grund geben, ihn davon abzuhalten, sie zu nehmen, wie er es vorher hätte tun sollen. Und es wäre die beste Art, sich des lästigen Andenkens an sie zu entledigen, sie so zu nehmen, wie er es immer gewollt hatte, vom ersten Augenblick an, als er sie in dem Teich des Gouverneurs im Mondlicht schwimmen sah.

»Schade, daß keine meiner hübschen Priesterinnen Ihnen heute abend zu gefallen scheint. Aber vielleicht suchen Sie etwas anderes – oder Unübliches?«

Wenn Orlanda sich vornahm, reizend zu sein, dann funkelte sie geradezu, wobei ihre neckenden schwarzen Augen alles andeuteten und nichts versprachen – noch nicht! Als sie jetzt etwas von seinen Launen spürte, legte sie ihre beringte Hand leicht auf Nicholas Damerons Arm, während sie ihren Kopf etwas zur Seite neigte und ihn herausfordernd anlächelte.

»Zum Beispiel?« Seine schleppende Stimme paßte zu ihrer Herausforderung und ließ sie mit ehrlichem Entzücken darüber auflachen, daß sie in der kommenden Auseinandersetzung mit Sicherheit Siegerin bleiben würde.

»Ich sagte anders oder ungewöhnlich, nicht wahr? Und Sie wissen doch, mein Herr, daß mein Venustempel sonst nicht seinen heutigen Ruf erlangt hätte. Woran wollen Sie sich heute abend also erfreuen? Oder wozu sind Sie aufgelegt? Jeder, der hierherkommt, hat ja einen Grund dafür, nicht wahr? Jeder sucht etwas, das er woanders nicht finden kann, und dieses ›Etwas‹ ist – was immer Sie sich wünschen.«

»Versprechen Sie das nicht zu schnell.« In seiner Stimme schwang ein grimmiger Humor mit, während seine Augen schmaler wurden. »Zum Beispiel – wenn ich mir vielleicht wünschte – nur für diese einzige Nacht, eine Frau mit einer ganz bestimmten Haarfarbe, die ganz ungewöhnlich ist? Eine – verheiratete Frau?« Nicholas Damerons dunkelgrüne Augen sahen sie boshaft an, während er sprach, aber Orlanda zuckte nur mit den Schultern und lächelte.

»Ach, ich bin doch keine Fee mit einem Zauberstab, das wissen Sie, aber vielleicht, in Ihrem Fall... Wenn sie wagemutig genug sind, um mir zu folgen, dann bringe ich Sie in ein ganz besonderes Zimmer, weitab von allen anderen, wo man alles entdecken kann, wenn man es sich nur sehnlichst genug wünscht. Ich nenne es das ›Zimmer der erfüllten Träume‹. Und ich verspreche Ihnen schon jetzt, daß Sie nicht enttäuscht sein werden.«

Nicht das lächerliche ›Versprechen‹ einer Frau hatte Nicholas veranlaßt, ihr schließlich zu folgen, sondern seine eigene Neugierde, verbunden mit dem gelangweilten, rastlosen Gefühl, das ihn schon seit ein paar Wochen geplagt hatte, als er lebte ohne zu leben, wie ein Parasit. Nichts anderes hatte er im Kopf gehabt, als zu überlegen, was er heute anziehen würde oder in welchen Club oder welches Theater er gehen würde. Deshalb war er froh über die Gelegenheit gewesen, mit der Marquise nach Italien zu fahren, selbst wenn er dafür ein Auge auf die Zwillinge seiner Verwandten werfen mußte, die sich gerade auf ihrer Bildungsreise befanden.

Aber jetzt lag er erst einmal hier, auf diesem breiten, seidenbezogenen Bett. Immer noch mit gerunzelter Stirn sah Nicholas zu der bemalten Decke auf, während ein sich ringelnder, süßlich schwerer Rauch aufstieg, um sich mit den Bildern an der Decke zu vermischen und dort immer neue Muster hervorzubringen. Während er so dalag, fühlte er sich unfähig herauszufinden, ob er Opium oder Haschisch rauchte. Es war ihm auch gleichgültig, er kannte beides und wußte, welche Auswirkungen sie hatten. Erfüllte Träume. Fantasievoll und übertrieben. Träume, vielleicht. Recht angenehme, entspannende, aber kaum erfüllte oder echte, was immer diese Träume auch sein mochten. Schließlich...

Schließlich schien sich nicht einmal die kleine Anstrengung zu lohnen, seinen Kopf auf den seidenen Kissen zur Seite zu drehen, bis er plötzlich sah, warum er in diese Richtung geblickt hatte. Mit einem leisen Klicken des Riegels war sie geöffnet worden, und jetzt stand *sie* da, auf nackten Füßen, das feuchte Haar über die Schultern fallend und nur angezogen mit einem feuchten Seidenhemd, das alle Kurven und Formen ihres honigfarbenen Körpers betonte. Seine Meerjungfrau-Dirne in Fleisch und Blut. Oder träumte er nur?

»Nicholas?« sagte sie mit einem sanft fragenden Ton. »So möchtest du doch genannt werden, oder nicht?« Und dann hob sie ihre Arme und begann, ihr Haar auszuschütteln, wobei die Wassertröpfchen nur so sprühten, jedes wie eine winzige goldene Kugel in dem Licht der orangefarbenen Lampen und der Glutpfannen, die in jeder Ecke des Zimmers standen. »Magst du mich jetzt noch lieber als früher?« fragte sie neckend, während ihre erhobenen Arme ihre hohen, spitzen Brüste betonten. »Ich habe mich geändert, weißt du, und ich habe so viel gelernt, seit wir uns das letztemal gesehen haben, das verdanke ich dir. Seitdem war ich unersättlich, immer mehr wollte ich wissen.«

Sie lächelte auf eine provozierende, fast quälende Art, bevor sie leise murmelte: »Möchtest du, daß ich dir zeige, wieviel ich inzwischen gelernt habe?«

Moschusduft hing in dem Zimmer, das von dem Rauch in einen bläulichen Schein gehüllt war, und er hatte die langstielige Pfeife zur Seite gelegt, als sie sich neben ihn auf das seidenbezogene Traumbett legte. Seltsamerweise konnte sich Nicholas nicht mehr an ihren Namen erinnern, nur noch an ihren Körper und ihre seidige Haut, vor allem an ihr Haar – es fiel wie ein Vorhang über ihr Gesicht, wenn sie sich herabbeugte, und wie ein Mantel auf ihre Schultern, wenn sie ihren Kopf zurückwarf.

»Möchtest du mich nicht?« flüsterte sie. »Oder möchtest du deinen Traum lieber mit jemand anderem teilen?«

Während er sich den sanften Rauchschwaden eher hingab, als ihnen zu widerstehen, hörte Nicholas sich lachen, ein selbst in seinen Ohren unangenehmes Geräusch. »Entschuldige, Wassernixe. Aber ich fürchte, daß diese Pfeife mir zwar schöne Träume schenkt, mich aber zu gewissen Handlungen unfähig macht. Ich frage mich, warum du das noch nicht gelernt hast, nachdem du so viel anderes weißt. Vielleicht solltest du dir einen anderen suchen, der dir heute abend deinen Appetit befriedigt.«

Fast unterwürfig hatte sie bei ihm gelegen, das Gesicht an seine Schulter gelehnt, wobei sich ihre festen Brüste an ihn drückten und eine ihrer Hände seinen Körper streichelte. Jetzt aber bäumte sie sich zornig auf wie ein Kobra.

Alexa war nahe daran, in äußerste Wut zu geraten und ihn dazu zu bringen, seine Gleichgültigkeit zu bereuen, selbst wenn sie ihn hätte kratzen und beißen müssen, um ihn zu einer Reaktion zu bewegen. Sagte er ihr die Wahrheit, oder begehrte er sie überhaupt nicht? Aber noch während sie ihren Körper bezwang, fühlte sie plötzlich, wie er sie umarmte und ihren Körper an seinen drückte. Ihr angehaltener Atem löste sich mit einem Seufzer, der sie plötzlich entspannte und ihren Kopf wieder auf seine Schultern sinken ließ.

Jetzt aber war er zornig und sagte: »Willst du nicht nach einer saftigeren Beute jagen, bevor die Nacht vorbei ist und du dich wieder hinter deiner Fassade der Wohlanständigkeit verstecken mußt?«

»Willst du denn, daß ich gehe?«

Er drückte sie noch stärker an sich und sagte halblaut auf Spanisch: »Wie soll ich wissen, was ich in diesem Augenblick will und was nicht? Bleib doch, wenn du willst, oder geh. Es ist wirklich egal.«

Seine Augen schlossen sich wie im Schlaf, aber er ließ sie nicht los. Während ihr Gesicht an seine Brust gedrückt wurde, fühlte sie seinen Herzschlag an ihrer Wange und sein rauhes Haar an ihren Brustspitzen, die gegen ihren Willen immer empfindlicher wurden und fast schmerzten vor Begierde, von ihm berührt zu werden. Was geschah eigentlich mit ihr? »Seien Sie vorsichtig, meine Liebe«, hatte Orlanda sie zuvor gewarnt. »Oft genug kann der Körper den Verstand im Stich lassen, und blinde Emotionen sind stärker als Sensibilität und Wille.« Alexa war hergekommen mit dem Plan, ihn zu verführen, solange er von der Droge noch betäubt war, während sie ihren klaren und berechnenden Verstand behielt, um seine Begierde auf den Siedepunkt anzuheizen und dann zu verschwinden. Aber anstatt auf die vielen Liebestechniken anzusprechen, die sie bei ihm anwandte, hatte er ihr ganz offen und ungehemmt gesagt, daß er unter den gegebenen Umständen zur Liebe nicht fähig sei. Eigentlich sollte sie jetzt einige passende Bemerkungen machen und sofort gehen, bevor er sie noch weiter beschimpfen oder wieder in Schlaf fallen würde. Hatte er es ihr nicht freigestellt, zu bleiben oder zu gehen?

Während sie ihren Kopf vorsichtig bewegte, bemerkte Alexa mit zunehmender Wut, daß seine Augen immer noch geschlossen waren und er ganz gleichmäßig und friedlich atmete. Hatte er ihre Anwesenheit schon ganz vergessen?

»Ich hasse dich, Nicholas Dameron!« sagte sie mit fast grollender Stimme zwischen zusammengebissenen Zähnen und fügte leidenschaftlich hinzu: »Und ich werde dich immer hassen und verachten, weil du ein so verlogener Heuchler bist!«

Obwohl sie eine Reaktion von ihm erwartete, zuckte Alexa instinktiv bei seinem kurzen Auflachen zusammen. »Wirklich?« murmelte er mit schläfriger Stimme und geschlossenen Augen. Noch bevor Alexa etwas darauf antworten konnte, fuhr er mit derselben schleppenden Stimme fort: »Mit einer solchen Behauptung wirst du mich kaum überraschen. Meine eigene, reine und jungfräuliche Frau fühlte sich genauso, vielleicht noch schlimmer. Ich habe sie zwar schließlich entjungfert, aber schrecklich ungeschickt, weil sie mich von da ab einfach nicht mehr an sich heranließ.« Wieder folgte dieses kurze, humorlose Lachen, das Alexa von neuem zusammenzucken ließ. Dann sagte er nachdenklich: »Ich glaube, ich hätte wirklich bei den Dirnen und den indianischen und mexikanischen Frauen bleiben sollen, die das gleiche haben wollten wie ich. Aber, mein Gott, hast du je einen jungen Mann gesehen, der vernünftig ist?«

Alexa wußte nicht, warum er ihr auf einmal all die schmutzigen Einzelheiten aus seiner Vergangenheit zu erzählen begann, aber offenbar wollte er sie einfach vergessen und sprach eigentlich mehr zu sich selbst. Ein Teil von ihr wehrte sich heftig dagegen, noch mehr zu hören, während ein anderer Teil auf alles begierig war, um ihn dafür nur um so mehr hassen und verachten zu können. Huren und Gesindel. Er hätte wirklich auf seiner Stufe bleiben sollen.

»Warum hast du denn überhaupt geheiratet?« hörte sie sich fragen. »Da du keine Frau bist, konnte dich doch niemand zu einer Heirat zwingen, die du nicht wolltest, oder?«

Nach einer Weile sagte er mit plötzlicher Bitternis: »Nein? Schon richtig, man hat mir kein Gewehr an den Kopf gehalten oder mir angedroht, mich bei Wasser und Brot einzusperren, wenn ich mir keine Frau nehme. Aber mein Vater starb, als ich noch viel zu klein war, und ich wuchs bei dem spanischen Teil meiner Familie auf. Sie hatten uns schon einander versprochen, als die arme kleine Teresa noch glücklich in ihrer Wiege spielte. Sicher hat niemand sie gefragt, ob sie heiraten wollte oder nicht, und ich hab' es nur getan, weil man von mir erwartete, so schnell wie möglich Erben in die Welt zu setzen, bevor wilde Indianer oder ein Sturm auf See mir den Garaus gemacht hätten – was für sie zweifellos ein Glück gewesen wäre.« Alexa spürte, wie er mit den Schultern zuckte, und wunderte sich darüber, daß ihr Mund auf einmal so trocken geworden war, als er mit leiser Stimme sagte: »Wahrscheinlich waren wir am Ende beide unglücklich. Jetzt tut sie mir leid und ich erkenne nur zu klar, wie ungeschickt und brutal ich zu dem armen Mädchen gewesen sein muß. Sie hatte keine Ahnung davon, was im Hochzeitsbett geschehen würde, und ich hatte keinerlei Erfahrung mit – ich glaube, man muß es Unschuld nennen, obwohl Ignoranz wohl passender wäre. Zum Teufel damit!«

Er schwieg lange. Alexa beugte ihren Kopf so weit zurück, daß sie seinen Gesichtsausdruck sehen konnte, und spürte ihr Herz plötzlich heftig schlagen, als sie in diese dunklen, dschungelgrünen Augen blickte, an die sie sich so gut erinnerte. Sie fuhr sich mit der Zungenspitze über die Lippen und zwang sich zu einem, wie sie hoffte, schüchtern wirkenden Lächeln, während sie mit einer Hand aufreizend langsam von seiner Schulter über seinen Körper strich bis hinunter zu seinem Schenkel. Ohne irgendein Anzeichen, sie zu begehren, runzelte er die Stirn und sagte murrend: »Wie, zum Teufel, bist du überhaupt hierhergekommen? Verdammt!« Und dann in kränkend nachlässigem Ton: »Nachdem man so freundlich war, mir eine Dienerin zur Verfügung zu stellen, um meinen Traum mit ihr zu teilen, sei doch bitte so nett und bring mir ein Glas von diesem kühlen Wein aus dem Eimer in der Ecke dort drüben. Und bei dieser Gelegenheit könntest du mir auch die Pfeife wieder anzünden, sie ist offenbar ausgegangen.«

Alexa sprang vom Bett auf, starrte ihn wütend an und fragte sich, was er wohl tun würde, wenn sie ihm den ganzen Körper mit ihren Nägeln aufkratzen würde. Schließlich konnte er sie hier nirgends ins Wasser werfen. Trotzdem mußte er wohl spüren, was sie fühlte, weil er ohne sie anzublicken sagte: »Hör zu, meine Kleine, wenn du mir hier eine Szene machen willst, dann löst das bei mir nur Langeweile aus, aber es reizt mich nicht auf – wenn das dein Ziel war –, und ich nehme doch an, daß du deswegen hergekommen bist.« Alexa keuchte vor Wut, doch er fuhr mit gelangweilter Stimme fort: »Obwohl ich im allgemeinen wenig Lust habe, Ratschläge zu erteilen, möchte ich dich dennoch warnen: Wenn du bei diesem von dir gewählten Beruf weiterkommen willst, mußt du wirklich lernen, auf die Bitten deiner Kunden einzugehen, mit einem Lächeln und wenigstens dem Anschein, daß du es gerne tust!«

»Was?« Alexas Stimme hatte einen gefährlich hohen Ton erreicht, worauf er nur ungeduldig erwiderte, da sie offenbar weder willig noch gefällig sei, was er von Frauen immer erwarte, möge sie sich doch hinausbegeben und veranlassen, daß man ihm eine besser ausgebildete junge Dame hereinschicke. »Wie... ach ja, diese bezaubernde Blondine. Maddalena, glaube ich, hieß sie. Wirklich eine echte Frau in jeder Hinsicht. Und bitte – bevor du wieder anfängst, hier herumzuschreien – du kannst versichert sein, daß ich für die Zeit bezahlen werde, die du hier bei mir verbracht hast, sowie für deine Anstrengungen, die du unternommen hast, um zu gefallen.«

Während er sie aus zusammengekniffenen Augen beobachtete und sie wie eine wütende Amazone so ganz nackt vor ihm stand, mit roten Zornesflecken auf den Wangen und geöffneten Lippen, die geradezu nach Luft schnappten, begehrte er sie fast genauso, wie sie ihm gleichgültig war. Er hatte sie vom ersten Augenblick an begehrt, als er sie gesehen hatte, und jetzt verwünschte er diese teuflische Chemie, die ihn wie ein unsichtbares Band immer stärker zu ihr hinzog. Er wollte sie jetzt auch körperlich haben, aber sein Verstand verachtete und verabscheute sogar, was sie geworden war, und der mißtrauische Zyniker in ihm mißtraute vor allem den Manövern, die sie unternommen haben mußte, um ihn hier heute abend zu *finden*. Irgendwie war er froh darüber, nicht fähig gewesen zu sein, sie zu lieben, und mit diesem Gefühl stand er jetzt auf, murmelte halblaut einen Kraftausdruck und ging zu einem der Kohlebecken hinüber, um seine Pfeife wieder anzuzünden.

»Du...!« stotterte Alexa wütend. »Oh, du... du verdammter... oh! Wenn ich doch nur könnte... könnte...« Sie wirbelte mit blitzenden Augen herum und rannte zur einen Seite des Zimmers, so daß Nicholas schon befürchtete, sie würde eines der Kohlenbecken packen und es ihm ins Gesicht werfen, aber sie riß eine Tür auf, die er nicht bemerkt hatte, verließ den Raum und warf die Tür knallend hinter sich zu. Ob sie zurückkommen würde? Oder nicht?

Träge schaute Nicholas vor sich hin, während der Rauch ihn wieder in seinen Traumzustand zurückversenkte. Langsam legte er die Pfeife weg, lehnte sich zurück, vergaß *sie* und begann über die Entscheidung nachzudenken, die er schon sehr bald wegen einer anderen jungen Frau und einer anderen dynastischen Heirat treffen müßte. Seine Lippen verzogen sich ironisch bei diesem Wort. ›Dynastisch‹ paßte genau zu der Haltung der verwitweten Marquise von Newbury, die ihm bereits in gebieterischem Ton gesagt hatte, daß er dies jetzt nach ihrer Ansicht tun müsse, und daß er in Anbetracht des hohen Ranges, den er eines Tages einnehmen würde, nichts Besseres tun könne, als ein Mädchen zu heiraten, das jung genug und gesund genug sei, um ihm sehr viele Kinder zu gebären, und die es gewohnt sei, ein großes Haus zu führen. Und er war auch nicht überrascht, als sie ihm mitteilte, daß sie die so beschriebene junge Frau schon genau kenne und für ihn im Auge habe.

»Ich verstehe«, hatte Nicholas trocken darauf geantwortet. »Und darf ich nach dem Namen dieses holden Weibes fragen, oder soll mir der verborgen bleiben bis zu unserem Hochzeitstag?«

Nach einigem Zögern sagte sie triumphierend: »Also, es ist Helen, natürlich! Lady Helen Dameron, meine Enkelin und deine wirklich sehr entfernte Kusine, glücklicherweise. Zu eng hätte die Verwandtschaft natürlich nicht sein dürfen. Und sie wird ihr Debüt in dieser Saison machen. Es ist schon alles dafür vorbereitet. Einer Verlobung im nächsten Frühling kann daher nichts mehr im Wege stehen, und die Heirat...«

»Einen Augenblick, bitte!« Obwohl die alte Witwe etwas verblüfft dreinschaute, daß sie so abrupt unterbrochen wurde, war es Nicholas in diesem Moment gleichgültig gewesen, ob er sie verärgerte oder nicht. »Bitte entschuldige, daß ich dich unterbreche, Belle-Mère, aber es gibt etwas, das ich zwischen uns beiden klarstellen sollte. Über mein Leben und mein eigenes Schicksal entscheide ich selbst und werde das auch weiter tun. Mit anderen Worten, meine liebste Belle-Mère, habe ich nicht vor, noch so eine von den Marionetten zu werden, die du so einfach tanzen läßt. Und wenn ich wirklich wieder heiraten sollte, dann will ich das diesmal selbst entscheiden! Damit hoffe ich, daß es zwischen uns keine weiteren Mißverständnisse mehr geben wird!«

Er hatte halb damit gerechnet, daß sie einen ihrer schon berüchtigten Wutanfälle bekommen würde, oder daß er zumindest hinausgeworfen würde. Aber zu seiner Überraschung war sie in lautes Lachen ausgebrochen, konnte sich einfach nicht mehr halten und gestand ihm dann, wobei sie sich die Tränen abwischte, sie sei verdammt froh, endlich einmal einen Dameron mit Mumm in den Knochen gefunden zu haben, und daß zwischen ihnen sicher alles bestens laufen würde.

Er hatte sich also behauptet und war dabei nicht auf Widerstand gestoßen. Es war also völlig ungefährlich, der blonden und reizenden Lady Helen offiziell vorgestellt zu werden, die mit ihren sechzehn Jahren ausgeglichener und erfahrener zu sein schien als viele Frauen, die doppelt so alt waren. Und da sie ohnehin entfernt miteinander verwandt waren und er ständig gebeten wurde, die Familie hierher und dorthin zu begleiten, war es durchaus natürlich erschienen, daß man die beiden zuweilen zusammen sah. Das Problem für ihn war nur, daß sich der ganze Klatsch an ihre Fersen hängte und lauthals ihre bevorstehende Verlobung ins Gerede brachte. Verdammt! Mit Helen war zwar alles soweit in Ordnung, und er hätte sie sogar auf eine distanzierte Weise mögen können. Tatsache war aber, daß er sich absolut nicht bereit fühlte, wieder zu heiraten. Nicht nach Teresa und den Wunden, die nicht heilen wollten, nicht einmal nach all den Jahren, die seither vergangen waren.

27. Kapitel

»Haben Sie das gesehen?« rief Alexa wütend. »Er war nicht im mindesten an mir interessiert. Und was die ganze Sache nur noch schlimmer gemacht hat, er hat angedeutet, nein, er hat gesagt, daß er mich für eine… eine…«

»Eine Hure hält?« half ihr Orlanda.

»Ja, das war jedenfalls seine Einstellung. Diese herablassende Art von ihm! Und dann hat er sogar noch vorgeschlagen, diese Maddalena solle kommen… um mich zu ersetzen! ›Diese bezaubernde Blondine‹, hat er sie genannt, ›eine richtige Frau‹!«

»Aber bitte, meine Liebe!« Orlanda hielt abwehrend eine Hand hoch. »Wenn Sie wirklich meinen, daß Maddalena ihn in eine bessere Verfassung versetzt, dann sollten Sie praktisch und vernünftig genug sein, um das einzusehen. Aber so ganz unbeteiligt schienen Sie mit ihren Gefühlen doch nicht zu sein, oder?« Orlanda hob ihre zarten Augenbrauen, um alles Ungesagte damit anzudeuten, während Alexa sich auf die Unterlippe biß.

»Nun? Offenbar waren Sie doch nicht ganz die Richtige für ihn«, meinte Orlanda, »immerhin steht hier auch mein guter Ruf auf dem Spiel. Ich sollte wohl doch Maddalena zu ihm schicken...«

»O nein«, schämte sich Alexa, »das nächste Mal... Ich meine... Ich gebe nun einmal nicht gerne eine Niederlage zu! Diesmal werde ich der Sieger sein, das sage ich Ihnen, auch wenn ich dabei meinen Stolz herunterschlucken muß.«

Nicholas war fast eingeschlafen. In dem mit süßlichem Rauch angefüllten Raum und den sich ständig vor seinem Auge bewegenden Mustern und Bildern hatte er manches erlebt, woran er sich nicht gern erinnerte. Er hatte den Punkt erreicht, wo zwischen Fantasie und Wirklichkeit keine Grenze mehr war, es war, als liege er auf dem Boden eines Bootes und ließe sich willenlos von der Strömung tragen, gleichgültig, wo die Reise einmal zu Ende sein würde.

Wo würde seine Reise zu Ende sein? Von hier aus würde er jedenfalls nach England zurückkehren, zu Formalitäten, Höflichkeit und starren Grenzen. Seine eigentliche Welt war das allerdings nicht, diese würden seine neuen ›Freunde‹ ohnehin nie verstehen, ebensowenig wie sie je die Art verstanden, wie er bisher gelebt hatte. New Orleans – reich, differenziert, aristokratisch – und zwei Jahre, die er damit verbracht hatte, Französisch und kastilianisches Spanisch zu lernen sowie die Kunst, sich zu duellieren – mit Pistolen, Degen oder Messern –, das war schon eine Erziehung für sich. Innerhalb weniger Monate hatte er sich alles das beigebracht, was man brauchte, um vorwärtszukommen, und er war in den exklusivsten Zirkeln akzeptiert worden. In New Orleans war er dann Teresa begegnet und hatte es einfach und bequem gefunden, sich in sie zu verlieben und mit seinen Onkeln und seiner Mutter darin übereinzustimmen, daß es nicht nur Zeit für ihn sei, zu heiraten, sondern daß Teresa eine ausgezeichnete Partie für ihn sei, zumal ihre Mitgift Eigentum in New Orleans, Texas und Kalifornien enthielt.

»Sie war also schön und sehr reich und du hast sie auch noch geliebt. Ich glaube auch, daß sie eine ausgezeichnete Partie gewesen sein muß! Und wenn das arme Ding zunächst so große Angst vor der Heirat gehabt hat, dann hättest du doch einfach etwas geduldiger und verständnisvoller zu ihr sein können.«

»Verdammt, das verstehst du nicht! Geduldig, zum Teufel! In dieser ersten Nacht, als ich betrunken war und verdammt gut wußte, daß ich betrunken war, hab' ich sie alleine gelassen, nachdem sie angefangen hatte zu weinen. Und ich hab' sie noch eine ganze Woche lang allein gelassen, weil sie wahnsinnige Angst vor mir zu haben schien. Aber dann kam die Nacht, als ich... Ich glaube, die Diener haben nicht dichtgehalten – mein Gott, ich weiß gar nicht, wie die ganze Sache ans Licht kam! Aber erst sprach mich mein Schwiegervater an, dann meine beiden Schwager und dann auch noch meine Freunde, die es einfach lachhaft fanden, daß ich meine Frau nicht auf ihre ehelichen Pflichten vorbereitet hatte.«

»Es war also nicht schön für dich, nehme ich an – ebensowenig wie für sie –, was ihr miteinander gemacht habt?«

»Warum sollte sie auch Spaß daran gehabt haben? Das hatte wohl keiner von uns beiden. Jedenfalls hatte ich es satt zu sehen, wie sie jedesmal zusammenzuckte und vor Angst und Haß fast umkam, wenn wir uns allein begegneten. Ich habe nur noch einmal mit ihr geschlafen, und daß ich mich betrunken habe, entschuldigt ja nicht die Tatsache, daß es gegen ihren Willen war. Ich ging also zurück nach Kalifornien und auf meine Ranch, und nachdem ein Jahr vergangen war, hatte ich das Haus fertig gebaut und ließ sie kommen. Sie wollte aber nicht in ein so wildes Land wie Kalifornien gehen, noch wollte sie ihre Familie oder Freunde und das schöne Leben verlassen, das sie in New Orleans gewohnt war; ich bestand jedoch darauf, und ihre Familie ebenfalls und so...«

»Und so?« wiederholte die sanfte Stimme von irgendwoher und gleichzeitig nahe bei ihm, und er zuckte leicht mit den Schultern.

»Es ist nichts Neues in einer so wilden Gegend, daß einige

der Indianerstämme beschließen, einen Kriegszug zu unternehmen. Sie machte die Reise mit noch vielen anderen, und sie hatten Soldaten dabei und ihre eigenen bewaffneten Schutzleute. Außerdem hatte ich einige meiner vertrauenswürdigsten *vaqueros* ihnen entgegengeschickt, um sie durch das menschenleere Land zu führen, und einer von ihnen blieb lange genug am Leben, um mir zu berichten, was dann vorfiel. Die Indianer haben sie mit einigen anderen der jungen Frauen mitgenommen, die jung und attraktiv genug waren; alle übrigen wurden umgebracht. Es wäre besser gewesen, wenn man auch sie getötet hätte, vor allem, nachdem ich wußte, wie die Apachen gefangene Frauen behandeln.«

»Aber warum hast du denn um Himmels willen keine Suchaktion unternommen, wenn du sie schon nicht selbst gesucht hast?«

»Hab' ich das nicht? Und weißt du, daß gefangene Frauen nicht länger als drei Monate am Leben bleiben? Vielleicht etwas länger, wenn einer der Krieger sie zur Ehefrau nimmt; aber man hatte sie so zart erzogen, und sie war so – leicht verletzlich! Natürlich habe ich sie gesucht, gegen den Rat ihrer Familie und der meinigen, und habe Belohnungen ausgesetzt für sie; schließlich hörte ich von einem der Mittelsmänner, die mit den Indianern Handel trieben, daß sie mit zwei anderen an einen anderen Stamm verkauft worden sei, möglicherweise nach Mexiko. Danach hatte das Suchen keinen Sinn mehr.«

»Aber warum denn nicht, warum? Wenn sie am Leben war und litt, oder wenn... Du kannst doch nicht einmal jetzt sicher sein, daß sie nicht doch noch lebt!«

»Ich bin sicher, daß sie tot ist. Ich habe mich vergewissert. Und ich weiß wirklich nicht, warum ich dir die unangenehmsten Dinge meines Lebens erzähle. Sicher wärst du längst mit einem Wutanfall davongelaufen, wenn du nicht bloß in meiner Vorstellung hier wärst.« Schläfrige grüne Augen versuchten Alexa anzusehen, die auf dem mit einem Teppich ausgelegten Boden saß und ihre Ellbogen auf das Bett aufstützte, während sie ihre etwas ungehaltenen Fragen stellte und dafür Antworten bekam, die sie nicht sonderlich interessierten. Mit fließender Bewegung stand sie jetzt auf, sah ihn mit großen Augen an und lächelte dabei.

»Aber du hast mich doch nach Wein geschickt, erinnerst du dich nicht? Hier ist er. Soll ich dir ein Glas einschenken, oder willst du erst etwas essen? Soll ich dir die Pfeife wieder füllen?«

Sie trug jetzt ein sehr einfaches Kleid, das ihr gerade von den Schultern bis zu den Knöcheln fiel und unmittelbar unter ihren Brüsten durch ein grünes Samtband gehalten wurde, ganz im französischen Empirestil der damaligen Zeit, der ihr sehr gut stand, wie Alexa wußte. Sein Blick glitt langsam über ihre Gestalt, dann schlossen sich seine Augen wieder und er zuckte gleichgültig mit den Schultern.

»Ich glaube, es ist gleichgültig, ob ich dich weggeschickt habe oder du von selbst gegangen bist, weil ich ohnehin heute nicht ganz bei mir bin. Aber ein Glas Wein kannst du mir einschenken und dir auch, wenn du willst, und danach könntest du vielleicht etwas Obst und Käse bringen – und mir ein Bad bereiten lassen, wenn es den Männern nicht gestattet ist, den schönen Venuspriesterinnen in ihr eigenes zu folgen.«

Alexa widerstand der Versuchung, ihm den kalten Wein in sein zynisches Gesicht zu schütten, und reichte ihm statt dessen ein Glas.

»Ich glaube, du hast meine Stellung hier mißverstanden«, sagte sie schließlich. »Ich bin weder eine deiner Priesterinnen noch ein Dienstmädchen, aber wenn du wirklich ein Bad und etwas zu essen möchtest, kann ich sicher für beides sorgen. Brauchst du sonst noch etwas?«

»Ja Du kannst mir die Flasche Wein geben und dir dann selbst etwas einschenken und zu mir in dieses bequeme Bett kommen. Vielleicht erzähle ich dir dann noch mehr schlimme Sachen aus meiner üblen Vergangenheit, an denen du offenbar so interessiert bist.« Als er ihr leichtes Zögern bemerkte, lachte Nicholas kurz auf. »Mein Gott! Wovor hast du denn nur Angst? Etwa vergewaltigt zu werden? Da kann ich dir versichern, daß ich dazu jetzt nicht imstande bin. Also?«

»Also?« wiederholte Alexa leichthin, wobei sie sich genauso leicht auf die Bettkante setzte, um ihm zu beweisen, daß sie keineswegs Angst vor ihm hatte. So ein lächerlicher Gedanke! »Und hier ist dein Wein«, fügte sie rasch hinzu, während er sie mit einem zynischen Gesichtsausdruck ansah.

Sie hatte sich vornübergebeugt, um ihm noch etwas Wein einzuschenken, als er sie plötzlich am Handgelenk packte und sie in dieser Stellung festhielt.

»Ich – ich dachte, du wolltest noch Wein«, stotterte Alexa.

»Vielleicht wollte ich noch mehr als nur Wein? Ich muß gestehen, daß ich für deine Künste nicht unempfänglich war, mir zu gefallen oder mich zu verführen, von deiner Geduld ganz zu schweigen!« Als Alexa ihn nur verständnislos anstarrte, nahm er ihr die Weinflasche aus der Hand und stellte sie auf den Boden.

»Du tust mir weh!« flüsterte sie fast automatisch, ohne zu wissen, warum sie flüstern mußte. Mit normaler Stimme wiederholte sie noch einmal: »Geduld! Und was verstehst du darunter?«

»Nur das, was man im allgemeinen damit meint, meine Wassernixe! Ich glaube, ich habe mich schon sehr lange von diesen süßen Nebelwolken tragen lassen und merke jetzt, daß du immer noch hier bist – obwohl ich gedacht hatte, du hättest dich davongemacht. Und jetzt stelle ich mir ganz einfach Fragen, was mir vorhin in meinem euphorischen Zustand nicht gelingen wollte. Hast du übrigens je Haschisch geraucht? In gewissen Gegenden von Indien und im Mittleren Osten ist es doch wohl ziemlich gebräuchlich, obwohl man in China eher Opium... Was ist mit dir los?«

»Du weißt doch, daß du mir weh tust!«

Indem sie sich auf das Schlimmste vorbereitete, holte Alexa tief Luft und preßte unwillkürlich die Augen zu. Was würde er jetzt mit ihr machen? Am allerwenigsten erwartete sie, ihn sagen zu hören: »Warum bist du eigentlich hier? Zweifellos wolltest du es gerne, obwohl ich mir nicht allzuviel darauf einbilden möchte. Aber es muß noch einen anderen Grund geben, weshalb du so halsstarrig bist – oder vielleicht doch Mißtrauen, oder Schüchternheit etwa? – Ich werde es noch herausbekommen –«

Alexa fühlte seinen Atem warm auf ihrem Gesicht, gerade bevor er sie küßte – unerwartet, unfair und ziemlich rücksichtslos, ohne auf ihre Gefühle oder die Anstrengungen einzugehen, die sie unternahm, um ihn loszuwerden. Sie schlug ihm verzweifelt mit den Fäusten gegen die Schultern. Natürlich mußte sie gegen ihn ankämpfen, bis sie keine Kraft mehr hatte! Warum sollte sie sich denn nicht dabei verausgaben? Nur wenn sie sich zu einer kalkulierten Einwilligung zwang: dieser Gedanke kam ihr, als sie sich daran erinnerte, was sie eigentlich vorgehabt hatte – daß sie ihn hatte verrückt machen wollen vor Lust nach ihr, um dann... Aber was sie für diesen Augenblick auch geplant haben mochte, es schien klar zu sein, daß eine vorgetäuschte Beantwortung seines Kusses mit ihrem Vorhaben noch durchaus vereinbar war und auch viel einfacher, als diesen sinnlosen Kampf fortzusetzen. Nachdem sie ihren Entschluß mit einem Gefühl der Erleichterung gefaßt hatte, seufzte Alexa und war bereit nachzugeben. Sie schob sogar ihre Hände unter den bestickten chinesischen Mantel, den er trug, um ihn zu umarmen, während sein Kuß, der erst unbarmherzig und fast strafend gewirkt hatte, sich plötzlich in einen ganzen Schwall von Küssen auflöste, die sich über ihren halb geöffneten Mund und ihr ganzes Gesicht ergossen, noch an ihren Schläfen verweilten und an ihren Ohren und ihren geschlossenen Augenlidern, um dann wieder zu ihren Lippen zurückzukehren, erst leicht, dann aber fordernd, bis Alexa sich so seltsam schwach und atemlos fühlte, daß sie sich nicht mehr wehren konnte gegen das, was er mit ihr tat – weder gegen seine Küsse noch gegen die Art, wie er jetzt ihr dünnes Musselinkleid zerriß, von oben bis unten, mit einer wilden Ungeduld, und sie dann spürte, wie seine Hand langsam und fast neckend ihre Haut streichelte, in einer Weise, an die sie sich nur allzugut erinnerte.

Wie und wann hatte er die Führung bei diesem Spiel übernommen? Warum hatte sie sich nicht von Anfang an entschiedener durchgesetzt und alle Tricks und Listen eingesetzt, die sie sich doch erst in letzter Zeit mit so kühler Berechnung angeeignet hatte? Fast verzweifelt versuchte Alexa sich von Gefühlen und Reaktionen zu lösen, die sie empfand, während seine Hände listig von ihr Besitz ergriffen, ihren Körper mit einer geradezu aufreizenden Selbstverständlichkeit und Natürlichkeit erforschten, so daß sie gar nicht anders konnte, als ihre Hände mit der gleichen Kühnheit über seinen Rücken streichen zu lassen und von dort zu seinen muskulösen Schenkeln, bis sie den Beweis gefunden hatte, den sie suchte. Er begehrte sie eben doch, trotz all dem, was er ihr gesagt hatte. Und er würde sie noch viel mehr haben wollen, wenn sie ihn weiter, so wie jetzt, berührte. Sie verlor ihre Unsicherheit etwas, als sie spürte, wie schnell er darauf reagierte und sich sein Körper spannte und sich gegen sie drängte. Aber nur für einen Augenblick; plötzlich setzte er sich zu ihrem Erstaunen ruckartig auf und begann fast gleichgültig ihre Brust zu streicheln, während er die Weinflasche erst selbst an die Lippen hob und sie dann auch ihr hinhielt, wobei er sie fragend ansah. »Nein?« sagte er mit überaus angenehmer Stimme. »Aber vielleicht möchtest du deinen Wein etwas fantasievoller genießen, etwas aufregender? Bleib jetzt still liegen, meine Liebste. Es fühlt sich nur ein bißchen kalt an.«

Alexa stockte der Atem, als er die Flasche kippte und sie fühlte, wie die kalte Flüssigkeit von ihrem Nabel bis hinunter zu dem V ihrer geöffneten Schenkel rieselte; und dann neigte er seinen Kopf und folgte mit Lippen und Zunge der feuchten Spur, bis sie die Stelle gefunden hatten, an der sie am empfindlichsten war, um dann dort zu verweilen. Sie rief, er sollte aufhören... nein... sie wollte nicht... wirklich nicht.

»Aber du weißt doch genau, daß du willst, kleine Lügnerin. Warum sagst du nicht, was du fühlst?« Fast spöttisch sah er zu ihr auf, um dann wieder diese eine Stelle zu suchen; und diesmal, als Alexa wußte, daß sie nicht mehr klar denken konnte, preßte sie die Hand auf den Mund, um nicht laut aufzuschreien – um ihn nicht ganz schamlos zu bitten, nicht aufzuhören mit dem, was er jetzt tat, nicht jetzt, noch nicht, weil es für sie doch gerade erst anfing. Als er dann doch innehielt, hörte sie sich stöhnen und ihn lachen – ein kurzes, fast hartes Lachen, eigentlich ganz unecht, bis er seinen Körper mit einem Schwung ganz nah neben ihren legte und sich den Rest des Weins selbst darübergoß, während sein Mund ihr Versprechungen und Drohungen zugleich zuflüsterte.

»Ich glaube, du weißt schon, daß das nur das erste Mal und nur eine der vielen Arten ist, in der ich dich nehmen möchte, du Wasserhexe...«

»Und ich auch«, flüsterte sie zurück, um ihn dann an sich zu drücken und ihn genauso zu nehmen, wie er sie jetzt nahm, ohne Berechnung und ohne Distanz. Was sie in eben diesem Augenblick wollte, war genau das, was auch geschah – die gemeinsame Lust des Gebens und Empfangens, die jedes Gefühl steigerte und verstärkte und sie nur höher und immer höher trug, bis sie auf einmal den allerhöchsten Punkt erreichte, dort für wenige Augenblicke blieb und dann in eine Million von Sternfragmenten zerstob, die sehr langsam und sehr widerwillig zur Erde zurücksanken und zu der Wirklichkeit, für die sie aber noch nicht erwachen wollte. Bitte nicht, noch nicht! Immer noch wie benommen, mit geschlossenen Augen, spürte Alexa nur undeutlich, wie er sich zurückzog, bis sie den festen Griff seiner Hände auf ihren Schenkeln spürte, die diese teilten und so hielten, bis er sich zwischen sie gekniet hatte.

Dann aber, sie hatte noch kaum begriffen, was er vorhatte, war es auch schon zu spät für ihre Proteste. Mit weit geöffneten Augen spürte Alexa ein scharfes, stechendes Gefühl, das ihre Hüften unwillkürlich aufbäumen ließ, als sie versuchte zu entkommen. Und während ihres eigenen, halberstickten Aufschreis hörte sie ihn fluchen, bevor seine Hände ihre zuckenden Hüften losließen und ihre Handgelenke festhielten.

»Nein! Hör auf, du tust mir weh! Du solltest doch nicht... Ich hab' nicht gewußt, daß das so weh tut! Du brutaler Kerl, laß mich los!«

Alexa starrte ihn mit tränenerfüllten Augen an, während sie sich wand und aufbäumte, bis er mit seinem Gesicht ganz nah an das ihre herankam und zwischen den Zähnen sagte: »Du brauchst mir jetzt nichts zu erklären, du kleine Schwindlerin, aber mach dir ruhig klar, daß die Sache jetzt eben passiert ist und du das Beste draus machen kannst! Ich habe das jedenfalls vor!« Und mit diesen gefühllosen Worten hörte er auch weiter nicht auf ihre Verwünschungen und ihre Bitten, sondern machte sich ihre Hilflosigkeit zunutze und bewegte sich jetzt, ganz langsam, als wollte er sie absichtlich necken, bis Alexa aus Haß laut hätte aufschreien mögen.

Später konnte sie sich nicht mehr erinnern, wann oder wie sich alles geändert hatte. War es, als sie plötzlich merkte, daß sie überhaupt keinen Schmerz mehr spürte? Oder nachdem er begonnen hatte, ihre Brüste zu küssen? Oder als er eine Hand zwischen ihre Körper geschoben hatte und sie an einer bestimmten Stelle berührt hatte, daß sie die Luft anhalten mußte und sich nur noch mehr ihm entgegenbog, wobei sie sich wünschte, ihn nur noch tiefer in sich zu spüren – ihn mit aller Kraft zu begehren; als sie seine Küsse heiß erwiderte und seinen Bewegungen folgte, bis sie merkte, daß sie wieder kam und ihr ganzer Körper zu zittern anfing und sie aufschrie und sich noch fester an ihn drückte, als sie spürte, daß auch er zu ihr kam.

Wie unwichtig war das Wie und das Wann doch geworden! In einem glücklichen Halbschlaf kuschelte sich Alexa an ihn, mit ihren Lippen an seiner Schulter und einem Bein auf seinem, wobei sie schnurrende Laute hören ließ, wie eine Katze, während seine Finger ihr den Rücken und die Schenkel streichelten.

28. Kapitel

Alexa hatte nicht vorgehabt einzuschlafen. Sie wollte die zarte Stimmung genießen, die sie beide zum Verstummen gebracht hatte und wollte gehen, sobald er eingeschlafen war.

»Mylord, Mylord, Sie wissen ja, daß ich normalerweise nicht so zu Ihnen hereinplatze, aber Sie müssen sofort kommen, sonst entsteht ein häßlicher Skandal, der uns noch alle ruinieren wird! Nur Sie sind in der Lage, mit der Marquise vernünftig zu reden! Bitte, kommen Sie sofort!«

Orlanda? Sollte das etwa Orlanda sein? Und wovon, um Himmels willen, redete sie in diesem aufgeregten Ton? Noch während sie unentschlossen war, ob sie aufwachen oder ihre süßen Träume fortsetzen wollte, hörte sie eine schroffe männliche Stimme, die jetzt auf Spanisch und Englisch und Französisch fluchte und fragte, wo zum Teufel seine Kleider seien und wieso er der einzige Mann sei, der Newbury vor dem Wahnsinn retten könnte? Newbury? Alexa zwinkerte jetzt entschlossen mit den Augen und sagte mit schläfriger Stimme: »Was ist denn bloß los, und warum machen denn alle so einen Lärm?« Sie war ziemlich empört, daß er schon aufgestanden und halb angezogen war und ihr befahl, weiterzuschlafen und auf ihn zu warten, da er noch lange nicht mit ihr fertig sei!

Ihre Empörung nahm noch weiter zu, als sie sah, daß Orlanda, die sie bisher für eine Freundin und Bundesgenossin gehalten hatte, keinerlei Notiz von ihr nahm. Diese hielt vielmehr die Tür mit einer geradezu rasenden Ungeduld offen, während sie rief: »Um Gottes willen! Jetzt kann es vielleicht schon zu spät sein!« Dann schlug die Tür schwer hinter den beiden zu, und Alexa fand sich in dem ›Zimmer der wahren Träume‹ allein. Sollte sie hier wirklich auf ihn warten? Und was meinte er damit, er sei noch lange nicht mit ihr fertig? Unschlüssig blieb sie eine Weile liegen, dann sah sie aber, daß sich der Himmel bereits hellrot gefärbt hatte und hörte jetzt auch das Klappern und Rattern der Bauernwagen auf der Straße, die ihre Waren zum Markt und zu den Geschäften fuhren. Alexa war froh, mit einer der unauffälligsten Kutschen einen ihrer Freunde zu dem Venustempel gekommen zu sein. Aber trotzdem lief sie Gefahr, gesehen und erkannt zu werden. Wie würde Bridget schimpfen und traurig den Kopf schütteln; hoffentlich würde sonst niemand wach sein. Perdita hatte ihr schon versichert, daß der Kutscher und der Bedienstete äußerst diskret seien.

Sie fuhren mit der kleinen geschlossenen Kutsche auch wirklich direkt zu den Ställen, von wo ein schmaler überdeckter Gang direkt zu einer der privaten Seitentüren ins Haus führte. Und zu dieser Tür besaß Alexa einen Schlüssel.

Innerhalb weniger Minuten würde sie in ihrem Zimmer in Sicherheit sein, die arme Bridget bitten, für ein heißes Bad zu sorgen, und dann würde sie sich noch einmal alles durch den Kopf gehen lassen... Vor allem diese nur halb gehörten Worte und Sätze, die sie immer noch beschäftigten. Hatte der plötzliche Aufbruch von Nicholas, nur halb bekleidet, und Orlandas unmißverständliche Erregung wirklich etwas mit der Marquise von Newbury zu tun? Und wenn...

Ungeduldig drehte Alexa den Schlüssel herum, öffnete dann die Tür und atmete erleichtert auf, als sie am Fuß der steinernen Wendeltreppe angelangt war, über die sie ihr Zimmer erreichen würde. Der letzte Mensch, den sie dort auf dem Bett sitzend erwartet hätte, die Schürze vor dem Gesicht, war Bridget.

»Oh... Lady Travers, wenn Sie nur wüßten, wie sehr ich gebetet habe und wie viele Rosenkränze ich schon gesagt habe! Ach, Gott sei Dank, daß Sie endlich hier sind, bevor die anderen angefangen hätten, sich zu wundern. Es war die Herzogin selbst, die mir sagte, ich würde hier am besten auf Sie warten und... und... die erste sein, um es Ihnen zu sagen.«

Alexa brauchte nicht auch noch den Beweis von Bridgets geschwollenen Augen und rotgeflecktem Gesicht, noch ihr erneutes Aufschluchzen, in das sie wieder ausbrach, noch brauchte sie laut auszusprechen, was sie ohnehin wußte. »Es ist – Sir John, nicht wahr? Wann war es?« Alexa hörte ihre eigene Stimme, die ihr völlig gefühllos erschien; inzwischen hatte sie instinktiv nach einem Halt gegriffen und sich gegen die weißgekalkte rauhe Wand gelehnt.

»Ach, Madam, es war im Schlaf, und Gott war so gnädig, daß er ihn mitnahm, ohne ihm Schmerzen zu bereiten. Mr. Bowles hat es zuerst gesehen, als es Zeit war für die Arznei.«

Weitere Worte, die Alexa aber kaum erreichten, begannen einen unerbittlichen Wirbel von Trauer, Schuldgefühl und Selbsthaß entstehen zu lassen. »Alexa, meine Liebe, du solltest jetzt nur daran denken, daß er erlöst wurde. Du mußt nur daran denken, daß du um ihn trauerst, und darfst nicht dieses lächerliche Gefühl aufkommen lassen, dir selbst die Schuld zu geben. Das war nicht das, was dein Mann dir hatte beibringen wollen, oder?«

Sie waren alle so nett zu ihr! Bridget, Perdita, Giusto. Sogar Orlanda, als sie davon erfuhr. Alle erinnerten sie jetzt an die geschäftliche Seite. Sie durfte nicht vergessen, daß sie nun ein riesiges Vermögen besaß und eine der reichsten Frauen in England sein würde, wenn sie dort eintraf. »Ach, meine Liebe, denke nur daran, wie du ganz London im Sturm nehmen wirst! Wenn dich die Gesellschaft erst einmal entdeckt hat, dann wirst du geradezu überschwemmt mit Einladungen!« Perdita seufzte wehmütig auf. »Oh, du wirst London lieben, wenn du dich erst einmal an das Wetter gewöhnt hast. Es ist jetzt die größte Stadt der ganzen Welt, darin sind sich alle einig.«

Das von allen seinen Besuchern als größte Stadt der Welt so gelobte London war wirklich voll von Wundern und Gelegenheiten für diejenigen, die genügend Geld hatten. Da waren die eleganten Geschäfte auf der Regent Street, der Burlington Arcade und Bond Street für diejenigen, die einen besonders ausgefallenen Geschmack hatten, und in den wunderschön gehaltenen Parks konnten selbst einfacher bemittelte Bürger spazierengehen. Alle großen Durchgangsstraßen wurden von Gaslampen erleuchtet, wenn es dunkel wurde, und die Kristalleuchter der großen Häuser von Belgravia und St. James' warfen ihr strahlendes Licht durch geöffnete Fenster und Korridore, während eine Kutsche nach der anderen vorfuhr, um elegant gekleidete Herren auszusteigen zu lassen, die samtbesetzte Mäntel und seidene Zylinder trugen, sowie mit Gold, Silber und Edelsteinen geschmückte Damen.

Das war London während der Saison.

Für junge Männer, die sich glücklich fühlten, weil sie über ein erhebliches Taschengeld verfügten, wie die Zwillinge Selby und Rowell, war nichts so unterhaltsam wie eine Saison in London, bei der so viele Vergnügungen zur Wahl standen. An diesem besonders warmen und sonnigen Nachmittag waren sich die beiden einig geworden, daß ihnen das Fruchteis mit Sahne bei Gunter's am Berkeley Square am besten schmeckte.

»Das Dumme daran, mit halb London verwandt zu sein, ist eben doch, ständig dieser Verwandtschaft zu begegnen«, sagte Selby ziemlich düster, als er die Insassen einer der offenen Kutschen wiedererkannte, die unter dem Schatten einiger Bäume gegenüber dem Platz hielt.

»Noch schlimmer, wenn es sich dabei zufällig um Schwester Iris und ihre Brut handelt und man weiß, daß sie von uns erwarten, daß wir sie nach Hause begleiten«, sagte sein Bruder ebenso düster, als sie zu den Damen hinüberritten, die sie schon gesehen hatten und ihnen jetzt zuwinkten. »Und wenn man obendrein weiß, daß Helen es immer noch nicht aufgegeben hat, uns wegen Rom und Embry auszufragen. Tut mir eigentlich leid um ihn, wenn die Sache klappen sollte. Kalt wie eine Gurke, unsere kleine Nichte!«

Kalt oder nicht, es war keine Frage, daß Lady Helen Dameron wirklich eine Schönheit war. Ihr Haar war nicht einfach blond, sondern golden, und ihre Augen waren so blau wie Stiefmütterchen. Aber sie war nicht nur eine Schönheit mit ihren knapp sechzehn Jahren, sondern besaß auch noch die Ausgeglichenheit und Selbstsicherheit einer reifen Frau, womit sie sogar ihre Onkel manchmal in Erstaunen versetzte.

Während der letzten fünf Minuten hatte Helen allerdings das Gefühl, daß ihr die Ausgeglichenheit aus den Händen glitt, als ihre Zwillingsonkel begonnen hatten, sie völlig zu vernachlässigen und über irgend etwas zu flüstern, so daß sie Helens Fragen völlig überhörten. Sie war es nicht gewohnt, von irgend jemandem ignoriert zu werden, schon gar nicht von einem Mann, selbst wenn es ein Verwandter war. Ihre Wangen wurden rot vor Zorn, als ihre Mutter zu ihr sagte: »Du darfst auf keinen Fall den großen Ball im Stafford House versäumen, mein Liebes, denn dies ist das größte gesellschaftliche Ereignis der Saison. Sogar dein Vater hat mir versprochen, mit uns zu kommen.«

»Mama! Da ist der Ober, den wir gerufen haben. Kann ich diesmal bitte ein Erdbeereis haben?«

»Aber natürlich, mein Liebes, natürlich!« Lady Iris strahlte ihre zweite Tochter an, die ihrem Wesen und Aussehen nach ihrer Mutter ähnlicher war, während Helen zunehmend ihrer Großmutter glich, der verwitweten Marquise, und sich genauso entschieden durchsetzen konnte. Manchmal machte sich Lady Iris zwar Sorgen wegen Helens Härte, hatte aber seit langem jeden Versuch aufgegeben, etwas an ihrer Ältesten zu ändern.

»Ich habe dir jetzt schon viermal dieselbe Frage gestellt!«

Da niemand, nicht einmal ihre Mutter, je einen so schrillen Ton in Lady Helens sonst sanfter und schöner Stimme gehört hatte, sahen jetzt alle überrascht zu ihr hin, sogar die beiden Viscounts, die der eigentliche Anlaß für diesen Verlust an Selbstbeherrschung gewesen waren.

»Ich habe nur gefragt«, sagte Helen jetzt mit kontrollierter Stimme, »ob Embry schon vom Lande zurückgekehrt ist?« Ihr hübsches Näschen krauste sich leicht, während sie die Unterlippe schmollend vorschob. »Ich verstehe wirklich nicht, warum keiner seiner Freunde ihn darauf aufmerksam gemacht hat, daß niemand in sein Landhaus geht, bevor nicht der August und die Saison vorbei sind.«

Die Zwillinge sahen sich bedeutungsvoll an, bevor Viscount Selby, der meist für beide sprach, ziemlich steif antwortete: »Wir haben es ihm doch gesagt. Auch Deering. Sogar Papa! Doch er hat nur erklärt, er würde nach den Pferden schauen. Hat nicht gesagt, wann er zurückkommt.«

»Aber wenn er nur nach den Pferden schauen wollte...

Die beste Zucht steht doch im Baker Street Bazaar in Marylebone, habe ich gehört, sogar von dir!«

»Du solltest inzwischen wissen, daß Embry immer genau das tut, was er für richtig hält! Er will auch nicht gerne ausgefragt werden. Das haben wir in Rom gemerkt – nicht wahr, Roger?«

Obwohl Rowell verlegen versuchte, das Thema zu wechseln, hatte Helen ihre eigenen Schlüsse aus diesem letzten Satz gezogen. Ihr Unmut nahm noch zu, als sie sich plötzlich zum ersten Mal fragte, ob Nicholas Dameron, ihr künftiger Ehemann, wirklich beschließen würde, für den Rest der Saison auf dem Lande zu bleiben. Sicher nicht! Immerhin hatte er ja schon versprochen, bei dem Ball der Sutherlands in Stafford House dabeizusein. Die Demütigung vor der gesamten Gesellschaft wäre einfach unerträglich, wenn er in letzter Minute nicht erscheinen würde. Sie mußte deswegen noch einmal mit ihrer Großmutter sprechen, vielleicht konnte sogar ihr Vater seinen Einfluß geltend machen, obwohl er ihr nicht so nahestand. Für diesen Abend war doch geplant, daß er um ihre Hand anhalte!

Während Lady Helen ungewöhnlich lange schwieg, ging es bei dem Gespräch jetzt um den bevorstehenden Ball und was jeder dort anziehen würde. Nur um nicht durch ihr Schweigen aufzufallen, fragte Lady Helen ihre Mutter unnötigerweise: »Ist diese Lady in der Kutsche hier neben uns nicht eine Bekannte von dir, Mama? Sie scheint jeden anderen zu kennen.«

Nachdem Lady Iris sich umgewandt hatte, lächelte sie und verneigte sich, um dann wieder zu ihrer Tochter gewandt zu sagen, natürlich, das sei doch Lady Margery. Allerdings könne sie sich nicht an den Namen des Mannes erinnern, den das arme Ding geheiratet habe – mit ihm davongelaufen, wenn man der Geschichte Glauben schenken konnte –, obwohl ihr Mann immerhin der jüngere Sohn eines verarmten Landedelmanns und so etwas wie ein schwarzes Schaf war. »Aber sie war natürlich eine der Töchter des Earl of Weymouth, des letzten Earl meine ich natürlich. Und die liebe Margery wird natürlich noch überall empfangen, obwohl ich sie seit mindestens fünf oder sechs Jahren nicht mehr in der Gesellschaft gesehen habe.«

»So eine gutaussehende Frau, auch wenn das, was sie trägt, nicht mehr unbedingt das Neueste ist«, murmelte Helen ziemlich gelangweilt und herablassend, um dann mit betont süßlicher Stimme hinzuzufügen: »Und wie ich sehe, scheinen meine lieben Onkel die weibliche Begleiterin von Lady Margery wiederzuerkennen, obwohl das wegen ihres Hutes nicht ganz einfach ist. Könnte es vielleicht jemand sein, den wir auch kennen?« Ihren scharfen Augen war nicht entgangen, daß ihre Onkel sich geradezu ungläubig angesehen hatten, bevor sie begonnen hatten, sich zu räuspern und mit leiser Stimme Sätze auszutauschen, die sie nicht beendeten. Sollte diese modisch angezogene junge Frau (zumindest wirkte sie recht jung) etwa eine dieser Abenteurerinnen sein, die am Rande der Gesellschaft lebten und jungen Männern besser bekannt waren als deren Müttern? Was für ein Skandal könnte entstehen, wenn die arme Lady Margery entweder hinters Licht geführt oder dazu veranlaßt würde, ihren Freunden irgendeinen Emporkömmling vorzustellen!

Während die Gedanken mit ihr durchgingen, gelang es Lady Helen, ihre Onkel mit großen und unschuldig wirkenden Augen anzusehen.

Lady Iris spielte direkt in Helens Hände, indem sie sich fragend an ihre jüngeren Brüder wandte. »Kennt ihr die andere Dame in Lady Margerys Kutsche?«

»Äh... hm... wir wurden nicht offiziell vorgestellt, weißt du! So etwas passiert manchmal im Ausland – bei großen Menschenmengen und so – manchmal schwierig, Leute zu treffen.« Viscount Selby merkte, wie er unter seinem gestärkten Kragen schwitzte.

»Im Ausland, sagst du? Ist das vielleicht ein Zufall! Meinst du nicht auch, Mama? Das kann doch nur Rom sein, dort seid ihr doch zuletzt gewesen, nicht wahr? Und ist Embry mit deiner entfernten Bekannten zusammengetroffen, Onkel Myles?« Als Helen ihre blauen Augen schußbereit auf Viscount Rowell richtete, wurde dieser rot, bevor er herausplatzte: »Glaub ich nicht. War nicht da, als wir dort waren. Jedenfalls, man braucht doch nicht gleich aus einer Fliege einen Elefanten zu machen, nicht wahr?«

»Aber wenn sie sich in denselben Kreisen bewegt wie wir, dann kannst du mir doch wenigstens sagen, wer sie ist?« insistierte Helen. »Oder ist sie eine Ausländerin?«

»Ach, seid doch bitte so nett und klärt uns alle auf, bevor die armen Mädels vor Neugierde sterben!« sagte jetzt auch Lady Iris ungeduldig und blickte ihre Brüder auffordernd an, die nun wieder bedeutungsvolle Blicke austauschten, bis Selby endlich resigniert das Wort ergriff.

»Hm – ich glaube, der Name war Travers. War's nicht so, Miles? Freunde von unserem Freund Damiano. Der Ehemann ist wohl ein Baronet oder so was, glaube ich – eigentlich ein Freund von Damianos Vater. Das ist auch schon alles, was wir wissen. Hatte keine Ahnung, daß sie vorhatten, nach London zu kommen.«

»Ach, ist sie verheiratet? Nun ja, dann glaube ich, werden wir uns wohl kaum begegnen, oder, Mama?« Plötzlich gleichgültig geworden, lehnte sich Helen jetzt wieder gemütlich gegen die Kissen und sah hinaus, ob vielleicht noch andere ihrer Freunde eingetroffen waren. Selbst wenn sie gemerkt hätte, daß gerade sie von den Insassinnen der Kutsche beobachtet wurde, auf die sie zuerst aufmerksam geworden war, hätte sie es als Tribut an ihre Schönheit aufgefaßt – etwas, woran sie sich inzwischen gewöhnt hatte.

TEIL 4

29. Kapitel

Während der vergangenen zwei Monate hatte Alexa mehr als nur eine vorübergehende Schwärmerei für Mr. Edwin Jarvis, ihren Anwalt, und seine Frau Margery, eine geborene Davenish, entwickelt. Auch heute noch war für Lady Margery alles, was sie aufgegeben hatte, um mit ihrem Ehemann davonzulaufen, die Liebe zu ihm wert gewesen. »Es schlug wirklich wie ein Blitz ein, und zwar bei jedem von uns, mußt du wissen. Ich brauche ihn nur weit hinten in einem mit Menschen angefüllten Raum zu sehen, und schon wird mir schwach in den Knien. Ich bin wirklich sehr glücklich!«

Lady Margery (wie jeder sie nannte) hatte ihren Mann auf seiner Reise nach Rom begleitet und war sofort bereit gewesen, sich um Alexa zu kümmern und für ihr Debüt in der Londoner Gesellschaft zu sorgen. Und sie war es auch gewesen, die Alexa fast gezwungen hatte, sich aus ihrer Trauer und ihren Selbstvorwürfen zu befreien, und sie daran erinnerte, daß Sir John gerade dies nicht von ihr erwarten würde.

Seitdem...

Alexa sah sich um und konnte kaum glauben, daß sie wirklich hier war. Ausgerechnet in London, das ihr noch vor einem Jahr so entfernt zu sein schien wie die Sterne, zu denen sie jede Nacht emporsah. Und selbst in ihrer wildesten Fantasie hätte sie sich nicht vorstellen können, je die Besitzerin eines eindrucksvollen Hauses am Belgrave Square zu werden, noch dazu die Eigentümerin eines Landhauses in Yorkshire, im Herzen des Jagdgebiets, mit eigenen Pferden und Kutschen und Gott weiß was noch.

Alexa lief in ihrer mit einem teuren Teppich ausgelegten Bibliothek auf und ab, seit sie von ihrem Ausflug mit Lady Margery zurückgekommen waren, um das berühmte Eis bei

Cunter's zu probieren. Sie hatte alles erwartet, nur nicht, ihre beiden Halbschwestern und die zweite ›Ehefrau‹ ihres Vaters dort zu sehen, obwohl sie gewußt hatte, daß dies nur eine Frage der Zeit war. Bald würde sie wohl auch ihren Vater zum ersten Mal wiedersehen, vielleicht sogar ihre niederträchtige Großmutter. Aber sie war wenigstens vorbereitet und hatte ihre Pläne bereits gemacht, so daß sie sich gegenüber den anderen im Vorteil befand.

Schon am nächsten Tag ließ sie sich auf ein Abenteuer ein, das ihre beiden neuen Freunde in höchstem Maße mißbilligt hätten, ja das ihr den Eintritt in die Gesellschaft hätte kosten können.

Am Ende war es gar nicht so einfach gewesen, ihren Plan durchzuführen, wozu sie nicht nur die fraglose Hilfe ihrer treuen Bridget brauchte, sondern wozu auch eine Fahrt in einem der berühmten Omnibusse gehörte, von denen jeder Londoner Besucher schwärmte. Es war ohnehin in letzter Zeit üblich geworden, daß jeder seinen Freunden erzählte, er sei mit einem Omnibus gefahren. Damit hatte auch Alexa ihren Wunsch begründet, ihre Wohnung zu Fuß zu verlassen, mit einem einfachen braunen Überhang bekleidet, der Bridget gehörte und ihr dunkelgrünes Nachmittagskleid verbarg.

Als Alexa angekommen war, wo sie hinwollte, ignorierte sie die paar neugierigen Passanten, die allzu frech herschauten, und schlug mit dem schweren Messingtürklopfer kräftig gegen die Tür. Bald darauf wurde ihr geöffnet, und zwar ausgerechnet von einem gleichgültig dreinschauenden Butler!

»Darf ich der jungen Dame behilflich sein?«

»Bitte haben Sie die Güte, sofort hinter mir die Türe zu schließen«, sagte Alexa. »Und dann richten Sie Madame Olivier aus, daß ihre Nichte sie besuchen will. Ich bin die Tochter ihrer Schwester Victorine, falls sie das vergessen haben sollten.«

»Wie gut, daß du mir ähnlicher wirst, als deiner armen Mutter«, sagte Solange später in aller Offenheit, als sie es sich in ihrem elegant dekorierten Salon gemütlich gemacht hatten. »Aber wenn du mehr ihr geglichen hättest, dann wärst du wahrscheinlich nicht hier, oder?« Sie lachte herzhaft auf, während ihre braunen Augen ihre unerwartete Besucherin abschätzten. Das war also ihre Nichte, bei Gott, und dazu schien sie auch noch ganz flott zu sein! »Du hast ganz schön was drauf, finde ich, und dabei siehst du aus wie eine elegante Lady und sprichst auch so. Eigentlich schade, daß du nicht das bist, wofür ich dich zuerst gehalten habe! Damit wärst du weit gekommen, meine Liebe, obwohl man es natürlich nicht damit vergleichen kann, was du jetzt als vermögende Witwe erreichen kannst.« Wieder ertönte das volle Lachen, als Solange sich nach vorne beugte, um Alexas Glas erneut mit Champagner zu füllen, und sie fragend ansah. »Ich nehme an, daß du, nachdem du meiner Freundin Orlanda begegnet bist, so ziemlich alles weißt?«

»Fast alles«, sagte Alexa und zog leicht die Stirn zusammen. »Da gäbe es einige Dinge, sagte sie mir, die mir besser von dir erklärt würden. Natürlich vorausgesetzt, daß es dir nichts ausmacht, die Vergangenheit wieder aufzuwühlen.«

»Ah, die Vergangenheit sollte doch wohl vergangen bleiben, oder nicht? Wenn ich auch früher einmal blind und reichlich dumm gewesen bin, dann habe ich mir doch nur selbst zuzuschreiben, was ich damals zugelassen habe, verstehst du? Ach ja, ich hasse ihn! Und ich hasse seine böse Mutter noch viel mehr. Aber schließlich bin ich selber daran schuld. Als ich vom Festland zurückgekehrt war, waren sie wenigstens so freundlich, mir dieses Etablissement hier einzurichten. Ich muß dich vor dieser seltsamen Familie warnen. Die alte Hexe ist die schlimmste und gefährlichste Gegnerin von allen, aber die Männer – vor denen mußt du dich am meisten schützen, weil sie alle so charmant sind und die Frauen sie im allgemeinen faszinierend finden. Doch sie sind genauso böse Intriganten wie die Alte. Sei vorsichtig, wenn einer von ihnen hinter dir her zu sein scheint – traue ihnen niemals! Ich kenne inzwischen alle ihre Geheimnisse und die Art von Amüsement, die sie hier in meinem Hause suchen, sowie in meinen anderen Häusern, die ich für besondere Gelüste eingerichtet habe.«

Nachdem sie mit einem Blick auf Alexas Gesicht geprüft hatte, wie diese auf ihre Worte reagierte, sagte sie lächelnd: »Du bist mir wirklich eine willkommene Überraschung. Vor allem weil ich bisher nicht in der Lage war, dich mit irgend etwas zu schockieren. Und jetzt mußt du mir sagen, was ich tun kann, um dir zu helfen, obwohl du sicher verstehen wirst, daß ich nichts offen tun oder sagen kann. Du solltest auch sehr vorsichtig sein, wenn du mich wieder besuchst, vor allem nachdem sie wissen, wer du bist.«

»Vielleicht kannst du mir mit einigen Vorschlägen helfen? Ich würde nämlich sehr gerne wiederkommen und dich möglichst oft besuchen – natürlich ohne daß sie es wissen.«

»*Oui, naturellement!*« bestätigte ihr Solange und brach wieder in Lachen aus. Vielleicht konnte sie jetzt die Rache üben, von der sie seit so vielen Jahren geträumt hatte. Sie leerte ihr viertes Glas Champagner, während sie sich an Gavin Dameron erinnerte. Wie leidenschaftlich, wie wahnsinnig hatte sie ihn damals geliebt! Genug, um alles zu tun, was er von ihr verlangt hätte, um alles zu sein, was er von ihr erwartete. Und so ein Dummkopf!

»Ich hab' mich zu seinem Sklaven gemacht, verstehst du. Nein, nicht einmal das. Ich war sein Ding. Ach ja, ich sehe, daß du dich darüber wunderst, daß dies einer so weltläufigen Frau wie mir passieren kann – und warum nicht! Aber du wunderst dich nur, weil du nie selbst an Liebe geglaubt hast, und du solltest darum beten, daß dir so eine Dummheit nie passieren wird!«

»Wenn es zu schmerzhaft ist...«, begann Alexa unsicher, doch ihre Tante wischte ihre Worte fast zornig beiseite.

»Warum sollte es zu schmerzhaft sein? Es ist doch schon viel zu lange her, und ich bin jetzt frei von diesem Zwang, der mich damals besessen hat.« Nachdem sie noch einen Schluck Champagner genommen hatte, sagte Solange: »Es war nach der Zeit, die er in diesem türkischen Gefängnis verbracht hatte. Das hat ihn verändert. Meine Schwester hat ihn nie so gekannt, wie ich ihn später kennenlernte. Er war ein charmanter, eher gedankenloser Junge, als die beiden beschlossen, es sei ein großes Abenteuer, heimlich zu heiraten – er und meine Schwester Victorine. Er wollte Dichter werden wie sein Idol, Lord Byron. Aber als er zurückkam – er wirkte damals noch viel attraktiver auf mich, und für etwas anderes hatte ich keine Augen. Später, als er manchmal im Schlaf sprach und sich wand und in seinen Alpträumen laut aufschrie, wurde mir langsam klar, was sie ihm angetan hatten.« Solange lachte, aber ihr Lachen klang jetzt bitter. »Ich glaube, darin lag der Grund, daß er mir das angetan hat – und daß er so mit den anderen Frauen umgeht, die er sich hält oder für eine Nacht kauft. Seitdem weiß ich, daß solche Dinge durchaus üblich sind; und daß es noch ganz andere Perversionen gibt, die noch viel schlimmer sind, an denen Männer ihre Lust haben. Du kannst es dir selbst ansehen, wenn du glaubst, daß dein Magen stark genug dafür ist!«

Noch Tage danach hatte Alexa Alpträume, aus denen sie in Schweiß gebadet aufwachte. Ihr Vater! Es war ihr unmöglich, die frühere Beschreibung eines lachenden jungen Mannes, der ein Idealist und ein Poet war, in Übereinstimmung zu bringen mit dem kalten, ausschweifenden Wüstling, der sein wahres Vergnügen darin fand, andere Menschen zu erniedrigen und ihnen Schmerz zuzufügen. Obwohl Orlanda dies schon angedeutet hatte, hatte Solange kein Blatt mehr vor den Mund genommen, sie hatte ihr nicht einmal die schlimmsten Einzelheiten vorenthalten.

»Hier, öffne mir mal mein Kleid«, hatte Solange abrupt gesagt und war aufgestanden. »Du wirst gleich sehen, warum ich nie etwas tragen darf, das meinen Rücken zeigt. Und mein Rücken ist wirklich einmal schön gewesen – alle meine Liebhaber haben das gesagt, sogar er –, bevor er mir diese schrecklichen Narben zufügte. Ich glaube, ich kann von Glück sagen, daß es gewisse Männer gibt, die sich sogar an Narben erregen!«

War dies etwa ein Teil dessen, was sie ihrem lieben Sir John zufolge schon früh hätte lernen sollen, um sich besser schützen zu können? Waren wirklich alle Männer häßlich, unaufrichtig und pervers hinter ihren höflichen Manieren und ihrem charmanten Lächeln? Indem sie sich wider Willen an ein ganz besonderes Lächeln erinnerte, das ganz gewiß nicht dazu bestimmt gewesen war, sie zu bezaubern, mußte Alexa bei dem Gedanken schaudern, wie nah sie diesem chemischen Vorgang in ihrem Körper schon gekommen war, den ihre Tante ›Besessenheit‹ genannt hatte. Aber von jetzt an, da sie gewarnt war, würde sie dafür sorgen, sich wenigstens von diesem bestimmten Dameron fernzuhalten. Immerhin hatte sie herausbekommen, daß er zur Zeit außerhalb Londons war, um Pferde zu kaufen, und niemand wußte, wann er zurückkommt. Sie hoffte jedenfalls, dies würde noch einige Wochen dauern. Mit einem Blick in den Spiegel war sie durchaus zufrieden. Jetzt rannte sie die Treppe hinunter, um ihrer geduldigen Freundin zu sagen, sie sei endlich fertig, um zum ersten Mal im Park auszureiten.

30. Kapitel

»Man sagt, ihr Reitanzug sei von Stultz selbst entworfen und geschneidert worden. Und die Hüte, die sie dazu trägt, sind natürlich von Lock's, die Stiefel von Medwin's. Das sieht man ja schon von weitem.«

»Aber das sind doch Herrengeschäfte!«

»Was ist da für ein Unterschied, da gehen doch jetzt alle Ladies hin wegen ihrer neuen Reitkostüme. Barlow hat sich neulich beklagt, daß seine Frau und seine Töchter sich völlig neu eingekleidet hätten.«

»Und ich habe es von der Gräfin selbst, daß sie die meisten ihrer neuen Kleider für die Saison bei Mrs. Bell in der Cleveland Row bestellt hat. Und ich hatte mich schon gefragt, warum sie in letzter Zeit soviel zu tun hat.«

»Soviel ich weiß, besitzt sie wirklich ein Haus am Belgrave Square, gleich neben Lord und Lady Morecambe. Meinst du nicht, wir sollten dort unsere Karten abgeben? Schließlich, wenn Lady Margery selber für sie bürgt...«

Sehr zum Ärger von Lady Helen Dameron, die sich auf den ›informellen‹ Empfang gefreut hatte, dem sie alle an diesem Abend beiwohnten, schien jeder der Anwesenden von nichts anderem sprechen zu können als von diesem ›kühnen Wesen‹. Irgendein verrückter Romantiker hatte sie ›*La Belle Inconnue*‹ genannt, und jetzt nannte sie jeder so. Warum waren Männer nur so leichtgläubig? Helen war in diesen Dingen zwar noch nicht sehr erfahren, aber ihre Großmutter hatte ihr reinen Wein eingeschenkt, als sie ihr erklärte, wie Männer seien, sogar nachdem sie geheiratet hätten.

»Schenk ihm genug Gören und sie lassen dich in Ruh. Eine Mätresse hält sich ohnehin jeder von ihnen. Aber die lernt eben auch die häßlichen Seiten des Mannes kennen, und lieber die als du; denk daran, wenn es für dich darauf ankommt, ein Auge zuzudrücken.«

Sie, diese Frau, von der sie hier alle redeten, war wahrscheinlich auch eine von denen, trotz ihrer sogenannten Beziehungen. Warum hatte sie nur ihre Reiterkünste so offen zur Schau gestellt? Eine Lady war sie sicher nicht!

»Was ist los, Kusinchen? So schweigsam – so in Gedanken – etwa Sehnsucht nach dem Landleben?« Helen hatte nicht bemerkt, daß Charles Viscount Deering zu ihr getreten war.

Sie lächelte noch etwas verbindlicher als sonst und gestattete Charles und ihren beiden Onkeln, ihr die Hände zu küssen. »Warum sollte ich Sehnsucht nach dem Landleben haben, wenn London und mein erstes Debüt so aufregend sind? Wenn ich nur an den ganzen Klatsch denke... Und jetzt sitze ich hier allein mit Mama, während wir versuchen, das große Geheimnis zu lüften, nicht wahr, Mama?«

Lady Iris nickte etwas abwesend, während sie gerade überlegte, ob sie nicht schon gehen sollten, um zu der Theatergesellschaft der Ainslies nicht zu spät zu kommen.

»La Belle Inconnue«, sagte Helen lächelnd. »Mein Gott, ich glaube, wir haben heute abend gar nichts anderes gehört. Der Spitzname ist nicht gerade häufig, oder?« Sie sah von einem zum anderen der drei jungen Herren mit vorgegebener Naivität, bevor sie leicht mit den Schultern zuckte. »Ihr könnt euch gar nicht vorstellen, was die Leute alles so gesagt haben. Ich wäre wirklich froh gewesen, heute abend selber

dort gewesen zu sein. War jemand von euch etwa dort? Und ist es wirklich dieselbe Person, die wir zusammen mit Lady Margery bei Gunter's gesehen haben?«

Während die beiden Viscounts einen (Helen zufolge übertriebenen) Bericht der wunderschönen jungen Lady Travers gaben, ihres einwandfrei geschneiderten Reiterkostüms (natürlich von Stultz!) und ihres reinrassigen braunen Pferdes, war es Lady Helens scharfen Augen nicht entgangen, daß Lord Charles dabei schwieg und ungewöhnlich nachdenklich dies alles mit anhörte. Ganz unschuldig fragte Helen: »Aber wenn sie so sehr eine Lady ist und so unermeßlich reich, warum kennt dann niemand ihre Herkunft? Wenn sie nicht etwa aus Spanien oder Italien kommt, oder so...«

Erst dann sagte Charles mit seltsam abwesender Stimme: »Oh, ich habe das Gefühl, daß Lady Travers aus einer einwandfreien englischen Familie stammt, obwohl ich sie heute morgen wirklich kaum gesehen habe.«

»Also, meine Liebe! Es scheint, als würde ganz London von dir reden, und zwar so schmeichelhaft wie möglich, natürlich. Es war wirklich klug von dir, dich so ein bißchen geheimnisvoll zu machen, wenigstens bis nach dem Ball in Stafford House. Oh, du meine Güte! Sieh dir bloß alle diese Karten an! Also das ist wirklich das beste Zeichen, daß du akzeptiert wirst.«

Alexa und Lady Margery waren gerade von einem ermüdenden Einkaufsbummel auf der Regent Street zurückgekommen, und auf dem silbernen Tablett am Eingang häuften sich bereits die Visitenkarten mit den eingravierten Namen, so daß Alexa etwas sorgenvoll die Stirn krauste.

»Offenbar hat Mr. Jarvis recht, ich muß mir wohl eine Sekretärin anschaffen«, sagte sie und ging voraus in den hellen Raum, den sie gerade als ihr Arbeits- und Ruhezimmer neu hergerichtet hatte. »Immerhin habe ich alle diese Karten höflich beantwortet, und das hält mich jeden Nachmittag ganz schön beschäftigt.« Sie blieb an einem der Fenster stehen, wandte ihrer Freundin den Rücken zu und sagte wie halb in Gedanken: »In den letzten Tagen scheint hier eine ganze

Menge los zu sein. Bridget erzählte mir, das sei deswegen, weil die Newbury beschlossen hat einzuziehen. Meinst du, sie hätte vielleicht auch eine Karte herschicken können? Ich möchte wirklich wissen, was ich dann tun würde!«

Lady Margery bewegte ihre Hand etwas müde hin und her, so daß Alexa sie überrascht und vorsichtig ansah. »Du hast doch nichts dagegen, wenn ich offen bin? Schließlich waren wir das ja von Anfang an miteinander, und mein Mann hat mich über alles informiert. Immerhin geht es darum – und ich hoffe, du hast dir das ganz klargemacht, weil ich dich wirklich sehr gern habe – ob du dir wirklich sicher bist? Dessen was du willst, was du erreichen und was du verlieren könntest?«

Was hoffte sie denn letztlich zu erreichen? Alexa hatte sich diese Frage schon oft gestellt; und die Frage, was sie verlieren könnte, hatte sie wie Cortez beantwortet, der bekanntlich seine Schiffe verbrannte, um sich und seinen Begleitern die Rückkehr unmöglich zu machen. Auch sie hatte nichts, wohin sie zurückkehren konnte. Sie hatte nichts zu verlieren, im Gegensatz zu denen.

Das sagte sie, während sie langsam von den Fenstern herüber zu dem Tisch ging und mit ihren Fingern gedankenverloren über dessen polierte Oberfläche strich. Mr. Jarvis hatte sie ja schon auf die Gefahren und Fallgruben hingewiesen. Die Tätigkeit ihrer Tante einerseits. Andererseits der erst vor kurzer Zeit erfolgte Tod ihres Gatten. Vor allem aber (er war nett genug gewesen, es nicht als ›Dummheit‹ zu bezeichnen, dachte sie mißmutig) diese schicksalhafte Nacht in Rom. Schließlich wurde Männern im allgemeinen mehr geglaubt; und er konnte wirklich leicht das Gerücht in Umlauf setzen, daß sie zum Spaß Bordelle aufsuchte. Würde er es wirklich tun? Alexa mußte den Gedanken fast aus ihrem Kopf herausschütteln.

»Du hast selbst gesagt, daß sie angefangen haben, Notiz von mir zu nehmen«, sagte sie schließlich. »Aber ich habe in dieser Hinsicht noch gar keine Schritte unternommen. Laß sie doch zuerst zu mir kommen, dann werden sie anfangen, sich zu fragen und diese und jene Tatsache miteinander zu verbinden. Vielleicht ist es gerade das, was ich will – sie unter der Folter der Spannung leiden zu sehen und zu beobachten, wie sie eventuelle Folgen für eine Veränderung fürchten. Ach, ich weiß auch nicht. Ich will nur, daß sie alle wissen, wer ich bin! Die Hexe, meine Großmutter. Gavin Edward Dameron, der Marquis von Newbury, und seine bigamistische Frau sowie seine Bastardtöchter. Und sie sollen mit der ständigen Erwartung leben, daß ich sie von ihren hohen Podesten stürzen kann, wann immer es mir beliebt!«

»Ich muß zugeben, daß ich es kaum erwarten kann, ihre Gesichter zu sehen, wenn du der Königin deine Verbeugung machst.«

Nachdem ihre Freundin gegangen war, fragte sich Alexa ziemlich schuldbewußt, ob Mr. Jarvis mit seinen vielen Beziehungen vielleicht erfahren hatte, daß sie gegen seinen ausdrücklichen Rat doch ihre Tante besucht hatte. Sie hatte ja auch vor, sie wieder zu besuchen, und zwar sobald wie möglich. Es gab doch noch so viel herauszufinden!

Alexa nahm die gekritzelte Nachricht aus einem extravaganten Blumenkorb, den sie in den letzten Tagen bekommen hatte. Was sollte sie nur mit Lord Charles Lawrence anfangen? Natürlich hatte sie keine Gefühle mehr für ihn, wenn sie überhaupt je welche hatte. Aber er hatte sie offenbar beim Reiten beobachtet, und der Name Travers hatte wohl eine Saite bei ihm anklingen lassen; er war sich fast sicher, sie sei dieselbe Miß Alexandra Howard, die er letztes Jahr in Ceylon kennengelernt hatte. Alexa sah sich seine Nachricht an und runzelte die Stirn.

... Wenn ich mich irre oder mir etwas anmaße, bitte ich Sie, mir zu vergeben. Wenn aber *La Belle Inconnue* dieselbe junge Dame ist, die mich in meinen Träumen verfolgt, seit ich gezwungenermaßen daran gehindert wurde, unsere letzte Verabredung einzuhalten... Ich fürchte fast, noch mehr zu sagen, nur daß ich meine, Sie zu kennen, denn es kann auf dieser Welt keine zwei Frau geben, die mit dem gleichen ausdrucksvollen Gesicht und diesen Augen und dem einzigartigen Haar gesegnet sind, das auf zauberhafte

Weise alle wechselnden Farben des Herbstes eingefangen zu haben scheint. Mit dieser Erfahrung halte ich mich bereit, bis ich weiß, ob Sie belieben, unsere frühere Bekanntschaft zu bestätigen oder nicht.

Deering

Wie gut geschrieben, und wie poetisch! dachte Alexa etwas zynisch, als sie das Briefchen auf ihren Frisiertisch warf. Er hatte offenbar besonderen Wert darauf gelegt, daß er ›gezwungenermaßen‹ verhindert worden sei. Lord Charles. Ihr Cousin, zumal sie ja dieselbe Großmutter hatten. Und wie wäre es, wenn sie ihn dazu bringen würde, sich in sie zu verlieben? Plötzlich kam Alexa der Gedanke, daß die anderen (wie sie sich inzwischen ausdrückte), selbst wenn sie ihre wirkliche Identität kannten oder ahnten, nicht unbedingt wissen konnten, ob sie sich selbst ihrer echten Vorfahren bewußt war oder nicht, was der ganzen Situation einen noch delikateren ironischen Akzent gab. Und wie, wenn Lord Charles darauf dringen würde, sie allen seinen Verwandten richtig vorzustellen, vor allem den Verwandten seiner Mutter? Danach und nach Kenntnis ihres Namens und ihrer Herkunft würde es mindestens zwei unter ihnen geben, die sich Sorgen machen würden und nicht mehr zur Ruhe kämen, ohne in der Lage zu sein, etwas davon verlauten zu lassen.

Wenn Lord Charles gehofft hatte, irgendeine Bestätigung seiner reichlich ungestüm abgefaßten Botschaft zu erhalten, als er Lady Travers wieder durch den Park reiten sah, wurde er enttäuscht. Sie ritt mit ihrer Freundin Lady Margery und sprach ausschließlich mit dieser und der Gräfin von Jersey, der sie soeben vorgestellt worden war. Eine hervorragende Reiterin war sie immer noch, er konnte sich gut an die vielen Male erinnern, als sie zusammen in Colombo ausgeritten waren. Das war ja erst kaum ein Jahr her, es schien ihm fast unglaublich. Und doch mußte sie in dieser kurzen Zeit geheiratet haben und schon wieder verwitwet sein! Wieviel Erfahrung mochte sie haben? Sie war ja immer noch schlank wie eine Gerte und schien sich auch sonst kaum verändert zu haben, mit Ausnahme der Art, wie sie jetzt ihr Haar trug, und ihrer modischen und teuren Kleidung. Außerdem strahlte sie eine fast undefinierbare Selbstsicherheit aus. Lady Travers. War es wirklich möglich, daß sie diesen alten Mann geheiratet hatte, den sie mit ›Onkel‹ ansprach? Ein Baronet – und noch dazu sehr reich, wenn er sich recht erinnerte. Und jetzt gehörte all dieser Reichtum ihr.

Lord Charles nahm sich vor, geduldig zu sein, und beschloß, jeden Tag etwa um die gleiche Zeit wie sie in der Row zu reiten. Er sagte sich, sie habe zweifellos die Glücksritter schon satt, und deswegen war sie wohl in der Öffentlichkeit so distanziert. Sie galt ja selbst bei den hartgesottenen Witwen als ruhige und ernsthafte junge Frau, die sich durchaus an die Konventionen hielt. Trotzdem mußte er plötzlich bei dem Gedanken an seine Großmutter lächeln, die verwitwete Marquise von Newbury, und wie sie wohl reagieren würde. Vielleicht würde er das erfahren, wenn er sie in ihrem neubezogenen ›Old Newbury House‹ am Belgrave Square besuchen würde. Was war das nur für ein Zufall, daß Lady Travers genau gegenüber wohnte!

Da die Witwe auf strikte Einhaltung der Formalitäten bestand, beschloß Lord Charles am nächsten Tag, seine Karte beim Butler abzugeben. Er war sehr überrascht, als er gebeten wurde, für einige Minuten in der Bibliothek zu warten. Um so erleichterter war er, als die dritte Tochter seines Onkels Newbury, Philippa, die Treppe heruntergerannt kam, um ihm freudig mitzuteilen, Belle-Mère habe beschlossen, er solle sie und ihre beide Schwestern in den Park begleiten, um dort den Reitern zuzusehen. Die beiden Onkel hatten ihr Versprechen offenbar wieder einmal vergessen. »Und ich bin wirklich glücklich darüber, weil ich viel lieber mit dir gehen möchte!« fügte Philippa atemlos hinzu, bevor Helen die Treppe herunterkam und ihrem Ärger Ausdruck gab, jetzt auch noch die jüngeren Schwestern mitnehmen zu müssen. Doch dann erzählte sie Charles strahlend, Belle-Mère habe vor, für sie und ihre Schwestern einen Ball zu geben. War das nicht süß, nicht aufmerksam? »Und ich soll ihr bei der

Gästeliste und allen Plänen helfen, denn schließlich hat mich Belle-Mère daran erinnert, daß ich ja schon bald meine eigenen Bälle geben werde!«

Etwas kichernd sagte sie mit einem durchtriebenen Blick auf ihren besorgt dreinschauenden Vetter: »Das heißt natürlich, wenn es mir gelingt, Embry für die Saison nach London zu holen!« Dann fügte sie noch einmal lachend hinzu: »Ich muß aber zugeben, daß ich für den Augenblick ganz erleichtert bin, daß Embry damit beschäftigt ist, Pferde zu kaufen, anstatt sie sich zusammen mit den Reiterinnen anzuschauen, wie diese anderen schwachköpfigen Gentlemen, oder auch auf die Idee kommt, diese mysteriöse Lady zu vergöttern! Hat jemand von euch inzwischen etwas von ihrer Herkunft gehört?«

»Ihre Herkunft ist durchaus achtenswert, da bin ich sicher, süße Kusine«, antwortete Charles automatisch, während er seinen Blick prüfend über die Menge der elegant gekleideten Damen und Herren gleiten ließ, die schon eingetroffen waren, um hier zu promenieren oder zu reiten oder sich die übrigen anzusehen. »Willst du heute nicht reiten?« fügte er fast maliziös hinzu, obwohl er wußte, wie wenig es Helen leiden konnte, von irgend jemandem übertrumpft zu werden. »Ich sehe hier mehrere deiner Freunde, die dir zuwinken. Du bist doch nicht zu nervös, um diese neue arabische Stute von Großmutter zu reiten, oder? Vielleicht sollte ich sie zuerst ausprobieren, wenn nicht Janthe bereit ist, die Herausforderung anzunehmen?«

Dies war genug für Helen, deren Durchtriebenheit für einige Augenblicke abfiel, als sie ihn kurz anfuhr: »Ich glaube, ich kann so ziemlich jedes Pferd reiten, vielen Dank für deine Besorgnis.« Dann stieg sie auf die Stute und ritt davon. Als sie kurz darauf zu einer Gruppe von Bekannten kam, bemerkte sie, wie die silbergraue Decke und dunklere Mähne ihres Pferdes sich wunderbar mit ihrem kohlschwarzen Reitanzug und ihrem goldblonden Haar ergänzten. Und wirklich erhielt sie so viele Komplimente von allen Seiten, daß ihr Lächeln ganz echt wurde und ihre rosafarbenen Wangen ihre Schönheit nur noch unterstrichen. Alles hätte ganz einwandfrei ablaufen können, wenn sie nicht zufällig Lady Travers begegnet wären, die einen Braunen mit weißen Fesseln ritt.

Helen wollte sich gerade über sie äußern, als plötzlich eine ziemlich auffällig gekleidete Reiterin auf einem großen schwarzen Pferd dahergaloppiert kam, das nicht nur wild, sondern auch widerspenstig zu sein schien. Trotzdem war seine Reiterin kühn genug, die Zügel mit nur einer behandschuhten Hand zu halten, während sie die andere zu einem geradezu herausfordernden Gruß erhoben hatte.

Helens nervöses Pferd bäumte sich auf und hätte sie fast abgeworfen, dann galoppierte es in der entgegengesetzten Richtung des schwarzen Pferdes davon. Während einiger schreckerfüllter Sekunden, in denen sie sich mit aller Kraft an der Mähne festhielt, kam es Helen so vor, als würde alles an ihr vorbeifliegen, Bäume und Büsche und andere Pferde und Reiter. Schreie gingen unter in dem Geräusch des Windes, der ihr um die Ohren pfiff, und dem Getrappel der Hufe. Aber kaum hatte diese wilde Reiterei begonnen, war sie auch schon zu Ende, und Helen merkte, daß sie noch am Leben war und ihr die Demütigung erspart geblieben war, vor allen anderen zu Boden geworfen zu werden. Sie hätte sich ja immerhin das Genick brechen können! Helen wollte sich den Hut mit der Pfauenfeder wieder zurechtrücken, doch ihre Hände zitterten so, daß es unmöglich war. »Kommen Sie, ich mach das für Sie«, bot sich eine weibliche Stimme fachkundig an, und noch bevor Helen Zeit fand, um dagegen zu protestieren, hing ihr die Feder nicht mehr störend vor dem Gesicht. Dieselbe sachliche Frauenstimme sagte dann, wie schön der Hut doch sei, und fügte hinzu, jedes Pferd könne einmal so rasch und unvermutet davonlaufen, und es sei wirklich schwer, es im Griff zu haben, vor allem, wenn man nicht damit rechnete. »Ich habe das schon einige Male erlebt und bin manchmal in hohem Bogen heruntergeflogen!«

Als Helens Augen sich wieder an ihre Umgebung gewöhnt hatten und sie erkannte, wer da mit ihr sprach, hätte sie vor Bestürzung geradezu herausschreien können.

»Wie können wir Ihnen nur jemals dafür danken?« sagte Lord Charles erregt in diesem Augenblick. »Ich glaube, wir alle, sogar ich, waren vor Schreck wie gelähmt, und nur Sie hatten den Mut, in diesen entscheidenden Augenblicken schnell genug zu handeln!«

»Ich habe gar nicht lange nachgedacht, sondern bin einfach losgeritten, und nur deshalb war ich auch so schnell bei ihr.« Sie zuckte leicht mit den Schultern. »Es ist wirklich nicht nötig, mir zu danken. Zweifellos hätte jeder andere dasselbe getan, wenn ich nicht die erste gewesen wäre.«

Helen war sich der neugierigen Blicke, die sie umgaben, durchaus bewußt, ebenso ihrer unglücklichen Verpflichtung dieser Frau gegenüber, der es zweifellos gelungen war, ihren durchgegangenen Gaul anzuhalten, und jetzt bemühte sie sich krampfhaft, eine kleine Dankesrede zu halten, als sie hörte, wie ihr Vetter mit unterdrückter Stimme sagte: »Aber Sie waren doch immerhin die erste, die gehandelt hat! Sie waren doch schon immer so eine ausgezeichnete Reiterin, daran kann ich mich noch sehr gut erinnern. Lassen Sie mich Ihnen doch wenigstens aus tiefstem Herzen danken, auch wenn Sie meine Entschuldigung nicht annehmen wollen für gewisse Dinge, über die ich keine Gewalt hatte.«

Nur Alexa sah den eisblauen Blick aus Lady Helens Augen, der von einem zum anderen ging und sie dazu veranlaßte, Lord Charles so anzulächeln, daß ihr Grübchen sichtbar wurde, um dann mit freundlicher Stimme zu sagen: »Ich glaube, ich hatte schon damals genug Verstand, um mir vorzustellen, was hätte geschehen können. Aber es ergab sich, daß ich ohnehin nicht mehr allzulang in Colombo geblieben bin.« Mehr sagte sie nicht, sondern lächelte höflich zu ihrer Halbschwester hinüber und nickte dabei, um Lord Charles auf diese Weise höflich zu entlassen.

»Ich hoffe, daß Sie jetzt einen angenehmen Ritt haben werden.«

»Danke. Es tut mir leid, daß ich vorhin so sprachlos erschien, aber ich war völlig überrascht. Jedenfalls möchte ich Ihnen nochmals sehr herzlich danken für – Ihre Hilfe.« Helens halbherziger Versuch, sich bei Alexa zu bedanken, ließ diese nur leicht mit den Schultern zucken, als sie erwiderte: »Keine Ursache. Ich wünsche Ihnen noch einen schönen Tag!«

Noch bevor Lord Charles etwas sagen konnte, hatte sie ihr Pferd schon gewendet und war davongeritten; er sah ihr verwundert nach, während es in seiner Kusine wütete und sie die mißtrauischen Fragen in ihrem Innern nicht mehr loswurde.

31. Kapitel

»Oh, Lady Travers, ich bin ganz sicher, daß kein anderes Ballkleid heute abend so schön ist wie das Ihre! Mir bleibt einfach die Luft weg, wirklich!«

Trotz Bridgets begeisterten Ausbrüchen prüfte sich Alexa kritisch in den Spiegeln, die ihre Erscheinung aus allen Winkeln reflektierten. Dunkelgrüner Samt wurde durch goldene Rosetten in Volants aufgefangen, dazwischen waren grünseidene Paspeln sichtbar, von einem goldenen Faden durchzogen, so daß das Kleid bei jeder Bewegung schimmerte. Als Schmuck hatte sie in Gold gefaßte Smaragde ausgewählt. In ihr sorgfältig hochgekämmtes Haar hatte sie fein gearbeitete goldene Rosen mit Blättern aus Jade gesteckt. Mit echten Rosenblättern hatte sie ihre Wangen und Lippen getönt.

Aber wie kritisch sie auch sich selbst gegenüber war, und wie kühl sie sich auch nach außen geben mochte, Alexa konnte weder ihre Kurzatmigkeit noch ihr rasches Herzklopfen unter Kontrolle bekommen, als sie schließlich im Stafford House ankam. Sie mußte sich wirklich zwingen, sich nicht ganz fest an Mr. Jarvis' Arm zu halten, auch noch nachdem Lady Margery begonnen hatte, ihre Freundin Lady Travers allen ihren Freunden und Bekannten vorzustellen.

Es gab Namen und es gab Gesichter – einige von ihnen waren freundlich, andere nur einfach neugierig. Und überall waren Augen, denen jedes Detail ihres Ballkleides, ihres glitzernden Schmucks und vor allem die besondere Farbe ihres Haares auffiel.

»Ach, dieses Haar! Jetzt weiß ich, warum es mir bekannt vorkam. Natürlich Adelina! Niemand sonst trägt sein Haar in diesem Ton.«

»Kommen Sie, lassen Sie uns weitergehen«, sagte Mr. Jarvis mit fester Stimme und zog Alexa mit sich. Im nächsten Augenblick war sie tief erschrocken, als sie merkte, daß sie mit vielen anderen eine Treppe hinunterstieg, um endlich dem Grafen und der Gräfin von Sutherland vorgestellt zu werden und deren hochstehenden Gästen, der Königin Victoria und Prinz Albert.

»Das ist also Lady Travers? Ich muß gestehen, daß sie nicht ganz das ist, was ich erwartet hatte. Gavin, was meinst du?«

»Aber meine liebe Schwester, warum fragst du mich? Ich bin sicher, daß meine Frau oder meine Töchter besser über die Herkunft oder die Moral dieser – äh – Lady informiert sein dürften!« Der Marquis von Newbury schenkte seiner Schwester wieder einmal sein gelangweiltes, zynisches Lächeln, bevor er sich zu einer kleinen Gruppe seiner Freunde gesellte. Ihr Klatsch interessierte ihn nicht mehr als dessen Gegenstand, jedenfalls nicht, solange nicht seine politisch orientierten Freunde über dieselbe Lady Travers redeten. Erst dann warf er ihr einen beiläufigen Blick zu, allerdings ohne etwas Besonderes zu erwarten.

»Steht da nicht Deering ganz in der Nähe unserer neuesten Schönheit? Reiche Witwe – und so jung noch dazu, was?«

Es gelang Alexa, Lord Charles ganz normal anzulächeln, als dieser vor ihr erschien, und ihn sogar Mr. Jarvis und Lady Margery vorzustellen. Den schlimmsten Teil der Prüfung, vor der sie in den letzten zwei Wochen so gebangt hatte, hatte sie überstanden. Die Queen und ihr Prinzgemahl waren mehr als freundlich gewesen, und der Graf und die Gräfin von Sutherland ebenso.

Beim ersten Tanz hatte Alexa Mr. Jarvis zum Partner, während Lord Charles schlau genug gewesen war, Lady

Margery aufzufordern. Danach tanzte Mr. Jarvis mit seiner Frau.

Für Alexa war alles ungeheuer interessant. Sie war sich gar nicht mehr bewußt, was alles geschah, so schnell folgte ein Ereignis dem anderen. Sie hatte mit Lord Charles getanzt und war dabei etwas verwirrt gewesen, als sie bemerkt hatte, daß er versuchte, sie zu einem der offenen Fenster zu führen. Sollte sie ihm folgen? Schickte sich das, oder nicht?

»Sie sind zauberhaft. Und ich erinnere mich an alles – von unserer allerersten Begegnung an bis zu der, die hoffentlich nicht unsere letzte sein wird.«

»Wir haben uns einige Male recht interessant unterhalten, nicht wahr?« sagte Alexa heiter, als sie fast gleichzeitig die Stimme hinter sich hörte, die sie am allerwenigsten hören wollte.

»Hoffentlich entschuldigt ihr, daß ich euer Gespräch so plötzlich störe. Mein lieber Charles – und – ja, es ist doch Lady Travers, nicht wahr? Um nichts in der Welt würde ich euch unterbrechen, wenn nicht Belle-Mère hier wäre und sich darauf freuen würde, die Frau eines ihrer liebsten Freunde kennenzulernen, wie sie mir sagte.«

Als hätte Nicholas es veranlaßt, verstummte die Musik in diesem Augenblick und ließ Alexa keine andere Wahl, als sich rasch umzudrehen und ihm in die Augen zu sehen. Sie merkte sofort, daß dies ein Fehler gewesen war, und wandte sich wieder Lord Charles zu, der ziemlich mürrisch sagte: »Embry! Ich hab' gar nicht gewußt, daß du dich deswegen von deinen Pferden und dem Land losreißen würdest!«

Nicholas Dameron, Viscount Embry, zuckte nur nachlässig mit einer Schulter, bevor er mit schleppender Stimme antwortete: »Ich hab' ja schon gesagt, daß Belle-Mère sehr daran gelegen ist, Lady Travers kennenzulernen. Natürlich auch ich, vor allem nachdem ich von Helen gehört habe, wie heroisch sie neulich gerettet wurde.« Seine grünen Augen bohrten sich kalt in die ihren, als Alexa sich zwang, ihn herausfordernd anzuschauen, wobei sie bemerkte, wie sich sein Mund zu einem Lächeln verzog, an das sie sich nur allzugut erinnerte.

»Ich hoffe, Sie nehmen es mir nicht übel, daß ich von Ihnen geschwärmt habe, meiner Großmutter gegenüber und meinem – Vetter?« Lady Helens Stimme klang honigsüß, während sie sich jetzt an Nicholas anschmiegte, obwohl ihre Pause genau das zum Ausdruck gebracht hatte, was sie hatte andeuten wollen. Weder Süße noch Wärme war in ihren kalten blauen Augen, die jetzt Alexa von Kopf bis Fuß maßen. Mein Verlobter, das hatte sie natürlich sagen wollen, bevor sie sich selbst das Wort abgeschnitten hatte. Vielleicht war es doch noch nicht offiziell? Es ist mir völlig egal, dachte Alexa wütend, bevor ihr bewußt wurde, daß sie gerade so etwas wie eine königliche Einladung erhalten hatte zu einer Begegnung, auf die sie noch nicht vorbereitet war. Jetzt aber war ihr Stolz herausgefordert und sie war hartnäckig genug, um nicht zu kneifen. Und so sagte sie so kühl und unbeteiligt wie möglich, sie sei sehr erfreut, die verwitwete Marquise von Newbury kennenzulernen, von der sie schon so viel gehört habe.

»Sie haben doch nichts dagegen, uns bis zum Wintergarten zu begleiten?« fügte Nicholas in einem ungewöhnlich höflichen Ton hinzu, daß Alexa ihn mißtrauisch anblitzte und dann ihre Finger leicht auf Lord Charles' galant hingehaltenen Arm legte, während sie bemerkte, daß Helen sich besitzergreifend in den Arm ihres Begleiters einhängte, der dies durchaus natürlich zu finden schien. Wie leicht man die Männer doch hinters Licht führen kann! dachte Alexa wütend, als sie plötzlich Herzklopfen bei der Erinnerung an all die Warnungen bekam, die sie über die Frau gehört hatte, der sie jetzt gegenüberstehen würde.

Inzwischen hatten sie die gemütliche Laube erreicht, in der die verwitwete Marquise von Newbury sich niedergelassen hatte.

»Ah! Da sind Sie ja! Ihr habt euch Zeit gelassen, nicht wahr?«

»Du kannst dir gar nicht vorstellen, wieviel Menschen da drinnen sind, Belle-Mère.«

»Und natürlich sind wir jedem begegnet, den wir kennen.«

Helen und Lord Charles sprachen fast gleichzeitig, aber die Witwe hörte nicht auf sie, während sie mit gesenkten und unergründlichen Blicken jede Einzelheit an Alexa sorgfältig musterte, bis sie kurz sagte: »Nun gut, nachdem ihr jetzt alle hier seid, wer wird sich um die Vorstellung kümmern? Meine Generation wußte wenigstens noch, wie man sich zu benehmen hat! Nein, nein, nein!« Ungeduldig winkte sie mit ihrer beringten Hand ab, um Lord Charles zum Schweigen zu bringen, und sah gebieterisch Viscount Embry an. »Du tust es, Nicholas!«

Noch während er sich bemühte, die von der Etikette vorgeschriebenen höflichen Worte zu finden, um die ihm bekannten Personen einander vorzustellen, ärgerte er sich darüber, daß Alexa immer noch so naiv lächelte, als würde sie nicht die offene, geradezu unverschämte Art bemerken, mit der die Witwe sie ansah, bevor sie sie ansprach.

»Sie sind also Lady Travers, von der ich schon so viel gehört habe. Und Sie sind noch dazu sehr jung! Ich hätte ja nie gedacht, daß er noch heiraten würde, wissen Sie, vor allem, nachdem er damals in Indien so schwer verwundet wurde. Es war doch Sir John Travers, den Sie geheiratet haben, oder? Und jetzt sind Sie Witwe... Sie müssen mir alles erzählen, auch wie Sie sich kennengelernt haben. Wir waren sehr alte Freunde, Sir John und ich.«

»Ja, das weiß ich und habe mich schon darauf gefreut, Sie kennenzulernen, Madam. Mein Mann hat so oft von Ihnen gesprochen, daß ich fast schon glaubte, Sie zu kennen, wenn ich das sagen darf. Er hat mir ja so viel erzählt über seine frühere Freundschaft mit dem heutigen Marquis von Newbury.«

Die Hände der Witwe klammerten sich um die Krücke ihres silberbeschlagenen Gehstocks, blieben aber unter ihrem Kleid aus Silber- und Goldbrokat verborgen; doch sogar Helen spürte unweigerlich die Spannung, die in der Luft lag, während sie sich fragte, warum Belle-Mère jetzt nicht einen ihrer schneidenden Kommentare von sich gab, anstatt nur zu sagen: »Ach, wirklich? Wie schwatzhaft die Männer doch sein können, wenn sie alt werden, und wie klatschsüchtig!

Aber nachdem Sie mich jetzt neugierig gemacht haben, müssen Sie mir mehr erzählen, Miß...?«

»Jetzt heiße ich Lady Travers, Madam. Aber in Ceylon war ich als Miß Howard bekannt.« Alexa merkte, daß sie dabei sogar lächeln konnte, und fügte dann hinzu: »Ich will aber nicht jeden mit meiner Familiengeschichte langweilen, so faszinierend ich sie auch selber finde.« Mit einem leichten Schulterzucken lächelte sie noch einmal und sagte: »Beispielsweise wurde mir erzählt, daß ich meiner Großmutter väterlicherseits ähnlich sei, sowohl was ihre Haarfarbe als auch ihre Art betrifft, auch wenn ich nicht sicher bin, ob das sehr schmeichelhaft für mich ist, weil man sie auch eine Hexe nannte!«

»Wie interessant! Da muß ich wirklich mehr über diese faszinierende Familie hören. Helen, meine Liebe, ich hoffe doch, daß du Lady Travers eine Einladung zu deinem Ball geschickt hast. Wir sind wohl Nachbarn, wie ich gehört habe, das sollte die Dinge eigentlich einfach machen. Kommen Sie?« Alexa mußte widerwillig zugeben, daß sich die alte Witwe sehr gut von den giftigen Pfeilen erholte, die sie auf sie abgeschossen hatte.

»Da muß ich natürlich zuerst in meinem Terminkalender nachsehen, aber ich bin sicher, daß ich mich für so eine besondere Gelegenheit freimachen kann. Wie nett von Ihnen, Madam!«

32. Kapitel

Alexa war in gehobener Stimmung darüber, wie gut diese erste Konfrontation vorübergegangen war, auch wenn sie sich sagte, noch keine Schlachten gewonnen zu haben. Die alte Marquise schien sich in der Tat zurückzuziehen, aber wohl nur, um sich die beste Angriffstaktik zu überlegen. Sei vorsichtig, warnte Alexa sich, als ein Teil ihrer Kühnheit von der plötzlich überfreundlichen alten Dame hinweggespült wurde. Alexa sollte noch ein wenig länger bei ihr sitzen bleiben und ihr alles über den lieben Sir John erzählen, während sie die anderen wegschickte.

»Ceylon? Da ist es doch schön warm das ganze Jahr über, meine ich. Fehlt Ihnen das nicht? Nach den Tropen muß Ihnen London ja geradezu unangenehm kalt vorkommen und alles furchtbar langweilig sein, wenn die Saison vorüber ist. Wie ich hörte, ist es in wärmeren Ländern wie Spanien und Italien oder im Süden Frankreichs ganz anders. Hatten Sie schon Gelegenheit, etwas von Europa zu sehen, oder hat Sie der arme John versteckt gehalten?« Ohne Alexa die Möglichkeit zu geben, ihr zu antworten, schüttelte die Marquise traurig den Kopf, um dann fortzufahren: »Sie müssen mir meine Offenheit entschuldigen, aber so bin ich nun einmal. John Travers war ja immer so ein tapferer und idealistischer Mann und eine gute Partie, auch schon bevor er so reich wurde. Leider ist er ja dann so schwer verwundet worden, der arme Kerl. Ach, hier ist ja endlich Embry! Mein lieber Nicholas, so lange hättest du aber nicht wegbleiben dürfen und deine Pflichten vernachlässigen, während ich die arme Lady Travers mit altem Klatsch langweilen muß. Bitte mach das wieder gut und fordere sie zum Tanz auf!«

Er hätte mich nicht auffordern dürfen, und ich hätte nicht so einfach ja sagen dürfen, dachte Alexa wütend. Aber jetzt führte er sie schon auf den Tanzboden, wobei sein Arm sie viel näher an ihn drückte, als es die Schicklichkeit erlaubte. Da sie befürchtete, er würde ihr die Finger brechen, wenn sie sich mit Gewalt löste, blieb ihr nur übrig, mit einer von Gefühlen fast erstickten Stimme darauf zu dringen, er solle sie unverzüglich loslassen, damit sie zu ihren Freundinnen zurückkehren könne, zumal sein Platz doch eigentlich an der Seite seiner Verlobten sei.

»Verlobte?« Mit gefährlich zusammengekniffenen Augen musterte er sie. »Wenn Sie den Klatschtanten zugehört haben, Lady Travers, dann darf ich Sie darauf hinweisen, daß die Verlobung noch nicht offiziell ist.«

»Offiziell? Dann wird die Bekanntmachung also erwartet. Und ich habe mich überhaupt nicht auf Klatsch eingelassen – es war Charles, der es mir erzählt hat.«

»Charles? Wenn Sie den Rat eines alten Freundes annehmen wollen, dann dürfte eine so intime Verwendung von Deerings Vornamen von den Klatschtanten sicher falsch verstanden werden.« Seine schleppende, sarkastische Stimme ließ Alexas Wangen hochrot werden, als sie ihren Kopf zurückwarf, um ihn mit Blicken zu durchbohren.

»Ihr Rat, Lord Embry, ist unnötig und unerwünscht, das kann ich Ihnen versichern! Und Sie sind kein alter Freund. Zweifellos ist das der Gipfel der Heuchelei!«

»Ich bitte um Verzeihung, Lady Travers. Ich hatte Ihnen nur die Verlegenheit ersparen wollen, wenn ich ›Liebhaber‹ statt ›Freund‹ gesagt hätte.« Sein Grinsen erinnerte Alexa an einen zähnefletschenden Tiger.

»Hören Sie doch endlich auf, mich so festzuhalten!« sagte Alexa wütend. »Schließlich sind wir nicht mehr als Bekannte. Wenn Sie wirklich mein Freund wären, würden Sie mir diesen Tanz nicht aufzwingen!«

»Aber meine süße, widerspenstige Nymphe, Sie haben mich doch schon daran erinnert, daß ich nicht Ihr Freund bin! Ich möchte doch um Ihretwillen hoffen, daß Sie nicht allzu vielen anderen Ihrer Bekannten die gleichen Freiheiten erlauben wie mir.«

»Freiheiten?«

Mit leiser Stimme sagte Viscount Embry: »Erlauben Sie mir doch bitte, Sie nach draußen zu führen, Lady Travers. Die frische Luft wird Ihnen sicher guttun und Sie werden sich über die erleuchteten Springbrunnen freuen.« Während er gefährlich zu ihr herablächelte, fügte er mit sanfterer Stimme hinzu: »Vielleicht erinnern Sie die Springbrunnen an Rom? Und wenn Sie nicht freiwillig mitkommen wollen, dann werde ich Sie dorthin tragen! Ich schere mich einen Dreck um den Klatsch. Aber in Ihrem Fall...?«

Es war klar, daß sie als Frau diejenige wäre, die von der Gesellschaft gebrandmarkt würde, falls er seine Drohung wahrmachte. Und in diesem Fall würde sie den ganzen Boden wieder verlieren, den sie mit so viel sorgfältiger Planung und Geduld gewonnen hatte. Der verdammte Kerl! dachte Alexa und versuchte tapfer, einen kühlen Kopf zu behalten, anstatt wütend zu explodieren. Wenn sie doch nur herausfinden könnte, was er von ihr wollte und in welchem Ausmaß er eine Bedrohung für sie werden könnte... Jedenfalls durfte sie ihn nie in dem Glauben lassen, sie habe Angst vor ihm!

Der Wintergarten führte auf der einen Seite zu einer gedeckten Terrasse, von wo man über mehrere Stufen hinunter zu Wiesen, Büschen und schattigen Bäumen gelangte. Pfade führten zu kleinen Baumgruppen mit Springbrunnen und zu Teichen mit Wasserlilien. Zu jeder anderen Zeit und mit einem anderen Begleiter würde es Alexa genossen haben, sich alle diese Wunder anzusehen, von denen sie soviel gehört hatte; aber jetzt war sie nur bestürzt, als ihr erstes Gefühl der Erleichterung, so viele Gäste auf der kleinen Terrasse zu sehen, in dem Augenblick verschwand, in dem sie die Stufen fast hinuntergedrückt wurde und einen schlängelnden Pfad einschlagen mußte, der fast ganz zwischen den Büschen verschwand.

»Jeder hat uns angestarrt, und Gott weiß, was sie jetzt denken werden! Hören Sie endlich auf? Ich kann einfach nicht so schnell gehen, und... Sie brauchen mich doch nicht zu ziehen! Ich will nicht weitergehen. Hören Sie mich?«

Wohin führte er sie? Er mußte ganz schön verrückt sein, sie aber auch, daß sie sich so von seinen Drohungen hatte einschüchtern lassen. Als er schließlich stehenblieb, mußte Alexa nach Luft schnappen und konnte nicht sprechen, nachdem er sie auch noch gezwungen hatte, über eine feuchte Wiese zu laufen, die wahrscheinlich ihre dünnen Tanzschuhe ebenso wie den Saum ihres Kleides verdorben hatte.

Warum tat er das? Warum zog er sie in aller Öffentlichkeit hierher, wenn er doch Helen heiraten sollte. Und dann direkt unter ihrer hochmütigen Nase! Wenn sie auch nur eine Spur Grips hätte, würde sie ihn jetzt nie mehr heiraten!

Eben mußte sie wohl fast ohnmächtig gewesen sein, merkte sie nach einigen Momenten wie betäubt. Warum sonst lehnte sie sich plötzlich an seine Schulter? Ihre Lippen brannten von seinen brutalen Küssen und ihre Brüste schmerzten, so grob hatte er sie angefaßt. Und sie hatte es auch noch zugelassen!

Als sie wieder bei Verstand war, schlug sie mit ihren Fäusten auf ihn ein, bis er sie an den Handgelenken packte und diese so auf ihren Rücken drückte, daß sie sich nicht mehr wehren konnte.

»Hast du wirklich den Mut, jetzt aufzuschreien, damit alle Leute hergelaufen kommen?« fragte er interessiert und drückte sie dabei noch enger an sich, als würde er sich an ihren vergeblichen Versuchen, sich zu befreien, weiden.

»Nein! Bitte – hast du denn noch nicht genug? Wahrscheinlich hast du inzwischen meinen ganzen Ruf ruiniert; hast du das etwa vorgehabt, als du mich gezwungen hast, dir hierher zu folgen? Kannst du immer nur grausam zu mir sein? Macht es dir etwa Spaß, einer hilflosen Frau Schmerzen zuzufügen? Besteht darin deine Ähnlichkeit mit dem Dameron, dessen Titel du eines Tages erben willst, Viscount?«

Mit einer seltsam sanften Stimme, die sie nichts Gutes ahnen ließ, sagte er: »Du glaubst also, daß Newbury und ich etwas gemeinsam haben, ja? Sehr interessant, daß du das denkst! Daß du so viel weißt und doch so wenig. Verdammt!« Bei der Vehemenz dieses Wortes zuckte Alexa zusammen, und im nächsten Augenblick stolperte sie rückwärts, da er sie plötzlich losgelassen hatte, so daß sie ohne weiteres hingefallen wäre, wenn nicht ein Baum sie aufgefangen hätte. Sie mußte davonlaufen und wollte es auch, aber er trat ihr in den Weg, ohne sie jedoch zu berühren. Er zwang sie, dazubleiben und ihm zuzuhören, als er mit kaum gezügelter Heftigkeit sagte: »Wenn du dir je klargemacht hast, wieviel Schmerzen und Erniedrigungen manchen Menschen durch andere im Namen der ›Lust‹ zugefügt werden, dann würdest du dich hier nicht über meine sogenannte Grausamkeit beklagen – oder soll ich das als Herausforderung ansehen? Manche Frauen lieben es ja geradezu, so behandelt zu werden. Gilt das auch für dich? Soll ich dir etwa ins Gesicht schlagen, anstatt dich zu küssen? Oder hätte ich mit der Peitsche zu dir kommen sollen, als ich dich das erste Mal nahm – eine jungfräuliche Hure! Wer hätte das wohl erwartet?«

»Hör endlich auf!« Unwillkürlich preßte Alexa ihre Hände über die Ohren, verstand aber trotzdem immer noch jedes Wort. »Ich hätte nicht gedacht, daß eine Lady, die Freudenhäuser aufsucht, noch von irgend etwas überrascht oder schockiert sein könnte! Aber vielleicht hattest du einige unangenehme Erfahrungen seit unserer letzten Begegnung – abgesehen davon, einen Ehemann zu verlieren und ein Vermögen zu gewinnen?«

»Nein!« schrie Alexa. »Nein, ich bleibe nicht hier, um mich von dir in Stücke reißen zu lassen, verdammt noch mal!« Mit einer aus der Verzweiflung geborenen Wendigkeit duckte sie sich plötzlich und für Nicholas völlig überraschend unter einen der Zweige und begann zu laufen, ohne zu wissen wohin.

»Alexa!« Der wütende Ton in seiner Stimme, die zum ersten Mal ihren Vornamen aussprach, veranlaßte sie nur, ihre Röcke noch höher zu nehmen, um noch schneller laufen zu können, ohne Rücksicht auf die Büsche, die ihr die seidenen Strümpfe zerrissen. Wenn sie ihm nur entkommen konnte und seiner Bedrohung und Quälerei!

Weiter – weiter – weiter! Die Worte hämmerten in ihrem Kopf im selben Rhythmus wie das Blut ihr in den Schläfen pochte und ihr Herz immer heftiger klopfte. Sie konnte nicht mehr denken und folgte nur noch ihrem Instinkt. Als aber ihre Flucht plötzlich durch einen Arm aufgehalten wurde, der sich ihr um die Hüften legte und sie zurückriß, stieß sie einen erstickten Angstschrei aus.

»Nein – nein! Laß mich los, laß mich los!«

»Hör doch endlich auf, wie eine wilde Katze um dich zu schlagen, dann laß ich dich los! Was, zum Teufel, hast du denn bloß! Wenn ich dich nicht rechtzeitig gehalten hätte, dann wärst du direkt in den Fluß gelaufen.«

Da er beide Hände brauchte, um sie festzuhalten und sie daran zu hindern, ihm das Gesicht zu zerkratzen, gab es nur eine Möglichkeit, um ihr hysterisches Schreien zu unterdrücken, dachte Nicholas wütend und drückte seinen Mund auf den ihren. Sie war ein Weibsbild von der übelsten Sorte und ein Zankteufel noch dazu, abgesehen davon, daß sie eine geborene Dirne war. Und er hätte ihr eine Lektion erteilen sollen, indem er sie in der Öffentlichkeit geschnitten hätte, als habe er sie noch nie zuvor gesehen. Aber nein – verdammte eigene Schwäche! –, er hatte einem sinnlosen Impuls nachgegeben und sie in den Garten mitgenommen, um ihre weichen, korrupten, lügenden Lippen immer und immer wieder küssen zu können!

33. Kapitel

Es war natürlich unvermeidlich, daß es Klatsch geben würde, und alle möglichen Spekulationen darüber, wie gut Viscount Embry und die reiche und vor kurzem verwitwete Lady Travers einander kannten und seit wann.

»Ich habe gesehen, daß Embry mit der ältesten Tochter der Damerons getanzt hat. Lady Helen, nicht wahr? Aber das war doch eine ganze Zeit später!«

»Als ich Lady Travers das letzte Mal sah, war sie mit dem jüngeren Sohn von Atherton zusammen, Viscount Deering. Offenbar macht er ihr den Hof.«

»Hat Adelina nichts dagegen?«

»Aber meine Liebe – Lady Travers wurde Adelina vorgestellt, und die hat ihr keinen Dämpfer verpaßt. Natürlich hatte jeder damit gerechnet, und Sie können sich die Überraschung gar nicht vorstellen...«

Adelina, die verwitwete Marquise von Newbury, war sich all dieser Fragen und dieses Geflüsters um sie herum durchaus bewußt, da sie es sich zur Gewohnheit gemacht hatte, alles und jedes für den Fall wahrzunehmen, daß sie davon einmal Gebrauch machen müßte oder würde. Sie knüpfte ihre Netze wie eine Spinne, wobei sie nur deshalb in Tuchfühlung mit ihren alten ›Freunden‹ und Bekannten blieb, weil diese sich vielleicht einmal als nützlich erweisen könnten. Sie hatte schon immer den Klatsch verachtet, den sie für ihre eigenen Zwecke nutzte, und hielt sich verächtlich davon fern. Zum allerersten Mal war sie jetzt aber in Verlegenheit geraten, und dieser Gedanke machte sie wütend.

Die Witwe schnaubte laut. Ausgerechnet diese Lady Travers! Hatte sich der arme John wirklich vorgestellt, daß sein Reichtum und sein Name ausreichen würden, um so ein junges Ding zu einem ihr würdigen Gegner zu machen? Hatte er sich trotz seiner im Krieg verlorenen Männlichkeit wirklich so viel eingebildet? Der arme Kerl. Sie hatte Liebhaber immer nur zu ihrem eigenen Vergnügen genommen, und diese hatten nie bemerkt, wie sie gegängelt wurden. Die meisten Männer waren so dumm, das hatte sie schon seit langem gewußt. Verächtlich zog sie ihre Lippen zusammen.

Jetzt aber mußte sie handeln, was Johns Witwe betraf, um zu verhindern, daß deren Andeutungen zu Drohungen wurden und ein handfester Skandal daraus würde, den sie sicher gerne inszeniert hätte. War sie wirklich ihre Enkelin? Gedankenvoll starrte die Witwe aus dem Fenster. Davin war schon immer ein romantischer Schwächling gewesen, mit seiner Vorliebe für Poesie, für Byron und die Frauen. Als Kind war er weinerlich und sehr anhänglich gewesen, und sie hatte ihn verachtet; dann war er genau zu dem Mann geworden, den sie sich vorgestellt hatte. Sie hätte seine Heirat mit diesem dummen jungen französischen Geschöpf ignorieren, vielleicht sogar tolerieren können, wenn er nicht auch noch die zweite Dummheit begangen hätte, eine Tochter von ihr zu bekommen und dann hinter Byron her nach Griechenland zu fahren, um dort, was typisch für ihn war, gefangengenommen zu werden, statt seinen Tod zu finden. Gegen Lösegeld hätte sie ihn frei bekommen. Wie hatte sie damals gelacht, als sie seine Bitte zerrissen und ins Feuer geworfen hatte, in der Annahme, daß vielleicht die Gastfreundschaft der Türken ihn einiges über die Realitäten des Lebens lehren würde. Dann aber... Ach, das verdammte Schicksal! Ihr erster Sohn starb, so daß Gavin der einzige überlebende Erbe blieb.

Adelina setzte sich an den Tisch vor dem Fenster, wobei ihr die Schwäche ihrer Beine zu Bewußtsein kam. Das verdammte Alter! Der verdammte Körper zwang sie, etwas zu akzeptieren, wozu sie einfach nicht bereit war! Gavin – er hatte alles geglaubt, was sie ihm über seine Frau und ihr Kind erzählt hatte. Einen so tragischen Tod hatte sie sich für die beiden ausgedacht! Nichts war dem Zufall überlassen geblieben. Geld war mehr als genug vorgesehen. Immer noch wurde ein regelmäßiger Geldbetrag an Martin Howard überwiesen, was jetzt natürlich eingestellt werden mußte.

Während sie mit einem Papiermesser spielte, wurde ihre Stirn düster. Sie loswerden! Natürlich so subtil wie möglich. Und so schnell es ging. Schade, daß es nicht schon in jener Nacht sein konnte, aber es gab noch andere Möglichkeiten. Ihr Enkel, Charles – war er hinter der Frau oder hinter ihrem Vermögen her? Nicholas – ach, er war jetzt das einzige Fragezeichen – er und seine Beziehung zu Lady Travers. Aber wenn es ein Verhältnis zwischen beiden gab, dann würde sie es herausfinden, denn diejenigen, die sie bezahlte, um den beiden zu folgen, waren die besten, die man finden konnte, und sie hatte sie schon früher eingesetzt. Gavin? Die Marquise lachte plötzlich lautlos in sein hinein. Ach ja – Gavin. Und warum nicht? Die letzte Waffe in ihren Händen. Charles – oder Gavin. Oder etwa beide? Und was Nicholas betraf, er mußte Helen sobald wie möglich heiraten, damit sie und die Klatschmäuler vergessen würden, wie offen und demütigend er sie auf dem Ball vernachlässigt hatte. Ihre Verlobung sollte nur wirklich auf Helens Ball stattfinden. Es gab so viele Dinge, die geregelt werden mußten!

Die alte Marquise sah gerade zum Fenster hinaus, als gegenüber eine Kutsche vorfuhr. Aha! Wollte sie also wieder einmal ausfahren! Es war wirklich höchste Zeit!

Am Tag zuvor hatte Lady Margery fast die gleichen Worte zu Alexa gesagt. »Meine Liebe, es sieht dir gar nicht ähnlich, daß du dich den Dingen entziehst. Und deine Ausrede einer leichten Erkältung und Fieber wird dir nicht mehr lange etwas nützen, fürchte ich, wenn die Leute nicht meinen sollen, du hättest die Schwindsucht. Besuche mich doch wieder einmal, wenn dir das Reiten im Park zu langweilig ist, dann können wir gemeinsam etwas Neues überlegen.«

Lady Margery ist eine gute, liebe Seele, und sie hat natürlich recht, dachte Alexa, während sie sich gegen die Samtkissen in der Kutsche lehnte. Wie ein Feigling hatte sie sich in die Sicherheit ihres Zimmers zurückgezogen, aber ihren eigenen Gedanken konnte sie nicht entfliehen.

»Ach, Lady Travers! Ich habe ja noch nie so viele Briefe und Karten in meinem ganzen Leben gesehen! Und dann die Blumen und die Obstkörbe und die Ladys und Gentlemen, die alle kommen, um Sie zu besuchen... Sogar Mr. Bowles mußte zugeben, daß er so etwas noch nie erlebt hat!« Bridget klang höchst ehrerbietig, wenn sie jeden Tag die Visitenkarten nach oben brachte. Und jeden Tag war die Karte in Stahlstich dabei, die Alexa am meisten fürchtete, obwohl sie inzwischen begonnen hatte, sie zu erwarten – in Begleitung blutroter Rosen. ›Newbury‹ war alles, was auf der Karte stand. Und bevor sie sie ins Feuer warf und Bridget die Rosen überließ, sah sie immer noch einmal hin und schauderte dabei, in Erinnerung all dessen, was sie von ihm gehört hatte, und der seltsam unerwarteten Art, auf die sie einander begegnet waren.

Diese Erinnerung begann mit Nicholas Dameron, Viscount Embry – den sie am besten ganz aus ihrem Gedächtnis verbannte. Es bestand eine rein sinnliche, körperliche Anziehung zwischen beiden, die keiner von ihnen verleugnen konnte und die zweifellos der beste Grund war, um einander fernzubleiben. Jedenfalls hatte er dies seinerseits klargemacht, nachdem er sie aus der peinlichen Situation ›gerettet‹ hatte, in die sie durch ihn geraten war. Nicht nur hatte er Lady Helen alle Aufmerksamkeit während des restlichen Abends geschenkt, sondern war Alexa auch bewußt ausgewichen. Sie haßte ihn, obwohl er ihr geholfen hatte, ihre Frisur und ihr Kleid wieder in Ordnung zu bringen, während er ihr versicherte, einer Freundin von ihm gehörte die Zimmersuite, in die sie sich jetzt eingeschlichen hatten.

Auf Embrys Vorschlag hin hatten sie den Raum getrennt verlassen, und er war zuerst gegangen, um sicherzugehen, daß sie nicht bemerkt würden. Nachdem er ihr kurz – mit einem Wink durch die Tür – mitgeteilt hatte, Lady Margery sei in jener Richtung eben verschwunden, hatte er sich offenbar nicht mehr gemüßigt gefühlt, sich um sie und ihre Sicherheit zu kümmern.

Woher hätte sie wissen sollen, wie leicht man sich auf diesen vielen Fluren verirren konnte! Schon bald hatte Alexa die Hoffnung aufgegeben, sich zurechtzufinden, und wartete nur noch auf einen Bediensteten oder anderen Gast, um nach dem Weg zu fragen.

Wie froh war sie gewesen, endlich schwach aus der Ferne Musik und Stimmen zu hören. Sie mußte sich wohl in der Nähe des Ballsaales befinden. Was aber, wenn sie jetzt eintreten würde, noch dazu alleine, und alle Blicke würden sich auf sie richten? Und wenn man ihr Fragen stellte, was würde sie darauf antworten?

Ein Geräusch hatte Alexa nervös herumfahren lassen, wie eine Katze in einer ihr fremden Umgebung. Das war die Situation gewesen, in der sie dann Aug in Auge vor ihrem natürlichen Vater, dem Marquis von Newbury gestanden hatte. Wie seltsam, daß sie sich jetzt noch an jede Einzelheit erinnern konnte, während sie gleichzeitig einen gefühlsmäßigen Drang niederkämpfen mußte, sich umzuwenden und aus dem Bann seiner blauen Augen zu fliehen, die ohne Tiefe und ohne Ausdruck auf sie blickten.

»Verzeihen Sie mir, daß ich Sie offenbar erschreckt habe, aber ich hatte nicht erwartet...« Alexa war wohl unbewußt etwas zurückgetreten, so daß sie jetzt unmittelbar unter einer der Gaslampen stand, und er schien seinen Blick plötzlich so seltsam auf ihre Haare zu heften, daß sie auf einmal furchtbar nervös wurde und das dringende Bedürfnis hatte, sofort etwas zu sagen.

»Ich... ich habe mich für einige Momente zurückgezogen und nun leider verlaufen, fürchte ich. Ich...«

»Wir wurden uns noch nicht offiziell vorgestellt, aber Ihr Gatte und ich waren einmal enge Freunde. Sir John Travers, wenn ich mich nicht irre? Ich bin Newbury.«

Später war es natürlich leicht gewesen, sich vorzustellen, was sie hätte sagen können, aber »ich bin Alexa, Ihre Tochter von Ihrer gesetzlichen Ehefrau Victorine«, das hätte einfach hoffnungslos melodramatisch geklungen, vor allem unter diesen Umständen. Jedenfalls war sie darauf nicht vorbereitet gewesen. Alexas leichtes Nicken mußte wohl genügen. Ihre weiteren Worte gingen in dem Lärm unter, den ein ganzer Schwarm von Frauen plötzlich verursachte, die durch eine Tür in den Flur drangen und ein Zimmer suchten, das den Damen vorbehalten war, um sich frisch zu machen. Natürlich hatte jede von ihnen die beiden gesehen und ihre Schlüsse daraus gezogen. Doch als eine besonders überschwänglich geschmückte Matrone zu ihnen trat und sagte: »Ach, meine liebe Lady Travers! Da sind Sie ja endlich, und ich habe gerade Lady Margery erzählt, daß ich Sie im Garten mit...«, unterbrach sie der Marquis, um in seiner sanften, kühlen Stimme zu sagen, er habe Lady Travers den Raum mit den Wandteppichen gezeigt und sich mit ihr über ihren verstorbenen Gatten unterhalten. Danach blieb Alexa nichts anderes übrig, als seinen Arm zu nehmen und sich von ihm in den Ballsaal zurückgeleiten zu lassen.

Newbury! Selbst an diesem ungewöhnlich warmen Nachmittag fröstelte Alexa leicht. Irgendwie fühlte sie sich durch den Marquis und seine Handlungen bedrängt. Er verfolgte sie mit seinen Karten und seinen blutroten Rosen, aber kalt und leidenschaftslos. Warum nur? Alexa dachte, sie kenne die Männer gut genug, um sicher zu sein, daß er sie nicht sexuell begehrte; wenn er ihr dann so viel Aufmerksamkeit zukommen ließ, so mußte es dafür einen anderen Grund geben.

Inzwischen waren sie in die Kutsche gestiegen und befanden sich auf dem Heimweg. Obwohl Alexa die Augen geschlossen hielt, schlief sie durchaus nicht, sondern wollte nur vermeiden, ständig irgendwelchen Bekannten zuzunikken oder zuzulächeln, die gerade an ihr vorbeifuhren. Ihre Hände verkrampften sich in ihrem Schoß, als sie an Newbury dachte – ein Mann, der Lust dabei empfand, Frauen zu quälen. Wußte er, wer sie war und welche Gefahr sie für seine Karriere, seinen Ruf und seine heutige Familie bedeuten könnte? Und wenn... O Gott, nein! dachte Alexa überdrüssig. Es gab so viele Möglichkeiten, und sie hatte sich jede von ihnen immer und immer wieder überlegt. Sie hatte es einfach satt. Eigentlich sollte sie jetzt nur noch darüber nachdenken, wenn sie eine Gefahr für die anderen sein konnte, daß diese auch eine Gefahr für sie bedeuten könnten. War sie nicht immer wieder gewarnt worden von allen? Nein, sie konnte und durfte keinem von ihnen trauen, nicht einmal Charles, der doch immer so nett zu ihr gewesen war. Und sicher nicht Nicholas, der fast täglich im Haus der Witwe gegenüber aufkreuzte, wo jetzt Helen wohnte, ohne auch nur einmal seine Karte bei ihr abgeben zu lassen.

Sehr wahrscheinlich, dachte Alexa mit bitterem Lächeln, planten er und die alte Hexe sogar, mich aus dem Weg zu schaffen!

Mit einem ungeduldigen Seufzer öffnete Alexa ihre Augen, wobei sie erleichtert bemerkte, daß sie fast am Ziel war. Da die Kutschen nicht durch die Durlington Arcade fahren durften, benutzte sie diesen letzten Abschnitt zu Fuß zu einem Schaufensterbummel. In der Arcade war fast alles Erdenkliche zu haben, von ›verbotenen‹ Büchern auf Französisch in Jeff's Bookshop bis zu Stiefeln und Schuhen, Schnupftabakdosen und wunderhübschen Hüten der allerletzten Mode. Und von all den kleinen Modeläden war zweifellos der eleganteste ›Milady's‹, wo jede Besucherin von Rang Anspruch darauf hatte, von einer Ladenhilfe in ein kleines Zimmer geführt zu werden, um dort die neuesten Kleider, Hüte und dergleichen anzuprobieren. Als Alexa die Tür öffnete, klingelte hell ein silbernes Glöckchen über ihr, um Madame Louise herbeizurufen, die denn auch sofort erschien.

»Ach! Lady Travers, ich freue mich so, sie wiederzusehen! Und vor allem heute – ich kann Ihnen nämlich viele neue Kreationen zeigen. Einige davon sind gerade aus Paris angekommen, die muß ich Ihnen selber zeigen. Und Sie wünschen sicher Ihren Wein und etwas Gebäck, wie üblich, ja? Da ist ja auch schon Hortense, die sich um alles kümmern wird, während Sie mit mir nach oben gehen in einen der größeren Räume.«

Während sie Louise die Treppe hinauf folgte, die mit rotem Plüsch ausgelegt war, der zu den Vorhängen paßte, schien es Alexa nicht notwendig zu sein, etwas zu sagen, bis Louise sie in ein gemütliches Zimmer geführt hatte, das wie ein Empfangsraum eingerichtet war, wobei ein rot und gold gemusterter Vorhang die Hinterseite des Raumes abschloß. »Ich bringe Ihnen selber die Erfrischungen und dann die Hüte! Und ich werde dafür sorgen, daß Sie nicht gestört werden«, flüsterte ihr Louise zu.

Alexa hatte sich kaum dem Zimmer zugewendet, als die Vorhänge aufgezogen wurden und einen anderen Teil des Raumes freigaben, der wie ein Schlafzimmer eingerichtet war, mit einem Himmelbett, einem mit vielen Spiegeln versehenen Frisiertisch und zwei komfortablen Stühlen, die zu beiden Seiten eines Marmortisches standen.

»Ich hatte mich schon gefragt, ob du bereits da bist«, sagte Alexa ohne Überraschung, indem sie auf ihre Tante zuging. um sie zu begrüßen. »Du siehst gut aus, Tante Solange.«

»Die Tante kannst du dir eigentlich sparen! So wie du heute aussiehst, könnten wir durchaus als Schwestern gelten! Und ich, meine Liebe, habe letzte Nacht kaum zwei Stunden geschlafen.« Prüfend blickte sie auf Alexa. »Du scheinst auch nicht viel länger geschlafen zu haben, stimmt das?«

Alexa beschloß, offen zu sein. »Der Grund dafür, dich zu treffen, war – Newbury. Seit dem Ballabend bei den Sutherlands schickt er mir jeden Tag rote Rosen, nur mit seiner Karte. Langsam regt mich das auf! Kannst du mir vielleicht sagen, was das zu bedeuten hat?«

34. Kapitel

»Wenn du dich daran erinnerst, meine Liebe, habe ich dich schon bei unserem ersten Treffen gewarnt, äußerst vorsichtig zu sein. Glaub doch bitte nicht, daß du wegen deines Geldes und deiner Position nicht etwa auf geheimnisvolle Weise ›verschwinden‹ könntest! Am besten hältst du dich an diejenigen, denen du vertrauen kannst, und sage deinen

Anwälten wirklich alles. Vergiß auch nicht, daß sie dich wahrscheinlich überwachen läßt.«

Bei diesem Wort war sie hochgeschreckt. »Überwachen?« wiederholte Alexa ungläubig, und Solange hob beide Schultern, bevor sie müde mit der Zigarre abwinkte, die sie sich gerade angesteckt hatte.

»Mein Gott, bist du naiv! Natürlich überwachen! Manche Leute machen das berufsmäßig. Es besteht doch kein Zweifel, daß sie genau herausfinden möchte, was du vorhast. Ich kann mir gut vorstellen, daß die alte Hexe alles drum geben würde, wenn sie wüßte, ob wir beide uns kennengelernt haben. Verstehst du also diese – Vorsichtsmaßnahmen?«

Obwohl sie von ihrer Tante nicht viel mehr über den Marquis zu hören bekam, als ihr schon selbst bekannt war, erfuhr Alexa doch eine Menge anderer interessanter Dinge.

Solange hatte sie durch den Privateingang wieder verlassen, und um ihrer Anwesenheit einen Anstrich von Ehrbarkeit zu geben, probierte Alexa jetzt Hüte aus. Mit einer besonders kühnen Kreation aus graugerüschter Seide und Federn auf dem Kopf, zog sie jetzt ein Gesicht, als sie sich im Spiegel betrachtete. Also: Alle die reichen und eleganten Männer besuchten das Etablissement von Madame Olivier oder mieteten Privatapartments bei ihr, um sich heimlich mit ›Ladys‹ zu treffen. Dem Viscount Deering waren Jungfrauen oder Halbjungfrauen am liebsten, und der Viscount bevorzugte ältere und erfahrenere Frauen, meistens Blondinen. Dieser Wüstling! dachte Alexa ärgerlich und stach sich fast mit einer Hutnadel. Als sie schließlich ging, hatte sie viel zuviel Geld für fünf Hüte ausgegeben, die sie vielleicht nie tragen würde, einschließlich des grauen seidenen, den sie nicht einmal mochte.

Mit einem von Madame Louises Laufjungen im Gefolge, der unter den Hutschachteln stöhnte, wurden Alexas Schritte etwas langsamer, während sie sich überlegte, ob in all den kleinen Modegeschäften im Obergeschoß private Räume für heimliche Treffen waren. Als sie vor einem Schaufenster stehenblieb, in dem besonders freizügige, in Frankreich erschienene Bücher ausgestellt waren, entdeckte sie den Roman *Lelia* von George Sand, den sie noch nicht hatte bekommen können. Indem sie die Blicke von zwei ältlichen Witwen ignorierte, die gerade vorbeikamen, bat Alexa den Jungen, hier auf sie zu warten, und ging kühn in den Laden, der fast nur von Männern besucht wurde. Aber kaum war sie eingetreten, bedauerte sie es schon, als sie sah, wer hier stand. Wenn man vom Teufel spricht... das alte Sprichwort kam ihr plötzlich in den Sinn, als sie ihren Kopf leicht vorbeugte, zum Ladentisch ging und dem Verkäufer knapp und sachlich sagte, was sie wünschte.

»Modische Hüte und französische Romane. Eine Kreatur der Gegensätze. Haben Sie sich von Ihrer Erkältung gut erholt?«

»Lord Embry! Wie nett von Ihnen, danach zu fragen!« Nachdem sie ihm gezwungenermaßen zugelächelt hatte, war Alexa froh über die Möglichkeit, sich wieder dem Verkäufer zuzuwenden. »Vielen Dank. Das ist genau das Buch, das ich gesucht habe. Was kostet es, bitte?«

Mit einer geradezu aufreizenden Vertraulichkeit, die sie vor Wut mit den Zähnen knirschen ließ, langte er über den Ladentisch, um ihr Buch anzusehen. »George Sand? Sie gehören doch nicht etwa zu ihren Anhängern? Irgendwie hatte ich mir vorgestellt, Sie würden eine andere Art Roman bevorzugen.«

»Wirklich? Ich kann nur hoffen, daß Sie sich nicht vorgestellt haben, ich würde mich an den Romanen von Mrs. Gore begeistern. Aber über Geschmack läßt sich ja bekanntlich nicht streiten, nicht wahr?« Sie hoffte, er würde ihr die Gleichgültigkeit abnehmen, mit der sie versuchte, ihm zu begegnen.

Noch bevor er darauf etwas antworten konnte, erschien aus einer staubigen Ecke ein kleiner dicker Mann mit einem großen Paket, das in braunes Papier gepackt und mit rotem Wachs versiegelt war.

»Das sind die Bücher, die Seine Lordschaft der Marquis letzten Monat bestellt haben, die seltenen Ausgaben. Sie sind eigentlich zu wertvoll, um sie hinüberzuschicken, und er will sie ja heute noch haben! Als ich hörte, daß Lord Embry hier ist, dachte ich, ihn vielleicht um den Gefallen zu bitten...«

Glücklich darüber, daß Embrys Aufmerksamkeit abgelenkt wurde, beeilte sich Alexa, ihr Buch zu bezahlen, und wäre am liebsten gleich damit gegangen, aber der Angestellte bestand darauf, es sorgfältig zu verpacken. Zu ihrem wachsenden Ärger nahm dies so viel Zeit in Anspruch, daß sie dann doch fast gleichzeitig mit Embry fertig war.

»Um Ihnen weitere Worte zu ersparen, Milliken, werde ich die verdammten Bücher mitnehmen und dafür sorgen, daß sie dem Marquis ausgehändigt werden. Und verschonen Sie mich um Gottes willen mit Ihrem Dank! Ich würde es bestimmt nicht tun, wenn es mir nicht gerade passen würde.«

»Ach, Eure Lordschaft sind wirklich zu freundlich. Dann wollte ich Eure Lordschaft noch fragen, ob Eure Lordschaft alles gefunden haben, wonach Sie oben gesucht haben? War alles zu Ihrer Zufriedenheit? Wenn es noch irgendeine – äh – besondere Ausgabe geben sollte, die Eure Lordschaft sich wünschen, in jeder Sprache, bin ich sicher in der Lage, Eure Lordschaft zu befriedigen.«

Was war das nur für eine obskure Sprache, dachte Alexa, als sie ihr kleines Päckchen schließlich in Empfang nahm und zur Tür eilte. Es ging sie ja nichts an, aber mit Büchern hatte das nichts zu tun.

»Haben Sie zufällig Ihre Kutsche in der Nähe?« Alexa war so mit ihren Gedanken beschäftigt gewesen, daß sie erschrocken aufsah, als sie seine Stimme plötzlich neben sich hörte. Sie warf ihm einen kalten, mißtrauischen Blick zu, den er mit einem freundlichen Lächeln beantwortete, das für ihn ganz ungewöhnlich war, wenn er nicht wieder ein niederträchtiges Ziel verfolgte.

»Falls Sie so freundlich gewesen sein sollten, mir anzubieten, mich nach Hause zu fahren, dann muß ich Ihnen für Ihre Aufmerksamkeit danken, aber ich bin mit meiner eigenen Kutsche gekommen, die gerade draußen steht.«

»Da habe ich ja noch einmal Glück gehabt! Ich habe gar nicht gewußt, wie höllisch schwer Bücher sein können, und wollte Sie eigentlich fragen, ob es Ihnen etwas ausmacht, diesmal mich mitzunehmen? Sie könnten mich am Belgrave Square absetzen, weil ich ohnehin vorhatte, Belle-Mère zu besuchen. Ach, Lady Acton! Ein Vergnügen. Und sicher kennen Sie schon Lady Travers!«

Jetzt standen sie wirklich vor der schlimmsten Klatschbase, vor der Lady Margery sie gewarnt hatte. Es war genau dieselbe, die sie damals zusammen mit Newbury auf dem Flur angetroffen und angesprochen hatte. Im Gefolge ihrer beiden Kinder und deren mürrisch dreinschauender Gouvernante zeigte Lady Acton Alexa ein Lächeln, das diese an ein Krokodil erinnerte, während ihre braunen Augen neugierig zwischen Embry und Alexa hin und her wanderten. Schelmisch sagte Lady Acton: »Ach! Beim Einkaufen, wie ich sehe! Aber keine Angst – ich frage nicht wofür und für wen. Ich bin ja so glücklich zu sehen, daß Lady Travers sich von ihrer Erkältung so gut erholt hat. Meine Liebe, wir haben uns schon Sorgen gemacht um Sie, wissen Sie, und haben sie auch schon sehr beim Reiten vermißt. Werden Sie auf dem Ball der lieben Helen sein? Ach, wie dumm von mir, so zu fragen. Natürlich werden Sie dort sein! Nein, diese Aufregung!« Lady Acton stieß einen übertriebenen Seufzer aus, um dann ihre vorquellenden Augen auf Alexas Begleiter zu heften. »Ich glaube, jeder fragt sich jetzt dasselbe. Wird an diesem besonderen Abend die aufregende Gelegenheit stattfinden, bei der etwas Bestimmtes angekündigt wird, worauf wir alle schon seit langem warten? So ein liebes, gut erzogenes Kind, und so eine ausgezeichnete Wahl! Sogar Acton sagt dies, obwohl er sich sonst immer zurückhält. Finden Sie nicht auch, Lady Travers?«

»Ja, natürlich. Ich habe dasselbe auch schon gesagt, liebe Lady Acton. Die perfekte Wahl, das perfekte Paar!« Ohne Lady Actons überraschten Blick zur Kenntnis zu nehmen, gelang Alexa ein unschuldiges Lächeln, und sie weitete ihre Augen, bevor sie sagte: »Aber Sie wissen ja, wie langsam Männer manchmal sind!«

»Und ich nehme an, daß das nur wieder eine von deinen subtilen weiblichen Ermahnungen war, meine süße Alexa?«

Noch bevor sie sich davon erholen oder einen Widerspruch formulieren konnte, spürte Alexa einen harten Druck an ihrem Arm, der sie davor warnen sollte, ihrem Impuls jetzt nachzugeben. Dann sagte Nicholas Dameron mit derselben schleppenden Stimme: »Ich bin sicher, daß ich mich auf eine so diskrete Freundin wie Sie, Lady Acton, verlassen kann, wenn ich Ihnen anvertraue, daß Lady Travers ihre enge Freundschaft mit mir weidlich ausgenutzt hat, um mir zu eben diesem Thema fast täglich ihre Ermahnungen und Vorhaltungen zukommen zu lassen.«

Sogar Lady Acton, mit leicht geöffnetem Mund, schien unfähig zu sein, etwas zu sagen, als er mit aalglatter Stimme fortfuhr: »Ach, da hatte ich doch gehofft, in Ihnen endlich eine Verbündete zu finden, aber wenn ich schon von allen Damen angehalten werde, mich in kürzester Zeit mit dem Ausbund an weiblichen Tugenden zu verloben, was kann ich armer Mann dann schon vorbringen? Ich kann nur hoffen, daß ich Ihre Erwartungen nicht enttäuschen werde!«

So ein heuchlerischer, abscheulicher Schuft! Seine Finger drückten schmerzend in ihren Arm, und sie mußte immer noch lächelnd zuhören, wie er sie und sich selbst bei Lady Acton entschuldigte, weil er doch Lady Travers versprochen hatte, sie mitsamt ihren Hüten unverzüglich nach Hause zu bringen.

Nachdem er ihr mit übertriebener Höflichkeit in die Kutsche geholfen hatte und dann selbst eingestiegen war, hätte Alexa vor Wut platzen können. Wenn nicht all die Leute dagewesen wären, dann hätte sie ihm an den Kopf geworfen, er solle sich zum Teufel scheren! Wie konnte er das zu Lady Acton sagen? Lady Acton – eine der schlimmsten Klatschtanten in der ganzen Stadt! Sie waren kaum angefahren, als sich Alexa wie eine Furie ihm gegenübersetzte, wobei ihre Stimme vor Zorn zitterte: »Hast du überhaupt eine Ahnung, was du da eben gesagt hast? Was sie gedacht haben wird... Lady Acton ist doch... Der Ausdruck auf ihrem Gesicht, als du das mit dieser besonderen Betonung gesagt hast... Du bist ja offenbar verrückt! Weißt du, was du damit vielleicht angestellt hast? Was deine Verlobte... was...«

Während Alexa versuchte, sich wieder zu beherrschen, fing sie Lord Embrys verstohlenen und niederträchtigen Blick auf, sein pfiffiges Grinsen – und brach plötzlich in Lachen aus, bis sie kaum noch atmen konnte und ihr die Tränen über die Backen liefen.

Wenn sie zu sehr lachte, bekam Alexa immer einen Schluckauf, und es war unmöglich, sich würdevoll zu benehmen, wenn man Schluckauf hatte! Dies war auch der einzige Grund, warum sie sich weder wehren noch dagegen protestieren konnte, daß Lord Embry plötzlich nicht mehr ihr gegenüber, sondern neben ihr saß, und, was noch schlimmer war, sie so vertraulich in seinen Armen hielt, daß es einfach unschicklich war.

Bei vollem Tageslicht auf der Regent Street und all dem Verkehr, der an ihnen vorbeizog! Mit Freude wäre sie jetzt ohnmächtig geworden, wenn ihr das so leicht gelungen wäre wie anderen Frauen. Nicht einmal die Vorhänge hatte er heruntergelassen! Noch heute abend würde nicht nur Lady Acton, sondern der ganze Rest der Gesellschaft keine Ruhe finden, um diese vielen Gerüchte über sie zu besprechen. Einfach unerträglich! Vor allem weil er sich überhaupt nicht darum zu kümmern scheint, dachte Alexa ärgerlich, während sie sich zu befreien suchte und mit ersticktem Geflüster protestierte.

»Du wärst vom Sitz gefallen, wenn ich dich nicht gehalten hätte. Und nachdem ich jetzt schon versuche, dir mit meinem letzten sauberen Taschentuch das Gesicht zu trocknen – verdammt! – könntest du endlich aufhören, nach Luft zu schnappen wie ein Fisch und still sein, hörst du?« Seine Stimme klang fest und unnachgiebig, wie die gefühllose Art, in der er Alexas Gesicht rieb, bis ihre Wangen zu schmerzen anfingen und sie vor Wut schon wieder hätte weinen können.

»Hör doch endlich auf, mir die ganze Haut abzureiben, brutaler Kerl! Oh...!« Während sich Alexa immer lauter beklagte, bemerkte sie plötzlich die interessierten Blicke, die ihr aus einer Kutsche zugeworfen wurden, die jetzt neben ihnen fuhr. Nicht nur die beiden Zwillinge Selby und Rowell saßen darin, sondern ihre achtunggebietende Mutter, die Herzogin selbst, und ihre beiden jüngeren Nichten Ianthe und Philippa. Helens Schwestern also, die ja auch meine Halbschwestern sind, dachte Alexa, und begann fast schon wieder, unbeherrscht zu lachen, während alle zu ihr hersahen.

Lord Embry schaute sie mit schmalen Augen an und fragte beiläufig interessiert: »Hast du oft solche – äh – Anfälle? Und gibt es irgendein Mittel dagegen?« Aber durchaus nicht beiläufig war die Art, wie das Grün in seinen Augen dunkler wurde, während sie auf ihren Mund sahen, noch in der Art, wie er ihr Kinn hob, um sie zu küssen, wobei sie weder sprechen noch sich dagegen wehren konnte, da er sie jetzt so fest um die Taille faßte, daß ihr fast die Luft wegblieb.

»Da sieh mal, diese vielen neuen Hüte und Stiefel! Dort, auf der anderen Straßenseite! Hast du es gesehen, Mama?« Viscount Selby gewann im allgemeinen seine Fassung etwas schneller wieder als sein Bruder. Nur hatte leider seine jüngste Nichte Philippa nicht nur ein gutes Auge, sondern auch eine besonders schrille Stimme, gegen die seine taktvolle Ablenkung nichts ausrichtete.

»Ist das nicht Embry? Aber ich dachte doch, er würde Helen heiraten, und das sei der Grund, warum Belle-Mère einen Ball gibt – um ihre Verlobung anzukündigen!«

»Natürlich ist das nicht Embry!« sagte Rowell geringschätzig, was Philippa sofort zu einem zornigen Blick herausforderte, um dann friedlich fortzufahren: »Willst du denn nicht diese vielen neuen Sachen sehen, dort in den Schaufenstern, Pippa? Das wolltest du doch schon immer, oder nicht?«

Aber sein Herz sank ihm in die Hose, als seine Mutter mit dem entschiedensten Ton in der Stimme sagte: »Das ist Lady Travers – davon bin ich absolut überzeugt, das sehe ich schon an ihrem Haar! Aber bei der anderen Person, die bei ihr ist, da bin ich mir nicht ganz sicher.«

»Aber es ist Embry!« wiederholte Philippa hartnäckig und aufgeregt. »Und jetzt küßt er sie auch noch! Wenn Helen das wüßte...«

Es ist, dachte Alexa träumerisch, fast wie das erste Mal, als ich unter Wasser schwamm – als ich den Atem anhielt, bevor ich die Augen öffnete und in grüne Tiefen schaute – dann aber, als ihr plötzlich klar wurde, was gerade geschah, griff sie verstohlen zu der Schnur, mit der die samtenen Kutschvorhänge heruntergelassen werden konnten. Nekkend meinte er, daß es, nachdem mindestens halb London sie schon zusammen gesehen hatte, nur noch einen Grund für sie geben könne, sich plötzlich diesen Privatbereich zu schaffen.

»Halb London, einschließlich Selby und Rowell!« gab Alexa rachsüchtig zurück. »Ganz zu schweigen von der Herzogin von Atherton und der beiden jüngeren Schwestern deiner Verlobten! Ich glaube nicht, daß unter diesen Umständen auf dem Ball irgendein ›aufregendes Ereignis‹ angekündigt wird, oder täusche ich mich? Allerdings werden sich sicher alle an den Gründen dafür schadlos halten!«

»Wenn dir dein Ruf wirklich so wichtig ist, wie es den Anschein hat, meine arme Alexa, dann können wir unsere Verlobung morgen abend offiziell ankündigen und sie am nächsten Tag in der Times veröffentlichen, um sie amtlich zu machen. Jedenfalls hatte ich nicht vor, mich mit Helen zu verloben; das war in erster Linie Belle-Mères Idee. Aber wenn ich mir jetzt vorstelle, statt dessen mit dir verlobt zu sein, dann würde das dem ganzen Unsinn ein Ende bereiten!«

Da sie sicher war, die Bedeutung seiner Worte nicht richtig verstanden zu haben, sah Alexa ihn zunächst nur verblüfft an. Dann traf sie das Ungeheuerliche dessen, was er eben gesagt hatte, wie ein unerwarteter Schlag. Ihre Augen wurden dunkel.

»Wie… wie bitte?« sagte Alexa fast tonlos, so daß er alles noch mal wiederholte.

»Und die Bekanntgabe einer Verlobung, wie du ganz gut weißt, bedeutet ja nicht unbedingt, daß daraus auch eine Heirat wird, falls dich diese Vorstellung nervös macht. Es würde nur sicherstellen, daß ich nicht länger ein Ziel für kupplerische Mamas sein würde und daß du…« Die Pause war winzig, aber Alexa bemerkte sie trotzdem, »nun ja, du würdest dich auch leichter tun, um den Glücksrittern zu entgehen – und auch den anderen Rittern!«

Energisch schüttelte Alexa den Kopf. »Nein! Ich kann einfach nicht glauben, daß ich... daß du, du mußt einfach verrückt geworden sein, um...«

»Um dir einen Antrag zu machen?« sagte er spöttisch mit diesem seltsam verzerrten Lächeln, das sie seit dem ersten Mal haßte, als sie es an ihm gesehen hatte. »Bist du dir so wenig wert, daß du meinst, ein Mann müsse verrückt sein, um dir die Heirat anzubieten, oder willst du eine andere Art von Antrag hören?«

»Es ist kaum der Wert, den ich mir selbst beimesse, sondern die Erinnerung an die brutale und gefühllose Art, in der du mich immer behandelt hast, die mir das Gefühl gibt, du würdest nur irgendein grausames Spiel mit mir treiben!« gab Alexa wütend zurück. »Oder verlangt es dein Stolz, daß du mit einer entsprechend verständnisvollen Verlobten auftreten mußt, damit Helen ihrerseits das Einverständnis kündigt, das ihr beide miteinander getroffen habt? Warum soll ich mich von dir noch einmal benutzen lassen?«

»Habe ich dich wirklich benutzt? Laß mich bitte darauf hinweisen, daß ich da eine andere Erinnerung habe. Nämlich ganz im Gegenteil. Ich glaube, ich hatte dich – oder benutze dich, wie du es wohl lieber bezeichnest – das erste und einzige Mal in dem Bordell, diesem Venustempel, und du hast einen unerhörten Preis von mir gefordert für deine erstaunliche Jungfräulichkeit, den ich immerhin bezahlt habe! Ich weiß auch noch genau, daß ich nicht dorthin gegangen bin, um dich zu benutzen – ganz im Gegenteil. Ich lag halb eingeschlafen in meinem Haschischtraum da und war durchaus zufrieden, bis ich von einer Venuspriesterin gestört wurde, die – wie sich bald herausstellte – auch noch mich benutzen wollte! Soll ich weitermachen?«

»Nein!« sagte Alexa in dem Moment, als die Kutsche anhielt. Ein Gefühl der Erleichterung machte es ihr möglich, sich Lord Embry zuzuwenden und ihm höflich zu sagen, daß die Kutsche zu seiner Verfügung stünde, sollte er anderswo abgesetzt werden wollen.

»Danke dir, meine Süße, aber vielleicht später. Ich glaube, es bleibt noch viel zwischen uns zu besprechen und zu beschließen.«

35. Kapitel

Hinterher war es natürlich einfach, sich zu sagen, sie hätte bei seinen Worten auf der Hut sein müssen. Während er sie aus der Kutsche heraus und die Stufen hinauf in ihr Haus trug, noch dazu unter den Augen der Dienerschaft und des armen Mr. Bowles, hatte er ihr zugeflüstert: »Wenn du das Gesicht wahren willst, liebste Alexa, dann mußt du sie in dem Glauben lassen, daß du ohnmächtig geworden bist.«

Dann aber sagte sie sich, er hätte seine Absicht ohnehin ausgeführt, egal, wie sie darauf reagiert hätte! Zunächst aber, als er sie die Treppe hinauftrug und sie hörte, wie er Bridget nach ihrem Zimmer fragte, selbst da hatte sie noch keine Ahnung, was er mit ihr vorhatte. Nicht einmal, als sie ihn kurz angebunden zu Bridget sagen hörte: »Und Sie bleiben gefälligst draußen! Wenn Sie und dieser Butler Verstand haben, dann halten Sie den Rest der Dienerschaft unten und außer Sichtweite!«

»Aber... ach, mein Herr! Wenn die Lady krank ist, dann muß sich doch jemand um sie kümmern!«

»Ich werde mich selber um Ihre Lady kümmern. Und wenn Sie denen da unten etwas erklären müssen, dann sagen Sie, daß wir unsere Hochzeit besprechen – und zwar unter vier Augen!«

Er hatte sie auf ihr Bett fallen lassen. Und während Alexa wie benommen einfach dalag, mit ungläubig dreinschauenden, weit offenen Augen, verschloß und verriegelte er in aller Ruhe die Tür ihres Schlafzimmers. Er sah sie mit einem Ausdruck an, den sie nicht mochte und dem sie nicht traute. Sie kniff die Augen fest zu und sagte sich, das Ganze sei nur ein Alptraum, weiter nichts.

»Du kannst die Augen aufmachen oder zulassen, das ist

mir egal. Aber zieh dieses abscheuliche rote Kleid aus, und diese ganzen verdammten Unterröcke und dein Korsett auch – ich will dich jetzt nackt haben, meine Nymphe, wie ich dich zum ersten Mal gesehen habe, und dann werde ich dich nehmen, wie ich dich damals und auch später hätte nehmen sollen. Und zwar auf jede Art und Weise, zu der ich Lust habe, du jungfräuliche Hure, du!«

Der purpurrote Taft zerriß unter seinen Händen, und auch ihre Unterröcke riß er ebenso auseinander wie ihr Hemd. Sie lag jetzt mit zusammengebissenen Zähnen da und zwang sich, nicht aufzuschreien. Dann spürte sie den kalten Stahl seines Messers auf ihrer Haut, mit dem er ihr das Korsett aufschnitt.

Sie konnte ihren Atem hören und auch seinen; sie fühlte die Wärme seines Körpers, wie er sich auf sie legte; nur ihre Augen würde sie nicht öffnen; um weder ihn noch das, was er tun würde, zu sehen. Sie streckte ihre Arme und Beine weit auseinander, wie eine Hure, und fühlte sich auch so kalt wie eine Hure. In ihrem Innern schrie es, er solle es doch endlich tun und sie dann in Ruhe lassen. Er mußte sie befreien von diesem schrecklichen inneren Zwang, der sie die ganze Zeit an ihn gebunden hatte und es auch weiter tun würde, wenn er jetzt nicht die Kraft hatte, das Schwert zu schwingen und den endgültigen Trennungsschnitt zu vollziehen. Das Schwert aus seinem eigenen Fleisch... Warum, um Himmels willen, tat er denn nicht endlich etwas?

Alexas Augen öffneten sich für einen kurzen Blick, der ihn unerwartet traf, den er aber sofort mit diesem verzerrten Lächeln erwiderte, das sie nur allzugut kannte. »Du erinnerst mich an so ein heidnisches Opfer«, sagte Nicholas trocken. »Eigentlich hätte ich dich an einen Felsen fesseln sollen, damit dich erst einmal so ein ahnungsloser Drache nimmt!«

Alles, was sie jetzt sagen wollte, ging unter in dem plötzlichen wilden Angriff seines Mundes auf ihre Lippen, wodurch sie sie schließlich für ihn öffnete – für seine Hände, die alle Formen ihres Körpers erkundeten, dann für seine Lippen und für seine Zunge, die ihre empfindlichsten Körperteile liebkoste und genoß. Und jetzt erlaubte sie sich auch, ihn überall dort zu berühren und zu küssen, wo es ihr gefiel. Dann löste er sich gerade lang genug, um sie in die Arme zu nehmen und ihren Körper über den seinen zu schieben, bis er wieder ihren Mund schmeckte und sie den seinen. Und jetzt spürte sie, wie er in sie eindrang, langsam und stetig, so daß sich ihre Hüften ihm entgegenbogen, fordernd, und sie zu jeder Bewegung seines harten, männlichen Körpers ihre Gegenbewegung fand. Und indem sie ihm jeden sanften Stoß abspürte und ihn erwiderte, war ihr, als stiege sie immer höher und höher, bis alles sich in ihr zusammenzog und fest wurde, bis sie atemlos wurde, keuchte und stöhnte und an seiner Schulter wimmerte, während ihr Körper sich in federleichten Schaum auflöste, bis in den Himmel hinauf...

Lächelnd lag Alexa da und streckte sich. »Bridget, ich denke, ich möchte noch ein bißchen schlafen. Aber weck mich bitte um sieben, wenn Lord Embry bis dahin nicht gekommen ist.«

»Ja, ich werde es nicht vergessen.«

Habe ich wirklich so etwas gesagt? Großer Gott, ich bin genauso verrückt, wie er mir die ganze Zeit erschienen ist. Alexa drehte sich auf ihren Bauch und vergrub ihr Gesicht mit einer ärgerlichen Bewegung in einem Kissen. Ich Dummkopf! Hat er wirklich etwas von Liebe gesagt? Nein, ausgenützt hatte er sie und die Gelegenheit. Wenn ich mir vorstelle, wie plötzlich das alles gekommen ist. Wenn ich mir nur vorstelle... Und wenn er schon alles über sie wußte und man ihm klargemacht hatte, welche Bedrohung sie einmal darstellen könnte? Vielleicht war das überhaupt der Plan – sicherzugehen, daß Alexa kuschte und still blieb, bis sie beschlossen hatten, wie sie am besten mit ihr umgingen. Und wenn er wirklich so weit gehen würde, sie zu heiraten, was würde das überhaupt bedeuten und was hätte er dabei zu verlieren? Vielleicht ein oder höchstens zwei Jahre, bis ihr ein zweckdienlicher Unfall zustoßen würde, der sie alle von der Bedrohung erlösen würde, die sie darstellte. Und wenn sie miteinander verheiratet wären, würde ihm all das gehören, was sie jetzt ihr eigen nannte. Reichtum, Besitztümer – sogar ihr Körper! Sie wäre ihm voll und ganz ausgeliefert, seiner Gnade und letzten Endes auch ihrer Gnade. Ihre Großmutter wußte nur zu gut, wer Lady Travers war.

Während sie in ihrem heißen, mit Rosenöl parfümierten Bad saß, entspannte sich Alexa etwas, nachdem sie nicht mehr hatte schlafen können. Zwischen ihren Brüsten lag schwer der Siegelring an ihrer eigenen goldenen Kette, den Nicholas Dameron, Lord Embry, ihr gegeben hatte; ganz wie derjenige, den Gavin Dameron damals Victorine Bouvard geschenkt hatte. Die Erinnerung daran hatte sie schaudern lassen, als ihr der Ring nachlässig, wie ein verspäteter Einfall, gegeben wurde.

»Ach, hier! Das ist wohl üblich, glaube ich, bis ich dir einen geeigneten Verlobungsring gekauft habe. An deinem Finger wirst du ihn nicht tragen können, aber vielleicht hast du eine geeignete goldene Kette dafür?« Er war schon wieder halb angezogen gewesen, als er sich umdrehte und ihr den schweren Ring zuwarf. Sie dagegen schwebte immer noch irgendwo in einer köstlichen und zufriedenen Benommenheit.

»Und was soll jetzt geschehen? Wo gehst du jetzt hin? Ich kann mich nicht daran erinnern, meiner Verlobung zugestimmt zu haben, um dich zu heiraten. Ich habe vielmehr beschlossen...«

»Liebste, du kannst beschließen, was du willst. Du brauchst dich nur an Lady Acton und die Herzogin von Atherton zu erinnern, gar nicht zu reden von deinen eigenen Bediensteten, die den Klatsch sicher schon herumgetragen haben. Im übrigen hoffe ich, stellst du mir nicht auch noch Fragen! Es wurde mir gesagt, daß Helen darauf vorbereitet wurde, eine höchst verständnisvolle Ehefrau zu werden, wie jeder Mann sie schätzt.«

»Helen! Warum hast du denn sie nicht kompromittiert? Ich kann nur hoffen, daß du dich als genauso verständnisvoll und edel herausstellst, wie du es von deiner Ehefrau erwartest!«

Das, so erinnerte sich Alexa jetzt, war der Augenblick gewesen, in dem er sich über sie gebeugt und sie so lange geküßt hatte, bis sie still blieb, während er ihr zwischen seinen Küssen zuflüsterte, er sei überhaupt nicht verständnisvoll und würde jeden Mann erschießen, den er bei ihr antreffen würde. O Gott! Was sollte sie jetzt nur denken? Spielte er etwa irgendein geheimes Spiel mit ihr? Und, was noch schlimmer war – war das etwa die gleiche Weise, in der Gavin Dameron ihre Mutter verführt hatte, bevor er sie verließ? Jedenfalls würde es mit Victorines Tochter nicht ganz so einfach sein.

Bridget war so erregt, daß sie schon fast übellaunig schmollte. »Aber Madam! Sie sollten heute abend nicht ausgehen! Sie haben sich noch nicht richtig ausgeruht und morgen ist doch der Ball. Und was soll ich sagen, wenn Lord Embry vorbeikommt und nach Ihnen fragt?«

Alexa wirbelte in ihrem bronzefarbenen Seidenkleid mit goldenen Spitzen herum und lächelte strahlend. »Falls Lord Embry genügend Zeit finden sollte, um mich zu besuchen, dann sag ihm, ich sei auf den Sloane Square zu Lady Fentons Party gegangen.«

Kaum hatte sie den Satz beendet, hörte sie auch schon Mr. Bowles mit bewußt ausdrucksloser Stimme sagen: »Lord Deering ist bereits hier und wartet auf sie, Mylady.«

»Geben Sie es zu! Sie haben ganz einfach vergessen, daß Sie damit einverstanden waren, von mir auf die Party der Fentons begleitet zu werden.«

»Nun, also gut. Ich habe es vergessen. Aber ich war froh, daß Sie daran gedacht haben, weil ich es gehaßt hätte, ganz allein unter so viele Leute zu gehen.« Alexa wandte den Kopf, um ihren Begleiter anzulächeln, und fügte hinzu: »Ich bin doch sehr erleichtert, daß Sie mich auf meinem ersten Besuch in die Cremorne Gardens begleiten, auch wenn es dort nicht halb so lasterhaft zugehen wird, wie es immer heißt!« Lord Charles bemerkte nicht ihre leichte Anspannung, als er sie etwas fester am Ellbogen faßte.

»Wie können Sie nur Lasterhaftes erkennen, da Sie selbst so unschuldig sind? So unschuldig und so offen – die ersten

Eigenschaften überhaupt, die ich bei Ihnen bemerkte und bewunderte, als wir uns kennenlernten. Ich erinnere mich noch, mit Ihnen getanzt zu haben und geritten zu sein und an die vielen Gespräche, vor allem diejenigen auf französisch. Und wenn Sie nur wüßten, wie sehr ich seitdem gelitten habe, wie alles hätte werden können, wenn ich damals nicht betäubt worden wäre! Lady Travers – Alexa…«

»Nicholas erzählte mir, daß Ihre Intentionen durchaus nicht ehrenhaft gewesen waren und Sie nichts anderes wollten, als eine Jungfrau, bis Sie ihr überdrüssig wären und Sie sich die nächste geholt hätten«, sagte Alexa arglos, wobei sie erleichtert bemerkte, daß Lord Charles, der sie am liebsten umarmt hätte, seine Hände fallen ließ und sie gekränkt und entrüstet ansah.

»Hat er Ihnen das wirklich gesagt? Nach allem, was er mir über Sie berichtet hat, seine Unterstellungen…«

»Dann hat er Ihnen also gesagt, daß er an Ihrer Stelle gekommen ist? Er hat mir aber meine Unschuld gelassen. Oder hat er sich etwa die Mühe gemacht, auch das zu erwähnen?« Alexas Stimme klang plötzlich zerbrechlich. »Im Grunde stört es mich überhaupt nicht, was er sagt oder auf listige Weise unterschlägt«, fügte sie betont unbekümmert hinzu und wandte sich wieder geradeaus, als sie spürte, daß Lord Charles sie wieder am Arm hielt.

»Wenn Sie die Gefühle aufrichtig empfinden, die Sie eben zum Ausdruck gebracht haben, dann sagen Sie mir doch bitte, um Himmels willen, warum Sie einverstanden waren, ihn zu heiraten? Wie hat er Sie nur dazu bringen können? Ich hatte mir geschworen, daß ich schweigen würde, weil meine Gründe mißverstanden werden könnten, aber jetzt kann ich mich um Ihretwillen nicht länger zurückhalten. Seien Sie vorsichtig. Seien Sie immer auf Ihrer Hut. Leider gibt es Menschen, denen Geld alles bedeutet – vor allem, wenn sie mit hohen Einsätzen spielen.«

Alexa starrte ihm ins Gesicht und sagte langsam, fast ungläubig: »Wollen Sie mir etwa sagen, daß Embry Geld braucht? Ich hatte wirklich gedacht…«

»Meine Großmutter gibt ihm eine ganz hübsche Summe,

solange er ihr schmeichelt und tut, was sie ihm befiehlt. Darüber kann er verfügen, bis das, was in Kalifornien geschehen ist, vergessen ist und er wieder sicher dorthin zurückkehren kann. Aber das wird wohl noch einige Jahre dauern.«

»Wovon reden Sie eigentlich? Etwas sehr Schlimmes?«

»Es war…«

Lord Charles zögerte und fand nur schwer die richtigen Worte, so daß Alexa sich schon ungeduldig wunderte, warum er plötzlich so steif und zurückhaltend war, bis sie eine Stimme hinter sich sagen hörte: »Es war das schlimmste Verbrechen überhaupt, nicht wahr, Charles? Mord. Ja, ich wurde angeklagt, meine Frau umgebracht zu haben.«

36. Kapitel

Adelina, die verwitwete Marquise von Newbury, war es gewohnt, abends lange aufzubleiben, was jeder in der Familie wußte. Als daher ihr Enkel Deering von einem schläfrig aussehenden Butler weit nach elf Uhr noch gemeldet wurde, winkte sie nur ungeduldig mit der Hand und sagte, der Viscount solle gleich in ihr Zimmer geführt werden. Hatte Charles also endlich genug Mut gesammelt, um ihr etwas zu berichten, was ihr ohnehin bekannt war? Sie hatte nur zugestimmt, ihn zu sehen, wenn er etwas erfahren haben sollte, das sie noch nicht wußte. Ob dies der Fall sei, würde sie ohnehin rasch herausbekommen.

»Natürlich, mein lieber Charles, warst du nicht erfolgreich. Ach, um Himmels willen, setz dich doch hin! Da – auf den Diwan. Und jetzt erzähle mir alles in allen Einzelheiten, ohne etwas auszulassen.«

Während des ganzen sprunghaften Berichts und selbst noch eine Zeitlang, nachdem Charles aufgehört hatte zu sprechen, beobachtete ihn seine Großmutter in der gleichen enervierenden Art, an die er sich nur allzugut aus seiner Kindheit erinnerte. Es war ihm schon immer so vorgekommen, als würde ihm dabei die Seele seziert, wie er es nannte, und obwohl er sich immer verachtete, weil er sich vor ihr fürchtete und sie im Grunde auch haßte, konnte er sich doch nicht von dem Bedürfnis lösen, sich ihre Zustimmung zu wünschen und ihre Ablehnung zu fürchten.

»Aber was hätte ich denn tun können? Ausgerechnet Embry! Vielleicht habe ich einfach zuviel für selbstverständlich angenommen, aber, Belle-Mère, du sagtest doch...«

»Ach ja, ich weiß genau, was ich gesagt habe, Charles. Daß ich ihm einige Dinge erzählen würde, die seine Meinung über diese lächerliche ›Verlobung‹ mit unserer reichen Witwe ändern dürfte.«

Charles setzte sich etwas aufrechter, um mit nur mühsam zurückgehaltener Wut zu sagen: »Ihre Kutsche wurde vor einigen Stunden vom Embry zurückgeschickt, wie ich erfuhr. Aber sie ist mit ihm weitergefahren! Wenn ich mir vorstelle, bei Gott, daß...«

Auf eine übertrieben geduldige Art, die allerdings auch Ungeduld ausdrücken konnte, hob die Witwe ihre Augenbrauen und erwiderte: »Mein lieber Junge. Selbst wenn Embry kühn genug ist, um sie zu nehmen, und sie keine Jungfrau mehr ist... Um Gottes willen – bist du denn so romantisch, daß du dir eine Ehe nicht auch als eine Sache der Vernunft oder der Zweckmäßigkeit vorstellen kannst? Wenn du durch eine Ehe erst einmal reich geworden bist, warum sollst du es dir dann nicht erlauben können, jede Woche oder meinetwegen jede Nacht mit einer Jungfrau zu schlafen? Und von wieviel Frauen weißt du schon, daß sie so reich sind wie Lady Travers? Du mußt dir klarmachen, daß du dir mit genug Geld alles kaufen und leisten kannst, wonach dir der Sinn steht, einschließlich der Macht. Besteht dein einziges Ziel denn darin, den Schein zu wahren, den du dem guten Willen deiner Gläubiger verdankst? Also gute Nacht, Charles, vielleicht macht Embry...«

Lord Charles sprang von seinem Sitz hoch und sagte mit unterdrückter Stimme: »Ich glaube, ich verstehe jetzt alles etwas besser!«

»Das möchte ich dir wirklich um deinetwillen wünschen,

Charles, vor allem, nachdem deine Mutter mir unter Tränen gesagt hat, daß dein Vater weder bereit ist, für deine Spielschulden noch für andere Auslagen geradezustehen!«

Um ihn loszuwerden, sagte sie jetzt: »Also noch einmal gute Nacht, Charles, ich habe gerade gemerkt, wie spät es schon ist. Wir werden uns doch wohl morgen abend sehen, oder?«

»Morgen?« fragte er an der Tür, wobei seine Leidenschaft sie in Erstaunen versetzte.

»Wenn du so die Sache gut durchziehen kannst, dann sollte es doch wohl vor dem Abendessen geschehen, nur für den Fall, daß Embry beschließen sollte, sich ihr Vermögen zu sichern, bevor du es tust.«

Als sie die Schnur zog, um ihr Dienstmädchen herbeizuholen, erlaubte sich die Witwe ein kaltes, heimliches Lächeln, während sie sich träge fragte, was wohl Nicholas' echte Gründe gewesen sein mochten, die junge Frau in ein so bekanntes Bordell mitzunehmen, und wie rücksichtslos und kühl er wohl mit ihr umgehen könne. Aber morgen würde sie auch auf diese Frage die richtige Antwort wissen, und das dürfte ein weiterer Grund dafür sein, Newbury davon zu informieren, sie müsse ihn noch vor Mittag wegen einer dringenden Angelegenheit sprechen.

Mit einem Gefühl der Zufriedenheit fiel es Adelina leicht, an diesem Abend ohne die üblichen Tropfen ihres Schlafmittels einzuschlafen. Ihr letzter Gedanke war rachsüchtig. Dieses dumme, arrogante Weib! Wie leid würde es ihr noch tun, sich eingebildet zu haben, sie könne es mit ihr, der Marquise, aufnehmen…

»Sie heiraten? Mein lieber Nicholas, du fühlst dich doch sicher nicht von diesem riesigen, aber vulgären Vermögen angezogen, oder? Wenn du Geld brauchst…«

»Ich bin überzeugt, daß du über meine finanzielle Situation gut unterrichtet bist, Belle-Mère«, hatte er ihr kurz geantwortet und sich darauf vorbereitet, sich so höflich und so rasch wie möglich von ihr zu verabschieden. In diesem Augenblick hatte ihn die Marquise von Newbury aber überrascht, indem sie auf ihn zukam, um ihm die Hand mit einer dringlichen Geste auf den Arm zu legen.

Sie seufzte kurz, fast resigniert auf und sagte dann leise: »Also gut. Ich wollte nicht zu viele Familienskelette auf einmal aus dem Schrank lassen. Aber in diesem Fall... Setz dich wenigstens hin, wenn ich spreche. Bitte, es ist sowieso schon schlimm genug.«

Da er wußte, wie subtil ihre Schlauheit sein konnte, hatte er skeptisch auf ihre Rede gewartet, und obwohl er seit langem gelernt hatte, sein Gesicht so unter Kontrolle zu halten, daß es keinerlei Reaktion zeigte, hatten ihn die präzis berichteten Fakten, wie sie es nannte, nicht ungerührt gelassen. Sie hatte ihm eine Erklärung für alles versprochen und sich nicht einmal selbst geschont, indem sie sogar zugab, sie habe nach dem Schlaganfall ihres um so vieles älteren Ehemanns Liebhaber genommen. Und einer von ihnen sei Sir John Travers gewesen.

»Er war jung und sympathisch. Übrigens ein Freund von Gavin. Ich spürte oft seine Augen auf mir, die mir überallhin folgten. Er betete mich an, sagte er. Und war dumm genug, nach Indien zu gehen, um dort ein Vermögen zu machen – für mich, wie er sagte, der dumme Kerl. Und als er dann mit seinem Vermögen zurückkam, hatte er seine Männlichkeit verloren und immer noch geglaubt, ich würde diesem Dante eine Beatrice sein. Eine reine, fleckenlose Liebe, so nannte er es. Ach, ich fürchte, ich habe Worte nie auf die Goldwaage gelegt und war immer sehr direkt. Er zog sich also wieder zurück und haßte mich jetzt so leidenschaftlich, wie er mich vorher offenbar geliebt hatte, und schwor dramatisch, er würde sich rächen, und wenn es aus seinem Grabe heraus geschehe.«

»Wirklich ein armer Dummkopf!« erinnerte sich Nicholas trocken, bevor sie eine herrische Hand hochhielt.

»Ich hatte den Mann schon vergessen, bis auf einmal seine Witwe wie aus dem Nichts auftauchte. Und ich hätte sie auch ignoriert, wenn ich nicht ihre Herkunft kennen würde und wüßte, wer sie ist – und wenn ich nicht so spät erkannt hätte, daß John Travers sein Wort halten würde.«

»Und was ist mit ihrer Herkunft?«

»Du hast doch all ihre Bemerkungen gehört, als sie mir vorgestellt wurde? ›Meine Großmutter, sagen sie, ist eine Hexe‹.« Die Witwe lachte hart auf. »Nur zu wahr, mein lieber Nicholas. Meine Feinde haben mich so genannt. Und es ist auch richtig, daß ich ihre Großmutter bin, allerdings von der falschen Bettseite her. Sie ist das Ergebnis eines der Fehltritte von Newbury, verstehst du? Und ich habe in all diesen Jahren Martin und Victorine Howard Geld für sie geschickt.«

Natürlich gab es noch weitere Enthüllungen. Belle-Mère war gründlich und hatte Lady Travers beschatten lassen, ihre vielen indiskreten Äußerungen waren sorgfältig notiert worden. Begegnungen mit Lord Deering, der seine Vernarrtheit auch noch öffentlich zeigte. Begegnungen mit Madame Olivier. Ein diskretes Zimmer, das für sie in der Burlington Arcade bereitgehalten wurde.

»Wie ich dich kenne, wirst du dich wahrscheinlich von allem selbst überzeugen wollen. Und du wirst sogar noch mehr erfahren, als ich jetzt weiß, da bin ich sicher. Du mußt dir nur um Gottes willen klarwerden, daß du dich absolut lächerlich machst, wenn du mit dieser Verrücktheit nicht aufhörst. Sie will natürlich einen riesigen, häßlichen Skandal machen. Was glaubst du wohl, warum sie Newbury ermutigt, ihr jeden Tag Blumen zu schicken? Er ist doch immerhin ihr Vater, und sie muß es wissen. Mein lieber Nicholas! Selbst wenn du absolut gegen eine Verbindung mit Helen bist, bedenke doch bitte die Konsequenzen dieser anderen! Diese Kreatur hat es darauf abgesehen, dich – oder Charles – oder jeden anderen zu benutzen, der ihr in die Klauen kommt. Männer können solche Narren werden, wenn sie ein hübsches Gesicht und eine hübsche Figur sehen, und du kannst beides haben, und eine Menge Spaß und Lust noch dazu, mit irgendeiner der Dirnen von Madame Olivier!«

Obwohl er es sorgfältig vermied, es sich anmerken zu lassen, war Nicholas selbst über die Intensität der Wut überrascht, die ihn wie eine Explosion überfiel, als ihm klar wurde, wie unaufrichtig und berechnend sie wirklich war – das kleine Biest! Eiskalt war sie! Zweifellos war sie eine geborene

Dirne und verdiente es, so behandelt zu werden. Und was ihre Jungfräulichkeit betraf – wenn sie nicht einen für Dirnen so typischen Kunstgriff verwendet hatte, um ihn hereinzulegen – denn er sollte sich daran erinnern, daß alle Huren einmal Jungfrauen gewesen waren. Es war wirklich mehr als wahrscheinlich, daß sie ihn in jener Nacht ›ausgewählt‹ hatte, weil sie erfahren hatte, daß er der Erbe ihres Vaters sein wird.

37. Kapitel

Die kleinen Büroräume von Mr. Edwin Jarvis in Lincoln's Inn Fields wirkten immer gemütlich und freundlich; es stand auch immer ein Teekessel auf dem Ofen in einer Ecke des Vorzimmers für wartende Klienten, die vielleicht gerne eine Tasse chinesischen Tee mit viel Zucker und frischer Sahne zu sich nahmen und etwas Gebäck. Da es heute kalt und grau draußen war, und ein scharfer Wind blies, flackerte ein kleines Feuer lustig in dem Kamin. Ein junger Gehilfe führte Alexa mit strahlendem Gesicht zu dem komfortablen Sessel, der rechtwinklig zum Kamin stand, damit sie sich daran wärmen konnte.

»Ich sage Mr. Jarvis nur kurz Bescheid, daß Sie hier sind, Lady Travers, obwohl ich fürchte, daß er im Augenblick noch einen anderen Klienten hat. Wenn ich gewußt hätte, daß er sie erwartet, dann hätte ich ihn sicher daran erinnert.«

»Er hat mich nicht erwartet. Ich war gerade in der Nachbarschaft und muß Mr. Jarvis wegen verschiedener geschäftlicher Angelegenheiten dringend sprechen. Wenn er aber stark beschäftigt ist, dann werde ich natürlich…«

»O nein, nein, Lady Tavers, ich bin ganz sicher, daß er Sie sehr gerne sehen wird, sobald er frei ist. Wenn Sie nichts dagegen haben, zu warten? Ich glaube nicht, daß es länger als höchstens fünfzehn Minuten dauern wird. Jedenfalls sage ich Mr. Jarvis jetzt, daß Sie da sind.«

Lady Travers, dachte Mr. Meeks, sieht heute nachmittag nicht so gut aus wie sonst, die arme junge Lady. Ganz eingefallen, mit dunklen Ringen unter den Augen, als hätte sie die ganze Nacht nicht geschlafen, sogar ihre Stimme klang etwas leblos. Er brachte ihr eine Tasse heißen Tee, aber obwohl sie sich zu einem Lächeln zwang und ihm dafür dankte, bemerkte er doch nach einer Weile, daß sie noch nicht einmal davon genippt hatte. Immerzu sah sie in das Feuer, als würde sie etwas darin erkennen.

Sie konnte fast zuviel darin erkennen, ihre Augen starrten wie gebannt auf die zuckenden und flackernden Flammen, während ihr Gedächtnis sie immer weiter in die Vergangenheit führte. Bilder – Stimmen – Worte. Eine Reihe kaleidoskopartiger Szenen, die ständig wechselten und ineinander übergingen, immer wieder wechselnd, auch ihre Gefühle wechselten und ihre Gedanken, bis sie nicht mehr wußte, was sie denken oder tun sollte, noch was sie überhaupt wollte. Warum mußte sie sich jetzt daran erinnern, es gestern abend laut gesprochen zu haben? Alexas blasse Wangen wurden unwillkürlich rot. »Ich möchte dich – und ich weiß, daß du mich genauso möchtest...«, hatte sie gesagt, und dann hatte sie es auch noch ganz schamlos ihm und auch sich selbst bewiesen. Aber war es denn nur deshalb gewesen, weil sie die Dirne so gut und so bereitwillig gespielt hatte, daß er sie immer und immer wieder wollte? »Du müßtest so eine Hafenhure sein und deine Kunden in den Korridoren und hinter Warenballen bedienen und jeden von ihnen so schnell wie möglich zufriedenstellen, damit du schon den nächsten haben kannst.« Mit häßlicher Stimme hatte er ihr diese Worte an den Kopf geworfen, aber im nächsten Augenblick sie an den Haaren gepackt und mit Küssen bestraft, um sie dann wieder hinüber aufs Bett zu tragen.

Wenigstens ihr war es so vorgekommen, als sei ein Teil der Barriere zwischen ihnen danach zusammengefallen, und daß auf einmal kein Bedürfnis mehr bestanden hatte, harte und haßerfüllte Worte auszutauschen, um sich zu verteidigen und den Gegner zu bestrafen. Wenigstens *mir*, dachte Alexa von neuem, und der Gedanke erschien ihr so bitter wie Galle. Vielleicht hatte er auch nur verschiedene Taktiken verwendet, um sie gefügig zu machen, damit sie ihm alles anvertraue, was sie wußte. Aber wie sollte sie das wissen? Wie konnte sie denn überhaupt anfangen, auf eine klare und objektive Weise zu denken, wenn sie nicht einmal gelernt hatte, ungewollte Gedanken und Bilder aus ihrem Geist zu vertreiben?

Waren es etwa schmeichlerische Lügen gewesen, als er ihr zugeflüstert hatte: »Ich glaube, ich begehre dich mehr, als ich je eine andere Frau bisher begehrt habe?« Und sie hatte, ganz dumm, geantwortet: »Sogar mehr, als du deine Frau begehrt hast?« Und hätte sich im nächsten Augenblick am liebsten die Zunge abgebissen.

»Ich habe meine Frau nie als Frau begehrt. Wenn ich sie nahm, dann aus Wollust, und das auch nur, weil man sich, wenn man betrunken ist, leichter vorstellen kann, so etwas mit jemand zu tun. Habe ich dir das nicht in Rom erzählt, bei meiner Lebensgeschichte? Habe ich sonst noch etwas vergessen?«

»Es tut mir leid. Ich hatte kein Recht, das zu fragen. Du klingst immer so bitter, wenn du von ihr sprichst. Als ob du... als ob du sie hassen würdest, auch wenn du dir selbst die Schuld für alles gibst.«

»Ja, ich glaube, das war der Grund, warum ich sie haßte. Weil sie mich schuldig gemacht hat, daß sie von den Indianern vergewaltigt wurde, wegen allem, worauf die arme Kleine keinen Einfluß hatte. Vor allem aber – verstehst du das, verdammt noch mal? – am meisten deshalb, daß sie nicht schon viel früher gestorben ist. Daß sie lang genug überlebt hat – Gott weiß warum – bis ich derjenige sein mußte, der sie schließlich umbrachte.«

Trotz der Wärme des Feuers spürte Alexa, wie ein Schauder sie noch jetzt überlief. Das Gesicht, das Alexa im Geiste vor sich sah, war so klar, daß es ihr bekannter zu sein schien als das Gesicht irgendeines anderen Menschen: der Farbton seiner Augen, das harte Profil seines Kinns und seine strengen und unnachgiebigen Lippen, wenn er grollte. Es war das härteste und manchmal auch das grausamste Gesicht, das sie je gesehen hatte. Dieser Mann hatte zugegeben, ein Mörder zu sein, auch wenn sie versucht hatte, ihn davon abzuhalten, ihr mehr zu erzählen. Er aber hatte sie nur noch enger an sich gezogen, die Arme trotz ihres Widerstands noch fester um sie geschlossen und weitergesprochen. »Nicholas, bitte nicht. Du mußt doch nicht...«

»Ich muß nicht, aber ich will! Habe ich dir schon gesagt, wie viele Jahre das her ist? Manchmal kann ich mich selbst nicht daran erinnern! Aber nach dem ersten Jahr und all der Suche und den Fragen war sie für mich eigentlich schon tot, die Arme – und auch für alle anderen. Ihre Familie ließ für ihren Seelenfrieden Messen lesen und fügte ihren Namen denen hinzu, die schon auf dem Grabstein des Familiengrabes standen. Und nachdem sie damit amtlich zur Ruhe gekommen war, hat man sie eben vergessen – eigentlich ganz bequem, vor allem für mich –, bis ein unglücklicher Zufall eintrat. Wir haben ja Verwandte in Mexiko, und es war eine Belohnung für jede Nachricht ausgesetzt worden. Nur hat niemand mehr damit gerechnet, nach so vielen Jahren noch etwas zu hören. Als ich sie sah, fühlte ich mich erleichtert, allerdings auch wütend, weil ich meine Pläne verschieben mußte, auf Wildgansjagd zu gehen. Die Frau, die ich da auf einer schmutzigen Strohmatte liegen sah, war erbarmungsvoll abgemagert und hatte dünne graue Haare, die nach Art der Komantschen kurz abgeschnitten waren, und sie war im Begriff zu sterben. Sie hatten ihr nicht einmal Kleider gelassen – wer immer sie zuletzt besessen hatte. Nur ein schmutziger Lumpen lag auf ihr... Dann sagte sie – meinen Namen. Die meisten ihrer Zähne hatte sie verloren, aber sie lebte noch und war immer noch meine Frau, und hier waren wir auf einmal inmitten des Nichts wieder miteinander vereinigt. Sie lag da in der Hütte eines alten Mannes auf den Bergen, und ich hatte drei Tage gebraucht, um von dem nächstgelegenen Drecksnest zu ihr zu gelangen. Ich konnte ihr wegen des Gestanks nicht zu nahe kommen, und ich glaube, ich hätte es auch nicht ertragen, sie zu berühren. Ich sah sie an und hörte, was sie mir durch diese eingesunkene Mundhöhle zu sagen versuchte, und ich wünschte, sie wäre tot. Ich wollte weder ihre Geschichte noch ihr Todesstöhnen hören, als die Schmerzen ihrer Krankheit stärker wurden. Sie war trotz aller Mißhandlungen bisher am Leben geblieben, weil sie Angst hatte, sich selbst umzubringen. Und nachdem alles, was ihr zugestoßen war, auf mich zurückfiel, war es eben ihre letzte Rache, mich darum zu bitten, es für sie zu tun. Vielleicht hätte ich sie lieber alleine sterben lassen sollen, denn gestorben wäre sie ohnehin. Ich hätte nur dem alten Mann, in dessen Hütte sie lag, etwas Geld zu geben brauchen. Dann hätte er es auch getan. Aber statt dessen gab ich ihr genug Whisky, um sie einzuschläfern, und dann habe ich ihr in die Schläfe geschossen.«

Wie konnte er nur so leidenschaftslos reden, dachte Alexa jetzt, obwohl damals alles Gefühl in ihr abgestorben war. Und während sie noch nach Worten suchte, die sie nicht finden konnte, hatte er neckend zu ihr gesagt: »Süße, zarte Alexa! Hattest du dir etwa eine ganz dramatische, ganz andere Story vorgestellt, angefüllt mit Leidenschaft, Eifersucht und Wut? Bist du jetzt enttäuscht?« Und dann hatte er sie zu streicheln begonnen, ihr Liebesworte ins Ohr geflüstert und sie dann wieder geliebt, als habe diese schreckliche Geschichte, die er ihr gerade erzählt hatte, überhaupt keine Bedeutung für ihn. Vielleicht war das auch so, vielleicht bestand der einzige Grund, es ihr zu erzählen, darin, sich reinzuwaschen, nachdem Lord Charles das Gerücht in Umlauf gebracht hatte, Embry habe seine Frau ermordet. In Wirklichkeit mochte es vielleicht ganz anders gewesen sein, jedenfalls mußte sie ganz festhalten, daß Nicholas Dameron, wie er selbst zugegeben hatte, mehrere unglückliche Männer in Duellen getötet hatte, in die er verwickelt gewesen war, in Louisiana und anderen Orten in Amerika. Er war absolut egoistisch, wenn es um ihn ging, und völlig gedankenlos gegenüber anderen. Warum sonst hatte er sie die ganze Nacht in einem bekannten Etablissement festgehalten, ohne sich im mindesten um ihren Ruf zu kümmern? Schlimmer noch, er hatte es zugelassen, daß sie vertrauensvoll in seinen Armen einschlief, und sobald er das bemerkt hatte, war er gegangen.

Er hatte sie nur benutzen wollen, und dies auch sehr klug getan, wie ihr Tante Solange schneidend erzählt hatte.

»Du stehst jetzt besser auf, mein Kleines, als hier auf dem Rücken zu liegen, mit offenen Beinen für den Fall, daß er noch mal zurückkommt, was er aber heute nicht tun wird, das kann ich dir flüstern! Aber es gibt schon andere, die nach dir gefragt haben, für den Fall, daß du noch nicht genug hast! Aha! Er hat dir also noch genügend Kraft gelassen, damit du aufstehen kannst? Und ein hübsches Spielzeug hat er dir ja auch noch dagelassen, zur Erinnerung an die letzte Nacht – oder zur Bezahlung? Jedenfalls ist er recht großzügig. Ich habe ja gehört, daß er für deine Jungfernschaft ohne mit der Wimper zu zucken einen saftigen Preis bezahlt hat.« Bis dahin hatte Alexa ganz die goldene Kette vergessen, die ihre Hüften umfing, dünn, mit flachen Gliedern, die ineinander zu fließen schienen. Ihr nächtlicher Lohn im voraus, hatte er ihr gesagt, als er die Kette verschloß. Dabei war es ihr ganz so vorgekommen, als sei dies ein Teil des Spiels, das sie miteinander trieben. Aber unter den zynischen Augen ihrer Tante sah sich Alexa jetzt selbst in einem Spiegel, es sah aus wie ein heidnisches Sklavensymbol, eine Erinnerung daran, daß jetzt ein Mann sie besaß, der ihr die Kette angelegt hatte. Instinktiv hatten ihre Finger nach dem Schloß gesucht, und Solange hatte schroff herausgelacht: »Das wirst du nur wieder los, wenn du es dir von einem Goldschmied durchsägen läßt. Ich habe solche Dinger schon mal gesehen mit ihren verflixten Schlössern. Man bekommt sie einfach nicht mehr auf. Es muß ihn ganz schön amüsiert haben.« Und dann, während sich ihre Augen verengten, als wolle sie in die Seele ihrer Nichte schauen, hatte Solange gesagt: »Ich möchte doch hoffen, daß du nach dieser Dummheit nicht auch noch deinen ganzen Verstand verloren hast! Es ist ja nichts dabei, für einen Mann mal die Dirne zu spielen, wenn es dir auch Spaß macht und du entsprechend verschwiegen sein kannst. Aber daß du dir erlaubst, nicht von deinem Kopf geleitet zu werden, sondern von dem, was du zwischen den Beinen hast – das ist eine unverzeihliche Dummheit! Wie muß sich nur diese alte Hexe, deine Großmutter, darüber freuen, daß du schließlich so leicht ins Netz gegangen bist. Lord Embry bringt dich ganz öffentlich hierher und benutzt dich für eine Nacht, und heute morgen, meine Liebe, hat er Lord Deering und sogar Newbury erzählt, daß du hier bist, und man dich offensichtlich haben kann, und daß er auch ihnen seine neueste Dirne zur Verfügung stellen würde!«

»Lady Travers?«

»Oh!« Alexa hatte gar nicht bemerkt, daß sie ihre Hände an die Ohren gehalten hatte, bis sie hörte, daß ihr Name wieder und wieder gerufen wurde. Der arme Meeks starrte sie so seltsam an, wobei sein Adamsapfel herausstand, während er unsicher schluckte und stotterte: »Oh, entschuldigen Sie bitte, ich bin sicher, Lady Travers, daß ich Sie nicht...«

»Ah! Liebe Lady Alexa, bitte entschuldigen Sie, daß ich Sie habe warten lassen! Einigen meiner Klienten muß man die Dinge wirklich dreimal erklären! Ich bin froh, daß Sie nicht zu denen gehören, sonst wäre ich jetzt schon im Ruhestand und würde meine Frau zur Raserei treiben. Treten Sie doch bitte ein!«

Auch in seinem Arbeitszimmer brannte ein warmes Feuer, und gemütliche Ledersessel mit dicken weichen Kissen luden zum Sitzen und Ausruhen ein. Mit einem verschwörerischen Blick bot Mr. Jarvis ihr ein kleines Glas Sherry an, wobei er sie gleichzeitig ermunterte, ganz zwanglos zu sein. »Wir haben uns nämlich schon gewundert, wo Sie stecken. Ich habe selbst einige Dinge, die ich mit Ihnen besprechen möchte, nur sagte mir Margery immer wieder, ich solle Sie erst auf die Füße kommen lassen und Ihnen genug Zeit geben, um sich zu amüsieren. Das haben Sie doch bis jetzt getan, hoffe ich?«

Dem scharfen Blick seiner klugen Augen, die sie über den goldgeränderten Zwicker hinweg beobachteten, war einfach nicht auszuweichen, so daß Alexa begann, krampfhaft nach Worten zu suchen. Um ihr einen Teil dieser Last abzunehmen, sagte Mr. Jarvis jetzt in sanfterem und ernsthafterem Ton: »Lady Alexa, wenn ich irgend etwas in meinem Leben gelernt habe, dann ist es dies, was mich bedrückt herauszulassen, einfach auszuspucken, wenn ich mich so ausdrükken darf. Und es gibt doch etwas, oder nicht? Und das ist es doch, weswegen sie hergekommen sind?«

Nachdem sie erst einmal angefangen hatte zu sprechen, fand Alexa es leichter, ihren etwas sprunghaften Bericht fortzusetzen. Jetzt mußte sie mit jemandem sprechen, etwas tun, sonst würde sie wahnsinnig! Und Mr. Jarvis tat nichts anderes, als hin und wieder mit dem Kopf zu nicken, um sie zu ermutigen, weiterzureden, und ihr Sherry nachgoß, wenn ihre Kehle trocken zu werden drohte.

In seiner Haltung oder seiner Stimme klang keine Verurteilung mit, als er schließlich zu sprechen begann. Gott sei Dank behielt er die Objektivität bei, die sie so dringend brauchte. Weder übertrieb er die Schwäche, die sie gezeigt hatte, und die Risiken, die sie eingegangen war, noch spielte er beides herunter. Seine Ruhe ließ auch sie wieder ruhig werden und ihre Sicherheit zurückgewinnen.

»Also, wir sind uns sicher darin einig, daß Wehklagen uns jetzt nicht weiterbringt. Wir sollten uns also überlegen, was die schlimmsten Folgen sein könnten, und wie wir sie verhindern können.«

Zum ersten Mal sah er sie jetzt wirklich ernsthaft an. »Sie sollten inzwischen gelernt haben, daß es das Allerschlimmste ist, in Panik zu geraten und anderen zu zeigen, daß Sie Angst haben. Sie haben doch wilde Tiere im Dschungel gejagt, oder nicht? Wissen Sie, was passiert, wenn ein Jäger den Kopf verliert, weil sein Wild ihn jetzt selbst jagt? Aha, natürlich wissen Sie das! Wenn es etwas gibt, dem Sie ins Gesicht sehen müssen, dann gebe ich Ihnen den Rat, dies sofort zu tun, solange sie noch von Ihnen erwarten, daß Sie weglaufen. Seien Sie diejenige, die zuerst angreift, aber erinnern Sie sich immer daran, daß Ihnen noch eine Verteidigung offenbleiben muß!«

Mr. Jarvis lehnte sich in seinem Stuhl zurück, lächelte Alexa amüsiert an und schüttelte leicht den Kopf. »Es geht schon wieder mit mir durch, nicht wahr? Kein Wunder, daß Margery mir sagt, ich hätte General werden sollen.«

»Aber wie kann ich denn nur allen ins Gesicht sehen? Das heißt, wenn er – wenn ich nur wüßte! War denn alles, was er sagte und tat, ein Teil eines sorgfältig berechneten Plans? Um Gottes willen, warum hat er mir denn nur seinen eigenen Siegelring gegeben und darauf bestanden, daß wir heiraten müßten? Schließlich war das doch...«

»Ah, aber vielleicht doch, oder? Um Sie ruhig und bei Laune zu halten, bis ein endgültiger Plan zur Verfügung steht! Im allgemeinen glaube ich nicht an Spekulationen, ich beschäftige mich lieber mit Tatsachen. Zum Beispiel, daß in der morgigen *Times* die Verlobung von Lady Helen Dameron mit Viscount Embry angekündigt werden soll. Und das ist eine Tatsache, meine Liebe, denn der Herausgeber ist ein Freund von mir. Tut mir leid.«

In der Pause, die darauf folgte, während die Worte noch in Alexas Kopf nachklangen, hörte sie auch im Geiste ihre Tante wieder. »Du darfst dir nur einen einzigen Fehler erlauben, meine Liebe, und auch das nur, wenn du verdammtes Glück hast. Und wenn du daraus nicht lernst, dann verdienst du, was du bekommst. Mein Fehler war Newbury, und danach hat nur noch mein denkender Teil die Führung für mich übernommen.«

Schließlich hob Alexa den Kopf und sah geradeaus über den Tisch. »Leid? Weil Sie mir die Wahrheit gesagt haben? Auf diese Weise paßt doch alles zusammen, nicht wahr? Aber was soll ich jetzt tun? Wenn Charles und Newbury bereits wissen...?«

»Vergessen Sie nicht, daß sie die Trumpfkarten selbst in der Hand halten. Vergessen Sie es nie, und lassen Sie es auch die anderen nie vergessen. Und denken Sie daran, daß die Marquise auf deren Seite sitzt und alles in der Hand hat. Also, wollen Sie hören, was ich vorschlage? Nur Vorschläge, natürlich, denn die Entscheidungen müssen Sie in allen Fällen selber treffen.«

Diesmal wenigstens hatte sie einige Entscheidungen getroffen. Diesmal... Gott wußte, wie oft sie sich das gesagt und es sich erlaubt hatte, schwach gemacht zu werden. Aber niemals, niemals wieder. Sie hatte ihren einen Fehler gemacht. Während die Kutsche durch die Straßen fuhr, fragte sich Alexa, wer ihr wohl folgte, und wie die Verfolger aussahen. Jetzt jedenfalls war sie vorbereitet, und Mr. Jarvis sorgte dafür, daß sie jederzeit von Männern beobachtet würde, die er kannte und denen er vertraute, da sie bereits für ihn gearbeitet hatten. Nicht nur das, sondern er hatte ihr auch eine kleine, hübsch gravierte Pistole gegeben, die leicht in ein Handtäschchen paßte und zwei Schüsse abfeuern konnte. Morgen, dachte sie, würde sie eine oder zwei größere und wirksamere tödliche Pistolen kaufen, um sie neben sich in der Kutsche und zu Hause zu haben. Und sie wußte auch, was sie noch tun mußte, um eine Wiederholung dessen zu verhindern, was vorgefallen war.

Als Mr. Jarvis' Kutsche, die er ihr freundlicherweise geliehen hatte, vor ihrem eigenen Haus angelangt war, schob Alexa mit kalter Entschlossenheit ihr Kinn vor und nahm einen verschlossenen Gesichtsausdruck an, um den Dienstboten, die sie begrüßen würden, entsprechend zu begegnen. Ihre Haltung einer herablassenden Selbstsicherheit wurde noch erheblich dadurch gestärkt, daß Solange sich schließlich dazu herbeigelassen hatte, ihr einen Mantel und einen Hut zu geben, der der Tageszeit mehr entsprach als das feine Abendkleid, mit dem sie gestern abend ausgegangen war.

»Lady Travers! Wir wußten nicht... Vor allem als Lord Deering so spät kam, um nach Ihnen zu sehen...«

»Ach, mein Lieber! Haben Sie denn nicht meine Nachricht bekommen? Wie unangenehm! Ist Bridget oben? Gut. Ich brauche mein Bad und dann etwas Ruhe, bevor ich mich für den Ball heute abend anziehe. Gab es irgendwelche Besucher heute vormittag?«

Die Stimme von Mr. Bowles klang eindeutig mißbilligend, als er nach einem Räuspern sagte: »Lord Deering kam zweimal, Mylady, und ließ einen Brief zurück, der oben liegt. Auch der Marquis von Newbury hat eine Nachricht hinterlassen. Lord Embry ließ anfragen, ob Sie schon zurück seien.«

»So, wirklich?« Am Fuß der Treppe angelangt, drehte sich

Alexa um und sagte mit kalter, schneidender Stimme: »Sorgen Sie bitte dafür, Mr. Bowles, sämtliche Dienstboten anzuweisen, daß ich in Zukunft für Lord Embry nicht zu Hause bin. Sollten irgendwelche Nachrichten oder Karten von ihm kommen, sind sie zurückzuweisen!«

38. Kapitel

»Sie sehen bezaubernd aus!« sagte Lord Deering begeistert, als Alexa die breite Treppe herunterkam. Nicht einmal sie selbst, nachdem sie sich vor wenigen Augenblicken noch kritisch im Spiegel gemustert hatte, sah noch Anzeichen für den mangelnden Schlaf der letzten Nacht oder der sorgfältig aufgelegten Schönheitsmittel, denen sie ihr jetziges Aussehen verdankte. Gerade genug Farbe auf ihren Lippen und Wangen, um natürlich zu wirken, während die dunklen Ringe unter ihren Augen verschwunden waren und ihre Augen selbst unnatürlich groß und glänzend wirkten. »Wunderschön!« wiederholte Lord Charles sanft, als sie bewußt kokett auf der letzten Treppenstufe stehenblieb, um sich von ihm bewundern zu lassen. Die feinste schwarze Spitze war mit Samt auf Silber- und Goldbrokat abgesetzt – ein voller, bauschiger Rock breitete sich unterhalb eines engen Mieders aus. Ihre Schultern waren bloß, der tiefe Ausschnitt ihres Kleides war mit schwarzer und silberner Spitze besetzt. Und sie trug Diamanten, an ihrem Hals, an jedem Handgelenk und in einem wunderschönen Krönchen, das auf ihrem bronzegoldenen Haar saß. Ach ja, sie sah wirklich gut aus heute, und außerdem sehr reich.

»Wie nett von Ihnen, mich heute abend zu begleiten«, sagte Alexa mit leiser und bewußt vieldeutiger Stimme, als sie ihm einen Augenblick ins Gesicht sah, um gleich darauf ihren Blick hinter langen Augenwimpern zu verstecken. »Ich kann Ihnen gar nicht sagen, wie dankbar ich Ihnen für Ihren wunderbar verständnisvollen Brief war, ohne den… oh, jetzt merke ich erst, daß ich gar keine Worte dafür finde, wie glücklich ich bin, einen so beständigen Freund und Bundesgenossen zu haben.«

»O Alexa – Lady Travers...« Charles nahm ihre beiden Hände spontan in die seinen und hielt sie fest, während er mit derselben tiefen, schwingenden Stimme fortfuhr: »Sicher wissen Sie – Sie müssen es inzwischen wissen – was ich wirklich für Sie fühle? Was ich immer für Sie gefühlt habe? Ich kann nur hoffen...« Und dann, mit einem halb entschuldigenden, halb sich selbst anklagenden Lachen ließ er ihre Hände los, um traurig den Kopf zu schütteln. »Sie haben es erreicht, daß ich meine Umgebung ganz vergesse, fürchte ich. Sogar Ihren ernst dreinschauenden Butler und mindestens drei Diener, die dort hinter uns in der Halle stehen. Was soll ich sagen?«

Natürlich wußte sie inzwischen, was er sagen wollte, und das bedeutete, daß ihr erster Schritt nach vorn erfolgreich gewesen war oder dies in Kürze sein würde. Der nächste würde Newbury sein, den sie sich immer noch nicht als ihren Vater vorstellen konnte, und dann... ach ja, natürlich. Belle-Mère. Aber diesmal mußte es auf andere Weise erfolgen. Auf eine offenere, aber auch mißtrauischere Art. Zunächst ging es aber um Charles, und glücklicherweise war er mehr als eifrig, um ihr bei ihrem Plan zu helfen, als er jetzt bedenklich auf seine Uhr schaute. »Oh! Ich glaube, ich war so ungeduldig, herzukommen, daß ich ganz vergessen habe, auf die Uhr zu sehen. Es ist ja erst halb neun, und der Empfang hat noch gar nicht begonnen, aber wenn Sie nichts dagegen haben, dann wäre ich glücklich, wenn Sie meine Familie besuchen würden, in dem kleinen Wohnzimmer oben. Ich würde mich sehr darüber freuen!«

Alexa zögerte mit dem Hinweis, es sei weder schicklich noch üblich, und lud ihn ein, mit ihr ein Glas Sherry in ihrer Bibliothek zu trinken, wo er dann auch einige ihrer letzten Errungenschaften ansehen könne. Und ganz wie sie es erwartet hatte, kaum hatte Bowles ihnen den Sherry serviert und war wieder gegangen, bat Lord Deering sie, ihn zu heiraten.

»Ich... Lord Deering... Charles...« Während sie den Kopf

neigte und so tat, als stottere sie, mußte Alexa zynisch daran denken, wie leicht es doch war. »Ich bin ganz überwältigt, müssen Sie wissen. Aber wie kann ich nur Ihr galantes Angebot annehmen, nachdem... jetzt? Wenn nichts geschehen wäre – wenn... Aber ich kann nicht zulassen, Ihr Leben und Ihre Position in der Gesellschaft zugrunde zu richten.«

»Mein Leben? Meine Stellung? Alexa! Ach, großer Gott!« Lord Charles war aufgesprungen und ging jetzt sehr erregt im Zimmer auf und ab, bis er wieder vor ihr stand und sie bat, ihn anzusehen und ihm zu sagen, welche Antwort sie ihm gegeben hätte, wenn er ihr dieselbe Frage gestern gestellt hätte, als sie in Cremorne waren.

»Ich glaube, ich hätte zumindest zugestimmt, mir die Sache zu überlegen. Aber – Sie wissen doch, was passiert ist. Und ich weiß, daß es Ihr Onkel weiß und – vielleicht noch viele andere? Was geschehen ist, war gemein und niederträchtig. Sehen Sie nur, wie er mich behandelt hat!«

Als sie ihre mit Diamanten besetzten Armreifen nacheinander abnahm, sah er die blutunterlaufenen Stellen an ihren Handgelenken, und sie hörte, wie er vor Schreck die Luft einsog. »Mein Gott! Aber Alexa...!«

Sie sah zu Boden und flüsterte: »Die gleichen Verletzungen habe ich auch an meinen Knöcheln. Sie sehen also, daß es mir einfach unmöglich ist, Ihr Angebot anzunehmen. Bitte, Charles, fragen Sie mich nicht wieder, lassen Sie mich versuchen, alles zu vergessen! Ich zwinge mich selbst, heute abend auszugehen, nur weil es noch schlimmer wäre, wenn ich jetzt nicht jedem ins Gesicht sehen würde. Wenn ich mich verstecken würde, dann würde jeder denken, ich sei schuldig.«

»Wenn ich gewußt hätte, was für ein Mann er ist, würde ich... Vielleicht fordere ich ihn wirklich heraus, diesen unerhörten Erpresser! Daß er es gewagt hat, eine Lady so zu behandeln! Daß er... Ach, mein armes liebes Mädchen, wie müssen Sie gelitten haben! Er... er hat Ihnen doch die Unschuld genommen, nicht wahr? Ach, ich weiß doch, daß Ihre Ehe mit Ihrem ›Onkel‹ John nur dem Namen nach eine Ehe war! Was bedeutet das schon im Vergleich zu...«

»Charles, Sie müssen mir versprechen, nicht etwas so Dummes zu tun und ihn herauszufordern. Der Skandal wäre nur noch schlimmer, ganz abgesehen davon, daß er mir gegenüber erwähnt hat, wie viele Männer er schon in Duellen getötet hat, als er noch in New Orleans lebte! Also bitte. Wenn Ihnen irgend etwas zustoßen sollte...«

»Dann müssen Sie mir sagen, daß Sie mich heiraten werden, um mich zu schützen! Meinen Sie etwa, es gäbe noch etwas anderes als Sie für mich? Ich möchte Sie beschützen!«

»Was gibt's?« rief die alte Marquise gereizt, als ihre Tochter Lavinia fast gewaltsam in ihr privates Wohnzimmer eindrang. »Um was geht es jetzt, um Gottes willen? Ist es diesmal eine Tragödie oder eine Komödie?«

»Mama, es geht um Charles! Er hat noch nichts verlauten lassen, jedenfalls nicht seiner eigenen Mutter gegenüber. Aber er hat sich soeben verlobt, sagt er, und zwar mit einer Witwe. Und er sagt, daß du sein Vorhaben kennst und ihm zustimmst!«

»Lavvy«, sagte die Witwe verächtlich, »du warst schon immer ein dummes Kind. Natürlich stimme ich dem zu. Die Frau ist reich und noch jung. Und vergiß nicht, daß Charles Geld braucht, Lavvy. Der Junge hat eben einen extravaganten Geschmack. Also, ist das alles?«

»Ich – also, du könntest vielleicht lachen, Mama, aber eine Mutter weiß eigentlich immer, wenn irgend etwas nicht stimmt. Diese ganzen geheimen Absprachen zwischen Charles und dieser Frau, und ausgerechnet mit Newbury. Ich sollte doch immerhin das Recht haben zu wissen, was mit meinem eigenen Sohn geschieht, nicht wahr? Und Embry läuft mit einem so häßlichen Ausdruck auf seinem Gesicht herum, daß ich einfach Angst habe, ihm zu begegnen. Außerdem ignoriert er die arme Helen, und ich fürchte, daß es immer offensichtlicher wird. Mama...«

Als die Tür nach einem nur knappen Anklopfen plötzlich aufsprang, seufzte die Witwe diesmal nur. »Mein lieber Nicholas! Es ist ganz offensichtlich, daß du deine Manieren nirgends auf diesem Kontinent gelernt hast!« Und dann, indem sie ihrer Tochter ungeduldig zuwinkte, sagte sie: »Also gut, Lavvy, ich werde hinuntergehen, um mich selber darum zu kümmern, nachdem Iris offenbar die Sache alleine nicht schafft – nachdem Embry und ich alles besprochen haben, komme ich.«

Mit geradezu löblicher Geduld wartete Nicholas, bis sich die Tür geschlossen hatte, um dann zähneknirschend zu sagen: »Noch mehr von deinem machiavellistischen Planen und Verschwörungen, Belle-Mère? Und wie kommt es eigentlich, daß ich auf einmal mit einer sehr jungen Dame verlobt bin, um deren Hand ich noch nicht einmal angehalten habe! Bei Gott...!«

»Ich wäre froh, wenn du aufhören würdest, dich derart aufzuführen, Nicholas, setz dich! Und wenn du Erklärungen brauchst...«

»Ja, wirklich! Ich warte dringend darauf, sie zu hören!«

Indem sie ihn übertrieben geduldig ansah, faltete die Witwe die Hände im Schoß und sagte: »Da ich jetzt unten erwartet werde, um alle möglichen Arten von Krisen beizulegen, muß ich mich kurz fassen. Du mußt nämlich wissen, lieber Junge, daß die Ankündigung nur zu deinem eigenen Vorteil so plötzlich erfolgte.« Sie fing seinen wütenden, ungläubigen Blick auf, schüttelte warnend ihren Kopf und fuhr fort: »Also warte bitte und höre mir zu, bevor du anfängst, hier zu protestieren. Um dir die Wahrheit zu sagen, ich habe erst sehr spät gestern abend erfahren, daß der arme Deering und diese Lady Travers sich heimlich verlobt haben, das aber erst ankündigen wollen, wenn ihre Trauer vorbei ist.« Sie sah ihn streng an. »Du hast dich gestern abend abscheulich benommen, das weißt du. Und was meine arme Helen betrifft, so hast du dich immerhin in aller Öffentlichkeit mit ihr gezeigt. Wenn du also so dumm und gewissenlos bist, deinen Freunden zu erzählen, daß du vorhast, Lady Travers zu heiraten, kurz bevor sie ankündigt, mit Lord Charles verlobt zu sein... Du wirst doch zweifellos verstehen, wie das aufgefaßt wird. Und Helen – du meine Güte, nicht einmal du kannst doch so grausam sein, um sie derart zu verletzen, oder irre ich mich? Und nicht nur Helen, sondern auch den ganzen Rest der Familie. Mach wenigstens um ihretwillen noch einen oder zwei Monate weiter – wenigstens bis die Saison zu Ende ist. Und dann kann sie ja vorgeben, das Verlöbnis gebrochen zu haben – verstehst du mich jetzt?«

»Nein, ich fürchte nicht, Belle-Mère.« Er hatte ihr die ganze Zeit mit verschlossenem Gesicht zugehört und stand jetzt abrupt auf, mit einer einzigen Bewegung, um mit einer gefährlich klingenden Stimme leise zu sagen: »Ich habe dich schon einmal gewarnt, daß ich mich nicht manipulieren lasse – weder von dir, noch von sonst irgend jemandem. Und obwohl ich um Helens willen vielleicht zustimmen könnte, die anderen im Glauben zu lassen, wir seien verlobt, werde ich Helen doch die Wahrheit sagen, damit es in Zukunft keine Mißverständnisse geben kann. Ich hoffe, ich habe mich deutlich gemacht! Und was Alexa und Charles betrifft, du weißt ja, daß er hinter dem Geld her ist, nicht wahr? Ist das noch eine von deinen klug arrangierten Partien, Belle-Mère? Hat etwa jemand, dem du vertraust, ihr erzählt, daß meine Verlobung mit Helen heute abend bekanntgemacht werden sollte?«

Die alte Witwe lachte hell heraus, es klang wie eine silberne Glocke. »Ach, mein lieber Nicholas! Wenn ich es nicht besser wüßte, dann könnte ich mir wirklich vorstellen, du wärst verliebt! Sehr amüsant!«

Er hatte schon die Tür geöffnet, bevor er sich noch einmal nach ihr umdrehte und leise sagte: »Ich glaube nicht, daß du mich überhaupt kennst, Belle-Mère.«

Die Tür schloß sich mit festem Klang und Adelinas Augenbraue zuckte noch ein paarmal hoch, während sie ihm nachstarrte. Dann aber zog sie ungeduldig an der Klingelschnur. Jetzt kam das Wichtigste zuerst! Der Ball und seine kleineren Krisen mußten noch ein paar Minuten warten, bis sie mit Newbury gesprochen hatte – vielleicht auch mit Charles, falls er noch etwas Ermutigung brauchte.

Es war zum Vorteil der Witwe, obwohl sie noch nichts davon ahnte, daß Charles und Alexa gemeinsam die Treppe hinaufkamen, als Nicholas dieselbe hinuntereilte, mit dem finstersten Gesicht und äußerst wütend. Er wäre fast mit ihnen zusammengeprallt, blieb aber noch eine Stufe über ihnen stehen und sah sie böse an, vor allem Alexa und dann ihre Hand, die fest in der von Charles lag. Es war ihnen unmöglich, an ihm vorbeizugehen, während er ihnen absichtlich den Weg vertrat, und das wußte er natürlich, dachte Charles wütend, während sein Gesicht rot wurde.

»Was für ein Zufall! Wie schnell doch die Lady sich verlobt und wieder entlobt. Ich habe es soeben erfahren, oder ist es noch nicht offiziell?«

»Embry, wenn Sie vorhaben, hier eine Szene zu machen…«

Nicholas sagte mit schleppender Stimme: »Eine Szene? Aber warum in aller Welt sollte ich eine Szene machen, und weswegen? Ich muß aber zugeben, wir sind alle so eng miteinander befreundet, daß ich verletzt bin, daß ihr beiden mich nicht in euer Vertrauen gezogen habt. Oder geschah das alles ganz plötzlich?«

»Wenn du nichts dagegen hast, dann gehen Alexa und ich jetzt hinauf, um meine Großmutter zu besuchen«, sagte Charles steif.

»Alexa hat bis jetzt noch nichts bestätigt oder geleugnet, oder? Es ist auch gar nicht ihre Art, so schweigsam und duldend dazustehen. Du brauchst dich nicht schuldig zu fühlen, süße Alexa, daß du deine Meinung geändert hast, obwohl du es mir wenigstens gestern abend hättest sagen können.«

»Also wirklich…!« begann Charles, als Alexa, während sie sich krampfhaft an seiner Hand festhielt, trotzig zu ihrem Peiniger hinaufsah.

»Hör auf! Hör auf mit dieser… dieser heuchlerischen Farce, und zwar sofort! Geh zurück zu deiner Verlobten und laß mich allein.«

Er ignorierte Charles und packte einfach ihre Hand, die sich am Treppengeländer festhielt. »Alexa, verdammt noch mal, ich will, daß du mir die Wahrheit sagst. Hast du beschlossen, Charles zu heiraten? Einfach so? Warum denn, um Himmels willen?«

Ihre Stimme war nahe daran umzuschlagen und klang fast

hysterisch, während sie versuchte, ihr schmerzendes Handgelenk zu befreien.

»Ich... ich liebe Charles, verstehst du mich? Ich habe ihn immer geliebt, und ich werde ihn heiraten. Genügt dir das? Ja? Und wirst du mich jetzt endlich in Ruhe lassen? Ich wünschte, ich hätte dich nie wiedergesehen. Ich... Laß mich endlich los!«

»Reicht dir diese Antwort, du Lump?« sagte Charles wütend. »Mein Gott, wenn ich eine Pistole bei mir hätte...«

»Du hast keine, Deering. Ich aber habe zufällig ein Messer bei mir«, sagte Nicholas mit einer gefährlich freundlichen Stimme. »Und was meine Antwort betrifft – da will ich wenigstens nicht wie ein schlechter Verlierer erscheinen, sondern hoffe hoch, der zukünftigen Braut wenigstens zum Glückwunsch einen Kuß geben zu dürfen. Denn zur Hochzeit werde ich doch wohl offensichtlich nicht eingeladen werden!«

Er hatte sie überrumpelt – dieser verdammte Kerl! – und hatte ihr Handgelenk ebenso schnell losgelassen, wie er plötzlich ihr Kinn angefaßt und gehoben hatte. Und dann hatte er sie nur eine oder zwei Sekunden lang geküßt, gerade lang genug, um ihr mitzuteilen, woran sie sich nicht erst zu erinnern brauchte, vor allem, nachdem seine goldene Kette ihr noch um die Hüften hing. Auch er hatte es gewußt, obwohl sich in seinem Gesicht kein einziger Muskel bewegte, während in der Tiefe seiner grünen Augen etwas aufblitzte. Immerhin wußte er, wie schwach er sie machen konnte, und sie haßte ihn deswegen und wegen seines spöttischen Abschiedsgrußes, bevor er an ihnen vorbeiging. »Auf Wiedersehen, kleine Lügnerin!«

Wie konnte er es nur wagen!

»Alexa, meine Liebste, niemals hätte ich es zugelassen, dich einer solchen Grobheit auszuliefern, wenn ich gewußt hätte... Aber du zitterst ja, mein Liebstes! Macht er dir wirklich solche Angst?«

»Er – natürlich bringt es mich auf, ihn zu sehen! Wieso auch nicht? Du hast doch gesehen, wie er mich behandelt hat.«

»Gibt's Ärger? Oder streitet ihr euch etwa als Verliebte?« Der Marquis von Newbury stand am Fuß der Treppe und sah sie mit seinem üblichen reservierten Blick an, so daß Alexa es nicht vermeiden konnte, daß ihr das Blut in die Wangen stieg, als sie kurz überlegte, wieviel er wohl gesehen oder gehört haben mochte.

Während sie noch nach Worten suchte, sagte Lord Deering wütend: »Es ist unerträglich! Du solltest einfach gesehen und gehört haben, wie unverschämt er sich gerade jetzt wieder mit seinen Anspielungen und Unterstellungen und seiner völligen Gewissenlosigkeit benommen hat. Nicht nur, daß er absolut respektlos gesprochen hat, sondern er ging sogar so weit, meine Verlobte mit Gewalt am Handgelenk zu fassen, als sie versuchte, ihm zu entkommen – und das auch noch in meiner Gegenwart, stell dir das vor! – und ihr noch dazu einen sogenannten Gratulationskuß aufzuzwingen.«

»Ich fürchte, Embry wird unsere gesellschaftlichen Regeln entweder ignorieren oder sich absichtlich darüber hinwegsetzen«, sagte der Marquis etwas abwesend. Dann aber, um das Thema zu wechseln, fuhr er fort: »Warum gehen wir nicht alle hinauf ins Zimmer meiner Mutter? Ich bin sicher, daß sie am besten wissen wird, wie wir mit dieser Frage umzugehen haben.« Er sah Alexa einen Augenblick lang an, um dann ziemlich schroff zu sagen: »Und dabei werden wir dann auch über Sie zu sprechen haben, Lady Travers.«

»Ihr seid also zur Abwechslung einmal alle schlau geworden«, sagte die Witwe abrupt, sobald sie miteinander allein waren. Sie hatte darauf bestanden, daß die Männer sie für ein offenes Gespräch unter Frauen alleine lassen sollten und sie mit einem bedeutsamen Blick entlassen, um sich dann Alexa mit einem seltsamen Lächeln auf den Lippen zuzuwenden.

Erwartete man etwa von ihr, sie würde sich durch Grobheit verblüffen lassen? Alexa lächelte mißbilligend zurück und schüttelte leicht ihren Kopf, um dann zu sagen: »Oh, aber keinesfalls auch nur annähernd so schlau, wie Sie es sind, Madame, obwohl ich immerhin versuche, von Ihnen zu lernen. Sollen wir wirklich offen zueinander sein?«

»Ein Verzicht auf die üblichen Höflichkeitsfloskeln erspart einem meist eine Menge Zeit, habe ich herausgefunden. Ich bin also auf jeden Fall für Offenheit! Einen Titel? Der arme Charles scheint ja ziemlich in Sie verknallt zu sein, und immerhin hat er einen. Geld kann es nicht sein, davon haben Sie ja genug. Und wenn Sie glauben, durch irgendwelche Enthüllungen etwas gewinnen zu können, dann müssen Sie sich darüber klarwerden, daß diese sich nur zu Ihrem Nachteil auswirken können. Und auch zu dem Ihrer unglücklichen Mutter und dem Mann, der freundlich genug war, ihrem Bastard seinen Namen zu geben. Im übrigen habe ich gemerkt, daß Sie Ihre lächerliche Geschichte nicht einmal meinem Sohn Newbury gegenüber erwähnt haben!«

»Sollte ich das denn?« fragte Alexa sanft. »Vielleicht kann sich aber er in irgendeiner Weise an eine Hochzeit erinnern, die vor etwa zwanzig Jahren stattfand? Und, Madame, halten Sie mich doch nicht für so dumm, Dinge anzudeuten, für die ich keine Beweise habe. Tatsächlich habe ich heute abend Faksimiles einer Heiratsurkunde und einer Geburtsurkunde dabei, die von den Originalen abgeschrieben und als solche bescheinigt wurden. Und die Originaldokumente sind sicher verwahrt und werden ausschließlich mir ausgehändigt, natürlich nur, sofern mir nicht etwas zustoßen sollte, in welchem Falle sie veröffentlicht werden. Und zwar sehr öffentlich, einschließlich aller damit verbundenen Umstände, die ja, wie Sie wissen, nicht gerade – appetitlich oder moralisch waren. Im übrigen dürften Sie ja bereits gemerkt haben, daß ich keine arme kleine französische Emigrantin bin, die man leicht einschüchtern kann. Ich habe vielmehr den Eindruck, daß ich Ihnen viel ähnlicher bin als meiner Mutter oder sogar meinem Vater. Vielleicht kommt das daher, weil ich langsam anfange, mehr so zu denken wie Sie.«

»Nun also, wenn Sie schon so weit gekommen sind, dann machen Sie nur so weiter! Was erhoffen Sie sich eigentlich von alldem, ohne selbst dabei zugrunde zu gehen?«

»Macht«, sagte Alexa offen und bemerkte, daß Adelinas Augen plötzlich zuckten. »Das war es doch, was Sie haben wollten und sich angeeignet haben. Macht über das Leben eines jeden, der Sie umgibt. Die ungekrönte Königin. Aber auch eine Königin ist sterblich und wird alt, bis es unvermeidlich dazu kommt: ›Die Königin ist tot, es lebe die Königin!‹ Wem wollten Sie denn Ihr Königreich überlassen? Etwa einer dieser Personen, die Sie immer so leicht geführt und manipuliert haben?«

Adelina lachte kurz auf. »Sie sind ja ganz schön kühn! Mein Königreich! Soll das etwa eine Schmeichelei sein? Und wenn ich schon eins hätte – meinen Sie wirklich, Sie sollten meine Erbin werden? Zeigen Sie mir doch zuerst mal diese Faksimiles, von denen Sie gesprochen haben.«

Selbst nachdem die Urkunden sorgfältig gelesen und ihr zurückgegeben wurden, wartete Alexa noch, bis die Witwe mit einem nichtssagenden Achselzucken sagte: »Und Sie haben also beschlossen, Charles zu heiraten? Setzen Sie Ihr Ziel da nicht ein bißchen niedrig an, wenn Sie so hohe Ambitionen für die Zukunft haben? Bei einem solchen Vermögen wie dem Ihren...«

»Über Mitgiftjäger brauche ich mich nicht zu beklagen. Und einige haben noch größere und ältere Titel. Aber vielleicht...«, Alexa unterbrach sich rasch, um dann fortzufahren, »will ich gar nicht einem anderen die Macht über das geben, was mir schon gehört, wie mein Vermögen und mich selbst. Ich bin mit Charles verlobt, und ich mag ihn sehr gern, aber ich habe nicht vor, überstürzt zu heiraten.«

»Charles dürfte viel leichter zu handhaben sein als andere Männer, zum Beispiel Embry, der immer seinen eigenen Kopf durchsetzen muß.«

»Ich fand unser Gespräch interessant und durchaus lehrreich, Großmutter, aber ich glaube, ich sollte nicht so unhöflich sein, und Sie noch länger in Anspruch nehmen.« Sie glaubte, es gut gemacht zu haben.

»Rücksichtsvoll. Aber nachdem Sie schon einmal hier sind, könnten Sie auch noch warten und mich nach unten begleiten, das wird besser für Sie sein, nachdem man ohnehin schon so viel klatscht. Auch besser für Charles, denn wenn die anderen merken, daß ich Sie offenbar akzeptiert habe, dann wird das die Gerüchte zum Schweigen bringen. Ich nehme doch an, daß Sie in einigen Tagen aufs Land fahren, wie alle anderen auch?«

Die kluge Belle-Mère, dachte Alexa, während sie mit der stattlichen Adelina am Arm die Treppe hinunterging. Immer das Thema wechseln, wenn es unangenehm wird. Aber dafür war sie wenigstens einmal umgänglich. Als sie unten ankamen, bemerkte Alexa, wie Nicholas mit Helen am Arm den Ballsaal verließ und fragte sich, warum sie plötzlich so wütend wurde, vor allem, nachdem alles so gut abgelaufen war.

39. Kapitel

Als er eine eisige Helen nach draußen mitnahm, um mit ihr den Sternenhimmel zu bewundern, hatte Nicholas sich nicht vorgestellt, es würde einfach sein, ganz offen zu ihr zu reden. Auch hatte er nicht angenommen, sie würde rasch auftauen und ebenso rasch zum Kochen kommen, anstatt erleichtert zu sein, als er sie davon unterrichtete, sie solle so schnell wie möglich die Auflösung ihrer Verlobung ins Auge fassen, wenn sie alle erst einmal auf dem Lande seien.

»Nein! Ich will mir nicht einmal den Gedanken erlauben, daß du mich sitzengelassen hast! Du mußt dir doch im klaren darüber sein, daß du mich schon allein dadurch kompromittiert hast. Schließlich bist du älter als ich und viel erfahrener.« Helen hatte schon begonnen, echte Tränen zu weinen, als sie schluchzend fortfuhr: »Wie diese… diese Lady Travers, die genauso erfahren sein muß wie du, nehme ich an, und du kannst von Glück sagen, daß wenigstens ich genügend Selbstdisziplin aufbringe, um – um nicht auch solche Erfahrungen zu sammeln. Bin ich denn je eifersüchtig gewesen, habe ich dir je Fragen gestellt? Ich habe dir keinen Anlaß und keinen Grund dafür gegeben, um mich so öffentlich einfach sitzenzulassen! Das kannst du nicht, du kannst es nicht – du kannst es einfach nicht!«

»Bleib doch um Himmels willen ruhig! Hör doch auf, dich wie ein verzogenes Kind aufzuführen, Helen. Du mußt doch zugeben, daß ich dir nie Versprechungen gemacht noch dich angelogen habe, und verlang das auch nicht von mir, nur damit ich dich nicht kränke. Jedenfalls würdest du viel besser mit einem fügsameren Ehemann auskommen, als ich es bin. Ich bin doch sicher, daß du praktisch jeden Mann dazu bringen kannst, dir einen Antrag zu machen, wenn du deine ganze Schönheit auf ihn wirken läßt.«

Schließlich blieb er viel länger mit Helen draußen, als er vorgehabt hatte, weil sie nicht mit einer roten Nase hatte zurückkehren wollen, und als sie endlich hineingingen, war Alexa schon entkommen.

Entkommen, hatte er gedacht. Verdammt, wovor eigentlich? Etwa der gleichen sexuellen Spannung, die sie beide zu überkommen schien, wenn sie beieinander waren? Seines Wissens dürfte sie wohl dasselbe Gefühl gegenüber jedem Mann haben, mit dem sie zufällig zusammen war. Seinetwegen konnte es ruhig Charles sein, weil sie ja doch beide solche Heuchler waren und einander nur verdienten.

»Du wirst doch wenigstens noch mit mir tanzen, oder nicht? Sonst denken sie alle bestimmt das schlimmste, das weiß ich.« Helen benahm sich jetzt auf einmal ganz kindlich, und schließlich tanzte Nicholas mindestens dreimal mit ihr, bis er Anweisung gab, seine Kutsche vorfahren zu lassen. Dann fuhr er zu dem Etablissement von Madame Olivier. Er suchte sich ihre zwei hübschesten jungen Damen aus und hielt sie die ganze Nacht über zu seinem und ihrem Vergnügen in seinen Apartments fest. Er hatte beschlossen, morgen auszugehen und eine dieser verschwiegenen Villen in St. John's Woods zu kaufen, wo er sich eine ständige Mätresse halten konnte und ungestörter wäre als in seinen jetzigen Apartments. Zum Teufel, mit dieser Alexa! Sie war ein schlaues kleines Biest, die jeden Vorteil sofort ausnützte, der sich ihr bot.

Nicholas sah sie noch zweimal, wie sie zusammen mit Lord Deering, ihrem Verlobten, auf der Rotten Row ausritt, wobei dieser nicht von ihrer Seite wich; und dann erfuhr er, daß sie die Stadt früher als gewöhnlich verlassen hatte, um aufs Land zu fahren, und daß Lord Charles sie begleitet habe. Vielleicht hätte er sie noch einmal in ihrem Haus aufsuchen sollen und sie sich einfach nehmen, ohne große Rücksicht, aber so war es vielleicht auch ganz gut. Und inzwischen wurde London neblig und ziemlich kalt, und er hatte begonnen, nicht nur an die gute Landluft zu denken, sondern sich an Kalifornien zu erinnern und an die warme Sonne, die reifenden Trauben und den Geruch von Rindern und Pferden und trocknenden Häuten, von Heu und dem Meer, alles in einen warmen Windhauch vermischt, und sich dabei verdrießlich zu fragen, was er hier überhaupt tat mit einem Titel, der ihm im Grunde nichts bedeutete, und ein leeres Leben führte, das er eigentlich immer verachtet hatte.

Nachdem er sich immer bemüht hatte, sich nicht an den Reit- und Jagdpartien zu beteiligen, zu denen er eingeladen wurde, fiel es ihm leicht, eigene Pläne zu schmieden, um für einen oder zwei Monate aufs Land zu gehen und danach wärmere Breiten aufzusuchen.

War es ein Zufall, daß er kurz darauf mit Newbury zusammentraf?

»Die Saison ist wieder einmal zu Ende«, sagte dieser. »Haben Sie immer noch vor, morgen aufs Land zu fahren?«

»Ja«, erwiderte Nicholas kurz angebunden. »London fängt an, mich zu langweilen, und ich brauche einfach frische Luft. Ich habe schon meinen Mann mit dem wenigen Gepäck vorausgeschickt, das ich brauchen werde. Und wann wollen Sie abreisen?«

»In ein oder zwei Wochen, vielleicht. Ich muß hier in der Stadt noch Geschäfte erledigen. Meine Familie wird wohl in ein oder zwei Tagen nach Merfield fahren. Deering ist natürlich schon weg.«

»Wirklich? Zusammen mit Lady Travers? Ich habe zwar davon gehört, aber ich meine irgendwie, ihn gestern abend noch gesehen zu haben.«

»Mag sein. Vielleicht hat er beschlossen, aus irgendeinem Grund zurückzukommen. Vielleicht treffen wir ihn noch im Club, oder – ach, da ist ja endlich die Kutsche.«

»Tut mir leid, Lord Embry. Sie sehen ja, der ganze Nebel, und überall sind Menschen auf den Straßen, die nicht einmal beleuchtet sind.«

Der Nebel hing wie eine dünne gelbliche Wolke über der Stadt, verwischte und dämpfte alles und schien sich wie Rauchfahnen um die Laternenpfosten zu winden, so daß selbst die Gaslampen flimmerten und flackerten. »Verdammter Mist, dieser Nebel!« sagte Newbury kurz, während sie sich unter den Reisedecken ausstreckten, die ihnen der Kutscher gereicht hatte.

»Dadurch wird alles noch viel kälter und die Entfernungen werden immer noch länger. Ach ja. Danke, Evans! Ein guter Schluck ist genau das, was wir in einer solchen Nacht wie heute brauchen. Nicholas?«

Als Evans ein silbernes Tablett hochhielt, auf dem zwei Becher standen, deren dampfender Inhalt nach Gewürzen und Rum duftete, nahm Newbury eine der Damastservietten in die Hand, die griffbereit auf dem Tablett zusammengefaltet waren, gab Nicholas einen Becher und nahm sich dann seinen eigenen. »Das ist ein Rezept, das ich aus Jamaica bekommen habe. Ausgezeichnete Kaffeemischung, übrigens. Evans sorgt dafür, daß wir es so heiß wie möglich bekommen, guter Kerl!«

Der Marquis war heute abend gesprächiger und umgänglicher, als Nicholas ihn je zuvor erlebt hatte, und er fragte sich nach dem Grund. Hatte er etwa vor, die Sache mit Helen wieder ins Gespräch zu bringen? Oder wollte er früher oder später ein anderes Thema anschneiden? Während er eher vorsichtig an seinem Getränk nippte, fand Nicholas es ziemlich bitter und vielleicht etwas zu süß, obwohl die duftenden Gewürze und der großzügige Anteil Rum dies wieder wettmachten. Jedenfalls war es heiß und stark und wärmte den Magen. »Türkischer Kaffee. Haben Sie ihn je so probiert, wie ihn die Türken trinken? Die meisten Menschen gewöhnen sich nur schwer an den Geschmack. Natürlich ist der Kaffee, den wir hier trinken, nicht ganz so stark und so bitter.«

»Sie waren in der Türkei, Sir?« sagte Nicholas, um irgendein harmloses Gespräch anzufangen.

Newbury schien in Gedanken, dann aber ging er auf die Frage ein.

»Ja, ich war in der Türkei«, es klang genauso ausdruckslos wie immer, während er sich nachlässig zurücklehnte. »Doch das ist natürlich schon sehr lange her, das war noch in den Zwanzigern und nicht gerade unter sehr erfreulichen Umständen. Ich war dort Kriegsgefangener – einer dieser idealistischen jungen Idioten, die dem armen Byron gefolgt waren und sich dann in türkischen Gefängnissen wiederfanden, die dazu dienten, Männern ihre Menschlichkeit zu nehmen und sie zu kriecherischen unterwürfigen Tieren zu machen! Aber schließlich haben Gefängnisse und Strafen wohl nur den Zweck, diejenigen zu züchtigen, die solche Lektionen brauchen. Und... Ich habe hier noch etwas Rum in einer Flasche, um unsere Becher aufzufüllen, wenn wir mit dem Kaffee zu Ende sind.«

Es schien einfach nicht vorstellbar zu sein, daß der kühle, distanzierte Marquis von Newbury jemals jung und idealistisch gewesen sein sollte, schon gar nicht ein Gefangener der Türken. Noch überraschender war, daß er einen so wenig bekannten Umstand in einem beiläufigen Gespräch erwähnte, wenn er nicht mit einem gleichen Vertrauensbeweis seines Gesprächspartners rechnete.

Als der Nebel noch dichter zu werden schien und die Fenster der Kutsche undurchsichtig werden ließ, trank Nicholas seinen Becher fast automatisch aus und folgte dabei Newburys Beispiel, wobei er eine leichte Grimasse bei dem bitteren Nachgeschmack des Restes machte. Der mit Rum vermischte Kaffee wärmte ihn eigentlich zu sehr auf; er schüttelte seinen schweren Mantel ab und wünschte sich, er hätte auf höfliche Weise den Rum ablehnen können, den Newbury jetzt für sie beide einschenkte. Die ruckende Bewegung der Kutsche und die plötzlich erstickende Enge des Abteils verursachten ihm Kopfschmerzen.

Sein Kopf schien sich zu drehen, wann immer er versuchte, ihn zu bewegen. Verdammt, er hatte offenbar viel zuviel getrunken. Dieser verflixte Jamaica-Rum von Newbury. Still daliegen und tief durchatmen, bevor du deine Augen aufmachst – irgend jemand hatte ihm das einmal gesagt, als er noch sehr jung war und gerade angefangen hatte zu trinken. Aber so wie jetzt hatte er sich seit Jahren nicht mehr gefühlt, und der Gedanke, daß ein paar Drinks an einem einzigen Abend ihn schon... Während er hier unbeweglich dalag, immer noch mit geschlossenen Augen, konnte Nicholas das langsame Einsickern von Geräuschen und Gefühlen durch schmale Ritzen seines Bewußtseins spüren. Feuchte Gerüche, wie von einem Fluß. Schimmel und anderer undefinierbarer Gestank. Kälte – das war es. Er war zu sich gekommen, weil er fror und auf etwas Hartem und Unebenem lag, ohne Decke und ohne... Wenn er seine Augen öffnete, wurde es auch nicht viel besser. Schwärze, Dunkelheit, Leere. Vielleicht hielt ihn noch ein schrecklicher Alptraum fest. Jedenfalls schmerzte sein Kopf, also war es klüger, wieder die Augen zu schließen und in den Schlaf zurückzufallen. Wenn er dann schließlich erneut aufwachen würde, würde ihn die Tageshelle und der Duft guten Kaffees umgeben. Trotzdem schien es ihm seltsam, wie schwer sich sein Körper nach unten gezogen fühlte.

»Eure Lordschaft? Sie dürften ganz schön lange geschlafen haben, Sir. Lange genug, um alles ausgeschlafen zu haben, oder? Sie sollten jetzt wirklich langsam aufwachen. Es ist Zeit.«

Zeit? Nicholas öffnete seine Augen in dem matten gelben Licht einer Laterne, die sich vor ihm bewegte und dann mit einem metallischen Geräusch aufgehängt wurde, als zwei Männer, zunächst unförmige Gestalten in dem Lampenlicht, auf ihn zugingen. »Vielleicht wollen Sie sich etwas hier umsehen. Am Anfang hilft es immer zu wissen, wo man ist. Ich bin Brown und das hier ist Partridge, und solange Sie hier sind, sehen Sie entweder einen von uns oder uns beide. Eure Lordschaft brauchen sich auch keine Gedanken wegen der Kleider oder der Brieftasche und so weiter zu machen.

Alles wurde sorgfältig aufbewahrt und eingetragen, und Sie werden alles zurückbekommen, Sir, wenn es für Sie Zeit ist, von hier wegzugehen.«

»Hier?« sagte Nicholas vorsichtig.

Er versuchte aufrecht zu sitzen, und der Mann, der ihn angesprochen hatte – Brown? –, sprang eifrig vor, um ihm zu helfen, wobei er entschuldigend sagte: »Sie werden sich nach ein oder zwei Tagen daran gewöhnt haben, Sir. Sie werden fast immer in der Lage sein, sich bis zu der Wand hier zu bewegen.«

»Er kann sich daran gewöhnen!« sagte der andere Mann fast verständnisvoll. »Manchen gelingt es aber auch nicht. Nicht, wenn sie ein angenehmes Leben gewöhnt sind. In so einer Gefängniszelle eingeschlossen zu sein, fällt jedem schwer, selbst wenn er es nicht leicht gehabt hat.«

Die Zelle war ein kastenförmiger Raum mit drei Backsteinwänden und einer schwer verriegelten Tür, wobei das einzige schwache Licht durch ein kleines Gitter in den düsteren Raum fiel, das ganz oben, unterhalb der Decke angebracht war. Das ›Bett‹ bestand aus einer dünnen Strohmatratze. Ein Eimer hinten in der Ecke und auf dem Boden verstreutes Stroh – mehr gab es nicht. Es fiel ihm schwer, nicht in bitteres Lachen auszubrechen. Er konnte nicht glauben, daß dies die Wirklichkeit war, zu der er erwacht war.

Mit Mühe gelang es Nicholas, seine Füße auf den Boden zu bringen, da sie beide mit einer schweren Kette aneinandergebunden waren. Er hatte schon bemerkt, daß auch seine Handgelenke gefesselt waren, die Kette hierfür war etwa einen halben Meter lang. Am Kopf und Fuß des Zementblocks, der mit der Matratze sein Lager bildete, standen je zwei Eisenrohre, an denen seine Fesseln befestigt waren. Offensichtlich hielt man ihn für einen Schwerverbrecher! Er blickte auf und sah, wie beide Männer ihn mit verständlicher Neugier beobachteten, die mit Vorsicht gemischt war, und fragte sich, was, zum Teufel, er nach ihrer Ansicht wohl anstellen konnte, vor allem unter diesen Umständen, zumal die Kette zwischen seinen Handgelenken an einer Art Flaschenzug an der Decke befestigt war. Mit einem Zug an dem

Seil, von der Zellentür aus, konnte man jede seiner Bewegungen unterbinden. Es war ein unangenehmer Gedanke, den er jetzt lieber von sich schob. Wozu und weswegen war er denn überhaupt verurteilt worden? Und was sollte jetzt eigentlich mit ihm geschehen? Wollte man ihn etwa umbringen? Hatte er geträumt, daß eine hohe Stimme sang: »Er soll hängen, bis er tot ist, tot, tot!«

Brown und Partridge. Es war vielleicht besser, sich auf seine – wie nannte man sie hier in England? Aufseher? – zu konzentrieren. »Darf ich Fragen stellen?« sagte Nicholas schließlich mit sorgfältig kontrollierter Stimme.

»Es gibt welche, die wir nicht beantworten können, Mylord. Aber Sie können ruhig fragen, soviel Sie wollen. Manch einem hilft's, habe ich gehört.« Das war Brown mit seinem Mondgesicht, einer rötlichen Haarlocke und einem dazu passenden Schnurrbart. Partridge war kleiner, hatte braune Haare und eine lange Nase.

»Ist das ein Gefängnis? Und wo?«

»Es ist ein Gefängnis, ganz richtig, Sir. Kann aber kaum mehr drüber sagen, glaub ich.«

»Und wißt ihr etwa zufällig, warum ich hier bin? Und für wie lange?« fügte Nicholas grimmig hinzu, wobei ihm nach und nach Erinnerungsfetzen ins Bewußtsein zurückkamen. »Ich glaube doch, ich kann mich daran erinnern, wie ich hierhergebracht wurde.« Natürlich Newbury und dieser verdammte Kaffee, der noch mit etwas anderem versetzt gewesen sein mußte als nur mit Rum. Aber, um Gottes willen, warum bloß?

»Also, Sir...« Brown kratzte sich die Glatze. »Man hat uns eben nur gesagt, was unsere Pflichten sind, verstehen Sie. Aber ich bring Ihnen ein Stück Papier, das man zurückgelassen hat, Sir. Darin soll wohl etwas darüber stehen, warum und weshalb Sie hier sind, denk ich. Und...« Brown stand etwas verlegen da, bevor er hinzufügte: »Alles übrige, Sir. Sie sollen es wohl jedesmal lesen – vorher, Eure Lordschaft.«

Die Flamme der Laterne schien auf einmal zu tanzen und zu flackern, als sei ein Windstoß in die Zelle gedrungen. Sie hatten ihm Gefängniskleidung gegeben, richtig gestreifte. Vielleicht sollte er seine nächste Frage lieber nicht stellen und darauf warten, was auf ihn zukommen würde. Aber irgendwie mochte er Brown und hatte keine Lust, dieses erwartungsvolle engelhafte Gesicht zu enttäuschen. »Vorher?« sagte Nicholas und wartete, bis Brown aufhörte, sich die Spitzen seiner dicken Stiefel zu betrachten und wieder hochsah, wobei er sorgfältig seinem Blick auswich und sich schließlich räusperte.

»Bevor Sie ausgepeitscht werden, Sir.« Dann fügte er verlegen hinzu: »Tut mir leid, Sir. Ist eine von den Pflichten, die mir eigentlich egal sind, vor allem, wenn es sich um einen Gentleman wie Sie handelt, der so ruhig bleibt und keinen Aufstand macht. Ist aber mein Job, Sie verstehen.«

Er hatte gar nicht gemerkt, daß er die ganze Zeit seinen Atem angehalten hatte, bis er ihn jetzt mit einem scharfen Laut ausstieß. Es war also keine Farce, kein Spiel. Man wollte offenbar Blut sehen. Und was noch? Sollte er um Gnade betteln oder etwas zugeben? Etwas zurücknehmen? Verdammt! »Ich glaube, ich verstehe«, sagte Nicholas ruhig. Dann aber lachte er schroff auf und sagte in Browns überraschtes Gesicht: »Unter diesen Umständen kann ich wohl kaum etwas dagegen tun, oder? Aber stillhalten werde ich bestimmt nicht. Wann soll das also sein? Und wie...«

Nicholas ließ sich wieder zurückfallen und schloß die Augen, auf einmal sah er wieder alles klar vor sich, was geschehen war.

Newbury hatte ihn mitgenommen, er erinnerte sich allerdings nicht mehr genau an die näheren Umstände, zu einer Sitzung der ›Gesellschaft der Richter und Geschworenen‹. Ihr stand ein Gentleman vor, der sich selbst zu einem Oberlord Baron Nicholson gemacht hatte. Er hoffe, hatte ihm der Marquis gesagt, daß Nicholas sich nicht vom äußeren Aussehen des Lokals beirren lassen würde. Das von einem Gaslicht erhellte Schild über dem Eingang wies es als Apfelweinkeller aus, die Cider Cellars in Covent Garden. »Sie haben ein hervorragendes Lager dort drinnen und führen praktisch jeden Wein, den man sich wünschen kann. Wirklich ein sehr interessantes Lokal, das werden Sie bald selbst feststellen, das seinesgleichen sucht, und aus diesem Grund habe ich mir gedacht, würde es Ihnen Spaß machen, einmal hierherzukommen, bevor Sie London verlassen.«

Newbury hatte es offenbar nicht für nötig gehalten, sich ausführlicher darüber zu äußern, aber Selby und Rowell, die beiden Zwillingsschwager von Nicholas, waren nur zu glücklich, dies nachzuholen, vor allem nachdem sie erfahren hatten, daß Viscount Embry noch nie in den Cider Cellars gewesen war.

»Letzte Woche wurde hier über die Scheidung von Lord Truscott verhandelt. Die ganze schmutzige Wäsche, die man ja vor Gericht nicht an die Öffentlichkeit bringen kann, wird hier gewaschen, und zwar auf die offenste und schonungsloseste Weise.«

»Manchmal geht es nur um den neuesten Skandal, und das ist meistens noch viel interessanter als sonst etwas. Abgesehen von Nicholson werden die anderen Richter eigentlich immer von Richtern, oder, in manchen Fällen, auch von Schauspielern gespielt. Und manchmal kommt sogar einer der besten Anwälte, um daran teilzunehmen. Das Schwurgericht besteht natürlich immer nur aus Leuten, die den Beklagten gleichgestellt sind.«

»Du hast vergessen, ihm zu sagen, wie sie ausgewählt werden! Sie überlassen es nämlich immer dem Zufall, wer die Geschworenen und denjenigen, der den Beklagten spielt. Und eine der Bedingungen dafür, dabei sein zu dürfen, ist, daß niemand es ablehnen kann, dazu ausgewählt zu werden.«

»Wenn genügend Zeit bleibt, werden zwei Sachen verhandelt – eine Scheidung und eine Vergewaltigung, zum Beispiel. Oder manchmal auch noch ein Skandal, der überhaupt nicht zu Gericht kommt. Erinnerst du dich an Mrs. Pardoe, die Frau des Obersten? Das hübsche kleine Ding mit so viel Feuer in den Augen?«

»Hört, hört, hört! Jedem hier Anwesenden wird zu kund und wissen getan, daß das Gericht...«

Der ›Gerichtssaal‹ sah eher wie eine Theaterbühne aus,

hinter Vorhängen konnte man zwar die Körperumrisse, aber nicht die Gesichter der Menschen erkennen. Von einer besonderen Stelle aus konnte man sehen, daß eine Tribüne für fünf Richter und die Geschworenen sowie ein Platz für Zeugen und für den Beklagten aufgebaut war. Wegen der Vorhänge konnte aber keiner der Anwesenden den anderen sehen oder erkennen, was dem Ganzen etwas Geheimnisvolles gab.

»Sehen Sie diese numerierten Karten, die man jedem von uns ausgehändigt hat? Gleich wird ein Diener kommen und sie mit Zahlen vergleichen, die man ihm vorgegeben hat, und wenn diese Zahlen mit der Person übereinstimmen, dann muß diese ihre Stellung auf der Bühne einnehmen und heute abend ihre Aufgabe erfüllen.«

»Das klingt ja alles recht sonderbar«, hatte Nicholas gesagt, als er sah, wie die Gesichter der Zwillinge sich erwartungsvoll auf ihn richteten. Verdammt, was blieb ihm sonst zu sagen übrig? Doch nur wieder so ein Spiel für Erwachsene, mit seinen Masken und Scharaden, bei dem jeder nur zu glücklich war, wenn es vorbei war.

Er war jedenfalls erleichtert gewesen, daß ›Barlow gegen Barlow‹ schon nach weniger als einer halben Stunde zu Ende war, und jetzt kam auch schon der Diener zu ihm.

»Zeigen Sie mir doch bitte Ihre Karte mit der Nummer, Sir. Ach ja, Sir – Sie sind einer der Auserwählten. Wollen Sie mir bitte folgen, Sir?«

»Ach, zum Teufel!« fluchte Nicholas halblaut. Zum Geschworenen würde er sich weniger eignen, und für solche Spielchen schon gar nicht. Noch weniger erwartete er allerdings, zu dem Stand des Beklagten geführt zu werden.

Eines war aber sicher – sie nahmen sich ernst, vor allem wenn es sich um Formalitäten handelte! »Beklagter... Sie können sich jetzt in eigener Sache äußern... Schwören Sie feierlich, alle von diesem Gericht an Sie gestellten Fragen zu beantworten und die Wahrheit, nichts als die Wahrheit zu sagen...« Jetzt sollte er auch noch zum Schauspieler werden, um Himmels willen!

»Wir haben heute folgenden Fall zu verhandeln – den Fall

einer dem Gericht erklärten Vergewaltigung verbunden mit Gewaltanwendung – und zwar an einer Lady! Wir wollen sämtliche Beweismittel anhören und sie abwägen, die Klageschrift verlesen und alle Umstände genau prüfen, bevor das Schwurgericht seine Entscheidung fällt und der Richter das Urteil verkünden wird.«

»Ah... hier geht es ja eigentlich um eine Ehrensache, meine Herren. Die Aufgabe unserer Wahrheitsfindung wird darin zu bestehen haben, festzustellen, ob eine Lady eine Dirne ist – oder ob es sich um eine Dirne handelt, die eine Lady spielt.«

»Meine Lordschaften – Gentlemen – sollen wir erst sämtliche Beweismittel anhören, die uns vorgelegt wurden, um die Klage zu erhärten, bevor wir den Beklagten näher befragen?«

»Ja, unter allen Umständen. Wir können auch nicht auf die kleinste Einzelheit bei der Beschreibung der Vorgänge verzichten, die dem gefangenen Beklagten vorgeworfen werden, sie an dieser – dieser Ladydirne, oder war es eine Dirnenlady – vorgenommen zu haben.«

Der Zweck dieses Scharadenspiels und des Stegreifschauspiels war Nicholas zwar inzwischen klargeworden, nicht aber deren reale Bedeutung – jedenfalls noch nicht. Offenbar ging es um die Beschreibung obszöner Details, die die ›Zeugen‹ gesehen haben wollten und die jetzt mit lüsternen Worten beschrieben werden sollten, als handle es sich dabei um echte Beweise. Und eine Zeitlang war es fast unmöglich festzustellen, wer nun eigentlich auf der Anklagebank saß, der Gefangene oder die Lady, an der er sich vergangen haben sollte.

»Es wird gesagt, Euer Ehren, daß sie, die reizende anonyme Lady, sich darin gefällt, ihren nackten Körper der Sonne und den Blicken von Dienern und Gärtnern auszusetzen. Allerdings wird in diesem Zusammenhang nicht etwa von einer Vergewaltigung gesprochen, obwohl dies letzten Endes nahegelegen hätte.«

»Man hörte von einer gewissen Neigung für Bordelle, aber nur in fremden Ländern, jedenfalls soweit uns das bekannt ist; aber auch dafür gibt es keine eindeutigen Beweise.«

»Was wir aber doch haben, ist der Nachweis mit unseren eigenen Augen und unsere eigene Urteilskraft. Die Lady ist immerhin sehr, sehr reich! Sie hat gute Manieren und weiß sich in der Öffentlichkeit tadellos zu verhalten. Sie reitet ausgezeichnet. Sie hat sich immer einwandfrei geführt, sie wurde sogar von einer Anstandsdame begleitet, es gab weder Skandale noch Klatsch, bis...«

Nicholas glaubte, daß er diese Stimme wiedererkannte. Möglicherweise sogar die meisten Stimmen, die er hörte. Es waren vielleicht Politiker und Anwälte – Schauspieler und Maler. Aber was war ihr Ziel, abgesehen von ihrem ganzen wollüstigen Gebaren? Er wäre zweifellos weggegangen, wenn sie nicht völlig abrupt angefangen hätten, ihm Fragen zu stellen.

»Und damit, gefangener Beklagter, werden Sie jetzt aufgefordert, sich wegen der gegen Sie vorgebrachten Klagen zu verteidigen. Insbesondere, daß Sie mit bösem Vorsatz absichtlich versucht haben, eine Lady zu einer Dirne zu machen, indem Sie sie als solche behandelten. Daß Sie dies alles gegen ihren Willen taten und dabei sogar so weit gingen, Gewalt anzuwenden, um sie zu vergewaltigen. Schlimmer noch, die genannte Lady war in der Tat noch eine Jungfrau, bis Sie sie nahmen.«

»Oh, und noch viel mehr!« Nicholas hörte, wie eine seltsam hohe, kichernde Stimme mit der Aufzählung der ›Klagen‹ gegen ihn fortfuhr und jede von ihnen dabei besonders zu genießen schien. »Sie haben sie nicht nur in ihrer eigenen Wohnung ins obere Stockwerk getragen, um sie dort in ihrem eigenen Schlafzimmer zu vergewaltigen – hat sie sich eigentlich sehr dabei gewehrt? –, sondern Sie haben sie auch ganz öffentlich in das Apartment mitgenommen, das Sie in einem bekannten Bordell unterhalten, und mußten sie dort auch noch fesseln, um Ihren Willen zu bekommen. Haben Sie sie die ganze Nacht dabehalten? Haben Sie sie aufgefordert, sich schließlich nicht mehr zu wehren?«

»Ja, sagen Sie uns das! Wie oft haben Sie es mit dieser armen, mißhandelten Lady getrieben? Haben Sie sie selber ausgezogen, oder hat sie es getan? Haben Sie sie etwa auch geknebelt?«

»Wie haben Sie sie genommen, und waren es wirklich nur Sie?«

»Warum haben Sie das getan? Haben Sie sich ermutigt gefühlt, sich diese Freiheiten einfach zu nehmen – sie in der Öffentlichkeit dermaßen herabzusetzen?«

»Geben Sie dem Gefangenen doch Gelegenheit zu sprechen! Er soll alle Ihre Fragen beantworten!«

Zwei Hammerschläge des Vorsitzenden waren zu hören und brachten die Anwesenden zum Schweigen, in das Nicholas hinein fragte: »Steht mir ein Verteidiger zur Verfügung, der mich beraten kann?«

Es folgte Stille, dann hörte er eine flüsternde Stimme: »Ihr Verteidiger sagt Ihnen, daß – nur die Wahrheit Sie retten kann.«

Die Wahrheit? Nicholas hatte sich gefragt, warum, zum Teufel, Newbury ihn heute abend hergebracht hatte? Man hatte ihn gegen seinen Willen dazu gezwungen, an dieser Komödie teilzunehmen, und er wollte verdammt sein, wenn er jetzt brav weiterspielte, nur um ihren Gefühlskitzel zu erhöhen, nur weil er noch vor wenigen Tagen Dinge getan hatte, deren Veröffentlichung einen Skandal hervorrufen würde.

»Danach war sie natürlich Freiwild!«

»Ja, nachdem sie alles mitgemacht hat.«

Die kleine Katze hatte sich das alles doch nur selbst zuzuschreiben, weil sie, scheinheilig, nach Rache für eine Vergewaltigung geschrien hatte. Eigentlich hätte er sie ganz einfach sitzenlassen sollen.

»Gefangener Beklagter! Wie lauten Ihre Antworten? Wir warten.«

»Vielleicht müssen wir noch etwas nachhelfen. Gefangener, war die Lady bereit oder nicht, als Sie sie nahmen? War sie wirklich noch eine Jungfrau? Und in welcher Weise haben Sie ihre Freiheit beschränkt? Waren Sie dazu gezwungen?«

»Ja! Auf alle ihre Fragen. Gibt es noch mehr?«

»Jetzt wird er unverschämt. Er sollte gehängt werden, bis er tot ist, tot, tot!«

»Meine Herren Geschworenen?«

»Schuldig – schuldig – schuldig –«

»Es ist unsere feierliche Pflicht, jetzt unser Urteil zu verkünden, und unser Urteil ergeht nach Maßgabe des abscheulichen Vergehens, das Sie gegen unschuldige Weiblichkeit begangen haben, sowie gegen die Regeln und Gepflogenheiten der Gesellschaft.«

»Einzelheiten, Einzelheiten! Es geht uns darum festzustellen, wie und mit wem und womit, und er hat uns darüber überhaupt noch nichts gesagt.«

»Also, der Kerl verdient es, erschossen zu werden! Zumindest Zwangsarbeit. Man sollte ihm mal die Peitsche spüren lassen, um ihm gute Manieren beizubringen!«

Dann war Nicholas fluchend gegangen. Ja, so war es gewesen, und jetzt war er hier. Es war also offenbar doch kein Spiel. Brown stand immer noch da mit seinem unglücklichen Gesicht und sagte jetzt:

»Also, Sir, jeden Tag, Sir, ich bin wirklich...«

»Gott im Himmel! Und wie lange? Bis ich nachgebe? Oder bis ich tot bin, tot, tot...?«

»So schlimm ist es nun auch wieder nicht, Eure Lordschaft, das verspreche ich Ihnen. Vielleicht das erste Mal, wenn Sie noch nicht daran gewöhnt sind. Aber danach gibt es nicht mehr so viele Hiebe, und ich schlage dann auch nicht so fest zu, an den Tagen, an denen niemand kontrolliert. Sie sind doch wohl kein Spielverderber, Eure Lordschaft, das Ganze ist ja wirklich schlimm, aber...«

»Herrgott!« Er mußte sich zusammennehmen, um nicht bitter herauszulachen, obwohl ihm das alles fast komisch vorkam. Diese Gerichtsverhandlung und die Sühne seiner Sünden. Würden sie ihm danach etwa die Absolution erteilen und ihn wieder aufnehmen, wenn er die Prüfung überleben sollte? Bei Gott, es war wirklich komisch, aber wenn er jetzt lachte, dann würde der arme Brown Schuldgefühle bekommen, er habe ihn vor Angst um den Verstand gebracht.

Der arme Brown, der seine täglichen Pflichten erfüllen mußte, ob es ihm nun paßte oder nicht.

Plötzlich wünschte er, er hätte etwas zu trinken. Schnaps – Fusel – irgend etwas. Aber das war womöglich gegen die Vorschriften. Partridge enthob ihn dieser Frage, zu der er sich ohnehin hätte zwingen müssen, indem er eine wichtig aussehende Uhr aus der Tasche zog, zu Brown hinsah und sagte: »Es ist gleich Zeit. Lieber fangen wir an und haben die ganze Sache hinter uns, bevor sie da sind.«

ie ein Hampelmann mußte er dem Zug des Seils folgen, an dem seine Handschellen befestigt waren, bis er kaum noch auf dem Boden stehen konnte. Auch seine Füße waren ja an diesen Eisenrohren angekettet. Um das Ganze noch schlimmer zu machen, wurden ihm jetzt auch noch die Augen verbunden, wie einem Verbrecher, der vor ein Exekutionskommando gestellt wurde. Die verdammten Schweine! dachte Nicholas noch einmal und konzentrierte sich jetzt in der Dunkelheit nur noch darauf, was er jedem einzelnen von ihnen antun würde, wenn er hier je herauskäme. Es gab gewisse, von den Komantschen und Apachen perfektionierte Foltermethoden, von denen diese arroganten, zivilisierten, selbstherrlichen Gentlemen keine Ahnung hatten.

Er hatte es abgelehnt, das ihm von Brown gereichte Stück Holz zwischen die Zähne zu nehmen, und preßte statt dessen die Kiefer zusammen. Allerdings war er gewarnt worden, daß er heute abend die doppelte Strafe bekommen würde, weil er sich geweigert hatte, dieses lächerliche ›Urteil‹ laut von dem Stück Papier vorzulesen, das ihm Brown verlegen hingehalten hatte.

Egal! Sollten sie ihn doch umbringen und die Folgen vor einem echten Richter und Schwurgericht verantworten, wenn es diese heuchlerischen Schweinehunde wagen sollten. »Ihr könnt jetzt anfangen.« Newburys Stimme? Wie viele waren jetzt wohl hier, um sich an dem Schauspiel zu weiden? Charles bestimmt. Die Peitsche schlug klatschend um seinen Rumpf, so daß er den Atem zischend durch die Zähne ausstieß, während sein Körper unwillkürlich zusammenzuckte. Nein, diese verdammten Hunde, nein! Wenn sie darauf warteten, daß er um Gnade bettelte, dann würden sie ihn zuerst in der Hölle wiederfinden! Nur sein Körper bewegte sich, ohne daß er Einfluß darauf hatte, als er fühlte, wie sich dieser erste beißende Schlag ständig wiederholte, bis er das Zählen aufgab und sich nur noch auf sein Ein- und Ausatmen konzentrierte und dabei die Kiefer fest geschlossen hielt. Der Schweiß rann ihm von den Armen und über das Gesicht und an seinen Seiten hinunter, während er nur noch darauf wartete, daß es zu Ende sei oder er die Besinnung verlor.

Schmerz war nichts – es gab ihn gar nicht. Die alten spanischen Patres, die den Königsweg gegangen waren, um ihre vielen Missionen aufzubauen, hatten sich selbst gegeißelt, um das Fleisch zu töten und die reine Seele zu entlassen. Tag für Tag. Jeden Tag – um der Seele willen. Das Fleisch bedeutete überhaupt nichts. Nach und nach wurde alles deutlicher hörbar, als würde jedes Geräusch verstärkt. Die Schmerzen kamen und gingen, am schlimmsten waren sie in seinen Armen, die sich langsam aus ihren Gelenken zu lösen schienen. Er wollte auf seinen Füßen stehen, aber seine Beine würden ihn nicht tragen.

»Ich glaub, es ist genug für heute.« Hatte er es gehört oder sich nur vorgestellt? Doch plötzlich war alles still, nur sein Atem war zu hören, der so laut ging, als sei er einen Berg hinaufgelaufen. »Also gut, du kannst ihn herunterlassen.«

»Entweder ist es ein arroganter Dummkopf oder ein verstockter Schuft.«

Stimmen ertönten und verschwanden wieder, und plötzlich lag er flach auf seinem Gesicht und war noch am Leben, während sein Rücken grausam schmerzte; das war das einzige, was ihn halbwegs bei Besinnung hielt.

»Hat er Wasser bekommen?«

»Nein, ich weiß nicht... Er hat meistens Fragen gestellt.«

»Ah! Nun ja, das konnte man ja erwarten. Für den Rücken kannst du später etwas tun. Gib ihm jetzt etwas Wasser. Ich will ihn reden hören, wenn er kann.«

Wasser rann in seinen Mund und floß dann an Nicholas' Gesicht herunter. Newbury. Er kannte diese Stimme, auch wenn er noch diese verdammte Augenbinde trug. Newbury sprach, aber da mußte noch jemand sein. Vielleicht sie alle, und jetzt schauten sie, wie es um ihn stand. Zur Hölle mit ihnen!

»Nicholas...« Ein Seufzer. »Schade, daß Sie darauf bestehen, so verstockt zu sein. Das ist für keinen von uns besonders angenehm.«

»Doch nicht mein ehrenwerter Herr Verteidiger? Angenehm – für Sie, Newbury, da bin ich sicher. Zum Teufel mit Ihrer heuchlerischen Seele!«

»Ihre Bitterkeit kann ich gut verstehen. Aber Sie müssen jetzt endlich kapieren, daß Sie sich nicht länger in einer wilden Ecke der Vereinigten Staaten aufhalten, mein Lieber. Was immer Sie tun wollten, hätten Sie zumindest weniger öffentlich machen sollen. Und ich bin wirklich als Ihr Verteidiger hier, ob Sie mir das nun glauben oder nicht. Sie könnten sich selbst diese ganze Prüfung jeden Tag ersparen, wenn Sie, statt edel zu sein, so vernünftig wären, uns die wirkliche Geschichte zu erzählen.« Da Nicholas schwieg, seufzte der Marquis noch einmal. »Mein lieber Nicholas, Sie waren zwar heute äußerst unempfindlich, aber Sie werden sehen, daß Sie es morgen kaum aushalten werden, und übermorgen erst... Ich weiß, verstehen Sie, was die Peitsche ausrichten kann, wenn sie regelmäßig eingesetzt wird, und was Sie tun können, um dem zu entgehen! Wenn Sie sagen, was Sie mit einer gewissen Lady getan haben – oder sie mit Ihnen –, dann können Sie sich eine Menge unnötiger Schmerzen ersparen. Nein? In diesem Fall überlasse ich Sie der Fürsorge des guten Brown. Bis morgen!«

40. Kapitel

Newbury hatte recht gehabt. Das zweite Mal war viel schmerzhafter als das erste, und das steigerte sich. Am schlimmsten war es aber, wenn ihm etwas aufgestrichen wurde, was nach Pferdesalbe roch und brannte wie der messerscharfe Schnitt der Peitsche. Das war das einzige, womit er jeden Tag rechnen konnte. Das – und Newburys Besuche. Nach einer Weile hatte er herausgefunden, ein Gespür dafür zu entwickeln, ob Newbury alleine war oder nicht.

Seine rasende Wut und das, was sie seine Verstocktheit nannten, hatten ihn in diesen ersten Tagen über Wasser gehalten, als man ihn zuerst schlug und dann abwechselnd Zuckerbrot und Peitsche reichte. Alexa – Alexa. Er hörte ihren Namen so oft, daß es ihm manchmal war, als würde er wie eine Glocke in seinem Inneren läuten. Alexa – süße Alexa, falsche, lügnerische, verräterische Alexa! Wußte sie davon, weidete sie sich etwa an der Hölle, der sie ihn ausgeliefert hatte? Alexa, die jetzt mit Charles schlief. Ob sie ihm wohl angeboten hatte, jetzt *seine* bereitwillige Dirne zu sein, und nackt und mit Juwelen beladen vor ihm auf und ab ging? Ach, Alexa! Was war nur aus dieser mondgeküßten Wassernymphe mit ihrer unschuldigen Ehrlichkeit geworden? Alexa mit dem unordentlichen Haar und dem Grübchen, wenn sie lächelte; mit messerscharfen Fingernägeln, wenn sie zur Füchsin wurde. Die mit offenem Mund weinte wie ein kleines Kind. War er wirklich der Anlaß für ihre Veränderung? »Nachdem du…!« hatte sie ihre Beschuldigung ausgesprochen und hatte wahrscheinlich auch noch recht damit. Wenn sie schon so läufig war wie eine Hündin, dann mußte er ihr auch zeigen, daß es ein Vergnügen sein konnte, mit einem Mann zu schlafen, und keine geschmacklose Pflicht. Hündin – Hure – sie konnte ekstatisch seufzen und stöhnen, ganz wie es ihr gefiel. Ob sie wohl auch herkam und auf den Tag wartete, an dem er zusammenbrechen würde? Wußte sie, daß Newbury sie begehrte und geduldig auf diesen Tag wartete?

»Und manchmal stellt sich die Frage, wieso eine ehrbare Dirne ei-

ne Lady ist und wieso die Lady eine unehrenhafte Dirne ist!« – »Ja, aber wie soll man beides unterscheiden, Sir?« Er erinnerte sich noch genau an diese Worte, die bei dem Mummenschanz gefallen waren, obwohl er schon vergessen hatte, wie lange das alles her war.

Wirklich war es so, daß die Lady die Dirne war, und unehrenhaft war sie noch dazu gewesen. Aber – sollte er seine frühere Wassernymphe und seine bereitwillige Jungfrau etwa Newbury ausliefern? War er wirklich ihr Vater? Newbury wäre es wahrscheinlich egal, da er viel zu sehr den Wunsch hatte, diese seidene, goldglänzende Haut mit Narben zu bedecken, bis sie aufschrie.

»Wie viele von ihnen kommen eigentlich?« fragte er Brown eines Tages. »Sind auch Frauen dabei?«

»Sie wissen ja, daß ich Ihnen darüber nichts erzählen darf, aber solange ich nicht sage, wer es ist, wird es wohl nicht so schlimm sein. Manchmal kommt nur der Gentleman, den Sie kennen, Sir. Manchmal kommt noch ein anderer Gentleman dazu, und hin und wieder sind es auch drei oder vier. Zweimal, Sir, war auch eine Lady dabei, aber sie war in einen Mantel eingehüllt und trug den Hut so tief im Gesicht, daß niemand sie erkennen konnte.«

»Danke Ihnen, Brown. Sie sind ein ehrlicher Mann, wenigstens Sie.«

»Sir... Sir, wenn Sie nur...«

»Nein. Dafür ist es jetzt schon zu spät, begreifen Sie das nicht?« Er lachte plötzlich auf, und dieses Lachen ließ Brown einen Schauder über die Haut kriechen, als er Partridge später davon erzählte. »Verstehen Sie, Brown, ich bin mir jetzt klar, daß das hier wirklich das Fegefeuer ist und daß ich hier von allen meinen Sünden und dem Gewicht ihrer Schuld befreit werden soll.«

Anstatt nun wie ein ruheloses Tier in seiner Zelle auf und ab zu gehen, verbrachte Nicholas Stunden damit, mit dem Gesicht nach unten auf seiner Matratze zu liegen, bewegungslos, nur ein- und wieder ausatmend. Es kamen ihm Dinge in Erinnerung, an die er seit Jahren nicht mehr gedacht hatte. Und was das Auspeitschen betraf, so ließ er sich eben hochziehen, wenn es dazu Zeit war. Der Schmerz bedeutete ihm jetzt nichts mehr, obwohl ihm manchmal der arme Brown leid tat, der für ihn die Hiebe zu fühlen schien und sich hinterher immer heftig schneuzen mußte.

»Du bist ein Dummkopf, Nicholas«, sagte Newbury gereizt bei einem seiner Besuche; jetzt duzte er ihn auch noch. »All das für eine Frau – eine Hündin, die selber ausgepeitscht werden sollte.«

»War es etwa für Sie ein Vergnügen, in Ihrem türkischen Gefängnis ausgepeitscht zu werden, Newbury? Was haben Sie denn getan, um sich das zu ersparen?« In Nicholas' Stimme schwang nur schwache Neugier mit, aber zu seiner Überraschung antwortete Newbury auf die Frage. »Es war absolut kein Vergnügen für mich, verprügelt zu werden, während die Frauen hinter ihren Gittern in Abdul Hakims Serail schrill dabei kicherten und darum baten, mich noch stärker zu schlagen, um mich noch lauter schreien zu hören. Nein, ein Vergnügen war es nicht, und auch nicht die Tatsache, daß meine Mutter – diese liebende, zartfühlende Mutter – wußte, wo ich war und wie es mir ging. Daß sie mir kein Lösegeld schickte – immerhin mein Geld –, bis ich der einzige übriggebliebene Sohn war, der den Titel des Marquise von Newbury erben und ihr das Geld geben würde, das sie brauchte, um so zu leben, wie sie wollte. Erst dann wurde mein Lösegeld bezahlt, und man erwartete von mir, für den Rest meines Lebens dankbar zu sein – ein Leben, das sie von da ab in die Hand nahm. Die große Hure Babylon, meine Belle-Mère, die sich unter meinen Freunden Liebhaber aussuchte, während mein armer alter und dummer Vater noch am Leben war, um ihnen dann ihre Männlichkeit auszusaugen und sie anschließend auszuspucken wie Kirschkerne. Verstehst du das, Nicholas? Hat du noch nicht festgestellt, was sie sind? Frauen, die lachen, während ein Mann leidet, und die sich für klug genug halten, daß sie so etwas auch noch inszenieren. Am schlimmsten aber sind die Ladys als Dirnen, wie du selbst es eigentlich am besten wissen müßtest. Wie deine Alexa, mit ihrem bronzefarbenen und goldschimmernden Haar, ihren pechschwarzen

Augen und einer dazu passenden Seele. Wie sie nur lacht, wenn sie sich im Bett mit meinem verliebten Neffen hin und her wälzt, und mit ihm alles tut, was sie mit dir getan hat! In der Nähe seines Landhauses hat sie ein eigenes genommen, und er lebt mehr bei ihr und ist öfter in ihrem Bett als in seinem eigenen. Hat sie dir etwa auch die Männlichkeit genommen und dich zu einem Eunuchen gemacht?«

»Sie sind doch ganz scharf auf diese Dirnen und Ladydirnen, und ganz besonders auf diese, weil sie Ihrer Mutter so ähnlich ist, die Sie hassen und nicht berühren können. Sie haben ja auch eben Ihre Mutter beschrieben, genau das Bild, das in ihrem Zimmer hängt. Sie sind einfach zu fanatisch, mein lieber Newbury! Aber wie soll ich Ihnen denn hier beweisen, ob die Dirne eine Lady ist oder die Lady eine Dirne? Die Lösung dieses Rätsels ist mir außerdem gleichgültig geworden, verstehen Sie?« Nicholas' kurzes Auflachen klang fast amüsiert. »Schließlich komme ich mir wirklich vor wie ein Mönch in einem Kloster, der täglich gegeißelt wird, um ihm den Teufel auszutreiben. Sie sollten sich einen besseren Sündenbock suchen oder den Mut haben, sie selber einmal auszuprobieren. Bei dem, was Sie mir erzählen, dürfte das gar nicht so schwer sein!« Gleichgültig drehte Nicholas sein Gesicht zur Wand und hätte einschlafen können, wenn Newbury nicht so laut neben ihm gekeucht hätte.

Seine verdammte Mutter. Seine *Mutter!* Sie war auch noch selbst hergekommen, um zuzusehen, wie man einem unzivilisierten Amerikaner Manieren beibrachte, bis sie, wie die anderen, keine Lust mehr hatte, darauf zu warten, daß aus der Unterhaltung ein Spaß würde. Noch vor kurzem hatte sie erwähnt, es habe nun lange genug gedauert und es müsse noch andere Möglichkeiten geben, um dieser Person Räson beizubringen... natürlich erst, wenn Sie mit Charles verheiratet sei und dieser die Kontrolle über ihr Vermögen habe. Aber sogar seine Freunde, die Mitglieder der ›Gesellschaft der Richter und Geschworenen‹ waren, hatten ziemlich einfältig dreingeschaut und an ihren Bärten gezupft, als sie hinter vorgehaltener Hand sagten, man solle das Ganze vergessen, immerhin habe der Kerl seine Schulden mehr als bezahlt und habe zumindest Haltung gezeigt. »Schließlich können wir ja keinen Mord begehen, nicht wahr? Und früher oder später würde man uns Fragen stellen, und da könnte jeder von uns ganz schön in die Klemme kommen.«

Zu Browns großem Erstaunen blieb Newbury noch über eine Stunde lang reglos sitzen, nachdem das Gespräch mit Nicholas schon zu Ende war. Und was jetzt? fragte sich Brown unsicher, als der Marquis, immer noch ohne ein Wort zu sagen, seinen Hut und Stock nahm und ging. Was kommt jetzt, um Gottes willen?

Bis seine Kutsche anfuhr, war es Newbury noch gelungen, seine Wut und sogar seine Gedanken zurückzuhalten. Nicholas Dameron, sein Erbe, war nichts anderes als ein armer verknallter Dummkopf, viel zu verbohrt, um vernünftig zu sein, und verdiente nur seine Verachtung! Immerhin war es Nicholas gelungen, Newbury auf etwas hinzuweisen, das ihm seltsamerweise nicht selbst aufgefallen war. Die erstaunliche Ähnlichkeit der Haarfarbe und sogar gewisser Gesichtszüge zwischen diesen beiden Frauen, seiner Mutter und Alexa. War sie etwa der Seitensprung eines seiner lieben Onkel? Immerhin nicht unmöglich. Wie würde sich die Alte ärgern, wenn er ihr das sagen würde und auch noch beweisen könnte! Kein Wunder, daß sie nach dem gleichen Muster vorgingen – beide waren habsüchtig, intrigierend, listig, sie hungerten nach Macht über Menschen, wie es Verschmachtende nach Brot verlangte. Kein Wunder, daß Adelina ihre jüngere Rivalin aus dem Weg räumen wollte. Und Alexa wollte einen Ehemann mit einem Titel. Newbury lachte plötzlich lautlos auf, wobei er seine Lippen verzog. Warum eigentlich nicht? Warum nicht die Weiber gegeneinander ausspielen, vielleicht vernichteten sie sich dann schließlich gegenseitig! Aber wenigstens eine von ihnen würde er sich nehmen und sie benutzen und zu seiner Sklavin machen, wie all die anderen katzbuckelnden Weiber, die er zerbrochen hatte, bis sie kriechend zu ihm kamen. Wenn er in seinem Leben je zu einer Schwäche fähig gewesen wäre, dann wäre es sein Gefühl für Victorine gewesen, der Frau, die er sich selbst ausgesucht hatte, und für die kleine

Tochter, die so viel gelitten haben mußte. Aber seine Mutter, diese Hexe, der Teufel sollte sie holen, hatte auch die beiden zerstört. Hatte ihn ausgelacht, als sie ihm sagte: »Mein lieber Gavin. Wie es heißt, war es die Grippe. Aber vielleicht hat sie sich auch selbst und deinen Fratz umgebracht, als sie das hier gesehen hat!« und ihm einen Zeitungsausschnitt vor die Augen hielt, der seinen Tod meldete. Und seitdem hatte er sich keine Schwäche und keine Verletzlichkeit mehr gestattet, durch die man Macht über ihn gewinnen könnte.

Da er die Gewohnheiten seines Onkels Newbury kannte und wußte, wo dieser zumindest einen Teil seiner Abende in letzter Zeit verbrachte, war Lord Deering ziemlich verblüfft, als sich der Marquis völlig unerwartet bei ihm melden ließ.

»Das ist aber eine Überraschung und ein Vergnügen, daß du auch noch hierher aufs Land kommst«, stotterte Charles.

»Nun ja, ich hoffe natürlich, daß du dich darüber freust, mein lieber Charles«, fügte der Marquis trocken hinzu, indem er seinen Mantel einem Diener übergab und dann zu dem Kamin ging. »Aber warum bist du denn heute abend überhaupt zu Hause? Ich hatte eigentlich mit der Möglichkeit gerechnet, die charmante Lady Travers zu besuchen, und jetzt bin ich bei dir.«

Der Marquis hob eine Augenbraue, als er sah, wie sein Neffe rot wurde, die Lippen zusammenpreßte und schließlich verdrießlich sagte: »Sie ist nur nicht hier, weil sie unbedingt einen Abend allein sein wollte, das verdammte Weib! Mein Gott, ich fange jetzt an zu lernen, daß sie alle Tricks einer geborenen Kokotte kennt, mit denen man einen Mann verführt, ohne sich selbst zu kompromittieren. Wenn wir verheiratet wären, dann hätte ich...«

»Na, dann würde ich aber nicht mehr lange damit warten, mein Lieber. Und dann kannst du ihr ganz schnell zeigen, wohin der Hase läuft! Vielleicht hat sie es satt, von dir so lange hingehalten zu werden.«

»Hingehalten werden, von mir?« brach es wütend aus Charles heraus. »Ganz im Gegenteil! Jetzt behauptet sie doch, sie sei noch nicht für eine neue Ehe bereit, so kurz nach dem Tod ihres Mannes, und inzwischen bedrängen mich meine Gläubiger, weil unsere Hochzeit noch nicht offiziell bekanntgegeben wurde. Ich fange sogar an zu denken, daß sie mich von Anfang an nur benutzen wollte, um sich an Embry zu rächen; und um sich vor den Klatschmäulern zu schützen, indem sie ihre Verlobung mit mir ankündigte! An der Nase hat sie mich herumgeführt, ja, das hat sie! Mich erst zu bitten, mit ihr aufs Land zu gehen, weil sie einfach umkommen würde, wenn sie nicht jeden Tag meine Gesellschaft hätte, und dann...«

»Erspar mir den Rest, ich bitte dich!« sagte Newbury mit gequälter Stimme, indem er seine Hand hochhielt und die Rede seines Neffen unterbrach, um dann mit seinem üblichen gelangweilten Ton fortzufahren: »Natürlich führt sie dich an der Nase herum, mein lieber junger Neffe. Alle Frauen versuchen das, wenn du es zuläßt. Aber eine Art, sie gefügig zu machen, ist, recht oft mit ihr ins Bett zu gehen und auch mit – äh – Gewalt, jedenfalls habe ich das häufig bemerkt. Nimm sie dir doch mal draußen, zur Abwechslung – in einem Heuschober, wie eine Magd, oder im Stall, wenn sie den Duft von Pferden mag. Komm, komm, Charles, ich bin enttäuscht über deinen Mangel an Initiative!« Nachdem er Lord Deerings mürrisches und eher verstocktes Gesicht beobachtet hatte, während er sprach, sagte der Marquis jetzt mit sanfterer Stimme: »Du schläfst doch mit ihr, Charles? Oder...?«

»Nur einmal, verdammt!« gab Charles wütend zu, wobei sein Gesicht wieder rot wurde und er zornig fortfuhr: »Und dann lag sie da, als hätte sie einen Stock verschluckt, und blieb eiskalt. Jede Dirne hätte es besser gekonnt! Kaum einmal darf ich sie auf ihre Lippen küssen, mußt du wissen, und wenn dieses Schwein Embry sie nicht auch noch vor meinen Augen an diesem Abend geküßt hätte, hätte ich schwören können... ja, zum Teufel, man braucht nur in ihrer Gegenwart seinen Namen zu erwähnen und schon verändert sich ihr ganzes Gesicht. Um dir die Wahrheit zu sagen, frage ich mich überhaupt, ob sie es nicht genießt, von ihm benutzt zu werden, und mich mit ihm betrügt! Warum sonst trägt sie denn immer noch diese verdammte goldene Kette, die er ihr um die Hüften gehängt hat, als würde sie ihm gehören? Und mir sagt sie, daß sie sich schämt, zu einem Juwelier zu gehen, um sie sich durchsägen zu lassen. Aber ich glaube, sie lügt mich einfach an. Denn wenn Embry nicht einmal selber zugegeben hat, sie zu etwas zu zwingen, weil sie nicht...« Dann aber, als sei er plötzlich vom Donner gerührt, flüsterte Charles ungläubig: »Nein! Embry bestimmt nicht. Er kann doch kein so unmöglicher Narr sein, um... Was meinst du?«

»Ah«, sagte der Marquis mit sanftester Stimme, »ich denke, wir sollten versuchen, die Wahrheit selber herauszufinden. Und wenn wir sie entdeckt haben, dann bin ich überzeugt, daß deine spröde Braut überglücklich sein wird, dich zu heiraten, wann immer du willst!«

41. Kapitel

Wie sehr hier nur alle von den Jahreszeiten abhängen, dachte Alexa, als sie sich von ihrem Schlafzimmerfenster mit einer leichten Gänsehaut wieder abwandte. Der Saison in London folgte jedesmal eine Massenflucht auf die Landgüter oder Jagdreviere, man konnte aufs Festland fahren und in die modischen Badeorte, bis es wieder Zeit war, nach London zurückzukehren, wo dann das ganze Spiel von neuem begann. Bei diesem Gedanken lag ein wehmütiges Lächeln auf ihrem Mund. Immer dasselbe! Als ob sie schon so daran gewöhnt wäre, daß es sie bereits langweilte. Sie sah sich im Spiegel über dem Kamin und schnitt eine Grimasse, anstatt zu lächeln. Gelangweilt! Ja, das mußte es natürlich sein, das war sicher der Grund für ihre Launen und Anspannungen in letzter Zeit. Das Land langweilte sie ebenso wie die Fuchsjagden, die Abende, an denen man dem Klaviergeklimper und brüchigen Sopranstimmen lauschen mußte, die schweren Mahlzeiten von sechs und sieben Gängen im Magen, und – o Gott – am meisten war sie von dem armen Charles gelangweilt.

Während sie zum Kamin hinüberging, konnte Alexa nicht einen Schauder des Abscheus unterdrücken, als sie sich an das Fiasko erinnerte, zu dem der Abend vor zwei Wochen geworden war, trotz aller Sorgfalt, mit der sie das Ganze geplant und für Atmosphäre gesorgt hatte. Sie hatte nämlich beschlossen, wegen ihres eigenen Seelenfriedens, dem zynischen, aber trotzdem durchaus logischen Rat ihrer Tante zu folgen und es ihm zu *erlauben*, mit ihr zu schlafen.

»Meine Liebe, eine Frau meint immer, daß der erste Mann, dem sie sich hingibt, der einzige ist, den sie je lieben kann – bis sie feststellt, daß man Männer nur beurteilen kann, wenn man sie vergleicht! Ich möchte doch hoffen, daß du deine Dummheit nicht noch dadurch kompliziert hast, daß du dir vorstellst, du wärst verliebt!«

Verliebt, auch das noch! Hatte sie nicht schon vor langer Zeit beschlossen, niemals solchen Gedanken nachzugeben? Schließlich hatte Charles sie doch dadurch gerettet, daß er sie gebeten hatte, ihn zu heiraten, trotz der skandalösen Gerüchte über sie, die sie auch noch selbst veranlaßt hatte. Er sagte doch, daß er sie schon immer geliebt hatte, daß er sie anbetete. So ein Unterschied zu... Alexa merkte, wie sie sich auf die Unterlippe biß und sich wünschte, sie könnte sich davon befreien, an ihn zu denken. Nicholas Dameron, Viscount Embry, der trotz seines ›Bis gleich‹, mit dem er sich immer verabschiedete, es nur allzuleicht schaffte, sie bedenkenlos aus seinem Leben zu streichen.

»Aber wo in aller Welt ist denn dieser Embry zur Zeit?« hatte sie eine Lady auf einer Dinnerparty verdrießlich fragen hören. »Ich dachte, er würde zur Jagd hierherkommen.« Worauf eine andere kichernd geantwortet hatte: »Wahrscheinlich kümmert er sich zur Abwechslung lieber um seine hübsche kleine Braut. Ich frag mich nur, wann *diese* Hochzeit angekündigt wird?« Natürlich muß er jetzt mit Helen auf Newburys Landgut in Schottland sein, hatte Alexa gedacht und sich darüber gewundert, daß sie plötzlich so ärgerlich geworden war. Sie war doch schließlich mit Charles verlobt, und Nicholas hatte sich wahrscheinlich, was er ja immer vorgehabt hatte, Helen versprochen.

»Ich möchte wirklich hoffen, daß wir bei diesen vielen Veranstaltungen nicht auch noch Lord Embry begegnen!« hatte sie Charles kurz danach gesagt, und er hatte sie rasch beruhigt, indem er meinte, Embry würde Freunde in Frankreich besuchen. Dann war er also überhaupt nicht auf dem Land, Gott sei Dank. Trotzdem konnte sie nicht aufhören, gegen ihren Willen an ihn zu denken, noch Charles Lawrence daran hindern, sie zu langweilen. Was war denn nur los mit ihr? Sie wußte nicht, wie sie sich fühlte. Sie hatte geglaubt, wenn sie alle Künste und Techniken einer Kurtisane beherrschen würde, dann würde ihr dies helfen, sich so zu verhalten, wie man es von ihr verlangte, ohne sich dabei zu engagieren, aber Charles hatte bei ihr nur Ablehnung und Abscheu hervorgerufen. Und während sie überhaupt nicht in der Lage war, ihn noch enger an sich zu binden, indem sie eine leidenschaftliche Reaktion vorgab, hatte sie es kaum vermocht, überhaupt mit ihm zu schlafen. Sie fand es nur widerlich, was da stattfand. Ach, wie recht hatte doch Solange! Trotz aller ›Lektionen‹, die sie einigermaßen beherrschen sollte, würde sie nie eine Kurtisane werden, nicht einmal ein Freudenmädchen!

Sie ging zum Fenster und dann wieder zum Spiegel, immer hin und her. Vielleicht brauchte sie etwas Abwechslung, eine Reise ins Ausland? Irgendwohin, nur nicht länger hierbleiben, wo ihr die Langeweile und Charles' Launen auf die Nerven gingen. Vielleicht sollte sie Perditas wiederholte Einladung annehmen und für eine Weile nach Rom gehen. Vielleicht... und dann, schlagartig sah sie das Bild seines Gesichts vor sich und erinnerte sich, wie er es getan hatte, sehr zärtlich, bevor er sie fast schmerzhaft sanft küßte. O Gott – Nicholas! dachte Alexa und hielt sich die Hand vor den Mund, um seinen Namen nicht laut auszusprechen. Wie konnte das alles nur geschehen? Sie begehrte doch nicht Charles? Sie könnte Charles niemals heiraten, niemals das Bett mit ihm teilen. Sie begehrte doch... Immer noch sehnte sie sich, wie die meisten Menschen, nach dem, was sie nicht haben konnte, nicht haben durfte – gegen alle Logik und Vernunft. Und das, wofür sie dankbar sein sollte und in ihrer Hand hielt, das langweilte sie! Als sie wieder hochblickte und in den Spiegel schaute, sah sie das Gesicht einer viel zu blassen und fast gequälten Frau. Alexa? dachte sie unsicher und versuchte mit ausgestreckter Hand die Fremde zu erreichen, die sie aus tiefliegenden Augen anzustarren schien. Eine elegant gekleidete Fremde mit sorgfältig frisiertem Haar und einem frustrierten Blick, die genau wußte, was sie wollte, aber nicht den Mut aufbrachte, die ihr von anderen Menschen gesetzten Grenzen zu überschreiten. Harriet! dachte sie plötzlich. Die arme Harriet, die sich nicht rechtzeitig genommen hatte, was sie wollte, die das Spiel der Spröden gespielt hattt, wie es damals üblich gewesen war. Diese lebensprühende junge Frau auf der Skizze, die Alexa immer noch besaß, und die zynische, verbitterte Alte, die sie kannte, waren solche Gegensätze!

Baute sich nicht jeder sein Kartenhaus, das dann in sich zusammenfiel, und ergriff dann blindlings, mit angehaltenem Atem, eine Karte und fragte sich: wer wird es sein? Oder man weigerte sich, eine Zufallsentscheidung anzunehmen, die einem gerade diese Karte nahelegte, und versuchte etwas anderes! Warum eigentlich nicht? Wie dumm, wie dumm! Sie war doch noch nicht einmal die ganze Saison in London gewesen und hatte schon angefangen, so zu denken wie alle anderen, sich von ihren Meinungen treiben zu lassen, geglaubt, sie brauche deren Bestätigung und Genehmigung, befürchtete deren Ablehnung, während – großer Gott! Als ob ein blendendes Licht plötzlich in ihrem Kopf explodiert wäre, das ihre Gedanken freisetzte, hatte Alexa plötzlich das Gefühl, in schwindelnde Höhen getragen zu werden, so daß sie am liebsten laut herausgelacht hätte. Was war denn nur mit ihrer Klarheit und ihrer Direktheit und ihrer Aufrichtigkeit geschehen? Sie, die so oft ihre Verachtung über Heuchelei und Masken geäußert hatte, hatte sich selbst eine aufgesetzt. Die Gesellschaft – eine Gruppe von Menschen, deren Arroganz die Schwachen einschüchterte und deren gute Manieren und das Befolgen von Konventionen jede Art von Verbrechen und Ausschweifungen verbarg. Warum hatte sie nur je gedacht, sie müßte deren Anerkennung bekommen?

Sieh doch nur mal diese Haare an! dachte Alexa. Wie hasse ich diese blöden Löckchen, die ich mir da antue, nur weil alle anderen so aussehen! Und zornig fragte sie sich: Warum hatte ich nur solche Angst vor Klatsch, warum habe ich ihn nicht mit der Wahrheit konfrontiert, als er mich darum bat? Als er sich nicht um alle ihre dummen Konventionen kümmerte, sondern mich einfach wegtrug, warum habe ich das nicht ganz natürlich gefunden und mich darüber gefreut? Er war dabei doch nicht berechnend, sondern handelte instinktiv! Und warum war ich nur so blind und so heuchlerisch, für die anderen vorzugeben, daß ich nichts dabei fühlen würde.

Als sie anfing, die Nadeln und falschen Zöpfe aus ihrem Haar zu ziehen, erinnerte sie sich an die sonderbare Ekstase, die sie gespürt hatte, als er jeden Teil ihres Körpers geliebt hatte, nachdem er ihr die Hände und Füße festgebunden hatte, nicht etwa, um sie zu erniedrigen, sondern um ihr zu zeigen, daß Lieben etwas war, das man fühlte und das nie aus Büchern oder mit vielen Erklärungen und Demonstrationen gelernt werden konnte, weil Emotionen nun einmal nicht kalkuliert und auch nicht vorgetäuscht werden konnten. Er war ihr offen und eindeutig gefolgt, trotz des Klatsches und trotz Helen; all das hätte ihr etwas sagen müssen, wenn sie nicht so sehr damit beschäftigt gewesen wäre, sich selbst Gewalt anzutun.

Ach, seit Monaten hatte sie sich nicht mehr so leicht und so sorglos gefühlt, so glücklich, als sie endlich ihre Unterröcke von sich warf und auch ihr modisches Kleid und sogar ihr Korsett.

»Oh, aber, Mylady...!« protestierte Bridget verzweifelt, während Alexa so lange in alten Koffern und Truhen wühlte, bis sie das Reitkostüm wiederfand, das sie in Ceylon getragen und das alle Ehefrauen der Pflanzer schockiert hatte. »Sie können doch nicht so zum Reiten gehen! O Madame – wenn Lord Deering Sie sehen sollte – oh!«

»Aber Bridget! Weißt du denn nicht, daß ich es satt habe, mich immer anzugleichen und alles zu tun, wozu ich keine Lust habe, nur um anderen Leuten zu gefallen? Warum sollte ich das auch? Ich bin reich genug, um dorthin zu gehen, wo ich hingehen möchte, und nur das zu tun, was mir gefällt, und ich bin frei, Bridget, ich bin *frei!*« Ohne sich die Mühe zu machen, sich wieder zu frisieren, band sich Alexa ihr Haar zusammen und ließ es locker hinabfallen. Als sie dann in den Spiegel sah, gefiel ihr das wilde, ungebundene Wesen, das sie daraus anblickte. Sie wandte sich um und sagte streng: »Bridget, von jetzt ab werden wir uns selbst eine Freude machen. Ich, zum Beispiel, werde mit dem Kostüm reiten, das ich jetzt angezogen habe; und morgen oder übermorgen werde ich herausfinden, wo Lord Embry sich versteckt, und dann werde ich ihn mir angeln!« Indem sie ihren Kopf zurückwarf, lachte sie wieder über den Ausdruck auf dem Gesicht der armen Bridget, um dann neckend fortzufahren: »Und wenn du Mr. Bowles wirklich magst, dann solltest du versuchen, manchmal etwas mehr auf ihn einzugehen. Ein bißchen mehr Selbstvertrauen, auch wenn du dich gar nicht danach fühlst. Vielleicht fangen wir Sie dann beide gleichzeitig! Ach, Bridget, sieh mich doch nicht so erschrocken an, ich bin nur ein bißchen verrückt heute morgen, mußt du wissen! Und das kommt nur daher – ich glaube, es ist so, als würde man auf einem Berg stehen oder unbekleidet schwimmen oder... fast so, wie wenn man liebt, aber nicht ganz. Jetzt fall nicht gleich in Ohnmacht!«

Bridget verstand die Welt nicht mehr, sie setzte sich auf einen Stuhl und blieb dort mit offenem Mund sitzen, während ihre Herrin aus dem Zimmer lief und die Tür hinter sich zuwarf wie ein übermütiges Kind.

Ich bin glücklich, dachte Alexa. Ich bin glücklich! Wie bequem und natürlich war es doch, rittlings auf einem Pferd zu sitzen, anstatt im Damensitz, und wie angenehm war es doch, einmal allein auszureiten, ohne daß ein Stallbursche hinter einem ritt oder sie Charles neben sich hatte, der sie doch nur aufhielt.

Eine Weile genügte es ihr, fast ohne zu denken weiterzureiten und es ihrem Vollblut zu überlassen, wohin es sie führen wollte. Auf der Haut spürte sie die frische Herbstluft, die ihr durchs Haar wehte, und ihre Nase sog die herbstlichen Gerüche gefallener Blätter und reifer Früchte und frisch gemähten Heus ein, während Geräusche aus der Ferne zu ihr herüberdrangen und sich mit der Empfindung vermischten, das sie jetzt überkam. Wie empfänglich war sie doch für dieses Gefühl der Freiheit. Wie wunderbar war es, dies und nur dies einmal ganz auszukosten.

Um so störender empfand sie es, als sie plötzlich hörte, daß ihr Name gerufen wurde. Ärgerlich wandte sie sich um und sah, daß Charles mit einem Begleiter auf sie zuritt. Da ihr nichts anderes übrigblieb, hielt sie das Pferd an und wartete, bis er bei ihr war, während sich alle Muskeln ihres Gesichts zu einer harten, undurchdringlichen Maske verschlossen.

»Alexa! Wir haben uns schon Sorgen gemacht, wohin du ganz allein geritten bist. Ich hätte dich ja nicht gesucht, wenn nicht mein Onkel Newbury zu Besuch gekommen wäre, was er ja selten genug tut, und darauf bestand, dich zu sehen.«

Was immer sie hinter sich zu lassen gehofft hatte, schien sich wieder um sie herum zu sammeln, als die beiden Männer schließlich bei ihr anlangten. Warum empfand sie nur immer diese Verkrampfung im Magen, wenn sie diesen Mann sah? Ihr *Vater!* Aber wie oft sie sich das auch sagte, sie konnte nicht die Spannung und die Vorsicht vermeiden, die sich fast bis zur Angst steigerte und dann ihren ganzen Körper in Besitz nahm.

»Mylord, ich bin geschmeichelt! Ich muß Sie jedoch um Nachsicht bitten für meine zwanglose Bekleidung heute morgen. Ich erwartete nicht...«

»Aber nein, es liegt an mir, mich wegen dieser unerwarteten Störung zu entschuldigen.« Dann aber, als habe er irgendwie ihre Gedanken lesen können, fuhr der Marquis fort: »Ich habe mich oft gefragt, warum wir so viel Zeit mit Belanglosigkeiten vertun! Und da wir hier draußen ganz unter uns sind, werden Sie sicher nichts dagegen haben, daß ich ein gewisses Thema erwähne, das vielleicht in unangenehmer Weise an gewisse schmerzhafte Ereignisse erinnert? Natürlich liegt mir persönlich gar nichts daran, aber Ihr Verlobter meinte, Sie sollten wissen, daß wir wenigstens innerhalb unserer Familie offensichtliche Übertretungen des Moralkodex', der doch wohl alle Gentlemen miteinander verbindet, nicht ganz so leicht nehmen, wie dies manche meinen mögen.«

Alexa sah von einem Gesicht zum anderen und konnte nur bei Charles einen Ausdruck feststellen, als würde er eine starke Emotion zurückhalten.

»Ich glaube nicht, daß ich...«, begann sie, dann schnitt ihr Charles das Wort ab und fuhr eindringlich fort: »Erinnerst du dich daran, daß du mit meinem Onkel an dem Abend gesprochen hast, als Helen ihren Geburtstagsball gab? In derselben Nacht, in der...« Bevor sie es noch verhindern konnte, hatte er sich vornübergebeugt, eine ihrer Hände ergriffen und drückte sie jetzt leidenschaftlich. »Ich erinnere mich noch, wie du ausgesehen hast, als du mir etwas anvertraut hast. So resolut, aber auch sehr verletzt. Und als ich dann schließlich selbst gesehen habe, wie er es gewagt hat, dich auch noch in meiner Gegenwart so zu behandeln... Meine Liebste, es gibt gewisse Beleidigungen, die einfach nicht geduldet werden können.«

Alexa hörte plötzlich das dumpfe Pochen ihrer Herzschläge in den Ohren und im Kopf, als würden sie hundertmal verstärkt. Da kam etwas auf sie zu, das sie weder verstehen noch überhaupt wissen wollte. Etwas Lauerndes und unheimlich Böses.

»Ich fürchte, daß mein Neffe die Angewohnheit hat, um eine Sache herumzureden, anstatt zum Kern zu kommen«, sagte der Marquis mit gewohnter Gleichgültigkeit, wobei er Alexa zwang, ihre Augen und ihre Aufmerksamkeit gegen ihren Willen ihm zuzuwenden. »Die Mächte der Finsternis...«

Es blieb ihr noch Zeit, sich zu fragen, warum gerade dieser Satz ihr plötzlich zu Bewußtsein kam, als sie ihn mit dem gleichen desinteressierten Ton sagen hörte: »Haben Sie überhaupt schon einmal etwas von der ›Gesellschaft der Richter und Geschworenen‹ gehört?«

42. Kapitel

Wie zur Vorbereitung auf den Winter schien der Nebel seine langen kalten Arme mehr und mehr um London zu schlingen und an jedem Nachmittag und in jeder Nacht etwas dichter zu werden, während die Luft immer kälter und feuchter wurde. In der Nähe des Flusses schienen sich Kälte und Feuchtigkeit noch zu verstärken, und der Nebel kam hier früher und blieb länger als in der übrigen Stadt.

Dies bedeutete nur noch mehr Dunkelheit und ein noch bewußteres Empfinden seiner Schmerzen, die sich in seinen zerschundenen Rücken krallten und ihn zerfraßen wie eine Säure. Vielleicht dienten sie aber auch nur dazu, um ihn daran zu erinnern, daß er noch fühlen konnte und noch am Leben war, so unmöglich ihm das schien – obwohl er es längst aufgegeben hatte, sich nach dem Warum zu fragen. Er hatte herausgefunden, daß es einfacher war, sich in sich selbst zurückzuziehen und still dazuliegen wie ein Trappistenmönch, selbst während sein Körper die Martern der Verdammten erlitt. Und ob es nun Buße oder Strafe war, es schien nicht länger wichtig zu sein, weil ihm sein Wille genommen worden war; wenn ihm am Anfang noch Alternativen geblieben waren, so hatte er jetzt keine mehr, er konnte nur noch aushalten, was sie beschlossen hatten, ihm anzutun, solange sein Körper am Leben blieb.

»Ich hätte gerne gewußt, ob du etwas daraus gelernt hast, Nicholas?«

Aus irgendeinem Grund war sogar seine Sprache eingerostet; schon seit Tagen lag er reglos und schweigend da. Er lebte zwar nicht mehr im achtzehnten Jahrhundert und war auch nicht auf einen königlichen Geheimbefehl hin in die Bastille geworfen worden, aber im Grunde erging es ihm genauso. Mit Ausnahme von Newbury hatte man ihn vergessen, als habe er überhaupt nie existiert. Newbury?

»Ich dachte – Sie wären inzwischen – gegangen.« Seinen Kopf zu wenden, machte ihm noch mehr Mühe, als zu sprechen, obwohl Nicholas den Eindruck hatte, beides sei glaubwürdig genug geschehen.

»Hast du mich vermißt?« fragte Newbury ironisch, bevor er seine erste Frage wiederholte, diesmal aber leicht neugierig. »Also, Nicholas? Ich glaube, ich kann dich nicht auch noch dazu zwingen, mir zu antworten, nachdem du schon gezeigt hast, wie entsetzlich dumm und störrisch du sein kannst. Ich muß aber zugeben, daß ich es irgendwie herausfinden möchte. Hast du irgend etwas daraus gelernt? Oder nicht?«

»Nachdem Sie bei diesem besonderen Kurs schon mein Lehrer und Mentor sind, warum sollte ich dann nicht Ihre Frage beantworten? Schließlich habe ich ja einiges gelernt, Gehorsam, Demut und Keuschheit, unter anderem. Ach ja, auch Geduld. Sind Sie damit zufrieden? Andernfalls müßten Sie mir sagen, welche Antworten Sie erwarten, die Ihnen lieber sind als meine Aufrichtigkeit. Ach, warum bringen Sie Ihr Spiel nicht endlich zu Ende? Oder, wenn Ihnen der Mumm dazu fehlt, können Sie es ja Brown sagen. Der Fluß ist doch wohl nicht weit weg von hier, oder? Ich meine – ich meine, daß ich inzwischen mehr als genug für meine Verbrechen bezahlt habe.«

»Das war aber beredt, mein lieber Nicholas«, sagte der Marquis freundlich, als er sich von seinem Stuhl erhob und Brown ein Zeichen gab. »Doch du mußt verstehen, daß, selbst wenn du, ein dummer armer Narr, als der du dich herausgestellt hast – selbst wenn du für alle Dummheit und Starrköpfigkeit bezahlt hast, bin ich doch immer noch davon überzeugt, daß die Gerechtigkeit am Ende siegen muß und wird, und daß die Wahrheit, mein mißgeleiteter Freund, sich schließlich durchsetzen wird. Ich mag dir überhaupt nicht sagen, wie vergeudet dein edles Opfer gewesen ist, obwohl du es vielleicht als eine weitere Lektion ansehen wirst, die du noch lernen mußtest.«

»Ach, Scheiße!« sagte Nicholas zwischen den Zähnen, als er merkte, daß man ihn wieder hochzog, bis er stehen konnte. »Ist das schon wieder so eine Lektion? Was muß ich denn noch lernen, um Ihren Sinn für Gerechtigkeit zu befriedigen?«

»Wie, du hast es nicht gern, ausgepeitscht zu werden?« sagte Newbury hinter ihm. »Ich hatte das wirklich angenommen, nachdem du dich dieser Behandlung schon so lange unterwirfst, statt stark genug zu sein, dir das alles einfach dadurch zu ersparen, daß du die Wahrheit sagst, nachdem ich dir diese Alternative offengelassen habe. Du hattest doch die Wahl, das weißt du doch!«

Inzwischen hatte Nicholas gelernt, solche Herausforderungen ebenso wie Hohn und Spott einfach an sich herablaufen zu lassen und sein Denken gegenüber allem zu verschließen, was man ihm aufzwang. Deshalb sagte er nur: »Es ist mir gleich, ob ich etwas will oder nicht, ob mir etwas Spaß macht oder nicht. Ich werde mich also unterwerfen, wie üblich, und bin natürlich der allerdemütigste und allergehorsamste Diener Seiner Lordschaft.«

»Das höre ich gerne«, sagte Newbury kurz und gab Brown eine Anweisung, die diesen überraschte. »Die Laterne, Brown. Ich möchte, daß sie hier an diesem Haken aufgehängt wird, damit es heller wird. Es ist einfach viel zu dunkel hier, um klar zu sehen. Wirklich – ach ja – noch eine Laterne, die soll dort drüben aufgehängt werden – ausgezeichnet! Und jetzt ist unsere Bühne für unser Publikum gut genug beleuchtet. Du hast doch nichts dagegen, so lange zu warten, bis sie eintreffen, Nicholas? Nein, ich bin sicher, daß du in diesem Fall gerne warten wirst, weil du noch mit etwas anderem rechnen kannst als mit einer täglichen Lektion an Disziplin. Habe ich dich jetzt neugierig gemacht?«

»Ich sollte wohl neugierig sein, was ich schon wieder verbrochen habe, um heute bereits meine zweite Lektion zu erhalten. Ich fürchte aber, meine Fähigkeit, neugierig zu sein, verloren zu haben, Lord Newbury, nachdem ich gelernt habe, daß es nur noch das Unausweichliche gibt und daß ich dem jedenfalls ins Auge sehen muß.«

»Du bist ja in letzter Zeit geradezu zum Philosophen geworden, mein Junge. Ich will doch hoffen, daß du in Zukunft so weiter machst. Vielleicht sollte ich sogar stolz auf dich sein.«

Ach Gott, ich habe das alles so satt, dachte Nicholas dumpf. Der heutige Tag war einer der schlimmsten gewesen, als der Schmerz sich so tief in ihn hineinfraß, daß er ihn einfach nicht mehr ignorieren konnte, und nur immer noch schlimmer wurde, wenn man ihm diese abscheulich riechende ›Arznei‹ aufstrich, die bei ihm ein ständiges Würgen verursachte. Und jetzt müßte er das alles von neuem durchmachen. Warum nur hatten sie ihn statt dessen nicht gehängt? Warum konnten sie ihn jetzt nicht mitnehmen und hängen, um Newbury und seinen Freunden ein Vergnügen zu machen, wie man das vor einem Jahrhundert mit Verbrechern getan hatte?

Nicholas hatte gar nicht bemerkt, daß Newbury mit ihm sprach, bis dieser seine Stimme erhob und mit strengem Ton sagte: »Wirklich, Nicholas, du solltest ein bißchen besser aufpassen, wenn man mit dir spricht. Du bist undankbar, wenn ich an die Zeit und die Mühe denke, die ich einsetze, um deine – äh – Einkerkerung zu einem Ende zu bringen.«

»Tut mir leid, Sir«, sagte Nicholas müde. »Doch ich meditierte gerade über den Sold der Sünde, wie man so sagt.« Dann fügte er mit farbloser Stimme hinzu: »Ich bin aber für alle Ihre – Bemühungen dankbar, natürlich.« Newbury hatte vom Ende gesprochen. Es war kaum noch erheblich, auf welche Weise das Ganze enden würde.

»Das solltest du auch sein, zumal ich eine lange Reise aufs Land unternommen habe, um meine ganze Diplomatie und Überredungskunst einzusetzen. Aber ich kann dir sagen, daß ich dabei erfolgreich war. Sobald unsere Gäste hier eintreffen, bin ich fast sicher, daß die Dame, deren Ehre du verletzt hast, zu dem Schluß kommen wird, daß du für deine Untaten genug bezahlt hast und jetzt ein reuiger Sünder geworden bist, der es verdient, begnadigt zu werden. Ein bißchen Stöhnen und Ächzen wird ein übriges tun. Du weißt ja, was für weichherzige Wesen Frauen sein können, wenn du ihr Mitleid mehr erregst als ihre Rachsucht. Auf keinen Fall vergiß aber, sie um Vergebung zu bitten. Du bereust das doch, nicht wahr, Nicholas?«

Wie seltsam, daß er fast vergessen hatte, wie er hierhergekommen war und warum, zumal er nur von einer Stunde bis zur nächsten lebte und seine Tage sich nur von einer ›Bestrafung‹ bis zur nächsten erstreckten. Er lebte zwar noch, war aber völlig apathisch geworden, so daß er jetzt Newburys Frage auch nur gewohnheitsmäßig und mit einer müden, gleichgültigen Stimme beantwortete: »Ja, wirklich, ich bereue es. Vielleicht glaubt sie mir diesmal und gewährt mir ihre Absolution, wenn ich sie demütig genug darum bitte.«

»Oh, daran zweifle ich überhaupt nicht«, antwortete Newbury, so sanft er konnte. »Vielleicht empfindet sie sogar so etwas wie – Gewissensbisse? Bei Frauen kann man so etwas ja nie wissen!«

Und Männer konnten Dummköpfe sein, wenn sie das glaubten, was sie glauben wollten, anstatt das, was man ihnen sagte. Alexa. Süße Alexa, geliebt und verloren. Und inzwischen mehr als gerächt für das, was sie verloren oder unter seinen Händen gelitten hatte, wenn sie sah, wie man ihn gestraft und von allen Sünden gereinigt hatte. Wußte sie eigentlich, auf welche Weise er gezwungen war, auf ihre Ankunft zu warten, damit die Vorstellung beginnen könnte – und dann schließlich auch beendet werden könnte. War etwa dies der Grund, warum sie sich absichtlich verspätete? Ein plötzlicher kalter Luftzug ließ Nicholas unwillkürlich schaudern; selbst bei dieser kleinen Bewegung seines Körpers mußte er vor Schmerz mit den Zähnen knirschen. Ach, Alexa! Wenn sie die Befriedigung brauchte, ihn stöhnen zu hören, dann könnte er ihr diesen Wunsch heute nacht leicht erfüllen, da sein Körper schwach geworden war und er nicht glaubte, es noch lange auszuhalten. Wo war sie jetzt?

Sie fror, trotz ihres warmen, mit Seide gefütterten und mit Hermelin besetzten warmen Kaschmirmantels, und trotz all der Unterröcke, die sie unter ihrem dunkelgrünen Samtkleid trug. Alexa glaubte, sie habe in ihrem ganzen Leben noch nie so gefroren wie jetzt, innerlich und äußerlich. Wohin führte sie Charles nur? Und, noch schlimmer, was würde sie finden, wenn sie ankommen würden? Obwohl Ahnungen und Vorstellungen sie bestürmten, versuchte sie, nicht zu denken.

»Charles! Wie weit sollen wir denn noch gehen? Wir sind doch ganz in der Nähe des Flusses, nicht wahr?« Ihre Stimme klang fast schrill in ihren eigenen Ohren, bevor sie genügend Gewalt darüber hatte, um ruhiger zu sagen: »Ich friere furchtbar in dieser feuchten Kälte, und es ist auch kein Genuß, dabei mit einer Augenbinde gehen zu müssen. Bist du sicher, daß du und dein Onkel nicht ein völlig übertriebenes Drama aus dieser ›Gesellschaft der Richter und Geschworenen‹ machen, mit der ihr so geheimnisvoll tut? Wo sind sie eigentlich und wie haben sie es nur gewagt, so zu tun, als würden sie über mich und meine Angelegenheiten zu Gericht sitzen?«

»Aber, liebste Alexa, ich habe dir schon so viel erklärt, wie ich konnte, und Onkel Newbury ebenfalls.« In Charles' Stimme klang übertriebene Geduld mit, die sie nur noch mehr verwirrte. »Die Verhandlung wurde geführt, um dich vor der Zensur in Schutz zu nehmen und vor jeder Möglichkeit, für leichte Beute durch andere Männer gehalten zu werden. Das hörst du vielleicht nicht gerne, aber es ist immerhin die Wahrheit. Und was Embry betrifft, nun, nachdem er endlich gezeigt hat, wes Geistes Kind er ist und wie sehr er die moralischen Gesetze verachtet, denen wir alle unterliegen, konnte niemand wissen, zu welchen Ausschreitungen er noch fähig gewesen wäre. Mein armer Vetter kann noch von Glück sagen, daß er mit knapper Not entkommen ist!«

Es ist seltsam, wie sehr sich alle Wahrnehmungen verstärken, wenn man eine Augenbinde trägt, dachte Alexa, wobei sich ihre Hände in dem Muff verkrampften. Obwohl sie Charles' Gesicht nicht sehen konnte, um dessen Ausdruck abzuschätzen, gab ihr eine kleine Nuance in seiner Stimme das Gefühl, daß sein ganzes Gerede nur ein heuchlerischer Betrug sei, um etwas anderes zu vertuschen. Würde man etwa sie vor Gericht stellen? Oder war dieser Ausflug, dem sie zugestimmt hatte, nur eine Hinterlist, um sie aus dem Weg zu schaffen, indem man sie irgendwohin brachte, wie damals Tante Solange? Nein! Nicht einmal sie würden es wagen, etwas so Offensichtliches zu tun, vor allem, da ihre Dienerschaft wußte, mit wem sie zusammen war und daß ihre übereilte Rückkehr nach London etwas mit Newburys Besuch bei ihr zu tun hatte. Sie hatte sogar die Vorkehrung getroffen, einen Brief an Mr. Jarvis zu schicken, um ihn von allem zu unterrichten, was man ihr gesagt hatte und was sie zu tun vorhatte. In der Tat – und das gab ihr ein sicheres Gefühl – hatte er ihr versprochen, dafür zu sorgen, daß man ihr überallhin folgte, um sie zu beschützen. Sicher? Alexa wiederholte das Wort im Kopf und ging aufrechter. Angst würde sie nicht zulassen. Was immer – was immer auch geschehen würde. Was es auch für ein Ort sein mochte, an dem sie inzwischen angekommen waren, er war feucht und kalt und hatte einen fast schimmligen Geruch, der sie schaudern machte. Vielleicht war es ganz gut, daß sie immer noch diese schwarze Augenbinde trug, so daß sie nicht sehen konnte, wohin Charles sie führte. »Immerhin hättest du rücksichtsvoll genug sein können, mich davor zu warnen, daß wir so weit gehen müssen, damit ich bessere Schuhe angezogen hätte«, sagte Alexa jetzt, um ihr beklommenes, fast ängstliches Gefühl zu verbergen, das mit jedem Schritt zunahm.

»Es tut mir leid wegen der Augenbinde, aber du wirst verstehen, wenn ich sie dir endlich abnehmen kann, daß sie nur zu deinem Schutz diente«, hatte Charles zuvor gesagt, und nun wiederholte er seine Entschuldigung, indem er versprach, es würde nicht mehr lange dauern, und sie würde bald die Möglichkeit haben, alles selbst zu sehen.

»Selbst zu sehen? Soll das etwa wieder eine von diesen Scheinverhandlungen sein, denen ich diesmal zusehen soll? Und...« Alexa merkte, wie es ihr den Hals zuschnürte, bevor sie vorsichtig fortfuhr: »Und was hat das alles zu tun mit dem, was du mir über Embry gesagt hast?«

Ihr Herz hatte plötzlich beängstigend laut zu schlagen begonnen, als Charles sie abrupt zum Stehen brachte und sie schon drauf und dran war, sich die Binde von den Augen zu reißen, doch er ihr die Hand warnend auf den Arm legte und flüsterte: »Bitte noch ein oder zwei Minuten Geduld, meine Liebe. Mein Onkel hat nur für dich heute abend eine kleine Vorstellung geplant, und du wirst ihm doch nicht diese Überraschung verderben wollen, nicht?«

»Ich...«, hatte Alexa begonnen, als sie hörte, wie der Marquis von Newbury freundlich sagte: »Ah! Da seid ihr ja endlich. Wir haben schon mindestens eine halbe Stunde auf euch gewartet. Und, Lady Travers, ich danke Ihnen, daß Sie uns heute nacht mit Ihrer Anwesenheit beehren und für das, was Sie bis jetzt ausgestanden haben.« Sie fühlte, wie ihre kalte Hand aufgenommen wurde und spürte die Berührung seiner kalten, trockenen Lippen auf ihrem Handrücken, bevor er sagte: »Aber erst – die Ouvertüre, bevor, sozusagen, sich der Vorhang hebt. Brown? Du kannst jetzt anfangen.«

Zunächst verstand sie überhaupt nicht, was dieses Geräusch bedeutete, als sie wie versteinert dastand und das Knallen hörte, das sich in gleichmäßigem Rhythmus wiederholte. Erst als sie ein Keuchen vernahm und Nicholas danach heftig sagte: »Oh, verdammt, verdammt!« gelang es Alexa, sich wieder zu rühren und sich mit einer heftigen Bewegung die Binde von den Augen zu reißen. Was sie sah, war einfach schrecklich, sie war – in der Tiefe der Hölle!

»Ah«, sagte Newbury vergnügt, »Sie haben es nicht mehr erwarten können? Aber es macht nichts, meine liebe Lady Travers, denn Sie sehen nun, was mit den Übertretern geschieht; und es ist Ihre Rache, die in Ihrem Namen durchgeführt wird. Sie dürfen nicht so... Charles, halt sie doch bitte, wenn sie... tut mir leid, Lady Travers, nicht daran gedacht zu haben, daß Sie der Anblick von Blut schwach werden läßt, aber ich wollte Ihnen in erster Linie zeigen, daß Ihre Anschuldigungen nicht ungehört geblieben sind und wenigstens von einigen von uns nicht ignoriert wurden!« Und während Alexa kämpfte, um ihre wie gelähmte Kehle und Zunge wieder in Bewegung zu bringen, und dabei der ganze Raum vor und zurück zu taumeln schien, während die trüben Laternen hin und her schwangen, wandte sich der Marquis an Brown und sagte mit gelangweiltem Ärger: »Ich glaube, etwas kaltes Wasser wird ihn diesmal wieder zu sich bringen, Brown. Danach kannst du weitermachen.«

»Nein«, flüsterte Alexa, und dann, mit einem Schrei, der wie ein endloses Echo von jeder Wand zurückgeworfen wurde, »nein... nein... nein!« Sie rannte zu der verriegelten Tür und rüttelte daran und fiel dann auf die Knie, während sich ihr Gesicht wie bei einer Wahnsinnigen verzerrte und sie keuchend schrie: »O Gott! O Gott – ihr Scheusale, was habt ihr ihm getan?« Sie hörte kaum, wie der Marquis vorwurfsvoll sagte: »Ich, Madam? Ich war nichts als das Werkzeug der Gerechtigkeit, zu der Sie diesen armen Kerl verurteilt haben, als sie Ihn wegen Entführung und Vergewaltigung angeklagt haben. Habe ich mich nicht deutlich genug ausgedrückt? Wenn nicht, tut es mir leid.«

»Nein, nein! Bitte, bitte nicht... Er hat nicht... Er hat niemals... Ich war...«

Sie keuchte so heftig, daß sie kaum sprechen konnte, und Newbury sagte sanft: »Aber, meine liebe Lady Travers, zweifellos werden Sie es nicht zulassen, daß die natürliche Weichheit Ihres Herzens Sie so weit beeinflußt, daß Sie sich selbst anklagen. Nein, das nützt nichts, nicht wahr, Charles? Immerhin hat Embry bei seiner Verhandlung zugegeben, daß Ihre Aussagen zutreffen. Er hat Sie gegen Ihren Willen in ein Bordell geschleppt, Sie festgebunden und hilflos gemacht, um sich dann wie ein Wüstling über Ihren Körper herzumachen.«

»Und hat dann auch noch mit diesen abscheulichen Untaten geprahlt«, fügte Charles hinzu.

»Aber vielleicht kann er uns selbst etwas darüber sagen. Er bewegt sich ja wieder, wie ich sehe. Also, Nicholas? Bist du wieder bei uns?«

Alexa hatte das Gefühl, als wären alle ihre Muskeln – sogar diejenigen, die ihr Atmen und Schlucken beherrschten – irgendwie gelähmt, so, wie sich auch ihre Finger an den kalten Eisenstangen verkrampften. Versteinert stand sie da, bis ihr plötzlich der Druck von Charles' Hand auf ihrer Schulter bewußt wurde. Sie hatte ihren Atem angehalten, und alles staute sich in ihrem Kopf, bis er zu zerplatzen drohte. Und dann, als sie ihren Atem endlich mit einem scharfen Zischen ausstieß, hörte sie sich selbst laut aufschreien, als sie einen unerklärlichen Augenblick lang *seine* Schmerzen genauso wie ihre eigenen fühlte, die ihr so unerträglich schienen, daß sie davon fast das Bewußtsein verlor.

»Alexa! Guter Gott, einen Augenblick...!«

»Mein lieber Charles, du hättest mich davor warnen sollen, daß deine Verlobte so zart gebaut ist. Oder hast du sie etwa so empfindsam gemacht?«

Sie hörte Charles und sie hörte Newburys höhnische Stimme, und als sie ihren Kopf wieder hob, sah sie den Marquis gerade auf der anderen Seite der Gitter stehen und sie mit diesem Ausdruck seiner Augen anblicken, den sie schon früher erschreckend gefunden hatte. Und sie war zu Recht erschrocken, weil sie jetzt, als sie ihn unerwartet ertappt hatte, verstand, was der Blick bedeutete und warum dieses ganze Schauspiel stattfand, was er plante und wie er es manipulierte und auf diesen Augenblick gewartet haben mußte. Und doch verlor Alexa durch dieses plötzliche, intuitive Gefühl seltsamerweise ihre Angst vor ihm, und dann auch ihre blinde Verzweiflung. Sie war auf einmal in der Lage, ihm fest in die Augen zu sehen und den Blick zu halten, bis er plötzlich Atem holte und wegsah, um dann mit einer unechten, besorgten Stimme zu sagen: »Ach, Ihrem Samtkleid wird das nicht guttun«, um sich dann abrupt abzuwenden und fragend zu murmeln: »Mein lieber Brown, sollten wir Seine Lordschaft nicht doch noch einmal fragen? Ich habe ein Gefühl, wie...«

»Oh, halt! Um Gottes willen, haben Sie denn noch nicht genug getan? Sind Sie nicht weit genug gegangen? Sie wissen ganz genau...« Alexa atmete tief auf und begann, sich aufzurichten, aber Charles drückte beide Hände auf ihre Schultern und ließ sie nicht hochkommen, während er sanft sagte: »Meine Liebste, du bist ja immer noch so aufgeregt.«

»Laß sie zu Ende reden, Charles. Ich bin neugierig zu hören, was ich angeblich ganz genau wissen soll.«

Mit gleichmäßiger Stimme antwortete Alexa: »Nicholas hat mich nie vergewaltigt. Niemals. Ich habe gelogen. Ich habe gelogen, weil ich so wütend auf ihn war, aber ich habe niemals gedacht... Wie hätte ich wissen können, zu welchen Scheußlichkeiten das führen würde? Sie...« Die in ihr hochsteigende Wut richtete sie auf, und sie spuckte ihm geradewegs in sein lächelndes Gesicht. »Bastard! Schlächter! Wenn hier irgend jemand vor Gericht gestellt wird, dann sind Sie es!«

Newbury lachte kurz auf, als er höhnisch sagte: »Damit ist also der Beweis erbracht, daß die Lady eine Hure ist, oder daß eine Hure die Lady spielt. Geben Sie das zu? Auf Ihren Knien wie eine christliche Heilige, oder wie eine reuige Sünderin?«

»Ich habe schon zugegeben, wozu Sie mich hier gezwungen haben, und ich bin bereit, es zu wiederholen. Ich habe gelogen. Ich habe gelogen! Er hat mir weder Gewalt angetan noch mich vergewaltigt. Ich war nur allzu bereit. Aber ich muß nicht vor irgend jemanden hinknien, der ein solches Scheusal ist wie Sie!«

Keuchend versuchte sich Alexa von Charles freizumachen, der sie immer noch zu Boden drückte. Als er plötzlich sein Gleichgewicht verlor, stieß sie ihn so kräftig nach hinten, daß er stürzte.

Newburys warnende Stimme hielt Deering zurück, sich jetzt auf sie zu werfen. »Charles! Nein! Das bringt nichts, das weißt du.«

»Hast du gesehen, was das Biest getan hat? Man sollte sie...«

»Charles!« sagte Newbury noch schärfer und brachte ihn damit zum Schweigen. Er sah zu Alexa hin und lächelte. »Sie sind also durchaus in der Lage, sich zu verteidigen – wenn Sie wollen. Und wenn es Ihnen paßt, dann schlafen sie auch mit jedem Mann. Ach, es gibt doch nichts Schlimmeres als so eine verkommene geile Hündin, die noch dazu eine Lügnerin ist! Sehen Sie mal, was Sie meinem armen Neffen angetan haben, der Sie ganz ehrenhaft behandelt und Ihnen sogar die Heirat angeboten hat. Aber, sollen wir nicht unseren schweigsamen Nicholas fragen, was er davon hält? Schließlich dürfen wir ja nicht vergessen, daß er es war, der am meisten unter seiner dummen Vorstellung leiden mußte, sie müßten geschützt werden. Nun, statt zur eigenen Verteidigung die Wahrheit zu sagen, zog er es vor, Ihre Lüge aufrechtzuerhalten, um Sie zu verteidigen. Und alles war jetzt umsonst, wie sich herausstellt. So ein sinnloses, wertloses Opfer. Wie ein Hund angekettet zu werden und täglich ausgepeitscht...«

Alexas Gesicht wurde leichenblaß, als sie erschrocken flüsterte: »Ausgepeitscht... O Gott, nein! Jeden Tag? Warum denn? Warum weiß ich denn nichts davon? Warum stand ich denn nicht vor Gericht und wurde auch befragt? Wenn ich gewußt hätte...«

»Immerhin«, sagte Charles hinter ihr mit rachsüchtiger Stimme, »warst du doch auch vor Gericht. Alles hing davon ab, was Embry aussagen würde. Und wenn er die Wahrheit gesagt hätte, dann, meine liebe Lady Travers, dann hätte ich dich inzwischen schon so oft haben können, aber eben unter völlig anderen Umständen, vor allem, weil du es offenbar vorziehst, in Bordelle zu gehen und dich mit goldenen Ketten bezahlen zu lassen, die du dir um die Hüften hängen läßt. Und ich wäre sicher nicht der einzige gewesen, der dich bestiegen hätte, du Hündin!«

»Charles, Charles! Immerhin ist sie deine Verlobte, und wir müssen daran denken, daß die Gerichtsverhandlung vorbei ist und das Urteil zwar gesprochen, aber noch nicht vollständig vollstreckt worden ist. Schließlich ist es ja nicht angenehm, zum Prügelknaben für eine Dirne gemacht zu werden, nicht wahr, Nicholas? Sag mir noch einmal, macht es dir Spaß, ausgepeitscht zu werden?«

»Nein!« schrie Alexa außer sich und rüttelte an der Tür. »Nein, tun Sie das nicht!« Aber Newbury hatte schon zu Brown hingeblickt und ihm zugenickt, und so mußte sie dem Ganzen erneut zusehen und spüren, wie ihr eigener Körper zusammenzuckte, als hätte der Hieb gleichzeitig auch sie getroffen.

»Nun? Hat dir das gefallen?«

»Nein, verdammter Kerl, nein! Mir – gefällt das – überhaupt nicht. Ihnen etwa?«

Er mußte jedes Wort aus sich herauszwingen. Die Schmerzen waren fürchterlich, und für seine ganzen Qualen war nur sie der Anlaß. Ich halte es nicht aus, dachte Alexa. Ich halte es nicht aus! Wie schafft er das bloß? Sie sah, daß Newbury sie wieder beobachtete, als wartete er auf etwas, und wisse, worauf.

»Was sind die Bedingungen?« Diesmal war es an ihr, die Worte ihrer trockenen Kehle zu entringen. »Sagen Sie mir Ihre Bedingungen, dann werde ich sie erfüllen, verdammt noch mal! Aber wenn Sie nur wollen, daß ich zugebe, gelogen zu haben, dann haben Sie das ja schon gehört, dann können Sie uns jetzt gehenlassen.«

»Uns? Es steht Ihnen jederzeit frei zu gehen, aber hier ist eben noch nicht alles erledigt, fürchte ich. Ich bin sicher, daß mein Neffe Ihnen gerne seine Kutsche leihen wird.«

»Und die Alternative?« Sie hätte die Frage nicht eigentlich zu stellen brauchen, und als er sie beantwortete und die Tür für sie entriegelt wurde, fühlte Alexa ihre Augen auf sich. Nicht Nicholas sah sie, der ihre Anwesenheit bisher überhaupt nicht bemerkt zu haben schien, sondern der Mann, den Newbury Brown nannte – und Charles – und Newbury selbst, ihr schuftiger Vater. Alle standen sie auf einer Waagschale, und sie allein auf der anderen, mit dem Einsatz ihres Körpers und ihres Geistes bei einem letzten verzweifelten Spiel, bei dem sie immer noch das verlieren konnte, was sie jetzt mehr als alles andere begehrte.

43. Kapitel

»Nicholas?« Sie wagte nicht, ihn zu berühren, da sie sah, wie er fast instinktiv zurückzuckte, als sie ihre Hände nach ihm ausstreckte. »Bitte, versuch doch zu verstehen. Bitte – ich kann es nicht aushalten...«

Er saß dort auf dem Boden, wo sie ihn verlassen hatten, mit hochgezogenen Knien. Sein jetzt bärtiges Gesicht, das er in seinen Händen verbarg, ruhte auf seinen Knien, während er in dieser Stellung blieb und schwieg. Schließlich flüsterte sie fast verzweifelt: »Bitte, ich – ich liebe dich, Nicholas!«

Ohne seinen Kopf zu heben, sagte er gleichgültig: »Dann tust du mir leid, arme Alexa, weil von dem, der ich einmal war, nicht mehr viel übrig ist. Ich habe hier genug Zeit gehabt, mich an die Peitsche zu gewöhnen, und du hättest sie das beenden lassen sollen, was sie angefangen haben, und nur an dich denken. Zwei Dummköpfe sind schlimmer als einer, meine ich.«

»Übrigens hat unser gemeinsamer Freund Embry mich vor kurzem darauf hingewiesen, daß eine entschiedene Ähnlichkeit zwischen Ihnen und der verwitweten Marquise besteht. Kennen sie Ihre Vorfahren?«

»Ja, ich kenne sie«, sagte Alexa mit gleichmäßiger Stimme. »Obwohl ich bis vor kurzem nicht wußte, wer mein richtiger Vater ist. Aber warum fragen Sie?«

»Nur so aus Neugier.« Sie hatten Stühle für ihn und Charles hereingebracht, und der Marquis lehnte sich auf seinem Sitz zurück und lächelte. »Sind wir etwa zufällig entfernt miteinander verwandt? Ich meine, das würde dem, was wir heute abend hier erleben, eine entschiedene Pikanterie verleihen.«

Diesmal mußte sie tief Luft holen, um ihm mit unveränderter Stimme zu antworten: »Nicht entfernt verwandt, das tut mir leid, Lord Newbury, sondern für mein Gefühl leider viel zu nah. Meine Großmutter, Ihre Mutter, hat es Ihnen also nicht gesagt?«

»Mir gesagt...? Wenn Sie kleines Biest meinen, Sie könnten mich dadurch loswerden, daß sie ›Inzest‹ schreien, weil Sie ein Bastard von mir und irgendeiner Hure sind, dann haben Sie sich verrechnet. Bevor ich mit einer Frau fertig war, habe ich immer dafür gesorgt, daß sie jedenfalls kein Kind von mir bekommt – und das werde ich auch mit dir tun, wenn ich mit dir fertig bin.«

Newburys Blick traf sie wie ein Peitschenhieb, unter dem sie unwillkürlich zusammenzuckte. Zweifellos wäre er dazu imstande gewesen.

»Mach dir eines klar«, sagte Newbury jetzt, »ein Bastard bist du, aber bestimmt nicht meiner!«

»Ich bin nicht dein Bastard! War denn Victorine Bouvard deine gesetzliche Ehefrau, wie es in der Heiratsurkunde steht, die ich besitze, oder ist es schon immer deine Gewohnheit gewesen, eine zweite Frau zu heiraten, solange die erste noch lebt? Erinnerst du dich, daß du eine Tochter von meiner Mutter bekommen hast, der armen Seele, und daß sie nach der Prinzessin von Kent Alexandra Victoria getauft wurde? Oder war es etwa passender, meine Mutter in dem Glauben zu lassen, du seist in Griechenland getötet worden, damit du die Tochter eines Herzogs heiraten konntest, um deine Bastarde von ihr zu bekommen?« Auch sie war jetzt wütend zum Du übergegangen.

»Irgendwer... verfluchtes Biest! Irgend jemand hat dir das alles gesagt! Solange! Ja, Solange! Gib es zu!«

»Ich würde wahrscheinlich alles zugeben, wenn ich geschlagen werde, aber es würde dir und deiner Familie nichts helfen, wenn die Urkunden, die das beweisen, veröffentlicht werden! Erinnerst du dich an Harriet Howard? An Martin, ihren Bruder? An ein Skizzenbuch? Ein Buch mit Gedichten mit einer Inschrift an deine geliebte ›Rina‹? An einen Siegelring mit deinem Wappen, mit Diamanten daran? Gavin Edward Dameron, Viscount Dare, jetzt Marquis von Newbury. Und wie habe ich den Gedanken gehaßt, daß ausgerechnet du von allen Männern mein Vater sein sollst! Ich kann mir nur vorstellen, daß du Newbury bist. Läßt sich der Inzest jetzt leichter verdauen, Mylord?«

Die darauf folgende Stille war fast greifbar und schien sich immer weiter auszudehnen, bis sie den kleinen Raum ganz ausfüllte und alle zu ersticken drohte, um dann plötzlich durch ein lautes Gelächter unterbrochen zu werden.

»Bei Gott!« sagte Nicholas Dameron. »Jetzt tun Sie mir wirklich leid, Newbury. Offenbar sind die Frauen aus Ihrem Geschlecht noch listiger und rachsüchtiger als die Männer. Merken Sie, daß Sie sich jetzt selbst getroffen haben?«

Ein oder zwei Augenblicke vergingen, während derer niemand wußte, was Newbury nun tun würde, der mit leichenblassem Gesicht sitzen geblieben war und wie versteinert vor sich hinstarrte, um dann sehr, sehr langsam aufzustehen. Alexas Herz begann wieder schmerzhaft zu schlagen, als er mit sanfter Stimme zu Brown sagte: »Gib mir die Peitsche.« Als der Mann ihn noch wie hypnotisiert anstarrte, fauchte er ihn an: »Gib mir die verdammte Peitsche, sag ich!«

»Du kannst sie leicht dazu bringen, dir zu sagen, wo sie alle diese Urkunden versteckt hat«, sagte Charles mit einer eifrigen, fast hämischen Stimme. »Zieh ihr ein paar über, dann wird sie schon auspacken. Und wenn wir verheiratet sind und sie sicher an dem Ort untergebracht ist, den mir Belle-Mère empfohlen hat, wird es auch keine Skandale mehr geben.«

»Ach ja, meine Mutter«, sagte Newbury wie abwesend. »Meine kluge, intrigierende, rachsüchtige Mutter. Es würde ihr wirklich ähnlich sehen... Setz dich wieder hin, Charles. Und halt den Mund, bis ich mit dir rede. Und Nicholas, vielleicht muß ich dich auch noch lehren, daß in einigen Fällen Schweigen eine Tugend sein kann. Du verstehst das, hoffe ich.« Daß der Marquis fast die Kontrolle über sich verloren hätte, konnte man nur an seinem Keuchen in der Stille erkennen, in der sich keiner der Anwesenden bewegte, bis er selbst das Seil über dem Flaschenzug herunterließ, seinen schweren Mantel nahm und ihn Nicholas zuwarf. »Hier, bedeck dich damit! Und jetzt, Alexa, mußt du deine ganze Geschichte noch einmal wiederholen und meine Fragen beantworten, und ich hoffe um deinetwillen, daß du die richtigen Antworten findest. Aber erkläre mir zuerst, was du vorhin meintest, als du sagtest, daß die verwitwete Marquise alles gewußt hat.«

44. Kapitel

Der Marquis von Newbury ließ sich seine Erregung nicht anmerken, als er seinen seidenen Hut und seinen Mantel nachlässig dem schläfrigen Butler übergab, nachdem er im Hause seiner Mutter am Belgrave Square angelangt war. Ebenso höflich, aber distanziert ließ er seine Handschuhe und seinen Stock auf einen Tisch fallen, um sich dann mit dem Rükken zu dem Feuer im Kamin zu stellen.

Sie hatte ihn mit einem sarkastischen Heben ihrer Augenbrauen begrüßt, und in ihrer Stimme schwang eine gewisse Gereiztheit mit, als sie sagte: »Mein lieber Gavin. Das ist aber eine Überraschung zu so später Stunde! Darley sagte mir, du hättest noch Licht in meinem Zimmer gesehen?«

»Ja. Ich hatte Alexandra – das heißt Lady Travers – nach Hause gebracht, als ich das Licht sah und dachte, du wärst vielleicht noch auf.«

Sein Lächeln gab ihr ein etwas unbehagliches Gefühl, so daß sie kurz sagte: »Alexandra, ach ja. Dabei hatte ich gedacht, es sei Sache deines Neffen, sie nach Hause zu bringen. Oder hast du andere Neuigkeiten? Wenn nicht – der heutige Tag war sehr anstrengend für mich und, wie du weißt, habe ich vor, übermorgen nach Spanien abzureisen. Sei also so gut und komm zur Sache.«

»Also, liebe Mutter, die Sache ist die, daß ich es nicht für allzu passend halte, daß du nach Spanien reist, wenn ich mit deiner Hilfe rechne, um all diese vielen lästigen Vorbereitungen für eine Hochzeit zu treffen. Ich dachte nämlich, du wärst vielleicht bereit, hier noch einen kleinen Empfang vor der Hochzeit zu geben und dann alles für den Empfang nach der Feier vorzubereiten, der in meiner Wohnung stattfinden soll. Schließlich kannst du doch so etwas am allerbesten.«

Endlich war es ihm einmal geglückt, sie zu überraschen. Die Witwe hörte auch wirklich auf, in ihrem Stuhl vor und zurück zu schaukeln, um dann die Stirn zu runzeln und gereizt zu sagen: »Hochzeit? Es ist einfach schon zu spät für mich, um noch Rätsel zu lösen. Wessen Hochzeit meinst du denn?«

»Du hast doch nichts dagegen, wenn ich mir etwas von deinem ausgezeichneten Brandy nehme, Mutter?« Ohne auf ihre Antwort zu warten, hatte er schon den Schrank geöffnet und sich ein Glas ihres besten Cognac Napoléon eingeschenkt.

Was war denn los mit ihm? Sie fühlte sich nicht wohl bei seinem neuen Gehabe und der seltsam abschätzenden Art, in der seine Augen sie zu mustern schienen und sie fast zwangen, ihre letzte Frage zu wiederholen, diesmal aber mit unverhohlenem Ärger.

»Wessen? Nun, natürlich die deiner Enkelin. Und zwar mit Embry. Sie bestand offenbar darauf, gerade ihn zu heiraten. Abgesehen davon wirst du mir sicher zustimmen, daß es schließlich nur gerecht ist, wenn meine Tochter die nächste Marquise von Newbury wird.«

»Und wann soll das alles stattfinden, und seit wann hast du dich überhaupt um so etwas gekümmert?« rief die Witwe mißmutig aus. »Mir hätte man es sagen müssen, daß Helen ihre Meinung geändert hat, ihre Verlobung mit Embry zu lösen, und auch du hättest mich davon in Kenntnis setzen sollen, daß du beschlossen hast, ihn freizulassen.«

Der Marquis hob sein Glas wie zum Hohn, nippte gedankenvoll daran und ergriff nun wieder das Wort: »Sagte ich nicht: meine *Tochter?* Deine Enkelin? Helen, die arme, ist ja nur eine meiner drei Bastardtöchter, die meine bigamistische Ehefrau zur Welt brachte, was du ja schon immer gewußt hast, liebe Mutter. Ich sprach jetzt von der Hochzeit, die zwischen meiner ehelichen Tochter und meinem einzigen Erben stattfinden soll. Ich dachte, du wärst schon selbst darauf gekommen, wenn du nicht schon langsam altersschwach wirst. Das allerdings wäre wirklich sehr schade, weil mich das auf den Gedanken bringen würde, dich in das Sanatorium bringen zu lassen, das du meinem Neffen Charles für seine künftige Frau empfohlen hattest. Ha!«

Sein kaltes Lachen ließ die Marquise, die sich nie in ihrem Leben gefürchtet hatte, plötzlich in ihrem Schaukelstuhl zurückfahren, als er einige Schritte auf sie zukam und auf sie herabsah, um dann spöttisch zu sagen: »Warum bist du denn auf einmal so blaß geworden, Belle-Mère? Wir wissen doch beide, daß du kein Gewissen hast, also kann es nicht das sein, oder? Im allgemeinen bist du auch nicht sprachlos, dabei hatte ich mich wirklich darauf gefreut, eine Antwort von dir zu hören, zumal du dich immer so gut auf das Planen verstanden hast. Genauso wie du geplant hast, mich von meiner Frau und meinem Kind zu trennen und noch eine Weile in der Türkei festzuhalten; und wie du alles so klug mit Hilfe der Howards für die arme Victorine geplant hast. Und dann für Embry, daß er bestraft und gewarnt werden sollte, sich deinem Diktat zu fügen, genau wie ich; und schließlich für mich, meine eigene Tochter in derselben Weise zu nehmen und zu benutzen, wie du mich ermutigst, meine Dirnen zu benutzen! Die Liste dürfte endlos sein, nicht wahr? Du erwartest doch nicht von mir, daß ich uns beide noch weiter damit ermüde? Meine Mutter, die verdammte Hure!«

»Gavin, du läßt dich einfach viel zu leicht von deinen Emotionen mitreißen. Andernfalls hättest du längst bemerkt, daß ich alles nur um deinetwillen getan habe! Sieh doch, wo du jetzt stehst – die Position, die du in der Regierung hast, die Art, wie du geachtet wirst. Wenn ich nicht dafür gesorgt hätte, daß du vor gewissen Folgen deiner dummen Fehler geschützt würdest, dann wärst du jetzt – ein Niemand! Du bist aber der Markgraf von Newbury, und dieser Name bedeutet etwas – Familie bedeutet etwas! Mit einem kleinen französischen Emporkömmling... ha! Menschen, die schwach sind, brauchen jemanden, der sie führt, mein lieber Gavin, und du warst ein Schwächling, bis ich beschlossen habe, dich stärker zu machen. Sei jetzt bitte so gut und verlasse mein Haus, damit ich ins Bett gehen kann, weil ich dich heute abend einfach nicht länger ertrage.«

Mit zornrotem Gesicht versuchte die Witwe, sich aus ihrem Stuhl zu erheben, wurde aber so kräftig in ihn zurückgedrückt, daß sie vor Furcht und Wut keuchte. »Jetzt hast du dich völlig vergessen! Wie kannst du es nur wagen, mich so zu behandeln? Laß mich jetzt allein, Gavin, bevor ich meinen Dienern befehle, dich hinauszuwerfen.«

»Meine liebe Mutter!« Statt ihr zu gehorchen oder schuldbewußt dreinzusehen, warf er seinen Kopf zurück und lachte. Dabei bemerkte sie, daß er mit dem Spazierstock mit silbernem Knauf spielte, den er mitgebracht hatte. Und dann verschwand das Lachen aus seiner Stimme und seinem Gesicht, als er sich über sie beugte und, jedes Wort betonend, sagte: »Das ist nicht dein Haus und die Diener, die hier wohnen, sind nicht deine Diener. Verstehst du? *Ich* bin der Marquis von Newbury und *mir* gehört dieses Haus und alles andere, das ich aus meinem Einkommen bezahle. *Du* bist davon abhängig, was *ich* dir zugestehe – und das, was du tust oder nicht tust, hängt ebenfalls von meiner Erlaubnis ab, weil *ich* der Chef dieser Familie bin. Ich denke, es ist höchste Zeit, daß du dir das klarmachst! In weniger als einer halben Stunde kann ich nämlich fünf Ärzten genug Geld geben, damit du für immer aus meinen Augen verschwindest, und das unter Bedingungen, die für dich kaum sehr angenehm sein dürften.«

Er drehte an dem silbernen Knauf, bis sich dieser löste, und schüttelte dann den Stock, so daß fünf Lederriemen herausfielen, die mehrfach geknotet waren, und hielt sie über ihr Gesicht, während er sagte: »Siehst du hier mein kleines Spielzeug? Es wäre mir ein Vergnügen, es an dir auszuprobieren, während ich daran denke, wie sehr du dich in alles so verdammt eingemischt hast, und wie verheerend das für das Leben so vieler Menschen gewesen ist. Würde es jemand erfahren? Würde sich jemand darum kümmern? Du wirst nicht geliebt, Belle-Mère. Du wurdest vielleicht früher einmal gefürchtet, aber nicht mehr, nicht mehr! Es wird keine Intrigen mehr geben – ich werde dafür sorgen, daß du mich in Zukunft für jeden Pfennig anbetteln mußt, den ich dir zugestehe, wenn ich dazu Lust habe. Die Spione, die du einsetzt, sind unverzüglich auszuzahlen, und von jetzt ab wirst du diejenige sein, die beobachtet und bewacht wird. Denke daran und mach dir klar, daß ich jederzeit dieses angenehme Luxusleben, das du führst, in einen sehr unangenehmen Alptraum verwandeln kann! Denn zufällig stamme ich aus deiner Brut und bin das, wozu du mich gemacht hast!

Laß dich also davor warnen, mich in irgendeiner Weise zu reizen oder zu ärgern!«

Noch lange, nachdem ihr Sohn sie verlassen hatte, saß die alte Marquise zitternd in ihrem Stuhl. Und zum ersten Mal in ihrem Leben fühlte sie sich hilflos und ängstlich und ganz der Gnade einer anderen Person ausgeliefert. Warum nur mußte das passieren? Und warum gerade ihr? »Die Königin ist tot!« hörte sie plötzlich eine Stimme sagen. »Lang lebe die Königin!« So ging Macht also vorüber und war jetzt im Besitz der jungen Königin. Aber für wie lange? Und wie und zu welchem Zweck würde sie sie gebrauchen?

45. Kapitel

Die meisten der eleganten Londoner Stadthäuser waren von ihren Bewohnern verlassen worden, als die Sommersaison zu Ende war, aber in fast ebenso viele war in der letzten Oktoberwoche wieder das Leben eingekehrt. Die große Hochzeit stand bevor. Schließlich war es das faszinierendste und unerwartetste Ereignis des Jahres und rührte so viele Fragen auf, auf die niemand eine Antwort zu wissen schien.

»Ich habe diese Art von Hochzeit nie gewollt. Wie ist das überhaupt bekanntgeworden? Die kommen doch alle nur, weil sie neugierig sind. Und meine Großmutter hat richtige Krokodilstränen vergossen und dabei über das ganze Gesicht gestrahlt, diese falsche Person. Ich traue ihr nicht. Und ich bin mir auch meiner Sache nicht mehr sicher, liebt er mich denn überhaupt? Ach, hätte ich mich doch nur dagegen gewehrt, ein Hochzeitskleid zu tragen und in einer Kirche zu heiraten.«

»Meine Liebe, du brauchst dir über nichts Gedanken zu machen«, versicherte ihr Lady Margery, als sie plötzlich den ängstlichen Ausdruck auf Alexas Gesicht wahrnahm. »Du siehst einfach reizend aus, und dein Hochzeitskleid ist wirklich die einzigartigste Schöpfung. Newbury hatte durchaus recht, darauf zu bestehen, daß diese Hochzeit ganz offiziell und in aller Öffentlichkeit stattfinden müßte. Und denk doch nur daran, in ein oder zwei Stunden wirst du deinen richtigen Namen bekommen haben. Du wirst Lady Alexa Dameron, Viscountess Embry, und eines Tages wirst du die Marquise von Newbury sein. Es war schon wirklich sehr großzügig von dir, Lord Deering mit einer so hohen Summe abzufinden, damit er seine Schulden bezahlen konnte. Edwin fand das natürlich nicht ganz in Ordnung. Ach, Schätzchen! Ich hatte wirklich nicht vor, dir hier die Ohren voll zu plappern...!«

Alexa blieb noch Zeit zum Nachdenken, bis sie in der Kirche ankommen würde; aber vielleicht wäre der Versuch, nicht zu denken, nicht nur vorzuziehen, sondern auch klüger, wenn sie ihre Gelassenheit beibehalten wollte.

Alle schwiegen. Der Marquis und Alexa fuhren in einer Kutsche und die alte Marquis und Lady Margery in der anderen.

Ganz schön klug von ihr, Embry zu heiraten, dachte Adelina. Macht, hatte sie gesagt. Aber die alte Königin war noch nicht tot und wurde noch gebraucht. Auf ihren Vorschlag hin nämlich hatte Alexa schließlich Charles eine größere Summe ausbezahlt, um ihn zum Schweigen zu bringen und in ihrer Schuld zu lassen. Und das Mädchen hatte immerhin genug Verstand, um sich klarzumachen, daß sie Rat ebenso brauchte wie Unterstützung in der Öffentlichkeit, um sich eine Fassade des Respekts aufzubauen. Macht in Stellvertretung – warum eigentlich nicht? Sie konnte ihre Hilfe und ihre Führung immer notwendiger erscheinen lassen, bis *ihr* Einfluß schließlich wieder die Oberhand behalten würde. Und früher oder später würde sie dafür sorgen, daß die ungereimte Freundschaft zwischen Alexa und Lady Margery nur noch eine zufällige Bekanntschaft wäre.

Die Witwe richtete sich auf und tat so, als würde sie die Federn auf ihrem eleganten Hut zurechtstreichen. Vor allem mußte sie dafür sorgen, daß Alexa nie so schwach wurde, um sich von ihrem Ehemann beeinflussen oder bestimmen zu lassen; und da sie eine energische Frau war, hatte die

Marquise bereits mehrere Schritte in dieser Richtung unternommen, ohne daß Newbury irgend etwas davon wußte. O nein – er hatte sie zwar anfangs mit seinen Drohungen eingeschüchtert, aber sie war trotzdem noch lange nicht am Ende!

»Endlich sind wir da!« sagte Lady Margery mit erzwungener Lebhaftigkeit, weil sie sich nie etwas aus Adelina gemacht hatte. »Meine Güte, es sieht ja ganz so aus, als wäre noch Hochsaison! So viele Kutschen!«

Die Menge der Neugierigen, die die Braut sehen wollten, war noch größer als sonst. Hochrufe erklangen, als eine wunderschön geschmückte Kutsche schließlich eintraf und anhielt und dann wieder, als die Braut selbst erschien.

Alexa achtete nicht darauf. Unter ihren kurzen weißen Glacéhandschuhen fühlten sich ihre Hände eisig an. Ich hab' solche Angst... solche Angst... Was tu ich bloß hier? Warum bloß? Er ist doch ein Fremder, und ich bin dumm, verdammt dumm, daß ich mich ihm hingebe, mich ihm auch noch anbiete. Wird er denn überhaupt hier sein? Wie unwirklich ist das alles! Seit jener Nacht habe ich ihn doch überhaupt nicht mehr gesehen.

»Ich glaube, es wird dir leichter fallen, zum Altar vorzugehen, wenn du meinen Arm nimmst«, erinnerte sie der Marquis von Newbury trocken, und Alexa folgte ihm automatisch. Das Kirchenschiff streckte sich endlos vor ihr her, und bei jedem Schritt, den sie tat, wandten sich Gesichter nach ihr um. Dort vorne erwartete sie der Schein zahlloser Kerzen. Die Orgel spielte so laut, daß darin alles Geflüster unterging, aber doch nicht laut genug, um in ihrer Erinnerung die heisere Stimme zu übertönen, mit der er auf sie eingeredet hatte: »Du kannst wirklich eine bessere Wahl für eine Ehe treffen als das, was von mir noch übriggeblieben ist, kluge Alexa! Ich bewundere zwar deinen Sinn für Dramatik und zeitliche Koordinierung, aber für eine Heirat reicht es eben nicht – und ihre Pflichten...« Pflichten? Und doch hatte er ihr einige Tage später einen kurzen Brief mit einem formellen Heiratsantrag geschickt und sie gebeten, seine Abwesenheit zu entschuldigen, da er sich von einer Krankheit erholen müsse.

War sie erleichtert gewesen oder nicht? Wie fühlte sie sich jetzt, wo es kein Zurück mehr gab? Ängstlich? Nein! Dies war ihre Wahl und ihre Entscheidung gewesen und anfangs ja auch seine, und...

Als sie ihren Kopf jetzt erhob, sah Alexa, daß er vorne stand und auf sie wartete, wobei sich das Kerzenlicht in seinem dichten schwarzen Haar seltsam spiegelte. Er hatte sich einen Schnurrbart wachsen lassen, durch den sein dunkles Gesicht noch härter und fremder wirkte; selbst nachdem sie bis zu ihm vorgegangen war und jetzt neben ihm stand, konnte sie nichts in seinen Augen lesen, die sie einfach zu beobachten schienen, statt sie in der Weise zu fühlen, wie sie es in Erinnerung hatte.

Sie mußte doch wohl die richtigen Antworten gegeben haben, obwohl sie sich nicht mehr daran erinnerte. Irgendwann während der Feierlichkeit nahm Nicholas ihr den Handschuh ab und steckte einen Ring an ihren Finger, und sie wußte, daß sie dann beide nebeneinander hingekniet waren, nur weil er jetzt ihre Hand nahm, um sie aufzurichten. Was ihr die harte Wirklichkeit wieder zu Bewußtsein brachte, war vielleicht die oberflächliche Berührung seiner Lippen an ihrem Mundwinkel, bevor er den Kopf hob und sie höflich fragte, ob sie noch einmal bereit sei, der Menge entgegenzutreten, und ihr den Arm in derselben höflichen Weise anbot. Wieder schwollen die Orgeltöne an und diesmal war sie von zahllosen Stimmen und Worten umgeben, auf die sie eingehen mußte.

»Wir müssen jetzt noch in die Sakristei, um unsere Namen in ein Buch zu schreiben, damit alles gesetzlich ist.« Nicholas hatte seinen dunklen Kopf zu ihr herabgeneigt, als wolle er ihr ein paar Liebesworte ins Ohr flüstern, und sie war dumm genug, so etwas überhaupt von ihm zu erwarten.

»Du wirst ihr kein Leid antun«, sagte der Marquis mit sanfter Stimme neben Nicholas zu diesem, während sie beide beobachteten, wie Alexa ihren bronzefarbenen Kopf senkte und ihren Namen in das Buch eintrug.

»Wenn es dich beruhigt, kann ich dir mein Wort geben, daß ich deine Tochter, meine Ehefrau, auch nicht mit einem Finger berühren werde, Sir.« Das verzerrte Lächeln von Viscount Embry traf auf Newburys kalte Augen, und Adelina, die dieses kleine Zwischenspiel der beiden aufgefangen hatte, behielt es in Gedanken, um es irgendwann einmal einzusetzen.

»Wir – das heißt, Margery und Edwin Jarvis, wollten eigentlich einen ganz kleinen und sehr privaten Empfang geben, aber weil deren Haus so klein ist, habe ich... Nicholas, du hast doch nichts dagegen? Ich hatte dir einen Brief geschickt und dich um deine Meinung gefragt, aber als ich nichts hörte, mußte ich selbst eine Entscheidung treffen.« War es nur ihre Einbildung, oder war er wirklich leicht zusammengezuckt, als er ebenso gleichgültig die Schultern hob?

»Warum nicht? Zweifellos hast du dich daran gewöhnt, alle Entscheidungen selbst zu treffen, und hast natürlich auch gute Gründe dafür. Hast du auch schon entschieden, wo wir unsere Flitterwochen verbringen werden?«

Sie hatte ihn am Arm gehalten, als sie die Sakristei verließen, aber jetzt mußte Alexa ihr instinktives Gefühl niederkämpfen, mit ihren Fingernägeln und ihrem lautesten Schrei auf ihn loszugehen, nur um zu sehen, wie er darauf reagieren würde. Wie wagte er es nur, ihr übelzunehmen, daß sie sich als stark erwiesen hatte?

Sie hätte das zwar jetzt sagen können, vielleicht auch noch mehr, wenn sie nicht beide plötzlich mit Reis und Konfetti überschüttet worden wären, als die wartende Menge der Neugierigen und Gratulanten sich um sie scharte und sie geradezu zwang, zu allen höflich und freundlich zu sein.

»Und wo wird dein Empfang nun stattfinden?« zischte Nicholas ihr auf einmal zu, und mit erstarrtem Lächeln flüsterte sie zurück: »In meinem – unserem Haus am Belgrave Square, natürlich!« Wobei sie sich wünschte, ihre Worte wären spitze Pfeile gewesen.

Harriet? Irgendwo in diesem Meer der anonymen, starrenden Gesichter mußte sie aus einem Augenwinkel eine

Frau gesehen haben, die sie irgendwie an Harriet erinnerte, aber es doch wohl nicht sein konnte. Alexa merkte, wie sie jetzt vorwärtsgeschoben wurde, wobei Nicholas sie an einem Arm hielt und Mr. Jarvis am anderen, daß eine Kutsche auf sie wartete und die Pferde in der Menschenmenge schon unruhig wurden. Trotzdem mußte sie noch einmal hinsehen, ihr Kopf drehte sich leicht zur Seite, ihre Augen weiteten sich und wirkten dann plötzlich sehr dunkel in ihrem erblaßten Gesicht. Sie war es! Wie konnte sie nur diese große eckige Gestalt und dieses irgendwie verschlossene Gesicht nicht erkannt haben, noch dazu mit diesen herabhängenden Mundwinkeln?

»Tante Harriet? Du bist da, aber warum hast du mir nicht geschrieben? Warum hast du mich nicht wissen lassen, daß du in London bist?«

»Meine liebe Alexa«, sagte Harriet später in demselben säuerlichen Ton, den Alexa noch so gut in Erinnerung hatte, »ich bin überrascht, daß du immer noch so viele Fragen gleichzeitig stellst! Glaubst du wirklich, darauf irgendwelche Antworten zu bekommen?« Und dann, etwas freundlicher, fügte sie hinzu: »Ich wollte dich wirklich nur als Braut aus der Ferne betrachten.«

»Es ist doch wunderbar, daß du hier bist, und vor allem gerade jetzt, aber wie war das denn nur möglich? Stimmt irgend etwas nicht? Als wir uns das letzte Mal unterhielten...«

»Ach ja. Seitdem hat Martin sich ganz erstaunlich erholt und schließlich beschlossen... Nun also, da war so eine junge eurasische Frau, die er ziemlich regelmäßig traf, und nachdem sie ihm das zweite Kind geboren hatte, heiratete er sie. Natürlich war es ihre Sache, den Haushalt zu führen, und das machte sie natürlich anders als ich, damit mußte man natürlich rechnen.«

Die arme Harriet. Belle-Mère? Wahrscheinlich war es ihr zuzuschreiben, daß Harriet jetzt hier war, aber was immer sie damit hatte erreichen wollen, war jetzt unwichtig.

Alle waren überrascht, als Nicholas spontan vorschlug,

Harriet könnte es vielleicht ganz angenehm finden, ein oder zwei Wochen mit ihnen auf dem Land zu verbringen, bis sie beschlossen hätten, wohin sie für den Rest des Winters fahren würden. Er sei sogar sicher, daß seine Frau glücklich darüber sei, eine weibliche Begleiterin zu haben, während er wahrscheinlich viel unterwegs sein würde.

Unterwegs? fragte sich Alexa, ohne es laut auszusprechen. Jedenfalls wollte sie sich wieder mit Harriet anfreunden. Am seltsamsten war wohl, erinnerte sie sich später, wie Harriet und der Marquis von Newbury einander begegneten. Aber statt der Ressentiments, die sie auf beiden Seiten erwartet hatte, war sie höchst überrascht, daß die beiden miteinander zu sprechen begannen, als würden nicht die vielen Jahre zwischen ihrer letzten Begegnung und dem heutigen Tag liegen.

Jedenfalls lief der kleine private Empfang sehr gut ab, und alle Anwesenden waren freundlich und charmant zueinander. Ein glatter Erfolg, so würde es später jeder nennen. Alles war sehr geschmackvoll hergerichtet, von den Speisen bis zu den Weinen und den Blumenarrangements. Adelina hatte sich persönlich darum gekümmert, während ihr Sohn sich die Gästeliste vorgenommen hatte, zu der der hohe Adel ebenso gehörte wie einflußreiche Persönlichkeiten des öffentlichen Lebens. Selbst der alte Herzog von Wellington war kurz erschienen und Ihre Majestät die Königin hatte ein Geschenk zusammen mit einem handgeschriebenen Grußwort geschickt und den beiden Glück gewünscht. Kein frisch verheiratetes Paar hätte sich einen verheißungsvolleren Beginn seines gemeinsamen Lebens wünschen können, und niemand, der Lord Embry und seine strahlend lächelnde Frau beobachtete, würde sie anders als vom Glück und den Umständen außerordentlich gesegnet halten, vor allem in Anbetracht der uneingeschränkten Unterstützung, die sie sowohl von dem Marquis von Newbury als auch von seiner stattlichen Mutter erhielten.

Schicksal, dachte der Marquis. Alexandra Victoria, seine Tochter, würde eines Tages die Marquise von Newbury werden, wie es ihre Mutter hätte werden sollen. Und die alte

Hexe, seine Belle-Mère, hatte das Spiel endgültig verloren. Er traute ihrem ungewöhnlichen Entgegenkommen nicht, aber dafür hielt er jetzt auch die Zügel der Macht fest im eigenen Griff und nutzte jede Gelegenheit, sie daran zu erinnern, was häufig vorkam. Er spielte mit dem Gedanken, sie aufs Land zu bringen, mit einer Bewacherin, die nur ihm Rede und Antwort stehen durfte. Ah, wie sehr würde sie das hassen! Und vor allem, wenn diese Bewacherin auch noch Miß Harriet Howard wäre. Eine interessante Idee, mit der er sich später noch befassen wollte. Inzwischen überließ er es Lady Iris, über ihre Pläne für Helens Hochzeit im nächsten Jahr zu plappern, den großen Empfang, den sie für sie geben mußte und die neue Garderobe, die sie brauchen würde, um jede andere elegante junge Dame auszustechen.

Die alte Marquise hatte sich kaum um die erregte Ankündigung ihrer Schwiegertochter gekümmert, daß Helen sich mit dem Earl of Worley verlobt habe, einem mindestens zwanzig Jahre älteren Mann. Sie hatte schon immer gewußt, daß Helen einmal gut und passend heiraten würde. Nein, es ging ihr um *diese* Verbindung, die man ihr aufgedrängt hatte, die jetzt ihre ganze Aufmerksamkeit beanspruchte – auch nachdem sie wieder nach Hause zurückgekehrt war. Sie hatte es immer verstanden, in den Leuten zu lesen und ihre Schwächen herauszufinden, um diese zu ihrem eigenen Vorteil auszunützen. Und in diesem Fall hatte sie vor, sich zu ihrem eigenen Schutz aus der neuen Lady Embry, ihrer Enkelin, eine Bundesgenossin zu machen. Liebhaber! Ja, das war es. Sie zu ermutigen, sich Liebhaber zu nehmen, für sie Liebhaber zu finden, sie verständnisvoll mit Alibis zu versorgen, wann immer sie diese brauchte. Und dann... Da gab es doch so viele köstliche Alternativen, die man gegeneinander abwägen konnte! Aber zunächst mußte Alexa sich ihr verpflichtet fühlen, sie mußte zu ihr kommen, um ihren Rat und ihre Hilfe in Anspruch zu nehmen. Und zu diesem Zweck würde es hilfreich sein, sich um Harriet Howard zu kümmern, die sicher mehr über Alexa wissen dürfte als jeder andere. Schließlich waren ja Harriet und ihr schwacher Bruder, dieser Dummkopf, zweifellos in ihrer Schuld, und ein versteckter Hinweis könnte wohl ganz hilfreich sein, wenn Miß Howard morgen nachmittag zum Tee kommen würde. Ah, wenn Gavin dachte, er könne sie so einfach besiegen, dann würde er bald merken, wie sehr er sich dabei irrte. Ein Mann ohne Rückgrat war immer anfällig, und er mußte immer wieder daran erinnert werden, daß sie alle seine Schwächen, seine Fehler und seine Laster nur allzugut kannte.

46. Kapitel

»Eine Hochzeitskrise wie bei allen. Ich bin nur froh, daß überhaupt eine Hochzeit stattgefunden hat. Mehr brauche ich dazu nicht zu sagen.«

Mr. Bowles sah Bridget bedeutungsvoll an, die sofort schroff entgegnete: »Wirklich, Mr. Bowles? Ich hatte nie daran gezweifelt, daß es schließlich zu einer Hochzeit kommen würde. Und versuchen Sie nur nicht, mir einzureden, daß dies der einzige Grund ist, warum meine arme Lady Alexa ganz allein in ihrem Zimmer auf und ab geht, während Seine Lordschaft in seinem eigenen Zimmer schläft, und das auch noch in ihrer Hochzeitsnacht!«

Bridget, die derart heftig für ihre Herrin Partei ergriff, hätte deren verschlossene Tür noch weiter bewacht, wenn Alexa sie nicht ins Bett geschickt hätte, Stunden bevor sie selbst einschlafen konnte. Alexa hatte gehofft, er würde an ihre Tür kommen und anklopfen, weil sie dann das rachsüchtige Vergnügen gehabt hätte, ihn zu ignorieren, halb fürchtend und halb erwartend, er würde vielleicht die Tür einschlagen, um zu ihr zu kommen. Es mußte schon nach Mitternacht sein, bis sie endlich einschlief. Und als sie am frühen Nachmittag des nächsten Tages aufwachte, lag sie immer noch auf ihren Bettdecken, zusammengerollt wie ein Kind und immer noch allein.

Nicht Embry, sondern Bridget weckte sie, mit noch röteren Backen als sonst, aus Verlegenheit. Bridget teilte ihr mit, ihr Mann sei mindestens zwei Stunden lang in der Bibliothek geblieben, bevor er sich auf sein Zimmer zurückgezogen habe.

»Seine Lordschaft sagte... Er sagte mir, Sie sollten nicht vor Mittag gestört werden. Und ich sollte schon anfangen, für Sie zu packen, um aufs Land zu fahren.«

Alexa merkte, wie sich alle ihre Glieder versteiften, und daß sie gleichzeitig wütend wurde. Wie konnte er es wagen, ihren Dienstboten in ihrem Haus Anweisungen zu geben! Und damit indirekt auch ihr! Sie holte tief Luft und wollte gerade durch Bridget eine eisige Nachricht an ihn schicken, als ihr plötzlich klar wurde, daß sie ja verheiratet war, und daß alles, was bisher ihr gehört hatte, jetzt das seine war. Sie selbst eingeschlossen, auch wenn er es nicht für nötig gefunden hatte, in der Hochzeitsnacht seine ehelichen Rechte in Anspruch zu nehmen. War dies etwa der Grund, warum Bridget unfähig schien, ihr heute morgen in die Augen zu sehen. Neuvermählt und schon verachtet.

»Ich glaube, es wird von uns erwartet, daß wir ein oder zwei Wochen auf dem Land verbringen, bevor wir aufs Festland reisen«, sagte Alexa und zwang sich dabei, eine aufrechte Haltung einzunehmen, in der Hoffnung, daß Bridget nicht ihr Gesicht sehen könne. Dann fügte sie hinzu: »Wie rücksichtsvoll von Lord Embry, dafür zu sorgen, daß ich ausschlafen konnte! Ist er überhaupt schon auf, Bridget? Wenn ja, dann sag ihm doch bitte, daß ich ihn noch sprechen muß, bevor wir alles packen. Ich kann mich nämlich nicht mehr genau erinnern, ob wir erst nach Spanien oder nach Deutschland fahren wollen.«

Kurz darauf erfuhr Alexa, daß Seine Lordschaft eine Kutsche hatte kommen lassen und schon vor über einer Stunde abgefahren war. Er hatte Lady Alexa eine Nachricht hinterlassen, daß er dringende Geschäfte erledigen müsse, so daß er erst kurz vor acht Uhr heute abend zurückkommen könne, um sich dann mit ihr und ihren Gästen zum Dinner zu treffen.

Nur durch bewußten Einsatz ihrer Willenskraft konnte Alexa damit fortfahren, ihr Haar aufzustecken, während sie wie beiläufig sagte: »Oh? Das habe ich wohl gestern in der

Aufregung ganz vergessen. Hat Seine Lordschaft zufällig eine Gästeliste für mich dagelassen?«

»O ja, Madam«, antwortete Bridget rasch. »Er hat sie Mr. Bowles gegeben, bevor er ging – für den Fall, daß Sie es vielleicht vergessen haben sollten, hatte er gesagt – und dieser gab sie mir. Dann wollte auch der Koch mit ihnen noch über das Menü sprechen, sobald es Ihnen passen sollte, Mylady.«

Der verdammte Kerl! Was für ein grausames Spiel trieb er jetzt schon wieder mit ihr? Förmlichkeit, Höflichkeit und vor allem Distanz. Er wich ihr aus, soviel war klar. Und daß er Gäste zum Dinner am Abend nach ihrer Hochzeit einlud, war ein klares Zeichen dafür, daß er keine Lust verspürte, mit ihr allein zu sein. Sollte das etwa auch bedeuten, daß sie noch eine weitere Nacht ohne ihn verbringen sollte? Alexa knirschte mit den Zähnen und starrte in den Spiegel. Sie wollte die Sache klarstellen und alles mit ihm durchsprechen, sobald er wieder das Haus betreten würde, ob er das nun mochte oder nicht – Gäste hin oder her. Nur weil sie jetzt verheiratet waren, wagte er offenbar, sie so zu behandeln, als sei sie plötzlich nicht mehr als eine Haushälterin! Rasch ergriff sie die Gästeliste, die Bridget ihr auf den Frisiertisch gelegt hatte und runzelte ärgerlich die Stirn. Nicholas' Handschrift war fast so unmöglich wie er selbst. Mit Ausnahme einiger weniger Namen, die ihr bekannt waren, war die Liste kaum leserlich. Zehn Leute, für die sie die freundliche, lächelnde Gastgeberin spielen sollte. Mit Mühe mußte sie sich beherrschen, das Papier nicht zu zerreißen oder die vor ihr aufgereihten Kristallflaschen eine nach der anderen gegen den Spiegel zu werfen, und sicher wäre es noch dazu gekommen, wenn nicht einer der Dienstboten an die Tür geklopft und ihr auf einem silbernen Tablett einen Pergamentumschlag gereicht hätte.

»Ich lese es hier«, rief sie dem Mädchen mit äußerst beherrschter Stimme zu. »Und du kannst inzwischen den Koch kommen lassen.« Ihre Wut flaute langsam ab und machte der Neugier Platz, nachdem sie die kurze Nachricht von Adelina gelesen hatte, die mit ihr, Alexa, einige dringende private Angelegenheiten besprechen wollte – wenn möglich noch heute nachmittag.

»Das ist aber ein hübsches Kleid, meine Liebe«, sagte die alte Marquise, nachdem Alexa in ihr Wohnzimmer geführt worden war. »Dieser Braunton paßt sehr gut zu dir, und der Goldbesatz gefällt mir wirklich. Ich selber habe sehr gern Braun und Gold getragen, als ich noch jünger war. Magst du Tee? Oder vielleicht Kaffee? Oder«, wobei sie Alexa mit einer ungeduldigen Handbewegung aufforderte, sich zu setzen, »daß ich so schnell wie möglich zur Sache komme?«

Nachdem das Dienstmädchen hinausgegangen war, fuhr die Witwe fort. »Glücklicherweise – vielleicht auch unglücklicherweise – sind wir beide uns wohl ähnlich genug, um Offenheit zu schätzen. Und du hast ja inzwischen bewiesen, daß du ebenso scharfsinnig wie ehrgeizig bist.« Sie ließ ein gackerndes Lachen hören. »Jedenfalls bist du Gott sei Dank nicht so wie die anderen. Du weißt schließlich, was du willst, und sorgst dafür, daß du es bekommst, nicht wahr? Aber um echte Macht zu besitzen – und darum ging es dir doch, nicht wahr? –, nun, um über Macht zu verfügen, meine Liebe, mußt du eine Menge Dinge über eine Menge Menschen wissen. Und auf dem Gebiet bin ich dir jedenfalls voraus, weil ich jeden kenne, der wichtig ist, und alles über diese Menschen weiß. Und ich habe dieses Spiel viel länger gespielt als du und Erfolg dabei gehabt – bis du aufgetaucht bist.«

Obwohl Alexa nichts gesagt hatte, bedeutete ihr die Witwe mit einer ungeduldigen Bewegung ihrer beringten Hand zu schweigen, um dann mit einem Achselzucken fortzufahren: »Wenn ich aber irgend etwas gelernt habe, dann war es zu akzeptieren, was akzeptiert werden muß, auch wenn es mir nicht paßt. Es bringt nichts, daß wir uns miteinander verfeinden, wenn wir doch beide etwas voneinander haben können. Und damit meine ich, daß ich dir dabei behilflich sein kann, deine Ziele zu erreichen, meine Liebe, und daß du mir gleichzeitig auch helfen kannst! Wir brauchen uns dabei auch nicht in die Quere zu kommen, nicht wahr? Ich glaube, du denkst logisch genug, um den Sinn dessen zu verstehen, was ich vorschlage.«

Vorsichtig antwortete Alexa: »Und das heißt...? Entschuldige bitte, daß ich nicht genau verstehe, wie ich dir irgendeine Hilfe sein kann.«

»Nein? Dann will ich es dir sagen. Und es könnte auch vorteilhaft für dich sein, das wirst du noch merken.« Zu Alexas Überraschung lachte die Witwe noch einmal auf, während sie Alexas Gesicht beobachtete, um dann zu sagen: »Du hast kein Vertrauen zu mir, nicht wahr? Nun, das ist wohl auch ganz klug von dir. Ich würde dir auch keinen Gefallen tun, wenn ich dabei keinen Vorteil hätte, weil ich immer zuerst an mich denke. Wie sonst hätte ich in einer Männerwelt überleben sollen und es so weit gebracht haben können? Wenn du Macht haben willst, meine Liebe, dann kannst du dir nicht den Luxus erlauben, dich von deinen Emotionen treiben zu lassen. Vielmehr mußt du lernen, die Emotionen anderer für deine eigenen Zwecke einzusetzen. Ich habe einen alten, reichen Mann mit einem Adelstitel geheiratet und konnte mir junge Liebhaber aussuchen, wenn ich sie wollte, und sie fallenlassen, wenn ich sie satt hatte, genauso wie es Männer mit Frauen machen, die zu nachgiebig sind. Sie können nicht einer Frau widerstehen, die stärker ist als sie und die Beziehung beherrscht. Sie sind es nicht gewohnt, selbst benutzt zu werden, verstehst du, und sie erkennen es nie, die armen Narren! Wenn du eine verheiratete Frau bist, ist es leicht, eine Affäre abzubrechen, wann immer es dir paßt, während sie noch weiter nach dir hungern. Das wirst du ja sicher noch früh genug herausfinden, wenn du nicht so dumm bist, zu starke Gefühle deinem Ehemann gegenüber entstehen zu lassen. In diesem Fall allerdings wirst du nichts anderes sein als eine dumme Brutmaschine, die überhaupt nichts zu sagen hat, nicht einmal, wie dein *eigenes* Vermögen eingesetzt werden soll – mit dem er zweifellos seine Mätressen bezahlt.«

Alexa fand die plötzliche freimütige Offenheit ihrer Großmutter recht erstaunlich, obwohl sie sich von dieser Direktheit nicht entwaffnen ließ. Trotzdem tat der letzte Teil der

Rede seine Wirkung, hatte doch ihre Tante Solange das gleiche gesagt, nur etwas brutaler. »Du tust besser daran, mit deinem Kopf zu denken, mein Kleines, und nicht mit dem, was du zwischen deinen hübschen Beinen hast!« Und hatte sie denn nicht selbst gesehen und gehört, wie gemein Männer waren und wie gefühllos gegenüber Frauen, die sie zu leicht beherrschen konnten? Wie einfach es war, dieselben Männer zu Sklaven zu machen, die um eine Gunst bettelten, wenn eine Frau nur genug wußte und clever genug war, sich gefühlsmäßig fernzuhalten. Es ging nicht darum, was man fühlte, sondern was man tat. Warum hatte sie das denn immer noch nicht gelernt?

Als könne sie Gedanken lesen, beugte sich die Witwe in ihrem Stuhl vor und sagte überraschend: »Es gibt doch eine Spannung zwischen dir und Nicholas, nicht wahr? Ihr braucht euch nicht die Mühe zu machen, das zu verleugnen.«

Alexa merkte, daß alle Muskeln in ihrem Gesicht steif wurden bei der Anstrengung, sich zu beherrschen, sogar ihre Lippen. Irgendwie gelang ihr aber doch ein Lächeln, und sie sagte leichthin: »Ich muß wohl noch ein paarmal proben, bis ich eine bessere Schauspielerin bin. Aber ich denke, daß die Anspannung, die du bemerkt hast, auf die Umstände zurückzuführen ist, wie unsere Hochzeit zustande kam. Ich bin ziemlich sicher, daß wir uns beide früher oder später besser verstehen werden, wobei es vielleicht eine Hilfe ist, daß wir von London und dem ganzen Ruß und Rauch und Nebel wegkommen.«

»Ah!« rief Adelina zufrieden aus. »Das ist genau das, worüber ich mit dir sprechen wollte. Newbury hat in letzter Zeit Einwände dagegen erhoben, daß ich London verlasse und nach Spanien und Portugal reise, wie ich es sonst jedes Jahr getan habe. Er schlägt das Land vor – aber ich hasse es, dort den Winter über eingesperrt zu werden, und du bestimmt auch, da bin ich sicher. Ich war immer der Ansicht, wenn ein Mann ein Recht auf sein Amüsement hat, dann hat die Frau das gleiche Recht, obwohl wir dabei etwas vorsichtiger vorgehen müssen als sie.«

»Entschuldige bitte«, sagte Alexa ziemlich verlegen, »aber ich fürchte, ich...«

»Ich denke, daß du den Süden von Spanien mit seiner warmen Sonne und seinem gesunden Klima viel aufregender finden wirst, als dich auf dem Land einschneien zu lassen. Mir geht es jedenfalls so. Und wenn du Newbury gegenüber erwähnst, daß du ein tropisches Klima gewohnt bist und es dir daher nicht vorstellen kannst, einen kalten, feuchten Winter hier zu verbringen, sondern die Zeit viel lieber in Spanien oder Portugal mit mir als einer geeigneten Begleiterin überbrücken würdest, dann wird wohl niemand etwas dagegen haben. Abgesehen davon wäre es auch für dich eine interessante Erfahrung. Überlege dir doch einmal die vielen Vorteile und Möglichkeiten, bevor du dich entscheidest. Oder noch besser, fahr doch zuerst einmal aufs Land für ein oder zwei Wochen!«

Alexa kehrte in ihr eigenes Haus in einer seltsam ungewissen Stimmung zurück, die sie für den restlichen Nachmittag angespannt bleiben ließ. Während sie versuchte, ihre Gedanken wieder zu ordnen, blickte sie durchs Fenster und sah, wie ein leichter Nieselregen niederging. Sie würde kühl bleiben. Sie würde sich völlig objektiv und vernünftig ausdrücken und es ihm unter keinen Umständen erlauben, sie dazu zu bringen, die Fassung zu verlieren. Sie würde darauf hinweisen, daß beiden mehr daran gelegen sein müsse, sich vom Beginn ihrer Ehe an darüber besser zu verständigen, was jeder vom anderen erwarten konnte. Schließlich wurde es aber ganz anders, als sie erwartet hatte, und sie konnte sich überhaupt nicht mehr an ihre sorgfältig vorbereiteten Reden erinnern, als sie dieses Rüstzeug am nötigsten gebraucht hätte.

Die Ursache dafür war vielleicht, daß die Abendgesellschaft aus Fremden und Zufallsbekannten bestand, die er eingeladen hatte, ohne sich vorher mit ihr abzusprechen. Vielleicht war es auch der sie schmerzende Umstand, daß er nicht rechtzeitig zurückgekommen war, um sich noch umzuziehen, so daß es ihr überlassen blieb, sich um die ersten Gäste zu kümmern, bis er schließlich mit nachlässigen Entschuldigungen die Treppe herunterschlenderte. Oder war es wegen der fast endlosen Zeit, während der die Männer bei ihrem Portwein und ihren Zigarren und zotigen Witzen beieinander blieben, während sechs Frauen, die sich kaum kannten und nichts gemeinsam hatten, ebenso angespannt schwiegen wie sie? Als die letzten Gäste gegangen waren, kochte Alexa vor Wut, insbesondere hinsichtlich der Tatsache, daß wenigstens zwei der ›Ladys‹, die sie hatte bewirten müssen, stadtbekannte Kurtisanen waren, die später zweifellos darüber lachen würden, von Viscount Embry und seiner Ehefrau am eleganten Belgrave Square eingeladen worden zu sein. Lachen über sie, daß sie dazu gezwungen worden war.

Während Bowles die Haustür verriegelte, wandte sich Alexa abrupt zu ihrem Mann um, der es gerade wagte zu gähnen. »Ich muß mit dir reden, bitte, Mylord.«

Obwohl sie dabei jedes Wort sarkastisch unterstrich, hatte er die Kühnheit, ein weiteres Gähnen zu unterdrücken, um sie dann zu fragen, ob dies nicht ein andermal sein könne, wenn er nicht so müde wäre. »Wenn es sich dabei um Geld dreht und wieviel du zu bekommen hast, so habe ich das schon alles mit deinem Rechtsanwalt, Mr. Jarvis, geregelt. Er wird dir zweifellos viel besser als ich erklären können, worum es dabei geht. Jedenfalls brauchst du nicht das Gefühl zu haben, zu kurz zu kommen.«

Der gallenbittere Gedanke, es könne von ihr erwartet werden, ihm für seine Großzügigkeit zu danken, daß er ihr erlaubte, einen Teil ihres eigenen Vermögens selbst auszugeben, ließ Alexa fast ersticken.

»Wenn du sonst nichts auf dem Herzen hattest, dann wirst du mich wohl jetzt entschuldigen.« Er wandte sich schon zum Gehen, als Alexa ihm die Hand auf den Arm legte. Sie wußte, daß Mr. Bowles sie beide beobachtete, während er so tat, als würden die Türriegel nicht richtig schließen, aber das war ihr jetzt gleichgültig.

»Ich habe noch sehr viel mehr auf dem Herzen, und das muß noch heute abend besprochen werden«, erwiderte Alexa mit leiser Stimme, die aber vor Wut zitterte.

Diesmal wurde sie mit einem fragenden Anheben einer Augenbraue belohnt, als Nicholas schleppend sagte: »Muß? Ich bin kaum noch in der Lage, heute abend über etwas zu diskutieren, fürchte ich. Ist es denn so dringend?« Dann aber mußte er etwas in ihrem Gesicht erkannt haben, was ihm riet, lieber doch nachzugeben, so daß er resigniert mit der Schulter zuckte und sagte: »Ich sehe, daß du darauf bestehst. Gehen wir in die Bibliothek! Und versprichst du mir, daß es kurz sein wird?«

Viscount Embry goß sich und ihr ein großes Glas Cognac ein. »Prost, Marquise.« Mit einer höhnischen Geste hob er sein Glas. »Was gibt es denn so Dringendes zu besprechen mit mir?«

Am Ende konnte sie ihm kaum noch vorwerfen, nicht aufrichtig zu ihr gewesen zu sein. Seine Aufrichtigkeit hatte sie wie ein Pfeil ins Herz getroffen.

»Herrgott, Alexa! Ich habe dir doch schon gesagt, daß es nicht gut für dich wäre, mich zu heiraten. Aber du hast darauf bestanden, und dein Vater, der Marquis, ebenfalls, und nachdem man mich höchst überzeugend dazu gedrängt hat, entweder dich zu heiraten und meine Freiheit zu bekommen, fiel mir die Wahl gegenüber den anderen Alternativen nicht schwer. Ich kann mir kaum vorstellen, daß du das nicht gewußt hast, und bitte dich jedenfalls um Entschuldigung dafür, daß ich dir in dieser Ehe nicht mehr geben kann als meinen Namen und den Titel der Marquise von Newbury, den du ja eines Tages tragen wirst.«

Inzwischen hatte sich ihre Wut in eine zunehmende innere Kälte verwandelt, trotz des viel zu schnell getrunkenen Cognacs. Aber sie bestand immer noch darauf, ihre Fragen zu stellen, als müsse sie dadurch herausbekommen, ob sie überhaupt noch etwas fühlte: »Warum? Nicholas, sag mir doch wenigstens warum! Vielleicht kann ich es besser verstehen, wenn du mir erklärst...«

»Ich fürchte, du wirst meine Erklärung nicht ganz verstehen.«

Später, als sie in ihrem Bett auf dem Rücken lag und zu den Schatten an der Decke emporschaute, die von den flakkernden Flammen dorthin geworfen wurden, erinnerte sie sich noch einmal an jedes Wort, das er gesagt hatte.

»Wenn man so mißhandelt wird, dann kommt man unweigerlich zu einem Punkt, wo man vor dem Schmerz fliehen muß. Ich habe es dadurch erreicht, daß ich meinen Geist von dem getrennt habe, was mit meinem Körper geschah. Ich mußte aufhören zu fühlen, Alexa. Es war der einzige Ausweg. Danach schien alles nicht mehr wichtig zu sein, verstehst du? Mein Körper protestierte zwar immer noch, aber es hatte nichts mehr mit mir zu tun, weil ich mich in meinen Geist zurückgezogen hatte und darin lebte. Aber ich glaube, das verstehst du doch nicht.« Er hatte ihr sein Gesicht zugewandt und mit einem ausgestreckten Finger eine ihrer Locken berührt. »Es tut mir leid, wenn ich dich als Ehemann so enttäuschen muß, meine Liebe, aber ich bin sicher, wenn du erst einmal Zeit gehabt hast, um über die Vorteile dieser Heirat nachzudenken, dann wirst du dich schließlich glücklich schätzen.«

47. Kapitel

Ihr Mann hatte schon das Haus verlassen, wohl um weiteren geheimnisvollen geschäftlichen Angelegenheiten nachzugehen, als Alexa sich zu den Lincoln's Inn Fields fahren ließ, um mit ihrem Anwalt über eine Annullierung ihrer Ehe wegen unterbliebenem Vollzug zu sprechen. Es war eine Farce, ein Schwindel. Die schlimmste Demütigung war aber, daß ihm diese Ehe aufgezwungen worden war – auch Alexa war ihm aufgezwungen worden. Es war unerträglich, und sie wollte nichts anderes als ihre Freiheit.

Nachdem Mr. Jarvis ihr immer Verständnis und Sympathie entgegengebracht hatte, war Alexa einigermaßen verblüfft, als er ihr ganz offen sagte, er müsse ihr mit gutem Gewissen raten, keine Dummheit zu begehen. Und jeder andere, ob Anwalt oder Freund, würde dasselbe tun.

»Aber dann habe ich mich offenbar nicht verständlich gemacht!« rief Alexa empört. »Wie können Sie nur von mir erwarten, unter solchen Bedingungen zu leben? Und gestern abend – immerhin am Tag nach unserer Hochzeit – war er so taktlos, zwei stadtbekannte Kurtisanen zum Essen einzuladen, die ich dann auch noch unterhalten mußte, während er und seine neuen Freunde sich beim Portwein Witze erzählten. Und als ich ihn darauf ansprach, wußte er nur zu sagen…« Alexa mußte sich zwingen, innezuhalten und tief durchzuatmen, bevor sie fortfahren konnte, »daß ich ihm leid tue, weil ich wie alle anderen zu einer frommen Heuchlerin geworden sei! Muß ich mir denn auch noch seine Beschimpfungen gefallen lassen?« Ohne zu überlegen, was sie tat, sprang Alexa von ihrem Stuhl auf und lief in dem kleinen Raum hin und her, bis Mr. Jarvis' sanfte Stimme sie aufhielt.

»Bitte, Lady Alexa, nehmen Sie doch wieder Platz.«

Als Alexa sich wieder gesetzt hatte, neigte Mr. Jarvis etwas den Kopf und fuhr mit fester Stimme fort. »Meine liebe Lady Alexa, ich halte es für meine Pflicht, Sie darauf hinzuweisen, daß Sie in diesem Fall nur Vorteile haben, mit Viscount Embry verheiratet zu bleiben – aber alles verlieren können, wenn Sie etwas überstürzen. Eine Scheidung ist für eine Frau etwas Unmögliches, das wissen Sie, so unfair das auch sein mag. So sehr es mir auch widerstrebt, darüber zu sprechen, muß ich aber doch auf die Möglichkeit hinweisen, daß Sie unter Umständen schwanger sind. Nein, nein, lassen Sie mich bitte beenden.« Alexa hatte schon den Mund geöffnet, um wütend dagegen zu protestieren, aber jetzt biß sie sich statt dessen auf die Lippe und zwang sich dazu, einer Rede zuzuhören, die ihr gleichgültig war, während Mr. Jarvis seine Fingerspitzen aneinanderlegte und mit seiner trockenen Stimme fortfuhr: »Wie Sie wissen, würden die meisten Männer nicht so großzügig sicherstellen, daß alle Gelder, die Ihnen von Ihrem verstorbenen Ehemann hinterlassen wurden, wieder legal an Sie zurückgehen, mit nur wenigen kleinen Bedingungen verbunden. Ich muß Ihnen sagen, daß ich Lord Embrys Entscheidung unter den gegebenen Umständen für äußerst großzügig halte.«

»Sie nennen ihn großzügig, weil er mir das zurückgibt,

was mir gehört, und auch noch Bedingungen damit verknüpft? Was für Bedingungen eigentlich? Oh, ich fürchte, Mr. Jarvis, daß mir dafür bessere Worte einfallen als ›großzügig‹!«

Alexa beugte sich mit blitzenden Augen und zusammengebissenen Zähnen in einer Weise vor, um nochmals zu fragen: »Welche Bedingungen?«

Rasch antwortete er: »Nur zwei, meine liebe Lady Alexa, nur zwei. Die erste ist, daß Sie ab sofort keine Gelder und kein Eigentum weggeben, wie es mit Lord Deering der Fall war, Sie erinnern sich. Und die zweite ist, falls Sie sich – hm – einen Liebhaber nehmen sollten, nun, dann – geht die Kontrolle über das Geld und alles übrige wieder auf ihren gesetzlichen Ehemann zurück. Obwohl er für den Fall seines Todes natürlich dafür gesorgt hat, daß Sie dann die rechtmäßige Besitzerin sind, ohne irgendwelche Bedingungen. Und wenn Sie dies alles von einem vernünftigen Gesichtspunkt aus betrachten, dann...«

Unfähig, noch weiter zuzuhören, sprang Alexa auf und rief mit einer Stimme, die vor Wut zitterte: »Oh, ich habe schon voll und ganz verstanden, worum es ihm geht, das versichere ich Ihnen. Er begehrt mich nicht, und andere dürfen mich nicht haben! Darum geht es doch, nicht wahr? Dieser Schuft! Dieser verdammte... Nein, ich werde Ihre Ohren nicht wieder mit Flüchen verletzen, Mr. Jarvis, aber wenn Lord Embry meint, mich auf diese Weise zu zähmen...« Alexa lachte plötzlich wild, beinahe hysterisch auf, so daß Mr. Jarvis blaß wurde, um dann mit sanfterem Ton fortzufahren, der gerade deshalb aber um so drohender wirkte: »Er wird mir überallhin folgen müssen, wohin ich gehe, Mr. Jarvis, um meiner ganz sicher zu sein. Das aber werde ich ihm so schwer wie möglich machen und mir trotzdem so viele Liebhaber nehmen, wie ich möchte. Wenn er mich erwischt, dann verliere ich eben mein Geld; aber ich werde wieder durch meine eigene Anstrengung reich. Ich wüßte gern, wie es mein Ehemann Viscount Embry findet, daß seine Frau eine Dirne geworden ist. O ja, Mr. Jarvis, ich versichere Ihnen, daß ich eine verdammt gute Dirne werden kann, wenn ich mir das in den Kopf setze. Vielleicht hilft mir sogar meine Tante dabei? Oder…«

»Um Himmels willen!« unterbrach sie der sonst unerschütterliche Mr. Jarvis. »Bitte seien Sie vorsichtig, so etwas zu sagen, auch wenn Sie es nicht so meinen. Wenn Sie sich nur die Zeit nehmen würden, alles einmal in Ruhe und nüchtern durchzudenken… Ich war vielleicht zu offenherzig und habe Sie womöglich nicht richtig verstanden, aber ich habe Ihnen eben nur Fakten aufgezählt und Sie an das erinnert, was das Gesetz sagt. Wenn ich sonst noch etwas für Sie tun kann…«

»Sie können überhaupt nichts tun, Mr. Jarvis, und mir ist Ihre unangenehme Situation und Ihr offener Bericht gewisser Umstände durchaus bewußt«, sagte Alexa ruhig, während sie ihre Handschuhe anzog. »Trotzdem werde ich alles genauso tun, wie ich es eben gesagt habe, wenn er mich dazu zwingt; und auch das ist eine Tatsache. Vielen Dank für Ihre Zeit, bitte grüßen Sie Lady Margery von mir. Sie können ihr sagen, daß ich vorhabe, zusammen mit meiner Großmutter als Begleiterin der warmen Sonne entgegen nach Spanien zu reisen. Der Gedanke an einen kalten englischen Winter und an ein noch kälteres Bett macht mir den Abschied leicht! Guten Tag, Mr. Jarvis.«

Es schien, als hätte ihre ganze Wut und die vielen Verletzungen sich plötzlich in eine einzige kalte und feste Masse verwandelt, die sie ganz von innen ausfüllte. Seltsamerweise konnte sie fast verstehen, was Nicholas ihr gestern abend zu erklären versucht hatte, obwohl sie ihm nicht vergeben konnte, was er ihr angetan hatte. Geschmeichelt hatte er ihr, sie überredet, verfolgt und um sie geworben, sie gelehrt, was Leidenschaft bedeutete und was Ekstase war – sie dazu gebracht, ihn zu begehren und sich nach allem zu sehnen, was er sie fühlen lassen konnte, selbst wenn es gegen ihren Willen geschah. Und dann, dann hatte er sie zurückgewiesen. Nicht aus Rache und nicht aus Haß. Derart starke Emotionen hätte sie verstehen können und sie irgendwie eher akzeptiert als seine Gleichgültigkeit.

In ihrer jetzigen Stimmung war es Alexa gleichgültig, wer

sie sehen oder was sie darüber sagen würden, daß sie ihre eigene Kutsche nach Hause schickte und statt dessen eine andere nahm, um ihre Tante Solange aufzusuchen.

Wenn sich Madame Olivier auch nicht gerade übertrieben freute über den Besuch ihrer unberechenbaren Nichte, so tadelte sie sie auch nicht, unangemeldet gekommen zu sein, sondern sagte anfangs nur: »Also! Ich hatte kaum noch damit gerechnet, dich einmal wiederzusehen, nachdem du dich erneut verheiratet hast.«

Später, nachdem jede von ihnen ein zweites Glas des ausgezeichneten Champagners getrunken hatte, den sie immer für ihre besten Kunden da hatte, sagte Solange brüsk: »Also, willst du's nicht endlich loswerden? Du brauchst mir doch nicht vorzumachen, daß da alles in Ordnung ist!«

Als Alexa ihr aber erzählt hatte, was sie vorhatte, wenn man sie dazu zwingen würde, brach ihre Tante in lautes, echtes Gelächter aus.

»Meine arme Kleine! Wo hast du denn deinen Kopf? Wenn du für mich arbeiten würdest, dann würdest du es sicher nicht lange aushalten. Ich habe dir ja schon gesagt, daß du niemals eine gute Dirne werden würdest, weil du nicht nüchtern genug bist. Und bei allem, was du glaubst, gelernt zu haben, hast du doch keine Ahnung davon, wie es in Wirklichkeit ist, es jede Stunde mit einem anderen Mann zu tun. Hör zu, ich gebe dir zum letzten Mal einen guten Rat. Warum siehst du nicht der Wahrheit ins Gesicht, vor der du dich dauernd verstecken willst? Du bist ein Dummkopf, das ist klar, und du liebst den Schuft, den du geheiratet hast – ob du das nun gerne hörst oder nicht. Scheiße! Wenn es so ist, warum hörst du dann nicht endlich auf, dich wie ein verzogenes kleines Kind aufzuführen, das seine schlechte Laune austobt, um beachtet zu werden, und holst dir statt dessen, was du wirklich willst? Das jedenfalls würde ich tun.«

Nein! sagte sich Alexa widerspenstig, während sie nach Hause fuhr. Nein, nein, nein! Sie hatte das Bedürfnis, es laut herauszuschreien. Wie konnte ihre Tante Solange, die sie überhaupt erst seit ein paar Monaten kannte, so tun, als verstünde sie ohne weiteres ihre tiefsten Gefühle? Sie liebte Nicholas Dameron eben nicht, sie hatte ihn nie geliebt. Alles, was sie für ihn empfunden hatte, war ein rein körperliches Begehren. Eine animalische Sehnsucht, die vielleicht ihren Körper befallen hatte, aber niemals ihren Geist. Dennoch, als Mr. Bowles ihr die Tür mit einem vorwurfsvollen Blick öffnete, war Alexa eher gedankenvoll als trotzig geworden, obwohl sie ihre Meinung nicht geändert hatte, wie sie sich ermahnte.

»Seine Lordschaft kamen zurück und sind vor weniger als einer halben Stunde wieder weggefahren, Mylady. Ich sollte sie daran erinnern, daß Sie eine gewisse Miß Howard aus Ceylon heute abend zum Dinner eingeladen hatten, und er bat darum, Sie mögen ihn bei ihr entschuldigen, weil er schon verabredet hatte, in seinem Club zu essen. Außerdem möchte der Koch wissen...«

»Danke, Bowles. Sie können den Koch in fünfzehn Minuten zu mir nach oben schicken. Und sorgen Sie bitte dafür, daß Punkt sieben Uhr eine Kutsche zu Miß Howard geschickt wird. Ich gebe Ihnen noch die Anschrift.«

Es brachte nichts, in Tränen auszubrechen oder Wutanfälle zu bekommen. Er hatte eindeutig die Art ihrer Beziehung festgesetzt und klargestellt, wie sie verlaufen würde. Und wie Harriet sie später daran erinnerte, war sie jetzt eine verheiratete Frau und mußte sich darauf einstellen, Gäste einzuladen, Besuche zu machen und ihren Haushalt zu führen, gesellschaftliche Verpflichtungen zu übernehmen, auch an Mildtätigkeit hatte sie zu denken...

»Oh, um Himmels willen, Tante Harriet! Was du mir rätst, ist doch eine völlig stumpfsinnige Beschäftigung, bis ich selber stumpfsinnig geworden bin und mir alles völlig gleichgültig geworden ist!«

»Meine Liebe, ich habe das Thema überhaupt nur erwähnt, weil mir klar ist, daß irgend etwas mit dir und deiner Ehe nicht stimmt, wenn ein junges und neu verheiratetes Paar lieber mit einer Anstandsperson zusammen ist als allein. Warum denn sonst habt Ihr mich beide gebeten, mit Euch aufs Land zu kommen, solange Ihr noch in Euren Flitterwochen seid?«

Alexa hatte an ihrem Wein genippt, mit ihrer Schulter gezuckt und dabei gehofft, nicht schon zuviel gesagt zu haben. »Das ist nur, weil Flitterwochen... So etwas ist doch einfach altmodisch. Und meine Heirat mit Embry ist für uns beide eine reine Vernunftheirat, ganz modern also, in der jeder seine eigenen Freunde hat und eigene Interessen verfolgt. Immerhin habe ich vor, schon sehr bald nach Spanien zu reisen, vielleicht auch nach Portugal und Südfrankreich – natürlich ohne Embry. Ich denke, Adelina wird mich dabei begleiten. Hältst du das nicht auch für ganz amüsant?« Ihr gelang dabei ein leichtes, fröhliches Lachen, als sie Harriets säuerliches Gesicht sah, und sie sagte schmeichlerisch: »Bitte, Tante Harriet. Warum kommst du nicht auch mit? Dann hätte ich zwei Begleiterinnen, und wir hätten eine so tolle Zeit miteinander, da bin ich sicher. Adelina kennt alle wichtigen Leute dort, und wir könnten in Schlössern und Privathäusern wohnen und... Oh, du würdest es sicher auch sehr genießen. Abgesehen davon vertraue ich dir, ihr aber nicht. Wir benutzen nur einander und mein... und Newbury hätte sie in diesem Jahr einfach nicht fahren lassen, wenn ich nicht mitkomme.«

»Ich sehe, daß du in sehr gefährlichen Gewässern segelst, meine Liebe, und ich kann nur hoffen, daß du wirklich sehr vorsichtig dabei bist. Was hält denn dein Ehemann von diesem Plan?«

»Embry? Ach, ich habe es ihm noch gar nicht gesagt, aber es ist ihm ohnehin völlig egal – er hat ja immer so viel zu tun und amüsiert sich lieber selbst. Sag doch bitte, daß du mitkommst, Tante Harriet.«

»Wir werden sehen«, sagte Harriet, aber der Gedanke gefiel ihr überhaupt nicht. Immerhin war sie wenigstens froh darüber, mit dem Mädchen aufs Land zu fahren, weil Alexa zweifellos eine feste Hand brauchte. Ihr strahlendes Lächeln wirkte seltsam brüchig, als könne es jeden Augenblick ins Gegenteil umschlagen, als wären ihre Nerven aufs äußerste gespannt. Vielleicht, wenn sie eine Zeitlang zusammen wären, würde Alexa sich ihr anvertrauen und sie könnte ihr einen Rat geben, ihr irgendwie helfen.

48. Kapitel

Es war jedes Jahr das gleiche. Zur Jagdsaison aufs Land, bis der Winter voll eingesetzt hatte, dann wurden kurz nach Weihnachten schon Pläne für Reisen aufs Festland gemacht um die Zeit bis zum Beginn der nächsten Saison zu verbringen.

Man lebte wie nach einer Uhr – nach einer Sonnenuhr.

Alexa und Harriet fuhren in einer der Kutschen ins Landhaus. Trotz des feinen Regens hatte Lord Embry es vorgezogen, seinen Zweispänner selbst zu kutschieren. In drei weiteren Kutschen waren ihr gesamtes Gepäck und die Dienerschaft untergebracht.

»Ich fürchte, ich werde mich nie mehr an dieses englische Wetter gewöhnen«, sagte Harriet und fröstelte leicht. »Meine Liebe, ich glaube, ich muß wieder nach Ceylon zurück. Martin ist mehr als großzügig zu mir, und ich denke, daß ich mir ein kleines Haus in Colombo oder Kandy leisten kann. Am schwersten können meine Gelenke und alte Knochen die feuchte Kälte aushalten.«

»Dann solltest du mit mir nächsten Monat nach Spanien fahren. Jedenfalls kannst du dort mit uns zuerst hinkommen, nicht wahr? Auf diese Weise brauchst du nicht durch die Biscaya zu fahren, und sicher gibt es immer Schiffe nach Ceylon, die in Lissabon und Cádiz haltmachen, um Ladung und Passagiere mitzunehmen. Bitte überlege es dir doch noch einmal. Ich habe einfach keine Lust, mich länger als höchstens eine Woche oder zehn Tage auf dem Land begraben zu lassen und rechne fest damit, es noch vor Ende November wieder schön warm zu haben.«

»Nun, das hoffe ich natürlich auch«, sagte Harriet etwas unverbindlich, indem sie sich ihren Pelz noch enger um den Hals legte. »Nur, meine Liebe, weiß ich nicht, ob ich noch daran gewöhnt bin, mich ständig in Gesellschaft zu bewegen, wie du es jetzt tun mußt. Und auch meine Garderobe wird kaum noch dazu geeignet sein, ich fühle mich in jedem Fall eher wie ein Fisch auf dem Trocknen.«

»Aber wenn ich eine eigene kleine Villa nehme, so daß wir

ganz einfach daliegen können und uns in der Sonne rösten, wenigstens eine Zeitlang?«

»Nun, wir werden ja sehen! Aber vielleicht beschließt Embry, dich zu begleiten? Moderne Ehe hin oder her, jeder Mann will einen Erben, dem er seinen Namen und seinen Titel vermacht, wenn er einen hat.«

»Da du in demselben Haus wohnen wirst wie wir, Tante Harriet, wird es wohl am besten sein, wenn ich dir einiges erkläre, bevor du es selbst herausbekommst – oder von den Dienstboten erfährst.« Nie zuvor hatte Harriet eine solch kalte Bitterkeit in Alexas Stimme gehört, während ihre Finger mit dem Griff ihres Handtäschchens spielten. »Mein Mann kommt weder in mein Zimmer noch in mein Bett und meidet mich überhaupt, so sehr er kann. Ich glaube, es ist ihm völlig gleich, ob er einen Erben hat oder nicht, jedenfalls nicht von mir. Es ist ihm auch egal, wohin ich gehe oder wie ich mich amüsiere, solange ich... Nun, das ist nicht allzu wichtig. Es geht darum, daß er mir gegenüber völlig gleichgültig ist. Du wirst es bald selbst sehen, da bin ich sicher.«

Was Harriet während der nächsten Tage immerhin sah, war eine verzweifelt unglückliche Alexa, trotz aller ihrer vorgegebenen Sorglosigkeit und oberflächlichen Fröhlichkeit. Lord Embry ließ sich kaum blicken, höchstens zum Abendessen. Die Tage verbrachte er meistens auf dem Pferd, oder er schloß sich in seinem Studierzimmer oder Schlafzimmer ein. Es war wirklich eine seltsame Ehe, und Harriet fragte sich, wie es überhaupt dazu hatte kommen können.

Die Sonne hatte sich seit drei Tagen nicht mehr gezeigt, und obwohl verschiedene Einladungen zu Dinners und musikalischen Abenden oder Kartenspielen gekommen waren, hatte Alexa vorgegeben, sie sei zu müde und müsse das Auspacken ihrer Sachen überwachen, um nicht ausgehen zu müssen. Sie verbrachte die düsteren, sonnenlosen Tage im Haus oder in ihren eigenen Zimmern, wo sie so lange herumlief, bis sie müde genug war, um zu schlafen. Oder aber sie spielte Schach mit Harriet und schrieb Briefe und trank Tee. Dann sah sie ihn wieder am Eßtisch, ihr gegenüber sitzend, sie begrüßten sich höflich, wenn sie sich auf der Treppe trafen, oder sie sah aus ihrem Fenster, wie er auf einem großen schwarzen Rappen davonritt, den sie am liebsten selbst geritten hätte. Später kam er dann bis auf die Haut durchnäßt zurück und sie wußte, daß er in den Ställen bleiben würde, bis er trocken war, um sich dort mit den Stallburschen zu unterhalten und mit ihnen Brandy zu trinken. Sie erfuhr es von Bridget. Mr. Bowles, hatte Bridget gesagt, hielt es nicht für richtig, daß Seine Lordschaft mit den Dienstboten so vertraulich verkehrte!

An diesem Nachmittag wandte sich Alexa nicht von dem Fenster weg wie sonst, sondern starrte weiter hinaus, bis das Tageslicht nach und nach von einem Grauton in den anderen überging und es dunkel wurde. Sie fragte sich, worüber sie wohl miteinander reden mochten und warum es ihm so viel Spaß machte, sich in der Gesellschaft dieser rauhen, einfachen Männer aufzuhalten. Was soll ich nur tun? dachte sie, während sie zusah, wie das Wasser in langen Strömen die Dachrinnen hinabfloß und sie an die schweren Monsunregen in Ceylon erinnerte. Ich habe doch alles, was ich einmal glaubte, haben zu wollen, aber nichts von dem, was ich mir jetzt wünsche.

»Meine Liebe, du kannst wirklich nicht so weitermachen, dich immer bei allen deinen Nachbarn zu entschuldigen«, erinnerte sie Harriet, als sie in dem kleineren Wohnzimmer saßen und auf das Abendessen warteten. »Auch wenn du vorhast, bald abzureisen, solltest du sie wenigstens einmal kennenlernen, damit ihr im nächsten Jahr...«

Nächstes Jahr? Und dann das Jahr danach und das Jahr darauf. Ihre Liebhaber würden sorgfältig ausgewählt und diskret besucht, und sie würde sie auswechseln, wenn sie ihrer überdrüssig geworden wäre oder wenn die Beziehung zu intensiv zu werden drohte. Zweifellos würde ihre Großmutter sie dabei beraten. Und bald würde sie gegen Emotionen oder Schwächen gewappnet sein und nicht einmal die Leere in sich fühlen.

An diesem Abend sagte Lord Embry beiläufig beim Essen: »Das Wetter wird sich wohl bis morgen aufhellen, meinte ein Bauer, den ich heute traf. Vielleicht haben die Damen

Lust, mit einer der Kutschen auszufahren und einige Besuche zu machen? Unsere nächsten Nachbarn sind der Bürgermeister und seine Frau. Mrs. Eden ist jung und würde sich sehr freuen über jemanden in ihrem Alter, da bin ich sicher. Außerdem ist sie eine ausgezeichnete Reiterin und überhaupt eine sehr lebendige Person.«

Da Alexa gerade etwas von ihrer Wildpastete probierte und ihm daher nicht antworten konnte, sagte Harriet: »Dann sollten wir die beiden unbedingt zuerst besuchen, zumal Alexa ja schon immer gern geritten ist und sich so gut auf Pferde versteht – obwohl ich sicher bin, daß du das längst weißt.«

»Hast du eigentlich jemals zugesehen, wie ich früher fast täglich auf der Row geritten bin, Embry? Zuerst hielten sie mich alle für eine Zureiterin, dann fingen sie auch noch an zu wetten, wer wohl die beste Reiterin sei, ich oder deine lustige Freundin!«

Für einen Augenblick dachte Alexa, so etwas wie Belustigung in seinen Augen aufblitzen zu sehen, dann aber hob er seine Serviette zu den Lippen und sagte gleichgültig: »Wirklich? In diesem Fall, meine Liebe, möchte ich doch hoffen, daß du als Siegerin hervorgegangen bist. Allerdings wirst du bald feststellen, daß das Reiten auf der Row etwas ganz anderes ist als hier auf dem Land, vor allem wenn man nicht weiß, wo es langgeht. Außerdem solltest du darauf achten, dir nicht ein Pferd auszusuchen, das leicht scheu wird. Vielleicht kann Mary Eden dich dabei beraten und dir zeigen, auf welchen Wegen man am besten reitet.«

Jetzt duellieren sie miteinander, dachte Harriet und wartete schon darauf, daß Alexa explodieren würde. Zu ihrer Überraschung kam es aber nicht dazu, sondern Alexa sagte mit erstaunlicher Ruhe: »Es ist natürlich immer klüger, sich an einem fremden Ort einigermaßen auszukennen, vor allem aber sehr angenehm, eine nette und gut informierte Nachbarin zu haben, wie diese Mrs. Eden. Sag mir doch bitte noch etwas über ihren Mann, damit ich ein bißchen vorbereitet bin. Reitet er auch?«

Seine Antwort war betont knapp. »Eden war vor einigen

Jahren Jägermeister, bis er sehr unglücklich vom Pferd fiel und sich die Wirbelsäule verletzte. Jetzt ist er an einen Stuhl oder ans Bett gebunden.«

»Ach, ist das aber traurig für ihn. Und natürlich auch für seine Frau, aber sie kann ja noch reiten und darf sich glücklich schätzen, einen so verständnisvollen Ehemann zu haben, der sie nicht an sich kettet.«

Rasch schob Harriet ein: »Aber unter diesen Umständen ist es vielleicht recht unangenehm für die armen Leute, Besucher zu empfangen, die sie überhaupt nicht kennen?«

»Ich kann dir versichern, daß sich die beiden sehr über Gesellschaft freuen und ganz bestimmt auch auf euren Besuch, wenn ihr dazu Lust habt.«

»Ich werde ihnen morgen einen Brief schicken, um anzufragen, ob unser Besuch ihnen paßt. Nachdem wir noch nie dort waren, wäre es wohl nicht sehr passend, unangemeldet zu erscheinen. Oder wolltest du uns etwa begleiten und uns miteinander bekannt machen?«

»Offen gestanden war ich heute morgen bei den Edens, um mir ein junges Vollblut anzusehen, das sie verkaufen wollten«, sagte Nicholas bedächtig. »Sie erwarten euch also mehr oder weniger. Die Edens sind viel zu natürlich und offenherzig, um auf Formalitäten zu bestehen. Meistens ziehen sie sich nicht einmal zum Abendessen um. Wenn ihr die beiden kennenlernt, dann werdet ihr merken, daß sie so sind, wie sie sind, und andere Leute in der gleichen Weise akzeptieren.« Plötzlich, als hätte er zuviel gesagt, zuckte er mit den Schultern.

Alexas Gesicht war zu einer Maske geworden, die nichts verriet, ebensowenig wie der Ton ihrer Stimme, als sie sagte: »Meine Güte! Schließlich habe ich dich doch nur gefragt, ob du vorhast, mit uns zu fahren, wenn wir morgen deine Bekannten besuchen. Ich hatte keine Ahnung...«

»Entschuldige bitte.« Auch er hatte sich jetzt gefaßt. »Ich hätte es wohl vorher erwähnen sollen, glaube ich, aber ich hatte vor, mit einem der Stallknechte zu einem Pferdemarkt in einem kleinen Dorf bei Basingstoke zu reiten. Wahrscheinlich werde ich bis morgen weg sein, vielleicht auch bis übermorgen, falls ich keine Pferde dort finde und für einen Tag nach London gehe.«

»Meine Liebe«, sagte Harriet, als sich die Damen zurückgezogen hatten, »ist es das, was dich so unglücklich macht? Der Gedanke, da könne es noch eine andere Frau geben?«

Wenn sie es sich jetzt erlaubt hätte zu lachen, denn im Grunde war ihr danach, dann würde sie sicher nicht mehr aufhören und hysterisch werden. Eine andere Frau? Mary Eden, bei der er offenbar lieber gewesen war als bei ihr und deren Lob er soeben gesungen hatte? Er habe sich von allem Gefühl getrennt, hatte er gesagt, aber hatte er ihr verschwiegen, daß er sich nur von Gefühlen für sie getrennt hatte? Warum konnte sie nicht das gleiche tun?

»Alexa!« sagte Harriet scharf, um ihre Beunruhigung zu verbergen, da die junge Frau, statt ihr zu antworten, sie nur mit weit offenen, leeren Augen angestarrt und fast unbewußt ihre Hände erhoben hatte, um sie sich gegen die Schläfen zu drücken. »Hör mir mal zu, meine Liebe, ich werde es nicht zulassen, daß du hier den Verstand verlierst, verstehst du? Das hilft dir nämlich überhaupt nicht weiter. Wo ist denn dieser resolute Kämpfergeist, den du sonst gehabt hast? Hast du denn ganz vergessen, wie du deinen Verstand und die Intelligenz einsetzen kannst, die Gott dir gegeben hat? Eins solltest du doch inzwischen gelernt haben: Je früher du den Tatsachen ins Gesicht siehst, statt vor ihnen davonzulaufen, desto besser ist es für dich.«

Indem sie sich in ihrem Sessel nach vorne lehnte, um Alexa mit geradezu vernichtendem Blick anzusehen, fügte Harriet hinzu: »Und aus diesem Grund schlage ich vor, daß du und ich die Edens besuchen, wenn dein Mann morgen auf seinem Pferdemarkt ist, auch wenn es nur aus Neugier geschieht.«

Einfach aus Neugier. Weshalb auch sonst? Das alles kam doch nur daher, weil sie drei lange, langweilige Tage zu Hause eingesperrt gelebt hatte, sagte sich Alexa später, während Bridget ihr vor dem Zubettgehen aus den Kleidern half. Natürlich war sie nicht eifersüchtig auf diese Mary Eden, die so ein Ausbund aller Tugenden war, jedenfalls ihrem Mann zufolge – der sich zweifellos mit Lastern besser auskannte als mit Tugenden. Trotzdem würde es ihr zur Abwechslung nichts schaden, einmal selbst herauszufinden, warum er so gern zu denen ging. Oder suchte er etwa doch nur Marys Gesellschaft?

Bridget hatte sich schon an das frühe Zubettgehen auf dem Lande gewöhnt und versuchte, ihr Gähnen zu unterdrücken, als Alexa sie ungeduldig entließ. Es war erst zehn Uhr – oder kurz davor –, und jeder war schon im Bett. Es war ihr unmöglich, so früh einzuschlafen, und meistens las sie noch eine Weile; heute abend aber, als sie ihr Buch zur Hand nahm, erinnerte sich Alexa, daß sie es gestern abend schon beendet und vergessen hatte, sich aus der Bibliothek ein anderes mitzunehmen. Einige Augenblicke zögerte sie unentschlosen, um dann, weil sie nicht wach im Bett liegen und sich allein fühlen wollte, den gesteppten Seidenmantel überzuhängen und mit einer Kerze in der Hand resolut die Treppe hinunterzugehen. Einer der Romane von Jane Austen würde ihr heute abend am besten passen, wenn sie einen finden würde, den sie noch nicht gelesen hatte. Vielleicht aber auch irgendeinen Philosophen, der ihr die Dinge wieder ins rechte Lot brachte, bevor sie einschlief.

In der Bibliothek brannte immer noch ein Feuer, um sie warmzuhalten – aber hatte der sonst so tüchtige Mr. Bowles nicht dafür gesorgt, daß das Brennholz nicht feucht war? Der Raum war von Rauch erfüllt, und Alexa bemerkte erst nach einigen Augenblicken, daß der besondere süßlichscharfe Geruch ihr bekannt war; wie versteinert blieb sie stehen, als sie plötzlich *seine* Stimme hörte: »Laß es um Gottes willen nicht fallen, sonst setzt du hier noch alles in Brand! Was, zum Teufel, machst du eigentlich noch hier unten, du solltest doch längst schlafen?«

Der unangenehme Ton in seiner Stimme steifte ihr den Rücken, als Alexa sich langsam umdrehte, um ihn nachlässig in einem der Ohrensessel liegen zu sehen, neben dem Kamin, mit weit ausgestreckten Beinen.

»Ich glaube, ich könnte dir dieselbe Frage stellen, aber da ich mir die Antwort schon denken kann, verzichte ich darauf. Und wenn Eure Lordschaft nichts dagegen haben, werde ich versuchen, das Buch schnell zu finden, das ich holen wollte, und dann gehen, damit du wieder in das Traumglück deiner Pfeife flüchten kannst.«

Obwohl sie von den Gefühlen, die plötzlich in ihr aufstiegen, fast blind war, griff sich Alexa das erste Buch, das ihre Finger erreichten, und war schon fast wieder an der Tür, als sie sich noch mal umdrehte und das rote Aufglühen der Pfeife bemerkte, während er daran zog. Da ihre Hände zu sehr zitterten, setzte sie erst ihre brennende Kerze auf einem Tisch ab, der neben ihr stand, und sagte dann mit einer Stimme, die unter der Kraft all dessen, was in ihr tobte, zitterte:

»Wie wagst du es nur, andere Heuchler und Feiglinge zu nennen, wenn du der allerschlimmste bist? Wie froh bin ich, heute nacht hierhergekommen zu sein, um selbst zu sehen, wer du wirklich bist! Das ist also deine Wirklichkeit geworden, ja? Du findest es einfacher, dich hinter deinen Rauchwolken zu verstecken, als dich mit Gefühlen abzugeben oder mit sonst irgend etwas, das dich von deiner Losgelöstheit von der Menschheit wieder zurückholt? Also gut, dann bleib doch in deiner kleinen egoistischen Welt mit deiner Traumpfeife als Geliebten! Du brauchst dir auch nicht mehr die Mühe zu machen, mir in Zukunft aus dem Weg zu gehen, weil ich dir versichern kann, daß ich alles tun werde, um mich von dir fernzuhalten! Dir – und deinen Träumen. Gute Nacht!«

Natürlich konnte er nicht wissen, daß sie, nachdem sie wieder in ihrem Schlafzimmer war, das Buch mit aller Wucht gegen die Wand geschleudert hatte und sich dann aufs Bett warf, um ihrer plötzlich herausbrechenden Tränenflut nachzugeben, die ihr die lang ersehnte Erleichterung brachte. Schließlich schlief sie darüber ein, immer noch schluchzend wie ein verlassenes Kind. Sie schlief so tief, daß sie gar nicht hörte, wie ihre Tür sich öffnete, noch konnte sie die zarte, fast zögernde Berührung der Finger an ihrer feuchten Wange spüren. Nach und nach wurden ihre wirren Haarsträhnen, die an ihrer Haut zu haften schienen, beiseite geschoben.

Während sie so dalag, das Gesicht in ihr Kissen vergraben und ihre Arme wie tröstend darumgelegt, sah sie kindlich und verletzbar aus. Seine arme, kleine, tränenüberströmte Nymphe, die eigentlich ein unschuldiges Naturkind in ihrem Märchenreich hätte bleiben sollen. War wirklich er es gewesen, der als erster die Wände zum Einstürzen gebracht und sie nach draußen gelockt hatte? Als er sich daran erinnerte, wie er sie zum ersten Mal hatte weinen sehen, fluchte Nicholas leise und zog die Decke über ihren wie zusammengerollt daliegenden Körper, halb froh und halb bedauernd, daß er sie so tief schlafend angetroffen hatte. Eigentlich hatte er gar nicht vorgehabt, in ihr Zimmer zu kommen, nicht einmal vor ihrer geschlossenen Tür kurz stehenzubleiben, sondern wie sonst blicklos an ihr vorüberzugehen. Heute abend war ihm aber gewesen, als hätte ihn ihre scharfe Sprache getroffen und soweit gereizt, daß er, wie unter dem Einfluß eines perversen Dämons, beschlossen hatte, leise in ihr Zimmer einzutreten, um festzustellen, ob sie es wirklich so gemeint habe oder nicht. Und als die Klinke dann leicht nachgegeben hatte, war er einfach hineingegangen, ohne sich darüber weiter Gedanken zu machen. Wahrscheinlich ganz gut, daß alles so gelaufen war. Sie schien sich an ihre neue Umgebung ganz gut gewöhnt zu haben, und das hatte sie ja wahrscheinlich schon immer gewollt. Das Beste, was er für sie tun konnte, war wahrscheinlich ohnehin, die Dinge so zu lassen, wie sie waren – und auch sie so zu lassen. Als sich die Tür leise hinter ihm schloß, bewegte sich Alexa kurz im Schlaf, wachte aber nicht auf, obwohl sie gerade geträumt hatte.

Harriet glaubte, Alexa hätte eine Erkältung, doch diese erwiderte: »Ich habe mich nicht erkältet, ich hatte nur einen schrecklich deprimierenden Traum und bin weinend aufgewacht, obwohl ich mich nicht mehr erinnern kann, wovon er handelte.« Sie erzählte Harriet nicht, daß sie noch einmal in Tränen ausgebrochen war, nachdem sie hatte feststellen müssen, daß es Bridget nicht mehr gelungen war, ihr Korsett wie üblich zuzuschnüren. Noch erwähnte sie Harriet gegenüber die erschreckende Möglichkeit, die ihr plötzlich zu

Bewußtsein gekommen war, vor allem nachdem sie Bridgets unglücklichen und mitleidigen Blick aufgefangen hatte. Aber jetzt war nicht die Zeit, darüber nachzudenken, sagte sich Alexa ernsthaft nach einer Weile, um dann freudestrahlend Harriet vorzuschlagen, sie sollten das gute Wetter ausnützen und Bürgermeister Eden und seine Frau Mary besuchen.

49. Kapitel

»Also, meine Liebe«, sagte Harriet später an diesem Abend, »ich glaube wirklich nicht, daß du dir deswegen irgendwelche Gedanken machen mußt. Sie ist zwar eine hübsche Frau mit einer passablen Figur, das gebe ich zu, aber keins von diesen leichtsinnigen Dingern, da bin ich sicher. Ich habe auch nicht den Eindruck, daß sie ihren Mann nicht liebt, ebensowenig wie er sie. Vielmehr denke ich, daß die beiden sehr glücklich miteinander sind. Was hältst du davon?«

»Mary Eden und ich werden morgen ausreiten, wenn der Regen aufhört«, sagte Alexa, ohne direkt darauf einzugehen. »Ich hatte den Eindruck, daß sie sich in der Welt, die sie sich gebaut haben, ganz wohl fühlen, aber ich kann natürlich eher etwas sagen, wenn wir eine Weile allein miteinander gewesen sind. Jedenfalls mag ich sie, und sie weiß eine ganze Menge über Pferde, das muß ich zugeben. Gute Nacht, Tante Harriet.« Sie ging hinauf und zu Bett und ließ Harriet nachdenklich zurück.

Als Alexa zehn Jahre alt gewesen war, hatte ihr ein genialer Besucher mit rotem Gesicht und schrecklichem Schnurrbart ein paar Kartentricks gezeigt. Natürlich nur einfache Sachen, aber einer von ihnen hatte sie wegen ihrer Ungeduld besondere Konzentration gekostet. Er bestand darin, sehr sorgfältig eine Karte so gegen die andere zu legen, daß ein ganzes Kartenspiel schließlich wie eine Schlange aussah – und wenn man die erste Karte kurz antippte, dann fielen sie alle nacheinander um und – von der Schlange blieb nur eine schlaffe Haut zurück. Später lernte sie, dies auch mit Dominosteinen zu machen, aber sie vergaß nie die Karten und wie leicht es war, das Ergebnis dieser ganzen sorgfältigen Konstruktion schon mit dem leisesten Anstoß des kleinen Fingers zusammenfallen zu lassen. Und hatte es erst einmal angefangen, dann ließ es sich einfach nicht mehr aufhalten. Zwangsläufig mußte alles einstürzen, und man saß traurig davor und fragte sich, ob man genügend Energie und Konzentration und Geduld aufbringen würde, um das Ganze noch einmal aufzubauen – und dann zuzusehen, wie es wieder einstürzte. So schien es ihr am nächsten Tag in der Rückerinnerung, obwohl sie an diesem Morgen aufwachte und feststellte, daß es nicht mehr regnete, sondern die grauen Wolken sich aufhellten. Dies ließ ihr Herz leicht werden in der Vorfreude, endlich einmal wieder ausreiten zu können.

»Ich glaube, wir sollten heute nicht zu lange wegbleiben«, sagte Mary Eden, bevor sie losritten. »Ich mußte Guy versprechen, vor dem Regen wieder zurück zu sein. An manchen Stellen kann der Boden sehr trügerisch sein, wenn es zu naß wird, so daß man leicht vom Weg abkommt. Nimm es mir also bitte nicht übel, wenn ich unseren Ausflug etwas abkürze. Ich weiß genau, daß wir noch ein paar schöne Tage haben werden, bevor der Winter richtig einsetzt.«

Alexa hatte es sich zwar in den Kopf gesetzt, den Rappen wenigstens einmal zu reiten, nur um es *ihm* zu zeigen, aber Mr. Grubb, der erste Pferdeknecht, wollte nichts davon wissen und bestand darauf, daß Nero nur von seinem Herrn geritten werden dürfe – und dabei bleibe es. Alexas zunehmendem Ärger half es auch nichts, daß Mary Eden ihr entschuldigend zuflüsterte: »Ich hasse es, wenn es so aussieht, als würde ich Partei ergreifen, aber er hat wirklich recht. Nero kann manchmal gefährlich, ja sogar tückisch sein, und man kann ihn bei einem solchen Wetter wie jetzt einfach nicht bändigen, auch wenn du die beste Reiterin der Welt wärst. Nimm eins von den anderen Pferden. Sie sind doch alle schön und temperamentvoll und lassen sich so gut reiten.«

Schließlich suchte Alexa sich eine schöne gezeichnete braune Stute aus mit einem arabischen Einschlag und wurde von Mr. Grubb sofort darauf aufmerksam gemacht, daß sie nicht nur von dem bekannten Vollblut Eclipse abstammte, sondern leicht tänzelte und ziemlich eigensinnig sei – wie manche Frauen. Und wenn man ihn nach seiner Meinung fragen würde, dann würde er eines der Jagdpferde empfehlen, das gleichzeitig auch gut springen konnte und das Gelände in dieser Gegend kannte wie auch er selbst, der ja hier aufgewachsen war!

»Oh, Mr. Grubb, ich bin ganz sicher, daß Lady Embry genau weiß, was für ein Pferd sie haben möchte, und sie wird es natürlich nicht ausprobieren und mit ihm springen. Jedenfalls möchte ich Lady Embry nur den kürzesten Weg zu unserem Haus zeigen, damit sie immer herkommen kann, wenn sie dies möchte.«

Brummend tat Grubb schließlich, was ihm gesagt wurde, und half Alexa aufs Pferd; seine letzte Bemerkung war, die Stute sei wahrscheinlich trächtig und dürfe nicht zu schnell geritten werden.

»Vielen Dank, Mr. Grubb«, sagte Alexa sanft. »Ich werde alle Ihre Ratschläge sicher beherzigen.«

»Ich fürchte, er ist daran gewöhnt, seinen Kopf durchzusetzen und dabei ist er auch noch schrecklich offen«, sagte Mary entschuldigend, nachdem sie losgeritten waren. »Aber er ist schon viele Jahre hier, seit der letzte Marquis von Newbury noch recht jung war. Und er kann nun einmal mit Pferden umgehen und ist der beste Pferdedoktor im ganzen Umkreis. Also sei bitte so lieb und entschuldige seinen Mangel an guten Manieren!«

Trotz der grauen Wolken, die drohend am Himmel standen, wurde es ein sehr unterhaltsamer Ritt. Die Stute stellte ihre Reiterin auf die Probe und zeigte ihr Temperament, um sich dann aber ganz gehorsam zu fügen. Mary machte Alexa auf verschiedene Zeichen in der Landschaft aufmerksam, die ihr den Rückweg erleichtern würden. Sie zeigte ihr auch ein oder zwei Wege, die sie als Abkürzung verwenden konnte, fügte aber hinzu, sie würde sie Alexa eigentlich nicht empfehlen, weil sie leicht glitschig wurden bei feuchtem Wetter und auch wegen herabfallender Äste leicht gefährlich sein könnten.

»Ich bin so froh, daß Nicholas jemanden wie dich geheiratet hat«, sagte Mary Eden plötzlich, um dann rot zu werden und zögernd hinzuzufügen: »Es macht dir doch nichts aus, wenn ich ihn so nenne? Aber Guy und ich kennen ihn so gut, daß es einfach lächerlich wäre, noch förmlich zu sein. Aber er wirkt immer so allein! Als müsse er sich auf Distanz halten, wie ein Beobachter, statt... Aber wie vorlaut mußt du mich finden, daß ich dir das alles über deinen Mann erzähle, wo du ihn doch sicher viel besser kennst.«

»Allein?« hörte sich Alexa wie ein Echo sagen.

»Nun, ja. Ich bin sicher, du weißt ebensogut wie ich, daß man manchmal nie einsamer ist als inmitten einer Menge Menschen, vor allem, wenn einem die Umgebung nicht vertraut ist. Guy hat es zuerst gemerkt, und als sie dann über Kalifornien sprachen und sich gegenseitig Geschichten erzählten, wurde es auch mir klar. Und als Guy ihn dann schließlich ganz offen fragte, was, zum Teufel, er hier in einer solchen Umgebung suchte, die ihm doch überhaupt nicht zusagte...« Mary warf Alexa einen entschuldigenden Blick zu und murmelte: »Ich fürchte, mein Mann ist manchmal sehr offen, aber natürlich nur, wenn er einen mag! Nun ja, erst dann hat Nicholas zugegeben, daß er nie so lange hatte bleiben wollen oder sich ›aufsaugen lassen‹, sagte er, glaube ich. Gerade deshalb bin ich ja so froh, daß er dich noch rechtzeitig kennengelernt hat, bevor er zurückkehrt. Ich bin so glücklich, daß er endlich eine Frau gefunden hat, die bereit ist, den ganzen Tand und die Seidenkissenbequemlichkeit in London und Europa aufzugeben, um mit dem Mann, den sie liebt, in dessen Heimat zu gehen.« In Marys Augen glänzten echte Tränen, die sie jetzt mit dem Handrücken wegwischte, um sich dann nach vorn zu beugen und auf Alexas kalte Wange einen spontanen Kuß zu geben, und fügte dann hinzu: »Aber ich möchte doch hoffen, daß wir noch eine Weile zusammenbleiben, bevor ihr beide weggeht. Bitte versprich mir das.«

»Natürlich verspreche ich das. Und zwar so oft wie möglich!« Alexa sprach die Worte mechanisch, während sie ihre gesamte Aufmerksamkeit darauf verwendete zu vermeiden, daß sich die in ihrem Kopf herumwirbelnden verworrenen und zornigen Gedanken auf ihrem Gesicht widerspiegelten. Er hatte sich also Mary und ihrem Mann anvertraut. Er hatte alles erzählt, bis auf eine winzige Einzelheit, die er bewußt unterschlagen haben mußte. Sie selbst. Die Frau, zu deren Heirat er gezwungen worden war und die er sobald wie möglich verlassen wollte. O Gott! Wenn sie doch nur stark genug wäre, um nichts zu zeigen. Welche abwegigen Ziele verfolgte er schon wieder? Sie mußte, sie mußte ganz einfach! Andernfalls würde sie aus Demütigung und Verbitterung und Schmerz sterben.

Dann aber sagte sie, sorgfältig auf die Betonung ihrer Stimme achtend: »Wirklich schade, daß ich nicht schon früher hier sein konnte, als der Herbst anfing. In Ceylon, wo ich aufgewachsen bin, gibt es ja praktisch keine Jahreszeiten, und ich habe überhaupt noch nie Schnee gesehen. Kannst du dir das vorstellen?«

»Oh, aber du wirst natürlich Schnee in Kalifornien sehen werden. Schnee auf den Bergen, und den brennenden Wüstensand als Kontrast dazu. Aber der südliche Teil von Kalifornien soll doch sehr angenehm und mild sein, habe ich gehört. Vielleicht kommst du einmal im nächsten Jahr zu Besuch her?«

Und dann spürte Alexa, wie durch ein Wunder, das sie erretten sollte, die ersten Regentropfen auf ihrer angespannten Hand und hörte Mary erschrocken sagen: »O nein! Da habe ich mich so in unser Gespräch hineingesteigert, daß ich nicht einmal daran gedacht habe. Was wirst du jetzt nur von mir halten? Bitte, komm mit mir nach Hause, ja? Wir werden zwar beide ziemlich naß werden, doch...«

»Aber nein«, sagte Alexa leichthin, »ich habe es schon immer sehr gerne getan, im Regen zu reiten, und dieser Ritt wird mir ganz besonderen Spaß machen. Meine Tante wird sich zu sehr aufregen, wenn ich nicht heimkomme. Und außerdem möchte ich meinem Mann beweisen, daß ich mindestens so viel aushalte wie er. Ich weiß, daß du das verstehen wirst.«

Während Mary Eden noch zögerte, lächelte Alexa, um dann ihre Stute zu wenden und neckend zu sagen: »Also los, reite lieber heim zu deinem Mann, er wird dir schon nichts tun. Da mein Mann noch nicht zurück sein kann, kann ich mir Zeit nehmen und vorsichtig sein. Und nochmals vielen Dank für deine Offenheit, Mary.«

War dies etwa das erste Schnipsen mit dem Fingernagel gegen eine sorgfältig ausbalancierte Karte? War es schon vorher geschehen, oder war es danach geschehen, als die Wildheit sie ergriffen hatte, der Regen ihr ins Gesicht strömte und die Stute ein Teil von ihr geworden war, als ein Zweig ihr den Hut vom Kopf riß, so daß der Wind ihr Haar zerwühlen konnte und es hinter ihr herflog wie eine nasse Fahne und sie ihre ganze Wut laut in den Himmel und in die Erde schrie und gegen den stürmischen Wind, bis sie spüren konnte, daß sogar die Bäume und die Sträucher ihr antworteten, während ihr der Regen in den Mund floß und sie völlig durchnäßte, bis er ihre Haut erreichte und sie mit kleinen Rinnsalen liebkoste, die an ihr entlangliefen und dann wieder über sie hinwegströmten, als sei sie ein Kontinent und ein Gewittersturm und als wäre sie gleichzeitig aus dem Staub aller Sterne und die Sterne selbst und auch die leeren Räume zwischen ihnen?

Für eine Weile hatte sie völlig den Verstand verloren. Oder ihr Geist hatte sich von ihrem Körper getrennt. Auch wenn sie mit Schrecken und Verzweiflung zusehen mußte, wie die Karten nacheinander langsam umfielen, und sie das leere Ende kannte, wußte sie, daß sie jetzt nichts mehr aufhalten konnte. Nicht einmal, wenn er sie rufen würde und wieder rufen mit einem ganz neuen Ton in seiner Stimme, den sie nie zuvor gehört hatte. Niemals... niemals!

Es war dunkel geworden und der Regen schlug immer noch auf sie und lief an ihrem Gesicht herunter, um sich mit den Tränen zu vermischen, die aus ihren Augen quollen. Rufe waren zu hören – Schreie – dann wieder eine Stimme: »Alexa! Alexa! Verdammt, antworte mir doch!«

Wie war es ihm nur gelungen, sie hierher zu verfolgen und zu finden, wo sie auf dem Moos im Schutze des großen Baumes lag? Aber dann kehrten einige klare Gedanken in ihren Kopf zurück. Sie betrafen die arme, schöne, tapfere Stute, die sie so gedankenlos zugeritten hatte, daß sie jetzt irgendwo in der Nähe lag und wimmernde Laute ausstieß. Für dieses Tier, das arme Wesen, antwortete Alexa jetzt mit einer Stimme, die so heiser war, daß sie sie nicht als ihre eigene erkannte.

»Hier!« sagte sie. »Ich bin hier! Aber erst – bitte, um Gottes willen, tu etwas für sie! Tu etwas, bitte, bitte! Laß sie nicht länger leiden!« Er war genauso durchnäßt wie sie, trug aber eine Laterne unter dem Wollmantel, den er jetzt über ihren regungslosen, ausgekühlten Körper warf, nachdem er sie erst nach gebrochenen Knochen und Prellungen abgetastet hatte, trotz ihrer Proteste, daß ihr nichts fehlte.

»Bitte, Nicholas, bitte! Du mußt – du mußt!«

»Dann beweg dich nicht, keinen Zoll, bis ich zurück bin. Verstehst du?«

Sie hörte, wie er nicht auf ihre Antwort wartete, sondern ging. Nach einer Weile, die ihr unendlich lang erschien und in der das schreckliche Wimmern des verletzten Tieres ihr jeden Nerv im Körper zerriß, wurde es plötzlich still. Nichts geschah, dann hörte sie wieder Geräusche.

Als er zu ihr zurückkam, packte Alexa ihn an seinen nassen Schultern, während sie keuchte: »Hast du…? Wie hast du…? Ich habe keinen Schuß gehört…«

»Mit einem Messer! Genügt dir das?«

»Es tut mir so leid! Es tut mir leid, so leid! Wenn ich auf Grubb gehört hätte, wenn ich doch nur aufgepaßt hätte… Warum habe ich mir nicht das Genick gebrochen?«

Einige Minuten lang fühlte sie sich aufgehoben und fast sicher in seiner Umarmung, während er sie an sich drückte wie ein Kind, das getröstet werden mußte. Dann aber erinnerte sie sich an zu viele Dinge und versuchte, von ihm loszukommen.

»Ich – mir geht es jetzt wieder gut. Ich brauche nicht… Ich bin… wieder gut… ich fürchte…!«

»Bist du sicher? Weißt du, wie lange du hier gelegen hast?« Seine Stimme klang schroff und unpersönlich, als er sagte: »Meinst du, daß du stehen kannst? Ich mußte mir eines der Pferde von den Edens leihen, um nach dir zu suchen. Mein Gott, Alexa! Hast du denn überhaupt kein bißchen Verstand mehr? Es ist höchste Zeit, daß du dich wie ein erwachsener Mensch benimmst, statt wie ein verzogener kleiner Fratz, der immer seinen Willen haben muß, egal, was es kostet! Kannst du stehen oder soll ich dich tragen?«

Es kam ihr seltsam und fast komisch vor, gerade jetzt damit herauszukommen, und doch, nachdem die Karten in ihrem Kopf einmal zusammengefallen waren, mußte sie es zu Ende bringen.

»Nein! Noch nicht. Es gibt noch etwas, was ich dir sagen muß, was ich dir vorher hätte sagen sollen, glaube ich, nur hast du es... so schwergemacht...«

»Ich glaube, du hast dich über meine Pläne gewundert, nach Kalifornien zurückzugehen?« Widersinnig genug drückte er sie immer noch an sich – so eng, daß sie sogar sein Herz schlagen hörte, bevor er ruhig sagte: »Tut mir leid, nichts gesagt zu haben, bevor du es von jemand anders erfahren hast, Alexa.«

»Ist es also wahr? Ist es so?«

»Ja, es stimmt. Ich habe meinen Spaß daran gehabt und habe erlebt, was ich erleben wollte als Lord Embry, Erbe des Marquis von Newbury. Großer Gott!«

Sein Lachen klang rauh in ihren Ohren, als er fortfuhr: »Schon als das Abenteuer anfing, wußte ich, daß ich da nicht hineinpassen würde – und daß ich nicht alles verdauen könnte; und schließlich bin ich nur auf meinen eigenen, verdammten Fehler hereingefallen, immer wieder zu zögern und das Unausweichliche zu verschieben. Gott, ich gehe ein, wenn ich noch länger hierbleibe, wo ich mich immer im Kreise drehe wie ein Reiter auf einem ewigen Karussell, bis ich so verblödet und verdummt bin, daß ich nicht mehr weiß, wie ich von dem verdammten Ding herunterkomme! Ich wollte es dir schon sagen, als ich heute zurückkam, Alexa, ob du mir nun glaubst oder nicht.«

»Nein! Ich... Bitte, ich will nicht, daß du meinst, du müßtest mir noch weitere Lügen erzählen oder – oder dich noch weiter zu entschuldigen, noch sonst etwas, verstehst du mich?« Immer noch in seinen Armen, wandte Alexa ihren Kopf nach oben, um zu dem dunklen Umriß hin zu sprechen, der glücklicherweise alles war, was sie von seinem Gesicht sehen konnte. Und wieder hörte sie, wie Worte herabströmten von irgendwoher, wie das unaufhörliche Tropfen des Regens. »Ich versuchte doch, es dir vorher zu sagen. Ich versuchte, dir zu sagen, daß ich mich schon entschlossen habe – daß ich nur wieder mir selbst gehören will und nur für mich leben und nur das tun, was ich möchte, und wann! Daß ich in zwei Wochen nach Spanien reisen werde. Daß ich mit – Belle-Mère fahren werde. Sie braucht mich jetzt, verstehst du, und sie hat mich davon überzeugt, daß ich sie brauchen würde. Ich denke, wir werden einander eine Zeitlang gegenseitig benutzen. Und ich werde mir Liebhaber nehmen, wenn ich dazu Lust habe. Hörst du mich, Nicholas? Hörst du mich? Es ist mir völlig egal – völlig egal, ob du mir mit etwas drohst oder – oder – mir etwas antust! Es ist mir egal. Du hast mich...«

Unter ihrem Schluchzen zusammenbrechend, hatte sie begonnen, wütend auf ihn einzuschlagen, während sie versuchte, sich noch weitere Worte zu entringen, bis schließlich die Kräfte sie verließen. Jetzt griffen ihre Finger nur noch in sein nasses Hemd, und sie drückte ihr Gesicht hilflos seufzend an seine Brust.

»Ach, zum Teufel, Alexa! Du dummes kleines Ding! Du kannst jetzt wirklich aufhören zu weinen. Und du kannst dir deine Liebhaber nehmen und sie wieder rauswerfen – so viele du willst. Warum denn nicht? Wahrscheinlich hast du recht, und es ist ja nur fair. Und auf dein gottverdammtes Geld bin ich schon gar nicht aus – schließlich hat es ja dir gehört und war schon immer deins. Macht dich das endlich zufrieden? Hörst du jetzt mit deinem verdammten Jammern auf?«

Als sie es nicht vermochte, fluchte er laut und mußte sie schließlich zu dem Pferd tragen, das er in der Nähe angebunden hatte. Und indem er sie auf dem Sattel festhielt, führte er sie nach Hause zurück und überließ sie den vielen Fragen von Harriet.

50. Kapitel

Wie schnell doch alle Karten zusammenfallen können, eine nach der anderen, bis keine mehr steht. Und ist man erst einmal fertig mit diesem Spiel, dann beginnt man natürlich ein neues – das heißt, wenn man geduldig genug ist, immer und immer wieder dasselbe Spiel zu wiederholen, das ja nur darin bestehen kann, aufzubauen und wieder einzureißen.

Nein! Kartenhäuser würde es nicht mehr geben, die nur darauf warteten, mit einem Finger angestupst zu werden. Auch keine Traumschlösser mehr, obwohl man einiges von ihnen lernen konnte. Hier, während sie nackt in der Sonne lag und ihre Haut schon wieder begann, den bronze goldenen Farbton anzunehmen, sah Alexa den Wolken nach, die in weiter Ferne vorüberzogen, und erinnerte sich daran, daß die vielen Gesichter und Bilder, die sie in diesen Wolken sah, ihr nicht mehr das warme Sonnenlicht verdunkeln und nehmen würden.

England war nur noch ein blasser, nebelhafter Fleck in ihrer Vorstellung – wie die Nebel, die in den Bergen hingen und verschwanden, sobald die Sonnenstrahlen nach ihnen griffen. Das Packen. Die weinende Bridget. Mr. Bowles mit hochgezogener Oberlippe, um dann in letzter Minute ganz menschlich zu werden, obwohl er noch einmal sicherstellte, daß er ihr nur einen Gefallen tat, ihr den ganzen Weg bis zu einer der Kolonien zu folgen.

Sie konnte Harriets unnachgiebiges Profil fast in einer der Wolken erkennen. Gott sei Dank, daß es Harriet gab und ihre selbstlose Unterstützung, auch wenn sie von Anfang an klargestellt hatte, daß sie nicht verstand, warum zwei offenbar gesunde Menschen, die zufällig auch noch miteinander verheiratet waren, sich wie Idioten verhielten oder trotzige

Kinder, anstatt alles miteinander zu besprechen wie Erwachsene. Aber es gab nun einmal Dinge, die sie Harriet nicht sagen konnte und sich vielleicht nicht einmal selbst eingestehen wollte.

So, Alexa, wie du dich gebettet hast, so liegst du jetzt auch! Alleine, wenn es sein muß. Denn trotz ihres ganzen hysterischen Geredes hatte sie sich eben doch keine Liebhaber genommen; schließlich hatte sie nur zwei Wochen in Spanien verbracht und war nur deshalb so lange geblieben, weil sie sichergehen wollte, mit einem der schnellsten Segelschiffe herzukommen. Newbury hatte das für sie arrangiert und ihr noch ein weiteres Geschenk gemacht, als sie sich das letzte Mal trafen, kurz vor ihrer Abreise nach Spanien.

»Nun bist du also hinter der Hitze der Sonne und, wie ich annehme, den heißen spanischen Leidenschaften her und läßt dich dabei auch noch von meiner geliebten Viper durch diese gefährlichen Riffe führen? Ich fühle mich kaum dazu berufen, hier den Vater herauszukehren, meine liebe Alexa, aber ich hoffe doch, daß du weißt, was du tust.«

»Mir ist klar, daß sie denkt, mich zu benutzen, indem sie mich ermutigt, sie zu benutzen«, hatte Alexa ruhig gesagt. »Aber ich bin zur Zeit überhaupt nicht an Liebhabern interessiert, weil... Ach, ich glaube, du mußt schon gemerkt haben, daß ich nicht mehr dieselbe bin, wenn du nur meinen Bauch ansiehst, zumal du doch das meiste siehst.«

»Wirklich? Sehr schmeichelhaft von dir, mir so etwas zuzutrauen.« Newbury sah sie abschätzend an, bevor er sanft fortfuhr: »Mir scheint nur, als würde hier etwas ganz Wesentliches fehlen, nicht wahr? Hat das Kind, das du offensichtlich erwartest, denn keinen Vater?«

»Das ist allein auf mich zurückzuführen!« sagte Alexa hitzig und fügte dann hinzu, wobei sie ihm fest in die Augen sah: »*Ich* habe Nicholas weggeschickt und ihm dabei gesagt, daß ich tun wollte, was mir Spaß machte und mir so viele Liebhaber nehmen, wie ich wollte. Daß ich nur frei von Verpflichtungen sein wollte. Ach, verdammt! Entschuldige, aber ich habe nur wegen meines jetzigen Zustands so nah am Wasser gebaut!«

»Das möchte ich hoffen«, sagte Newbury und fuhr mit interessierter Stimme fort: »Aber willst du mir dieses Rätsel nicht beantworten? Wie ich mich erinnere, warst du noch vor gar nicht langer Zeit ganz verrückt nach Embry. Also?«

Sie wurde rot und begann, mit ihrem Taschentuch zu spielen. »Ja! Ja, das war ich und ich... Verstehst du, ich bin eben nicht ganz sicher, ob Nicholas der Vater ist oder – oder Charles. Nun, Nicholas weiß das nicht, und ich will auch nicht, daß er es weiß. Ich hoffe, das ist klar. Ich will doch nichts anderes, als daß er glücklich ist, mit... Ich hasse einfach Frauen, die weinen!«

In diesem Augenblick hatte jemand durchs Megaphon gerufen, die letzten Besucher sollten das Schiff verlassen, und Alexa hatte sich, nachdem sie sich die Augen trockengewischt hatte, wieder dem Mann zugewandt, der durch eine Laune des Schicksals ihr Vater war. Sie fing sein etwas saures Lächeln auf, als er mit gewohnt gelangweilter Stimme erklärte: »Nun, Alexandra Victoria, ich kann nur sagen, daß es dir eine kurze Zeitlang wirklich gelungen ist, mich zu überraschen und ein gewisses Maß an Faszination in mein sonst recht langweiliges Leben zu bringen. Ich habe wirklich oft darüber nachgedacht, was wohl geschehen wäre, wenn ich damals dasselbe mit dir getan hätte wie mit Nicholas. Edel, meine Liebe, sehr edel! Die Amazone kommt, um ihren Gefährten zu retten. Ich habe das einfach nicht verstehen können. Denn dein Liebhaber, geschlagen und gefoltert von dem bösen Schuft, verteidigt dich auch noch und übernimmt die ganze Schuld selbst. Ich glaube, wenn du nicht dein – unser – Geheimnis enthüllt hättest, der Dummkopf hätte schließlich noch etwas völlig Sinnloses getan, nur um dich zu retten! Aber zum Glück für euch beide hast du dich dann der Sache angenommen. Alle Achtung! Aber es zeigt mir auch, daß du noch eine Spur Verstand gerettet hast. Liebende sollten sich immer trennen, solange sie noch einander lieben, glaube ich – bevor der goldene Glanz verschwindet. Du und Nicholas, ihr werdet euch also immer lieben und ihr werdet die anderen, die euch noch begegnen werden, immer an dieser einen, vollkommenen, bittersüßen Verbindung messen.«

Alexa war nacheinander wütend, ärgerlich, erstaunt und – Gott helfe ihr in diesem letzten Stadium – übermütig! Als Newbury die Augenbrauen hob und dabei eine altmodische Verbeugung machte, sagte sie mit strengem Unterton: »Du weißt genau, daß du ein durch und durch korrupter, böser Mann bist; wahrscheinlich wirst du eines Tages im Gefängnis landen, und das wird deinem widerlichen Treiben hoffentlich ein Ende bereiten. Trotzdem bin ich froh, die Möglichkeit gehabt zu haben, manche Dinge besser zu verstehen, die dich betreffen. Auf Wiedersehen – Vater!«

Mehr zu ihrer eigenen Überraschung als zum Ärgernis von Newbury stellte sich Alexa auf ihre Fußspitzen, um ihm einen raschen Kuß auf die Wange zu geben, bevor er sie wegschieben konnte. Sie hatte nicht erwartet, daß Newbury sich nach ihr umdrehen und ihr zuwinken würde, und auch er nicht. Aber einen Augenblick lang dachte sie, daß er fast – erschrocken aussah!

Wir sind uns doch alle gleich, dachte Alexa und drehte sich faul auf die andere Seite. Wir haben Angst, unsere Gefühle zu zeigen, wir haben Angst, etwas zu fühlen, weil wir uns damit dem Schmerz ausliefern.

»Um Himmels willen, Alexa! Hast du dich denn noch nicht genug gesonnt! Du weißt doch, wie lang du jetzt immer beim Anziehen brauchst. Beeil dich bitte! Bridget wartet schon mit dem Bad auf dich, also trödle nicht herum.«

Schnell, schnell, schnell! Harriet war noch schlimmer als ein Oberfeldwebel, der sich den jüngsten Rekruten vorgeknöpft hat, aber Alexa gab zu, daß sie das einfach brauchte, um nicht gar zu bequem zu werden.

Das Haus, das früher Sir John gehört hatte, war jetzt zwar ihr Haus, aber manchmal konnte sie immer noch seine warme, verständnisvolle Anwesenheit darin spüren. Seit ihrer Rückkehr nach Ceylon hatte sie sich etwas zurückgezogen, aber wirklich nur, weil sie ein so starkes Bedürfnis hatte, wieder nackt in der Sonne zu liegen und ihre Wärme in sich aufzunehmen, nach den vielen Monaten der Entbehrung, in denen sie fast eine von *denen* geworden wäre! Eines dieser kalten, selbstgerechten, erstarrten Wesen, die sich nur noch für bestimmte Höflichkeitsregeln erwärmten und das, was die Konvention bestimmte, ohne irgend etwas für Gefühle übrig zu haben. Jetzt endlich verstand sie, was Nicholas ihr damals in jener Nacht im Regen hatte sagen wollen, als sie ihm bitter erklärt hatte, wie sehr sie ihn verachtete, selbst als er sie noch in seinen Armen hielt. Dies war einer der Gedanken, den sie nicht aushalten konnte, wenn sie sich daran erinnerte, wie eng ihr Geist schon geworden war und wie starrköpfig sie sich geweigert hatte, über sich selbst hinauszusehen und die engen Grenzen, die sie ihm gesetzt hatte – wie auch sich selbst. Warum hätte er sich denn auch etwas aus ihr machen sollen, nachdem sie so selbstgerecht und selbstgefällig geworden war? Aber das Geschehene ließ sich nun einmal nicht ändern. Und dann begann Alexa zu lachen. Mrs. Langford! Großer Gott, fast wäre sie selbst zu einer Mrs. Langford geworden, die für jede Gelegenheit und jede Situation ein Sprichwort oder ein Motto parat hatte!

»Alexa! Es wäre wirklich der Gipfel der Rücksichtslosigkeit, an einem Tag wie heute zu spät zum Dinner zu kommen.«

»Ich bin schon fertig – ich komme – ja, ja, ich komme gleich!«

»Der Gouverneur und Mrs. Mackenzie waren immer so nett zu dir und haben dich immer so gern gehabt. Zeig dich doch etwas anerkennend ihnen gegenüber...« Tante Harriet hatte ihre Predigt aufgenommen, sobald sie in der Kutsche saßen, und Alexa fragte sich, warum sie schon wieder so angespannt war. Aber schließlich hatte sie die Mackenzies immer gerne gemocht, besonders Mr. Mackenzie, und es war wirklich traurig, daß der joviale, gastfreundliche Mann, an den sie sich so gut erinnern konnte, inzwischen so krank geworden war, daß er seinen Posten als Gouverneur der Kronkolonie Ceylon abgegeben hatte und in Kürze durch Sir Colin Campbell ersetzt würde, der einer der Adjutanten des Herzogs von Wellington gewesen war.

Wie sich doch alles änderte – vor allem die Menschen!

»Nun, liebe Alexa, auch wenn es dir schwerfällt, mußt du wissen, daß heute abend alle sehr begierig darauf sind, etwas über England zu erfahren, und ich hoffe, daß du ihnen den Gefallen tun wirst.« Warum kam ihr plötzlich auf einmal alles so vor, als hätte sie es schon einmal erlebt? Aber das Gefühl war in ihr nur entstanden, weil sie sich an die Fahrt erinnert hatte, die sie mit Tante Harriet auf ihrem Weg zum Queen's House an ihrem achtzehnten Geburtstag gemacht hatte. Und in jener Nacht hatte der Mond geschienen, der auch jetzt bald wieder aufgehen würde. Das war doch Unsinn! Wunschdenken, Träume und Schäume. Ach, das ist lange her, dachte Alexa und schloß prompt die Augen, um sich beim Anblick des ersten Sterns etwas zu wünschen. Da stand die Venus am Himmel, der Abendstern, die römische Liebesgöttin.

»So, jetzt sind wir endlich da. Es fehlen noch fünf Minuten, das geht gerade noch.«

Schließlich saßen alle am Tisch, diesmal auch die Kinder, sieben Söhne und vier Töchter. Eigentlich etwas ganz Natürliches, wie Alexa fast erschrocken bemerkte.

»Sind Sie nicht müde?« wurde Alexa rücksichtsvoll von Mrs. Mackenzie gefragt, um dann aufgefordert zu werden, sich doch einmal auf der Terrasse umzusehen. Dies verursachte ihr einen schmerzhaften Druck im Hals, als sie an eine bestimmte Nacht in einem bestimmten Jahr zurückdachte. Wenigstens, dachte sie, sind sie höflich genug, mich nicht nach meinem Mann auszufragen und danach, wo er wohl sein könnte, wenn seine Frau ihr erstes Kind erwartet.

»Schauen Sie, dort ist der Mond. Er ist doch fast voll, nicht wahr?«

»Ich glaube, wir werden die Tropen schon etwas vermissen, aber wenigstens sind wir zu Hause, wenn die Kinder in der Schule sind, und nicht so weit weg wie hier.«

Alexa lehnte mit ihrem Ellbogen auf dem Geländer und sah zu dem Meer hinüber, wo sie in der Ferne die Lichter eines Schiffs ausmachen konnte, das offenbar spät eingetroffen war und jetzt draußen ankerte, um am nächsten Morgen in den Hafen zu fahren. Schon wieder. Oder sehnte sie sich nur nach etwas, nach dem Neuen, nach der Unschuld der Vergangenheit mit ihren Möglichkeiten eines Neubeginns? Sie ließ die Gespräche der anderen an sich vorbeifließen, bis sie sich seufzen hörte und mit Gewalt wieder in die Gegenwart zurückholte.

»Nun, ich glaube, daß dies die letzte Dinnerparty ist, die ich hier im Queen's House gebe«, sagte der Gouverneur und paffte an seiner Zigarre. Mrs. Mackenzie, erinnerte sich Alexa plötzlich, rauchte eine Haschischpfeife. Das war bei der älteren Generation durchaus üblich.

»Wir haben Ihnen wieder Ihr altes Zimmer gegeben. Die Nacht sollte Sie noch einmal an frühere, vielleicht glücklichere Zeiten erinnern, wenn Sie es einem alten Mann erlauben, so fantasievoll zu sein!«

Nein, dachte Alexa. Nein... das wäre einfach zuviel; ich kann nicht... Und dann sah sie plötzlich, wie sich die Gesichter ihr zuwandten, sie beobachteten, und sie nichts sagte. Warum nicht? flüsterte es in ihrem Kopf, in ihren Ohren, dem seufzenden Geraschel der Kokospalmen, die sich unter jedem leichten Luftzug bogen, der vom Meer herkam. Und in ihrem Pulsschlag – der schneller und immer schneller wurde, bis sie ihn in den Schläfen spüren konnte. Warum nicht? Warum nicht? Sie hatte bei ihrem ersten Stern etwas gewünscht, und vielleicht wirkte heute nacht ein besonderer Zauber, sie wußte ja nie, ob so ein Zauber Wirklichkeit werden konnte, solange sie sich nicht selbst von der Flut der Nacht hinwegtragen ließ – sich treiben ließ auf einem dunklen sternenbesetzten Floß, das vom Mond selbst gesteuert wurde. Warum nicht? Dann aber – ja!

Vor langer Zeit hatte sie ein Märchen gelesen von sechs Prinzessinnen, die sich nachts heimlich aus ihrem Palast geschlichen hatten und draußen mit ihren Prinzen die ganze Nacht vertanzt hatten. Auch das hatte sie erlebt, nur hatte damals Menika ihr den Weg gezeigt und war dann zurückgeblieben. Der Baumwollumhang fiel ihr vom Körper, von den schwellenden Brüsten und dem leicht gewölbten Bauch, der im letzten Jahr noch so flach gewesen war wie der eines jungen Athleten. Aber es machte nichts. War das nicht eines der Dinge gewesen, die sie schließlich gelernt hatte? Sie war sie selbst, Alexa, im Inneren. Und als sie schließlich in die mit tanzenden silbernen Spitzen besetzte Schwärze des Teiches eintauchte, schwamm sie eine Weile unter Wasser und wurde, vielleicht nur für Augenblicke, eine Nymphe in einer verzauberten Nacht, in der alle Grenzen zwischen Wirklichkeit und Unwirklichkeit nur durch einen Gedanken aufgelöst werden konnten – und wenn dieser Gedanke nur stark genug war, dann würde er Wirklichkeit. Daran glauben. Nicht zweifeln. Um im letzten Augenblick und bei ihrem letzten Atemzug spürte sie, wie das Wasser sich um sie her bewegte, und sie schoß an die Oberfläche und holte wieder Luft, während sie sich die schweren Haarsträhnen von den Augen und Lippen strich, weil sie wußte... Sie wußte es sogar noch bevor sie seine Arme um sich herum spürte und seinen salzig-feuchten Kuß auf ihren Lippen. Und erst dann öffnete sie ihre Augen und hörte ihn leise sagen: » O Gott – o Gott, meine Mondhexe, wie sehr habe ich dich begehrt! Und wie sehr begehre ich dich jetzt!« Nicht nur ihre Augen, sondern auch ihre Finger folgten den Umrissen seines Gesichts und spürten sein nasses schwarzes Haar und fühlten seinen Druck gegen ihre Schenkel, bis sie ihn mit einer Stimme sagen hörte, die halb Stöhnen und halb Liebkosen war: »Komm, liebste Nymphe, Seehexe, süße Alexa, ich möchte nicht in deinem verzauberten Teich ertrinken, mit deinen nachtschwarzen Augen, in denen du den Mond gefangen hast, so wie du mich damals in dieser ersten Nacht gefangen hast, als ich dich sah...«

Das Gras unter ihnen war weich und duftete süß, als sie ihrer wilden Sehnsucht folgten und sich wieder aufs neue spürten und schmeckten und kennenlernten, und dieses Gefühl ganz langsam und allmählich zunahm, bis der schmerzende Wunsch, zueinander zu kommen, zu einem Sterben und Wiedergeborenwerden wurde. Dann lagen sie beieinander, und er hielt sie so eng und doch so sanft, daß es sie fast schmerzte vor Glück. Und dann mußte sie ihn wieder berühren und ihn halten und ihm in einfachen Worten sagen, was sie immer für ihn gefühlt hatte und mit ihrer ganzen Kraft bekämpft hatte, aber ohne etwas zu erreichen. Vielleicht weil manche Menschen, wie es in einer alten griechischen Legende heißt, zwei Hälften eines Ganzen sind, die von einem eifersüchtigen Gott getrennt wurden und dazu verurteilt waren, die andere Hälfte so lange zu suchen, bis sie sich schließlich fanden, um dann wieder ein vollkommenes Ganzes zu bilden. Und es gab Dinge, über die nicht mehr geredet werden mußte, die nur einfach glücklich und freudig angenommen werden sollten, damit ihr Zusammenbleiben mit dem Kind, das ihr gemeinsames sein würde, so würde, wie wenn man eine Ebene am Gipfel eines Berges erreicht, den sie auf Händen und Knien hatten emporsteigen müssen. »Ich liebe dich, ich liebe dich, ich liebe dich!« sagte Alexa leidenschaftlich. »O Nicholas, warum hast du mich nur gehenlassen? Warum bist du weggegangen, bevor ich all die schrecklichen, häßlichen und lügenhaften Dinge zurücknehmen konnte, die ich sagte, um dich zu verletzen? Ach, wenn du nicht gekommen wärst – dann hätte ich dich gesucht, weißt du das? Mit unserem Baby auf dem Rücken, wenn es hätte sein müssen. Es ist nämlich unser Baby. Bridget – oh, Gott sei Dank, daß es Bridget gibt, daß sie so genau Tagebuch geführt hat!«

Da begann er zu lachen, und dieses Lachen ließ viele kleine Fältchen in seinen Augenwinkeln und um seinen Mund entstehen, die ihn jünger aussehen ließen und den harten und verzerrten Ausdruck aus seinem Gesicht löschten. »Alexa, meine süße Alexa, meinst du wirklich, daß mir das noch wichtig gewesen wäre? Meinst du wirklich, mein Liebstes?« Und als sie ihm jetzt im Mondlicht ins Gesicht sah, schüttelte sie entschieden den Kopf, und damit fiel die letzte Schranke zwischen ihnen. Sie lehnte ihr Gesicht zufrieden an seine Schulter, während er ihr erzählte, daß ausgerechnet Newbury es gewesen war, der ihm die Wahrheit auf seine leicht spöttische Art erzählt habe.

»O Nicholas! Ich wage gar nicht zu denken, daß ich...« Alexa drängte sich schüttelnd an ihn, bis er ihr Kinn hob und sie leidenschaftlich küßte.

»Jetzt ist es vorbei. Und ich habe aus dem gelernt, was geschehen ist, so seltsam es auch sein mag. Vielleicht habe ich auch gelernt, daran zu denken, welche Folgen meine eigenen egoistischen Handlungen für andere Menschen haben können.«

Er küßte ihre Augenlider und die Spitze ihrer Nase, bis seine Lippen ganz langsam zu ihrem Mund wanderten, während er flüsterte: »Vor allem für ein gewisses temperamentvolles, leichtsinniges, scharfzüngiges Weib, in das ich mich gegen meinen Willen verliebt habe. Und weißt du auch warum? Weil das erste Mal, als ich sie sah, mir die kleine Seehexe ihr unsichtbares Silbernetz überwarf und mich ihr Zauber für immer gefangenhielt, bis...«

»Bis...? Sprich bitte weiter.«

»Du hast immer noch die schlechte Angewohnheit, mich zu unterbrechen, mein Liebstes, ...« Mit seinem Mund ganz nah an ihrem flüsterte Nicholas: »Bis ich ein verdammtes Schiff kaufte, das eigentlich ein Zauberschiff sein sollte, das noch viele Male von New York und Boston nach China und zurück fliegen soll, sonst werde ich mir noch Geld von meiner reichen Frau borgen müssen!«

»Aber die Geschichte!«

»Nun, ich glaube, in der Geschichte kommt eine gute Fee vor, wie in allen diesen Geschichten, und die heißt zufällig Harriet. Wir haben also mit sehr viel Hilfe und Unterstützung höheren Ortes, das muß ich hinzufügen, alles geplant und besprochen, bis ich schließlich in der richtigen Nacht, bei Vollmond und Flut, als meine Zauberin in ihrem Teich umherschwamm, sie mit meinem unsichtbaren goldenen Netz einfing. Und so bist du jetzt für immer gefangen, süße Hexe, genauso wie ich – und nun werden wir wohl beide das Beste daraus machen müssen, was meinst du?«

»Warum nicht?« Alexa glitt aus seinen Armen, setzte sich auf den Teichrand und wandte sich ihm dann wieder zu, mit einer Hand auf ihrer Hüfte, genau oberhalb der goldenen Kette, die er ihr einmal angelegt hatte. »Willst du noch einmal mit mir in meinem Zauberteich schwimmen, Liebster? Ich habe gehört, daß zwei Silbernetze viel stärker sind als eines...«

HEYNE BÜCHER

HEYNE TASCHENBÜCHER

Romane voll Leidenschaft, Liebe und gefährlichen Abenteuern

01/7901

01/7928

01/7889

01/7610

Wilhelm Heyne Verlag
München

HEYNE BÜCHER

JOHANNA LINDSEY

Johanna Lindsey schreibt romantische und abenteuerliche Liebesromane, die Millionen Leser in aller Welt fesseln.

01/7672

01/7746

01/7843

01/7928

01/8081

01/8165

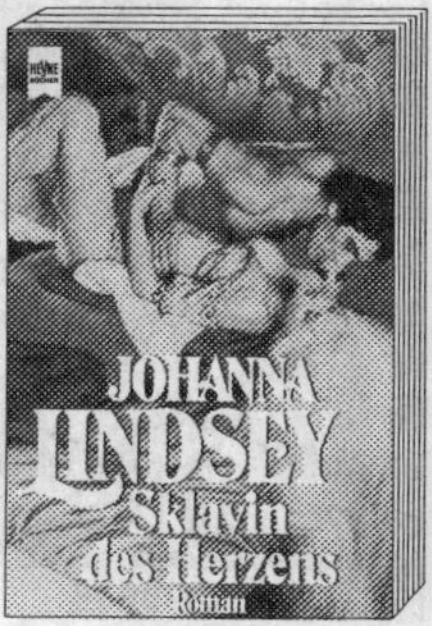

01/8289

Wilhelm Heyne Verlag München

HEYNE BÜCHER

Ellen Tanner Marsh

Faszinierende Romane über leidenschaftliche Liebe und romantische Abenteuer

01/7796

01/7882

01/7962

01/8034

01/8174

01/8219

Wilhelm Heyne Verlag München